Nele Neuhaus

DIE LEBENDEN UND DIE TOTEN

Kriminalroman

Eder & Bach

FSC
www.fsc.org
MIX
Papier aus verantwortungsvollen Quellen
FSC® C083411

Lizenzausgabe des Verlags Eder & Bach GmbH,
Nördliche Münchner Str. 20c, 82031 Grünwald
1. Auflage, März 2022

Erschienen im Ullstein Verlag
Umschlaggestaltung: Stefan Hilden, www.hildendesign.de
Umschlagabbildung: © HildenDesign unter Verwendung
mehrerer Motive von Shutterstock.com
Satz: Satzkasten, Stuttgart
Druck und Verarbeitung: CPI – Ebner & Spiegel, Ulm
ISBN: 978-3-949609-02-2

Für Matthias.
Forever und for always.

Mittwoch, 19. Dezember 2012

Außentemperatur drei Grad Celsius. Kein Wind. Die Wettervorhersage hatte keinen Regen gemeldet. Perfekte Bedingungen.

8:21 Uhr.

Er sah sie kommen. Ihre pinkfarbene Mütze leuchtete wie ein Signal im schieferfarbenen Zwielicht des anbrechenden Wintertages. Sie war allein, wie jeden Morgen. Nur der Hund trabte neben ihr her, ein dunkler, geschmeidiger Schatten zwischen blattlosen Büschen. Ihre Route war immer dieselbe. Sie ging die Lahnstraße hinunter, am Kinderspielplatz vorbei, dann überquerte sie die hölzerne Fußgängerbrücke, die über den Westerbach führte, bog rechts ab und folgte dem asphaltierten Weg parallel zum Bach, bis er nach links Richtung Schule abknickte. Die Schule bildete den Scheitelpunkt ihrer morgendlichen Runde. Von dort aus ging sie den Dörnweg, der schnurgerade von Eschborn nach Niederhöchstadt durch die Felder führte, zurück, bog nach etwa einem Kilometer nach links ab und ging über die Holzbrücke zurück nach Hause.

Der Hund verrichtete sein Geschäft auf der Grünfläche vor den Schaukeln auf dem Kinderspielplatz, gewissenhaft sammelte sie die Hinterlassenschaft auf und warf den Beutel in den Mülleimer an der Wegkreuzung. Sie ging keine zwanzig Meter an ihm vorbei, bemerkte ihn aber nicht. Aus seinem Versteck blickte er ihr nach, sah, wie sie über die Brücke ging, deren Holz vor Nässe dunkel glänzte, und hinter den Baumstämmen verschwand. Er richtete sich auf eine Wartezeit von etwa dreißig Minuten ein, lag bequem unter dem dunkelgrünen Regencape auf dem Bauch. Wenn es sein musste, könnte er stundenlang so daliegen. Geduld war eine seiner größten Stärken. Der Bach, im Sommer nur ein dünnes Rinnsal, rauschte und gurgelte zu seinen Füßen. Zwei Krähen hüpften neugierig um ihn herum, starrten ihn prüfend an und verloren dann das Interesse. Die Kälte drang durch seine Thermohose. In den kahlen Ästen der Eiche über ihm gurrte eine Taube. Eine junge Frau trabte auf der anderen Seite des Baches vorbei, leichtfüßig, vielleicht beschwingt von der Musik, die sie über Kopfhörer hörte. In der Ferne hörte er das Rattern einer S-Bahn und den melodischen Dreiklang eines Pausengongs.

Im winterlich düsteren Grauschwarzbraun nahm er einen pinkfarbenen Punkt wahr. Sie kam. Sein Herzschlag beschleunigte sich, er blickte durch das Zielfernrohr, kontrollierte seine Atmung, bewegte die Finger seiner rechten

Hand. Sie bog in den Weg ein, der in einem Bogen zur Brücke führte. Der Hund trottete ein paar Meter hinter ihr her.

Sein Finger lag auf dem Abzug. Er bewegte prüfend die Augen hin und her, aber es war kein Mensch in Sicht. Außer ihr. Sie folgte dem Knick, den der Weg an dieser Stelle machte, und bot ihm ihre linke Gesichtshälfte dar, genau so, wie er es geplant hatte.

Mit dem Schalldämpfer büßte die Waffe zwar etwas von ihrer Präzision ein, aber bei einer Entfernung von knapp achtzig Metern war das kein Problem. Das Krachen eines Schusses hätte zu viel unnötige Aufmerksamkeit erregt. Er atmete ein und aus, wurde ganz ruhig und konzentriert. Sein Blickfeld zog sich zusammen, fokussierte sich auf sein Ziel. Sanft zog er den Abzug durch. Der Rückstoß, den er erwartet hatte, traf sein Schlüsselbein. Nur Sekundenbruchteile später ließ die Remington Core-Lokt ihren Schädel platzen. Sie sackte lautlos in sich zusammen. Volltreffer.

Die ausgeworfene Patronenhülse dampfte auf der feuchten Erde. Er hob sie auf und steckte sie in die Seitentasche seiner Jacke. Seine Knie waren etwas steif nach dem Liegen in der Kälte. Mit wenigen Handgriffen zerlegte er das Gewehr, verstaute es in der Sporttasche, faltete das Cape zusammen und stopfte es ebenfalls in die Tasche. Nachdem er sich vergewissert hatte, dass niemand in der Nähe war, verließ er das Gebüsch, überquerte den Kinderspielplatz und schlug den Weg Richtung Wiesenbad ein, wo er sein Auto geparkt hatte. Es war 9:13 Uhr, als er vom Parkplatz fuhr und nach links in die Hauptstraße einbog.

Zur gleichen Zeit …

KRIMINALHAUPTKOMMISSARIN PIA KIRCHHOFF hatte Urlaub. Seit letzter Woche Donnerstag, bis zum 16. Januar 2013. Vier ganze Wochen! Ihr letzter richtig langer Urlaub lag fast vier Jahre zurück: 2009 waren Christoph und sie in Südafrika gewesen, danach hatten sie es nur noch zu Kurzreisen geschafft, aber diesmal würde es fast auf die andere Seite des Globus gehen, nach Ecuador und von dort aus mit einem Schiff zu den Galapagosinseln. Christoph war schon öfter vom Veranstalter der exklusiven Kreuzfahrtreisen als Reiseleiter engagiert worden, und sie reiste zum ersten Mal mit – als seine Ehefrau.

Pia setzte sich auf die Bettkante und betrachtete versonnen den schmalen goldenen Ring an ihrer Hand. Der Standesbeamte war etwas irritiert gewesen, als Christoph ihr den Ring an die linke Hand gesteckt hatte, doch sie hatte ihm erklärt, dass sich links schließlich das Herz befände und sie deshalb beschlossen hätten, ihre Eheringe an der linken Hand zu tragen. Das war nur die halbe Wahrheit, denn dieser Entschluss hatte auch mehrere ganz pragmatische Gründe. Zum einen hatte Pia in ihrer ersten Ehe mit Henning den Ehering, wie es in Deutschland üblich war, rechts getragen. Zwar war sie nicht übermäßig abergläubisch und wusste, dass das Scheitern dieser Ehe nichts damit zu tun gehabt hatte, aber sie wollte das Schicksal nicht unnötig herausfordern. Zum anderen – und das war der Hauptgrund für ihre Entscheidung – war es äußerst schmerzhaft, wenn ihr jemand mit festem Händedruck die Hand gab und dabei beinahe mit dem Ring ihren Finger zerquetschte.

Christoph und sie hatten am Freitag im Standesamt in Höchst, das sich im Gartenpavillon des Bolongaropalastes befand, heimlich, still und leise geheiratet. Ohne Freunde, Familie oder Trauzeugen und ohne es jemandem zu sagen. Erst nach ihrer Rückkehr aus Südamerika würden sie es bekanntgeben und dann im nächsten Sommer ein großes Fest auf dem Birkenhof feiern.

Pia riss sich vom Anblick des Rings los und fuhr damit fort, die auf dem Bett gestapelte Wäsche möglichst platzsparend in zwei Koffern zu verstauen. Dicke Pullover und Jacken würden sie nicht brauchen. Stattdessen Sommerklamotten. T-Shirts. Shorts. Badeanzug. Sie freute sich darauf, dem Winter und dem Weihnachtsfest, dem sie nicht sonderlich viel abgewinnen konnte, zu entrinnen und stattdessen an Deck eines Kreuzfahrtschiffs in der Sonne zu dösen, zu lesen und einfach mal richtig zu faulenzen. Christoph würde zwar viel zu tun haben, aber er hatte auch Freizeit, und die Nächte gehörten ihnen allein. Vielleicht würde sie ihren Eltern, ihrer Schwester und ihrem Bruder – ja, vor allem ihm und seiner arroganten Frau – Postkarten schicken und ihnen darauf mitteilen, dass sie geheiratet hatte. Noch immer hatte sie den missbilligenden Kommentar ihrer Schwägerin Sylvia im Ohr, als diese von ihrer Trennung von Henning erfahren hatte. »Eine Frau über dreißig wird eher vom Blitz getroffen, als dass sie noch einen Mann findet«, hatte Sylvia pessimistisch geunkt. Tatsächlich war Pia vom Blitz getroffen worden, an einem sonnigen Junimorgen vor sechs Jahren im Elefantengehege des Opel-Zoos. Denn dort waren sie und Dr. Christoph Sander, der Direktor des Zoos, sich zum ersten Mal begegnet und hatten sich auf Anhieb ineinander verliebt. Seit vier Jahren lebten sie nun gemeinsam auf dem Birkenhof in Unterliederbach und waren recht bald zu dem Schluss gekommen, dass sie dies bis zum Ende ihres Lebens tun wollten.

Das Handy, das unten auf dem Küchentisch lag, fing an zu trillern. Pia lief die Treppe hinunter, ging in die Küche und warf einen Blick auf das Display, bevor sie das Gespräch entgegennahm.

»Ich habe Urlaub«, sagte sie. »Eigentlich bin ich schon so gut wie weg.«

»›Eigentlich‹ ist ein ausgesprochen schwammiger Ausdruck«, erwiderte Oliver von Bodenstein, ihr Chef, der mitunter die nervtötende Angewohnheit besaß, Worte auf die Goldwaage zu legen. »Es tut mir auch wirklich sehr leid dich zu stören. Aber ich habe ein Problem.«

»Ach.«

»Wir haben eine Leiche, ganz bei dir in der Nähe«, fuhr Bodenstein fort. »Ich bin noch in einer Brandsache unterwegs. Cem ist verreist, Kathrin hat sich krankgemeldet. Vielleicht könntest du nur mal kurz hinfahren und dich um die Formalitäten kümmern. Kröger und seine Leute sind schon unterwegs. Ich komme sofort und übernehme, sobald ich hier durch bin.«

Pia überschlug im Kopf rasch ihre To-do-Liste. Sie war gut im Zeitplan, hatte bereits alles organisiert, was für eine dreiwöchige Abwesenheit organisiert werden musste. Die Koffer fertig zu packen war eine Sache von einer halben Stunde. Bodenstein würde sie nicht bitten, wenn er sie nicht wirklich dringend brauchte. Für ein paar Stunden konnte sie aushelfen, ohne sich einen Zacken aus der Krone zu brechen.

»Okay«, sagte sie deshalb. »Wo muss ich hin?«

»Danke, Pia, das ist echt nett von dir.« Die Erleichterung war Bodensteins Stimme anzuhören. »Nach Niederhöchstadt. Am besten biegst du dort von der Hauptstraße nach Steinbach ab. Nach ungefähr achthundert Metern geht ein Feldweg rechts ab, den fährst du rein. Die Kollegen sind schon vor Ort.«

»Alles klar.« Pia beendete das Gespräch, zog den Ehering vom Finger und legte ihn in die Küchenschublade. »Wir sehen uns später.«

Wie so oft hatte Pia keine Ahnung, was sie am Leichenfundort erwarten würde. Der KvD von der Wache hatte sie lediglich über den Fund einer weiblichen Leiche in Niederhöchstadt informiert, als sie Bescheid gegeben hatte, dass sie unterwegs war. Kurz hinter dem Ortsausgang bog sie rechts in einen asphaltierten Feldweg ein und sah schon von weitem einige Streifenwagen und ein Rettungsfahrzeug. Beim Näherkommen erkannte sie den blauen VW-Bus der Spurensicherung und andere zivile Fahrzeuge. Sie parkte auf einer kleinen Grasfläche vor einem Buschdickicht, fischte ihre beigefarbene Daunenjacke vom Rücksitz und stieg aus.

»Hallo, Frau Kirchhoff«, begrüßte sie ein junger Kollege von der Schutzpolizei, der an der Absperrung stand. »Sie müssen den Weg runter gehen. Hinter dem Gebüsch rechts.«

»Guten Morgen und danke«, erwiderte sie und folgte dem Weg, den er ihr gewiesen hatte. Die Büsche bildeten mitten im freien Feld ein kleines Wäldchen. Pia bog um die Ecke und traf zuerst Kriminalhauptkommissar Christian Kröger, den Chef der Spurensicherung vom Hofheimer K11.

»Pia!«, rief Kröger erstaunt. »Was tust du denn hier? Du hast doch …«

»… Urlaub«, fiel sie ihm lächelnd ins Wort. »Oliver hat mich gebeten, hier anzufangen. Er kommt gleich, und dann bin ich auch schon verschwunden. Was haben wir hier?«

»Üble Sache«, antwortete Kröger. »Eine Frau wurde erschossen. Kopfschuss. Am helllichten Tag und keinen Kilometer von der Eschborner Polizeistation entfernt.«

»Wann ist das passiert?«, erkundigte Pia sich.

»Ziemlich genau um kurz vor neun«, sagte Kröger. »Ein Fahrradfahrer hat gesehen, wie sie zusammenbrach. Einfach so. Er hat keinen Schuss gehört. Aber der Rechtsmediziner ist der Ansicht, dass sie mit einem Gewehr aus einiger Entfernung erschossen wurde.«

»Ach, ist Henning etwa da? Ich habe sein Auto gar nicht gesehen.«

»Nein, glücklicherweise ist ein Neuer gekommen. Seitdem dein Ex den Chefsessel erklommen hat, hat er wohl keine Zeit mehr für Außeneinsätze.« Kröger grinste. »Was ich nicht sehr bedaure.«

Er hegte eine tiefe Abneigung gegen Henning Kirchhoff, die dieser von Herzen erwiderte, und häufig benahmen sich die beiden zickig wie zwei Diven, was der Gründlichkeit ihrer Arbeit jedoch keinen Abbruch tat. Einzig deshalb erduldeten alle Beteiligten seit Jahren das kindische Kompetenzgerangel der beiden, deren Wortgefechte an diversen Tatorten längst legendär waren.

Nach Professor Thomas Kronlages Emeritierung im Sommer war Henning Direktor des Rechtsmedizinischen Instituts geworden. Eigentlich hatte die Universität die Stelle für externe Bewerber ausschreiben wollen, aber Hennings Qualifikation auf dem Gebiet der forensischen Anthropologie war so wertvoll, dass man ihm den Chefposten gegeben hatte, um ihn nicht zu verlieren.

»Wie heißt der Neue?«, fragte Pia.

»Sorry, hab ich vergessen«, murmelte Kröger.

Der Mann im weißen Overall, der neben der Leiche hockte, streifte die Kapuze zurück und richtete sich auf. Nicht mehr ganz jung, konstatierte Pia, der kahlgeschorene Kopf und der dicke Schnauzbart erschwerten eine Schätzung. Eine Glatze ließ einen Mann schnell älter erscheinen, als er tatsächlich war.

»Dr. Frederick Lemmer.« Der Rechtsmediziner zog den rechten Handschuh aus und hielt ihr die Hand hin. »Freut mich, Sie kennenzulernen.«

»Mich auch«, erwiderte Pia und ergriff seine Hand. »Ich bin Pia Kirchhoff vom K11 aus Hofheim.«

Ein Leichenfundort war kein Platz für höfliche Konversation, deshalb beließ es Pia bei der kurzen Vorstellung. Sie wappnete sich innerlich gegen den Anblick, der sie erwartete, und trat näher an die Leiche heran. Die pinkfarbene Wollmütze und das weiße Haar der Toten bildeten surreale Farbflecke auf grauem Asphalt, braunem Schlamm und einer schwärzlichen Blutlache.

»*Schindlers Liste*«, murmelte Pia.

»Wie bitte?«, fragte Dr. Lemmer ein wenig irritiert.

»Der Film mit Liam Neeson und Ben Kingsley«, erklärte Pia.

Der Rechtsmediziner begriff sofort, was sie meinte, und lächelte.

»Stimmt. Sieht ein bisschen so aus. Der Film war schwarzweiß, nur der Mantel des Mädchens war rot.«

»Ich bin ein Augenmensch. Der erste Eindruck eines Tatorts ist für mich immer wichtig«, erklärte Pia. Sie streifte sich Handschuhe über und ging in die Hocke, Lemmer tat es ihr gleich. In den vielen Jahren beim K11 hatte Pia gelernt, innerlich Distanz zu wahren. Nur so ließ sich der Anblick grausam verstümmelter und entstellter Leichen ertragen.

»Die Kugel ist in die linke Schläfe eingedrungen.« Dr. Lemmer wies auf das saubere Einschussloch am Kopf der Toten. »Beim Austritt wurde fast die gesamte rechte Schädelhälfte weggesprengt. Typisch für ein Teilmantelgeschoss großen Kalibers. Bei der Tatwaffe handelt es sich meiner Meinung nach um ein Gewehr, und der Schuss wurde aus größerer Entfernung abgegeben.«

»Und da es sich in dieser Gegend wohl kaum um einen Jagdunfall handelt, würde ich von einem gezielten Schuss ausgehen«, ergänzte Kröger aus dem Hintergrund.

Pia nickte und betrachtete nachdenklich das, was vom Gesicht der Toten übrig geblieben war. Warum wurde eine Frau zwischen sechzig und siebzig Jahren auf offener Straße erschossen? War sie ein Zufallsopfer, einfach zur falschen Zeit am falschen Ort gewesen?

Einige von Krögers Leute krochen in ihren weißen Overalls mit einem Metalldetektor durch das Dickicht und die angrenzende Wiese auf der Suche nach dem Projektil, andere fotografierten und stellten mit einem elektronischen Gerät Messungen an, um die Richtung, aus der der Schuss gekommen war, zu lokalisieren.

»Wissen wir, wer sie ist?« Pia erhob sich und blickte Kröger an.

»Nein, sie hatte nichts bei sich außer einem Schlüsselbund. Kein Portemonnaie, kein Handy«, erwiderte der. »Willst du mit dem Augenzeugen sprechen? Er sitzt im Rettungswagen.«

»Gleich.« Pia blickte sich um und runzelte die Stirn. Leere Äcker und Wiesen. In der Ferne glitzerten der Fernsehturm und die Frankfurter Skyline in der blassen Wintersonne, die sich durch die dicke Wolkenschicht gekämpft hatte. Etwa vierzig Meter entfernt säumten hohe Bäume einen Bachlauf. Durch die blattlosen Äste sah sie einen Kinderspielplatz und dahinter die ersten Häuser des Eschborner Stadtteils Niederhöchstadt. Asphaltierte Wege, gesäumt von Straßenlaternen, zogen sich durch Wiesen und Felder. Ein parkähnliches Naherholungsgebiet, ideal zum Fahrradfahren, Joggen, Walken und …

»Wo ist der Hund?«, fragte Pia plötzlich.

»Welcher Hund?«, antworteten Kröger und Dr. Lemmer überrascht.

»Das ist eine Hundeleine.« Pia bückte sich und deutete auf einen dunkelbraunen, schon ziemlich abgenutzten Lederriemen, den sich die Frau um Schulter und Oberkörper geschlungen hatte. »Sie war hier mit ihrem Hund spazieren. Und da wir keinen Autoschlüssel bei ihr gefunden haben, muss sie hier ganz in der Nähe wohnen.«

»Ich bin so froh, dass ich jetzt drei Wochen Urlaub habe.« Karoline Albrecht seufzte zufrieden und streckte die Beine aus. Sie saß am Esszimmertisch im Hause ihrer Eltern, vor sich eine Tasse ihres Lieblingstees – Roibusch Vanille – und spürte, wie der Stress der vergangenen Wochen und Monate allmählich von ihr abfiel und einem Gefühl tiefer Ruhe Platz machte. »Greta und ich werden es uns zu Hause gemütlich machen oder einfach bei dir herumsitzen und Plätzchen futtern.«

»Ihr seid herzlich willkommen.« Ihre Mutter lächelte sie über den Rand ihrer Lesebrille an. »Aber wolltet ihr nicht eigentlich irgendwohin in die Sonne fliegen?«

»Ach, Mama, ich glaube, ich bin in diesem Jahr mehr geflogen als Carsten – und der ist Pilot!«, grinste Karoline und nippte an ihrem Tee. Ihre Heiterkeit war jedoch nur aufgesetzt.

Seit acht Jahren war sie Executive Partner bei einer internationalen Unternehmensberatung, zuständig für Restrukturierung und Internationalisierung von Unternehmen, und vor zwei Jahren hatte man ihr die Leitung des Management Consulting übertragen. Seitdem lebte sie quasi in Hotels, Flugzeugen und in den VIP-Bereichen der Flughäfen. Sie war eine der ganz wenigen Frauen in einer solchen Position und verdiente so unverschämt viel Geld, dass es ihr beinahe unmoralisch vorkam. Greta war in einem Internat, ihre Ehe auf der Strecke geblieben, und alle Freundschaften waren aus Mangel an Pflege im Laufe der Zeit versandet. Immer hatte der Job für sie oberste Priorität gehabt, schon beim Abitur, das sie mit einem Durchschnitt von 1,0 bestanden hatte, hatte sie die Beste sein wollen. Ihr Studium der Betriebswirtschaft an Eliteuniversitäten in Deutschland und den USA hatte sie mit Auszeichnung abgeschlossen, und danach hatte sie eine kometenhafte Karriere gemacht.

Seit ein paar Monaten jedoch fühlte sie sich erschöpft und leer, und mit der Erschöpfung waren die Zweifel am Sinn ihrer Arbeit gekommen. War es wirklich so wahnsinnig wichtig, was sie da tat, wichtiger, als Zeit mit ihrer Tochter zu verbringen und mal ein wenig das Leben zu genießen? Sie war dreiundvierzig und hatte nie richtig gelebt. Seit zwanzig Jahren hetzte sie von einem Termin zum nächsten, lebte aus dem Koffer und umgab sich mit Menschen, denen sie nichts bedeutete und die ihr völlig gleichgültig waren. Greta fühlte sich in Carstens neuer Familie wohl, sie genoss es, Geschwister zu haben, einen Hund und eine Ersatzmutter, die ihr näher stand als sie, ihre leibliche Mutter! Karoline war auf dem besten Weg, ihre Tochter zu verlieren, und daran war sie selbst schuld, denn sie hatte sich im Leben ihrer Tochter entbehrlich gemacht.

»Aber dein Job macht dir doch noch Spaß, oder?«

Die Stimme ihrer Mutter riss Karoline Albrecht aus ihren Gedanken.

»Ich bin mir nicht mehr so sicher«, erwiderte sie und stellte die Tasse auf den Tisch. »Deshalb nehme ich mir nächstes Jahr eine Auszeit. Ich möchte mehr Zeit mit Greta verbringen. Und ich überlege, das Haus zu verkaufen.«

»Ach!« Margarethe Rudolf hob die Augenbrauen, schien aber nicht sonderlich erschüttert zu sein. »Wieso das denn?«

»Es ist viel zu groß«, erwiderte Karoline. »Ich suche für Greta und mich etwas Kleineres, Gemütlicheres. So etwas wie das hier.«

Sie selbst hatte das Haus so haben wollen, wie es war: stylisch, luxuriös und energieeffizient, vierhundert Quadratmeter Wohnfläche mit Sichtbetonböden und jedem erdenklichen Komfort. Richtig heimisch war sie jedoch nie geworden, und im Stillen sehnte sie sich nach der gemütlichen, alten Villa ihrer Eltern, in der sie aufgewachsen war – mit knarrenden Holztreppen, hohen Decken, mit den abgestoßenen Fliesen im Schachbrettmuster in der Küche, den Erkerzimmern und den altmodischen Bädern.

»Darauf sollten wir anstoßen«, schlug ihre Mutter vor. »Was hältst du davon?«

»Klar, ich habe immerhin Urlaub.« Karoline lächelte. »Hast du eine Flasche im Kühlschrank?«

»Natürlich. Sogar Champagner.« Ihre Mutter zwinkerte ihr zu.

Wenig später saßen sie sich gegenüber und stießen an, auf Weihnachten und auf Karolines Entschluss, etwas Grundlegendes in ihrem Leben zu verändern.

»Weißt du, Mama«, sagte sie, »ich war viel zu zwanghaft und wollte mit aller Macht dem perfekten Bild entsprechen, das alle Leute von mir hatten: diszipliniert, vernünftig, durchorganisiert. Ich habe mich damit nur gestresst, weil ich das alles nicht aus echter Überzeugung getan habe, sondern nur, weil man es von mir so erwartet hat.«

»Du hast dich befreit«, stellte ihre Mutter fest.

»Ja. Ja, das habe ich.« Karoline ergriff beide Hände ihrer Mutter. »Ich kann wieder atmen und schlafen, Mama! Ich komme mir vor, als hätte ich jahrelang unter Wasser gelebt und sei plötzlich aufgetaucht, nur um festzustellen, wie schön die Welt ist! Arbeiten und Geld sind nicht alles im Leben.«

»Nein, Karolinchen, das ist wahr.« Margarethe Rudolf lächelte, aber ihr Lächeln war traurig. »Dein Vater ist leider nie zu dieser Erkenntnis gelangt. Vielleicht passiert das ja noch, wenn er eines Tages im Ruhestand ist.«

Karoline wagte das zu bezweifeln.

»Weißt du was, Mama? Wir gehen zusammen einkaufen«, sagte sie entschlossen. »Wir kochen an Heiligabend gemeinsam, so wie früher.«

Ihre Mutter lächelte gerührt und nickte.

»Das machen wir. Und morgen Abend kommst du mit Greta zum Plätzchen backen. Damit ihr auch was zu naschen habt, wenn ihr Weihnachten hier seid.«

Eine halbe Stunde später tauchte Oliver von Bodenstein am Leichenfundort auf.

»Danke, dass du eingesprungen bist«, sagte er zu Pia. »Ich kann jetzt übernehmen.«

»Och, ich hab heute sowieso nichts zu tun«, erwiderte sie. »Wenn du willst, bleibe ich noch.«

»Das Angebot schlage ich nicht aus.«

Er grinste, und Pia schoss der Gedanke durch den Kopf, wie sehr ihr Chef sich in den letzten zwei Jahren verändert hatte. Nachdem er aufgrund der Zerrüttung seiner Ehe oft abgelenkt und unkonzentriert gewesen war, hatte er nun zu alter Souveränität und seinem Scharfsinn zurückgefunden, dabei war er sich selbst gegenüber großzügiger geworden. War Pia früher diejenige gewesen, die gerne waghalsige Vermutungen anstellte und Dinge energisch vorantrieb, während er sich korrekt an Regeln und Gesetze hielt und sie bremste, so schien es ihr heute manchmal, als hätten sie die Rollen getauscht.

Nur wer einen existentiellen Verlust er- und überlebt hat, ist in der Lage, zu reifen und sich zu verändern. Diesen Satz hatte Pia irgendwo gelesen, und er traf zu, nicht nur auf ihren Chef, sondern auch auf sie. In einer Beziehung konnte man sich sehr lange Zeit etwas vormachen, die Augen vor der Realität verschließen und so tun, als sei alles in bester Ordnung. Doch unweigerlich kam der Tag, an dem die Illusion wie eine Seifenblase zerplatzte und man vor die Wahl gestellt wurde: gehen oder bleiben, nur *über*leben oder wieder wirklich leben.

»Hast du schon mit dem Zeugen gesprochen?«, fragte Bodenstein.

»Ja«, antwortete Pia und schlug die Kapuze hoch. Der Wind war eisig. »Er kam mit dem Fahrrad den Dörnweg entlang, so heißt diese Querverbindung zwischen den Stadtteilen, aus Eschborn und fuhr Richtung Niederhöchstadt. Ungefähr auf der Höhe von diesem Strommast dort drüben sah er, wie die Frau zusammenbrach. Er dachte, sie hätte einen Herzinfarkt gehabt oder so etwas und radelte zu ihr hin. Einen Schuss hat er nicht gehört.«

»Wissen wir schon etwas über die Identität der Toten?«

»Nein. Aber ich denke, dass sie hier in der Nähe wohnt, denn sie war mit einem Hund unterwegs und hatte keinen Autoschlüssel dabei.«

Sie traten ein Stück zur Seite, um dem Leichenwagen Platz zu machen.

»Wir haben auch die Kugel gefunden«, fuhr Pia fort. »Ziemlich verformt zwar, aber zweifellos eine Gewehrkugel. Dr. Lemmer sagt, es handelt sich um ein Teilmantelgeschoss. Jäger benutzen diese Art von Munition und auch wir, wegen der größeren Mannstoppwirkung. Beim Militär sind sie durch die Haager Landkriegsordnung allerdings verboten.«

»Das hat dir alles Dr. Lemmer beigebracht?«, fragte Bodenstein mit einem leicht spöttischen Unterton. »Wer ist das überhaupt?«

»Nein, stell dir vor, das wusste ich schon vorher«, entgegnete Pia spitz. »Dr. Frederick Lemmer ist der neue Rechtsmediziner.«

Ein Pfiff ertönte. Pia und Bodenstein wandten sich um und sahen Kröger unten am Bachlauf mit beiden Armen gestikulieren.

»Christian hat was gefunden«, sagte Pia. »Lassen wir ihn nicht warten.«

Wenig später überquerten sie eine hölzerne Brücke und betraten den unteren Teil eines Spielplatzes. Schaukeln, Wippen, bunte Klettergeräte, eine Seilbahn, Sandkästen und eine Wasserspielanlage verteilten sich über das großzügige Areal oberhalb des Westerbachs.

»Hier!«, rief Kröger aufgeregt wie immer, wenn er etwas entdeckt hatte. »Hier in diesem Gebüsch muss er gelegen haben! Das Gras ist noch plattgedrückt, und da … dort … seht ihr … da ist ein Abdruck von einem Zweibein. Etwas verwischt zwar, aber deutlich zu erkennen.«

Pia musste zugeben, dass sie überhaupt nichts erkannte außer nassen Grasbüscheln, altem Laub und feuchter Erde.

»Du meinst, der Täter hat hier gelegen und dem Opfer aufgelauert?«, vergewisserte Bodenstein sich.

»Ja. Genau.« Kröger nickte heftig. »Ob er speziell diese Frau im Visier hatte oder einfach nur irgendjemanden erschießen wollte, das kann ich euch natürlich auch nicht sagen, aber eins weiß ich: Der Typ ist kein Amateur, der einfach so ein bisschen durch die Gegend ballert. Er hat hier auf der Lauer gelegen, einen Schalldämpfer benutzt und eine üble Munition ...«

»Teilmantelgeschoss«, warf Bodenstein lässig ein und zwinkerte Pia zu.

»Richtig! Ich sehe, du bist schon informiert«, sagte Kröger, ungehalten über die Unterbrechung. »Also, ich denke, er hat hier gelegen, wahrscheinlich in irgendeiner Art Ghillie-Anzug.«

»*Gilli* – was?«, fragte Bodenstein.

»Herrje, Oliver, du tust ja mal wieder, als wärst du schwer von Begriff!«, regte sich Kröger auf. »Ein Ghillie-Anzug ist ein Tarnüberwurf, den Jäger oder Scharfschützen benutzen, weil er die Formen des menschlichen Körpers verbirgt und den Schützen mit seiner Umgebung verschmelzen lässt. Aber ist auch egal. Hier lag auf jeden Fall jemand mit einem Gewehr, das auf einer zweibeinigen Stütze abgelegt wurde, um besser zielen zu können. Den Rest dürft ihr rausfinden. So, und jetzt sorgt am besten dafür, dass uns die Leute hier in Ruhe arbeiten lassen.«

Er wandte sich abrupt ab und ließ sie stehen.

»Er glaubt, du hättest ihn veräppelt«, sagte Pia zu ihrem Chef.

»Ich wusste tatsächlich nicht, was ein Ghillie-Anzug ist!«, rechtfertigte Bodenstein sich. »Ich meine, jetzt, wo er es erklärt hat, weiß ich wieder, dass ich es wusste, aber vorhin, da wusste ich es nicht.«

»Um es kurz zu machen: Es war dir entfallen«, half Pia ihm.

»Du bringst es mal wieder auf den Punkt.«

Bodensteins Handy begann zu klingeln.

»Ich kümmere mich mal darum.« Pia wies mit einem Kopfnicken auf die Menschenansammlung, die sich bereits auf dem Weg gebildet hatte und steten Zulauf fand. Einige Leute hielten sogar ihre Handys hoch und fotografierten, obwohl außer dem rotweißen Flatterband und den Beamten von der Spurensicherung nichts zu sehen war, andere guckten einfach nur und diskutierten miteinander, getrieben von der uralten Lust der Menschen am Schrecklichen. Es verblüffte Pia immer wieder aufs

Neue, welche Faszination der gewaltsame Tod eines Menschen auf andere ausübte.

Sie ging zu einem Kollegen, der gerade zwei Mütter mit ein paar kleinen Kindern davon abhielt, den Spielplatz zu betreten.

»Wir sind aber jeden Mittwochvormittag hier«, beschwerte sich die eine Mutter. »Die Kinder freuen sich die ganze Woche darauf!«

Der uniformierte Kollege verzog genervt das Gesicht.

»In ein paar Stunden können Sie den Spielplatz ja wieder benutzen«, sagte er. »Jetzt ist er gesperrt.«

»Warum? Und was ist mit der Brücke? Wieso ist die auch gesperrt?«, wollte die andere Mutter wissen. »Wie sollen wir denn bitte schön jetzt über den Bach kommen?«

»Nehmen Sie einfach den Weg Richtung Schwimmbad. Da unten gibt es noch eine Brücke«, riet der Beamte.

»Das ist ja echt eine Unverschämtheit!«, empörte sich Mutter Nummer eins, auch die zweite wurde nun aggressiv und erzählte etwas von Polizeistaat und Bewegungsfreiheit.

»Kollege«, sagte Pia. »Erweitert bitte die Absperrung bis zu der Wegkreuzung und bis oben zu der Straße. Holt euch Verstärkung, falls es Probleme gibt.«

Die streitbare Mutter nutzte den Moment der Unaufmerksamkeit und schob ihren Kinderwagen unter dem Absperrband durch.

»Stopp!«, sagte Pia und stellte sich ihr in den Weg. »Bitte verlassen Sie den abgesperrten Bereich.«

»Wieso?« Die Augen der Frau blitzten, sie schob angriffslustig das Kinn vor. »Wen stört es schon, wenn unsere Kinder hier etwas im Sand buddeln?«

»Uns stört das bei unserer Arbeit«, antwortete Pia kühl. »Ich bitte Sie höflich, zu gehen.«

»Wir haben in Deutschland ja wohl ein Recht auf Bewegungsfreiheit!«, zeterte die Mutter. »Schauen Sie, was Sie angerichtet haben! Die Kinder sind total verstört, weil *die Polizei* sie daran hindert, den Spielplatz zu benutzen! Sie verstehen das noch nicht!«

Pia war kurz versucht, ihr zu sagen, dass sie selbst durch ihr uneinsichtiges Verhalten eine Eskalation herbeigeführt hatte, die die Kinder weitaus mehr verstörte als ein rotweißes Absperrband, aber sie hatte keine Zeit und es würde auch keinen Zweck haben.

»Zum letzten Mal«, sagte sie deshalb mit Nachdruck. »Bitte verlassen

Sie den abgesperrten Bereich. Sollten Sie das nicht tun, behindern Sie polizeiliche Ermittlungen. Wir werden dann Ihre Personalien aufnehmen und Sie anzeigen. Ich bin mir sicher, Sie wollen Ihren Kindern kein schlechtes Vorbild sein, oder doch?«

»Wir kommen immer mittwochs extra aus Kronberg hierher und dann so was!« Die Mutter funkelte sie an, schnaubte wütend, als von Pia keine Reaktion mehr kam, und trat dann laut schimpfend den Rückzug an. »Wir werden uns beschweren! Mein Mann kennt wichtige Leute im Innenministerium!«

Eine Frau, die unbedingt das letzte Wort haben musste. Pia ließ es ihr und bedauerte insgeheim ihren Ehemann.

»Unfassbar«, sagte der Beamte neben Pia kopfschüttelnd. »Das wird echt immer schlimmer. Die Leute meinen, sie hätten nur noch Rechte! Rücksicht ist ein Fremdwort geworden.«

Bodenstein wartete ein Stück entfernt. Pia überließ die neugierige Menge ihren Kollegen und ging zu ihrem Chef. Sie überquerten den Kinderspielplatz, der nasse Rasen quatschte unter ihren Schuhen.

»Wir klingeln an allen Haustüren und fragen, ob jemand eine weißhaarige Frau mit Hund kennt«, sagte Bodenstein. »Falls überhaupt jemand zu Hause ist und nicht alle Anwohner schon da unten stehen und gaffen.«

Sie begannen beim ersten Haus in der Kette von Reihenhäusern. Bevor Bodenstein auf die Klingel drücken konnte, bemerkte Pia einen dunkelbraunen Labrador, der ängstlich auf der gegenüberliegenden Straßenseite zwischen zwei geparkten Autos kauerte.

»Ich wette, das ist der Hund der Toten«, sagte sie. »Vielleicht kann ich ihn einfangen.«

Sie ging langsam auf den Hund zu, hockte sich hin und streckte die Hand aus. Der Hund war nicht mehr der Jüngste, das verriet die graue Schnauze. Und von Fremden hielt er nicht besonders viel. Er sprang auf, quetschte sich hinter dem Auto durch die Büsche und verschwand in Richtung Nachbarstraße. Bodenstein und Pia folgten ihm, aber als sie um die Straßenecke bogen, war der Hund verschwunden.

»Ich klingele jetzt einfach irgendwo«, sagte Bodenstein und öffnete das Gartentor des ersten Hauses. Niemand da. Auch beim zweiten Haus reagierte niemand, erst beim dritten Haus hatte er Erfolg.

Die Haustür öffnete sich einen Spaltbreit, und eine ältere Frau lugte misstrauisch über die Sperrkette hinaus.

»Ja bitte?«

»Wir sind von der Kriminalpolizei.« Pia, der es schon öfter passiert war, dass man sie und Bodenstein für Zeugen Jehovas oder unerwünschte Vertreter hielt, hatte ihren Polizeiausweis parat. Aus dem Hintergrund ertönte die Stimme eines Mannes. Die Frau drehte sich um.

»Die Polizei!«, rief sie, dann schloss sie die Tür, entfernte die Sperrkette und öffnete ganz.

»Wissen Sie zufällig, ob jemand hier in der Straße einen etwas älteren dunkelbraunen Labrador besitzt?«, fragte Pia.

Hinter der Frau erschien ein weißhaariger Mann in Strickjacke und Pantoffeln an den Füßen.

»Des könnt die Topsi von der Renaade sein«, sagte die Frau. »Wieso wolle Se des denn wisse? Is was passiert?«

»Wissen Sie auch, wie ›die Renate‹ mit Nachnamen heißt und wo sie wohnt?« Bodenstein überhörte die Frage.

»Ei, sischer. Rohleder heißt die Renaade mit Nachname«, erwiderte die Frau eifrig. »Hoffentlisch hat die Topsi kein Unfall gehabt, des tät der Renaade nämlisch des Herz bresche!«

»Sie wohnt in der Nummer 44«, ergänzte der Mann. »Die Straß enuff. Des gelbe Haus mit ner weiße Bank im Vorgadde.«

»Eischentlisch war des Haus ja ihrm Mann.« Die Frau senkte die Stimme zu einem vertraulichen Flüsterton, ihre Augen blitzten. »Aber als er se verlasse hat, damals, vor sibbe Jahrn drei Taach vor Weihnachte, is ihre Mudder zu ihr gezooche.«

»Des will die Polizei doch gar net wisse«, maßregelte ihr Mann seine tratschsüchtige Gattin. »Den Rohleders geheert der Blummelade in der Unterortstraß, unne im Ort. Aber die Ingeborg is sischer dahaam. Normalerweis geht die immer um die Zeit middem Hund spaziern.«

»Danke für die Informationen«, sagte Bodenstein höflich. »Sie haben uns sehr weitergeholfen. Es wäre sehr freundlich von Ihnen, wenn Sie nicht gleich im Blumenladen anrufen würden.«

»Ei natürlisch net«, versicherte die Frau mit leiser Entrüstung. »So eng sin mer mit der Renaade ja nu aach net.«

Bodenstein und Pia verabschiedeten sich und gingen die Straße hoch. Die Nummer 44 war ein Reihenendhaus, das mit seinem freundlichen sonnengelben Anstrich aus der Reihenhausbatterie hervorstach. Unter einem Carport aus hellem Holz stand ein alter, aber gepflegter Opel, der kleine Vorgarten war sorgfältig auf den Winter vorbereitet worden. Ein paar Pflanzen waren zum Schutz vor Schnee und Kälte mit Jutesäcken umwickelt, in einem Busch hingen Weihnachtskugeln, und um einen Buchsbaum war eine Lichterkette geschlungen. Vor der Haustür, an der ein geschmückter Tannenkranz hing, wartete die zitternde Topsi vergeblich darauf, dass ihr jemand die Tür öffnete.

Die Türglocke bimmelte, feuchtwarme Luft und der überwältigende Geruch von Blumen und Tannenzweigen schlugen ihnen entgegen, als sie den Laden betraten, über dessen Schaufenster ein altmodisches Schild mit der Aufschrift *Blumen Rohleder – seit 50 Jahren* angebracht war.

Der Laden hinter den beschlagenen Scheiben war voll. Menschen, Blumen und allerlei Nippes in offenen Vitrinen, Holzregalen und Körben. Hinter einem langen Tresen waren drei Frauen damit beschäftigt, Blumensträuße zu binden.

Es kostete Bodenstein, der den Geruch in Blumenläden unweigerlich mit Leichenhallen auf Friedhöfen assoziierte, einiges an Überwindung, nicht sofort auf dem Absatz kehrtzumachen. Blumen in Gärten und auf Wiesen waren etwas Schönes, abgeschnitten in Vasen mochte er sie nicht, fast ekelte er sich sogar davor.

Er ging an den Wartenden vorbei, trotz der Proteste eines betagten Mütterchens, das mit einem winzigen Weihnachtsstern in der Hand darauf wartete, als Nächste bedient zu werden.

»So geht das aber nicht, junger Mann«, monierte das Mütterchen mit zittriger Stimme und versetzte ihm einen gar nicht zittrigen Stoß mit ihrer Gehhilfe.

»Danke für den *jungen* Mann«, entgegnete Bodenstein trocken, der sich an Tagen wie diesem besonders alt fühlte. Jemandem die Nachricht vom gewaltsamen Tod eines Angehörigen zu überbringen fiel ihm nach fünfundzwanzig Jahren bei der Kriminalpolizei noch genauso schwer wie beim ersten Mal.

»Ich bin sechsundneunzig!«, sagte die alte Frau mit einem Anflug von Stolz. »Gegen mich seid ihr alle junge Hüpfer!«

»Dann gehen Sie doch bitte vor.« Bodenstein trat einen Schritt zur Seite und wartete geduldig, bis der Weihnachtsstern eingepackt und bezahlt war. Pia, die sich im Laden umgesehen hatte, trat neben ihn.

»Sie wünschen bitte?« Die dralle Blondine mit ein bisschen zu viel Schminke um die Augen und Händen, die von der Arbeit mit Blumen und Wasser rissig waren, sah ihn fröhlich lächelnd an.

»Guten Tag. Mein Name ist Bodenstein von der Kriminalpolizei in

Hofheim, das ist meine Kollegin Pia Kirchhoff«, erwiderte er. »Wir möchten mit Renate Rohleder sprechen.«

»Das bin ich. Was kann ich für Sie tun?« Das Lächeln verschwand, und Bodenstein schoss unwillkürlich der Gedanke durch den Kopf, dass sie wohl für lange Zeit nicht mehr lächeln würde.

Die Glocke an der Ladentür verhieß neue Kundschaft. Frau Rohleder begrüßte sie nicht, ihr Blick hatte sich an Bodensteins Gesicht festgesaugt, und sie schien das Unheil, das ihr Leben verändern würde, zu ahnen.

»Ist … ist etwas passiert?«, flüsterte sie.

»Vielleicht können wir woanders sprechen«, bat Bodenstein.

»Na… natürlich. Kommen Sie.« Sie hielt die schmale hölzerne Schwingtür am Ende des Tresens auf, Bodenstein und Pia gingen durch und folgten ihr in ein kleines, hoffnungslos vollgestopftes Büro am Ende des Flurs.

»Ich fürchte, wir kommen mit einer schlimmen Nachricht«, begann Bodenstein. »Heute Morgen gegen neun Uhr wurde im Feld zwischen Eschborn und Niederhöchstadt die Leiche einer Frau gefunden. Sie hatte weiße Haare, trug eine olivfarbene Jacke und eine pinkfarbene Mütze …«

Renate Rohleder wurde kreidebleich, Unglauben malte sich auf ihren Zügen. Kein Ton kam über ihre Lippen, sie stand einfach nur da, mit herabhängenden Armen. Ihre Hände schlossen sich zu Fäusten und öffneten sich wieder.

»Die Frau hatte eine Hundeleine dabei«, fuhr Bodenstein fort.

Renate Rohleder machte einen Schritt rückwärts und sackte auf einen Stuhl. Dem Unglauben folgte die innerliche Abwehr – *das kann nicht sein, hier liegt sicherlich eine Verwechslung vor!*

»Sie wollte nach dem Spaziergang mit Topsi in den Laden kommen, um zu helfen. Vor Weihnachten ist immer so viel los. Ich wollte sie schon anrufen, aber ich kam nicht dazu«, murmelte sie tonlos. »Meine Mutter hat eine pinke Wollmütze. Ich habe sie ihr vor drei Jahren zu Weihnachten geschenkt, zusammen mit einem pinken Schal. Und für den Hundespaziergang hat sie immer ihre alte Barbour-Jacke angezogen, dieses hässliche, stinkende Ding …«

Ihre Augen füllten sich mit Tränen.

Nun setzte der Schock ein, mit dem Begreifen einer endgültigen Tatsache.

Bodenstein und Pia wechselten einen kurzen Blick. Die pinkfarbene Mütze, der Labrador, die olivfarbene Jacke. Es gab keinen Zweifel mehr, dass es sich bei der Toten um Ingeborg Rohleder handelte.

»Was ist passiert? Hatte sie … hatte sie einen Herzinfarkt?«, flüsterte Renate Rohleder und blickte Bodenstein wieder an. Die Tränen rannen über ihre Wangen, vermischten sich mit dem schwarzen Eyeliner und der Wimperntusche. »Ich muss zu ihr! Ich muss sie sehen!«

Sie sprang ganz plötzlich auf, klaubte Handy und Autoschlüssel vom Schreibtisch und riss eine Jacke vom Kleiderständer neben der Tür.

»Frau Rohleder, warten Sie!« Bodenstein ergriff die zitternde Frau sanft an den Schultern und hielt sie fest. »Wir fahren Sie jetzt nach Hause. Sie können nicht zu Ihrer Mutter.«

»Warum nicht? Vielleicht ist sie gar nicht tot, sondern nur … nur bewusstlos oder … oder im Koma!«

»Es tut mir sehr leid, Frau Rohleder. Ihre Mutter wurde erschossen.«

»*Erschossen?* Meine Mutter wurde *erschossen*?«, flüsterte sie fassungslos. »Das kann doch nicht sein! Wer sollte denn so etwas tun? Meine Mutter war der freundlichste und hilfsbereiteste Mensch der Welt!«

Renate Rohleder schwankte und ging in die Knie. Bodenstein gelang es gerade noch, sie auf den Stuhl zu setzen, bevor sie zusammenbrach. Sie starrte ihn an und öffnete den Mund zu einem schrecklichen, gellenden, verzweifelten Schrei, der Bodenstein noch für Stunden in den Ohren klingen sollte.

Die Runde im Besprechungsraum des K11 war überschaubar. Bodenstein und Pia saßen auf der einen Seite des ovalen Tisches, Dr. Nicola Engel vor Kopf und Kai Ostermann hatte sich auf die gegenüberliegende Seite gesetzt, um niemanden mit seinen Bazillen zu verseuchen. Er schniefte und hustete unablässig und war in einem wahrhaft bemitleidenswerten Zustand. Vor den Fenstern war es bereits dunkel, als Bodenstein seinen Bericht beendet hatte und verstummte.

»Wir sollten erwägen, an die Öffentlichkeit zu gehen«, überlegte Nicola Engel laut. »Vielleicht hat jemand den Schützen vom Kinderspielplatz kommen sehen. Dank des Zeugen haben wir ja ein sehr konkretes Zeitfenster.«

»Das halte ich für eine gute Idee, aber wir sind derzeit völlig unterbesetzt«, wandte Bodenstein ein. »Pia ist eigentlich im Urlaub und nur heute eingesprungen. Wenn wir jetzt noch zusätzlich Kapazitäten mit einer Telefon-Hotline binden, kann ich alleine losziehen.«

»Welches Vorgehen schlägst du stattdessen vor?« Nicola Engel hob die schmal gezupften Augenbrauen.

»Wir wissen bisher noch nicht, ob Ingeborg Rohleder gezielt erschossen wurde oder ein Zufallsopfer ist«, erwiderte Bodenstein. »Wir müssen mehr über ihren Bekanntenkreis herausfinden, bevor wir an die Öffentlichkeit gehen. Nach Gesprächen mit der Tochter des Opfers, den Angestellten des Blumenladens und ein paar Nachbarn scheint die Tote eine allseits beliebte Dame gewesen zu sein, scheinbar ohne Feinde. Ein persönliches Tatmotiv ist momentan nicht zu erkennen.«

»Erinnert euch an den Fall Vera Kaltensee. Da war es genauso«, warf Pia ein. »Sie haben wir auch zuerst für beliebt, geschätzt und über alle Zweifel erhaben gehalten.«

»Das kann man doch nicht vergleichen«, widersprach Bodenstein.

»Wieso nicht?« Pia zuckte die Achseln. »Ein Mensch von siebzig Jahren hat eine lange Vergangenheit, in der viel passiert sein kann.«

»Ich könnte ein bisschen über das Opfer recherchieren«, krächzte Ostermann.

»Das auf jeden Fall.« Bodenstein nickte. »Vielleicht bringt uns ja auch die Untersuchung der Kugel Erkenntnisse über die Tatwaffe.«

»Gut.« Nicola Engel erhob sich. »Bitte halte mich auf dem Laufenden, Oliver.«

»Das mache ich.«

»Also, viel Erfolg.« Sie ging zur Tür, wandte sich aber noch einmal um. »Danke, dass Sie heute eingesprungen sind, Frau Kirchhoff. Ich wünsche Ihnen einen schönen Urlaub und frohe Weihnachten.«

»Das wünsche ich Ihnen auch«, erwiderte Pia. »Danke.«

Ostermann schob den Stuhl zurück und wankte hustend in sein Büro, Pia folgte ihm. Auf seinem Schreibtisch standen eine ganze Reihe von Medikamenten, eine Thermoskanne mit Tee und ein Karton mit Kleenex-Tüchern.

»So erkältet war ich schon lange nicht mehr«, stöhnte Ostermann. »Wenn's jetzt nicht gerade einen Mord gegeben hätte, würde ich morgen glatt zu Hause bleiben. Verschwinde lieber, Pia, bevor ich dich anstecke und du mit Husten und Schnupfen auf dem Kreuzfahrtschiff hockst.«

»Mensch, Kai, ich hab ein total schlechtes Gewissen, dich jetzt allein zu lassen«, sagte Pia.

»Ach Quatsch.« Ostermann nieste und schnaubte in ein Taschentuch. »Ich hätte überhaupt kein schlechtes Gewissen, wenn ich einen Urlaub gebucht hätte und du hier halbtot herumsitzen würdest.«

»Danke. Du bist immer so charmant.« Pia warf sich ihren kleinen ledernen Rucksack über die Schulter und grinste. »Dann wünsche ich dir gute Besserung und frohe Weihnachten! Ciao, Kollege!«

»Grüß mir die Sonne am Äquator!« Kai Ostermann winkte und nieste wieder. »Und jetzt hau hier endlich ab!«

Donnerstag, 20. Dezember 2012

Bodenstein hatte schlecht geschlafen. Nachdem er sich eine halbe Stunde hellwach von einer Seite auf die andere gewälzt hatte, beschloss er aufzustehen, bevor er Inka weckte, die tief und fest neben ihm schlief und leise vor sich hin schnarchte. Er verließ das Schlafzimmer, ohne Licht zu machen, zog eine Fleecejacke über seinen Schlafanzug und ging die Treppe hinunter. In der Küche schaltete er die nagelneue halbautomatische Kaffeemaschine ein, die er sich als vorgezogenes Weihnachtsgeschenk selbst geschenkt hatte, und stellte eine Tasse unter den Auslauf.

Zwei Kranke im K11, Cem Altunay und Pia im Urlaub und ein Mordfall, der nicht den Anschein machte, als sei er rasch aufgeklärt. Die Grippewelle hatte unter den Kollegen ziemlich gewütet, so dass er kaum zur Verstärkung auf Beamte von anderen Kommissariaten zurückgreifen konnte.

Das Mahlwerk rasselte, wenig später rann der Kaffee in die Tasse und verbreitete einen herrlichen Duft. Bodenstein schlüpfte mit bloßen Füßen in seine lammfellgefütterten Halbstiefel und trat hinaus auf den Balkon. Er nahm einen Schluck Kaffee – besseren hatte er nie getrunken –, setzte sich auf die Couch aus Polyrattan-Geflecht unter dem weit vorgezogenen Dach und hüllte sich in eine der Wolldecken, die ordentlich zusammengefaltet auf einem der Sessel lagen. Die Luft war frostig kalt, aber so klar, dass Bodenstein mit bloßem Auge die Positionslichter eines landenden Flugzeugs am Flughafen erkennen konnte. Der Ausblick über die Rhein-Main-Ebene von Frankfurt über den Industriepark Höchst bis zum Frankfurter Flughafen war immer wieder spektakulär – bei Tag und Nacht, im Sommer wie im Winter. Er liebte es, hier draußen zu sitzen, seinen Gedanken nachzuhängen und dabei den Blick schweifen zu lassen. Überhaupt hatte er den Kauf der Doppelhaushälfte im Kelkheimer Stadtteil Ruppertshain noch keine einzige Sekunde bereut, kennzeichnete er für ihn doch die Rückkehr in ein normales Leben, das durch die Trennung von Cosima vor vier Jahren von einem Tag auf den anderen in Scherben gelegen hatte. Die einzige Konstante in dieser chaotischen Zeit war sein Job gewesen, und den hatte er nur noch, weil Pia ihm mehrere Male den Hals gerettet hatte. In seiner Unkonzentriertheit hatte er sich manch groben Fehler erlaubt, für den er sich im Nachhinein schämte, aber sie hatte nie ein Wort darüber verloren oder gar versucht, ihn bloßzustellen, um seine Position als Leiter des K11 zu ergattern. Zweifellos war sie die beste Kollegin, die er jemals gehabt hatte, und der Gedanke, dass er bei der Aufklärung des Mordes an der alten Dame aus Eschborn auf sie verzichten musste, beunruhigte ihn mehr, als er es sich bisher selbst eingestanden hatte. Die Schiebetür ging auf. Er wandte den Kopf und war erstaunt, als er seine ältere Tochter Rosalie erkannte.

»Hey, meine Große, warum bist du schon wach?«

»Ich konnte nicht mehr schlafen«, sagte sie. »Mir geht so viel durch den Kopf.«

»Komm her.« Bodenstein rückte ein Stück zur Seite. Sie setzte sich neben ihn. Eine ganze Weile genossen Vater und Tochter schweigend den Ausblick und die Stille des frühen Wintermorgens. Ihr lag etwas auf der Seele, das spürte er, aber er wollte warten, bis sie von sich aus darüber redete. Die Entscheidung, mit vierundzwanzig Jahren als Souschefin in eines der besten Hotels in New York City zu gehen, war mutig, ganz besonders für Rosalie, der schon seit ihrer Kindheit jede kleinste Veränderung Bauchschmerzen bereitet hatte. Ihre Ausbildung zur Köchin hatte sie im vergangenen Jahr mit der Meisterprüfung als Beste ihres Jahrgangs abgeschlossen, und ihr Ausbilder, der Sternekoch Jean-Yves St. Clair, hatte ihr geraten, für eine Weile ins Ausland zu gehen, um dort Erfahrungen zu sammeln.

»Ich war noch nie länger als ein oder zwei Wochen von hier weg«, begann sie leise. »Überhaupt hab ich noch nie alleine gewohnt. Nur bei Mama und bei dir. Und jetzt gleich Amerika, New York!«

»Der eine verlässt früher, der andere später das Nest«, erwiderte Bodenstein und legte den Arm um die Schulter seiner Tochter, die die Beine anzog und sich unter der warmen Decke eng an ihn kuschelte. »Viele junge Leute ziehen zwar für ein Studium zu Hause aus, hängen aber trotzdem noch für Jahre am Tropf der Eltern. Du verdienst schon lange dein eigenes Geld und bist sehr selbständig. Außerdem hast du mehr oder weniger den ganzen Haushalt geschmissen. Was glaubst du, wie sehr ich das vermissen werde!«

»Ich werde dich auch vermissen, Papa. Ich werde das alles hier vermissen. Eigentlich bin ich doch gar kein Stadtmensch.« Rosalie lehnte ihren Kopf an seine Schulter. »Was mache ich, wenn ich Heimweh kriege?«

»Zuerst glaube ich mal, dass du nur sehr wenig Zeit für Heimweh haben wirst«, entgegnete Bodenstein. »Falls das doch mal der Fall ist, dann skypst du mit den Menschen, die dir gerade fehlen, oder du rufst an. An Wochenenden oder wenn du ein paar Tage freihast, kannst du raus nach Long Island fahren oder in die Berkshire Hills. Das ist nur einen Katzensprung von New York entfernt. Und wie ich deine Mutter kenne, wird sie dich sicherlich hin und wieder besuchen.«

»Das glaube ich auch«, sagte Rosalie und seufzte. »Ich freue mich ja auch auf New York, auf den Job und die neuen Leute. Und trotzdem ist mir irgendwie mulmig.«

»Es wäre nicht normal, wenn es anders wäre«, erwiderte er. »Ich bin auf jeden Fall wahnsinnig stolz auf dich. Als du damals die Lehre angefangen hast, war ich der festen Überzeugung, dass das nur eine Trotzreaktion von dir war und du bald die Flinte ins Korn schmeißen würdest. Aber du hast nicht nur durchgehalten, sondern du bist eine ausgezeichnete Köchin geworden.«

»Manchmal war ich auch echt nah dran, aufzugeben«, verriet Rosalie. »Nie konnte ich dabei sein, wenn meine Freundinnen abends auf Partys, Konzerte oder in Clubs gegangen sind. Aber irgendwie waren sie alle so … planlos. Irgendwie bin ich die Einzige, die ihren Traumjob gefunden hat.«

Bodenstein lächelte in der Dunkelheit. Rosalie war ihm wahrhaftig sehr ähnlich, nicht nur was ihre Heimatverbundenheit und ihren Familiensinn betraf. Wie er war auch sie bereit, Verantwortung zu übernehmen und für eine Sache, die ihr etwas bedeutete, auf anderes zu verzichten. Von ihrer Mutter hatte sie hingegen etwas geerbt, was ihm ein wenig fehlte, nämlich einen ausgeprägten Ehrgeiz, der sie in die Lage versetzte, über manchen Schatten zu springen.

»Das ist viel wert. Nur wenn man etwas richtig gerne tut, dann hat man auch die Chance, erfolgreich zu werden und Erfüllung in seiner Arbeit zu finden«, sagte Bodenstein. »Ich bin fest davon überzeugt, dass du genau die richtige Entscheidung für dich getroffen hast. Das Jahr in Amerika wird dich in jeder Hinsicht ein großes Stück voranbringen.«

Er wandte den Kopf und legte seine Wange auf Rosalies Scheitel.

»Wenn es mal stürmisch wird in deinem Leben und du einen ruhigen Hafen brauchst, dann ist hier auf jeden Fall immer ein Platz für dich frei«, sagte er leise.

»Danke, Papa«, murmelte Rosalie und gähnte. »Jetzt geht's mir schon besser. Ich glaub, ich schlaf doch noch ein bisschen.«

Sie richtete sich auf, gab ihm einen Kuss auf die Wange und verschwand ins Haus.

Aus Kindern werden Leute, dachte Bodenstein mit einem Anflug von Wehmut. Die Zeit verging so schnell! Lorenz und Rosalie waren längst erwachsen, und Sophia war vor ein paar Wochen schon sechs Jahre alt geworden! In achtzehn Jahren, wenn sie so alt war wie Rosalie heute, würde er fast siebzig sein! Ob er dann wohl zufrieden auf sein Leben zurückblicken würde? Als er vor anderthalb Jahren das Angebot bekommen hatte, Nicola Engels Job, den er während ihrer Suspendierung vertretungsweise übernommen hatte, zu behalten, hatte er abgelehnt. Zu viel Verwaltungsarbeit, zu viel Politik. Er wollte als Ermittler arbeiten, kein Schreibtischhengst sein. Erst später war ihm bewusst geworden, dass er mit seiner Ablehnung Pia jede Chance auf einen beruflichen Aufstieg innerhalb der Regionalen Kriminalinspektion genommen hatte. Seit zwei Jahren Kriminalhauptkommissarin, brachte sie alle nötigen Eigenschaften und Qualifikationen mit, um eine exzellente Leiterin des K11 zu sein. Doch solange er diesen Posten besetzte, würde sie sich damit begnügen müssen, nur Bestandteil seines Teams zu sein. Ob ihr das auf Dauer reichen würde? Was, wenn sie sich eines Tages dazu entschloss, woanders hin zu wechseln, um auf der Karriereleiter einen Schritt nach oben zu machen? Bodenstein trank den letzten Schluck Kaffee, der längst kalt geworden war. Seine Gedanken kehrten zu dem Mordfall zurück, den er aufzuklären hatte. Wie es sein würde, ohne Pia arbeiten zu müssen, würde er ja in den nächsten Tagen merken.

Pia Kirchhoff tat in der Nacht aus ähnlichen Gründen wie ihr Chef fast kein Auge zu. Der gestrige Mordfall ging ihr einfach nicht aus dem Kopf. Im Gegensatz zu einigen Kollegen, die behaupteten, sie könnten völlig abschalten und die Arbeit ausblenden, sobald sie nach Dienstschluss nach Hause fuhren, gelang ihr das nur selten. Irgendwann stand sie auf, schlich auf Zehenspitzen nach unten und zog sich an. Die beiden Hunde krochen gähnend aus ihren Körbchen, die im Wohnzimmer standen, und folgten ihr eher aus Pflichtgefühl denn aus Begeisterung hinaus in die Kälte. Pia sah nach den beiden Pferden, die in ihren Boxen im Stehen schliefen, und setzte sich auf die Bank vor dem Stall.

Nach den ersten Erkenntnissen war Ingeborg Rohleder eine nette ältere Dame gewesen, die ihr Leben lang im familieneigenen Blumengeschäft gearbeitet und sich in ihrem Heimatort allgemeiner Beliebtheit erfreut hatte. Weder die befragten Nachbarn noch die schockierten Mitarbeiterinnen des Blumenladens hatten sich vorstellen können, dass es einen Menschen gab, der einen Grund hatte, Ingeborg Rohleder eine Kugel in den Kopf zu schießen. Lag eine Verwechselung vor, ein Irrtum, oder war die Frau tatsächlich ein zufälliges Opfer des Schützen geworden? Diese Vorstellung war weitaus beängstigender als jede andere. In rund siebzig Prozent aller Mordfälle in Deutschland gab es irgendeine Verbindung zwischen Täter und Opfer, häufig kam der Täter sogar aus dem näheren Bekanntenkreis seines Opfers. Meist spielten heftige Emotionen wie Eifersucht oder Wut eine Rolle oder die Angst vor der Entdeckung einer anderen Straftat. Reine ziellose Mordlust, die ein willkürliches Opfer fand, war sehr selten. Und die entsprechenden Fälle waren extrem schwer zu lösen, denn wenn es keine Verbindung zwischen Täter und Opfer gab, war man auf den Zufall in Form eines Zeugen, eines genetischen Fingerabdrucks oder eines anderen Details angewiesen. Erst kürzlich hatte Pia an einem Seminar teilgenommen, auf dem die Entwicklung der Gewaltkriminalität mit Schusswaffengebrauch ein Thema gewesen war, und selbst sie war erstaunt gewesen, wie wenige Tötungsdelikte – nämlich lediglich vierzehn Prozent – in Deutschland tatsächlich mit Schusswaffen verübt wurden.

Pia fröstelte. Auf der nahen Autobahn jenseits des kleinen Reitplatzes war um diese frühe Uhrzeit noch nicht viel los, nur vereinzelt huschte Scheinwerferlicht vorbei. In spätestens zwei Stunden würde sich das gravierend ändern. Pias Blick fiel auf die beiden Hunde, die jämmerlich zitternd vor ihr saßen und offenbar bereuten, dass sie ihre behaglichen Körbchen verlassen hatten.

»Na kommt, wir gehen wieder rein«, sagte sie und stand auf. Die Hunde flitzten vor ihr her und schlüpften ins Haus, kaum dass sie die Tür aufgeschlossen hatte. Pia zog Jacke und Stiefel aus, ging wieder hoch und kuschelte sich ins Bett.

»Uh, was ist denn das für ein Eisblock?«, murmelte Christoph, als sie sich an seinen schlafwarmen Körper schmiegte.

»Ich war nur kurz draußen«, flüsterte Pia.

»Wie viel Uhr ist es?«

»Zwanzig nach fünf.«

»Was ist los?« Er drehte sich zu ihr um und nahm sie in die Arme.

»Die Tote von gestern geht mir nicht aus dem Kopf«, erwiderte Pia. Sie hatte Christoph gestern am späten Abend erzählt, weshalb sie arbeiten gewesen war, obwohl sie eigentlich Urlaub hatte. Niemand hatte für so etwas mehr Verständnis als Christoph, der seinen Beruf als Direktor des Opel-Zoos selbst mit Leidenschaft und Engagement ausübte und, wenn Not am Mann war, keine Wochenenden und freien Tage kannte.

»Die Frau war eine nette Omi, überall beliebt«, fuhr Pia fort. »Der Täter hat ein Gewehr mit Schalldämpfer benutzt.«

»Und was bedeutet das?« Christoph unterdrückte ein Gähnen.

»Wir sind zwar noch ganz am Anfang der Ermittlungen, aber irgendwie sieht es für mich so aus, als sei die Frau ein Zufallsopfer gewesen«, erklärte Pia. »Und das bedeutet möglicherweise, dass wir es mit einem Heckenschützen zu tun haben, der einfach so auf irgendwelche Leute schießt.«

»Und jetzt machst du dir Sorgen, weil deine Kollegen krank oder im Urlaub sind.«

»Ja, das stimmt.« Sie nickte. »Ich würde mit einem weitaus besseren Gefühl in den Urlaub fahren, wenn Cem und Kathrin da wären.«

»Hör mal, Süße.« Christoph schloss sie in seine Arme und küsste ihre Wange. »Ich würde verstehen, wenn du in einer Situation wie dieser lieber hierbleiben möchtest. Für mich ist es ja sowieso eher Arbeit als Urlaub …«

»Ich kann dich doch nicht allein in die Flitterwochen fahren lassen!«, protestierte Pia.

»Flitterwochen kann man nachholen«, entgegnete Christoph. »Es wäre kaum eine Erholung für dich, wenn dich permanent das schlechte Gewissen quält.«

»Ach, die schaffen das auch ohne mich«, sagte Pia ohne große Überzeugung. »Vielleicht klärt sich ja heute schon alles auf.«

»Du kannst es dir ja noch überlegen.« Christoph zog sie an sich. Die Wärme seines Körpers hatte eine beruhigende Wirkung, und Pia spürte, wie die Müdigkeit sie überkam.

»Ja«, murmelte sie. »Das kann ich.«

Und dann döste sie wieder ein.

Er blätterte die Zeitung durch, las sorgfältig jede Seite. Nichts. Kein Wort über den Mord in Eschborn. Auch im Internet hatte er nichts gefunden – weder in den Nachrichten noch im Polizeibericht. Offenbar hielt die Polizei es für besser, die Sache vorerst aus der Presse herauszuhalten, was ihm nur recht sein konnte. In ein paar Tagen würde sich das ändern. Aber bis dahin schützte ihn die Unwissenheit der Öffentlichkeit vor zufälligen Zeugen, und er konnte sich problemlos bewegen.

Mit seiner Strategie war er zufrieden. Alles war genau so gelaufen, wie er es geplant hatte. Auf dem Parkplatz am Wiesenbad in Eschborn waren zwar ein paar Mütter mit ihren Kindern herumgelaufen, aber niemand hatte ihm Beachtung geschenkt, als er die Sporttasche mit dem Gewehr in den Kofferraum seines Autos gelegt hatte und davongefahren war.

Auf seinem iPad rief er die Seite des Deutschen Wetterdienstes auf. Das tat er seit Wochen und Monaten mehrmals am Tag, denn das Wetter war ein ausgesprochen wichtiger Faktor.

»Mist«, murmelte er.

Die Wettervorhersage für die nächsten drei Tage hatte sich seit gestern verändert. Er runzelte die Stirn, als er von starkem Schneefall bis in die Niederungen ab Freitagabend las.

Schnee war schlecht. Im Schnee hinterließ man Spuren. Was sollte er nun machen? Ein genau ausgeklügelter Plan, in dem alle Risiken bedacht und auf ein Minimum reduziert waren, war die Voraussetzung für das Gelingen seines Vorhabens. Nichts war gefährlicher als Spontaneität. Aber der verdammte Schnee drohte ihm einen Strich durch die Rechnung zu machen. Eine Weile saß er nachdenklich am Tisch, rief sich ein weiteres Mal alle Details seines Plans ins Gedächtnis. Es half nichts. Der Schnee war eine ernsthafte Bedrohung, deshalb musste er den Zeitplan ändern. Sofort.

»Mensch, Kai, du gehörst ins Bett«, sagte Bodenstein, als er den Besprechungsraum des K11 betrat und den letzten ihm verbliebenen Mitarbeiter sah.

»Im Bett sterben die Leut'.« Kriminaloberkommissar Kai Ostermann winkte ab. »Ich fühl mich besser, als ich aussehe.«

Er grinste und hustete, und Bodenstein warf ihm einen skeptischen Blick zu.

»Ich bin dir auf jeden Fall dankbar, dass du mich nicht auch im Stich lässt«, sagte er und setzte sich an den großen Tisch.

»Der Bericht aus der Ballistik kam vor ein paar Minuten«, krächzte Ostermann und schob seinem Chef ein paar zusammengeheftete Blätter hin. »Bei der Kugel handelte es sich um eine Patrone Kaliber .308 Winchester, leider ein ziemlich verbreitetes Kaliber, das vom Militär, von Jägern, Sportschützen und auch von uns verwendet wird. Jeder Munitionshersteller hat dieses Kaliber in seinem Programm, und das meist auch noch in verschiedenen Laborierungen.«

Die Heizung lief auf Hochtouren, und Bodenstein brach bereits der Schweiß aus, aber Ostermann, der sich einen Schal um den Hals gewickelt hatte und eine Daunenweste über seinem Pulli trug, schien die Hitze gar nicht zu bemerken.

»Bei dieser Patrone handelt es sich um eine Remington CoreLokt 11,7 g, die weltweit am meisten verkaufte Zentralfeuerpatrone im Jagdbereich. Die Waffe, aus der die Kugel abgefeuert wurde, ist bisher noch nicht aufgefallen.«

»Also keine echte Spur.« Bodenstein entledigte sich seines Jacketts und hängte es über die Stuhllehne. »Gibt es Neues vom ED[1]?«

»Nein, leider auch nicht. Der Schuss erfolgte aus etwa achtzig Metern Distanz.« Ostermann hustete, schob sich ein Salbeibonbon in den Mund und fuhr im Flüsterton fort. »Kein Problem für einen geübten Schützen. Am Tatort und an der Stelle, von der aus der Täter geschossen hat, gab es keine tatrelevanten Spuren, wenn man von dem verwischten Abdruck des Zweibeins absieht. Die Patronenhülse muss er aufgehoben und mitgenommen haben. Nach Auswertung der Befragungen von Nachbarn und Mitarbeitern aus dem Blumenladen war in den letzten Tagen und Wochen nichts Auffälliges passiert, Ingeborg Rohleder wirkte wie immer und ließ nicht erkennen, dass sie sich bedroht fühlte.«

In Bodenstein wuchs die deprimierende Erkenntnis, dass sie bisher rein gar nichts wussten, abgesehen vom Kaliber der Tatwaffe und der Art der Patrone. Ihm gefiel der Gedanke zwar überhaupt nicht, aber angesichts des Krankenstandes würde ihm nichts anderes übrig bleiben, als Nicola Engel um Verstärkung durch Kollegen aus anderen Kommissariaten zu bitten.

»Ich frage mich ernsthaft, wie wir …?«, begann er, als sich hinter ihm die Tür öffnete. Ostermann bekam große Augen.

»Hallo«, sagte Pia in seinem Rücken, und er wandte sich zu ihr um.

»Was machst du denn hier?«, fragte er überrascht.

»Störe ich?« Pia blickte von ihm zu Ostermann.

»Oh, nein, nein, ganz und gar nicht!«, beeilte Bodenstein sich zu versichern. »Komm, setz dich.«

»Hast du nichts Besseres zu tun, einen Tag bevor du verreist?«, flüsterte Ostermann heiser.

---

1 ED =Erkennungsdienst, Spurensicherung

»Nein.« Pia zog ihre Jacke aus, setzte sich und grinste. »Hab alles soweit erledigt. Und da dachte ich mir, ich helf euch mal schnell den Fall zu lösen, bevor ich für drei Wochen in die Sonne abhaue.«

Kai Ostermann zog eine Grimasse, während Bodenstein sich den Pullover auszog und für Pia kurz die Fakten zusammenfasste, die zuvor besprochen worden waren.

»Das ist ja nicht viel«, stellte Pia fest. »Es gibt wohl keine Chance herauszufinden, wann und wo die Munition gekauft wurde, oder?«

»Nein.« Ostermann schüttelte den Kopf. »Die gibt's in jedem Waffengeschäft und Jagdkatalog auf der ganzen Welt. Leider.«

»Und bisher ist auch kein Motiv zu erkennen«, sagte Bodenstein. »Es könnte sich um einen Sniper handeln, der aus reiner Mordlust Menschen tötet.«

»Oder Ingeborg Rohleder hatte doch irgendwelche dunklen Geheimnisse, von denen niemand weiß«, erwiderte Pia. »Wir sollten den Bekanntenkreis und die Vergangenheit des Opfers ganz genau überprüfen.«

»Einverstanden.« Bodenstein nickte und stand auf. »Lass uns zu Renate Rohleder fahren. Und danach in die Rechtsmedizin. Die Obduktion ist für halb zwölf angesetzt.«

Renate Rohleder schien kaum gefasster als gestern. Sie saß mit verweinten Augen am Küchentisch, knetete ein Taschentuch in ihrer linken Hand und streichelte mit der anderen mechanisch die alte Labradorhündin, die sich dicht an ihr Bein schmiegte. Das blonde Haar, das sie am Vortag kunstvoll aufgetürmt getragen hatte, hing schlaff auf ihre Schultern, das Gesicht war ungeschminkt und aufgequollen, als habe sie die ganze Nacht geweint.

»Warum steht nichts in der Zeitung?«, fragte sie mit einem vorwurfsvollen Unterton, statt auf Bodensteins höflichen Gruß zu antworten. Sie tippte mit dem Finger auf eine aufgeschlagene Tageszeitung. »Auch im Radio kam nichts. Wieso nicht? Was tun Sie, um den Mörder meiner Mutter zu finden?«

Besuche bei den Angehörigen eines Mordopfers waren immer eine unschöne Sache, und Bodenstein hatte in fünfundzwanzig Jahren beim K11 schon jede Art von Reaktion erlebt. Die meisten Hinterbliebenen schafften es irgendwann, wieder in ein relativ normales Leben zurückzufinden, aber die ersten Tage waren immer Schockstarre, Chaos, Zusammenbruch. Nicht selten waren er und seine Kollegen Blitzableiter in diesem emotionalen Ausnahmezustand, und Bodenstein hatte sich längst ein dickes Fell zugelegt.

»Es ist noch zu früh, um an die Öffentlichkeit zu gehen«, erwiderte er deshalb ruhig. »Wir haben nicht genug Fakten, um die Bevölkerung um Mithilfe zu bitten. Eine reine Sensationsberichterstattung kann kaum in Ihrem Sinne sein.«

Renate Rohleder zuckte die Schultern und blickte auf ihr Smartphone, das alle paar Sekunden einen melodiösen Signalton von sich gab.

»Das stimmt«, flüsterte sie. »Ich kann nicht mal in den Laden gehen! Die Leute meinen es ja nur gut, aber ich … ich kann das einfach nicht ertragen, diese Beileidsbekundungen.«

Mit einem Blick registrierte Bodenstein den Zustand der Küche und ahnte, dass Ingeborg Rohleder das Haus in Ordnung gehalten hatte, während die Tochter den Laden schmiss. Schon nach vierundzwanzig Stunden machte sich ihr Fehlen bemerkbar. Auf dem Tisch standen die Reste eines Frühstücks, ein Teller voller Krümel, ein offenes Marmeladenglas, in dem ein Löffel steckte, matschige Teebeutel in einer Untertasse. In der Spüle stapelte sich schmutziges Geschirr und ein Topf mit angebrannten Essensresten.

»Es tut uns auch wirklich leid, dass wir Sie in Ihrer Trauer stören müssen«, sagte Pia nun. »Wir müssen mehr über Ihre Mutter und ihr Umfeld erfahren. Woher stammte sie? Seit wann lebte sie hier in Eschborn …?«

»Niederhöchstadt«, verbesserte Renate Rohleder, putzte sich wieder die Nase und warf einen Blick auf das Display ihres Handys.

»… in Niederhöchstadt? Hatte sie Feinde, oder gab es irgendwelche Schwierigkeiten in der Familie? Hat sie sich in letzter Zeit verändert, war sie angespannt oder fühlte sich bedroht?«

»Sie glauben doch wohl nicht im Ernst, dass jemand meine Mutter absichtlich erschossen hat!« Das klang beinahe feindselig. »Ich sagte Ihnen doch schon: Sie *hatte* keine Feinde! Es gibt niemanden, der sie nicht mochte. Sie kam Anfang der sechziger Jahre aus Sossenheim hierher, eröffnete mit meinem Vater zusammen den Blumenladen und die Gärtnerei und lebte seitdem hier. Friedlich und glücklich – über fünfzig Jahre lang!«

Sie hob das Telefon, das im Minutentakt zirpte und aufleuchtete, und hielt es Pia hin.

»Da! Jeder, wirklich *jeder* kondoliert mir, sogar der Bürgermeister!« Ihre Augen schwammen in Tränen. »Denken Sie, das wäre so, wenn meine Mutter unbeliebt gewesen wäre?«

»Es könnte durchaus sein, dass es ein Geheimnis im Leben Ihrer Mutter gab, etwas, das schon sehr lange zurückliegt«, beharrte Pia, die, wie Bodenstein wusste, noch immer an den Kaltensee-Fall dachte. So abwegig war das nicht, und gerade zu Beginn einer Ermittlung, wenn man noch völlig im Dunkeln tappte, war es wichtig, in alle Richtungen zu denken. Deshalb hatte er Pia auch nicht widersprochen, als sie vorhin im Auto geäußert hatte, sie glaube – im Gegensatz zu ihm – nicht an einen reinen Zufall. Die Kriminalstatistik gab ihr recht. Verbrechen aus purer Mordlust ohne echtes Motiv waren äußerst selten.

»Frau Rohleder, unsere Fragen zielen keineswegs darauf ab, das Andenken an Ihre Mutter zu verunglimpfen«, schaltete sich Bodenstein nun besänftigend ein. »Es geht uns einzig und allein darum, denjenigen zu finden, der sie getötet hat. Es ist so üblich, dass wir auf der Suche nach einem Motiv zuerst die Familie und den Freundes- und Bekanntenkreis des Opfers genau unter die Lupe nehmen.«

»Es kann kein Motiv geben«, beharrte Renate Rohleder. »Sie verschwenden Ihre Zeit, wenn Sie versuchen, meiner Mutter etwas anzuhängen.«

Pia wollte noch etwas fragen, aber Bodenstein signalisierte ihr mit einem knappen Kopfschütteln, dass er eine weitere Befragung für sinnlos hielt.

»Danke, Frau Rohleder«, sagte er. »Sollte Ihnen doch noch irgendetwas einfallen, was für uns hilfreich sein könnte, dann rufen Sie bitte an.«

»Ja. Ja, natürlich.« Renate Rohleder trompetete wieder in das bereits völlig durchfeuchtete Papiertaschentuch. Bodenstein steckte sicherheitshalber die Hände in die Jackentaschen, bevor die Frau auf die Idee kommen konnte, ihm zum Abschied die Hand zu geben. Aber ihr Interesse galt voll und ganz den Beileidsbekundungen, die im Sekundentakt auf ihrem Telefon eintrafen.

Sie verließen die Küche und gingen durch den Flur zur Haustür. Bodenstein schlug den Mantelkragen hoch. Das Auto hatten sie auf dem Parkplatz der Eschborner Polizeiwache an der Hauptstraße zurückgelassen.

»*Niederhöchstadt*, nicht Eschborn!« Pia schnaubte. »Großer Gott! Wann war die Gebietsreform? Vor fünfzig Jahren?«

»1971.« Bodenstein schmunzelte. »Die Leute sind halt stolz auf ihre Dörfer und wollen ihre eigene Identität bewahren.«

»So ein Quatsch.« Pia schüttelte den Kopf. »Die ganzen Käffer wären längst pleite, wenn sie eigenständig geblieben wären.«

An der Straßenecke weiter oben standen ein paar ältere Leute zusammen und starrten unverhohlen neugierig zu ihnen herüber. Bodenstein grüßte sie mit einem Kopfnicken.

»Wenigstens haben sie jetzt neues Futter für ihren Dorfklatsch«, ätzte Pia. »Vielleicht wurde Ingeborg Rohleder erschossen, weil sie zu jemandem gesagt hat, sie würde in Eschborn wohnen.«

»Warum ärgerst du dich so über diese Bemerkung?« Bodenstein warf seiner Kollegin einen Seitenblick zu. »Hast du etwa gehofft, Renate Rohleder würde uns einen Namen nennen und wir könnten jetzt jemanden verhaften?«

Sie hatten den Parkplatz der Polizeistation erreicht, und er entriegelte die Türen des Dienstwagens mit dem Sender im Autoschlüssel.

»Natürlich nicht!« Pia blieb stehen. Sie lächelte zerknirscht, dann zuckte sie die Achseln und öffnete die Beifahrertür. »Na ja, vielleicht schon. Ich würde mit einem besseren Gefühl in den Urlaub fahren, wenn der Fall gelöst wäre.«

Pünktlich um halb zwölf betraten sie den Sektionsraum II im Keller des Rechtsmedizinischen Instituts an der Kennedyallee. Die Leiche von Ingeborg Rohleder lag gewaschen und entkleidet auf dem Metalltisch, Professor Henning Kirchhoff und Dr. Frederick Lemmer hatten bereits mit der äußeren Leichenschau begonnen.

»Pia!«, rief Henning erstaunt. »Was machst du denn hier? Ich denke, du hast Urlaub?«

»Habe ich auch«, erwiderte sie. »Aber bei uns sind fast alle krank, deshalb bin ich heute eingesprungen.«

»Aha.« Henning zog seinen Mundschutz herunter und die Augenbrauen hoch, dabei grinste er. Ein wenig spöttisch, wie Pia fand.

»Wir fliegen morgen Abend um 19:45 Uhr«, versicherte sie ihm. »Die Koffer sind schon gepackt.«

»Das heißt noch gar nichts«, sagte Henning. »Ich wette hundert Euro, dass du nicht fliegst.«

»Die Wette hast du schon verloren«, entgegnete Pia spitz. »Und während ihr euch hier alle den Hintern abfriert, liege ich entspannt in der Sonne und denke an euch.«

»Nie und nimmer. Ich kenne dich doch«, stichelte Henning. »Also, für den Fall, dass du Christoph alleine fahren lässt, bist du an Weihnachten herzlich bei uns eingeladen. Wir haben sogar einen Baum.«

»Ich fliege morgen!«, fauchte Pia verärgert.

Sie hasste es, dass Henning sie so gut kannte und sie noch immer mühelos durchschaute. Tatsächlich hätte sie den Urlaub, auf den sie sich so lange gefreut hatte, am liebsten abgesagt, aber das wollte sie sich selbst nicht eingestehen. Noch weniger wollte sie es aus dem Mund ihres Exmannes hören.

Bodenstein reichte Hennings neuem Kollegen, der den Wortwechsel etwas erstaunt verfolgt hatte, lächelnd die Hand.

»Das ist bei den beiden oft so. Sie waren mal verheiratet«, erklärte er. »Oliver von Bodenstein, K11 Hofheim.«

»Frederick Lemmer«, antwortete der Neue. »Freut mich.«

»Können wir anfangen?«, fragte Pia ungehalten. »Wir haben nicht den ganzen Tag Zeit.«

»Wieso nicht? Du fliegst doch erst morgen«, neckte Henning sie und grinste über ihren bösen Blick, dann wandte er sich der Leiche zu.

Die Obduktion brachte keine durchschlagenden neuen Erkenntnisse. Ingeborg Rohleder war kerngesund gewesen und hätte, wäre sie nicht erschossen worden, noch viele Jahre leben können. Das Projektil war über ihrem linken Ohr in ihren Schädel eingedrungen und einige Zentimeter höher durch das rechte Scheitelbein wieder ausgetreten, was Krögers Theorie über die Flugbahn des Geschosses bestätigte. Der Schütze hatte unten am Bach gelegen. Er war aus dem Nichts gekommen und hatte sich danach wieder in Luft aufgelöst.

»Wie findest du die hier, Mama?« Greta war in eine kurze Jacke mit Webpelzbesatz geschlüpft und drehte und wendete sich mit kritischem Blick vor dem Spiegel. Die Jacke stand ihr, denn sie war schlank, hatte endlos lange Beine und konnte solche Jacken wunderbar tragen, im Gegensatz zu vielen anderen Mädchen ihrer Generation, die schon in Gretas Alter erschreckend moppelig waren.

»Die steht dir sehr gut!«, bestätigte Karoline.

Greta strahlte und angelte nach dem Preisschild, das aus einem der Ärmel hing.

»Oh nein!« Sie riss bestürzt die Augen auf. »Das geht nicht!«

»Wieso?«

»Die kostet hundertachtzig Euro!«

»Ich schenke sie dir zu Weihnachten, wenn sie dir gefällt.«

Das Mädchen sah sie zweifelnd an, wandte sich wieder dem Spiegel zu, hin- und hergerissen zwischen Vernunft und Begehr. Schließlich wanderte die Jacke zusammen mit drei Jeans, einem Pullover und einem Kapuzensweatshirt in die Einkaufstüte. Greta war selig, und Karoline freute sich darüber. Wann war sie zum letzten Mal vier Tage vor Weihnachten in der Stadt zum Einkaufen gewesen? Das war sicher zwanzig Jahre her, wenn nicht noch länger! Früher hatte sie es geliebt, sich mit ihrer besten Freundin durchs Gedränge zu schieben, sie hatte die kitschige Weihnachtsdekoration gemocht, die Beschallung mit Weihnachtsliedern, die Verkaufsbuden, die an jeder Ecke standen, und den Duft von gebrannten Mandeln in der kalten Dezemberluft. Als sie Greta am frühen Nachmittag im Internat abgeholt hatte, um mit ihr ein bisschen bummeln zu gehen, hatte sie eher an die Goethestraße gedacht, aber Greta hatte *unbedingt* in die Shopping-Malls auf der Zeil gehen wollen. Seit drei Stunden schoben sie sich nun durch überheizte und überfüllte Kaufhäuser. Der Anblick ihrer Tochter, die auf der Suche nach Weihnachtsgeschenken für ihre Freundinnen, für Nicki, Papa und ihre Halbgeschwister mit glänzenden Augen durch die Geschäfte streifte, ihre Begeisterung beim Anprobieren von Klamotten, die Karoline insgeheim zum größten Teil unmöglich fand, machte sie tatsächlich glücklich. Zu ihrer Überraschung machte ihr sogar das Gedränge Spaß und beschwor längst vergessene Jugenderinnerungen herauf. Damals hatte sie jede Menge Zeit gehabt. Ihre Mutter war immer großzügig gewesen und hatte sie nie getadelt, wenn sie mal zu spät nach Hause gekommen war. Wie wertvoll es war, nicht unter Termindruck zu stehen! Ihr Smartphone lag im Handschuhfach ihres Autos, und es fehlte ihr nicht einmal!

Um fünf Uhr schleppten sie ihre Beute in zig Tüten zum Auto, das in einer Tiefgarage geparkt war, und machten sich auf den Weg nach Oberursel. Plätzchen backen mit Oma, darauf freute sich Greta auch mit dreizehn noch.

»Willst du wirklich aufhören zu arbeiten?«, erkundigte sie sich, als Karoline den schwarzen Porsche aus der Parklücke manövrierte.

»Du glaubst mir nicht, hm?« Karoline warf ihrer Tochter einen raschen Seitenblick zu und erkannte die Zweifel in ihren Augen.

Das Mädchen seufzte.

»Auf dem Internat gefällt's mir, aber es wäre viel schöner, wenn ich bei dir und Papa sein könnte – auch unter der Woche. Aber ...«

»Aber was?« Karoline steckte das Ticket in das Lesegerät, und die Schranke hob sich.

»Papa hat gesagt, bevor du aufhören würdest zu arbeiten, müsste die Welt untergehen«, erwiderte Greta.

Einigermaßen frustriert waren Bodenstein und Pia nach Hofheim aufs Kommissariat zurückgefahren. Im Besprechungsraum hing ein Foto von Ingeborg Rohleder am Whiteboard, daneben hatte Ostermann ihren Namen und die Tatzeit vermerkt. Mehr gab es nicht. Die Nachbarschaftsbefragung, die einige Kollegen durchgeführt hatten, hatte nichts ergeben, auch die Aussage des Zeugen war nur insofern hilfreich, als dass dadurch der exakte Zeitpunkt des tödlichen Schusses feststand. Gesehen hatte auch er niemanden. Die Spurensicherung hatte den Tatort im Umkreis von einem Quadratkilometer akribisch abgesucht, aber bis auf den verwischten Abdruck des Zweibeins nichts gefunden: keine Faser, keinen Schuhabdruck im gefrorenen Boden, keine Patronenhülse, keine Hautpartikel und kein Haar. Der Täter blieb ein Phantom und sein Motiv ein Rätsel.

»Wie machen wir jetzt weiter?«, fragte Ostermann und hustete röchelnd.

»Tja.« Bodenstein studierte die Karte an der Wand und rieb sich nachdenklich den Nacken. Wohin war der Täter geflüchtet? War er so dreist gewesen, sich über den Kinderspielplatz, die Rheinstraße hoch und an der Eschborner Polizeiwache vorbei aus dem Staub zu machen? Oder hatte er die Lahnstraße genommen, dann den Fußgängerweg zur Schönen Aussicht und war dort in ein Auto gestiegen? Das waren zweifellos die beiden schnellsten Fluchtwege, doch es gab noch einige andere Möglichkeiten. Ein Fußmarsch zum Parkplatz des Schwimmbads zum Beispiel, oder weiter, vorbei an den Tennisplätzen zum Festplatz, der von den Angestellten der vielen umliegenden Firmen als Parkplatz genutzt wurde. Überall hätte er unauffällig in ein Auto steigen und verschwinden können.

»Wir sollten die Öffentlichkeit informieren und um Mithilfe bitten«, sagte Pia, und Ostermann nickte beifällig. »Mehr tatrelevante Fakten als die, die wir bis jetzt haben, werden wir wohl nicht kriegen.«

Bodenstein wehrte sich innerlich noch dagegen, weil er die üblichen Anrufe von Wichtigtuern und die falschen Fährten fürchtete, die mit immensem Aufwand gefiltert und überprüft werden mussten. Diese Zeitverschwendung konnte er sich bei der äußerst knappen Personalsituation eigentlich gar nicht leisten, aber es schien keine Alternative zu geben. Pia hatte recht – mehr Fakten waren im Moment nicht zu erwarten. Immerhin bestand eine geringe Chance, dass irgendjemand vielleicht doch etwas beobachtet hatte, was ihm zuerst unwichtig erschienen war.

»Okay«, sagte Bodenstein schließlich. »Wir gehen an die Presse. Und hoffen das Beste.«

Der Platz war ideal. Die Zweige der Tannen hingen tief über das flache, mit Moos bewachsene Dach, und die Straße war eine Sackgasse. Um sechs Uhr abends war es stockdunkel. Auf der rechten Seite der Straße befanden sich nur Wiesen, und ihr Haus war das letzte direkt am Rande des kleinen Wäldchens, das zwischen dem Ortsrand und der alten Bundesstraße nach Königstein lag. Vor zehn Minuten hatte sie in der Küche das Licht angemacht, dann war sie nach oben gegangen. Die alte Villa besaß große altmodische Sprossenfenster und keine Rollläden, nur Schlagläden, die den Eindruck machten, als seien sie lediglich zur Zierde da und seit Jahrzehnten nicht mehr geschlossen worden. Aus seiner Perspektive hatte das Haus etwas von einer Puppenstube. Er konnte in jedes Fenster blicken und genau verfolgen, was sie gerade tat. Ihren Tagesablauf kannte er genau, er änderte sich selten und wenn, dann nur geringfügig. In spätestens zehn Minuten würde sie in die Küche gehen und anfangen, das Abendessen für sich und ihren Mann vorzubereiten.

Die Temperaturen waren seit gestern um einige Grad gefallen. Der für den späteren Abend angekündigte Schneefall würde nicht mehr lange auf sich warten lassen. Die Kälte störte ihn nicht, er war entsprechend gekleidet. Er warf einen kurzen Blick auf seine Armbanduhr. Die Digitalanzeige sprang auf 18:22. In dem Moment betrat sie die Küche. Durch das Kahlesglas ZF69 konnte er sie so gut sehen, als ob sie direkt vor ihm stünde. Sie bückte sich, dann wandte sie sich um und nahm etwas aus einem Schrank. Ihre Lippen bewegten sich. Vielleicht hörte sie Musik und sang mit, wie das viele Menschen tun, wenn sie alleine sind. Sein Zeigefinger lag am Abzug. Er atmete tief ein und aus, konzentrierte sich ganz auf sein Ziel. Dann, als sie sich in seine Richtung drehte, zog er den Abzug ganz durch. Genau in der Sekunde, in der die Kugel das Glas der Fensterscheibe durchschlug und ihr Schädel platzte, zuckte sein Blick im Reflex nach rechts, und er nahm eine zweite Person in der Küche wahr. Großer Gott – sie war nicht allein! Ein schriller Schrei drang an sein Ohr.

»Scheiße!«, murmelte er. Das Adrenalin flutete durch seinen Körper, sein Herz hämmerte. Er hatte nicht damit gerechnet, dass noch jemand im Haus sein könnte. Die Frau hatte nicht gesungen, sondern mit jemandem gesprochen! Mit wenigen Handgriffen nahm er die Waffe auseinander und verstaute sie in der Tasche. Dann steckte er die Patronenhülse, die beim Schuss ausgeworfen worden war, in seine Jackentasche und robbte bis zum Rand des

Daches. Im Schutz der Tannenzweige ließ er sich vom Dach des Trafohäuschens gleiten und verschwand lautlos in der Dunkelheit.

Die ganze Aktion in der Küche geriet zu einer Riesensauerei. Wie eine Fontäne schoss die heiße Flüssigkeit hoch, und Spritzer trafen ihr Gesicht, ihre Hände und Arme.

»Verdammt!«

Sie blickte an sich herunter und stellte fest, dass sie mit orangefarbenen Flecken übersät war. Kaum etwas ließ sich so schwer aus der hellgrauen Kaschmirwolle ihres Lieblingspullovers entfernen wie Kürbis und Karotte! Pia fluchte verärgert, weil sie vergessen hatte, sich eine Schürze anzuziehen, bevor sie den Pürierstab in den Topf gesteckt und eingeschaltet hatte. Leider hatte sie auch vergessen, den Topf abzudecken, und deshalb war nicht nur sie gesprenkelt, sondern auch das Cerankochfeld, der Fußboden und die halbe Küche. Normalerweise stellte sie sich beim Kochen nicht so ungeschickt an, aber sie war einfach nicht bei der Sache und es war das erste Mal, dass sie eine Kürbissuppe mit Ingwer und Kokosmilch zubereitete. Das Rezept las sich gut und schien ein Kinderspiel zu sein, doch beinahe wäre Pia schon an dem Kürbis gescheitert, der sich keineswegs so einfach zerteilen ließ wie im Rezept beschrieben. Nachdem sie eine Weile vergeblich mit einem Fleischmesser an der Frucht herumgesäbelt und sich um ein Haar in den Finger geschnitten hatte, war sie mit der widersetzlichen Kugel nach draußen marschiert und ihr kurzerhand auf dem Hackklotz neben der Scheune mit der Axt zu Leibe gerückt. Die Feinarbeit hatte sie dann in der Küche erledigt.

»Wäre doch gelacht, wenn ich keine einfache Kürbissuppe hinkriege«, murmelte Pia und schaltete den Pürierstab aus. Dummerweise war auch das Rezeptblatt ziemlich in Mitleidenschaft gezogen worden, und sie konnte nicht mehr entziffern, wie viel Kokosmilch in die Suppe gehörte.

Draußen fuhr ein Auto vor, wenig später öffnete sich die Haustür und die Hunde begrüßten Christoph mit freudigem Gebell.

»Ehefrau am Herd«, rief er gutgelaunt, als er die Küche betrat. »So muss ein Urlaub anfangen!«

Pia wandte sich um und lächelte. Noch immer, nach mehr als vier Jahren, machte ihr Herz vor Glück einen Satz, wenn sie Christoph sah.

»Ich wollte eigentlich längst fertig sein und dich mit einem leckeren Süppchen überraschen. Im Rezept stand, es wäre ganz simpel und würde nur zwanzig Minuten dauern. Aber es fing schon damit an, dass ich den Kürbis nur mit roher Gewalt kleingekriegt habe.«

Christophs Blick wanderte über das Schlachtfeld, in das Pia die Küche verwandelt hatte. Er begann zu grinsen, dann musste er lachen. Ungeachtet der Kürbis-Karotten-Spritzer nahm er sie in die Arme und küsste sie.

»Hm!« Er leckte sich die Lippen. »Schmeckt aber gut!«

»Fehlt auch nur noch die Kokosmilch. Und der Koriander.«

»Weißt du was.« Christoph nahm ihr den Pürierstab aus der Hand. »Ich mache das schnell fertig, du räumst auf und deckst den Tisch.«

»Oh, wie sehr ich hoffte, Ihr würdet das sagen, geliebter Gatte.« Pia grinste, gab ihm einen Kuss und machte sich daran, das Chaos zu beseitigen, das sie mit ihrem Kochexperiment verursacht hatte.

Eine Viertelstunde später saßen sie am Tisch, und die Suppe schmeckte tatsächlich köstlich. Ganz entgegen ihrer sonstigen Art redete Pia wie ein Wasserfall über irgendwelche Belanglosigkeiten, nur um zu vermeiden, dass Christoph sie fragte, ob sie heute arbeiten gewesen war. Sie war hin- und hergerissen zwischen dem Wunsch, mit ihm für drei Wochen zu verreisen und dem elenden Gefühl, ihren Chef und ihre Kollegen im Stich zu lassen. Ihre eigene Unentschlossenheit quälte sie, denn normalerweise war sie niemand, der unbequeme Entscheidungen vor sich herschob. Christoph ging zuerst auf ihr Ausweichmanöver ein, doch schließlich sprach er das heikle Thema an.

»Hast du dich schon entschieden, ob du mitfliegst oder hierbleibst?«, erkundigte er sich beiläufig, als sie gemeinsam den Tisch abräumten.

»Natürlich fliege ich mit!«, antwortete sie. »Die Koffer sind gepackt.«

»Habt ihr den Mörder geschnappt?«

»Leider nein.« Pia schüttelte den Kopf. »Es gibt keine Spuren, keine Zeugen, kein augenfälliges Motiv. Vielleicht war die Frau einfach zur falschen Zeit am falschen Ort, und es gibt tatsächlich keine Verbindung zwischen Opfer und Täter.«

»Du meinst, sie wurde willkürlich erschossen?«

»Möglich. So etwas ist zwar selten, aber es kommt vor.«

»Und was nun?«

Pia begann, die Spülmaschine einzuräumen.

»Der Chef will an die Öffentlichkeit gehen in der Hoffnung, dass vielleicht doch irgendwer irgendwas gesehen hat. Also überhaupt kein Grund für mich, hierzubleiben«, sagte sie betont fröhlich, obwohl sie genau das Gegenteil dachte. »Ob sie mit mir oder ohne mich nicht weiterkommen, ist dann auch egal.«

»Ich komme gerade aus Wiesbaden«, verkündete Dr. Nicola Engel und setzte sich auf einen der beiden Besucherstühle vor Bodensteins Schreibtisch. »Im LKA bin ich zufällig dem Chef der OFA[2] über den Weg gelaufen. Er hat mir angeboten, uns eventuell einen seiner Leute zu schicken. Als Verstärkung und für einen neuen Blickwinkel.«

»Aha.« Bodenstein setzte seine Lesebrille ab und sah seine Chefin abwartend an. Nicola lief niemals jemandem »zufällig« über den Weg, und die Verwendung des Wortes »eventuell« war nur ein rhetorischer Trick, der ihm das Gefühl geben sollte, sie hätte ihn nach seiner Meinung gefragt. In Wirklichkeit hatte sie sicher schon Nägel mit Köpfen gemacht – ohne ihn zu fragen.

»Andreas Neff ist ein erfahrener Fallanalytiker«, bestätigte seine Chefin diese Annahme im nächsten Moment. »Er war eine Weile in den USA und hat dort die neuesten Profiling-Methoden kennengelernt.«

»Aha«, sagte Bodenstein wieder. Die Vorstellung, mit Fremden an diesem Fall zu arbeiten, behagte ihm nicht sonderlich, aber wenn Pia morgen in Urlaub fuhr und Fachinger weiterhin krankgeschrieben war, brauchte er dringend Unterstützung.

»Was heißt hier ›aha‹?«, fragte Nicola Engel. »Ich dachte, du wärst froh über Verstärkung.«

Bodenstein betrachtete seine Chefin, die vor vielen Jahren seine Verlobte gewesen war, nachdenklich. Seit den Vorfällen im Sommer vor zwei Jahren, die dazu geführt hatten, dass er Nicola aufgrund schwerwiegender Vorwürfe seines langjährigen Kollegen Frank Behnke festgenommen und ihre Suspendierung erwirkt hatte, war viel passiert. Behnke hatte behauptet, Frau Dr. Engel habe ihm bei einem Einsatz vor nunmehr fünfzehn Jahren den Befehl gegeben, einen verdeckten Ermittler zu liquidieren, damit dieser nicht über die Verbindungen einiger hochrangiger Persönlichkeiten zu einem Kinderschänderring auspacken konnte. Die Festnahme der Leiterin der Kriminalpolizei hatte hohe Wellen geschlagen, und natürlich hatte sich die Presse darauf gestürzt.

Dr. Nicola Engel hatte diese Anschuldigung jedoch nicht auf sich sitzen lassen. Sie hatte Bodenstein, der 1997 ebenfalls beim Frankfurter K11 gearbeitet und die Ereignisse am Rande mitbekommen hatte, endlich er-

2 Operative Fallanalyse

zählt, worüber sie bis dahin eisern geschwiegen hatte. Denn in Wahrheit war nicht Frank Behnke, sondern sie das Opfer einer Intrige geworden, die bis in höchste politische Ebenen reichte. Als sie den Drahtziehern damals gefährlich geworden war, hatte man sie massiv bedroht und nach Würzburg versetzt. In dem Wissen, dass ein Mord niemals verjährt, hatte Nicola Engel für sich entschieden, Gras über die Sache wachsen zu lassen, um sie zu einem späteren Zeitpunkt aufzudecken.

Ihre Aussage vor einem Ermittlungsausschuss hatte unter anderem dazu geführt, dass sich der ehemalige stellvertretende Polizeipräsident und ein pensionierter Richter vom Oberlandesgericht das Leben genommen hatten, andere Beteiligte waren verhaftet worden und hatten gestanden, so dass die Morde an Erik Lessing und den beiden Mitgliedern der Frankfurter Road Kings nach vierzehn Jahren endgültig aufgeklärt werden konnten. Nicola Engel war danach rehabilitiert worden und kehrte in ihren Job zurück, Frank Behnke wurde wegen dreifachen Mordes zu einer lebenslangen Haftstrafe verurteilt.

Nach Nicola Engels Rückkehr zur Regionalen Kriminalinspektion Hofheim, die Bodenstein während ihrer Abwesenheit kommissarisch geleitet hatte, hatte sie Pia und Bodenstein in einem langen Gespräch ausdrücklich für ihren Einsatz gedankt. Dass diese Bürde nach fünfzehn Jahren nicht mehr auf ihrer Seele lastete, war ihr anzumerken gewesen. Seitdem hatte Nicola sich verändert. Die Zusammenarbeit mit ihr war eine andere geworden, kollegialer und manchmal fast freundschaftlich.

»Ich wäre froh, wenn mein Team komplett wäre«, entgegnete Bodenstein nun und fuhr seinen Computer herunter. »Aber vielleicht ist ein Fallanalytiker tatsächlich eine gute Idee. Wir fischen im Trüben und sind keinen Schritt weiter als gestern.«

Nicola stand auf, und er erhob sich ebenfalls.

»Ich lasse dir freie Hand«, versicherte sie ihm. »Wenn du mehr Leute brauchst, sag mir Bescheid, ich werde das veranlassen.«

Sein Handy begann zu klingeln.

»Alles klar.« Er nickte seiner Chefin zu. Sie verließ das Büro, und er nahm das Gespräch entgegen.

»Papa!«, rief ihm Rosalie ins Ohr. »Mama hat gerade den Zwerg bei mir abgeladen, obwohl das erst für morgen verabredet war!«

»Ich bin kein Zwerg!«, protestierte Sophia empört im Hintergrund, und Bodenstein musste grinsen.

»Sei mal ruhig«, sagte Rosalie zu ihrer kleinen Schwester, dann wandte sie sich wieder an ihren Vater. »Sie muss heute schon nach Berlin, weil sich angeblich irgendwas an ihren Terminen geändert hat. Aber was soll ich denn jetzt machen? Ich habe noch so viel zu erledigen, und ich kann Sophia doch nicht alleine lassen! Was soll ich denn …?«

»Ich bin in einer halben Stunde zu Hause«, unterbrach Bodenstein seine Älteste. »Dann kannst du los.«

Er nahm seinen Mantel von der Garderobe, ergriff seine Aktentasche und löschte das Licht in seinem Büro. Im Gehen rief er seine Kontakte auf und tippte auf die Nummer seiner Exfrau. Das war wieder mal typisch Cosima! Sie hatte mit ihren Plänen und spontanen Einfällen noch nie besonders viel Rücksicht auf andere genommen, weder auf ihn noch auf ihre Kinder.

Pia legte ihr summendes Handy wieder weg, nachdem sie gesehen hatte, dass der Anrufer die Nummer unterdrückt hatte. Das konnte um halb acht abends nur jemand sein, den sie nicht kannte, oder die Einsatzzentrale. In vierundzwanzig Stunden würden sie im Flugzeug nach Ecuador sitzen, und sie wollte diese Entscheidung, die sie endlich getroffen hatte, nicht durch irgendetwas ins Wanken bringen lassen.

»Willst du nicht drangehen?«, fragte Christoph.

»Nein.«

Sie hatte den Pferden gerade ihr Abendheu gegeben und wollte sich nun gemütlich auf die Couch kuscheln, mit Christoph zusammen irgendeine DVD schauen und dazu mindestens eine Flasche Wein leeren. »Hast du dir schon einen Film ausgesucht?«

»Wie wär's mit *Brügge sehen und sterben*?«, schlug Christoph vor. »Den haben wir schon lange nicht mehr gesehen.«

»Bitte nichts mit Pistolen und Toten«, erwiderte Pia.

»Da fällt ja fast alles weg, was wir in unserer Videothek haben«, sagte er und grinste. Er würde sich bei aller Liebe kaum dazu überreden lassen, *Magnolien aus Stahl* oder *Der Teufel trägt Prada* zu schauen, und bevor er auf SKY womöglich irgendein Fußballspiel fand oder eine todlangweilige Dokumentation auf ARTE, ließ Pia sich auf einen James Bond ein. Das ging immer und lenkte sie ab.

Das Handy summte hartnäckig weiter.

»Geh schon dran«, meinte Christoph. »Es scheint ja doch wichtig zu sein.«

Pia seufzte, griff nach dem Telefon und meldete sich.

»Frau Kirchhoff, entschuldigen Sie bitte die Störung«, sagte der Kommissar vom Dienst. »Ich weiß, Sie haben Urlaub, aber ich kann sonst niemanden vom K11 erreichen. Wir haben wieder eine Leiche. In Oberursel diesmal.«

»Scheiße«, murmelte Pia. »Was ist mit Bodenstein?«

»Der geht nicht ans Telefon. Ich versuch's aber weiter bei ihm.«

»Wo muss ich hin?« Sie begegnete Christophs Blick und hob in einer Geste des Bedauerns die Schultern.

»An der Heide 12 in Oberursel«, erwiderte der KvD. »Ich hab die Spurensicherung auch schon informiert.«

»Alles klar. Danke.«

»Danke auch.« Er besaß immerhin den Anstand, ihr keinen schönen Abend zu wünschen, denn den würde sie jetzt nicht mehr haben.

»Was gibt's?«, wollte Christoph wissen.

»Wäre ich doch bloß nicht drangegangen.« Pia stand auf. »Es gibt eine Leiche, in Oberursel. Tut mir wirklich leid. Ich hoffe, dass der Chef dort bald aufkreuzt und ich schnell wieder verschwinden kann.«

Bodenstein war heilfroh, im chaotischen Leben seiner Exfrau nur noch eine Nebenrolle zu spielen. Er hatte Jahre gebraucht, um sich einzugestehen, dass es nicht »aufregend«, sondern einfach nur furchtbar anstrengend war, sich auf ständig wechselnde Pläne einzustellen. Cosima warf Termine, die seit Wochen feststanden, einfach um, wenn ihr plötzlich etwas anderes in den Kopf kam, und sie erwartete von den Menschen in ihrem Umfeld, dass sie diese spontanen Sinneswandel klaglos mitmachten. Flexibilität und Spontaneität, zwei Worte, die sie als positive Eigenschaften propagierte, waren in Bodensteins Augen nichts anderes als ein Beweis für die Unfähigkeit, sich selbst zu organisieren.

»Ich wollte mir ein Taxi nehmen, aber sie können erst eins in einer Stunde schicken!«, sagte Cosima, als Bodenstein auf dem Parkplatz des Zauberbergs in Ruppertshain ihr Gepäck in den Kofferraum seines Kombis lud. »Das ist doch eine glatte Unverschämtheit!«

»Hättest du es gestern vorbestellt, wäre das sicher kein Problem gewesen«, erwiderte er nur und schlug die Kofferraumklappe zu. »Hast du alles?«

»Ach je, meine Handtasche! Hatte ich die jetzt dabei oder nicht?« Sie öffnete den Kofferraum wieder. Bodenstein setzte sich hinters Steuer und drehte sich zu Sophia um, die in ihrem Kindersitz saß.

»Bist du angeschnallt?«, erkundigte er sich.

»Klar! Ist doch babyleicht«, erwiderte seine jüngere Tochter.

»Ah, hier ist sie ja!«, rief Cosima und knallte die Klappe wieder zu, dann ließ sie sich auf den Beifahrersitz fallen. »Hach, was eine Hektik!«

Bodenstein enthielt sich jeglichen Kommentars, ließ den Motor an und fuhr los. Es gab Dinge, die würden sich niemals ändern.

Cosima redete während der ganzen Fahrt, durch Fischbach und Kelkheim, die B8 hinunter und verstummte erst, als er am Main-Taunus-Zentrum auf die A66 Richtung Wiesbaden fuhr. Bodenstein wandte kurz den Kopf nach rechts und sah in der Dunkelheit die Lichter des Birkenhofs, auf dem Pia mit ihrem Lebensgefährten lebte. Vielleicht würde ihnen der Profiler, den Nicola ihm aufs Auge gedrückt hatte, wirklich helfen, den Fall rasch aufzuklären, dennoch fühlte er sich ohne Pia, Cem und Kathrin ziemlich verloren. Es hatte während seiner Laufbahn bei der Kripo nur sehr wenige Fälle gegeben, die unaufgeklärt geblieben waren, und er hatte das ungute Gefühl, dass der Mord an Ingeborg Rohleder auch eines Tages als »Cold Case« in einem Karton im Archiv landen könnte, denn selten war die Spurenlage so bescheiden gewesen wie dieses Mal.

»Wann sind wir endlich da, Papa?«, fragte Sophia von hinten.

»Gleich«, erwiderte er und setzte den rechten Blinker. Wenige Minuten später tauchten vor ihm die Lichter des Frankfurter Flughafens auf. Unzählige Male hatte er Cosima hierhergefahren, wenn sie auf Reisen ging, er kannte die Strecke im Schlaf. Wie üblich war am frühen Abend am Flughafen der Teufel los, doch Bodenstein hatte Glück und ergatterte einen Kurzzeitparkplatz vor der Abflughalle. Er stieg aus, holte einen Gepäckwagen und lud Koffer und Taschen auf, während Cosima sich von Sophia verabschiedete.

Dann standen sie sich gegenüber.

»Irgendwie ein bisschen wie früher, oder?« Cosima lächelte ein wenig verlegen. »Frohe Weihnachten, Oliver. Und danke für alles.«

»Keine Ursache«, erwiderte Bodenstein. »Dir auch frohe Weihnachten. Melde dich mal am Heiligabend, wir werden ja alle zusammen bei mir sein.«

»Ach, ich wäre auch gerne dabei«, sagte Cosima zu seiner Überraschung und stieß einen Seufzer aus. Sie wirkte nicht besonders glücklich. Die fiebrige Euphorie, die sie früher ergriffen hatte, wenn es auf eine Reise für ein lange geplantes Filmprojekt ging, war nicht da.

Plötzlich machte sie einen Schritt auf Bodenstein zu und umarmte ihn. Es war das erste Mal seit Jahren, dass sie ihn berührte, und es fühlte sich eigenartig vertraut an. Sie benutzte noch immer dasselbe Parfüm.

»Ich vermisse dich«, flüsterte sie und gab ihm einen Kuss auf die Wange. Im nächsten Moment ergriff sie den Bügel des Gepäckwagens, warf Sophia noch eine Kusshand zu und ging davon. Bodenstein blickte ihr verblüfft nach, bis sich die Glastüren der Abflughalle hinter ihr schlossen und sie im Menschengewühl verschwunden war.

Als Pia vom Navigationsgerät geleitet an der angegebenen Adresse eintraf, ahnte sie, dass es ein langer Abend werden würde, denn in der ruhigen Sackgasse am Feldrand war bereits die gesamte Kavallerie aufmarschiert: mehrere Streifenwagen, Notarzt, Rettungswagen, Spurensicherung und ein Kriseninterventionsteam. Stumm zuckten Blaulichter in der Dunkelheit. Pia ließ ihr Auto hinter einem dunklen Porsche mit Frankfurter Kennzeichen stehen und ging durch den leichten Schneefall zu dem blauen VW-Bus, dessen Seitentür geöffnet war.

»Guten Abend«, grüßte sie ihre Kollegen, die sich gerade Overalls anzogen und das Equipment ausluden, das sie für die Tatortarbeit brauchten.

»Hallo, Pia.« Christian Kröger sprang aus dem Bus.

»Was ist hier los?«, erkundigte sie sich.

»Eine Frau ist erschossen worden«, klärte Kröger sie auf. »Die Enkeltochter stand direkt daneben. Die Tochter ist auch im Haus. Sie stehen beide unter Schock und werden deshalb behandelt und psychologisch betreut.«

Das klang nicht gut. Ganz und gar nicht gut.

»Wer ist die Tote?«

»Margarethe Rudolf, 64. Ihr Mann ist wohl Arzt.« Kröger zog sich die Kapuze über den Kopf. »Der Rechtsmediziner ist eben gekommen. Zwei von uns sind noch drin, aber ich will erst mal draußen weitermachen, bevor uns der Schnee oder irgendwelche neugierigen Nachbarn die Spuren versauen.«

Er ergriff zwei Metallkoffer.

»Wieso draußen?«, fragte Pia überrascht. »Ich denke, das ist im Haus passiert.«

»Die Frau stand in der Küche«, entgegnete Kröger. »Aber der Täter hat von draußen durch das Fenster geschossen. Kopfschuss mit einem großen

Kaliber. Wenn du mich fragst, sieht es ganz danach aus, als hätte unser Täter ein zweites Mal zugeschlagen. Sorry, wir müssen uns beeilen.«

Pia nickte nur und holte tief Luft. Kein Familiendrama also. Obwohl das schlimm genug gewesen wäre, war die Alternative womöglich noch schlimmer. Sie blickte durch die wirbelnden Schneeflocken hinüber zu der alten Villa. Was erwartete sie wohl dort drinnen? Warum zum Teufel war sie bloß an ihr Handy gegangen? Sie könnte jetzt gemütlich auf der Couch liegen und einen Film gucken, doch stattdessen hatte ihr verdammtes Pflichtgefühl sie hierhergetrieben. Schließlich gab sie sich einen Ruck, überquerte die Straße und folgte dem gepflasterten Weg zur Haustür, die nur angelehnt war.

»Wo muss ich hin?«, fragte sie einen der Beamten, der im Foyer stand.

»Geradeaus und dann rechts. In die Küche«, erwiderte er. »Die Tochter des Opfers und deren Tochter sind im Haus. Der Ehemann der Toten, Professor Dieter Rudolf, ist noch nicht da und soweit ich weiß auch noch nicht informiert. Nur, damit Sie sich darauf einstellen können.«

»Danke«, sagte Pia. Es war etwas völlig anderes, Tatortarbeit an irgendeinem anonymen Ort oder im Beisein von schockierten Angehörigen zu machen. Sie war froh, dass ein Kriseninterventionsteam mit Psychologe und Seelsorger da war.

»Hallo.« Sie betrat die Küche.

»Hallo, Frau Kirchhoff.« Frederick Lemmer blickte auf und nickte ihr zu.

»Sie ist seit etwa einer Stunde tot«, sagte der Rechtsmediziner. »Ein Schuss, der sie von rechts in den Kopf getroffen hat. Sie muss sich in dem Moment nach links gedreht haben. Die Kugel trat fast auf gleicher Höhe wieder aus und durchschlug den Küchenschrank. Meiner Meinung nach dasselbe Kaliber wie gestern.«

Die Frau lag auf dem Rücken. Sie trug eine blau-weiß gestreifte Küchenschürze über einem braunen Pullover und einer dünnen Strickjacke. Die Gesichtszüge der Toten waren kaum mehr zu erkennen, so zerstörerisch war die Wirkung der Kugel gewesen. Blut und Hirnmasse waren an die Küchenschränke, sogar bis an die Decke gespritzt. Pia hatte in ihrem Alltag als Mordermittlerin und in zahlreichen Schulungen und Seminaren gelernt, in Augenblicken wie diesem ihren Kopf arbeiten zu lassen und ihr Herz zu verschließen, aber der Anblick der Mehltüte in der linken Hand der Toten ließ sie schlucken. Ihr Blick wanderte durch den Raum. Auf der Arbeitsfläche unter dem Fenster standen Zucker und

Butter, Eier, Schokoladenstreusel und Kokosraspeln, eine Schüssel, ein Mixer und die Plätzchenformen aus Metall – Weihnachtsbäume, Tiere, Sterne.

»Sie wollte gerade Plätzchen backen«, stellte Pia mit belegter Stimme fest. Zorn zuckte in ihr auf. Wie eiskalt musste ein Mensch sein, der so etwas tat, so kurz vor Weihnachten und im Beisein eines Kindes?

Irgendwo im Haus begann ein Telefon zu klingeln, aber niemand ging dran.

»Seid ihr hier fertig?«, wandte Pia sich an ihre Kollegen vom Erkennungsdienst.

»Mit dere Leich' sin mer dorsch«, bestätigte einer der Beamten.

»Sie auch, Dr. Lemmer?«

»Ja.« Der Rechtsmediziner schloss seinen Koffer und stand auf.

»Dann möchte ich, dass die Leiche gleich abtransportiert wird«, ordnete Pia an. »Und besorgt bitte umgehend einen Tatortreiniger. Für die Familie ist das alles sowieso schon schlimm genug.«

»Geht klar«, nickte einer der Kollegen. »Ich sag dem Bestatter draußen Bescheid.«

Pia blieb allein in der Küche zurück. Sie betrachtete die fehlende Scheibe in einem der hölzernen Vierecke des Sprossenfensters, durch die kalte Luft in den Raum wehte. Der Tod war im Bruchteil einer Sekunde eingetreten, Margarethe Rudolf hatte nichts gespürt – keine Todesangst, keine Schmerzen. Von einem Moment zum anderen war ihr Leben vorbei gewesen. Aber ihr Enkelkind hatte das alles mit ansehen müssen.

Pia warf einen Blick auf die Uhr. Halb neun. Wo blieb Bodenstein?

Sie musste mit dem Kind und seiner Mutter sprechen, obwohl sie sich am liebsten davor gedrückt hätte. Es hatte keinen Sinn, dieses Gespräch noch länger hinauszuzögern.

Draußen wurden Stimmen laut. Pia trat aus der Küche in den Flur und erblickte einen schlanken weißhaarigen Mann in einem dunklen Mantel, der vergeblich versuchte, an zwei Polizeibeamten vorbeizukommen. »Lassen Sie mich sofort durch! Das ist mein Haus!«, protestierte der Mann aufgebracht. »Was ist hier überhaupt los?«

Pia ging auf ihn zu, die beiden Polizisten traten zur Seite.

»Herr Rudolf?«

»Ja. Und wer sind Sie? Was ist passiert? Wo ist meine Frau?«

Die Mitarbeiter des Bestattungsinstitutes trugen den Zinksarg zum Abtransport der Leiche ins Haus und blieben respektvoll stehen.

»Ich bin Kriminalhauptkommissarin Pia Kirchhoff«, sagte Pia. »Können wir bitte kurz unter vier Augen …«

»Ich will erst wissen, was hier los ist!«, unterbrach der Professor sie. Angst flackerte in seinen Augen hinter den Gläsern der Goldrandbrille. »Das Auto meiner Tochter steht draußen! Wo ist sie?«

Im Türrahmen des Wohnzimmers erschien eine dunkelblonde Frau, die Pia auf Anfang bis Mitte vierzig schätzte. Ihr Gesichtsausdruck war starr, die Augen glasig und leer, von einer Beruhigungsspritze oder dem Schock, unter dem sie zweifellos stand.

»Karoline!« Professor Rudolf drängte sich an Pia vorbei. »Wieso geht hier niemand ans Telefon?«

»Mama ist tot«, sagte die Frau tonlos. »Jemand hat sie durch das Küchenfenster … erschossen.«

»Wie hat er reagiert?«, wollte Bodenstein zwanzig Minuten später wissen. Er hatte sich damit entschuldigt, dass er seine kleine Tochter noch habe unterbringen müssen.

»Er ist vollkommen zusammengebrochen.« Pia war noch immer erschüttert von der Heftigkeit, mit der der Professor auf die furchtbare Nachricht reagiert hatte.

»Hat er die Leiche seiner Frau gesehen?«

»Leider konnten wir das nicht verhindern.« Pia fröstelte in der Kälte. »Er hat sich einfach an uns vorbeigedrängt und ist in die Küche gegangen. Es waren vier Männer nötig, um ihn von der Toten wegzubringen. Wenigstens konnte die Tochter ihn davon abhalten, dass er sich in seinem Arbeitszimmer einschließt und sich aus Verzweiflung etwas antut.«

Sie standen auf der Straße am VW-Bus der Spurensicherung im stärker werdenden Schneefall. Die Leiche war abtransportiert worden, der Tatortreiniger war gerade eingetroffen und in der Küche zugange. Rettungswagen und Notarzt fuhren weg, ein paar neugierige Nachbarn hatten sich im Schein einer Straßenlaterne auf dem Bürgersteig versammelt und sahen zu, wie die Tochter das Haus verließ und zu dem Frankfurter Porsche ging. Sie hatte Pia auf Anraten des Psychologen nicht gestattet, mit der dreizehnjährigen Greta, die Augenzeugin des Mordes an ihrer Großmutter geworden war, zu sprechen. Pia hatte das akzeptiert. Viel konnte das Mädchen ohnehin nicht gesehen haben, zumindest nichts, was irgendwie hilfreich sein könnte.

»Sie lässt ihren Vater alleine«, bemerkte Pia. »Komisch.«

»Vielleicht will er alleine sein«, entgegnete Bodenstein. »Jeder Mensch reagiert anders auf eine solche Katastrophe. Außerdem ist es für das Mädchen sicher besser, nicht länger in dem Haus zu bleiben. Wo ist das Kind überhaupt?«

»Der Vater hat es vorhin abgeholt. Die Eltern leben getrennt, er wohnt in Bad Soden«, sagte Pia. »Ich habe übrigens die Kollegen zu allen Nachbarn geschickt, möglicherweise hat ja jemand etwas beobachtet.«

»Sehr gut.« Bodenstein rieb sich die Hände und steckte sie dann in die Manteltaschen.

Kröger kam auf sie zu.

»Wir haben die Stelle gefunden, von wo aus der Täter geschossen hat«, sagte er. »Wollt ihr mal schauen?«

»Natürlich.« Bodenstein und Pia folgten ihm um das Grundstück der Villa herum. Direkt dahinter begann der Wald. Auf der Ecke stand ein Trafohäuschen, auf dessen Dach sich ein von Scheinwerfern angestrahltes Zelt befand.

»Da oben hat er gelegen«, erklärte Kröger. »Glücklicherweise konnten wir vor dem Schnee das Zelt aufbauen, um mögliche Spuren zu schützen. Und tatsächlich haben wir in dem Moos, das auf dem Dach wächst, Abdrücke eines liegenden Körpers gefunden. Er hat auch diesmal ein Zweibein benutzt.«

»Können wir mal hoch?«, fragte Bodenstein.

»Ja, klar. Wir haben alles schon gesichert.« Kröger nickte und wies auf die Leiter, die an die Mauer des Häuschens gelehnt war. Pia kletterte hinter ihrem Chef nach oben. Sie hockten nebeneinander und sahen zum Haus hinüber. Im Sommer bot die Hainbuchenhecke einen guten Sichtschutz, aber jetzt konnte man durch sie hindurch in jedes der großen Fenster des Hauses schauen.

»Zweifellos ein idealer Platz, aber nicht leicht zu finden«, bemerkte Bodenstein. »Er muss die Gegend gründlich ausgespäht haben.«

»Schussentfernung waren ungefähr sechzig Meter«, sagte Kröger, als Bodenstein und Pia wieder neben ihm standen. »Danach ist er entweder den Weg zwischen Gärten und Waldrand zum Parkplatz des Bildungszentrums der Bundesanstalt für Arbeit entlang geflüchtet oder hier unten an der Schranke vorbei zum Hotel ›Heidekrug‹. Das Hotel ist seit letztem Sonntag bis Ende Januar geschlossen, da wäre sein Auto niemandem aufgefallen. Und von dort aus ist man in ein paar Sekunden auf der Straße nach Königstein, die hoch zur B455 führt. Ein absolut perfekter

Fluchtweg. Höchstens ein Spaziergänger hätte ihn zufällig sehen können.«

»Wie sicher bist du dir, dass es sich um denselben Täter wie gestern handelt?«, fragte Bodenstein.

»Ziemlich sicher«, erwiderte Kröger. »Die Kugel, die wir aus dem Küchenschrank gezogen haben, hatte auf jeden Fall das gleiche Kaliber. Und wir haben auch hier keine Patronenhülse gefunden, genau wie gestern. Er muss sie mitgenommen haben, um keine Spuren zu hinterlassen.«

Langsam gingen sie zurück zu den Autos.

»Das klingt alles so, als ob das sorgfältig geplant wurde«, sagte Pia.

»Du hast recht«, stimmte Bodenstein nachdenklich zu. »Ein Zufallsopfer war die Frau wohl kaum. Lass uns noch einmal reingehen. Wir versuchen, mit dem Professor zu sprechen. Und morgen kümmern wir uns dann um die Enkeltochter.«

Freitag, 21. Dezember 2012

Auf dem Parkplatz des Gewerbeparks Seerose war noch nicht viel los. Außer dem Supermarkt, dem Billig-Discounter und der Bäckerei öffneten die Geschäfte erst in frühestens einer Stunde, und die Angestellten aus den Büros im benachbarten Gewerbegebiet kamen vorzugsweise in ihrer Mittagspause und nach Feierabend. Frühmorgens waren hier nur Rentner unterwegs oder Leute, die auf dem Weg nach Frankfurt zur Arbeit waren und sich ein Frühstück oder einen Kaffee holten. Er wartete geduldig in der Schlange, die sich vor dem Verkaufstresen der Bäckerei gebildet hatte, und ließ sogar noch jemanden vor, denn er wollte von der netten jungen Türkin bedient werden, die jeden Morgen in der Frühschicht arbeitete. Im Gegensatz zu ihren mürrischen Kolleginnen tat sie immer gutgelaunt. Auch jetzt scherzte sie freundlich mit den beiden Männern in orangefarbenen Jacken, die ihr Müllauto draußen rücksichtslos auf gleich mehreren Parkplätzen abgestellt hatten. Wer wusste schon, was ihr dabei tatsächlich durch den Kopf ging?

»Guten Morgen!« Sie schenkte ihm ein ebenso bezauberndes wie unaufrichtiges Lächeln. »Einmal wie immer? Bauernbrot geschnitten?«

Als gute Verkäuferin kannte sie die Wünsche ihrer Stammkunden.

»Guten Morgen«, erwiderte er. »Ja, genau. Und dazu bitte noch eine Laugenbrezel mit viel Salz.«

Das Brot würde alt und hart werden, wie alle Brote, die er in den letzten Wochen bei ihr gekauft hatte. Er kam nicht wegen des Brotes hierher, aber das konnte sie nicht ahnen.

»Gerne!« Eine dunkle Locke hatte sich aus ihrem strengen Pferdeschwanz gelöst und ringelte sich über ihre Stirn. Sie hatte ebenmäßige Gesichtszüge, volle Lippen und sehr weiße Zähne. Eine schöne junge Frau. Für seinen Geschmack ein bisschen zu stark geschminkt, obwohl sie das gar nicht nötig hatte. Aber vor allen Dingen war sie eine Frau mit festen Gewohnheiten und einem ausgesprochen geregelten Tagesablauf, was es für ihn einfach machte.

»Haben Sie zwischen den Jahren frei?«, erkundigte er sich beiläufig, während sie die Laugenbrezel in eine Tüte steckte.

»Leider nein.« Sie verzog kurz ihr Gesicht zu einer kummervollen Grimasse, doch dann strahlte sie wieder. »Aber dafür fahren wir an Neujahr in den Urlaub. Drei Wochen müssen Sie dann ohne mich auskommen.«

Mit zwei Sätzen hatte sie ihr Leben um mindestens drei Tage verkürzt.

Eigentlich hatte er vorgehabt, ihr noch Weihnachten und Silvester zu lassen, doch ihre Urlaubspläne zwangen ihn nun dazu, seinen Plan erneut zu ändern. Eine gewisse Flexibilität hatte er mittlerweile einkalkuliert.

»Das wird allerdings eine große Herausforderung für mich.« Er legte einen Zehn-Euro-Schein auf den Tresen und lächelte, wohl wissend, dass sie die Zweideutigkeit seiner Worte nicht verstand.

»Na, bis dahin sehen Sie mich ja noch ein paarmal.« Mit einem koketten Kichern reichte sie ihm die Papiertüten mit dem Brot und der noch warmen Brezel und gab ihm das Wechselgeld.

»Bis morgen!« Sie zwinkerte ihm zum Abschied mit gespielter Vertraulichkeit zu, dann betörte sie schon den nächsten Kunden mit ihrem Lachen. Ihre Freundlichkeit galt nicht ihm persönlich. Aber selbst wenn es so gewesen wäre, es hätte ihr nichts genützt.

Pia Kirchhoff trat aus der Dusche und angelte nach ihrem Handtuch. Vor einer Viertelstunde hatte Christoph das Haus verlassen. Seinen Koffer hatte er mitgenommen und ihr versichert, sie müsse sich keine Gedanken um ihn machen, Antonia und ihr Freund Lukas würden ihn am späten Nachmittag zum Flughafen fahren und sein Auto irgendwann zum Birkenhof bringen.

»Natürlich verstehe ich das«, hatte er gestern Abend gesagt. »Ich hätte an deiner Stelle genauso entschieden.«

Ihm war längst klar gewesen, dass er alleine fliegen würde. Genauso, wie es Henning klar gewesen war. Im Prinzip, das musste Pia sich eingestehen, tickten sie alle drei gleich. Sie alle hatten sich ihren Jobs mit Haut und Haaren verschrieben. Früher, als sie noch mit Henning verheiratet gewesen war, hatte Pia sich oft genug darüber geärgert, dass ihm die Arbeit wichtiger war als sein Privatleben. Henning hatte nicht gewollt, dass sie arbeiten ging, deshalb hatte sie tage- und wochenlang allein und gelangweilt in ihrer Wohnung in Sachsenhausen herumgesessen oder die Abende und Wochenenden in einem der Sektionssäle im Zentrum der Rechtsmedizin verbracht, nur um ihren Ehemann überhaupt zu sehen. Den Ausschlag für ihre Trennung im März vor nunmehr acht Jahren hatte ein Seilbahnunglück in Österreich gegeben, besser gesagt Hennings Versäumnis, sich vor seiner Abreise bei ihr zu verabschieden. Sie war aus der Wohnung ausgezogen – und er hatte es erst vierzehn Tage später bemerkt. Es waren zweifellos zwei der besten Entscheidungen ihres Lebens gewesen, den Birkenhof zu kaufen und in ihren alten

Job bei der Kriminalpolizei zurückzukehren. Frei hatte sie sein wollen, und sie hatte sich geschworen, nie mehr ihre eigenen Bedürfnisse hintenanzustellen. Dann hatte sie Christoph getroffen und sich Hals über Kopf erst in seine schokoladenbraunen Augen und dann in diesen unglaublichen Mann verliebt, obwohl er auf seine Art genauso verrückt war wie Henning. Der große Unterschied zu früher war jedoch der, dass nun auch sie einen Beruf hatte, in dem sie aufging. Selten empfand sie ihre Arbeit als Zwang, und oft genug gab es auch Phasen, in denen sie pünktlich Feierabend machen und sich ihren Tieren und dem Hof widmen konnte. Hin und wieder gab es allerdings Situationen wie diese, und niemals würde ihr Christoph einen Vorwurf machen, wenn sie quasi rund um die Uhr arbeitete. Genauso wenig würde es Pia einfallen, an ihm herumzunörgeln, wenn der Zoo seine Anwesenheit erforderte, wie es gerade in der letzten Zeit, in der das neue Elefantenhaus gebaut wurde, häufig der Fall war.

Pia starrte ihr Gesicht im Spiegel an und stieß einen Seufzer aus.

Ja, sie hatte gewusst, dass er Verständnis haben, nicht wütend oder enttäuscht sein würde, dennoch war sie bei aller Erleichterung über seine Reaktion deprimiert. Zum ersten Mal hätten sie Weihnachten und Silvester als Ehepaar gefeiert – und nun würde sie alleine auf dem Birkenhof hocken, während Christoph Tausende von Kilometern entfernt die Feiertage mit fremden Leuten verbrachte.

Als er vorhin nach einer letzten langen Umarmung gegangen war, hatte sie das Gefühl gehabt, ihr würde das Herz aus der Brust gerissen, und prompt hatte sie an der Richtigkeit ihrer Entscheidung gezweifelt. Konnten zwei Tote, die sie nicht kannte und die ihr nichts bedeuteten, wichtiger sein als der Mann, den sie über alles liebte? Was, wenn Christoph auf der Reise irgendetwas zustieß, wenn das Flugzeug abstürzte oder das Schiff sank und sie ihn nie wiedersehen würde? Wie sollte sie das jemals ertragen? Er fehlte ihr schon jetzt so sehr, dass es sie körperlich schmerzte. Noch nie, seitdem sie sich kannten, waren sie für eine so lange Zeit getrennt gewesen!

Pia zog sich an und band ihr Haar im Nacken zu einem Knoten. Bisher wusste Bodenstein noch nichts von ihrer Entscheidung, hierzubleiben. Keiner ihrer Kollegen erwartete, dass sie ihren Urlaub einer Mordermittlung opferte, und abgesehen von ihrem Chef würde das auch niemand von ihnen tun. Noch konnte sie Christoph anrufen und ihm sagen, sie würde doch mitfliegen! Sie machte das Licht im Badezimmer aus und ging nach unten. Ihr Handy lag auf dem Küchentisch. Sie musste es nur nehmen und Christophs Nummer wählen.

Doch dann fielen ihr der Ehemann und die Tochter der Toten gestern Abend ein. Und Renate Rohleder. Die Fassungslosigkeit, das Entsetzen. Pia dachte an das Mädchen, das gesehen hatte, wie seiner Großmutter der Kopf weggeschossen worden war. Verdammt.

Der Aufenthaltsraum hinter der Wache im Erdgeschoss der Regionalen Kriminalinspektion war bis auf den letzten Platz gefüllt. Früher hatte Kriminaldirektor Nierhoff, der Vorgänger von Nicola Engel im Amt, diesen Raum mit Vorliebe für seine zahlreichen Pressekonferenzen genutzt, denn es war der größte im ganzen Gebäude. Heute Morgen fand sich hier zum ersten Mal die SoKo »Sniper« zusammen, und der Raum war bereits voll ausgestattet mit Tischen, einer Telefonanlage, den unvermeidlichen Whiteboards, PCs, Druckern und einem Faxgerät. Dicht gedrängt saßen und standen 25 Beamte, die aus den verschiedenen Kommissariaten für die SoKo abgestellt worden waren, außerdem Dr. Nicola Engel, der Leiter der Schutzpolizei im Hause, der Fallanalytiker Andreas Neff vom LKA sowie Bodenstein und Ostermann als das letzte Aufgebot vom K11.

Nach einer sehr knapp formulierten Presseerklärung, die Bodenstein gestern Abend noch herausgegeben hatte, titelten Zeitungen und Online-Nachrichtendienste bereits mit reißerischen Überschriften wie: SCHON DER 2. SNIPER-MORD! IST EIN IRRER KILLER UNTERWEGS?, und die Verunsicherung in der Bevölkerung war dementsprechend groß. Sehr zum Ärger der Kollegen von der Wache riefen die Leute sogar auf der 110 an, um Informationen zu bekommen, deshalb musste als Erstes eine Notfalltelefonnummer eingerichtet werden. Da Ostermann kaum ein Wort herausbrachte, übernahm Bodenstein es, den versammelten Kollegen die Lage zu schildern.

»Am Mittwochmorgen gegen 8:45 Uhr wurde in der Gemarkung Niederhöchstadt die 74-jährige Ingeborg Rohleder erschossen«, begann er. »Bisher haben wir keine Hinweise auf ein Tatmotiv. Der Täter benutzte ein Gewehr und Munition vom Kaliber .308 Winchester. Leider ein gängiges Kaliber, es ist unmöglich festzustellen, wo, wann und von wem diese Munition gekauft wurde. Zunächst gingen wir davon aus, dass es sich bei Frau Rohleder um ein Zufallsopfer handeln könnte, aber gestern Abend gegen 19:30 Uhr wurde in Oberursel ein zweiter Mord auf sehr ähnliche Weise verübt …«

Es klopfte an der Tür, jemand trat ein. Die Kollegen begannen zu tuscheln.

»Hey, Pia«, rief Matuschek vom Betrug. »Was machst'n du hier?«

»Konnst disch net von uns trenne, was?«, sagte ein anderer.

Ein paar Lacher wurden laut.

»Du hast doch Urlaub!«, ergänzte ein dritter Kollege.

Pia legte ihren Rucksack auf den Tisch, hinter dem Bodenstein saß.

»Könnten wir uns darauf einigen«, sagte sie frostig und blickte in die Runde, »dass ihr ein bestimmtes Wort, das mit dem Buchstaben U beginnt, vorübergehend aus eurem Vokabular streicht?«

Zustimmendes Kopfnicken war die Antwort, und Bodenstein, der in der Nacht wieder kaum ein Auge zugetan hatte, verspürte eine tiefe Erleichterung, als er begriff, dass Pia sich entschlossen hatte, nicht zu verreisen.

»Schee bleed biste trotzdem«, murmelte jemand. »Schaffe statt wegzufliesche, des tät mir einfalle.«

»Genau deshalb, Kollege Probst, bist du auch da, wo du bist«, entgegnete Pia scharf. »Und da wirst du wohl auch hocken bis zu deiner Pensionierung.«

Bodensteins Blick begegnete dem von Nicola Engel, und er bemerkte ein kurzes Lächeln, das über ihr Gesicht huschte.

»Sorry, Chef, du kannst weitermachen.« Pia nickte Bodenstein zu und setzte sich auf den Stuhl, den Ostermann mit einem Fingerschnippen von einem anderen Kollegen requiriert hatte.

»Danke«, erwiderte er und wandte sich wieder an die Kollegen. In knappen Worten schilderte er die Tatabläufe der beiden Morde und fasste die bisher vorliegenden Fakten zusammen.

»Die beiden Opfer waren Frauen im Rentenalter. Was die familiären Hintergründe der Opfer betrifft, so scheint es auch dort bisher keine Parallelen oder Berührungspunkte zu geben«, schloss er nach ein paar Minuten. »Der Ehemann von Opfer Nummer 2 ist Arzt, die Tochter von Opfer Nummer 1 ist Floristin. Das ist alles, was wir im Moment haben.«

»Vielen Dank, Kollege«, ergriff Kriminalhauptkommissar Neff das Wort. »Das ist tatsächlich noch nicht sehr viel, aber wir müssen davon ausgehen, dass es auch nicht viel mehr Informationen geben wird. Die beiden Tatsituationen scheinen mir sehr typisch für ein zufälliges Vorgehen des Schützen. Ich sehe da einige Parallelen zu dem Fall, den ich damals während meines Aufenthalts in den USA mit aufklären konnte. Im Oktober 2002 schossen zwei Männer innerhalb von drei Wochen wahllos auf Menschen und töteten im Großraum Washington, D. C. zehn Personen. Die Wahl der Opfer erfolgte völlig willkürlich. Sie töteten aus reinem Spaß am Töten.«

»Wer ist das denn?«, flüsterte Pia, während Neff über John Allen Muhammad und Lee Boyd Malvo referierte.

»Die Geheimwaffe aus Wiesbaden«, erwiderte Ostermann und rollte die Augen. »Unterstützung für uns Dorfpolizisten.«

»Das ist Andreas Neff, Fallanalytiker vom LKA«, ergänzte Bodenstein mit gesenkter Stimme.

»Ein *Profiler*?« Pia runzelte die Stirn. »Was soll der denn ausrichten?«

Ostermann zuckte stumm die Schultern.

»Frau Dr. Engel hat das so entschieden«, erwiderte Bodenstein. »Und ich nehme alle Hilfe, die ich kriegen kann.«

Pia wartete, bis Neff seinen Vortrag beendet hatte.

»Ich glaube spätestens seit gestern auf keinen Fall, dass unser Täter wahllos schießt«, widersprach sie ihm. »Allein die Lage des Tatorts gestern Abend spricht nicht für eine Zufallstat. Das Haus des Opfers liegt hinter einer hohen Hecke am Ende einer Sackgasse. Der Täter musste nicht nur einen geeigneten Ort zum Schießen, sondern auch seinen Fluchtweg genau auskundschaften. Es muss irgendeinen Zusammenhang zwischen den beiden Opfern geben, auch wenn der für uns momentan noch nicht erkennbar ist. Deshalb sollten wir das Umfeld und die Vergangenheit der beiden Opfer gründlich überprüfen.«

Neff hatte ihr zugehört und nickte nun lächelnd.

»Selbstverständlich sollten Sie das tun«, sagte er. »Ich habe auch lediglich meine Beurteilung der Lage formuliert. Es ist durchaus möglich, dass ich mich irre, aber …«

»Herzlichen Dank für diese erste Einschätzung, Herr Kollege«, unterbrach Bodenstein ihn und stand auf. »Frau Kirchhoff und ich werden heute mit den Angehörigen von Frau Rudolf sprechen. Sie können uns gerne begleiten.«

Dann verteilte er andere Aufgaben an die Kollegen und beendete die Besprechung. Kai Ostermann machte keinen Hehl daraus, was er von Neff hielt.

»Viel Spaß mit dem Klugscheißer«, krächzte er und erntete dafür einen scharfen Blick von Bodenstein.

Pia hatte nichts dagegen, dass Neff sie und Bodenstein begleitete. Sie selbst hatte noch nie mit einem Fallanalytiker gearbeitet, aber sie hatte schon häufig gehört, dass Profiler Details bemerkt hatten, die entscheidend zur Lösung eines Falles beigetragen hatten. Eines war klar: Die Zeit drängte. Der Täter konnte jederzeit wieder zuschlagen.

»Für eine analytische Aufarbeitung der Tat fehlt den zuständigen Ermittlern meistens die Zeit, das kennen Sie ja sicherlich. Und deshalb ist es äußerst klug, mich schon zu diesem frühen Zeitpunkt in die Ermittlungen mit einzubeziehen.« Kriminalhauptkommissar Andreas Neff ging um den Dienstwagen herum, öffnete die Beifahrertür und wollte sich wie selbstverständlich nach vorne setzen.

»Sie sitzen hinten«, sagte Pia und trat ihm in den Weg.

Neff musterte sie kurz, dann zuckte er lächelnd die Schultern. Er war ein schmächtiger Mann, ein paar Zentimeter kleiner noch als Pia, mit einem Allerweltsgesicht, das man sah und leicht wieder vergaß. Seine geringe Körpergröße tat jedoch seinem Selbstbewusstsein keinen Abbruch.

»Sehen Sie, Frau Kollegin, genau das ist auch so etwas, was ich immer wieder erlebe.« Er setzte sich auf die Rückbank. »Als Fallanalytiker beim Landeskriminalamt gehöre ich zu keinem festen Team. Wir werden ja immer nur dort eingesetzt, wo die Kollegen nicht mehr weiterwissen. Da ist man natürlich zuerst nicht unbedingt beliebt, denn wer gesteht sich schon gerne das eigene Scheitern ein.«

Pia wusste nicht, auf was er hinauswollte.

»Was erleben Sie immer wieder?«, fragte sie.

»Man signalisiert mir mehr oder weniger subtil, dass ich eigentlich unerwünscht bin«, erwiderte er. »Ich habe das menschliche Verhalten lange Jahre studiert. Der Akt der menschlichen Kommunikation besteht nur zu acht Prozent aus Sprache, zu zweiundneunzig Prozent aus Körpersprache. Aus Ihrer Körpersprache lese ich Unsicherheit mir gegenüber. Diese Unsicherheit, die Ihnen wahrscheinlich gar nicht bewusst ist, kaschieren Sie mit Aggressivität. Das tun übrigens viele weibliche Kollegen, die sich allein schon durch die Geschlechterrolle, aber auch physisch unterlegen fühlen. Die Tatsache, dass ich hinten sitze und Sie vorne, ist eine Dominanzgebärde Ihrerseits, die mich in meine Schranken weisen und mir meinen untergeordneten Rang im Team deutlich machen soll.«

»Ach ja?« Pia war verblüfft. »Ich fühle mich Ihnen physisch nicht unterlegen. Und unsicher bin ich auch nicht.«

»Doch, das sind Sie«, behauptete Neff. »Ich kenne das aber und verstehe das Verhalten. Sehen Sie, wenn man wie ich ständig alles bis ins kleinste Detail wahrnehmen und analysieren muss, dann entwickelt man mit der Zeit ein feines Gespür für die Strukturen in einem Team. In den USA ist man uns da schon voraus, was die Gleichberechtigung und das Selbstverständnis der Frauen im Polizeiberuf angeht. Da hinken wir in Deutschland noch um Jahrzehnte hinterher.«

Pia sah, dass Bodenstein belustigt in sich hineingrinste.

»Sie wollen also behaupten, ich sei unsicher, nur weil ich im Auto vorne sitze?«, unterbrach sie Neffs Redefluss. »Oder bin ich *per se* unsicher, weil ich eine Frau bin?«

»Beides.«

Pia hielt diese Antwort zuerst für einen Scherz, aber Neff nickte ernsthaft.

»Es geht ja auch darum, *wie* Sie Ihre Machtposition mir gegenüber demonstriert haben. Mit dem Satz *Sie sitzen hinten* haben Sie einen Befehl formuliert, keine höfliche Bitte. Dazu haben Sie sich an mir vorbeigedrängt, das heißt, Sie haben Ihrem Befehl auch körperlichen Nachdruck verliehen.«

»Tsss«, machte Pia und schüttelte den Kopf. »Jetzt machen Sie mal halblang. Ich sitze vorne, weil es in diesem Auto kein Navi gibt und ich den Weg zum Tatort kenne und Sie nicht. Außerdem sitze ich immer vorne.«

»Ah ja«, sagte Neff. »Ich sitze *immer* vorne. Was sagt dieser an und für sich unbedeutend klingende Satz über Sie und Ihre Einstellung aus? Sie sind unflexibel. Sie beharren auf Routinen, weil die Sicherheit suggerieren. Weitergeführt bedeutet das, Sie fürchten Veränderungen und Innovationen. Ich könnte diese Analyse noch sehr viel weiter führen, aber belassen wir es dabei.«

Pia schwieg, obwohl sie eine scharfe Erwiderung auf der Zunge hatte. Tatsächlich fühlte sie sich plötzlich verunsichert, und das ärgerte sie. Neff schien ihr Schweigen als Bestätigung zu verstehen. Er begann über die neuesten Profiling-Methoden zu reden, die er während seiner Zeit beim FBI kennengelernt hatte.

»Gerade bei Serientätern gibt es gewisse Tatmuster, die statistisch betrachtet mit ganz spezifischen sozio-ökonomischen Merkmalen in Verbindung gebracht werden können und müssen«, dozierte er von der Rückbank aus. »Wir ziehen unsere Schlüsse auf Basis kriminalistischer Erkenntnisse anhand von Indizien, Tatortspuren und Tatumständen. Insofern ist es sehr bedauerlich, dass ich die Tatorte nur von Fotos kenne. Normalerweise ist es mir lieber, wenn ich mich in einen Tatort einfühlen kann.«

Bodenstein setzte den Blinker und bog am Königsteiner Kreisel Richtung Kronberg ab. Sie fuhren am Opel-Zoo vorbei, und für ein paar Sekunden überlegte Pia, ihren Chef zu bitten, sie aussteigen zu lassen. Noch immer konnte sie mit Christoph nach Ecuador und auf die Galapagosinseln fliegen, statt sich von diesem Klugscheißer kränken zu lassen.

»Entschuldigen Sie, wenn ich Sie in Ihrem Vortrag unterbreche«, sagte sie dann zu Neff. »Haben Sie vielleicht irgendwelche Fragen? Ich war nämlich gestern am Tatort, nur eine Dreiviertelstunde nach der Tat.«

»Das ist mir durchaus bekannt. Ich habe schließlich die Fallakte gelesen«, erwiderte Neff leicht pikiert. »Natürlich habe ich Fragen, die ich auch stellen werde. Immerhin gehöre ich jetzt zum Team.«

Auf dem Papier vielleicht, dachte Pia bei sich und bezweifelte, dass Andreas Neff überhaupt fähig war, sich in ein Team zu integrieren.

»Sie überlassen es aber bitte uns, mit den Angehörigen des Opfers zu sprechen«, schaltete sich Bodenstein endlich ein, nachdem er eine Viertelstunde lang keinen Ton von sich gegeben hatte.

»Wieso denn das?«, protestierte Neff. »Ich muss doch …«

»Wir sind die ermittelnden Beamten, Sie sind der externe Fallanalytiker. Das heißt, Sie sind eine Art Beobachter und analysieren das, was Sie beobachten«, stellte Bodenstein mit ruhiger Stimme klar, und Pia hätte ihn allein dafür, dass Neff konsterniert die Klappe hielt, glatt küssen können.

Margarethe Rudolf stammte aus Oberursel und hatte ihr ganzes Leben dort gewohnt. Die schöne alte Villa war ihr Elternhaus, in das sie und ihr Mann gleich nach dem frühen Tod ihrer Eltern eingezogen waren. Ähnlich wie Ingeborg Rohleder war Margarethe Rudolf eine allseits beliebte und geachtete Frau, sie hatte sich in der Kirchengemeinde, im Sportverein und im Kulturkreis engagiert, sie hatte Bridge gespielt, einen Literaturzirkel geleitet und war aktiv bei den Lions-Damen. In ihrem großen Bekanntenkreis gab es absolut niemanden, der ihr hätte nach dem Leben trachten können, das hatten ihr Witwer und ihre Tochter wieder und wieder betont. Beide standen völlig unter Schock, was man ihnen nicht verdenken konnte.

»Ich würde Ihnen gerne einen Kaffee anbieten, aber … aber meine Tochter und ich … wir bringen es einfach nicht fertig, in die …« Professor Dieter Rudolf, ein schlanker Mann Anfang sechzig mit schneeweißem Haar, sprach den Satz nicht zu Ende, aber Bodenstein und Pia verstanden, was er meinte. Zwar hatte der Tatortreiniger ganze Arbeit geleistet, und in der Küche war nicht mehr der winzigste Blutspritzer zu sehen, dennoch musste es furchtbar sein, den Raum zu betreten.

Der Professor beantwortete gefasst alle Fragen und gab sich größte Mühe, ihnen gegenüber den Anschein äußerlicher Normalität zu wahren, ebenso wie seine Tochter. Zwei Menschen, die es gewohnt waren, sich selbst und ihre Umgebung fest im Griff zu haben. Karoline Albrecht trug jedoch noch immer dieselbe Kleidung wie am Abend zuvor, ein sicheres Indiz dafür, dass sie in der vergangenen Nacht nicht geschlafen hatte.

Das Haus war bereits liebevoll weihnachtlich geschmückt. Auf einer Anrichte stand ein ganzes Orchester handgeschnitzter Engelchen neben einem Räuchermännchen mit gelblich verfärbtem Bart, Tannenzweige in einer hohen gläsernen Bodenvase waren mit Weihnachtsbaumschmuck dekoriert. Der wuchtige Esstisch wurde von einem geschmackvollen Adventskranz dominiert, dessen letzte Kerze noch nicht angezündet worden war. Vor dem deckenhohen Sprossenfenster, das einen Ausblick über den verschneiten Garten bot, standen große und kleine Weihnachtssterne in Rot und Weiß.

Eine prächtige Nordmanntanne wartete draußen auf der überdachten Terrasse wohl nun vergeblich darauf, geschmückt zu werden. Nichts in diesem Haus würde mehr so sein, wie es einmal gewesen war. Es war schlimm genug, einen lieben Menschen durch einen Herzinfarkt oder eine schwere Krankheit zu verlieren, ein Mord war ungleich schrecklicher.

»Frau Albrecht«, sagte Pia behutsam, »wir würden gerne mit Ihrer Tochter Greta sprechen.«

»Was soll das bringen?«, entgegnete Karoline Albrecht. »Draußen war es dunkel, in der Küche war das Licht an. Sie hat niemanden gesehen.«

»Wo ist Ihre Tochter jetzt?«

»Bei ihrem Vater und seiner Familie in Bad Soden. Eine vertraute Umgebung und ein wenig Normalität sind jetzt sehr wichtig für sie.«

Sie verstummte und presste die Lippen aufeinander. Ihr Vater berührte ihren Arm, Karoline Albrecht legte ihre Hand kurz auf seine. Obwohl sie so dicht nebeneinandersaßen, wirkten sie seltsam verloren und nicht wie Menschen, die einander nahestehen. Ein unerwarteter Todesfall in der Familie und ganz besonders ein Mord ließ Angehörige nicht selten ihre Animositäten vergessen und enger zusammenrücken, um sich gegenseitig Trost und Halt zu geben, aber er konnte auch lang schwelende Konflikte ans Tageslicht bringen und Familien restlos zerbrechen. Pia beschloss, zu diesem Zeitpunkt nicht auf ein Gespräch mit Greta zu insistieren. Mit einem kurzen Kopfnicken signalisierte sie ihrem Chef, dass er weitermachen sollte.

»Haben Sie in den letzten Wochen irgendeine Veränderung an Ihrer Frau festgestellt?«, fragte Bodenstein. »Hatte sie vielleicht irgendetwas beobachtet, oder fühlte sie sich bedroht?«

»Nein.« Der Professor schüttelte geistesabwesend den Kopf. Er saß stocksteif da und faltete seine auffallend feingliedrigen Hände wie zum Gebet. Ein leichter Bartschatten lag auf seinen Wangen, der Blick aus seinen dunklen Augen war verschleiert, seine Miene undurchdringlich.

»War ein Handwerker im Haus, den Ihre Frau nicht kannte, oder jemand, der den Stromzähler oder die Wasseruhr ablesen wollte?«, forschte Bodenstein behutsam weiter. »War irgendetwas anders als sonst, ist etwas Ungewöhnliches vorgefallen?«

Der Professor überlegte kurz, dann verneinte er die Fragen.

»Nicht dass ich wüsste.«

»Sagt Ihnen der Name Ingeborg Rohleder etwas?«, erkundigte sich nun wieder Pia. »Aus Niederhöchstadt?«

Der Professor runzelte nachdenklich die Stirn.

»Nein«, sagte er dann. »Nein, tut mir leid. Den Namen habe ich noch nie gehört.«

»Frau Albrecht, hätte sich Ihre Mutter Ihnen anvertraut, wenn es da irgendetwas gegeben hätte?«, wandte Bodenstein sich an die Tochter. »Wie war Ihr Verhältnis zu Ihrer Mutter?«

»Gut. Und sehr herzlich«, entgegnete Karoline Albrecht. »Ich habe immer sehr viel gearbeitet, aber ich habe jeden Tag mit Mama telefoniert. Manchmal nur kurz, aber manchmal haben wir auch eine Stunde oder länger geredet. Sie ist … sie *war* immer der ruhende Pol in meinem Leben.« Ihre Stimme zitterte, aber sie hatte ihre Gefühle eisern unter Kontrolle. »Ich … ich bin mir ganz sicher, sie hätte mir gesagt, wenn sie irgendetwas beschäftigt oder beunruhigt hätte.«

Pia ahnte, was es die Frau kosten mochte, Haltung zu wahren. Zur Trauer um die Mutter kam die Sorge um das seelische Wohlergehen ihrer Tochter. Irgendwann musste ihr die Kraft ausgehen, und die Schleusen der Verzweiflung würden sich öffnen. Pia hoffte für Frau Albrecht und sich selbst, dass das nicht gerade jetzt passieren würde, denn emotionale Ausbrüche erschwerten einen zukünftigen Umgang erheblich. Die Frau würde sich für ihr Verhalten schämen, und das würde ein nächstes Gespräch nicht leichter machen.

Bodenstein, Pia und Andreas Neff, der tatsächlich den Mund gehalten hatte, erhoben sich. Auch Karoline Albrecht stand auf.

»Meine Mutter war eine Seele von einem Mensch, die niemandem etwas zuleide getan hat. Niemand hat einen Grund gehabt, sie umzubringen!« Sie stieß einen unartikulierten Laut aus, halb Lachen, halb Schluchzen, und auch ihr Vater verlor daraufhin die eiserne Beherrschung und fing an zu weinen. »Es gibt tausend Menschen, die es eher verdient hätten, erschossen zu werden, als meine Mutter!«

Auf der Rückfahrt übernahm Pia das Steuer. Sie wollte nicht noch einmal am Zoo vorbeifahren und bog deshalb nach Bommersheim ab. Von hier aus führte die L3004 direkt zur Anschlussstelle der A66 am Ende der Miquelallee, und man sparte sich Ortsdurchfahrten mit Ampeln und Autofahrer, die auf Sommerreifen mit 30 Stundenkilometern dahinschlichen.

Üblicherweise tauschten sie und Bodenstein sich nach einem solchen Gespräch über Antworten, Reaktionen und Verhaltensweisen der Befragten aus, aber diesmal machte ihnen Andreas Neff einen Strich durch die Rechnung. Er fing an zu reden, sobald er auf der Rückbank saß, sezierte jeden gesprochenen Satz bis ins kleinste Detail und schien nicht ein einziges Mal Luft zu holen.

»Herrje, ich kann bei Ihrem Geplapper keinen klaren Gedanken fassen!«, fuhr Pia ihn schließlich verärgert an. »Sind Sie etwa auch noch Psychologe?«

»Noch nie hat jemand meine Beobachtungen und Analysen als ›Geplapper‹ bezeichnet«, erwiderte Neff beleidigt. »Ich habe allerdings die Erfahrung gemacht, dass man Dinge am besten in kognitiven Zusammenhang bringen kann, wenn man sich zeitnah mit Kollegen darüber austauscht.«

»Stellen Sie sich vor, diese unglaubliche Erfahrung haben wir schon vor Jahren gemacht«, gab Pia scharf zurück. »Es wäre sehr nett von Ihnen, wenn Sie die nächsten zehn Kilometer einfach mal den Mund halten würden.«

Bevor er noch etwas sagen konnte, klingelte das Telefon, und Bodenstein drückte auf die Lautsprechertaste, aber dann erkannte er den Namen des Anrufers im Display und nahm das Gespräch über sein Handy an. Er hörte zu, brummte ein paarmal zustimmend und beendete das Telefonat grußlos.

»Engel?«, erkundigte sich Pia.

»Hm.«

»Wie?«

»Ziemlich.«

»Wegen?«

»Druck vom I. M.«

»Presse, hm?«

»Genau.«

Nach sieben Jahren Zusammenarbeit waren Pia und Bodenstein wie ein altes Ehepaar, und sie verständigten sich bisweilen im Telegrammstil, wie es für Menschen, die viel Zeit miteinander verbringen, typisch ist.

»Diese rudimentäre Art der Kommunikation soll mich wohl ausschließen«, argwöhnte Neff von hinten.

»Ganz und gar nicht«, erwiderte Bodenstein, erstaunt über diese Unterstellung. »Frau Dr. Engel rief an, um uns mitzuteilen, dass die Aufregung in der Öffentlichkeit nach der Panikmache in der Presse groß und das Innenministerium deswegen besorgt ist. Übersetzt heißt das, dass wir Druck von oben kriegen. Zufrieden?«

»Hm«, brummte Neff.

Pias Blick fiel auf die Uhr im Armaturenbrett. 16:43 Uhr. Jetzt musste Christoph allmählich Richtung Flughafen aufbrechen, und sie würde ihn nicht mehr sehen. Für drei endlos lange Wochen.

»Es ist tatsächlich kaum was los auf der Straße«, stellte Bodenstein in diesem Moment fest. »Normalerweise steht man an einem Freitag um diese Uhrzeit hier ewig lang im Stau.«

»Du hast recht«, bestätigte Pia. »Meinst du, das liegt am …?«

»Fürchte ja«, nickte Bodenstein.

»Das ist ja schlimm, wie Sie beide die Syntax unserer schönen Sprache massakrieren«, nörgelte Andreas Neff.

»Echt?« Pia tat überrascht.

»Krass«, grinste Bodenstein.

Und dann lachten sie beide, obwohl es eigentlich überhaupt nichts zu lachen gab.

Die Kollegen, die in Oberursel und Niederhöchstadt vergeblich nach Zeugen gesucht oder versucht hatten, Nachbarn und Bekannten der Opfer irgendwelche Informationen zu entlocken, waren frustriert. Den ganzen Tag waren sie von Haustür zu Haustür gegangen und hatten nichts als bedauerndes Verneinen und Schulterzucken geerntet. Auch bei der Hotline war kein einziger vernünftiger Hinweis eingegangen.

Professor Rudolf hatte den Namen Ingeborg Rohleder noch nie gehört, umgekehrt war Renate Rohleder der Name Margarethe Rudolf völlig unbekannt. Die einzige sehr vage Parallele, die es zwischen den beiden Opfern zu geben schien, war die Tatsache, dass sie Frauen und jeweils Mutter einer Tochter waren.

Auch die Ergebnisse der Tatortarbeit waren in Oberursel ähnlich unergiebig gewesen wie in Niederhöchstadt am Tag zuvor.

»Keine Spuren an den Projektilen, keine Patronenhülsen, keine Fußabdrücke, keine Hinweise auf den Täter, der ein Phantom bleibt«, resümierte Christian Kröger seinen enttäuschend kurzen Bericht.

»Ich kann mich leider nur anschließen«, sagte Bodenstein schließlich. »Bei beiden Opfern gab es vorher angeblich keine Auffälligkeiten wie Drohungen, anonyme Anrufe oder Ähnliches. Es scheint, als hätten wir zwei ziemlich aussichtslose Fälle auf dem Tisch, bei denen wir auf Kommissar Zufall hoffen müssen. Oder auf den Offenbarungsdrang des Täters.«

Schweigen in der Runde des Besprechungsraumes.

»Ich betrachte die ganze Sache als nicht *so* hoffnungslos wie die Kollegen«, ergriff Andreas Neff das Wort.

»Na toll«, murmelte Pia und verdrehte die Augen, als er nun aufstand, seine Krawatte zurechtrückte und sein Jackett zuknöpfte.

»Für mich«, begann Neff, »zeichnet sich bereits jetzt ein deutliches Muster ab. Der Täter geht zwar willkürlich, aber durchaus geplant vor. Wir müssen also davon ausgehen, dass er ein sehr intelligenter Mensch ist, der zwar impulsiv ist, seine Impulsivität jedoch gut unter Kontrolle hat. Er ist nicht mehr ganz jung, aber höchstens um die dreißig, denn schließlich muss er gut laufen und klettern können. Auch kristallisiert sich bereits ein klares Opferschema heraus – Frauen zwischen sechzig und fünfundsiebzig. Und obwohl eine Fallanalyse nichts mit Psychologie zu tun hat, sondern mit Kriminalistik und Kriminologie, so wage ich die Prognose, dass es sich bei dem Täter um einen Mann mit einem ausgeprägten Mutterkomplex handelt.«

Er lächelte selbstzufrieden und blickte erwartungsvoll in die Runde.

»Was sollen wir denn damit wohl anfangen?«, flüsterte Ostermann Pia zu. »Vielleicht eine Warnung rausgeben: *Achtung, alle Frauen über sechzig! Halten Sie sich nicht mehr im Freien auf und lassen Sie alle Rollläden herunter, wenn Sie zu Hause sind*?«

Pia schüttelte nur den Kopf und zog eine Grimasse. Ihre Chefin, die leider gerade draußen im Flur telefonierte, würde hoffentlich bald merken, was für ein aufgeblasener Wichtigtuer dieser Typ war. Pia hörte nur mit einem Ohr zu, denn sie wartete sehnlichst darauf, dass sich Christoph noch einmal bei ihr meldete.

»Also, mit Verlaub, Kollege«, sagte Christian Kröger in diesem Augenblick. »Das ist totaler Schwachsinn. Mit den paar Hinweisen, die wir haben, kann man kein Täterprofil erstellen.«

»Sie vielleicht nicht«, entgegnete Neff, noch immer lächelnd. »Ich schon. Beim FBI habe ich gelernt …«

»Ich war auch zwei Jahre in den USA und habe dort eine Menge gelernt«, fiel Kröger ihm ungeduldig ins Wort. »Nämlich vor allen Dingen, dass man keine waghalsigen Prognosen anstellen sollte, bevor nicht alle Fakten auf dem Tisch liegen. Das Gesamtbild kann man erst dann beurteilen, wenn jedes einzelne Detail betrachtet worden ist.«

»Genau dafür bin ich ja gerufen worden«, sagte Neff leutselig. »Um das Gesamtbild im Auge zu behalten, weil Leute wie Sie sich oft vorschnell in Details verlieren.«

Kröger lief rot an. Unter den Kollegen wurde unwirsches Gemurmel laut. Auch wenn Christian Kröger sich manchmal wie eine Primadonna benahm, so waren seine Fähigkeiten unumstritten. Seine akribische Arbeitsweise und sein Scharfsinn hatten in der Vergangenheit schon oft entscheidend dazu beigetragen, einen Fall zu lösen.

»So, jetzt ist's aber mal gut«, mischte sich Bodenstein ein, der merkte, dass Neff zu weit gegangen war. »Kollege Neff, ich möchte Sie gleich in meinem Büro sprechen. Allen anderen wünsche ich einen schönen Feierabend. Bitte bleibt in Bereitschaft. Morgen früh um zehn treffen wir uns zur nächsten Besprechung.«

»Uijuijui«, flüsterte Kai Ostermann. »Jetzt hat sich's die Geheimwaffe aber mit Christian verschissen.«

»Mit mir auch«, sagte Pia. »Schade, dass der so ein von sich selbst überzeugter Macho ist. Ich glaube nämlich, ein Profiler könnte uns durchaus weiterhelfen.«

Samstag, 22. Dezember 2012

Kathrin Fachinger sah aus, als sei sie gerade noch dem Tod von der Schippe gesprungen. Ihr schmales Gesicht war blass, sie hatte violette Ringe unter den Augen. Sie schleppte sich in den Besprechungsraum und ließ sich auf einen der Stühle fallen.

»Pass bloß auf, dass dich der Heckenschütze nicht abknallt«, sagte Kröger zynisch. »Du siehst ja aus wie deine eigene Großmutter.«

»Dann guck mal in den Spiegel. Du bist auch nicht mehr taufrisch«, konterte Kathrin verärgert. »Ich komme extra her, um euch zu helfen, und werde gleich mal beleidigt.«

»Christian meint es nicht persönlich.« Ostermann grinste. »Aber die Geheimwaffe von der Engel hat gestern eine These aufgestellt.«

»Wer?«, fragte Kathrin und nieste.

»Die FBI-Koryphäe aus Wiesbaden«, sagte Kröger abfällig. »Weiß alles besser, kann alles besser und hat die Sniper-Morde in Washington vor ein paar Jahren quasi im Alleingang aufgeklärt, wenn man ihn so reden hört.«

»Andreas Neff, ein Fallanalytiker vom LKA. Er soll unsere Ermittlungen unterstützen«, erklärte Pia. »Er hat die beiden Fälle analysiert und ist fest davon überzeugt, dass es der Täter auf ältere Frauen abgesehen hat.«

»Na, danke!« Kathrin funkelte Kröger wütend an.

Sie war die Jüngste im K11 und wirkte mit ihrem ebenmäßigen Kindergesicht, der eckigen Brille und dem zierlichen Körperbau auf den ersten Blick deutlich jünger als sechsundzwanzig. Doch ihr harmloses Äußeres täuschte. Kathrin war selbstbewusst und furchtlos. Vor ein paar Jahren war sie es gewesen, die Frank Behnke entschlossen Paroli geboten und schließlich dafür gesorgt hatte, dass er suspendiert wurde.

»Was ist das für einer?«, erkundigte sie sich.

»Du wirst ihn gleich kennenlernen«, antwortete Kai, der am Fenster lehnte und auf den Parkplatz hinunterblickte. »Dale Cooper für Arme ist im Anmarsch.«

»Dann lasst mich euch schnell die mageren Ergebnisse aus der Ballistik mitteilen«, sagte Kröger und blätterte in den Papieren, die er mitgebracht hatte. »Nach Überprüfung der beiden Projektile steht fest, dass sie aus derselben Waffe abgefeuert wurden. Leider ist die Waffe vorher noch nie aufgefallen, wir haben sie also nicht im System.«

»Damit steht wohl fest, dass es sich in beiden Fällen um denselben Täter handelt«, kommentierte Ostermann.

»Den mit dem Mutterkomplex«, ergänzte Pia.

»Großmutterkomplex.« Kröger zwinkerte ihr zu und verließ den Besprechungsraum.

Pias Gedanken wanderten zu Christoph. Gestern hatten sie vor seinem Abflug noch miteinander telefoniert. Mittlerweile musste er in Quito gelandet sein. Die Zeitverschiebung betrug sechs Stunden, also war es bei ihm gerade vier Uhr morgens. Zu früh, um anzurufen. Aber sie konnte ihm in einer Nachricht mitteilen, wie sehr sie ihn schon jetzt vermisste. Nach ihrem Telefonat gestern hatte sie ihren Koffer wieder ausgepackt und war früh zu Bett gegangen. Erstaunlicherweise hatte sie zum ersten Mal seit einer Woche wieder tief und fest geschlafen. Vielleicht war das ein Zeichen dafür, dass ihre Entscheidung, hierzubleiben, richtig gewesen war.

Andreas Neff betrat den Besprechungsraum. Dunkler Anzug, weißes Hemd, schwarze Krawatte. Das kurzgeschnittene dunkle Haar war perfekt frisiert, seine schwarzen Schuhe auf Hochglanz poliert. In der Hand hielt er eine Tasse Kaffee, die er sich wohl in der Kaffeeküche am vorderen Ende des Flurs geholt hatte.

»Guten Morgen!«, rief er forsch. Sein Blick wanderte über Kai und Pia zu Kathrin. »Ah, wen haben wir denn da?«

»Kathrin Fachinger«, krächzte Kathrin. »Bleiben Sie lieber, wo Sie sind, wenn Sie sich nicht anstecken wollen.«

»Mein Name ist Neff. Ich komme vom LKA.« Er musterte sie kurz und verlor das Interesse. »Sie sind wohl die Sekretärin der Abteilung?«

Kathrins Augen wurden schmal.

Kai wechselte einen Blick mit Pia und wandte sich ab, weil er grinsen musste. Manche Menschen traten zielsicher in wirklich jedes Fettnäpfchen.

»Also«, wandte sich Neff an Ostermann. »Ich habe gestern Nacht noch etwas nachgedacht. Über Weihnachten wird nichts weiter passieren. Unser Täter ist sozial fest eingebunden, er hat …«

»Sie haben meine Tasse«, unterbrach Kathrin ihn.

»… Familie und ist möglicherweise sogar verreist.« Neff beachtete sie nicht. Er ging langsam um den Tisch herum und nahm einen Schluck

Kaffee. »Dafür spricht eindeutig der Zeitpunkt, nämlich, dass er vor den Feiertagen zugeschlagen hat.«

Kathrin Fachinger stand auf, trat ihm in den Weg und deutete mit dem Zeigefinger auf die Tasse in seiner Hand.

»Das ist meine Tasse«, wiederholte sie nachdrücklich. »Da steht es. Sehen Sie? *Kathrins Tasse.*«

»Ah ja.« Neff runzelte die Stirn. »Die anderen waren so dreckig. Sie sollten sie besser saubermachen. Ein wenig Spülmittel wirkt da wahre Wunder.«

»Her mit der Tasse jetzt«, entgegnete Kathrin böse. »Bringen Sie sich demnächst eine eigene mit.«

»Mit Sekretärinnen sollte man sich immer gut stellen.« Neff lächelte nachsichtig und reichte ihr den Porzellanbecher. »Sonst schmeckt der Kaffee nicht.«

»Ich bin mitnichten die Sekretärin«, schnappte Kathrin. »Sondern Kriminal*ober*kommissarin Kathrin Fachinger.«

Andreas Neff war weder verlegen, noch entschuldigte er sich.

»Na ja. Wo war ich gerade stehengeblieben? Ach ja. Also, zurück zum Täterprofil.«

»Wie kommen Sie darauf, anhand dieser spärlichen Informationen solche Schlüsse zu ziehen?«, erkundigte sich Kai Ostermann.

»Wir haben da so unsere Methoden«, antwortete Neff voller Überlegenheit. »Und dazu natürlich jede Menge Erfahrung.«

Das Telefon, das mitten auf dem Tisch stand, begann zu klingeln. Pia, die am nächsten saß, beugte sich nach vorne und griff nach dem Telefonhörer. Sie lauschte zehn Sekunden.

»Wir sind unterwegs«, sagte sie knapp und legte auf.

»Was ist passiert?«, fragte Kathrin.

»Schüsse im Main-Taunus-Zentrum«, erwiderte Pia und sprang auf. »Kai, versuch bitte, den Chef zu erreichen. Kathrin und ich fahren jetzt gleich los.«

»Ich komme mit«, sagte Andreas Neff mit glänzenden Augen.

»Das tun Sie nicht.« Pia ergriff ihre Jacke und den Rucksack. »Wenn wir Sie brauchen, sagen wir Bescheid.«

»Und was soll ich hier machen?«

»Behalten Sie das Gesamtbild im Auge«, riet Pia ihm. »Dazu sind Sie ja schließlich gerufen worden.«

»Ich helfe dir, Papa!«, verkündete Sophia und schleppte den kleinen Plastikfußschemel aus dem Badezimmer in die Küche. »Ich weiß genau, was in eine Hühnersuppe kommt.«

Sie platzierte den Schemel direkt neben ihm.

»Tatsächlich?« Bodenstein war in Gedanken ganz woanders und zwang sich zu einem Lächeln. »Und das wäre?«

»Also zuerst Wasser. Salz, Pfeffer, Suppengrün«, zählte das Kind an den Fingern ab und lehnte sich an die Arbeitsplatte. »Und dann Hühnchenfleisch. Aber von einem Biohähnchen, kein Suppenhuhn. Ach ja, und Pilze! Ich liebe Pilze!«

»Hört sich gut an«, nickte Bodenstein. »Genauso machen wir das.«

»Ich will die Möhren schneiden«, verlangte Sophia, riss eine Schublade auf und nahm eines der größten Messer heraus.

»Vielleicht putzt du lieber die Pilze.« Bodenstein nahm ihr das Riesenmesser ab.

»Das ist langweilig! Bei Mama darf ich auch Möhren schneiden.« Die Kleine zog eine Grimasse und zappelte herum.

»Bei mir nicht«, erwiderte Bodenstein.

»Aber ich kann das!«

»Pilze oder nichts.«

»Dann nichts.« Sophia sprang von dem Schemel und versetzte ihm einen Tritt, so dass er quer durch die Küche flog. Sie verschränkte die Arme vor der Brust und setzte sich demonstrativ schmollend auf den Fußboden.

Bodenstein beschloss, sie schmollen zu lassen, und ignorierte sie. Die Wochenenden mit seiner jüngsten Tochter wurden von Mal zu Mal anstrengender. Von früh bis spät forderte sie seine Aufmerksamkeit ein und war übermäßig eifersüchtig auf Rosalie oder Inka und ungezogen. Cosima erlaubte ihr vermutlich fast alles, nur damit sie ihre Ruhe hatte. Wie damals schon bei Lorenz und Rosalie. Im Alltag hatte er deutlich mehr mit den Kindern zu tun gehabt als sie, die immer viel auf Reisen oder im Büro gewesen war. Wenn sie für eine Weile zu Hause war, war es schwer für sie gewesen, ihren Platz zu finden, denn die Kinder waren an ein Leben ohne ihre Mutter gewöhnt. Um sich beliebt zu machen, hatte sie die beiden verwöhnt und alles zugelassen, was Bodenstein sonst verbot. Schnell waren die Kinder ihrer Mutter nur noch respektlos auf der Nase herumgetanzt. Cosima hatte versucht, streng zu sein, doch dabei war sie nie konsequent gewesen. Während dieser ganzen Zeit hatte

Bodenstein als ausgleichendes Element Streits geschlichtet und auf die Einhaltung von Regeln geachtet.

Wie sehr das bei Sophia fehlte, war dem Mädchen deutlich anzumerken. Die Sechsjährige hatte nie gelernt, auf etwas zu verzichten und sich an Regeln zu halten. Mit Leichtigkeit wickelte sie Großeltern und Kindermädchen um den Finger, bei ihrem Vater verfing ihr Charme indes nur selten. Er erkannte das große Problem, das sich hinter ihrem hübschen Gesichtchen entwickelte, und fragte sich, wie und ob er dem entgegensteuern konnte. Ob Inka wegen Sophia noch immer nicht fest bei ihm eingezogen war, wie sie es eigentlich geplant hatten? Sie hatte es ihm nie offen gesagt, aber seit einer ganzen Weile schon blieb Inka an den Vater-Wochenenden weg, und er fühlte sich im Stich gelassen. Als er sie einmal darauf angesprochen hatte, hatte sie erwidert, dass sie ohnehin nichts von ihm habe, wenn Sophia da sei, da könne sie dann auch gleich zu Hause oder in der Pferdeklinik bleiben.

Es war zu keinem offenen Streit zwischen ihnen gekommen, so weit kam es mit Inka nie, doch die Quintessenz des Gesprächs war ein unausgesprochenes »sie oder ich«, das Bodenstein gleichermaßen enttäuschte und erleichterte, weil Inka ihm damit eine Entscheidung abgenommen hatte. Vielleicht war es feige von ihm, egoistisch oder bequem, aber auch er wusste in seinem tiefsten Innern, dass er keine Lust und keine Kraft mehr dazu hatte, auf Jahre hinaus Kompromisse zu machen und ein drittes Kind zu erziehen.

Cosima hatte ihn mit ihrer späten Schwangerschaft damals überrumpelt und vor vollendete Tatsachen gestellt. Das war der Anfang vom Ende gewesen. Das Baby hatte Cosima nicht ausgereicht, um ihren Drang, sich wieder jung zu fühlen, zu befriedigen. Sie hatte sich in eine Affäre gestürzt, ohne Rücksicht auf ihre Familie. Alles hatte sie damit zerstört. Nicht nur ihre Ehe, sondern auch die Möglichkeit für ihre jüngere Tochter, gemeinsam mit Vater und Mutter aufzuwachsen. Warum, das fragte Bodenstein sich immer wieder, sollte er nun die Suppe auslöffeln, die Cosima sich in ihrem grenzenlosen Egoismus selbst eingebrockt hatte? Die Beziehung zu dem russischen Abenteurer war längst zerbrochen. Der Mann hatte eine temperamentvolle Geliebte gesucht, keine erschöpfte Mutter mit einem Kleinkind.

Beim Kauf des Hauses in Ruppertshain hatte Bodenstein auch an Sophia gedacht und daran, dass er sie auch hin und wieder mal außer der Reihe zu sich nehmen konnte, wenn Not am Mann war. Aber er war nicht bereit, dem Kind sein ganzes Leben unterzuordnen oder gar seine Beziehung zu Inka aufs Spiel zu setzen.

Sein Handy klingelte, als er sich gerade an den Tisch gesetzt und einen Teller Suppe gegessen hatte. Es war Pia, und ihre Stimme klang angespannt.

»Wir sind auf dem Weg ins Main-Taunus-Zentrum«, sagte sie. »Da sind eben Schüsse gefallen, und es herrscht wohl das totale Chaos. Wir wissen noch nicht, ob es Tote oder Verletzte gegeben hat.«

Bei ihren Worten durchfuhr Bodenstein ein heißer Schreck, und er spürte Panik in seinem Innern aufsteigen.

Rosalie war vor anderthalb Stunden ins Einkaufszentrum gefahren, um vor ihrer Abreise nach New York noch ein paar letzte Einkäufe zu erledigen!

»Ich komme, sobald ich die Kleine irgendwo untergebracht habe«, sagte er knapp und stand auf. »Halt mich auf dem Laufenden!«

Dann wählte er mit zitternden Fingern Rosalies Nummer. Der Ruf ging hin, aber sie meldete sich nicht. Er versuchte, klar zu denken. An einem Tag wie heute waren Tausende von Menschen im Einkaufszentrum unterwegs. Wieso sollte ausgerechnet ihr etwas zustoßen? Aber dachten und hofften das bei einer Katastrophe nicht alle? Irgendjemanden erwischte es, und alle anderen, die das Schicksal verschont hatte, waren froh, dass es nicht sie getroffen hatte.

Bodenstein rief Inka an, die sich sofort meldete.

»Ich muss leider arbeiten«, sagte er. »Kann ich Sophia zu dir bringen?«

»Ich bin noch bei einem Patienten«, erwiderte sie nach einem winzigen Zögern. »Bring sie in die Klinik. Frau Wagner kann auf sie aufpassen, bis ich zurück bin.«

»Ich weiß nicht, wann ich sie wieder abholen kann.« Bodenstein schaltete den Herd aus. »Es gab Schüsse im Main-Taunus-Zentrum, und ich mache mir Sorgen um Rosalie. Sie wollte ins Zentrum fahren, und jetzt erreiche ich sie nicht.«

»Dort ist jetzt bestimmt die Hölle los«, vermutete Inka. »Sie wird ihr Handy nicht hören. Mach dir keine Sorgen. Und es ist auch nicht schlimm, wenn es später wird.«

Das war etwas, was er an Inka schätzte. Genau wie er packte sie jedes Problem, das auftauchte, nüchtern und ohne zu zögern an. Sie war völlig anders als Cosima, die sich stets zuerst ausmalte, wie schwierig, kompliziert und unangenehm etwas werden könnte, was er vorschlug.

»Und was ist mit der Suppe?«, meldete sich Sophia. In ihren Augen lag ein berechnender Ausdruck, der Bodenstein gar nicht gefiel.

»Tut mir leid.« Er schüttelte den Kopf. »Dafür ist es jetzt zu spät. Ich muss weg. Beeil dich bitte, ich bringe dich zu Inka.«

»Aber ich …«

»Ende der Diskussion«, unterbrach er sie. »Jacke und Schuhe anziehen. Sofort.«

Sophia blickte ihn fassungslos an.

»Aber ich hab Hunger!«

»Es tut mir leid.« Er zog Schal und Mantel an und hielt ihr die Daunenjacke hin. »Komm jetzt.«

»Nein.« Das Mädchen verschränkte die Arme und setzte sich demonstrativ auf den Boden. Bodenstein spürte, wie seine Nerven bebten.

»Sophia, es reicht«, sagte er streng. »Ich muss zur Arbeit und ich habe keine Zeit, jetzt mit dir zu diskutieren. Wenn du nicht in drei Minuten angezogen und auf dem Weg zu meinem Auto bist, dann werde ich wirklich sauer.«

»Und was passiert dann?«, fragte sie, ganz im Tonfall ihrer Mutter.

»Keine Weihnachtsgeschenke. Kein Filmgucken mehr. Und das meine ich ernst.«

»Du bist gemein!«, schrie Sophia und die Tränen spritzten aus ihren Augen. »Ich hasse dich!«

Im Main-Taunus-Zentrum herrschte Chaos. Nicht jeder hatte die Schüsse im oberen Teil der Ladenstraße gehört, aber das Gerücht von einem Attentat, von Toten und Verletzten, machte in Windeseile die Runde. Verängstigte Leute drängten sich schutzsuchend in die bereits übervollen Geschäfte oder versuchten, aus den Ladenstraßen zu flüchten, und wurden von den Einsatzkräften der Polizei, die das Einkaufszentrum kurz nachdem der Notruf eingegangen war komplett abgeriegelt hatten, daran gehindert.

Pia und Kathrin trugen ihre schusssicheren Kevlar-Westen, als sie mit einer Hundertschaft der Bereitschaftspolizei die gähnend leere Ladenstraße entlanggingen. Niemand wusste genau, wo sich der Schütze aufgehalten hatte, ob er überhaupt noch da war oder ihm längst die Flucht gelungen war. Es war besser, in Deckung zu bleiben. Der Boden war übersät mit Einkaufstüten und Kleidungsstücken, die die Leute bei ihrer Flucht fallen gelassen hatten oder die ihnen in der allgemeinen

Panik entrissen worden waren. Mehrere Spezial-Einsatzkommandos aus Frankfurt durchkämmten das ganze Einkaufszentrum auf der Suche nach dem Schützen und seinem Opfer. Jeder glaubte, man sei dem Sniper direkt auf den Fersen, aber für Pia fühlte sich irgendetwas falsch an. Es passte nicht, dass der Täter im überfüllten Einkaufszentrum zuschlug. Jemand wie er überlegte sich von vorneherein, wie er wieder verschwinden konnte. Das Risiko, bei der Tat gesehen und durch eine zu erwartende Massenpanik aufgehalten zu werden, war sehr hoch. Andererseits bot die Masse Schutz, denn er konnte sich einfach unter die Menschen mischen. Dagegen sprach wiederum, dass er die Waffe mit sich herumtragen musste.

Die Weihnachtsmusik war verstummt, und es war geradezu unheimlich still, bis auf das Geräusch des Hubschraubers, der hoch über den Gebäuden kreiste. Hinter den Glasscheiben der Geschäfte drängten sich die Menschen wie ängstliche Fische in überfüllten Aquarien.

»Es gibt viele Verletzte, die versorgt werden müssen«, sagte der Center Manager zu Pia. »Kann man nicht wenigstens die Rettungswagen durchlassen?«

Der schlanke, große Mann in den Fünfzigern, dem man ansah, dass er in der letzten Stunde durch die Hölle gegangen war, lief neben Pia her. Hilflos hatte er mit ansehen müssen, wie sein Sicherheitspersonal, das für ein solches Worst-Case-Szenario durchaus geschult war, von der Menge einfach niedergetrampelt wurde. Vor den Durchgängen zum Parkhaus hatte es zahlreiche Verletzte gegeben, als Hunderte von Leuten in Todesangst versucht hatten, sich durch die Türen zu quetschen; in den Parkhäusern und auf dem großen Parkplatz hatten sich Autos ineinander verkeilt. Einige Leute hatten sogar das Chaos genutzt, um die Auslagen der Geschäfte zu plündern. Als die Sicherheitsleute eingreifen wollten, war es zu Handgreiflichkeiten und noch mehr Verletzten gekommen. Es hätte der beste Tag des Jahres für sein Einkaufszentrum werden sollen, aber es war zweifellos der allerschlimmste geworden.

»Wir haben Knochenbrüche, Schnitt- und Quetschverletzungen«, sagte der Chef des Einkaufszentrums zu Pia. »Und Kinder, die niedergetrampelt wurden, und eine Frau mit einem akuten Herzinfakt. Sie brauchen dringend einen Arzt!«

»Das weiß ich auch! Hier läuft aber wahrscheinlich noch irgendwo ein Kerl mit einem Gewehr herum!« Pia blieb stehen und musterte ungehalten das blasse, aber entschlossene Gesicht des Mannes. Was sollte sie jetzt tun? Den Verletzten ärztliche Hilfe vorenthalten und riskieren, dass womöglich jemand starb? Oder dem Scharfschützen die Chance geben, zu entwischen?

Diese Unsicherheit, die Ihnen wahrscheinlich gar nicht bewusst ist, kaschieren Sie mit Aggressivität. Die Worte von Andreas Neff dröhnten in ihrem Kopf. Verdammt!

Ruhig bleiben, mahnte Pia sich in Gedanken. Bodenstein war nicht da, und sie war die ranghöchste Polizistin vor Ort. Sie musste Prioritäten setzen und eine Entscheidung treffen. Sofort.

»Kathrin«, wandte Pia sich an ihre Kollegin. »Gib bitte Bescheid, dass man die Notärzte und Rettungswagen reinlässt.«

»Okay.« Kathrin nickte und ergriff ihr Funkgerät.

»Danke«, sagte der Center Manager erleichtert, machte auf dem Absatz kehrt und huschte davon.

Plötzlich knisterte Pias Funkgerät.

»Zugriff erfolgt!«, ertönte die Stimme des SEK-Einsatzleiters laut und deutlich, und eine Welle der Erleichterung flutete durch Pias Körper. »Im ersten Stock vom Parkhaus am Busbahnhof. Die Waffe haben wir auch sichergestellt.«

»Sind unterwegs«, antwortete sie und rannte los.

Das Splittern von Glas, ein dumpfer Schlag und dann ein markerschütternder Schrei ließen sie zusammenzucken und jagten ihr einen eisigen Schauer über den Rücken.

Greta, schoss es ihr durch den Kopf. Sie ließ den Kugelschreiber fallen, mit dem sie die Einkaufsliste geschrieben hatte, sprang vom Esszimmertisch auf und lief zur Küche. Da stand Greta, und sie war für eine Sekunde erleichtert, weil ihrem Kind nichts zugestoßen war, aber dann sah sie, dass Gretas Gesicht und der neue Pullover, den sie noch im Auto aus der Einkaufstüte gekramt und angezogen hatte, voller Blut waren. Ihr Herz setzte für ein paar Schläge aus. Greta hatte aufgehört zu schreien, sie starrte aus weit aufgerissenen Augen auf den Fußboden, und Karoline folgte ihrem Blick. Was sie sah, ließ das Fundament ihrer Welt einstürzen. Auf dem Boden mit den abgetretenen schwarzen und cremefarbenen Fliesen lag Mama, um ihren Kopf hatte sich eine Blutlache gebildet. Blut, überall war Blut, in das sich helle Knochensplitter und eine gelbliche Masse mischten, es lief die Fugen entlang und war über die weißen Küchenschränke gespritzt. Sie sank in die Knie und berührte Mamas Hand. Ihre Haut war ganz warm. Vielleicht war sie nur ohnmächtig geworden und mit dem Kopf gegen den Schrank gestoßen!

»Mama!«, flüsterte sie. »Mama, wach auf!«

Sie berührte sie an der Schulter, rüttelte sie leicht. Mamas Kopf kippte auf die Seite, aber anstelle ihres Gesichts war da nur noch eine blutige Masse.

Karoline Albrecht fuhr hoch. Ihr Herz raste so heftig, dass es weh tat. Sie war nassgeschwitzt, gleichzeitig fror sie.

Mama war tot.

Das war kein Alptraum gewesen.

Sie ließ sich wieder zurücksinken, schloss die Augen und hoffte, sie würde wieder einschlafen, um die Konfrontation mit einer Realität, der sie sich nicht gewachsen fühlte, noch etwas hinauszuzögern. Wenn sie nur diese Bilder loswerden könnte! Im Traum hatte sie alles so entsetzlich klar gesehen, jedes kleinste Detail, sie hatte ihr Entsetzen und ihre Angst wieder erlebt. An jenem Abend hatte sie die hysterisch schluchzende Greta gepackt und aus der Küche gezogen. An alles, was danach passiert war, erinnerte sie sich nur noch bruchstückhaft. Irgendwann war Carsten da gewesen und auch die Polizei, und dann war Papa gekommen … Ihn so zu sehen, schreiend vor Verzweiflung, das war beinahe so schrecklich gewesen wie der Anblick von Mamas verschwundenem Gesicht. Karoline stieß einen gequälten Seufzer aus. Wie sollte sie jetzt weitermachen? Wie verhielt man sich, wenn man miterlebt hatte, wie die eigene Mutter erschossen worden war? Was erwarteten die anderen von ihr? Ihr ganzes Leben lang war sie Probleme mit Logik angegangen, hatte rationale Entscheidungen getroffen und lösungsorientiert gehandelt, doch das funktionierte diesmal nicht. Ihr Herz krampfte sich zusammen. Nicht weinen. Sie durfte jetzt auf gar keinen Fall der Trauer nachgeben, dann würde sie zusammenbrechen.

Mühsam setzte sie sich auf. Ihre Glieder schmerzten, und ihr ganzer Körper fühlte sich bleischwer an. Die Alptraumbilder drängten sich in ihren Kopf, wie Wasser, das durch winzige Ritzen quillt und sich nicht aufhalten lässt, bis es Mauern einreißt und alles ausfüllt und zerstört. Ihre Welt hatte keine Farben mehr, und ihr Leben würde in Zukunft immer aus einem Vorher und einem Nachher bestehen.

Karoline stemmte sich von der Bettkante hoch und schleppte sich ins Badezimmer. Seit vorgestern trug sie dieselben Kleider, hatte nicht geduscht und kaum etwas gegessen. Sie hatte ein paarmal mit Carsten telefoniert und auch mit Greta, sie hatte sich um ihren Vater gekümmert, der kaum ein Wort von sich gegeben hatte, gefangen in derselben Hölle der Fassungslosigkeit und des Entsetzens wie sie selbst. Letzte Nacht war sie nach Hause gefahren, weil sie frische Kleider brauchte, und dann war sie auf ihr Bett gefallen und einfach eingeschlafen. Das Telefon begann zu klingeln, als sie unter der Dusche stand. Egal, wer das auch sein mochte, sie würde später zurückrufen. Irgendwann. Jetzt musste sie stark sein. Für Greta und ganz besonders für Papa. Der brauchte sie, mehr als je zuvor.

Pia saß an ihrem Schreibtisch und tippte die letzten Worte des Einsatzberichts in das ComVor-System in den Computer ein, dann speicherte sie ihn ab. Der Sniper schien zum Greifen nahe gewesen zu sein, doch dann hatten sich Anspannung und Erwartung in Enttäuschung verwandelt. Drei Jugendliche hatten sich mit der Schreckschusspistole eines Vaters lediglich einen Scherz erlauben wollen, einen üblen Scherz allerdings, mit weitreichenden Konsequenzen. Bodenstein, erleichtert, dass seiner Tochter nichts zugestoßen war, hatte die drei kleinlauten Übeltäter ins Gebet genommen und ihnen den Ernst ihrer Lage erläutert. Allein der Polizeieinsatz würde ihre Eltern ein paar tausend Euro kosten, dazu kamen mögliche Schadensersatzforderungen. Vierunddreißig Menschen waren durch die Massenpanik zum Teil schwer verletzt worden, eine Frau, die einen Herzinfarkt erlitten hatte, schwebte in Lebensgefahr. Pia stand auf und ging in die Teeküche, wo sie Bodenstein und Nicola Engel antraf.

»Die haben sich überhaupt nichts dabei gedacht«, sagte Bodenstein kopfschüttelnd und schenkte sich einen Kaffee ein. »Sie glaubten, es wäre eine Riesengaudi, mal ein bisschen in der Gegend herumzuballern. Unfassbar!«

»Man darf sich nicht wundern.« Nicola Engel nippte an ihrer Tasse. »Viele Jugendliche haben heute überhaupt kein Unrechtsbewusstsein mehr. Sie hocken an ihren Computern und knallen Menschen ab, so, wie wir früher jemanden bei *Mensch ärgere dich nicht* rausgeworfen haben.«

»Die Eltern werden sich freuen«, brummte Pia. »Vor allen Dingen der Vater, der seinen Waffenschrank nicht richtig abschließt. Ich kann es manchmal echt nicht glauben, dass die so gar nichts lernen aus Vorfällen wie Winnenden oder Erfurt.«

»Man denkt eben gerne, dass sein eigenes Kind so etwas nicht tut«, erwiderte Bodenstein.

»Na ja.« Dr. Nicola Engel spülte ihre Tasse aus und stellte sie zum Trocknen auf die Ablage neben dem Spülbecken. »Auf jeden Fall ist die ganze Sache noch recht glimpflich abgelaufen. Gute Arbeit, Frau Kirchhoff.«

»Ich habe den Bericht schon geschrieben«, sagte Pia rasch, um der unvermeidlichen Frage ihrer Chefin zuvorzukommen.

Nicola Engel musterte sie und nickte dann.

»Davon bin ich ausgegangen«, antwortete sie nur. Dann wandte sie sich an Bodenstein: »Hast du ein paar Minuten für mich? Ich muss etwas mit dir besprechen.«

»Natürlich.« Bodenstein verließ mit Nicola Engel die Teeküche.

Pia überquerte den Flur und betrat das Büro, das sie sich mit Kai Ostermann teilte. Zu ihrer Verärgerung saß Andreas Neff an ihrem Schreibtisch.

»Was habe ich vorhin gesagt?« Er hatte die Füße auf die Tischkante gelegt und grinste selbstzufrieden. »Mir war klar, dass das heute nicht der Sniper sein konnte. Vor Weihnachten schlägt er nicht mehr zu.«

»Ich möchte gerne an meinem Schreibtisch sitzen.« Pia wedelte mit der Hand. »Im Büro von Frau Fachinger ist momentan ein Platz frei.«

»Hier doch auch.« Neff wies auf den ehemaligen Schreibtisch von Frank Behnke, den Kai Ostermann, der als Hauptsachbearbeiter für die Fall- und Spurenakten verantwortlich war, für die Zwischenablage von Berichten und Asservaten nutzte. »Dann nehm ich den, wenn's recht ist.«

»An Ihrer Stelle würde ich die Finger von diesem Schreibtisch lassen und nichts in Unordnung bringen«, riet Pia ihm.

Ihr Telefon klingelte.

»Hören Sie schlecht, oder wollen Sie mich ärgern?«, fragte sie. Neff nahm umständlich die Füße herunter, stand mit provozierender Langsamkeit auf und schlenderte quer durch den Raum. Pia nahm den Hörer ab und ließ sich auf ihren Stuhl fallen.

»Ich hab einen Kollegen aus Niederhöchstadt am Telefon«, krächzte Kathrin. »Er will den Chef oder dich sprechen.«

»Stell's mir durch«, erwiderte Pia.

Neff hatte unterdessen damit begonnen, neugierig die Akten- und Papierstapel durchzusehen, die auf Behnkes ehemaligem Schreibtisch fein säuberlich aufgeschichtet waren. Kai würde ausflippen, wenn er sah, dass jemand die Ordnung seiner Unterlagen durcheinandergebracht hatte.

»Rothaus, Polizeistation Eschborn«, meldete sich der Kollege, den Pia gut kannte. »Wir hatten heute einen anonymen Brief in der Post, der für euch interessant sein dürfte. Es ist eine Todesanzeige für Ingeborg Rohleder.«

Pia fuhr wie elektrisiert hoch.

»Eine Todesanzeige?«, vergewisserte sie sich.

»Ja, schwarzer Rand, ein Kreuz, allerdings ist der Text seltsam«, erwiderte Polizeioberkommissar Rothaus. »Da steht: *In Memoriam Ingeborg Rohleder. Ingeborg Rohleder musste sterben, weil sich ihre Tochter der unterlassenen Hilfeleistung und Beihilfe zur fahrlässigen Tötung schuldig gemacht hat.* Und darunter steht *Der Richter.*«

Pia merkte, dass sie vor lauter Anspannung die Luft angehalten hatte, und atmete aus. Das war allerdings hochinteressant! Die Namen der beiden Opfer des Snipers waren nicht allgemein bekannt, und weshalb hätte irgendjemand aus dem Bekanntenkreis der Rohleders so etwas schreiben sollen? Es handelte sich um Täterwissen, ja, um die Darlegung des Motivs!

Pia bedankte sich bei ihrem Kollegen und versprach, in spätestens einer halben Stunde bei ihm zu sein.

»Gibt es Neuigkeiten?«, erkundigte sich Neff neugierig.

Pia überhörte seine Frage, sprang auf und machte sich auf die Suche nach Bodenstein. Sie traf ihn vor der Tür von Nicola Engels Büro, im Aufbruch begriffen.

»Ich werde dann mal Inka erlösen«, sagte er. »Du kannst mich ja anrufen, wenn …«

»Wir müssen nach Niederhöchstadt fahren«, unterbrach Pia ihn aufgeregt. »Die Kollegen hatten einen anonymen Brief mit einer Todesanzeige für Ingeborg Rohleder in der Post, in der eindeutig Täterwissen preisgegeben wird! Nämlich der Name des Opfers und …«

Sie verstummte, denn Neff kam den Flur entlang.

»Sprechen Sie ruhig weiter«, forderte der sie lächelnd auf.

»Nicht, solange Sie sich anschleichen und die Ohren aufsperren«, erwiderte Pia unfreundlich. Das Lächeln verschwand vom Gesicht des Fallanalytikers, wenn auch nur kurz. Andreas Neff hatte zweifellos ein dickes Fell.

»Du kannst ihn nicht ausschließen«, sagte Bodenstein, als er wieder verschwunden war. »Unsere Chefin wünscht, dass wir mit ihm zusammenarbeiten, das hat sie mir gerade noch einmal klar zu verstehen gegeben.«

»Er ist aber ein Idiot!«, erwiderte Pia störrisch. »Und er nervt mich mit seinem blöden Gerede.«

Bodenstein seufzte und fischte sein Handy aus der Tasche.

»Wir fahren nach Niederhöchstadt«, sagte er, während er auf eine Nummer tippte und das Telefon ans Ohr hob. »Mit Neff und Kröger.«

»Muss das sein? Neff, meine ich?«, fragte Pia missvergnügt.

»Keine Diskussion«, entgegnete Bodenstein. »Versuch, mit ihm klarzukommen. Bitte.«

Nichts im Leben ist in Stein gemeißelt, dachte er. Manchmal musste man eben flexibel sein. Die besten Pläne nutzten nichts, solange es Unsicherheitsfaktoren gab, die sich nicht berechnen ließen. Eigentlich hatte er sich eine andere Reihenfolge überlegt, aber wer wusste schon, wann die Bäckereiverkäuferin aus dem Urlaub zurückkommen würde?

Er biss in sein Käsebrot und beugte sich wieder über den Tisch, auf dem die Pläne eines Gebäudes und einige Fotos lagen. Als er gestern Morgen in der Bäckerei gewesen war, hatte er feststellen müssen, dass man an dem Rohbau, aus dem er eigentlich hatte schießen wollen, innerhalb eines Tages die Außenverkleidung angebracht hatte. Das war mehr als ärgerlich, denn so musste er sich schnell auf die Suche nach einem neuen Platz machen. Rein zufällig hatte er den optimalen Ort gefunden und überprüfte nun mit Hilfe von Google Maps den Fluchtweg, den er gestern bereits ausgekundschaftet hatte.

Im Fernsehen kam neue Berichterstattung über die Schüsse, die heute Vormittag im Main-Taunus-Zentrum gefallen waren und für Chaos gesorgt hatten. Er griff nach der Fernbedienung und stellte den Ton an.

»… handelte es sich nach Angaben der Polizei nicht um den Heckenschützen, der in den letzten Tagen zwei Frauen in Eschborn und Oberursel erschossen hat, sondern um drei Jugendliche, die mit einer Schreckschusspistole …«

Er schüttelte den Kopf und schaltete den Fernseher ganz aus.

Auf der Wachstuchtischdecke des Küchentisches hatte er alle Utensilien bereitgestellt, die er für eine gründliche Reinigung des Gewehrs benötigte. Es war wichtig, eine Waffe nach jeder Benutzung zu reinigen. Bleireste im Lauf beeinträchtigten die Laufpräzision, und der Verschluss musste von Pulverresten gesäubert und leicht eingeölt werden. Hier konnte er sicher sein, dass ihn niemand bei seiner Arbeit stören würde. Er nahm die Schaftbacke ab, drückte die Schlosssperre und zog gleichzeitig das Schloss aus der Verschlusshülse. Dann sprühte er vorsichtig etwas Reinigungsöl durch ein Röhrchen in den Lauf und setzte die Putzstockführung ein. Er lächelte versonnen, während er den Lauf vom Patronenlager bis zur Mündung mit einer Messingbürste durchstieß. Geschickt schraubte er den Wischkolben und die Putzbürste außerhalb der Mündung ab und zog den Putzstock durch den Lauf zurück. Anschließend zog er einen Reinigungsdocht durch den Lauf und wiederholte diesen Vorgang, bis der letzte Docht keine Verunreinigungen mehr aufwies. Das waren zwei gute Schüsse gewesen. Er hatte tatsächlich nichts verlernt.

»Damit ist alles klar«, sagte Neff, als sie den anonymen Brief im Büro des Dienststellenleiters der Polizeistation Eschborn in Augenschein nahmen. »Der Täter will die Aufmerksamkeit, die ihm seiner Meinung nach gebührt. John Allen Muhammad rief damals beim zuständigen Chief an und behauptete, er sei Gott. Diese Kontaktaufnahme zur Polizei ist absolut symptomatisch für eine narzisstische Persönlichkeitsstörung.«

Seitdem sie das Kommissariat verlassen hatten, redete Andreas Neff, beinahe ohne Luft zu holen, und allmählich fühlte Pia sich wie bei einer Gehirnwäsche. Sie konnte keinen klaren Gedanken fassen, und es fiel ihr äußerst schwer, die Bitte ihres Chefs zu beherzigen, während Christian Kröger aus seiner Abneigung der »Geheimwaffe« gegenüber keinen Hehl machte.

»Ein ganz normales Blatt Kopierpapier. 80 Gramm, DIN A4, weiß«, stellte er fest, ohne auf Neffs Äußerungen einzugehen. »Wer hat das alles angefasst?«

»Nur der Kollege, der die Post geöffnet hat«, erwiderte Polizeioberkommissar Rothaus.

»Okay, seine Fingerabdrücke können wir leicht überprüfen, um ihn ausschließen zu können.« Kröger begutachtete den Briefumschlag, der sich, wie der Brief, in einer Plastikhülle befand.

»Die Anzeige sieht ziemlich professionell aus«, sagte Bodenstein.

»Das ist heutzutage kein Problem mehr«, entgegnete Kröger. »In Anzeigen-Portalen von Tageszeitungen kann man Familienanzeigen mit ein paar Mausklicks entwerfen und gleich online schalten.«

»Der Täter ist schätzungsweise um die dreißig Jahre alt«, behauptete Neff nun. »Er kennt sich im Internet aus und weiß, wie man online eine Anzeige entwirft und …«

»Ich bin sechsundvierzig und weiß das auch«, entgegnete Kröger ungehalten. »Sogar meine Eltern wissen das, und die sind über siebzig.«

»Können Ihre Eltern auch noch in der Dunkelheit auf Trafohäuschen klettern und bei schlechter Sicht aus achtzig Metern einen Menschen erschießen?«, konterte Neff sarkastisch.

»Sie haben Ihr Profil an der Fähigkeit festgemacht, online Anzeigen zu entwerfen«, erinnerte Kröger ihn, aber Neff ging mit einem Lächeln über das Argument hinweg.

»Wenn diese Anzeige tatsächlich eine Nachricht des Täters an uns ist«, überlegte Bodenstein laut, »dann ist Ingeborg Rohleder kein Zufallsopfer.«

»Unterlassene Hilfeleistung und Beihilfe zur fahrlässigen Tötung«, sagte Pia. »Was hat das wohl zu bedeuten?«

»Auf jeden Fall verrät der Täter uns etwas Entscheidendes«, erwiderte Bodenstein und runzelte nachdenklich die Stirn. »Ingeborg Rohleder musste sterben, weil *ihre Tochter* etwas getan oder unterlassen hat. Und das wirft ein völlig anderes Licht auf die Tat.«

»Es ist der Beweis dafür, dass der Sniper seine Opfer nicht wahllos erschießt«, bestätigte Pia. »Er geht gezielt vor, hält sein Tun für gerechtfertigt und sich selbst für einen Richter.«

»Gehen wir«, sagte Bodenstein. »Wir fahren zu Renate Rohleder und konfrontieren sie mit diesem Vorwurf.«

Er bedankte sich bei dem Dienststellenleiter und verließ das Büro. Kröger, Neff und Pia folgten ihm.

»Ein Psychopath«, kommentierte Neff ungefragt Pias letzten Satz. »Ganz eindeutig. Er ist gekränkt worden und rächt sich jetzt. Nicht an den Schuldigen selbst, sondern an nahen Angehörigen. Das ist besonders perfide.«

»Gestern haben Sie doch noch das genaue Gegenteil behauptet«, sagte Pia. »Sie waren felsenfest davon überzeugt, dass der Sniper wahllos tötet.«

»Gestern wussten wir ja auch noch nicht, was wir heute wissen«, entgegnete Neff aalglatt.

Da reichte es Pia.

»Um eine Antwort sind Sie wohl nie verlegen, was?« Sie schüttelte verächtlich den Kopf. »Haben Sie diese Arbeitsweise auch in Amerika gelernt, frei nach Adenauers ›Was gebe ich auf mein Geschwätz von gestern‹? Mit Ihren dauernden Meinungsänderungen disqualifizieren

Sie sich selbst und dürfen sich nicht wundern, wenn niemand von uns Sie für voll nimmt.«

Kröger grinste amüsiert, denn Neff war zum ersten Mal sprachlos, leider nicht sehr lange.

»Gerade zu Beginn von Ermittlungen muss man alle möglichen Thesen aufstellen, auch wenn sie auf den ersten Blick abstrus scheinen«, verteidigte er seine Hundertachtzig-Grad-Kehrtwende.

»Dann sollten Sie zukünftig Ihre vagen Vermutungen als solche formulieren«, sagte Pia kalt. »Sonst ist das, was Sie von sich geben, nichts anderes als vorsätzliche Irreführung.«

»Ich habe nicht damit gerechnet, dass eine Dilettantin wie Sie meinen Gedankengängen folgen kann«, antwortete er. »Aber kein Wunder! Ich habe noch nie so einen chaotischen und ineffizienten Laden wie Ihr K11 erlebt.«

Pia öffnete schon den Mund zu einer unfreundlichen Entgegnung, doch Christian Kröger kam ihr zuvor.

»Dilettantisch benimmt sich hier nur einer, und das sind Sie«, sagte er im wahrsten Sinne des Wortes von oben herab, denn Neff reichte ihm gerade einmal bis zum Kinn. »Mit Ihren unausgegorenen Theorien und Ihrer Profilierungssucht sorgen ganz allein Sie für Chaos. Am besten halten Sie einfach mal Ihre Klappe und hören zu, dann lernen Sie vielleicht sogar noch etwas.«

»Was bilden Sie sich ein?« Empört setzte Neff zu einer Entgegnung an, aber Kröger ging einfach an ihm vorbei.

»Überhaupt nichts. Das habe ich gar nicht nötig«, sagte er, ohne ihn noch eines Blickes zu würdigen. »Ach, Pia, mir ist da gerade noch eine Idee gekommen. Wir sollten die Kollegen in Oberursel anrufen und fragen, ob sie auch so einen Brief in der Post hatten.«

Dunkelroter hätte die Karte, die er Neff zeigte, kaum sein können, und Pia musste sich ein lautes Lachen verkneifen, als sie Neffs wütende Miene sah.

Bodenstein wartete bereits vor der Sicherheitsschleuse auf sie.

»Wo bleibt ihr denn?«, fragte er.

»Der kleine Napoleon vom LKA hat sich mal wieder in seiner Wortwahl vergriffen, wir mussten uns kurz darüber unterhalten«, antwortete Kröger. »Hör mal, Oliver, ich glaube, dass bei den Kollegen in Oberursel auch eine solche Todesanzeige angekommen sein könnte. Ich kann mir nämlich vorstellen, dass der Täter noch nicht weiß, wer für die Ermittlungen zuständig ist, und sich deshalb an die örtliche Polizeidienststelle wendet.«

»Wie kommst du auf Oberursel?«, fragte Bodenstein.

»Weil Margarethe Rudolf dort gewohnt hat.«

Bodenstein dachte kurz nach und nickte dann anerkennend.

»Das werden wir gleich machen.« Er ging in den Wachraum und sprach mit dem diensthabenden KvD.

»An der Authentizität dieser Anzeige zweifelst du aber nicht, oder?«, fragte Pia ihren Kollegen.

»Nein, die halte ich für echt«, sagte Kröger. »In der Beziehung gebe ich Napoleon recht: Der Täter offenbart uns sein Motiv, und das ist Rache.«

»*Wie* nennen Sie mich?«, erkundigte sich Neff grimmig.

»Was ist denn an ›Napoleon‹ schlimm?« Kröger lächelte harmlos, und Pia musste sich abwenden, weil sie Neff sonst ins Gesicht gelacht hätte.

»So etwas muss ich mir nicht gefallen lassen!«

»Meine Kollegin muss es sich auch nicht gefallen lassen, von Ihnen als Dilettantin bezeichnet zu werden«, fuhr Kröger ihm über den Mund.

»Kann sie sich nicht selber verteidigen?«, entgegnete Neff. »Braucht sie dafür einen wie Sie als Sprachrohr? Oder gibt es etwa einen ganz anderen Grund, weshalb Sie sich so für sie ins Zeug legen?« Er grinste anzüglich.

Bodenstein kam mit schnellen Schritten aus dem Wachraum.

»Christian, du bist ein Ass!«, sagte er aufgeregt. »Sie haben tatsächlich auch heute eine Anzeige in der Post gehabt! Wir fahren jetzt bei Frau Rohleder vorbei und dann nach Oberursel!«

»Na, keine Antwort ist auch eine Antwort«, sagte Neff. »Ich hab's mir schon gedacht.«

»Was haben Sie sich gedacht?«, wollte Bodenstein wissen.

»Napoleon glaubt, Pia und ich hätten was miteinander, weil ich für sie Partei ergriffen habe, als er sie beleidigt hat«, antwortete Kröger, woraufhin Neff rot anlief.

»Was soll denn dieser Unsinn?« Bodensteins Stimme klang scharf. »Wir haben zwei Mordfälle zu lösen und keine Zeit für irgendwelche Befindlichkeiten. Ich will ein Team, das an einem Strang zieht, und kein albernes Kompetenzgerangel!«

»Ich werde absichtlich außen vor gelassen«, beschwerte Neff sich. »Und dann verbietet mir der *Kollege* auch noch den Mund!«

»Weil Sie von morgens bis abends dummes Zeug reden«, sagte Kröger und öffnete die Glastür.

»Dilettanten! Alle miteinander!«, zischte Neff erbost.

»Giftzwerg!«, konterte Kröger spöttisch.

Pia, die der Bitte ihres Chefs entsprechen und mit Neff klarkommen wollte, schwieg. Sie warf Bodenstein, über dessen Nasenwurzel sich eine steile Falte gebildet hatte, einen raschen Seitenblick zu. Sie kannte ihn gut genug, um zu sehen, dass er kurz davor war, seine blaublütige Contenance zu verlieren.

»So was muss ich mir nicht sagen lassen! Ich gehe!« Neff marschierte beleidigt an ihnen vorbei, und niemand hielt ihn zurück.

»Die Bushaltestelle ist gleich rechts!«, rief Pia ihm nach. Das konnte sie sich einfach nicht verkneifen.

»Was soll diese Kindergartennummer?«, tadelte Bodenstein sie.

»Dir geht der Kerl doch genauso auf den Keks!«, antwortete Pia. »Wenn der dabei ist, kann ich überhaupt nicht nachdenken!«

»Jetzt ist er ja weg.« Bodenstein schien das auch nicht zu bedauern. »Kommt, steigt ein. Wir haben noch einiges zu tun.«

Renate Rohleder war nicht zu Hause, deshalb hatte Bodenstein beschlossen, ihr später einen Besuch abzustatten und zuerst nach Oberursel zu fahren. Insgeheim war auch er nicht unglücklich darüber, dass Neff verschwunden war, denn er brachte Unruhe in sein Team. In seinem ersten Vier-Augen-Gespräch mit dem Profiler war er offenbar nicht deutlich genug geworden. Er musste ihm klarmachen, dass sein überhebliches Verhalten absolut kontraproduktiv war.

Sein Handy klingelte. Frau Wagner, Inkas Tierarzthelferin, wollte nach Hause, und Inka war noch nicht zurück. Verdammt.

»Ich rufe meinen Vater an, damit er Sophia abholt«, sagte Bodenstein. »Vielen Dank auf jeden Fall.«

Er wählte die Festnetznummer seiner Eltern und hoffte, dass sie sich um das Kind kümmern konnten, bis er für heute fertig war. Glücklicherweise hatte sein Vater Zeit und versprach, gleich loszufahren, um seine Enkeltochter in der Pferdeklinik abzuholen.

»Es kann spät werden«, sagte Bodenstein.

»Dann schläft sie eben bei uns«, erwiderte sein Vater zu seiner Erleichterung. »Das wäre ja nicht das erste Mal. Du kannst sie auch morgen früh abholen.«

Bodenstein bedankte sich und steckte sein Handy weg. Es missfiel ihm, seine Tochter ständig irgendwo abladen zu müssen, aber was blieb ihm anderes übrig? Machte es Cosima nicht genauso? Nach dem Konflikt in der Küche heute Mittag hatte er eigentlich noch einmal in Ruhe mit Sophia reden wollen, aber sein Job ging vor, und zu einer Mordermittlung konnte er die Kleine unmöglich mitnehmen.

Sie fuhren direkt zur Polizeistation in Oberursel und ließen sich den anonymen Brief geben. Genau wie die Todesanzeige für Ingeborg Rohleder war auch diese auf schlichtes Kopierpapier gedruckt und hatte in einem fensterlosen Briefumschlag gesteckt, auf dem ein ebenfalls computergeschriebener Adressaufkleber und eine Briefmarke klebten. Christian Kröger zog sich Latexhandschuhe an, bevor er den Brief in die Hände nahm und sorgfältig begutachtete.

»*In Memoriam Margarethe Rudolf*«, las er vor. »*Margarethe Rudolf musste sterben, weil sich ihr Ehemann des Mordes aus Habgier und Eitelkeit schuldig gemacht hat. Der Richter.*«

»Ich bin gespannt, was Professor Rudolf dazu sagt.« Bodenstein konsultierte seine Uhr. Kurz vor sechs. Noch nicht zu spät für einen Besuch. Wenige Minuten später hielten sie vor dem Haus von Professor Rudolf, das völlig im Dunkeln lag. Kröger blieb im Auto, Pia und Bodenstein gingen durch den leichten Schneefall die kurze Auffahrt hoch. Ein Strahler über der Garage flammte auf, ausgelöst von einem Bewegungsmelder.

»Hoffentlich ist er überhaupt da.« Pia drückte auf die Klingel.

Es dauerte einen Moment, bis ihnen der Professor die Tür öffnete. Sein hageres Gesicht war unrasiert und bleich, er sah aus, als sei er in den letzten achtundvierzig Stunden um zehn Jahre gealtert.

»Was wollen Sie?«, fragte er grußlos und wenig freundlich.

»Guten Abend«, sagte Bodenstein höflich. »Wir möchten Ihnen etwas zeigen. Dürfen wir hereinkommen?«

Der Professor zögerte, dann besann er sich.

»Natürlich«, sagte er dann. »Bitte entschuldigen Sie.«

Sie folgten ihm durch das Foyer ins Esszimmer. Das Parkett knarrte unter ihren Füßen. Im Haus war es stickig, es roch nach kaltem Zigarettenrauch und Essen.

»Ist Ihre Tochter nicht mehr da?«, erkundigte sich Pia.

»Karoline muss sich um Greta kümmern. Jetzt ganz besonders.« Professor Rudolf drückte auf einen Lichtschalter. »Ich komme schon irgendwie zurecht. Was bleibt mir auch anderes übrig?«

Die Lampe über dem Esstisch tauchte den Raum in ein fahles Licht, das nur langsam heller wurde. Der Professor blieb mitten im Raum stehen und machte eine vage Handbewegung in Richtung Esstisch, auf dem benutzte Gläser und Teller standen.

Niemand setzte sich.

»Herr Rudolf«, begann Bodenstein und faltete die Kopie der Todesanzeige auseinander. »Diese Anzeige kam heute mit der Post bei der Polizeistation in Oberursel an. Wir nehmen an, dass der Täter sie geschickt hat. Bisher sind wir davon ausgegangen, dass es sich bei dem Mord an Ihrer Frau um eine Zufallstat gehandelt hat, aber der Inhalt dieser Anzeige wirft nun ein anderes Licht auf die Sache.«

Er reichte ihm das Blatt. Der Professor überflog den Satz und wurde aschfahl im Gesicht. Dann blickte er auf.

»Was … was soll das bedeuten?«, flüsterte er heiser. »Ich bin seit über zwanzig Jahren in der Transplantationschirurgie tätig. Ich rette Leben! In meinem Urlaub operiere ich seit Jahrzehnten unentgeltlich in Krankenhäusern in Afrika!«

Er zog einen Stuhl unter dem Tisch hervor und setzte sich schwerfällig. Las die Todesanzeige ein zweites Mal und schüttelte fassungslos den Kopf. Seine Hände zitterten.

»Vielleicht ist mal jemand gestorben, dem Sie ein neues Organ eingepflanzt haben«, vermutete Pia vorsichtig. »Und dessen Angehörige machen Sie für seinen Tod verantwortlich.«

»Jeder Patient, der sich auf eine Transplantation einlässt, weiß, dass es als Alternative nur den Tod gibt«, entgegnete der Professor kaum hörbar. Er schob das Blatt ein Stück von sich weg, setzte die Brille ab und rieb sich mit Daumen und Zeigefinger der rechten Hand die Augen.

»Herr Professor, wir möchten Sie bitten, darüber nachzudenken, woher ein solcher Vorwurf kommen könnte«, sagte Bodenstein.

Der Professor reagierte nicht.

»Meine Frau, die ich über alles geliebt habe, ist tot«, flüsterte er schließlich. »Meine Tochter und meine Enkelin sind schwer traumatisiert. Wir haben unseren Mittelpunkt verloren. Bitte lassen Sie mich in Ruhe. Ich bin … ich bin nicht in der Verfassung, irgendwelche Fragen zu beantworten.«

Seine Stimme brach, er hob langsam den Kopf, als sei es eine Anstrengung, die er nur mit Mühe bewältigen konnte. Von dem agilen, selbstsicheren Mann, den Pia am Abend des Mordes an seiner Frau zum ersten

Mal gesehen hatte, war nichts mehr übrig. Vor ihnen saß ein gebrochener Mensch, der nun nicht nur mit dem Verlust seiner Frau fertigwerden musste, sondern darüber hinaus mit dem Vorwurf, er sei schuld an ihrem Tod.

»Gehen Sie. Bitte.«

»Natürlich. Wir finden allein hinaus«, sagte Bodenstein. Im Türrahmen warf Pia noch einen Blick zurück auf den Professor, der den Kopf auf die Arme gelegt hatte und weinte.

Renate Rohleder war weder zu Hause noch im Blumenladen anzutreffen, deshalb kehrten sie zurück ins Kommissariat. Bodenstein verabschiedete sich unten auf dem Parkplatz, und Kröger brachte die beiden anonymen Briefe gleich ins Kriminallabor nach Wiesbaden, um sie dort auf Fingerabdrücke und DNA-Spuren untersuchen zu lassen, deshalb betrat Pia das Gebäude alleine. Die Büros des K11 waren leer. Kathrin war vernünftigerweise wieder nach Hause ins Bett verschwunden, und Andreas Neff schien gar nicht mehr aufgetaucht zu sein. Pia ging in ihr Büro und traf dort auf Kai, der schlechter Laune war.

»Neff, dieser Hornochse, hat meine kompletten Fallunterlagen durchwühlt! Der soll mir bloß noch mal in die Finger kommen!«, beschwerte er sich. »Ich habe geschlagene zwei Stunden gebraucht, um wieder Ordnung in mein System zu bringen.«

Auch wenn Kai Ostermann mit seinem Pferdeschwanz, der Nickelbrille und den lässigen Klamotten wie ein chaotischer Computerfreak wirkte, war er doch der am besten organisierte Mensch, dem Pia je begegnet war.

»Ich habe ihn gewarnt«, sagte sie. »Aber er wollte unbedingt sein Lager in unserem Büro aufschlagen.«

»Der soll sich hier bloß noch mal blicken lassen«, schimpfte Kai verärgert vor sich hin. Um seine Laune etwas zu verbessern, erzählte Pia ihm von dem Vorfall in der Eschborner Polizeistation, der dazu geführt hatte, dass Neff freiwillig verschwunden war.

»Napoleon! Das passt ja wie die Faust aufs Auge«, grinste Kai. »Wenn er so weitermacht, erlebt er hier sein Waterloo.«

Pia berichtete ihm von den beiden Todesanzeigen und dem ergebnislosen Gespräch mit Professor Rudolf. Sie war gerade fertig, als ihr Handy klingelte.

»Hallo, Henning«, begrüßte sie ihren Exmann. »Was gibt's?«

»Mir ist zu Ohren gekommen, dass ich unsere Wette gewonnen habe«, sagte er mit einem spöttischen Unterton, der Pia sofort in Harnisch brachte. »Du hast Christoph allein auf Weltreise geschickt.«

»Welche Wette?«, entgegnete sie kühl. »Ich habe nie eingeschlagen.«

»Wie auch immer: Unsere Einladung steht. Miriam würde sich freuen, wenn du Heiligabend zu uns kommst.«

Das war zwar ausgesprochen nett, aber Pia verspürte nicht die geringste Lust, in der Wohnung, in der sie selbst lange Jahre mit Henning gelebt und in der sie ihn nach ihrer Trennung einmal in flagranti mit Staatsanwältin Löblich auf dem Couchtisch erwischt hatte, Weihnachten zu feiern. Die Wohnung barg zu viele Erinnerungen, mehr schlechte als gute.

»Das ist sehr lieb«, sagte sie deshalb. »Aber ich nutze die Gelegenheit, meine ganze Familie mal wiederzusehen. Meine Schwester und mein Bruder werden beide über Weihnachten bei unseren Eltern sein.«

»Na, dann viel Spaß und grüß alle von mir«, erwiderte Henning.

Sie sprachen noch kurz über den Großeinsatz im Einkaufszentrum, und Pia erzählte ihm von den Todesanzeigen, dieder Sniper verschickt hatte. Obwohl Henning als Leiter des Instituts für Rechtsmedizin nicht zur Polizei gehörte, war er doch ein wichtiger Bestandteil des Teams und mit seiner Erfahrung und seinem Scharfsinn immer wieder ein hilfreicher Ratgeber.

»Wirklich weiter bringt euch das also auch nicht«, stellte er fest.

»Wie man's nimmt. Auf jeden Fall sagen uns die Anzeigen etwas über die Motive des Snipers«, sagte Pia. Dann fiel ihr noch etwas ein. »Sag mal, kennst du zufällig einen Professor Dieter Paul Rudolf? Er ist Transplantationschirurg.«

»Hm.« Henning überlegte kurz. »Nein, auf Anhieb sagt mir der Name nichts. Aber ich kann mich gerne mal schlau machen. Sehr viele Transplantationschirurgen gibt es ja nicht.«

Pia, die die investigativen Fähigkeiten ihres Exmannes und seiner Frau, ihrer besten Freundin Miriam, aus der Vergangenheit kannte, fand diesen Vorschlag prima.

»Wir sind für jede Hilfe dankbar«, sagte sie. »Der Trottel von Profiler, den uns die Engel auf den Hals gehetzt hat, stiftet nämlich mehr Verwirrung, als dass er uns hilft.«

Schließlich wünschten sie sich ein schönes Wochenende, und Pia legte auf.

»Du hast eine Familie?«, erkundigte sich Kai neugierig.

»Klar«, erwiderte Pia spitz. »Meinst du, ich bin im Straßengraben gefunden worden?«

»Sorry, ich wollte dir nicht zu nahe treten«, antwortete Kai. »Aber seitdem ich dich kenne, hast du noch nie von Eltern oder Geschwistern gesprochen.«

»Nein, ich muss mich entschuldigen, weil ich so empfindlich reagiert habe«, sagte Pia. »Familie ist bei mir leider kein schönes Thema. Es ist Jahre her, dass wir uns alle gesehen haben.«

Tatsächlich konnte Kai nichts über ihre Familie wissen, denn Pia verlor so gut wie kein Wort über ihr Privatleben, ganz im Gegenteil zu Cem Altunay, auf dessen Schreibtisch eine ganze Reihe von Familienfotos stand. Pias Eltern, die in Igstadt, einem Vorort von Wiesbaden, lebten, hatten nie verstanden, weshalb sie die Sicherheit ihrer Ehe aufgegeben und es stattdessen vorgezogen hatte, allein auf einem Bauernhof zu leben und wieder bei der Kriminalpolizei zu arbeiten. Pias Vater hatte vierzig Jahre lang bei der Hoechst AG im Schichtdienst gearbeitet, und seitdem er in Rente gegangen war, beschränkte sich das Leben ihrer Eltern auf Kirche, Gartenarbeit und Kegelclub. Als Pia ihrer Mutter zum ersten Mal von Christoph erzählt hatte, hatte diese sich nur darum gesorgt, was wohl »die Leute« sagen könnten, weil Pia noch nicht geschieden sei. Ihr eigentliches Zerwürfnis lag jedoch bereits mehr als zwanzig Jahre zurück. Damals war Pia von einem Mann, den sie im Urlaub in Frankreich kennengelernt hatte, monatelang gestalkt und schließlich in ihrer eigenen Wohnung brutal vergewaltigt worden. Die einzige Reaktion ihrer Eltern war betretenes Schweigen gewesen, nie wurde über den Vorfall gesprochen. Auf ihrer Hochzeit mit Henning ein paar Jahre später hatte Pia gemerkt, dass sie sich mit ihren Eltern nichts mehr zu sagen hatte. Sie lebten in ihrem spießigen Mikrokosmos, der ihr fremd geworden war.

Lars, ihr älterer Bruder hatte sich zu einem unsäglichen Klugscheißer entwickelt. Mit ihm hatte Pia es sich verdorben, als sie seine konservativen Ratschläge in Bezug auf Geldanlagen in den Wind geschlagen und stattdessen Ende der Neunziger ein paar tausend Euro in Aktien des Neuen Marktes investiert hatte. Vom Verkaufserlös hatte sie sich nach der Trennung von Henning den Birkenhof kaufen können. Das hatte Lars, der sich für den absoluten Börsenprofi hielt, so sehr gefuchst, dass er seitdem fast kein Wort mehr mit ihr gesprochen hatte. Die Einzige, zu der Pia unregelmäßig Kontakt hatte, war ihre jüngere Schwester Kim, die in Hamburg als Gefängnispsychologin arbeitete – ein Beruf, der in der Familie Freitag ähnlich verpönt war wie Pias.

»Tja, seine Familie kann man sich nicht aussuchen«, erwiderte Kai. »Ich hab auch kaum noch Kontakt zu meinen Eltern. Zu Weihnachten und zum Geburtstag kriege ich immer eine Karte aus selbstgeschöpftem Papier.«

Er verschränkte die Arme hinter dem Kopf und lachte.

»Die sind so typische Alt-68er, hausen mittlerweile auf einem alten Bauernhof in der Rhön ohne Heizung und Strom und bauen ihr Gemüse selbst an. Für sie war es der absolute Verrat, dass ich ausgerechnet zur Polizei gegangen bin, und in ihren Augen bin ich das schwarze Schaf. Ich weiß noch, wie ich mich geschämt habe, als ich bei der Bereitschaftspolizei war und zu einer Demo gegen Castor-Transporte musste, bei der sich meine Eltern und ihre Aktivisten-Kumpel auf Bahngleisen festgekettet hatten.«

Pia grinste.

»Irgendwann hat mein Vater sogar mal zu mir gesagt, wenn ich entführt würde, würde er keinen Pfennig Lösegeld bezahlen«, sagte Kai. »So enttäuscht sei er von mir.«

»Das ist ja krass«, erwiderte Pia. »Aber das hat er doch sicher nicht so gemeint, oder?«

»Oh doch.« Kai zuckte die Schultern. »Mir hat es den Abschied leichter gemacht. Meine Eltern lassen nur ihre eigene Wahrheit gelten, und solche Menschen sind mir zuwider. Sie tun so sozial und aufgeklärt, aber in Wirklichkeit sind sie die verbohrtesten und intolerantesten Ignoranten, die ich jemals getroffen habe.«

»Meine Eltern sind einfach nur Spießer, die nie einen Blick über den Gartenzaun gewagt haben«, sagte Pia. »Sie bewegen sich nur in ihrer winzigen Welt und fürchten sich vor jeder Veränderung.« Sie runzelte die Stirn. »Gerade in den letzten Tagen habe ich mich gefragt, wie ich wohl reagieren würde, wenn meine Eltern oder mein Bruder erschossen würden.«

»Und?« Kai sah sie neugierig an.

»Hm. Es hört sich zwar ziemlich herzlos an, aber ich glaube, es würde mich nicht sonderlich berühren. Sie sind Fremde für mich, mit denen ich mir absolut nichts zu sagen habe.«

»Mir geht's genauso. Leider«, nickte Kai. »Aber warum fährst du dann an Weihnachten hin?«

»Vielleicht aus genau diesem Grund«, gestand Pia ihm. »Meine eigenen Gedanken haben mich erschreckt. Ich will ihnen noch eine Chance geben, schließlich ist es meine Familie.«

»Du bist ihnen gleichgültig«, behauptete Kai. »Es ist dein gutes Recht, dass sie dir auch gleichgültig sind. In unserem Alter muss man sich weiß Gott nicht mehr verbiegen, nur um seinen Eltern und Geschwistern zu gefallen.«

Montag, 24. Dezember 2012

Nichts hatte sich verändert in den letzten zwanzig Jahren, weder das Haus noch ihre Eltern. Pia bereute ihre Entscheidung, den Heiligabend hier zu verbringen, schon nach zehn Minuten.

»Wenigstens an Weihnachten hättet ihr mal in die Kirche gehen können«, hatte ihre Mutter gleich zur Begrüßung voller Missbilligung zu Kim und ihr gesagt, und damit hatte sich das letzte bisschen Wohlwollen, mit dem Pia nach Igstadt gefahren war, in Luft aufgelöst.

Steif und unbehaglich saß sie nun auf der Ledercouch im Siebzigerjahre-Wohnzimmer ihrer Eltern, eingezwängt zwischen ihrer Schwägerin Sylvia und ihrer Schwester Kim, die vor zwei Stunden aus Hamburg eingetroffen war und bei ihr auf dem Birkenhof wohnen würde.

Mühsam hatte sie versucht, etwas Konversation zu machen, hatte ihre Eltern, ihren Bruder und dessen Frau höflich nach ihrem Befinden gefragt und damit einen mehrminütigen Monolog ihrer Schwägerin provoziert, der nichts enthielt außer angeberischen Belanglosigkeiten.

Ihre Mutter, rundlich und rotwangig, hörte wie üblich nicht zu, weil ihr alles, was nichts mit ihren eigenen Bekannten zu tun hatte, egal war. Pias Vater saß schweigend in seinem Sessel und starrte abwesend vor sich hin.

»Ich muss in die Küche.« Die Mutter passte einen Moment ab, als Sylvia kurz Luft holte.

»Sollen wir dir helfen?«, fragten Pia und Kim wie aus einem Mund.

»Nein, nein, es ist alles vorbereitet«, lautete die Antwort.

Ohne Sylvia wäre das Gespräch wohl zum Erliegen gekommen. Man hatte sich einfach nichts zu sagen. Pia nippte an ihrem Riesling, der so viel Säure hatte, dass sich ihre Magennerven schmerzhaft zusammenzogen.

»Die meisten Leute, die Psychologie studieren, wollen sich insgeheim doch nur selbst therapieren«, behauptete Sylvia gerade und stellte ihr Weinglas auf den Untersetzer. Sie war in den fünf Jahren, in denen Pia sie nicht mehr gesehen hatte, auseinandergegangen wie ein Hefekloß, genauso wie Lars, der in puncto Selbstgefälligkeit sogar Napoleon Neff noch etwas hätte beibringen können.

»Weißt du, Sylvia, ich habe wenigstens einen Beruf und muss mich nicht von einem Mann aushalten lassen«, erwiderte Kim. »Mein Job macht mir Spaß, und ich bin gut darin.«

Sie war das genaue Gegenteil von Sylvia: groß, sehr schlank und völlig ungeschminkt.

»Ich frage mich, ob dir wohl irgendwann noch mal ein Mann über den Weg läuft, der dich aushalten würde«, entgegnete Sylvia mit einem falschen Lächeln, das die Boshaftigkeit ihrer Worte nicht entkräften konnte. »Immerhin bist du auch schon dreiundvierzig. Da tickt die biologische Uhr schon so laut wie Big Ben!«

Sie lachte schallend über ihren Witz.

»Ich konnte noch nie verstehen, warum Frauen wie du glauben, ein Mann und Kinder seien das höchste Glück der Welt«, konterte Kim gelassen. »Meiner Meinung nach macht ihr euch alle damit etwas vor. Ich bin sicher, dass die meisten Ehe-Muttis viel lieber so leben würden wie ich: finanziell unabhängig, erfolgreich im Job, mit freien Sonntagen zum Ausschlafen …«

Kim zwinkerte Pia zu, und diese musste ein Grinsen unterdrücken.

»Klar, dass du dir dein trauriges Singleleben schönreden musst.« Sylvia lachte spöttisch. Aber das Lachen war nur aufgesetzt, denn Kim hatte mit zielsicherer Präzision die wunden Punkte ihrer Schwägerin getroffen. »Kinder sind wunderbar! Eine Erfüllung. Aber das kann man nur wissen, wenn man welche hat.«

»Auch eine klassische Selbsttäuschung«, entgegnete Kim. »Kinder sind egoistische kleine Monster und zerstören die meisten Beziehungen. Und wenn sie eines Tages auf und davon sind, sitzen die Eltern da und haben sich nichts mehr zu sagen, weil sie jahrelang nur über ihre Blagen geredet haben.«

Pia stellte ihre Ohren auf Durchzug und hoffte, dass es bald Essen gab und sie wieder verschwinden konnten. Ihre Gedanken schweiften ab. Die Vorfälle der letzten Tage hatten dem Einzelhandel in der ganzen Region das Vorweihnachtsgeschäft gehörig vermasselt. Die Parkplätze vor den Supermärkten waren leer gewesen, die Weihnachtsmärkte in Frankfurt und Wiesbaden hatten einen Tag früher geschlossen als ursprünglich vorgesehen, weil keine Leute kamen – und daran trug das Fernsehen die Schuld. Rund um die Uhr wurde über die Sniper-Morde berichtet, man blendete Archivaufnahmen aus den USA ein und verunsicherte damit die Bevölkerung. Aus Angst davor, von einem Heckenschützen erschossen zu werden, blieben die Menschen in ihren Häusern. Die Medien suggerierten den Leuten, dass ein Verrückter unterwegs sei, der wahllos auf Menschen schoss.

Zuerst hatte es tatsächlich diesen Anschein gehabt, aber spätestens seit den Todesanzeigen, an deren Echtheit niemand zweifelte, wussten sie, dass er gezielt tötete. Pia hatte in der Montagmorgenrunde, bei der Neff gefehlt hatte, vorgeschlagen, der Presse genauere Informationen zu geben. Ihr Chef und die Engel hielten es jedoch für ein zu großes Risiko, die Menschen in scheinbarer Sicherheit zu wiegen, indem man quasi Entwarnung gab.

Der Sonntag war glücklicherweise ohne neue Vorkommnisse verstrichen, Renate Rohleder war samt Hund über die Feiertage zu einer Freundin nach Köln gereist, und im Kriminallabor hatte man an den beiden Todesanzeigen leider nur die Fingerabdrücke der Kollegen feststellen können, die die Briefe geöffnet hatten. Die Ermittlungen waren ins Stocken geraten, und es machte keinen Sinn, tatenlos auf dem Kommissariat herumzusitzen, deshalb hatten sich heute gegen Mittag alle »Frohe Weihnachten« gewünscht und waren in der Hoffnung, Neff möge mit seiner Prognose recht behalten, nach Hause gefahren.

»Wann stellst du uns denn eigentlich mal deinen Zoo-Menschen vor?«, wandte Sylvia sich nun an Pia. »Ist ja etwas seltsam, dass er über Weihnachten ohne dich in den Urlaub fährt. Da würde ich mir schon mal Gedanken machen.«

»Er ist nicht im Urlaub«, antwortete Pia. »Er arbeitet.«

Der Wein in ihrem Glas war mittlerweile lauwarm und schmeckte noch scheußlicher als vorher.

»Hast du dir also wieder so einen Workaholic gesucht, wie dein Ex einer war«, mischte sich Lars ein. »Aber du bist wahrscheinlich auch immer im Dienst, nicht wahr?«

»Tatsächlich habe ich heute Bereitschaft«, bestätigte Pia und dachte, dass sie nichts gegen einen Einsatz an Heiligabend einzuwenden hätte, wenn dafür nicht ein Mensch sterben müsste.

Weder ihre Eltern noch Lars hatten sich danach erkundigt, wie es ihr ging oder was die Arbeit machte. Es war ihnen so egal, dass sie nicht einmal aus Höflichkeit Interesse heuchelten. *Es ist dein gutes Recht, dass sie dir auch gleichgültig sind*, klangen Kais Worte in Pias Ohren. Irgendwie würde sie den Abend überstehen und danach einen Haken an ihre Familie machen. Für immer.

»Es kommt überhaupt nicht in Frage, dass du dir ein Taxi nimmst.« Bodenstein nahm seiner Exschwiegermutter sanft, aber nachdrücklich das Telefon aus der Hand. »Ich fahre dich nach Hause.«

Wie Pia war auch er in ständiger Alarmbereitschaft und hatte deshalb bis auf ein Glas Champagner vor dem Essen den ganzen Abend über nichts getrunken.

»Aber wirklich nur, wenn es dir nichts ausmacht«, sagte Gabriela. »Es ist schon spät, und du hattest auch einen langen Tag.«

»Es macht mir nicht das Geringste aus, im Gegenteil«, beteuerte Bodenstein.

»Na dann!« Gabriela Gräfin Rothkirch hob ihr Weinglas in Richtung Rosalie. »Danke für dein phantastisches Weihnachts- und Abschiedsessen, mein Schatz!«

»Ja, das war wirklich wieder Spitzenklasse!«, pflichtete Inka ihr bei. »Die Amerikaner ahnen noch nicht, welches Juwel zu ihnen unterwegs ist.«

»Danke«, erwiderte Rosalie gerührt. »Ihr seid alle so lieb. Ach, ich werde euch vermissen!«

Sie wischte sich eine Träne von der Wange.

»Wir dich auch«, sagte Bodenstein und verzog das Gesicht. »Ab morgen ist wieder Schmalhans Küchenmeister.«

»Papa! Ich habe dir doch lauter Rezepte aufgeschrieben, die man schnell und einfach kochen kann«, erinnerte Rosalie ihren Vater. »Wehe, mir kommt zu Ohren, dass du wieder Tiefkühlpizza isst!«

»Niemals wieder in meinem Leben!«, versprach Bodenstein und lächelte. Es war ein schöner, fröhlicher und harmonischer Abend gewesen. Sein Sohn Lorenz und Inkas Tochter Thordis waren aus Bad Vilbel gekommen und würden bei Inka schlafen. Sophia hatte sich für ihre Verhältnisse gut benommen, allerdings war sie enttäuscht gewesen, weil Cosima nicht wie versprochen angerufen hatte.

»Dann lass uns fahren, Gabriela.« Bodenstein stand auf. »Bis ich zurück bin, haben die Kinder sicher die Küche aufgeräumt.«

»Die Kinder!« Lorenz grinste belustigt. »Ich sehe hier nur ein Kind, und das ratzt wie ein Murmeltier auf der Couch.«

»Zum Glück«, ergänzte Rosalie, die in der Vergangenheit viel zu oft den Babysitter für ihre kleine Schwester hatte spielen müssen.

»Auch wenn ihr schon lange groß seid, ihr werdet immer meine Kinder bleiben«, sagte Bodenstein.

»Ach, Papa!« Rosalie sprang auf und fiel ihm um den Hals. »Du bist wirklich der liebste und beste Papa der Welt! Ich vermisse dich schon jetzt!«

Nach einem herzlichen und tränenreichen Abschied verließen Bodenstein und Gabriela das Haus. Er öffnete ihr die Beifahrertür und setzte sich dann hinters Steuer. Die Nacht war eisig kalt und klar, auf den Straßen herrschte kaum Verkehr.

»Das war ein schöner Abend!«, sagte Gabriela. »Ich freue mich, dass ich dir noch immer willkommen bin.«

»Wieso solltest du das nicht sein?«, erwiderte Bodenstein. »Du bist ja schließlich nicht nur Cosimas Mutter und die Großmutter meiner Kinder, sondern eine großartige Frau, die ich von Herzen schätze!«

»Danke, Oliver. Das hast du schön gesagt.« Gabriela war gerührt.

Eine Weile fuhren sie schweigend.

»Du weißt ja, dass ich Cosimas Lebenswandel sehr missbillige«, sagte Gabriela schließlich. »Auch wenn sie meine Tochter ist, so sehe ich sie durchaus kritisch. Eure Trennung hat mich sehr getroffen.«

»Ich weiß, aber ich …«, begann Bodenstein, der glaubte, er müsse sich irgendwie rechtfertigen, aber Gabriela berührte kurz seine Hand, die auf dem Schalthebel lag.

»Nein, nein, du hast nichts falsch gemacht, mein Lieber«, sagte sie. »Ich an deiner Stelle hätte ihr wahrscheinlich viel eher die Koffer vor die Tür gestellt. Gerade heute Abend habe ich darüber nachgedacht, wie oft sie dich mit den Kindern alleine gelassen hat und durch die Welt gereist ist. Und jetzt tut sie immer noch dasselbe, statt sich um Sophia zu kümmern. Vielleicht war ich früher nicht streng genug mit ihr.«

Sie stieß einen tiefen Seufzer aus.

»Es trifft sich gut, dass wir beide mal alleine sind«, fuhr sie fort, als Bodenstein den Ölmühlweg in Königstein hinunterfuhr. »Denn ich habe etwas mit dir zu besprechen. Etwas, das mir seit eurer Trennung auf der Seele lastet. Ich habe vor ein paar Monaten mein Testament geändert. Cosima wird ihren Pflichtteil bekommen, wenn ich eines Tages die Augen zumache, aber den größten Teil habe ich für meine Enkelkinder angelegt und dich als Vorerben eingesetzt.«

Bodenstein traute seinen Ohren nicht.

»Aber du …«, wollte er protestieren, doch seine Schwiegermutter ließ ihn nicht weitersprechen.

»Doch, doch, ich habe mir das alles gut überlegt und mich mit meinen Anwälten beraten. Ich werde dir mein Haus als Schenkung vermachen«, sprach sie weiter. »Ich gebe lieber mit warmer als mit kalter Hand, und mit etwas Glück lebe ich noch so lange, dass du Erbschaftssteuer sparst.«

»Aber Gabriela, das … das kann ich doch nicht annehmen!« Bodenstein war sonst nicht so leicht zu erschüttern, doch diese unerwartete Ankündigung brachte ihn aus dem Gleichgewicht. Die Villa seiner Schwiegermutter lag auf einem gewaltigen Grundstück im Hardtwald, der besten Bad Homburger Wohnlage, und war Millionen wert! Abgesehen davon besaß sie Wohnungen und Häuser, eine bedeutende private Kunstsammlung, eine gemeinnützige Stiftung und ein beträchtliches Aktienvermögen. Ihm wurde schwindelig bei der Vorstellung, dass er, ein kleiner Kripobeamter, sich in Zukunft mit so etwas auseinandersetzen sollte!

»Achte auf die Straße!«, riet Gabriela ihm und lachte. »Oliver, du bist genau der Sohn, den ich mir immer gewünscht habe. Du bist ein Familienmensch mit Werten, für die du dich einsetzt. Du bist warmherzig, besonnen, rücksichtsvoll und zuverlässig. Ich könnte mir niemanden vorstellen, der besser dafür geeignet wäre, meinen Nachlass zu verwalten und für meine Enkel zu bewahren. Natürlich wirst du eine angemessene Vergütung für diese Aufgabe bekommen und kannst nach meinem Ableben mit dem Vermögen tun, was du für richtig hältst. Darüber hinaus würde ich mich sehr freuen, wenn du dir auch schon vorher endlich einmal ein paar Herzenswünsche erfüllst. Du bist immer viel zu bescheiden gewesen. Was hältst du davon?«

Sie lächelte ihn in der Dunkelheit an.

»Ich … ich weiß nicht, was ich sagen soll«, stammelte Bodenstein. »Das … das ist …«

»Lass mich bloß nicht hängen!«, sagte Gabriela belustigt. »Alle Unterlagen sind fertig und warten nur noch auf deine Unterschrift.«

»Aber Cosima und ihre Geschwister! Sie … sie werden sich das nicht gefallen lassen!« Allmählich erholte er sich von dem ersten Schock.

»Sie müssen es sich gefallen lassen«, entgegnete Gabriela. »Das ist mein Wille. Außerdem haben Cosima, Raffaela und Laetitia von ihrem Vater bereits jeweils eine große Summe Geld geerbt. Eure drei Kinder sind meine einzigen Enkel, und ich will, dass das Erbe derer von Rothkirch in der Familie bleibt. Also? Kann ich mit deiner Zusage rechnen?«

Bodenstein wandte den Kopf und lächelte sie an.

»Aber nur unter einer Bedingung«, sagte er.

»Und die wäre?«

»Dass du noch viele, viele Jahre lebst.«

Gabriela Gräfin Rothkirch lachte.

»Versprechen kann ich dir das nicht, aber ich werde mir größte Mühe geben«, sagte sie und drückte seine Hand.

Dienstag, 25. Dezember 2012

In der Nacht hatte es wieder geschneit. Man würde seine Fußspuren finden, aber deswegen machte er sich keine Sorgen. Er hatte beim Kauf der Schuhe extra darauf geachtet, dass es Massenware war, nichts Extravagantes. Lange warten musste er nicht, sein Zielobjekt war am Morgen des ersten Feiertages so pünktlich wie an jedem anderen Morgen. Und er traf ihn genau dort, wo er ihn hatte treffen wollen. Mit einem Schlag war die Blutzirkulation beendet. Sein Herz, nein, ihr Herz, hörte auf zu schlagen. So, wie es schon vor zehn Jahren hätte aufhören müssen zu schlagen, wenn man der Natur nicht ins Handwerk gepfuscht hätte. Zu gerne hätte er das Gesicht des Alten gesehen, den Schock, das schmerzliche Begreifen, dass das ganze Geld nur zehn Jahre Aufschub gebracht hatte. Aber er konnte nicht riskieren, hierzubleiben, auch wenn die Versuchung groß war. Er bückte sich, hob die Patronenhülse auf und steckte sie in die Jackentasche. Dann verstaute er das Gewehr, schulterte die Tasche und trat aus dem Busch, der ein perfektes Versteck abgegeben hatte. Die Dunkelheit der Nacht wich einem grauen Zwielicht, als er die Treppe hinaufging und verschwand. Schon immer war der Winter seine liebste Jahreszeit gewesen.

Der Anruf kam um zehn vor neun und riss Pia aus dem Tiefschlaf. Sie und Kim hatten am Vorabend das Haus ihrer Eltern direkt nach dem Essen verlassen, bevor der Streit zwischen Kim und ihrer Schwägerin eskalieren konnte. Lars und Sylvia hatten alle anderen mit den überteuerten Geschenken, mit denen sie ihre Kinder überhäuft hatten, düpiert und sogar Pias wortkargen Vater zu einem kritischen Kommentar veranlasst. Die Schwestern waren auf den Birkenhof gefahren, hatten sich noch einen schönen Abend bei zwei Fläschchen vorzüglichem Rotwein gemacht und bis in den frühen Morgen gequatscht.

»Wo muss ich hin?«, nuschelte Pia verschlafen ins Telefon.

»Fasanenstraße 47 in Kelkheim«, wiederholte der KvD, der geradezu ekelhaft wach klang, geduldig. »Ich schicke die Spusi hin und fordere einen Rechtsmediziner an.«

»Kannst du bitte auch Bodenstein anrufen?« Pia wälzte sich aus dem Bett und gähnte. »Ich fahre hier gleich los.«

Sie wankte ins Badezimmer, putzte sich schnell die Zähne und zog sich an. Zum Duschen blieb ihr keine Zeit.

»Hey, du bist ja schon wach!«, stellte sie erstaunt fest, als sie die Treppe hinunterkam und Kim am Küchentisch mit einer Tasse Kaffee und einer Zigarette zwischen den Fingern vor ihrem iPad sitzen sah, das in einer Tastatur steckte. Die Hunde sprangen aus ihren Körbchen und begrüßten Pia schwanzwedelnd.

»Guten Morgen«, erwiderte ihre Schwester und zog eine Grimasse. »Meine verdammte innere Uhr weckt mich leider auch an Feiertagen pünktlich um sieben. Und das, obwohl ich eigentlich eine Langschläferin bin.«

»Aus einem schönen Frühstück wird leider nichts«, verkündete Pia, strich den Hunden über die Köpfe und schenkte sich ebenfalls einen Kaffee ein. »In Kelkheim ist eben eine Leiche gefunden worden.«

»Oh, nimmst du mich mit?« Kim klappte ihr iPad zu. »Ich kann in zwei Minuten fertig sein.«

Kim war seit Jahren stellvertretende ärztliche Direktorin einer forensisch-psychiatrischen Gefängnisklinik in der Nähe von Hamburg, außerdem hatte sie einen ausgezeichneten Ruf als Gutachterin für Gerichte und Staatsanwaltschaft. Neff war über Weihnachten verreist und würde wohl kaum am Tatort auftauchen, da konnte es kein Fehler sein, wenn jemand dabei war, der die ganze Situation aus einem anderen Blickwinkel betrachtete als die Kriminalpolizei.

»Klar, warum nicht?« Pia nahm einen Schluck Kaffee, der grauenvoll schmeckte. Das störte sie nicht, denn ihr ging es beim Kaffeetrinken sowieso nicht um den Geschmack, sondern einzig um die Wirkung des Koffeins, und die war mehr als nötig.

Ein paar Minuten später fuhren die Schwestern aus dem Tor des Birkenhofs. Der Geländewagen rumpelte über die Bahngleise.

»Die Stoßdämpfer sind im Eimer«, stellte Kim fest.

»Das ganze Auto ist im Eimer«, entgegnete Pia trocken. »Ich muss mich wohl bald nach einem neuen umsehen, bevor mir das hier unter dem Hintern zusammenbricht.«

»Glaubst du, dass es wieder der Sniper war?«, wollte Kim wissen. Gestern Abend hatte Pia ihr von den beiden Fällen erzählt, an denen sie gerade arbeitete.

Diesmal war das Opfer keine ältere Frau, sondern ein junger Mann, und er war an Weihnachten getötet worden. Wenn es sich tatsächlich um denselben Täter handelte, waren Neffs Behauptungen damit ad absurdum geführt worden.

»Möglich«, erwiderte Pia nur, bog auf die B8 ab und gab Gas. In Höhe der Abfahrt nach Bad Soden rauschte ein silberner Mercedes-Kombi unter Missachtung der Geschwindigkeitsbeschränkung hupend an ihr vorbei.

»Ah, Henning ist auch schon unterwegs«, sagte sie und schickte dem rasch kleiner werdenden Auto ihres Exmannes einen Gruß mit der Lichthupe hinterher. Sie trat das Gaspedal bis zum Bodenblech durch. Der alte Motor röhrte heiser, aber die Tachonadel verharrte zitternd bei hundertvierzig. Mehr war nicht drin.

»Wie ist das für dich, wenn du zu einem Tatort fährst?«, fragte Kim neugierig. »Bist du aufgeregt?«

»Eher angespannt«, gab Pia zurück. »Man weiß schließlich nie, was einen erwartet.«

»Denkst du immer daran, wo du mal eine Leiche gesehen hast, wenn du so durch die Gegend fährst?«

»Ja, allerdings.« Pia nickte. »In meinem Kopf ist eine Art Tatort-Landkarte gespeichert. Ich weiß noch nach Jahren, wo mal ein Haus gebrannt hat oder ein Toter gelegen hat.«

Sie verringerte das Tempo und schaltete zurück. An der Kreuzung, an der die Bundesstraße endete, bog sie nach rechts ab und ein paar hundert Meter weiter nach links.

»Da vorne ist es.« Sie bremste hinter einem Streifenwagen. »Und mein Chef ist auch schon da.«

»Der Tote heißt Maximilian Gehrke und war siebenundzwanzig Jahre alt«, sagte die junge Polizeioberkommissarin, die mit ihrem Kollegen als Erste vor Ort gewesen war. »Er wollte seinen Vater besuchen, wie jeden Morgen um acht Uhr. Scheint ein festes Ritual gewesen zu sein, das hat uns die Nachbarin, die die Leiche entdeckt hat, erzählt.«

»Hat sie irgendwas beobachtet?«

»Leider nicht. Sie ist mit dem Hund rausgegangen und sah ihn hier liegen. Einen Schuss hat sie nicht gehört.«

»Danke.« Bodenstein blickte sich um. Der Tote lag auf dem Bauch, die Beine auf dem gepflasterten Gehweg, der zur Haustür eines Bungalows führte, der Oberkörper auf dem wintergelben Rasen. Der Schuss musste ihn auf der Stelle getötet haben, er hatte nicht einmal mehr die Hände aus den Taschen ziehen können, um sie reflexartig auszustrecken.

»Kein Kopfschuss«, stellte Bodenstein fest. Er streifte sich Handschuhe über und berührte mit der Handfläche den Nacken des Toten. Die Haut war noch nicht ganz erkaltet. Auf der linken Seite des Rückens, etwa in Brusthöhe, befand sich ein Einschussloch, um das sich ein dunkelroter Fleck auf der hellgrauen Jacke ausgebreitet hatte.

»Ein Schuss von hinten, direkt ins Herz«, bemerkte jemand hinter ihm.

»Guten Morgen, Henning.« Bodenstein drehte sich um und überlegte, ob er dem Rechtsmediziner »Frohe Weihnachten« wünschen sollte, aber das schien ihm irgendwie unpassend. »Gut, dass du so schnell kommen konntest. An Weihnachten ist es gar nicht so einfach, jemanden zu kriegen.«

»Kein Thema. Feiertage sind völlig überbewertet.« Henning Kirchhoff klappte seinen Aluminiumkoffer auf, zog einen Overall, Handschuhe und Überzieher an und stülpte sich die Kapuze über den Kopf. »Was denkst du? Derselbe Täter wie in Niederhöchstadt und Oberursel?«

»Ich bin mir nicht sicher.« Bodenstein trat einen Schritt zurück. »Bisher hat er seine Opfer mit einem Kopfschuss getötet. Warum sollte er seine Vorgehensweise ändern? Allerdings hat der Täter offenbar einen Schalldämpfer benutzt, und das hat der Sniper auch getan.«

Pias alter Geländewagen bog in die Straße ein und hielt hinter einem der Streifenwagen. Bodenstein sah, wie seine Kollegin in Begleitung einer anderen Frau die Straße überquerte und auf das kleine Tor zusteuerte, durch das Maximilian Gehrke noch getreten war, bevor ihn der tödliche Schuss von den Beinen gerissen hatte.

»Guten Morgen, Chef«, grüßte Pia. »Und frohe Weihnachten.«

»Danke, gleichfalls.« Bodenstein nickte.

»Darf ich dir meine kleine Schwester vorstellen? Sie ist bei mir zu Besuch.«

»Freut mich.« Bodenstein reichte ihr die Hand. »Oliver von Bodenstein.«

»Katharina Freitag, aber ich bevorzuge den Namen Kim.«

Ein fester Händedruck, ein forschender Blick aus graublauen Augen umkränzt von dichten Wimpern. Die Ähnlichkeit der beiden Schwestern war frappierend: dieselben hohen Wangenknochen, der breite Mund mit vollen Lippen, der hohe Haaransatz, der bei der Jüngeren deutlicher zur Geltung kam, weil sie ihr naturblondes Haar streng nach hinten frisiert hatte, während Pia einen Pony trug.

»Ich weiß, es ist nicht üblich, dass man Verwandte mit zu einem Tatort schleift«, sagte Pia nun. »Aber Kim ist forensische Psychiaterin und könnte uns helfen.«

»Das kann ich nicht entscheiden«, erwiderte Bodenstein. »Ich habe allerdings nichts dagegen, wenn Sie uns zusehen.«

Auf der anderen Straßenseite versammelten sich ein paar Neugierige. Die Nachricht von der Bluttat am frühen Weihnachtsmorgen hatte in der vornehmen Wohngegend offenbar bereits die Runde gemacht.

»Ich wollte jetzt mit dem Vater des Toten sprechen«, sagte Bodenstein zu Pia, nachdem er ihr berichtet hatte, was er bisher über das Opfer wusste. Henning war mit der Untersuchung der Leiche fast fertig und begrüßte seine Exschwägerin überrascht und erfreut.

Der blaue VW-Bus der Spurensicherung fuhr vor, die Beamten des Erkennungsdienstes stiegen aus. Ein triumphierendes Lächeln spielte um Hennings Lippen, als er Christian Kröger erblickte.

»5 zu 7. Ich hole auf«, sagte er zu Pia und Kim. »In diesem Jahr war Kröger sieben Mal vor mir bei einer Leiche. Wenn der Sniper so weitermacht, habe ich noch eine reelle Chance zum Ausgleich.«

»Also wirklich, Henning!« Pia schüttelte missbilligend den Kopf. »Dass ihr diesen albernen Konkurrenzkampf nicht lassen könnt!«

»Bist du etwa deshalb die Bundesstraße so hochgerast?«, wollte Kim wissen.

»Hm. Na ja.« Dies zuzugeben schien Henning Kirchhoff nun doch etwas peinlich zu sein.

»Gehen wir ins Haus«, sagte Bodenstein zu Pia. »Bevor die beiden hier wieder mal aneinandergeraten.«

In ihrem Beruf begegneten Pia Tag für Tag zahllose Menschen, junge und alte, intelligente und dumme, pragmatische und weltfremde, sanfte und aggressive, ehrliche und verlogene. Viele von ihnen erlebte sie in emotionalen Ausnahmezuständen, in denen sie oft nicht in der Lage waren, sich zu verstellen, und ihr – unfreiwillig und manchmal nur für Sekunden – Einblick in ihr Seelenleben gewährten. Ihre Arbeit verlangte Objektivität, dennoch war auch sie nicht davor gefeit, einige Menschen sympathischer als andere zu finden.

Fritz Gehrke tat ihr aufrichtig leid. Der alte Herr war am Boden zerstört, aber dennoch bemüht, Bodensteins Fragen korrekt zu beantworten. Wie vielen Menschen seiner Generation widerstrebte es ihm, sich gehenzulassen. Anders als die Jüngeren, die häufig hysterisch weinten und völlig zusammenbrachen, mobilisierte er alle Kräfte, um keine Antwort schuldig zu bleiben.

Seit dem Tod seiner Frau im Jahr 1995 lebte der Einundachtzigjährige allein in dem großen Haus, das er vor mehr als fünfzig Jahren als einer der Ersten in dieser Gegend gebaut hatte. Er litt unter diversen Alterskrankheiten, die er nicht konkretisierte, kam aber noch gut allein zurecht. Eine Haushälterin kümmerte sich täglich, außer an Sonn- und Feiertagen, um den Haushalt, zwei Mal am Tag wurde Fritz Gehrke von einem mobilen Pflegedienst versorgt, und jeden Morgen kam Maximilian, sein einziger Sohn, brachte ihm Brötchen mit und las zusammen mit ihm die Zeitung.

»Ich kann mir nicht erklären, weshalb jemand die Absicht haben könnte, Maximilian zu töten«, sagte er mit zittriger Stimme. Er hatte sie ins Wohnzimmer geführt und saß in einem Sessel, das dünne weiße Haar akkurat gescheitelt und korrekt gekleidet mit Hemd, Krawatte und einem bordeauxroten Wollpullover. Seine mit Altersflecken übersäte Hand umklammerte den Griff eines Gehstocks. Das Haus war zwar alt, aber picobello aufgeräumt und sehr gepflegt. Der Travertinfußboden glänzte, sogar die Fransen der Teppiche waren gerade gekämmt.

»Max war ein so bescheidener, liebenswürdiger junger Mann.« In seinen Augen hinter der Goldrandbrille schimmerten Tränen. »Er hat Musikpädagogik studiert, unterrichtet hier in Kelkheim an der Musikschule. Außerdem leitet er den Kirchenchor in St. Franziskus und spielt die Orgel.«

Er wusste, dass sein Sohn nicht mehr lebte, aber er brachte es nicht fertig, in der Vergangenheitsform von ihm zu sprechen.

»Wo wohnte Ihr Sohn?«, fragte Bodenstein.

»Er hat eine Wohnung unten in Kelkheim, in der Frankfurter Straße.« Fritz Gehrke schnäuzte sich in ein blütenweißes Stofftaschentuch. »Ich hatte ihm angeboten, hier zu wohnen. Das Haus hat eine schöne Einliegerwohnung mit einem eigenen Eingang, aber Max ist es wichtig gewesen, endlich auf eigenen Füßen zu stehen. Er wurde mit einem schweren Herzfehler geboren, verbrachte viele Jahre in Kliniken und war nie richtig belastbar. Nie konnte er wie andere Jungen in seinem Alter herumtoben oder Fußball spielen. Trotzdem hatte er immer viele Freunde, denn er ist … er war … Entschuldigen Sie bitte.«

Seine Stimme versagte, er schüttelte stumm den Kopf und rang einen Augenblick um Fassung.

Es klopfte. Pia entschuldigte sich und ging durch die Diele zur Haustür, um zu öffnen.

»Wir sind fertig mit der Leiche.« Christian Kröger trug noch seinen Overall mit Kapuze. »Und wir haben die Stelle gefunden, von der geschossen wurde. Willst du mal schauen?«

Pia nickte. Sie folgte Kröger nach draußen, grüßte die Männer des Bestattungsunternehmens, die die Leiche in einen Leichensack legten, um sie nach Frankfurt in die Rechtsmedizin zu transportieren.

»Schau, da drüben.« Kröger wies auf das von einer hohen Eibenhecke eingefasste Grundstück auf der gegenüberliegenden Straßenseite, das ein Stück höher lag als Gehrkes Haus. »Da muss er gestanden haben.«

»Wäre das nicht zu riskant?« Pia war skeptisch. »Die Bewohner des Hauses hätten ihn doch sehen können.«

»Nein, es ist ideal. Du wirst sehen.«

Pia überquerte hinter ihrem Kollegen die Straße und bemerkte den schmalen Fußweg mit einer Treppe, der neben dem Grundstück mit der Eibenhecke hoch zur darüberliegenden Straße führte. Kröger stieg von der Treppe aus über den niedrigen Maschendrahtzaun, und schob sich durch die Hecke.

»Komm!«, forderte er sie auf. »Aber bleib direkt hinter mir. Diesmal hat er nämlich Spuren hinterlassen! Wir haben Abdrücke seiner Schuhe im Schnee gefunden!«

Pia folgte ihm und stellte fest, dass die Hecke nicht so massiv war, wie sie auf den ersten Blick wirkte. Tatsächlich konnte man von hier aus das Haus, das weiter oben auf dem Grundstück stand, nicht sehen, denn ein gewaltiger Rhododendron bildete den perfekten Sichtschutz.

»Hier.« Kröger wies auf eine Stelle am Boden. »Hier hat er gestanden und gewartet. Er hat ein Loch in die Hecke geschnitten. Da liegen überall Zweige.«

Pia trat neben ihn und hatte ungehinderte Sicht auf das Haus von Fritz Gehrke.

»Wir werden natürlich noch eine Flugbahnanalyse der Kugel machen«, sagte Kröger, »aber ich bin hundertprozentig sicher, dass der Schuss von hier abgegeben wurde. Dann ist der Schütze denselben Weg zurückgegangen, die Treppe hoch, und weg war er. Vielleicht hatte er sein Auto im Nachtigallenweg oder weiter vorne in der Siedlung geparkt, leider lag da nicht genug Schnee, deshalb verliert sich die Spur. Von dort aus war er in ein paar Sekunden auf der B8 und verschwunden.«

Sie gingen die Treppe hoch, und Pia blickte sich um.

»Du hast recht«, bestätigte sie. »Das ist der perfekte Fluchtweg.«

Das Handy in ihrer Jackentasche summte. Sie zog es hervor. Die Nummer, die auf dem Display angezeigt wurde, war unterdrückt, aber sie nahm das Gespräch trotzdem entgegen.

»Hähnel, Polizeistation Kelkheim.« Eine Männerstimme, jung und vibrierend vor Aufregung. »Gerade eben wurde bei uns ein Brief für euch abgegeben.«

»Für uns?« Pia berührte Kröger am Arm und bedeutete ihm, stehen zu bleiben.

»Ja, als Adresse steht ›Mordkommission Hofheim‹ drauf.«

»Und wer hat den Brief abgegeben?«

»Eine ältere Frau mit einem Hund«, erwiderte der Kollege von der Kelkheimer Polizeistation. »Irgendein Mann hat ihr oben am Kloster den Brief in die Hand gedrückt.«

»Haben Sie ihren Namen und ihre Adresse?«

»Natürlich!« Das klang fast beleidigt.

»Okay. Wir kommen sofort vorbei.« Pia drückte das Gespräch weg.

»Was ist passiert?« Kröger sah sie neugierig an.

»Das war jemand von der Kelkheimer Polizeistation«, erwiderte Pia grimmig. »Eine Frau hat dort einen Brief abgegeben, der an uns gerichtet ist. Wenn er tatsächlich vom Sniper ist, dann war das wirklich dreist!«

Maximilian Gehrke musste sterben, weil sein Vater sich der billigenden Inkaufnahme des Todes eines Menschen und der Bestechung schuldig gemacht hat. Pia heftete den Ausdruck der Todesanzeige an die Wandtafel und schrieb den Namen des Opfers mit Todesdatum und Uhrzeit darüber. Nach und nach trudelten ein paar Kollegen ein, die der KvD angerufen hatte, und versammelten sich im Besprechungsraum des K11. Pia und Bodenstein waren bei der Dame gewesen, die den Brief bei der Polizeistation abgegeben hatte, aber sie war als Zeugin wenig hilfreich gewesen. Der Mann, der ihr einen tüchtigen Schrecken eingejagt hatte, habe wie ein Jogger ausgesehen, von seinem Gesicht habe sie wenig erkannt, denn er hatte eine Mütze und eine Sonnenbrille getragen und einen Schal, den er bis zur Nase hochgezogen hatte. Gesagt hatte er überhaupt nichts.

»Drei Dinge wissen wir mit einiger Sicherheit«, sagte Pia. »Unser

Sniper hat ein drittes Mal zugeschlagen, er kennt sich in der Gegend aus, und er tötet aus Rache.«

»Aber leider haben wir keinen blassen Schimmer, wofür er sich rächt«, fügte Kai hinzu.

»Auf jeden Fall gibt er in den Todesanzeigen ganz konkrete Gründe an«, überlegte Bodenstein laut. »Hält er sich für eine Art Robin Hood?«

»Nein«, erwiderte Kim in dem Augenblick, als Dr. Nicola Engel den Raum betrat. »Dann würde er die Öffentlichkeit suchen, aber das tut er nicht. Es ist etwas Persönliches.«

»Interessant«, sagte Nicola Engel und musterte Kim. »Und wer sind Sie, wenn ich fragen darf?«

Kim und Pia erhoben sich gleichzeitig.

»Mein Name ist Dr. Kim Freitag«, stellte Pias Schwester sich vor und hielt Nicola Engel die Hand hin, die diese nach einem kurzen Zögern ergriff. »Ich bin die Schwester von Frau Kirchhoff und über Weihnachten zu Besuch.«

»Aha. Es ist bei uns nicht üblich, dass Familienangehörige unserer Kollegen in Mordermittlungen involviert sind.« Die Chefin der Regionalen Kriminalinspektion warf Pia einen tadelnden Blick zu. »Oder sitzen hier demnächst bald Mütter, Brüder und Großeltern, die sich an den Feiertagen zu Hause langweilen?«

Ihr ätzender Tonfall verhieß nichts Gutes, und Pia, die geglaubt hatte, ihrer Chefin sei eine qualifizierte Unterstützung recht, verlor den Mut.

»Ich … äh … ich«, stotterte sie.

»Ihr Name sagt mir etwas«, sagte Dr. Engel, ohne auf Pias verlegenes Gestammel zu achten, legte den Kopf schräg und betrachtete Kim prüfend.

»Ich bin stellvertretende ärztliche Direktorin der forensisch-psychiatrischen Klinik Ochsenzoll Hamburg und werde bundesweit als Gutachterin von Gerichten und Staatsanwaltschaften bestellt.« Kim zauberte eine Visitenkarte aus der Innentasche ihres olivgrünen Fieldjackets. »Zuletzt beim Fall des Autobahnmörders von Karlsruhe. Meistens werde ich gerufen, wenn es um Serienmörder, Vergewaltiger oder Missbrauchsfälle geht.«

»Sie haben Anfang Dezember auf einer Tagung in Wien einen Vortrag über psychobiologische Merkmale von Gewalttätern gehalten, nicht wahr?«

»Richtig. Auf dem forensisch-psychiatrischen Kongress im Justizpalast.« Kim lächelte. »Als meine Schwester mir gestern kurz von ihrem aktuellen Fall berichtete, erinnerte ich mich an einen ähnlich gelagerten Fall in den USA, an dem ich mitgearbeitet habe.«

»Bitte nicht John Allen Muhammad!«, rief Kai Ostermann, ohne von seinem Laptop aufzublicken.

»Doch, es war tatsächlich der«, erwiderte Kim erstaunt. »Wieso?«

»Weil unser hochgeschätzter Kollege Neff vom LKA uns seit Tagen damit volllabert«, erklärte Ostermann. »Wenn man ihn reden hört, muss man glauben, er hätte den Fall im Alleingang gelöst, als er beim FBI war.«

»Ach ja?« Kim schien ein wenig verwundert. »Ich war zwei Jahre lang in Quantico, aber ich kann mich nicht daran erinnern, dass ein deutscher Polizist an den Ermittlungen beteiligt war.«

»Wie auch immer«, unterbrach Nicola Engel die Diskussion. »Wir machen hier jetzt weiter, und danach möchte ich mit Ihnen sprechen, Frau Freitag.«

»In Ordnung.« Kim lächelte.

»Frau Kirchhoff, bitte setzen Sie mich über den aktuellen Fall ins Bild«, sagte die Kriminalrätin und nahm auf Pias Stuhl Platz.

Pia zählte rasch die Fakten auf, skizzierte am Whiteboard die Tatortsituation und den möglichen Fluchtweg des Täters.

»Bei der Munition handelt es sich wieder um ein großkalibriges Teilmantelgeschoss, und wieder benutzte der Schütze einen Schalldämpfer«, schloss sie ihren Vortrag. »Diesmal hat er zum ersten Mal eine Spur hinterlassen, nämlich Schuhabdrücke, und er wurde von der Frau, der er den Brief übergeben hat, gesehen. Leider ist die Beschreibung der Zeugin sehr vage.«

»Ich habe den Vater unseres Opfers bei Wikipedia gefunden«, sagte Ostermann nun. »Friedrich Gehrke, geboren 1931 in Köln. Studium der Medizin, Hochzeit mit Marianne Seitz 1953, Promotion 1955, Eintritt in die Firma seines Schwiegervaters 1958. Und so weiter und so fort … Frau tot, Firma wird Konzern … blablabla … 1982 zweite Hochzeit. 1998 Firma verkauft an US-Investor. Jede Menge Auszeichnungen, unter anderem das Bundesverdienstkreuz Erster Klasse.«

»Das Blablabla würde mich interessieren«, unterbrach Bodenstein ihn. »Was für eine Firma war das?«

»Ursprünglich mal eine Fabrik, die Magentabletten hergestellt hat«, las Ostermann nach. »Seitz & Söhne. Da Seitz aber wohl keine Söhne mehr hatte, hieß es dann Seitz & Schwiegersohn. Und Gehrke war tüchtig, machte aus der kleinen Klitsche einen Arzneimittelkonzern namens SANTEX, der sich auf Generika spezialisierte, und verkaufte den Laden 1998 für zwei Milliarden Dollar an einen US-Konzern. Kein armer Mann also.«

»Ich finde noch etwas bedenkenswert«, meldete sich Kim zu Wort. »Seinen ersten beiden Opfern schoss der Sniper in den Kopf, Maximilian Gehrke wurde durch einen Schuss ins Herz getötet. Sein Vater hat erzählt, dass Maximilian herzkrank war.«

Bodenstein blickte auf.

»Bis er vor ein paar Jahren ein Spenderherz bekommen hat«, sagte er.

»Vielleicht wusste der Täter davon und wollte gezielt das gespendete Herz zerstören«, vermutete Kim. »Als Symbol für seine Allmacht.«

Einen Moment lang sagte niemand etwas.

»Das könnte die Verbindung zwischen den Opfern sein!« Bodenstein sprang auf und ging an die Tafel. Seine Augen leuchteten vor Aufregung. »Eine erste Spur!«

Er tippte auf den Namen von Margarethe Rudolf.

»Ihr Mann ist Transplantationschirurg, und unser letztes Opfer hat ein Spenderherz bekommen! Das kann kein Zufall sein!«

Ostermanns Finger klapperten auf der Tastatur.

»Professor Dieter Paul Rudolf, geboren 1950 in Marburg«, las er wenig später vor und stieß einen Pfiff aus. »Der Mann ist 'ne Konifere, äh, Koryphäe! Hat unter anderem mit Christiaan Barnard in Kapstadt gearbeitet, dann am Universitätsspital in Zürich und an der Uniklinik Hamburg-Eppendorf. Er hat ein paar neue Verfahren entwickelt und gilt als einer der besten Spezialisten für Herztransplantationen in Deutschland. Seit 1994 war er Chefarzt an der Unfallklinik Frankfurt. 2004 wechselte er an eine Privatklinik in Bad Homburg, und da scheint er bis heute zu sein. Er hat zig Bücher geschrieben und einen Haufen Auszeichnungen kassiert.«

»Wie viele Krankenhäuser gibt es wohl hier im Umkreis, die Herzen verpflanzen?«, überlegte Bodenstein laut. »Wir sollten mit Professor Rudolf sprechen. Vielleicht kann er sich an einen Patienten namens Maximilian Gehrke erinnern.«

Der graue Morgen war in einen grauen, windstillen Tag übergegangen. Bodenstein hatte sich den Schlüssel eines Dienstwagens von der Fahrbereitschaft geben lassen und schlenderte nun nachdenklich über den Hof zu den Garagen. Er suchte das Auto, das zu dem Schlüssel passte, öffnete es und setzte sich hinter das Steuer, um auf Pia und ihre Schwester zu warten, die noch im Büro von Nicola Engel waren.

Seit seinem Gespräch mit Cosimas Mutter gestern Nacht fühlte Bodenstein sich irgendwie unwirklich. Gabrielas Vertrauen ehrte und freute ihn gleichermaßen, es erfüllte ihn jedoch auch mit Sorge. Im Hause Bodenstein hatte es nie viel Geld gegeben; außer dem Hofgut mit Schloss zwischen Schneidhain und Fischbach besaßen die Bodensteins kaum etwas von materiellem Wert. Er hatte keinen blassen Schimmer von Betriebswirtschaft und Bankgeschäften, aber damit würde er sich befassen müssen, selbst wenn er Gabrielas Plan nicht zustimmte, denn sie hatte ihn in ihrem Testament als Vorerben für seine Kinder eingesetzt und ihm damit die Verantwortung für ihr Vermögen aufgebürdet. Ihre Anwälte, Bankleute und Stiftungsmenschen, die seit Jahren für sie arbeiteten, würden innerhalb kürzester Zeit merken, dass er völlig ahnungslos war, und womöglich würden sie Gelder abzweigen und ihn betrügen. Auch konnte er Cosimas Reaktion auf die Pläne ihrer Mutter überhaupt nicht voraussehen. Oft hatte er geglaubt, sie mache sich nichts aus Geld, aber man konnte natürlich leicht so tun, als ob einem Geld egal wäre, wenn man so viel davon besaß wie die Rothkirchs. Beim Tode ihres Vaters hatte Cosima eine große Summe Geld aus einem Treuhandfonds erhalten, von dem sie ihre Filmprojekte, ihre Reisen und ihr ganzes Leben finanziert hatte. Sein Beamtengehalt war dagegen lächerlich gewesen. Ganz sicher hätte er sich das Haus in einer der besseren Wohngegenden Kelkheims, das sie vor zwanzig Jahren gebaut hatten, niemals leisten können, auch nicht die teuren Privatschulen der Kinder. Für keinen Mann war es leicht, mit einer Frau verheiratet zu sein, die sich alles leisten konnte, aber Bodenstein hatte dank seiner strengen Erziehung zu Bescheidenheit nie darunter gelitten. Jetzt konnte sich alles ändern. Er würde nicht mehr als Polizist arbeiten müssen. Aber was sollte er tun, wenn er seinen Beruf, der für ihn weitaus mehr als nur eine Beschäftigung war, aufgab? Auf jeden Fall, das hatte er sich gestern Nacht auf der Rückfahrt von Bad Homburg vorgenommen, würde er erst mal mit niemandem darüber sprechen, auch nicht mit Inka. Mit ihr schon gar nicht. Sie reagierte oft empfindlich, wenn er mit Cosima telefonierte oder sie bei der Übergabe von Sophia traf. Egal, wie oft er Inka versicherte, dass es zwischen ihm und Cosima aus und vorbei war, sie schien es nicht wirklich zu glauben. Nahm er Gabrielas Angebot nun an, war er enger denn je mit der Familie seiner Exfrau verbunden.

»So, da sind wir!« Pia riss die Beifahrertür auf, und Bodenstein schreckte aus seinen Gedanken hoch. »Die Telefone laufen heiß, und Kai flucht. Irgendwie hat die Presse schon wieder Wind von dem Mord bekommen.«

»Ich finde es gar nicht so schlimm.« Bodenstein startete den Motor. »Mit etwas Glück ist irgendwann jemand dabei, der etwas beobachtet hat.«

Er warf einen Blick in den Rückspiegel.

»Und, Frau Dr. Freitag? Was sagt die große Chefin?«

»Sie hält mich für kompetent genug, euch zu unterstützen«, lächelte Kim. »Allerdings hat sie mir auch gleich klargemacht, dass ich vorerst nur Gast bin. Keine Bezahlung und kein Anspruch auf nichts, bis das Innenministerium zustimmt, dass ich als externe Beraterin für den Fall herangezogen werden darf. Aber das ist okay für mich. Ich habe sowieso noch jede Menge Resturlaub und gerade nichts Besseres vor.«

»Na, dann herzlichen Glückwunsch und willkommen im Team«, sagte Bodenstein freundlich. »Nicola Engel ist nicht leicht zu überzeugen.«

Kim gefiel ihm. Sie war ebenso scharfsinnig wie ihre Schwester, besaß Durchsetzungsvermögen und eine gute Portion Humor.

»Sie ist ein Profi, ich bin ein Profi«, erwiderte Kim. »Und besondere Fälle verlangen eben besondere Maßnahmen.«

»Hört, hört!«, bestätigte Bodenstein und fuhr vom Hof auf die ungewöhnlich leere Straße.

Zwanzig Minuten später standen Bodenstein, Pia und Kim der Tochter von Professor Rudolf gegenüber. Sie war ganz in Schwarz gekleidet, und ihr war anzusehen, dass sie seit dem Donnerstagabend keine Ruhe mehr gefunden hatte. Ihre Haut war blass und fleckig, die Augen geschwollen und gerötet.

»Hallo, Frau Albrecht.« Bodenstein reichte ihr die Hand. »Wie geht es Ihnen? Und wie geht es Ihrer Tochter?«

»Sie spricht seitdem nicht mehr. Mit niemandem«, erwiderte die Frau. »Mein Exmann ist heute Morgen mit ihr und seiner Familie zu seinen Eltern an den Starnberger See gefahren.«

»Das war eine gute Entscheidung«, sagte Bodenstein. »Wäre ein Tapetenwechsel für Sie jetzt nicht auch das Beste?«

»Nein, ich kann meinen Vater jetzt nicht alleine lassen.« Karoline Albrecht raffte ihre Strickjacke vor der Brust enger zusammen und verschränkte die Arme. »Außerdem muss ich Mamas Beerdigung organisieren.«

In ihren grünen Augen lag eine so abgrundtiefe Verzweiflung, wie Bodenstein sie nur selten gesehen hatte. Ihr Schmerz und ihre tiefe Trauer trafen ihn mit einer Wucht, auf die er nicht gefasst war. Normalerweise gelang es ihm ohne Schwierigkeiten, professionelle Distanz zum Opfer und seinen Angehörigen zu wahren, das hatte er im Laufe der Jahre bei seiner Arbeit gelernt. Aber irgendetwas berührte ihn an dieser Frau, die mit durchgedrücktem Rücken und steinerner Miene vor ihm stand und alle Kraftreserven mobilisierte, um für andere stark zu sein.

»Haben Sie keine Freundin, die Ihnen jetzt beistehen kann?«, fragte Bodenstein sanft.

»Es ist Weihnachten«, erinnerte sie ihn. »Das kann und will ich von niemandem verlangen. Ich schaffe das schon. Das Leben muss weitergehen.«

Bodenstein legte seine Hand auf ihren Arm und drückte ihn kurz. Ja, sie würde es schaffen. Karoline Albrecht war eine starke Frau. Sie würde an diesem Schicksalsschlag nicht zerbrechen, auch wenn es sich für sie jetzt so anfühlen musste.

»Wir müssen mit Ihrem Vater sprechen«, sagte Bodenstein nun. »Wären Sie so freundlich, uns bei ihm anzumelden?«

»Selbstverständlich. Kommen Sie herein.«

Sie folgten ihr ins Haus, das besser roch als bei ihrem letzten Besuch. Der Esstisch war abgeräumt, der Weihnachtsschmuck verschwunden. Karoline Albrecht trat durch eine der Türen, die vom Esszimmer abzweigten, und kehrte wenig später zurück.

»Mein Vater erwartet Sie in seinem Arbeitszimmer«, sagte sie mit einer einladenden Handbewegung.

Auch der Professor hatte in den letzten Tagen unübersehbar gelitten. Er saß an seinem Schreibtisch, umgeben von deckenhohen Bücherregalen, wie ein grauer Schatten seiner selbst und stand nicht einmal auf, um sie zu begrüßen.

»Würdest du uns bitte allein lassen?«, bat er seine Tochter, die daraufhin das Arbeitszimmer verließ und diskret die Tür hinter sich schloss. Bodenstein berichtete dem Professor von dem Mord, der sich am frühen Morgen in Kelkheim ereignet hatte.

»Das Opfer ist ein junger Mann, erst siebenundzwanzig Jahre alt«, sagte er. »Sein Vater sagte uns, dass er von Geburt an herzkrank war und durch eine Herztransplantation gerettet wurde.«

»Tragisch.« Professor Rudolf sah ihn ohne großes Interesse an.

»Wir dachten uns, dass Sie ihn vielleicht kannten. Sein Name war Maximilian Gehrke.«

»Gehrke? Das sagt mir auf Anhieb nichts.« Der Professor schüttelte müde den Kopf. »Transplantationen sind seit über zwanzig Jahren mein tägliches Brot. Da erinnert man sich nicht an Einzelfälle.«

»Aber Sie erinnern sich doch sicher an besondere und ungewöhnliche Fälle«, mischte Kim sich ein. »Maximilian muss noch sehr jung gewesen sein, ein Jugendlicher mit einem angeborenen Herzfehler. Bitte, denken Sie noch einmal nach.«

Der Professor setzte die Brille ab, rieb sich die geröteten Augen und dachte angestrengt nach.

»Ja, doch«, sagte er schließlich und blickte auf. »Ich erinnere mich an den Jungen. Er kam mit einer Fallot-Tetralogie zur Welt, daraus entwickelte sich eine Rechtsherzhypertrophie, zu der noch einige andere ungünstige Faktoren kamen. Der Junge hatte nach ein paar erfolglosen Operationen so gut wie keine Überlebenschancen mehr, seine letzte Chance war die HTX. Die Herztransplantation.«

Bodenstein und Pia wechselten einen Blick. Konnte dies der Durchbruch sein, auf den sie warteten? War damit die Verbindung zwischen zwei Opfern des Snipers hergestellt?

»Haben Sie noch einmal darüber nachgedacht, ob Ihnen der Name Ingeborg Rohleder nicht doch etwas sagt?«, fragte Pia.

»Wer soll das sein?« Der Professor setzte seine Brille wieder auf.

»Das erste Opfer«, erwiderte Pia. »Sie war vierundsiebzig Jahre alt, lebte in Eschb… äh … Niederhöchstadt.«

»Ach ja, das haben Sie mich schon mal gefragt. Nein, tut mir leid. Den Namen habe ich wirklich noch nie gehört. War es das?«

»Noch nicht ganz.« Bodenstein suchte nach den richtigen Worten, um das sensible Thema anzusprechen. »Was könnte der Täter in seinem Brief gemeint haben?«

»Glauben Sie mir, ich denke Tag und Nacht darüber nach, seitdem Sie mir das gesagt haben.« Die Schultern des Mannes sackten nach vorne. »Ich kann mir beim besten Willen keinen Reim darauf machen. In all den Jahren, in denen ich als Arzt arbeite, gab es noch nie ein Problem mit Angehörigen von Patienten.«

Sie verabschiedeten sich und verließen das Haus, ohne Frau Albrecht noch einmal zu begegnen.

»Das war super, wie du ihn zum Nachdenken gebracht hast«, sagte Pia zu ihrer Schwester, als sie über die Straße zu ihrem Auto gingen.

»Ich habe an die Landkarte in deinem Kopf gedacht.« Kim lächelte. »Daran, dass du keine Leiche und keinen Tatort vergisst. Ich hatte gehofft, dass es einem Arzt vielleicht auch so geht.«

»Auf jeden Fall haben wir nun eine Verbindung zwischen zwei Opfern.« Pia zog den Reißverschluss ihrer Jacke bis zum Kinn hoch. »Aber was bedeutet sie? Es ist doch einfach zum Verrücktwerden, dass es keinen einzigen brauchbaren Hinweis gibt! Der Täter muss seine Opfer ganz genau ausgekundschaftet haben, er kennt ihre Gewohnheiten und Lebensumstände und findet Plätze, an denen er ihnen ungestört auflauern und nach der Tat leicht und ungesehen verschwinden kann. Wie kann es sein, dass ihn nie jemand sieht?«

»Vielleicht sehen die Leute ihn ja, aber denken sich nichts dabei«, erwiderte Kim. »So wie den Mann mit dem Hund da vorne. Du siehst ihn und hast ihn zehn Sekunden später wieder vergessen, falls er nicht irgendetwas Ungewöhnliches tut. Der Täter ist ein Mensch, der sich anpassen und unauffällig bewegen kann.«

»Das mit dem Brief heute Morgen, das stört mich«, sagte Pia. »Er muss sich sehr sicher fühlen, dass er das Risiko erkannt zu werden eingeht.«

»Das Risiko war gering«, widersprach Bodenstein. »Ich bin mir sicher, er hat sich die Frau sorgfältig ausgesucht. Sie war alt und ängstlich, außerdem hatte er den Überraschungsfaktor auf seiner Seite. Unterschätzt den Täter nicht! Er überlässt nichts dem Zufall.«

»Früher oder später wird er einen Fehler machen«, meinte Pia.

»Darauf will ich nicht warten.« Bodenstein öffnete die Zentralverriegelung des Autos. »Wir kriegen von Tag zu Tag mehr Druck, die Menschen sind in Panik.«

»Und der Täter wird es nicht bei den drei Opfern belassen«, prophezeite Kim. »Er will Aufmerksamkeit.«

»Dann soll er sie doch bekommen!«, fand Pia. »Lass uns alle Details an die Presse geben! Damit beruhigen wir die Menschen auch ein wenig, wenn sie begreifen, dass sie nicht direkt in Gefahr sind.«

»Das können wir nicht riskieren.« Bodenstein schüttelte den Kopf und ließ den Motor an. »Es könnte einen Kollateralschaden geben, den wir zu verantworten haben.«

»Zu verantworten«, sagte Kim, »hätte das nur der Täter.«

Sie öffnete die Tiefkühltruhe, und prompt standen ihr wieder Tränen in den Augen, als sie die vielen Plastikdosen erblickte. Mama war immer so sparsam gewesen! Nur selten hatte sie irgendetwas weggeworfen. Marmeladen- oder Gurkengläser wurden gespült, um später Obst darin einzukochen, die Eisverpackungen wurden seit Jahrzehnten im Hause Rudolf zum Einfrieren von Lebensmitteln benutzt und immer sorgfältig beschriftet. *Szegediner Gulasch*, las Karoline die ordentliche Handschrift ihrer Mutter auf einer Verpackung, *12. 9. 2012.*

»Ach, Mama«, flüsterte sie und wischte sich eine Träne ab. »Du weißt ja, was für eine miese Köchin ich bin.«

Sie nahm das Gulasch heraus, klappte den Deckel der Tiefkühltruhe wieder zu und stieg die steile Kellertreppe hoch. Papa hatte sich nach dem Gespräch mit den Polizisten nicht aus seinem Arbeitszimmer bewegt, und ihr war das ganz recht, denn seine Anwesenheit störte sie bei ihrer stummen Zwiesprache mit Mama. Er gehörte einfach nicht hierher. Zumindest nicht tagsüber. Seitdem Karoline sich erinnern konnte, war ihr Vater morgens um sieben aus dem Haus gegangen und selten abends vor zehn zurückgekommen. Mama hatte sich nie darüber beklagt und irgendwann Karoline gestanden, sie fürchte sich beinahe vor der Zeit, wenn er in den Ruhestand gehen und den ganzen Tag zu Hause sein würde. Sie hatte sich in ihrem Leben eingerichtet, war zahlreichen Aktivitäten nachgegangen und hatte Interessen entwickelt, die er nicht mit ihr geteilt hatte. Er hatte nur seine Arbeit im Kopf, sonst nichts.

Wie ich, dachte Karoline und kämpfte wieder gegen die Tränen. Sie konnte kaum noch verstehen, weshalb sie in den letzten zwanzig Jahren wie eine Verrückte gearbeitet hatte, anstatt mehr Zeit mit ihrer Familie und Freunden zu verbringen. All das, was ihr immer so wichtig gewesen war, erschien ihr plötzlich so banal. Sie hatte Topmanagern auf der ganzen Welt etwas von Werten erzählt, von der Aufarbeitung persönlicher Defizite, von Zeitmanagement und Strategien zur Verbesserung von Unternehmenskultur und Persönlichkeit, und dabei hatte sie selbst alle Werte, die ihr einmal etwas bedeutet hatten, mit Füßen getreten. Auf ihrer Jagd nach Erfolg und Anerkennung war nicht nur ihre Ehe, sondern auch ihr komplettes soziales Umfeld auf der Strecke geblieben. *Haben Sie keine Freundin, die Ihnen jetzt beistehen kann?*, hatte der Kriminalpolizist vorhin gefragt. Nein, hatte sie nicht. Das war die schmerzliche Wahrheit. Ihre einzige Vertraute war ihre Mutter gewesen, und nun war sie nicht mehr da. Mamas Tod hatte die Tür zu einem Vakuum in ihrer Mitte geöffnet, einem Bereich, der bei anderen Leuten mit schönen Erinnerungen und Erlebnissen, mit Liebe, Glück, Partnern und Freunden, mit Menschen, denen sie etwas bedeuteten, gefüllt war. Bei ihr gab es nur sehr wenig, was erinnernswert war. Zu der Trauer gesellte sich die niederschmetternde Erkenntnis, welch oberflächliches, sinnentleertes und nur nach außen gerichtetes Leben sie bisher geführt hatte!

Karoline zwang sich, die Küche zu betreten. Früher hatte sie diesen Raum geliebt, der immer der Mittelpunkt des Hauses gewesen war. Mamas Reich, in dem stets irgendetwas auf dem Herd vor sich hin köchelte oder verführerisch aus dem Backofen duftete. Auf den breiten Fensterbänken wucherten Kräuter in Töpfen, Knoblauch und Zwiebeln lagerten auf einem Holzregal. Jetzt hatte die Küche ihren Zauber verloren und war zu einem Ort des Grauens geworden. Das Fenster, durch das die Kugel eingedrungen war, war nur provisorisch mit einem Stück Pappe abgedeckt worden. Abgesehen davon erinnerte nichts mehr an den Donnerstagabend, die Tatortreiniger waren gründlich gewesen. Karoline nahm einen Topf aus der Schublade, füllte das gefrorene Gulasch hinein und stellte ihn auf den Herd. Dann öffnete sie eine Packung Spätzle und setzte in einem zweiten Topf Salzwasser auf. Einzig die Flucht in Alltäglichkeiten bewahrte sie davor, wie ein Kartenhaus zusammenzuklappen und in der schwarzen Flut des Schreckens zu versinken. Die Beruhigungstabletten, die ihr der Arzt verschrieben hatte, nahm Karoline nicht, dennoch fühlte sie sich wie betäubt. Genauso hatte sie das Angebot des Psychologen vom Kriseninterventionsteam zu einem Gespräch höflich, aber bestimmt abgelehnt. Sie wollte nicht reden, weil es nichts zu reden gab. Den Schock musste sie alleine überwinden. Alles, was sie jetzt brauchte, war Zeit. Sie musste begreifen und akzeptieren, was geschehen war, und darüber nachdenken, wie es weitergehen sollte.

Karoline starrte durch die Sprossenfenster hinaus in den verschneiten Garten. Dort hinter der kahlen Hainbuchenhecke hatte er gelauert, der Tod. Die Polizisten hatten gesagt, dass der Schütze auf dem Trafohäuschen gelegen und von dort aus geschossen hatte. Aber … warum? Die Presse behauptete, der »Sniper« würde wahllos Menschen erschießen. Sein erstes Opfer war eine Frau gewesen, die mit ihrem Hund spazieren war. Heute Morgen hatte er wieder zugeschlagen, diesmal hatte es einen Mann erwischt, der gerade durch den Vorgarten gegangen war. *Das* mochten Zufallsopfer gewesen sein, Menschen, die einfach zur falschen Zeit am falschen Ort gewesen waren. Ihre Mutter aber war in der Küche gewesen, in ihrem Haus, das versteckt hinter Hecken und Bäumen am Ende einer Sackgasse lag! Hierher kam niemand per Zufall! Der Mörder musste alles genau geplant haben.

Das Wasser, das sie für die Spätzle aufgesetzt hatte, kochte über und verdampfte zischend. Karoline erwachte aus ihrer Starre, ging zum Herd und stellte die Temperatur niedriger.

Ganz plötzlich lichtete sich der diffuse Nebel aus Trauer und Fassungslosigkeit, der sie in den letzten Tagen eingehüllt und gelähmt hatte: Ihre Mutter war nicht zufällig erschossen worden! Aber *warum* hatte sie sterben müssen? War da doch etwas, was Mama ihr verschwiegen hatte? Gab es ein Geheimnis, eine alte Schuld, von der sie nichts wusste? Sie musste es herausfinden. Unbedingt. Sonst würde sie nie wieder Ruhe finden.

Die Kollegen vom Erkennungsdienst hatten die Wohnung von Maximilian Gehrke sorgfältig durchsucht und mehrere Umzugskartons mitgebracht, in denen sich Tagebücher, Briefe und andere Erinnerungsstücke befanden. Während Bodenstein sich noch einmal auf den Weg zu Fritz Gehrke machte, nahmen sich Pia, Kim und Ostermann den Inhalt der Kisten vor. Maximilian war für einen Jungen ein ungewöhnlich eifriger Tagebuchschreiber gewesen, aber das konnte man leicht nachvollziehen. Aufgrund seiner schweren Krankheit hatte er eine Kindheit und Jugend in einem goldenen Käfig geführt, und als er zehn war, starb zu allem Überfluss seine Mutter. Kein leichtes Leben für einen jungen Menschen, aber Maximilian schien daran nicht verbittert zu sein. Seine Liebe waren Musik und Bücher gewesen; er hatte Klavier und Orgel gespielt und leidenschaftlich gern gelesen. Seine Tagebücher enthielten Buchrezensionen und Konzertkritiken.

»Ich weiß, dass ich nicht alt werde«, las Pia aus dem Tagebuch des Jahres 2000 vor. *»Und deshalb genieße ich das Leben, so sehr ich es eben genießen darf und kann. Papa hofft darauf, dass eines Tages ein passendes Spenderherz für mich gefunden wird und dass bis dahin der Rest meines Körpers gesund genug für eine Transplantation bleibt. Ich weiß nicht, ob ich auf eine solche*

Gelegenheit hoffen soll, denn das bedeutet ja, dass ein anderer Mensch vorher sterben muss, ein junger Mensch, denn Herzen von alten Menschen werden nicht verpflanzt.«

»Ganz schön weise für einen Fünfzehnjährigen«, fand Kai.

»Kein Wunder«, erwiderte Kim. »Er hat sich mit dem Thema sein Leben lang auseinandersetzen müssen. Umso tragischer, dass er trotzdem nicht alt werden durfte.«

Mit jedem Tötungsdelikt kam die Herausforderung, Dinge, die scheinbar nicht zusammenhingen, logisch miteinander zu verknüpfen. Man musste sich mit dem Opfer, seiner Biographie und seinem Leben beschäftigen, um Motiv und Identität des Täters herauszufinden. Am Ende der Recherche wusste Pia oft mehr über das Opfer als seine besten Freunde und engsten Angehörigen, trotzdem musste sie vermeiden, sein Schicksal zu nahe an sich heranzulassen. Emotionen wie Mitleid mit dem Opfer und Wut auf den Täter konnten ihre Objektivität beeinflussen. Sie hatte es den zahllosen Stunden in der Rechtsmedizin zu verdanken, dass es ihr immer wieder gelang, ein Opfer nicht nur als Mensch zu betrachten, sondern vor allen Dingen als Objekt zur kriminalistischen Spurensuche. Diesmal funktionierte es nicht so gut, das dämmerte ihr mit jeder Tagebuchseite, die sie las. Maximilian Gehrke war zwar Opfer, genau wie Ingeborg Rohleder und Margarethe Rudolf, aber alle drei waren nicht die eigentlichen Ziele des Täters gewesen. Sie hatten sterben müssen, weil die Handlung eines Angehörigen den Vergeltungsdrang des Täters geweckt hatte.

»Hier!«, rief Kim plötzlich aufgeregt. »Ich habe etwas gefunden! Am 16. September 2002 schreibt Maximilian, dass es ein passendes Spenderherz gibt und er schon am Abend in der Klinik sein muss!«

Kai und Pia blickten auf. Kim überflog die Seiten, blätterte immer weiter und las ein paar Passagen vor. Es hatte dem Siebzehnjährigen schwer zu schaffen gemacht, das Organ eines anderen Menschen in seinem Körper zu haben. Obwohl es ihm körperlich schon ein paar Wochen nach dem Eingriff erheblich besser ging, beschäftigte ihn die Herkunft seines neuen Herzens sehr. Was war mit dem Spender geschehen, weshalb hatte er so früh sterben müssen? Maximilian Gehrke hatte alles darangesetzt, den Namen des Spenders zu erfahren, und schließlich war es ihm gelungen.

»Sein Herz stammte von einer Frau namens Kirsten Stadler«, las Kim vor. »Das hat er von einer Mitarbeiterin der Unfallklinik Frankfurt erfahren, deren Namen er leider nirgendwo nennt.«

Ostermann zog seinen Laptop heran und gab den Namen zuerst bei POLAS, dem Computerfahndungssystem der Polizei, ein, dann bei Google.

»Es gibt im Internet zig Kirsten Stadlers, aber nicht die, die wir suchen«, brummte er. »Allein bei Facebook sind vierzehn Frauen mit diesem Namen registriert.«

»Glaubt ihr, dass sein Vater das nicht gewusst hat?«, fragte Pia zweifelnd.

»Möglich.« Kim nickte. »In Deutschland erfahren die Empfänger eines Organs nichts über die Identität des Spenders, im Gegensatz zu den USA. Dort ist es sogar üblich, dass sich die Empfänger mit der Familie des Spenders in Verbindung setzen.«

»Und ich glaube auch nicht, dass Maximilian seinem Vater davon erzählt hat«, sagte Kai. »Er hat es auf illegalem Wege erfahren, und mehr wollte er auch nicht wissen. Er hatte nicht vor, Kontakt zu den Hinterbliebenen aufzunehmen.«

Pia legte das Tagebuch, das sie gelesen hatte, zurück in die Kiste und griff nach dem Telefon, um Bodenstein anzurufen. Der Name Kirsten Stadler war eine neue Spur, und jede neue Spur war zunächst einmal vielversprechend, auch wenn sie sich im Laufe der Ermittlungen als Sackgasse erweisen sollte.

Er zog das Garagentor herunter und schloss es ab. Dann setzte er sich in sein Auto, dessen Motor schon lief, und fuhr an den endlosen Reihen von Garagen vorbei bis zur Straße. Weihnachten und Sniper-Panik hatten die Straßen leergefegt. Ihm begegnete bis zur Autobahn kein einziges Auto. Ursprünglich hatte er sich zwischen den einzelnen Hinrichtungen mehr Zeit lassen wollen, aber die Theorie war eben doch etwas völlig anderes als die Praxis. Die Polizei hatte mittlerweile eine SoKo mit dem phantasievollen Namen »Sniper« gebildet, und er zweifelte nicht daran, dass sie ihn früher oder später erwischen würden. Den perfekten Mord gab es nicht, und er machte auch keine besonderen Anstrengungen, einen solchen zu planen. Mit jedem Toten gab es neue Spuren, neue Risiken, und irgendwann würde die Polizei kapieren, worum es ging. Deshalb durfte er sich nicht zu viel Zeit lassen, denn er hatte noch einiges zu bewältigen. Leider würde ihm das Wetter in den nächsten zwei Tagen einen Strich durch die Rechnung machen, denn die Wettervorhersage meldete Regen und Wind, äußerst ungünstige Bedingungen für einen Schuss aus über achthundert Metern Entfernung. Für den Freitag jedoch war eine Wetterberuhigung mit Windstille vorhergesagt, absolut ideal. Bis dahin würde er ruhig und unauffällig sein Leben weiterführen. Trotz der Hinweise, die er in den Todesanzeigen gegeben hatte, schien die Polizei noch immer im Dunkeln zu tappen. Und das würde mit etwas Glück noch eine Weile so bleiben.

Donnerstag, 27. Dezember 2012

Zur Morgenbesprechung der SoKo »Sniper« am Tag nach Weihnachten war das K11 wieder vollzählig versammelt. Cem Altunay hatte seinen Urlaub in der Türkei abgebrochen, und Kathrin Fachinger war auch gesundheitlich einigermaßen wiederhergestellt.

»Wieso wurde ich über den Mord am ersten Feiertag nicht informiert?«, beschwerte sich Andreas Neff bei Bodenstein. »Wie soll ich konstruktiv mitarbeiten, wenn ich hier gemobbt werde?«

»Niemand mobbt Sie«, sagte Bodenstein. »Sie hätten uns eine Nummer hinterlassen sollen, unter der man Sie auch an den Feiertagen erreichen kann.«

»Das habe ich getan!«

»Also, ich habe mehrfach versucht, Sie anzurufen«, entgegnete Ostermann. »Aber Ihr Handy war aus und eine Mailbox haben Sie wohl auch nicht. Über Facebook wollte ich Sie nicht kontaktieren.«

Ein paar Leute grinsten. Neff kontrollierte die Anruflisten seines Handys und schwieg kleinlaut.

Dr. Nicola Engel betrat den Besprechungsraum, und alle Gespräche verstummten. Die Kriminalrätin stellte sich an das Whiteboard und blickte in die Runde.

»Ich hoffe, Sie hatten alle schöne Feiertage und sind jetzt wieder ganz bei der Sache«, begann sie. »Zuerst darf ich Ihnen ein neues Mitglied in unserem Team vorstellen: Dr. Kim Freitag, stellvertretende Direktorin der forensisch-psychiatrischen Klinik Ochsenzoll in Hamburg und erfahrene Gerichtsgutachterin, wird uns in beratender Funktion zur Verfügung stehen.«

»Wie viele Berater werden hier denn noch gebraucht?«, murrte Neff.

»Sie sind Fallanalytiker, Frau Dr. Freitag ist forensische Psychologin«, wies Nicola Engel ihn kühl zurecht. »Sie beide haben völlig verschiedene Ansätze für einen solchen Fall.«

Bodenstein zog erstaunt die Augenbrauen hoch. Noch nie hatte er erlebt, dass seine Chefin sich so vehement für einen externen Berater einsetzte! Er bemerkte einen sekundenschnellen Blick des Einverständnisses, den Nicola und Kim Freitag wechselten. Was ging da vor sich? War Pias Schwester etwa gar nicht zufällig hier?

»Tatsächlich können wir jede Hilfe gebrauchen, denn im Innenministerium und bei der Staatsanwaltschaft ist man nicht besonders begeistert davon, dass wir mittlerweile einen dritten Mord und keine einzige heiße Spur haben.« Nicola Engel nickte Kim zu. »Frau Dr. Freitag hat bereits an einigen Fällen wie diesem gearbeitet und wird Ihnen dazu jetzt etwas sagen.«

Kim stand auf und räusperte sich.

»Diese drei vorliegenden Fälle«, sagte sie, »unterscheiden sich stark vom Großteil der Tötungsdelikte, mit denen Sie es üblicherweise zu tun haben. Dadurch, dass sich der Täter seinen Opfern nicht nähert, fehlen uns täterbezogene Spuren an der Leiche, die sonst häufig zur Identifizierung des Täters beitragen. Wir werden bei unserer Arbeit also weitgehend auf Indizien verzichten müssen. Auch das Motiv des Täters ist in Bezug auf seine direkten Opfer ungewöhnlich. Seine Rache gilt nicht denen, die er tötet, sondern deren Angehörigen. Wir müssen davon ausgehen, dass die Opfer den Täter nicht kannten und womöglich nie mit ihm zu tun hatten. Indem uns der Täter Hinweise auf sein Tatmotiv gibt, verrät er uns einiges über sich. Er ist kein Psychopath, der aus reiner Mordlust agiert, ganz im Gegenteil: Er hält seine Vorgehensweise für gerechtfertigt und angemessen, hat aber dennoch ein Unrechtsbewusstsein. Die Bewertung des Täterverhaltens …«

Ihr Blick fiel auf Andreas Neff, der mit verschränkten Armen an der Wand lehnte und bei jedem ihrer Worte die Augen schloss und den Kopf schüttelte. Sie hielt inne.

»Sind Sie anderer Meinung, Herr Kollege?«, fragte sie.

»Sprechen Sie nur weiter, Frau Doktor«, antwortete Neff mit einem überlegenen Lächeln. »Ich sehe das alles etwas anders als Sie.«

»Der Herr Neff ist eine international erfahrene Koryphäe auf dem Gebiet der Fallanalyse, besonders was Serienmorde durch Heckenschützen angeht«, warf Ostermann ein. »Er war nämlich mal beim FBI.«

»Ach, tatsächlich?« Kim betrachtete Neff mit neuem Interesse. »Wann und in welcher Abteilung waren Sie denn dort?«

»Das spielt hier doch jetzt keine Rolle«, sagte Neff eilig.

»Er hat den Fall des Washington-Snipers gelöst. Quasi im Alleingang«, setzte Ostermann nach und erntete dafür einen tödlichen Blick von Neff, den er mit einem unschuldigen Lächeln erwiderte.

»Ich habe 2002 bei der *BAU* in Quantico gearbeitet. Und Sie?«, erkundigte sich Kim und legte die Stirn in Falten. »Ich habe eigentlich ein sehr gutes Gedächtnis für Namen und Gesichter, aber ich kann mich nicht an Sie erinnern.«

Ostermann feixte, und Pia musste sich mit Mühe ein Grinsen verkneifen.

»Ich gehörte zum Stab des Bezirksstaatsanwalts.« Derart in die Enge getrieben, wurde Neff abwechselnd rot und blass.

Bodenstein blickte zu Nicola Engel, die neugierig den Wortwechsel zwischen ihren beiden externen Beratern verfolgte und keinen Versuch machte, einzugreifen, um Neff vor einer Blamage *coram publico* zu bewahren.

»Wir schweifen vom Thema ab«, sagte er deshalb. Er wollte Ruhe und Konzentration in seinem Team haben, kein Durcheinander und ganz sicher keine Rivalität. »Danke für Ihre Ausführungen, Frau Dr. Freitag. Ich möchte jetzt alle bisherigen Fakten und Erkenntnisse erläutern.«

»Heute Nachmittag wird Ingeborg Rohleder beerdigt«, sagte Andreas Neff, als Bodenstein geendet hatte. Er hatte sich von seinem Schreck erholt und schien sich wieder sicher zu fühlen. »Ich gehe davon aus, dass der Täter dort auftauchen wird.«

»Das glaube ich nicht«, entgegnete Kim.

»Ganz sicher tut er das.« Neff hatte sein Lächeln über Weihnachten offenbar verloren. Er wirkte geradezu verbissen. »Der Täter besitzt einen starken Geltungsdrang, er sucht Nervenkitzel und Abenteuer. Er ist relativ jung, agil, sportlich und hat ausgeprägte narzisstische Charakterzüge. Er findet Befriedigung in seinen Taten.«

»Das sehe ich ganz anders«, widersprach Kim. »Wir haben es mit einem Profi zu tun.«

»Ein Profikiller etwa?« Neff grinste spöttisch.

»Sie hören mir nicht richtig zu«, sagte Kim freundlich. »Ich denke, er ist ein Profi. Ein ausgebildeter Scharfschütze oder Präzisionsschütze. Vielleicht war er bei der Polizei oder bei der Bundeswehr.«

»Wie auch immer.« Neff winkte ab. »Er wird bei den Beerdigungen seiner Opfer erscheinen. Möglicherweise in Verkleidung, aber er will sein Werk genießen.«

»Nie und nimmer.« Kim schüttelte den Kopf. »Er hat ein Opfer abgehakt, sobald es tot ist, und widmet sich seinem nächsten.«

»Danke für Ihre Einschätzungen«, erstickte Bodenstein ein zweites Mal den aufkeimenden Experten-Wettstreit im Keim. »Wir müssen mehr über Kirsten Stadler wissen, deren Herz Maximilian Gehrke im September 2002 von Professor Rudolf, dem Ehemann unseres zweiten Opfers, transplantiert wurde. Diese Parallele zwischen den Opfern Gehrke und Rudolf ist momentan unsere wichtigste Spur. Pia, du sprichst noch einmal mit Frau Rohleder. Wir müssen herausfinden, ob es eine Verbindung zwischen Ingeborg Rohleder und den beiden anderen Opfern gibt. Kathrin und Cem, ihr fahrt nach Frankfurt in die Unfallklinik und erbittet Akteneinsicht. Die wird man euch ziemlich sicher verweigern, deshalb kümmert Kai sich vorsorglich um einen Beschluss der Staatsanwaltschaft. Alle anderen fahren nach Kelkheim und befragen die Anwohner des Viertels, in dem Gehrke wohnt. Ach, und eins noch. Die externen Berater sind da, um die Ermittlungen begleitend zu unterstützen. Wir sind ein Team und brauchen alle Kraft und höchste Konzentration, um diese Fälle so schnell wie möglich zu lösen. Ich wünsche, nein, ich *verlange*, dass alle an einem Strang ziehen, so wie das hier im Hause üblich ist. Ich hoffe, dass das alle verstanden haben.«

Die letzten Sätze hatte Bodenstein mit einer für ihn ungewöhnlichen Schärfe gesagt, und jeder der Anwesenden nickte.

»Die Besprechung ist beendet. Geht an die Arbeit«, schloss Bodenstein, und die Runde löste sich unter Stühlerücken und Gemurmel auf.

»Und was mache ich?«, fragte Andreas Neff verstimmt.

»Sie wollten doch zu der Beerdigung gehen«, erinnerte Bodenstein ihn, dann deutete er auf die Kiste mit Maximilian Gehrkes Tagebüchern, die auf einem der Tische stand. »Und danach beschäftigen Sie sich mit den persönlichen Unterlagen, die wir in der Wohnung des Opfers gefunden haben«, sagte er. »Uns interessiert alles, was ab dem Jahr 2002 geschehen ist. Vielleicht finden Sie einen Zusammenhang zwischen Maximilian Gehrke und unserem Täter.«

»Meine Mutter war nie in der UKF.« Renate Rohleder, für die Beerdigung bereits ganz in Schwarz gekleidet, stand hinter der Verkaufstheke ihres Blumenladens, in dem außer Pia, Kim und ihr sonst kein Mensch war. »Sie hat auch ganz sicher nie ein Organ gespendet oder eins gekriegt. Das müsste ich doch wissen!«

»Sagt Ihnen der Name Kirsten Stadler etwas?«, wollte Pia wissen.

»Ja.« Renate Rohleder nickte ein wenig verwundert. »Wir waren früher beinahe Nachbarn, Stadlers wohnten drei Häuser weiter. Bis zu diesem tragischen Unglück. Danach sind sie weggezogen.«

»Was für ein Unglück?«, fragte Pia.

»Ach, Kirsten ist eines Morgens beim Joggen im Feld einfach umgefallen«, erzählte Renate Rohleder. »Sie hatte eine Hirnblutung. Einfach so, aus heiterem Himmel. Ich kann mich noch gut an diesen Tag erinnern, ich war nämlich auch gerade mit dem Hund unterwegs und war ziemlich spät dran, weil mein Hund mal wieder einen Hasen gejagt hat. Plötzlich stand Helen vor mir, Kirstens Tochter. Sie war ganz aufgeregt und rief, ihrer Mutter sei irgendetwas passiert, ob ich ihr helfen könnte.«

Ihre Körpersprache verriet Pia sehr viel mehr. Renate Rohleder war nervös. Immer wieder fasste sie sich an die Nase, strich über ihr Haar und zupfte an ihrem Ohrläppchen – sie fühlte sich offensichtlich unwohl.

»Und?«, hakte Pia nach. »Was haben Sie getan? Haben Sie Ihrer Nachbarin geholfen?«

»Ich … ich hatte an diesem Tag kein Handy dabei.« Renate Rohleder lächelte unsicher. »Mein Hund war vor ein Auto gelaufen. Ich hatte Helen versprochen, von zu Hause aus den Notarzt anzurufen, aber das habe ich … irgendwie vergessen. Der Hund hat geblutet, die Autofahrerin schrie mich an. Ich war sowieso schon viel zu spät dran, aber ich dachte wohl, dass ja noch andere Leute im Feld unterwegs waren. Ich … ich habe auch nicht wissen können, wie schlimm es um Kirsten gestanden hat.«

»Das ist unterlassene Hilfeleistung«, bemerkte Pia.

»Ja, ja, vielleicht.« Es war der Floristin ausgesprochen unangenehm, über diesen Vorfall zu sprechen. »Später habe ich mir auch schwere Vorwürfe gemacht. Kirsten war so eine Nette, ich habe sie sehr gemocht. Glauben Sie mir, diese Sache verfolgt mich seitdem bis in meine Träume. Ein halbes Jahr nach dem Unglück sind die Stadlers aus Niederhöchstadt weggezogen, ich weiß allerdings nicht, wohin. Irgendwann dachte ich nicht mehr jeden Tag daran, und dann … dann vergaß ich es fast. Das Leben geht halt weiter.«

»Ich muss Ihnen etwas zeigen.« Pia nahm eine Kopie der Todesanzeige aus ihrem Rucksack und reichte sie Frau Rohleder.

»Was ist das?« Die Frau zögerte.

»Das hat uns der Täter geschickt, der Ihre Mutter erschossen hat«, erwiderte Pia.

Frau Rohleder las die Anzeige. Alle Farbe wich aus ihrem Gesicht. Sie ließ das Blatt fallen, als habe sie sich daran geschnitten.

»Nein!«, flüsterte sie entsetzt. »Nein! Das … das kann doch nicht sein! Frau Kirchhoff, Sie … Sie glauben doch nicht, dass ich …«

Sie wagte es nicht, den Satz auszusprechen, der ihr die Schuld am Tod ihrer Mutter gab.

»Wir halten diese Nachricht für authentisch«, erwiderte Pia nüchtern. »Für jedes Opfer haben wir bisher eine ähnliche Todesanzeige erhalten.«

Die Türglocke bimmelte, eine Kundin betrat den Laden.

»Bitte kommen Sie später noch einmal wieder«, bat Frau Rohleder sie. Sie zog einen Schlüssel aus der Tasche der grünen Schürze, die sie über ihrer Trauerkleidung trug, ging zur Glastür und schloss sie ab. Dann lehnte sie sich mit dem Rücken dagegen, presste eine Hand auf ihre Brust und schloss für einen Moment die Augen.

»Das ist eine infame Unterstellung. Das lasse ich mir nicht gefallen. Ich erstatte Anzeige gegen Unbekannt wegen übler Verleumdung und Nachrede.« In ihrer Empörung brachte sie ein paar Straftatbestände durcheinander. »Allein der Gedanke, dass ich schuld am Tod meiner Mutter sein soll … Nein!«

»Schuld am Tod Ihrer Mutter ist einzig und allein derjenige, der sie erschossen hat«, entgegnete Pia. »Er hat bereits drei unschuldige Menschen getötet, und wir fürchten, dass er weitermachen wird. Der Täter könnte aus dem Umfeld von Kirsten Stadler kommen. Frau Rohleder, Sie kannten die Stadlers und können uns vielleicht helfen. Wer könnte so etwas tun?«

Renate Rohleder schluckte mühsam. Sie fuhr sich mit der Hand über das Gesicht und gab sich dann einen Ruck.

»Sie war … so … so kalt«, sagte sie leise. »Sie war mir richtig unheimlich, wie sie da stand und mir ins Gesicht sagte, sie werde dafür sorgen, dass ich meines Lebens nicht mehr froh würde.«

»Wer war das, Frau Rohleder?«, forschte Pia nach.

Renate Rohleder seufzte.

»Helen. Kirstens Tochter«, antwortete sie. »Vor ein paar Monaten tauchte sie hier plötzlich im Laden auf, zusammen mit einem Mann. Ich hab sie auf den ersten Blick überhaupt nicht erkannt. Sie warf mir vor, ich sei schuld am Tod ihrer Mutter. Als ob ich etwas dafür könnte, dass Kirsten eine Hirnblutung hatte!«

»Kannten Sie den Mann, der in ihrer Begleitung war?«, fragte Pia.

»Nein. Er hat sich mir nicht vorgestellt.« Renate Rohleder schüttelte den Kopf.

»Wie sah er aus und wie alt war er?«

»Keine Ahnung, ich schätze, so Mitte bis Ende dreißig.« Sie schauderte. »Er sah ausgesprochen gut aus. Aber er hatte so etwas … Finsteres und Fanatisches an sich. Ich hatte Angst vor ihm, obwohl er kein Wort gesagt hat.«

»Hältst du es für möglich, dass der Täter eine Täter*in* ist?«, fragte Pia, als sie den Blumenladen verlassen hatten und zurück zu ihrem Auto gingen.

»Wenn du an die Tochter Stadler denkst, eher nein«, erwiderte Kim, die sich während des Gesprächs zwischen Pia und Frau Rohleder im Hintergrund gehalten hatte. »Sie scheint eine ziemlich impulsive Person zu sein, die nur schlecht ihre Gefühle kontrollieren kann. Solche Menschen neigen zu Affekttaten, aber nicht zu dem Verhalten, das der Sniper an den Tag legt. Die Taten haben eine eindeutig männliche Handschrift. Frauen töten anders als Männer, aber das weißt du ja selbst. In den zwanzig Jahren, in denen ich jetzt schon in meinem Job arbeite, ist mir schon wirklich viel Übles und abgrundtief Schlechtes begegnet, aber niemals eine Frau, die Unbeteiligte getötet hätte.«

»Ausnahmen bestätigen die Regel«, erwiderte Pia. »Denk doch an die Selbstmordattentäterinnen im Nahen Osten. Die nehmen sogar den Tod von unschuldigen Kindern in Kauf.«

»Ich halte das für ausgeschlossen. Wirklich, Pia, vergiss die Tochter.« Kim schüttelte den Kopf. »Um so etwas zu tun, muss man sehr gute Nerven und viel Geduld haben.«

»Wer könnte wohl der Mann gewesen sein?« Pia blieb neben dem Auto stehen.

»Das solltest du Helen Stadler fragen«, schlug Kim vor. »Komm, lass uns einsteigen, sonst frier ich mir den Arsch ab.«

Pia grinste und öffnete das Auto. Ihre Schwester gehörte auf den ersten Blick nicht zu der Sorte Frau, die solche Ausdrücke benutzte.

»Also, ich tippe noch immer auf einen Profi«, sagte Kim. »Ihr solltet tatsächlich mal bei Bundeswehr und Polizei nachforschen.«

»Und wonach sollen wir suchen? Wir haben einfach noch nicht genug in der Hand, um gezielte Fragen zu stellen.«

Pias Handy klingelte. Es war Ostermann, der ihr mitteilte, dass er den Ehemann der verstorbenen Kirsten Stadler mit einer Anfrage beim Einwohnermeldeamt ausfindig gemacht hatte. Er hieß Dirk Stadler und wohnte in Liederbach.

»Du sollst hinkommen«, sagte Kai. »Der Chef ist auch schon auf dem Weg.«

»Alles klar. Wir sind unterwegs«, antwortete Pia.

Die Adresse, die Kai ihr genannt hatte, entpuppte sich als eine ältere Reihenhaussiedlung, bei der die Planer versucht hatten, der Gleichförmigkeit der Häuser durch eine versetzte Bauweise und Holzverkleidungen der Fassaden entgegenzuwirken. Bodenstein wartete bereits an einer Straßenecke. Zum Schutz gegen den eisigen Wind hatte er den Mantelkragen hochgeschlagen und die Hände in den Taschen vergraben. Pia parkte hinter seinem Dienstwagen.

»Die Rohleder war vollkommen schockiert, als ich ihr die Todesanzeige gezeigt habe«, berichtete sie ihrem Chef. »Kirsten Stadler war eine Nachbarin, sie kannte sie wohl recht gut. An den Tag, an dem sie gestorben ist, erinnerte sie sich gut und hat seitdem ein latent schlechtes Gewissen, weil sie nicht geholfen hatte. Sie war in Eile, ihr Hund war ihr abgehauen und vor ein Auto gelaufen. Höchstwahrscheinlich hätte sie nichts ausrichten können, selbst wenn sie mitgekommen wäre oder den Notarzt gerufen hätte, denn Kirsten Stadler hatte eine Hirnblutung erlitten. Aber die Tochter, Helen Stadler, muss das so empfunden haben.«

»Sie ist übrigens vor ein paar Monaten in Begleitung eines Mannes im Blumenladen aufgetaucht und hat Renate Rohleder Vorwürfe gemacht«, ergänzte Kim. »Wenn der Täter solche Dinge weiß, dann muss er aus dem engsten Umfeld der Familie kommen.«

»Na, dann lasst uns mal hören, was der Witwer von Kirsten Stadler dazu sagt.« Bodenstein vergewisserte sich, dass sie in die richtige Häuserreihe einbogen, und drückte wenig später auf die Klingel des Hauses mit der Nummer 58f. Ein schlanker, fast hagerer Mann mit kurzem grauem Haar und einer Stirnglatze öffnete ihnen die Tür.

»Mein Name ist Bodenstein von der Kriminalpolizei Hofheim.« Bodenstein präsentierte dem Mann seinen Ausweis. »Meine Kolleginnen Frau Kirchhoff und Frau Freitag. Wir möchten gerne zu Dirk Stadler.«

»Das bin ich.« Der Mann betrachtete sie mit der typischen Mischung aus Argwohn und Zurückhaltung, die fast jeden befiel, wenn unerwartet die Kriminalpolizei vor der Haustür stand.

»Dürfen wir hereinkommen?«

»Ja, natürlich. Bitte.«

Er war etwa Mitte fünfzig, trug eine graue Cordhose und einen olivgrünen Pullover mit V-Ausschnitt über einem Hemd und musste den Kopf heben, um Bodenstein ins Gesicht blicken zu können.

»Mein Sohn ist zum Mittagessen da«, sagte Dirk Stadler entschuldigend. Vom Flur aus konnte man in einen großen, offenen Raum blicken, der Esszimmer, Wohnzimmer und Küche in einem war. Am Esstisch saß ein etwa dreißigjähriger Mann, der kurz von einem Tabletcomputer aufblickte und grüßend nickte, aber sitzen blieb.

»Mein Sohn Erik«, stellte Dirk Stadler ihn vor. »Worum geht es?«

»Es geht im weiteren Sinne um Ihre verstorbene Frau«, erwiderte Bodenstein.

»Um Kirsten?« Der Mann sah verständnislos von Bodenstein zu Pia und Kim. »Das muss ein Irrtum sein. Meine Frau ist seit zehn Jahren tot.«

»Sie haben sicher auch von den Morden in den letzten Tagen gehört«, fuhr Bodenstein fort. »In Niederhöchstadt und Oberursel wurden zwei Frauen von einem Heckenschützen erschossen, in Kelkheim am Weihnachtsmorgen ein junger Mann.«

»Ja, davon habe ich in der Zeitung gelesen«, bestätigte Dirk Stadler. »Und es ist natürlich dauernd im Radio und im Fernsehen.«

Sein Sohn stand nun auf, kam näher und stellte sich neben seinen Vater. Er war nur wenig größer, hatte dieselben tiefliegenden Augen und Gesichtszüge wie dieser. »Der Täter hat sich mit uns in Verbindung gesetzt«, sagte Bodenstein. »Nach jedem Mord hat er eine Todesanzeige verfasst, in der er seine Tat begründet hat. In den Tagebuchaufzeichnungen seines letzten Opfers stießen wir dann auf den Namen Ihrer verstorbenen Frau. Der Tote, Maximilian Gehrke, war siebenundzwanzig Jahre alt. So alt wäre er wahrscheinlich nicht geworden, denn er hatte eine angeborene Herzschwäche. Vor zehn Jahren wurde ihm allerdings das Herz Ihrer verstorbenen Frau eingepflanzt.«

Vater und Sohn wurden blass und wechselten einen kurzen Blick.

»Die Frau, die in Oberursel getötet wurde, war die Frau des Professors, der damals die Herztransplantation durchgeführt hatte.«

»Oh mein Gott«, flüsterte Dirk Stadler bestürzt.

»Und das erste Opfer des Heckenschützen war die Mutter einer ehemaligen Nachbarin von Ihnen aus Niederhöchstadt.«

»Das … das kann doch nicht wahr sein!«, stammelte Dirk Stadler. »Aber warum? Nach all den Jahren!«

»Diese Frage stellen wir uns natürlich auch«, nickte Bodenstein. »Auf den ersten Blick gab es keinen Zusammenhang zwischen den einzelnen Opfern, doch die Verbindung scheint Ihre verstorbene Frau zu sein.«

»Ich … ich muss mich setzen«, sagte Dirk Stadler. »Kommen Sie doch bitte herein. Bitte … legen Sie ab.«

Pia bemerkte, dass der Mann hinkte und leicht schief ging. Es sah aus, als ob eines seiner Beine kürzer war als das andere. Stadler setzte sich an den Esszimmertisch, Bodenstein, Pia und Kim nahmen ebenfalls Platz.

Erik Stadler räumte das schmutzige Geschirr zusammen und trug es in die offene Küche. Hochglanz weiß mit Arbeitsplatten aus dunklem Granit und viel Edelstahl. Vor der großen Glasfront des Wohnzimmers stand ein geschmücktes Weihnachtsbäumchen, auf dem Couchtisch eine Schale mit Plätzchen. Das ganze Haus war nüchtern, aber durchaus geschmackvoll eingerichtet, die Farben Schwarz, Weiß und Grau dominierten. Im Gegensatz zur Villa von Professor Rudolf mit den vielen Blumen, den Samtgardinen und den verblichenen Kinderzeichnungen und Zettelchen, die mit Magneten am Kühlschrank befestigt waren, fehlte hier jedoch völlig die weibliche Hand. Das einzige Möbelstück, das aus dem Rahmen fiel, war eine wuchtige antike Anrichte, auf der ein silbern gerahmtes Foto einer blonden Frau stand, die fröhlich in die Kamera lachte. Dirk Stadler hatte Pias Blick bemerkt.

»Das war Kirsten, meine Frau«, erklärte er mit belegter Stimme. »Das Foto wurde im Sommer vor ihrem Tod aufgenommen. Es war unser letzter Urlaub an der französischen Atlantikküste.«

Sein Sohn setzte sich auf den Stuhl neben ihm.

»Ich … ich kann nicht glauben, dass Menschen wegen meiner Frau sterben müssen.« Dirk Stadler räusperte sich, kämpfte sichtlich um seine Fassung. »Wieso? Mit welcher Begründung?«

»Für uns kristallisiert sich mehr und mehr ein sehr persönliches Tatmotiv heraus«, antwortete Bodenstein. »Der Täter scheint Vergeltung zu suchen, Rache für den Tod Ihrer Frau. Er muss also jemand sein, der ihr sehr nahegestanden hat.«

»Aber meine Frau starb an einer Hirnblutung«, sagte Dirk Stadler ratlos. »Es war ein tragischer Unglücksfall, niemand hatte daran Schuld. Sie hatte ein Aneurysma im Kopf, und das ist geplatzt. Das hätte jederzeit und überall passieren können.«

Er aß nur wenig, dann legte er das Besteck auf den Teller.

»Schmeckt es dir nicht?«, fragte Karoline.

»Doch. Sogar sehr gut.« Ihr Vater lächelte kurz. »Aber ich habe keinen Appetit.«

Es ging ihr genauso, doch sie zwang sich dazu, etwas zu essen. So, wie sie sich dazu zwang, weiterzuleben.

»Danke, dass du dich um mich kümmerst, Karoline. Ich weiß deine Unterstützung sehr zu schätzen.«

»Das mache ich doch gerne.« Ihr gelang ebenfalls ein kurzes Lächeln.

Seit zwei Tagen und Nächten zerbrach sie sich nun den Kopf darüber, wie sie das, was sie beschäftigte, in Worte fassen sollte. Wieso fiel es ihr so schwer, mit ihrem Vater über ihren Verdacht zu reden? Wo waren ihre Eloquenz und ihr Mut geblieben? Seit Mamas Tod hatten sie kaum miteinander geredet, und ihr war bewusst geworden, dass es eigentlich nie anders gewesen war. Die Illusion der Harmonie zwischen ihnen war einzig Mamas Verdienst gewesen, ohne ihre vermittelnde Art herrschte Schweigen zwischen ihr und Papa. Karoline hatte nie ein herzliches Verhältnis zu ihrem Vater gehabt, vielleicht deshalb, weil er in ihrer Kindheit und Jugend so gut wie keine Rolle gespielt hatte. Er war ein Genie, einer der Besten seiner Zunft, und das, was er tat, war wichtig, denn er rettete todkranken Menschen das Leben. Immer war sie sehr stolz auf ihn gewesen und hatte sich gefreut, wenn die Leute bewundernd von ihrem Vater sprachen, aber mit den Jahren war die Distanz größer geworden. Mit ihrer Entscheidung, beruflich nicht in seine Fußstapfen zu treten, hatte sie ihn enttäuscht, und seitdem war da eine Kluft zwischen ihnen, ein eigenartiges Spannungsfeld, das nur Streit oder Schweigen zuließ.

Mamas Tod war eine Chance für sie, einander näherzukommen, aber es schien so, als wolle ihr Vater auch diese Gelegenheit ungenutzt verstreichen lassen. Jedes Gespräch geriet zu schlichter Konversation, in der eine unbehagliche Note mitschwang.

»Ich muss dich etwas fragen, Papa«, begann sie schließlich, bevor er aufstehen und sich wieder in seinem Arbeitszimmer verkriechen würde.

»Was denn?«

»In der Presse wird behauptet, Mama sei ein Zufallsopfer von diesem Sniper gewesen.« Sie vermied es, ihn anzusehen, und wählte ihre Worte behutsam, angestrengt darauf bedacht, keinen falschen Eindruck bei ihm zu erwecken. »Aber wenn ich über die Umstände nachdenke, dann glaube ich das nicht.«

Sie hob den Kopf und stellte fest, dass er sie das erste Mal seit Tagen wirklich ansah.

»Was glaubst du denn dann?«, fragte er zurück.

»Niemand kommt zufällig an unserem Haus vorbei«, erwiderte sie und legte ihr Besteck zur Seite. »Das Küchenfenster liegt in Richtung Garten, und hinter der Hecke gibt es nicht einmal einen Weg, den jemand entlanggehen kann. Der Mörder muss das Haus und die Örtlichkeiten ausgekundschaftet und dabei das Trafohäuschen entdeckt haben. Das kann nicht aus Zufall passiert sein.«

Er musterte sie aufmerksam.

»Ich denke, er hat Mama ganz gezielt erschossen«, sagte Karoline. »Aber ich kann mir einfach nicht vorstellen, welchen Grund er gehabt haben sollte. Es sei denn …«

Sie verstummte und schüttelte den Kopf.

»Es sei denn – was?«

»Es sei denn, Mama hatte irgendein Geheimnis, von dem niemand etwas wusste. Selbst du und ich nicht«, beendete Karoline den Satz. »Ich kann mir zwar beim besten Willen nicht vorstellen, was das gewesen sein könnte, aber es muss so sein.«

Noch immer starrte ihr Vater sie an, dann nahm er seine Gabel und begann, in seinem Essen herumzustochern, ohne ihr eine Antwort zu geben. Die Sekunden verstrichen, wurden zu Minuten. Schon wieder dieses verdammte Schweigen! Früher hatte sie sich davon einschüchtern lassen, aber diesmal würde sie ihn nicht so leicht davonkommen lassen.

»Was wollte die Polizei vorgestern von dir?«, insistierte Karoline.

»Sie suchen nach Zusammenhängen zwischen den Morden«, erwiderte ihr Vater endlich.

»Ja und? Haben sie einen Verdacht? Gibt es einen Zusammenhang?«, wollte sie wissen.

Sein Zögern dauerte einen Moment zu lang.

»Nein. Sie tappen noch völlig im Dunkeln.« Er hielt ihrem Blick stand, ohne mit der Wimper zu zucken, und die Erkenntnis, dass er log, traf sie wie ein Faustschlag in den Magen.

»Das glaube ich nicht.« Ihr Tonfall war schärfer als beabsichtigt, aber sie hasste es, für dumm verkauft zu werden. »Warum lügst du mich an?«

»Wieso denkst du, ich lüge?«

»Weil du mir ausweichst«, entgegnete sie. »Ich erkenne genau, wenn jemand nicht die Wahrheit sagt. Was wollte die Polizei von dir? Warum hast du mich aus deinem Arbeitszimmer geschickt wie ein kleines Kind?«

Zu ihrer Überraschung griff er über den Tisch und legte seine Hand auf ihre.

»Weil ich dich schützen und das alles noch eine Weile von dir fernhalten wollte«, sagte er weich. »Ich weiß doch, wie sehr du an deiner Mutter gehangen hast und welche Sorgen du dir um Greta machst.«

Für ein paar Sekunden glaubte sie ihm, weil sie ihm glauben wollte. Aber dann durchschaute sie seinen Manipulationsversuch. Zorn mischte sich mit Enttäuschung und der bitteren Erkenntnis, dass sie auf der ganzen weiten Welt keinen einzigen Vertrauten mehr hatte.

»Du verschweigst mir etwas, und ich frage mich, was und weshalb.« Sie entzog ihm ihre Hand und stand auf. »Aber ich werde es herausfinden.«

»Vielleicht können Sie uns die Umstände ihres Todes kurz schildern«, bat Pia Dirk Stadler. »Was ist damals passiert?«

Abwechselnd erzählten Vater und Sohn, was am 16. September 2002 geschehen war. Kirsten Stadler, damals siebenunddreißig Jahre alt, kerngesund und sportlich, war wie an jedem Morgen mit dem Hund zum Joggen aufgebrochen. Danach wollte sie ihre Kinder zur Schule fahren. Als die Mutter nach einer Stunde noch immer nicht zurückgekehrt war, machten sich Erik und seine Schwester Helen auf die Suche und fanden ihre Mutter leblos auf dem Feldweg. Neben ihr saß der Hund.

»Der Notarzt brachte sie in die Unfallklinik, und dort stellte man die Hirnblutung fest«, schloss Dirk Stadler. »Ich war zu der Zeit beruflich in Fernost und nur schlecht zu erreichen. Meine Schwiegereltern fuhren ins Krankenhaus, um Erik und Helen beizustehen.«

»Es war schrecklich«, erinnerte Erik sich. »Mama lag auf der Intensivstation und sah aus, als ob sie nur schlafen würde, aber die Ärzte sagten uns, sie sei hirntot. Die massiven Blutungen hätten das Gehirn irreparabel geschädigt.«

Für eine Weile sagte niemand etwas. Der Wind heulte im Kamin und schüttelte die kahlen Äste eines mickrigen Obstbaumes, der im Garten auf den paar Quadratmetern Rasenfläche stand.

»Als ich zwei Tage später aus China zurückkam, waren meine Kinder völlig traumatisiert«, übernahm Dirk Stadler. »Meinen Schwiegereltern ging es kaum besser. Unter dem starken Druck der Ärzte hatten sie einer Organentnahme bei ihrer hirntoten Tochter zugestimmt.«

Er räusperte sich.

»Meine Frau hat Organtransplantationen aus verschiedenen Gründen abgelehnt, sie hatte sogar eine Patientenverfügung, was damals noch ungewöhnlich war. Die Ärzte hätten warten müssen, bis ich zurück war, doch sie hatten es sehr eilig. So eilig, dass man nicht die vorgeschriebene Zeit zwischen den beiden Hirntoduntersuchungen eingehalten hatte. Im Protokoll der Klinik waren die Zeiten gefälscht worden. Außerdem hatten sie mehr Organe entnommen als vorher angegeben. Nicht nur das Herz und die Nieren, sondern jedes Organ wurde entnommen, sogar die Augen, Knochen, Haut und Gewebe. Aus diesem Grund habe ich später einen Rechtsstreit gegen die Klinik geführt.«

Er hielt inne und warf dem Bild seiner Frau auf der Anrichte einen traurigen Blick zu.

»Mir ist es bis heute ein Trost zu wissen, dass Kirsten mit der Spende ihrer Organe noch einigen Menschen das Leben gerettet hat«, sagte er mit leiser Stimme. »Aber mein Schwiegervater war außer sich vor Schmerz und Zorn. Er war der festen Überzeugung, man habe ihn überrumpelt und betrogen, denn er hatte nie eine Einwilligung zur Explantation unterschrieben, lediglich eine Vollmacht zur Behandlung seiner Tochter. Letztlich kam es, wie es kommen musste, wenn man mit einem Krankenhaus prozessiert: Die UKF bot mir einen außergerichtlichen Vergleich mit Zahlung einer Schadensersatzsumme an. Ich habe mich darauf eingelassen, denn ich hätte die Anwaltskosten nicht mehr zahlen können. So blieb noch ein Betrag übrig, den ich für die Ausbildung unserer Kinder anlegen konnte.«

Pia beobachtete die beiden Männer scharf, registrierte jede Geste und jede Formulierung, fand jedoch nichts Verräterisches. Dirk Stadler machte den Eindruck eines Mannes, der einen schweren Verlust erlitten hatte und durch die Hölle gegangen war, mittlerweile aber seinen Frieden mit der Vergangenheit gemacht hatte. Auch Erik Stadler wirkte unaufgeregt und sachlich. Er fasste in Worte, was Pia gedacht hatte.

»Wir alle haben lange gebraucht, um über all das hinwegzukommen«, sagte er. »Aber Mama hätte nicht gewollt, dass wir nur heulend herumsitzen. Sie war ein fröhlicher Mensch, so behalten wir sie in Erinnerung. Und deshalb können wir mittlerweile wieder ein normales Leben führen. Alle Wunden, selbst tiefe, heilen irgendwann, wenn man das zulässt.«

»Ich kann mir nicht vorstellen, wer sich an Leuten rächen könnte, die etwas mit Kirstens Tod zu tun hatten«, fügte Dirk Stadler hinzu. »Ich meine, damals hätte ich verstanden, wenn jemand im Zorn ausgerastet wäre. Aber jetzt, zehn Jahre danach?«

»Ich muss leider gehen.« Erik Stadler warf einen Blick auf seine Uhr und ergriff seinen Tabletcomputer. »Ich habe eine Firma in Sulzbach, und bei uns ist zwischen den Jahren viel los. Rufen Sie mich an, wenn Sie noch irgendetwas wissen möchten.« Er zog eine Visitenkarte aus dem Schutzumschlag seines Tablets und schob sie Bodenstein hin. Der reichte beiden Stadlers jeweils eine Karte von sich.

»Wir möchten Sie auch nicht länger stören.« Bodenstein erhob sich ebenfalls, Pia und Kim folgten seinem Beispiel. »Wenn Ihnen noch etwas einfällt, was uns weiterhelfen könnte, dann melden Sie sich bitte.«

Dirk Stadler begleitete sie bis zur Haustür.

»Haben Sie sich am Bein verletzt?«, erkundigte Pia sich.

»Ja«, erwiderte Stadler und lächelte. »Allerdings schon vor fünfzehn Jahren auf einer Baustelle in Dubai. Ich war früher Hochbau-Ingenieur und auf der ganzen Welt unterwegs. Leider ist es mit dem Bein nie mehr richtig gut geworden, besonders wenn es kalt und feucht wird, habe ich Probleme.«

»Was machen Sie jetzt beruflich?«

»Nach dem Tod meiner Frau musste ich meinen Beruf aufgeben, damit ich für die Kinder da sein konnte«, erwiderte Stadler. »Ich hatte ein Jahr unbezahlten Urlaub genommen und habe danach einen Job beim Bauamt der Stadt Frankfurt bekommen. Da erfülle ich jetzt die Schwerbehindertenquote.«

Erik schlüpfte in seine Jacke und setzte eine Strickmütze auf.

»Danke fürs Essen, Papa.« Er berührte seinen Vater an der Schulter und zwinkerte ihm zu. »Mal was anderes als Bratwurst an der Imbissbude.«

»Gern geschehen«, antwortete sein Vater. »Lass uns telefonieren wegen Samstag. Und grüß bitte Lis.«

»Mach ich. Bis dann.«

Dirk Stadler lächelte seinem Sohn nach, aber das Lächeln verschwand von seinem Gesicht, als Erik gegangen war.

»Eines noch«, sagte er zu Bodenstein und Pia. »Meine Schwiegereltern haben den Verlust von Kirsten nie verwunden. Sie war ihre einzige Tochter. Seitdem engagieren sie sich bei einer Selbsthilfegruppe für die Angehörigen von Organspendern, außerdem …«

Er brach ab und schüttelte den Kopf.

»Außerdem?«, hakte Pia nach.

Plötzlich sah Stadler traurig aus.

»Ich sollte das nicht sagen, aber ich will es auch nicht verschweigen.« Er presste die Lippen zusammen, zögerte, doch dann atmete er tief durch. »Mein Schwiegervater war früher ein exzellenter Sportschütze und Jäger.«

»Wie schrecklich«, sagte Pia, als sie zu ihren Autos gingen. »Von einem Moment auf den anderen ist nichts mehr, wie es einmal war.«

Dirk Stadler hatte die Adresse seiner Schwiegereltern in Glashütten aufgeschrieben, aber sie wollten zuerst einen der beiden Dienstwagen in Hofheim abstellen, bevor sie in den Taunus fuhren.

»Was halten Sie von den beiden Stadlers?«, erkundigte sich Bodenstein bei Kim.

»Als Ehemann hat Dirk Stadler den größten Verlust erlitten«, antwortete sie nachdenklich. »Aber ich habe den Eindruck, dass er den Tod seiner Frau verarbeitet hat und ganz gut zurechtkommt. Weder er noch sein Sohn waren beim Gespräch mit uns nervös oder angespannt, wie es Leute sind, die irgendetwas zu verbergen haben. Auch das Erstaunen und die Betroffenheit schienen mir nicht gespielt zu sein. Die beiden haben auf jeden Fall ein enges Verhältnis.«

»Ach, verdammt!« Pia blieb stehen. »Wir haben völlig vergessen, nach der Tochter zu fragen!«

»Vergiss sie als Täterin.« Kim schüttelte den Kopf. »Ihr sucht einen Mann.«

»Aber wir könnten wenigstens mit ihr sprechen«, beharrte Pia. »Außerdem war sie mit einem Mann bei Renate Rohleder im Laden.«

Ihr Handy begann zu klingeln.

»Hallo, Henning«, sagte sie, als sie die Nummer der Rechtsmedizin im Display gelesen hatte. »Ich …«

»Es ist Viertel nach zwei«, unterbrach er sie kühl. »Oder auch vierzehn Uhr fünfzehn, wenn dir das lieber ist. Wann dürfen die untergeordneten Chargen aus dem Keller der Rechtsmedizin mit dem Erscheinen der Kriminalpolizei rechnen?«

»Wieso?« Pia war verwundert. »Hatten wir einen Termin?«

»Dein Chef hat extra um eine schnelle Sektion der Weihnachtsleiche gebeten, und mangels Personal führe ich diese selbst durch«, sagte Henning sarkastisch. »Wieso geht der hochwohlgeborene Herr von Bodenstein eigentlich nicht an sein Handy? Ich habe es schon ein paar Mal versucht.«

»Wir sind auf dem Weg«, besänftigte Pia ihn. »Viertelstunde, okay?«

Henning Kirchhoff beendete das Telefonat so grußlos, wie er es begonnen hatte.

»Verflixt! Die Obduktion!« Bodenstein zog sein Smartphone aus der Manteltasche und kontrollierte es. »Ich verstehe nicht, warum das nicht funktioniert! Ich hatte doch extra eine Erinnerung einprogrammiert. Da, schau selbst!«

Er hielt es Pia hin.

»Vielleicht hättest du das Telefon nicht lautlos stellen sollen«, grinste sie. »Dann hättest du den Signalton vielleicht gehört.«

»Diese Technik und ich werden niemals Freunde«, brummte Bodenstein und zog eine Grimasse. »Wir lassen mein Auto hier stehen und holen es auf dem Rückweg ab. Bei der Gelegenheit können wir Stadler nach seiner Tochter fragen.«

Sie entschieden sich für das Auto, mit dem Pia und Kim gekommen waren, weil es ein wenig komfortabler war als das andere, und Bodenstein schickte eine Streife nach Glashütten zu Joachim und Lydia Winkler, den Schwiegereltern von Dirk Stadler.

»Ich fand, dass beide Stadlers angemessen reagiert haben, als du ihnen von den Todesanzeigen und den Opfern erzählt hast«, sagte Pia und fügte für ihre Schwester als Erklärung hinzu: »Seitdem ich dieses Seminar über nonverbale Kommunikation in der Vernehmungssituation gemacht habe, achte ich ganz besonders auf die Körpersprache der Leute.«

»Man darf nichts ausschließen«, entgegnete Kim. »Es gibt Menschen, die tricksen einen Lügendetektor aus. Aber ich kann mir nur schlecht vorstellen, dass Dirk Stadler mit seiner Behinderung auf ein Trafohäuschen klettert oder in den Garten von Gehrkes Nachbarn. Außerdem wäre er durch sein Hinken viel zu auffällig.«

»Es wäre ja auch zu einfach«, meinte Bodenstein.

Sie fuhren über eine ungewöhnlich leere Autobahn in eine ebenso ungewöhnlich leere Stadt. Die Angst vor dem Heckenschützen hatte die Region in eine Ansammlung von Geisterstädten verwandelt.

»Guckt euch das an!« Pia wies im Vorbeifahren auf die Handvoll Taxis, die vor dem Hauptbahnhof auf Fahrgäste warteten, wo normalerweise Hunderte standen. »Das kann doch nicht so weitergehen!«

»Ich fürchte, er ist mit seinem Rachefeldzug noch nicht am Ende«, erwiderte Bodenstein düster.

»Aber wir müssen etwas tun! Diese Panik ist unbegründet!«

»Darüber hatten wir schon diskutiert.« Bodenstein schüttelte nachdrücklich den Kopf. »Es wäre unverantwortlich, die Menschen in einer Sicherheit zu wiegen, die es nicht gibt.«

»Solange es so windig ist, wird es ohnehin keinen weiteren Mord geben«, bemerkte Kim. »Der Täter meidet einen direkten Kontakt zu seinen Opfern, er schießt nur aus der Distanz. Das kann er aber nur bei idealen Bedingungen.«

In Pia stieg ein Gefühl der Machtlosigkeit auf, wie sie es selten erlebt hatte. Sie suchten nach einem Phantom, nach einem cleveren, kaltblütigen Mörder, der nichts dem Zufall überließ, keine Fehler machte und ihnen immer einen Schritt voraus war. Mit Kirsten Stadler hatten sie eine einzige zweifelhafte Spur, und das nach drei Toten! Wie Kim heute Morgen gesagt hatte, standen sie vor völlig neuen Voraussetzungen. Die Persönlichkeiten der Opfer, die normalerweise bei Ermittlungen eine wesentliche Rolle spielten, waren in diesem Fall unwichtig, denn sie waren nicht die eigentlichen Ziele des Täters, sondern nur Mittel zum Zweck. Es gab keine Spuren, keine Indizien, keine Zeugen. Alles, was sie hatten, waren drei Tote, drei Todesanzeigen, die Abdrücke eines Schuhs, der in Deutschland an die hunderttausend Mal verkauft worden war, eine Täterbeschreibung, die so vage war, dass sie auf jeden dritten Mann zutraf, und den Namen Kirsten Stadler! Was, wenn sie diesen Wahnsinnigen nicht finden und stoppen konnten? Wie viele Namen mochten auf seiner Todesliste stehen?

»Der Bruder war es auf jeden Fall nicht, der mit der Tochter bei Renate Rohleder war«, sagte Kim unvermittelt. »Es passt vom Alter her nicht, und als ›ausgesprochen gutaussehend‹ würde ich ihn beim besten Willen nicht bezeichnen.«

»Hm«, machte Pia nur, und dann sprach niemand mehr, bis sie ihr Ziel erreicht hatten und Bodenstein auf den Parkplatz des Instituts einbog. Für Pia war es immer wieder ein vertrautes Gefühl, wenn sie durch die schwere hölzerne Eingangstür die Jugendstilvilla an der Kennedyallee betrat, in der seit den vierziger Jahren des letzten Jahrhunderts die Rechtsmedizin der Universität Frankfurt residierte. Es hatte eine Zeit in ihrem Leben gegeben, in der sie sich öfter in diesem Gebäude aufgehalten hatte als in ihrer eigenen Wohnung. Sie gingen einen mit dunklem Holz getäfelten Flur entlang, an dessen Ende die Treppe in den Keller des Instituts führte. Im ersten der beiden Sektionsräume wartete bereits die gewaschene und entkleidete Leiche von Maximilian Gehrke auf sie.

»Hi!« Ronnie Böhme, der Sektionshelfer, kam aus dem kleinen Büro, das auch als Kaffeeküche diente. »Da seid ihr ja. Dann ruf ich den Chef mal an.«

»Danke, Ronnie.« Pia lächelte und hängte ihre Jacke an den Garderobenständer. Bodenstein und Kim ließen die Mäntel an. Im Sektionsraum war es wie immer kühl.

»Kaffee ist grade frisch durchgelaufen. Bedient euch.« Böhme grinste, den Telefonhörer am Ohr. Im gleichen Moment näherten sich Schritte, und er legte wieder auf.

»Ich will keine Entschuldigungen hören!« Henning erschien im Türrahmen, gefolgt von einem jungen Mann, der wie ein Student aussah, und Staatsanwalt Heidenfelder. Pia erinnerte sich an dessen erste Sektion vor sieben Jahren, bei der ihm so übel geworden war, dass er sich hatte übergeben müssen. Die Tote war Isabel Kerstner gewesen, und es war Pias erster Fall, den sie mit Bodenstein gemeinsam gelöst hatte.

»Ich hatte auch nicht vor, mich zu entschuldigen«, erwiderte Bodenstein. »Fangen wir an.«

»Danke, dazu brauche ich deine Aufforderung nicht«, schnappte Henning.

Im grellen Licht der Operationslampe wurde die Verheerung deutlich, die das Core-Lokt-Projektil beim Austritt aus dem Körper angerichtet hatte. Es hatte die Rippen zertrümmert und ein gewaltiges Loch in das Gewebe gerissen. Pia betrachtete das schmale Gesicht von Maximilian Gehrke. Es sah aus, als ob er friedlich schliefe. Durch die Lektüre seiner Tagebücher hatte sie beinahe das Gefühl, ihn zu kennen. Plötzlich überwältigte sie der Zorn auf denjenigen, der glaubte, eine Rechtfertigung für sein perfides Tun zu haben, und sich als Richter und Henker aufspielte.

»Es ist eine Schande, dass so ein junger Mann, der so viel durchgemacht hat, gewaltsam sterben musste«, sagte sie voller Mitgefühl. »Wenigstens hat er nicht mehr gelitten.«

»Er war tot, bevor er auf dem Boden aufgeschlagen ist«, bestätigte Henning. »Sein Herz wurde regelrecht zerfetzt.«

»Dabei war es nicht einmal seines.«

»Wie bitte?« Henning warf ihr über den Rand seines Mundschutzes einen fragenden Blick zu.

»Er hatte vor zehn Jahren eine Herztransplantation«, erklärte Pia.

Ihr Exmann ließ die Hände sinken und zog den Mundschutz herunter.

»Ganz ehrlich«, sagte er und ließ seinen Blick von Pia über Bodenstein zu Staatsanwalt Heidenfelder wandern, »ihr wisst alle, dass ich ein glühender Verfechter von Sektionen bin – lieber eine zu viel als eine zu wenig. Aber ich würde gerne wissen, was ihr hier zu erfahren hofft. Ich habe jetzt schon die dritte Leiche auf dem Tisch, bei der ein Medizinstudent im ersten Semester die Todesursache feststellen könnte.«

»Wir greifen nach jedem Strohhalm«, räumte Bodenstein ein. »Derzeit sieht es so aus, als ob die Spenderin des Herzens, das Maximilian Gehrke erhalten hat, der Grund für die drei Morde war. Aber wir haben nichts Greifbares, keine Spuren, einfach nichts.«

»Es geht nicht in erster Linie um die Todesursache«, ergänzte Pia. »Vielleicht ergibt sich irgendein neuer Hinweis.«

Henning seufzte und zuckte die Achseln.

»Ich wollte, ich könnte euch helfen.« Er zog wieder den Mundschutz hoch. »Aber ich fürchte, ihr werdet dasselbe nichtssagende Obduktionsprotokoll bekommen wie bei den beiden anderen Opfern des Snipers.«

Das Gefühl, dass ihr Vater ihr etwas verschwieg, machte Karoline Albrecht zu schaffen, und obwohl es naheliegend gewesen wäre, mit dem freundlichen Kommissar zu sprechen, schreckte sie davor zurück. Ihre Mutter war tot, und sie fürchtete, ihren Vater auch noch zu verlieren, wenn sie heimlich mit der Polizei sprach. Mehr noch fürchtete sie sich jedoch vor einer Wahrheit, die das Bild, das sie von ihrer Mutter hatte, womöglich zerstörte. Vielleicht hatte Papa ja recht, wenn er sagte, er wolle sie schützen. Karoline erkannte sich selbst nicht wieder. Ihr Leben lang hatte sie sich nicht gescheut, Probleme anzugehen und zu lösen – wieso zauderte sie nun und fuhr ziellos mit dem Auto durch die Gegend, unfähig, eine Entscheidung zu treffen? Waren das noch die Auswirkungen des Schocks, den sie am Donnerstagabend erlitten hatte? Gestern Abend hatte sie fast eine Stunde lang mit Carsten telefoniert, nachdem sie kurz mit Greta gesprochen hatte. Ihr ging es den Umständen entsprechend gut, nachts schlief sie ohne Alpträume, dank eines milden Beruhigungsmittels.

»Sie wird das überwinden«, hatte Carsten gesagt. »Man muss ihr einfach Zeit lassen. Und der Ortswechsel hat ihr gutgetan. Bei Opa und Oma auf dem Bauernhof ist die Welt noch in Ordnung.«

»Danke, dass ihr euch alle so gut um sie kümmert«, hatte Karoline erwidert. »Sag das bitte auch deinen Eltern und Nicki.«

»Mach ich. Aber das ist selbstverständlich.« Er hatte kurz gezögert. »Wie geht es dir? Kommst du einigermaßen klar?«

Fast hätte sie seine vorsichtige Frage aus reiner Gewohnheit mit einer Phrase wie *Klar, ich schaff das, das wird schon* beantwortet, aber die Lüge war ihr im Hals steckengeblieben. Diesmal ging es nicht um eine Grippe oder ein Geschäft, das ihr durch die Lappen gegangen war. Das hier war existentiell, und das lag nicht nur an Mamas Tod, sondern auch an der Sinnkrise, in der sie steckte.

»Mir geht es nicht gut«, hatte sie zu ihrem Exmann gesagt. »Ich vermisse Mama sehr. Am liebsten würde ich mich im Bett verkriechen und nur noch heulen.«

Sie hatte ihm von ihren Zweifeln an der Zufälligkeit des Schusses erzählt und davon, dass sie glaubte, Papa würde sie anlügen.

»Ich muss herausfinden, was wirklich dahintersteckt«, hatte sie gesagt. »Ich kann mir einfach nicht vorstellen, dass Mama etwas getan haben sollte, wofür sie jemand erschießen würde.«

»Ach, Karo«, hatte Carsten geseufzt. »Ich kann dich ja verstehen. Aber tu bitte nichts, was dich in Gefahr bringen könnte. Versprichst du mir das?«

Sie hatte es ihm versprochen.

»Wenn du uns brauchst, sind wir für dich da«, hatte er ganz zum Schluss gesagt. »Du bist hier jederzeit herzlich willkommen.«

Mit Mühe und Not hatte sie noch ein »Danke« herausgebracht, bevor sie aufgelegt hatte. Sie hätte jetzt an Nickis Stelle mit Carsten und einem Haufen Kinder bei ihren Schwiegereltern in deren gemütlichem Bauernhaus am Starnberger See sitzen können, aber diese Möglichkeit hatte sie sich selbst genommen.

Karoline zwang ihre Gedanken in eine andere Richtung. Es war Carsten gewesen, der sie – wohl wissend, dass sie seinem Ratschlag, die Sache doch besser der Polizei zu überlassen, nicht folgen würde – auf die Idee gebracht hatte, mit den Angehörigen der anderen Mordopfer Kontakt aufzunehmen, und aus diesem Grund war sie nun unterwegs nach Eschborn. Das erste Opfer des »Snipers«, wie die Presse den irrsinnigen Killer getauft hatte, war eine ältere Dame aus Niederhöchstadt gewesen. Zwar hatte sie keine Ahnung, wie sie hieß und wo sie nach ihren Angehörigen suchen sollte, aber der Ort, in dem sie gelebt hatte, schien ihr die beste Ausgangsposition für ihre Detektivarbeit zu sein. Die Tankanzeige ihres Autos blinkte, als sie durch Steinbach nach Niederhöchstadt fuhr, deshalb hielt sie an der nächsten Tankstelle. Obwohl der Sprit erstaunlich günstig war, war sie die einzige Kundin.

»Schon den ganzen Morgen war nichts los hier«, bestätigte die Frau hinter der Kasse, eine kräftige Mittfünfzigerin, und tippte mit dem Finger auf die Schlagzeile der BILD-Zeitung. »Hier, haben Sie das gelesen? Alle haben Angst wegen dem Verrückten, der irgendwelche Leute abknallt. Wird über nichts anderes mehr geredet.«

»Ist das nicht sogar ganz hier in der Nähe passiert?« Karoline fand diese Art von Tratsch widerwärtig, aber der Zweck heiligte bekanntlich die Mittel. »Haben Sie die Frau gekannt?«

»Klar, die alte Frau Rohleder. Die kam oft hierher. Zum Tanken, oder einfach nur, um eine Zeitung zu kaufen. Wirklich schrecklich, die ganze Sache.« Die Kassiererin hatte nichts zu tun und erwies sich als ergiebige

Quelle des Wissens. Als Karoline wenig später bezahlte und zurück zu ihrem Auto ging, wusste sie, wie der Hund des Opfers hieß, welches Auto sie gefahren hatte, dass ihre Tochter einen Blumenladen in der Unterortstraße in Eschborn betrieb und dass am späten Vormittag die Beerdigung auf dem Niederhöchstädter Friedhof stattgefunden hatte. Außerdem, und das war die wohl wichtigste Information, hatte sie erfahren, wo Ingeborg Rohleder mit ihrer Tochter gewohnt hatte.

Das Autotelefon klingelte, als Bodenstein an der Commerzbank Arena vorbei Richtung Autobahn fuhr. Ostermann hatte Neuigkeiten, die keine waren. Trotz intensiver Befragung der Nachbarschaft in Kelkheim hatte am frühen Morgen des ersten Feiertages niemand irgendetwas bemerkt oder gesehen. Das Ehepaar Winkler war in seinem Haus in Glashütten nicht angetroffen worden, die Streife hatte eine Nachricht hinterlassen, dass sie sich beim K11 in Hofheim melden sollten. Die Spezialisten aus dem Kriminallabor hatten weder an den Briefumschlägen noch an den Todesanzeigen selbst Fingerabdrücke oder DNA-Spuren feststellen können, und Napoleon Neff hatte von Ingeborg Rohleders Beerdigung auch keine interessanten Informationen mitgebracht.

»Sackgasse«, sagte Ostermann. »Leider gibt es heute auch keine Poststempel mehr, die verraten, von wo ein Brief abgeschickt wurde. Ausgedruckt wurde alles auf einem Tintenstrahldrucker, der Druckertoner ist Massenware, genau wie das verwendete Kopierpapier.«

»Früher gab's Speichelspuren an Briefumschlägen und klemmende Buchstaben von einer Schreibmaschine«, bemerkte Kröger im Hintergrund. »Oder eine Papiersorte, die zu einer bestimmten Zeit hergestellt wurde. Heute kriegen die Täter in jedem Fernsehkrimi Tipps, was sie tun müssen, um nirgendwo Spuren zu hinterlassen.«

»Haben Kathrin und Cem bei der UKF etwas erreichen können?«, wollte Bodenstein wissen.

»Nein.« Ostermann zerstörte Bodensteins letzten winzigen Hoffnungsschimmer. »Angeblich ist niemand im Hause, der befugt ist, Akteneinsicht zu gewähren. Der Beschluss von der Staatsanwaltschaft ist noch nicht da.«

Die Rückfahrt verlief in ähnlich deprimiertem Schweigen wie die Hinfahrt. Henning Kirchhoff hatte völlig recht, eine Obduktion war im Fall Maximilian Gehrke so wenig hilfreich wie bei Ingeborg Rohleder und Margarethe Rudolf. Es war nichts weiter als hilfloser Aktionismus. Bodenstein kam es vor, als säße er in einem Auto, dem allmählich der Sprit ausging.

»Dein Auto steht noch in Liederbach«, erinnerte Pia ihn in dem Moment, als er in Höhe des Main-Taunus-Zentrums auf der mittleren Fahrspur weiter Richtung Hofheim fahren wollte. Gerade noch rechtzeitig setzte er den Blinker und zog das Auto scharf nach rechts. Wenigstens war Rosalie gut in New York angekommen, und ihr Abschiedsschmerz war der Begeisterung über die Stadt, in der sie nun ein Jahr wohnen und arbeiten sollte, gewichen. Wann sollte er mit Inka über das Angebot von Cosimas Mutter sprechen? Wie würde sie wohl reagieren? Bisher hatte sich keine passende Gelegenheit ergeben. Tagsüber waren sie beide beschäftigt, und nachts schlief sie in ihrem Haus, weil Sophia bei ihm war. Er überlegte seit Tagen, wie er ihr das Ganze erklären konnte, ohne dass sie ihm wieder den ungerechtfertigten Vorwurf machte, er wolle Cosima nicht loslassen. In der angespannten Situation konnte er nicht auch noch einen Streit mit Inka gebrauchen.

Bodenstein hielt neben seinem Dienstwagen, löste den Gurt und stieg aus.

»Bis gleich«, sagte er zu Pia, die sich hinters Steuer setzte.

»Alles klar.« Sie nickte. »Hast du den Autoschlüssel?«

Er klopfte auf seine Manteltasche und ging an den Garagen vorbei zu der Häuserreihe, in der Dirk Stadler wohnte. Bei Einbruch der Dunkelheit waren in allen Häusern, in denen schon jemand zu Hause war, die Rollläden heruntergelassen. Hier und da drang schwacher Lichtschein durch Glaselemente der Haustüren, aber sonst war alles sorgfältig verrammelt. Das Haus von Stadler war unbeleuchtet. Bodenstein drückte auf die Klingel, wartete einen Moment und klingelte noch einmal, aber niemand öffnete. Der heftige Wind schüttelte die beiden kleinen Buchsbäume, die links und rechts von der Haustür standen, und wirbelte knisternd trockenes Laub über den Weg. Das Thermometer war um ein paar Grad gefallen, die Kälte kroch Bodenstein in die Hosenbeine. Zweifellos mochte er seinen Beruf, den er nun schon seit gut dreißig Jahren machte, obwohl er oft mühselig und zermürbend war. Aber er liebte die Herausforderungen, die jeder Fall mit sich brachte, die Befriedigung, die er verspürte, wenn ein Täter überführt und dem Opfer und seiner Familie damit Gerechtigkeit widerfahren war. Bodenstein konnte sich nicht vorstellen, in einem anderen Beruf zu arbeiten, und um ehrlich zu sein, er konnte auch nichts anderes. Für ihn war sein Beruf immer auch Berufung gewesen, weitaus mehr als nur ein Job, bei dem um fünf Feierabend war. Und es gab auch immer wieder Phasen wie diese, in denen nichts voranzugehen schien. In seiner Karriere hatte es nur sehr wenige Fälle gegeben, die nicht aufgeklärt worden waren, sogenannte »Cold Cases«, die hin und wieder aus dem Archiv hervorgeholt und neu überprüft wurden. Die moderne Kriminaltechnik erlaubte immer feinere Analysen und brachte immer präzisere Ergebnisse, außerdem half oft die Vernetzung mit internationalen Polizeibehörden. Gelassenheit und Geduld waren zwei wichtige Eigenschaften, die ein Polizist brauchte, aber im Augenblick hatte Bodenstein das unangenehme Gefühl, dass Abwarten die schlechteste aller möglichen Alternativen war. Er wandte sich um und lief zu seinem Auto zurück.

Natürlich wirst du eine angemessene Vergütung für diese Aufgabe bekommen. Dieser Satz von Gabriela ging ihm wieder und wieder durch den Kopf. Sein Beamtenstatus erlaubte ihm Nebeneinkünfte nicht so ohne weiteres. Würde das bedeuten, dass er seinen Job quittieren musste? Konnte er die Erwartungen seiner Schwiegermutter überhaupt erfüllen?

Bodenstein ließ den Motor an und stellte die Heizung auf die höchste Stufe. Eisige Luft blies ihm ins Gesicht, er verstellte die Düse mit einem leisen Fluch, betätigte die Scheibenwischer und fuhr los.

Auf der Fahrt von Liederbach nach Hofheim dachte er über die Vorteile von Gabrielas Angebot nach. Nie wieder würde er mitten in der Nacht oder an einem Sonntagmorgen aus dem Bett geschreckt werden, weil irgendwo eine Leiche lag. Er musste sich nicht mehr um knappes Personal, Streitigkeiten unter den Kollegen, um die vielen Vorschriften, Beschränkungen und den leidigen Papierkram kümmern. Keine verbrannten, verwesten, aufgedunsenen Leichen mehr, keine endlosen Vernehmungen, in denen er wilde Lügengeschichten aufgetischt bekam, kein Stress, keine Hektik, keine durchgearbeiteten Nächte mehr. Würde ihm die Anspannung, die er jedes Mal verspürte, wenn er zu einem Leichenfundort gerufen wurde, fehlen? Das Jagdfieber, das Gefühl, etwas Wichtiges und Gutes zu tun, und die Zusammenarbeit mit seinem Team? Welche Erfolgserlebnisse würde es noch geben, wenn er sich nur noch um das Vermögen seiner Schwiegermutter kümmerte? »Nein«, sagte er laut zu sich selbst. »Nein, das mache ich nicht.«

Und plötzlich fühlte er sich etwas besser.

Karoline Albrecht hatte eine ganze Weile im Auto gesessen und überlegt, ob sie tatsächlich aussteigen und an der Tür des Reihenhauses klingeln sollte. Eigentlich wollte sie nichts über diese Frau erfahren, die ein grausames Schicksal zu ihrer Leidensgenossin gemacht hatte. Sie war selbst so randvoll mit Schmerz und Zorn und Trauer, dass sie nicht wusste, ob sie eine weitere Portion davon ertragen konnte. Nach und nach waren die Gäste des Leichenschmauses gegangen, und Karoline hatte sich schließlich einen Ruck gegeben, bevor es zu spät und ihr Besuch unhöflich wurde.

»Ja bitte?« Renate Rohleder musterte sie argwöhnisch durch einen schmalen Türspalt. »Was wollen Sie?«

»Mein Name ist Karoline Albrecht«, sagte sie. »Bitte entschuldigen Sie, dass ich einfach bei Ihnen vor der Tür stehe, aber ich … ich wollte mit Ihnen reden. Meine Mutter wurde letzte Woche … erschossen, in Oberursel. Von demselben … Täter wie Ihre Mutter.«

»Oh!« Die geröteten Augen der Frau weiteten sich erstaunt, Zurückhaltung wurde zu Neugier. Sie fragte nicht, woher Karoline ihren Namen und ihre Adresse hatte, sondern nahm die Sicherheitskette ab und öffnete die Tür ganz. »Kommen Sie herein.«

Im Haus roch es süß und muffig und ein bisschen nach nassem Hund. Einen Moment lang standen sich die beiden Frauen stumm in dem schmalen Flur gegenüber und sahen sich etwas verlegen an. Der Kummer hatte schlimme Verwüstungen im Gesicht von Renate Rohleder hinterlassen: Tiefe Falten zogen sich von der Nase bis zu den Mundwinkeln, die Lider waren geschwollen, und bläuliche Tränensäcke hatten sich unter ihren Augen gebildet. Obwohl sie nur unwesentlich älter als Karoline sein konnte, sah sie aus wie eine alte Frau.

»Es … es tut mir sehr leid, was mit Ihrer Mutter passiert ist«, brach Karoline das Schweigen, und Renate Rohleder schluchzte auf und schloss sie fest in ihre Arme. Und sie, die Körperkontakt normalerweise nicht sonderlich schätzte, fühlte sich an einen weichen Busen gedrückt und spürte, wie der Ring aus Eis, der ihr Herz umklammert hielt, in tausend Stücke sprang. Sie bemühte sich nicht, die Fassung zu wahren, sondern ließ ihren Tränen freien Lauf, schluchzte ebenso hemmungslos wie diese Fremde, deren Seele genauso beschädigt worden war wie ihre eigene.

Später saßen sie zusammen im Wohnzimmer und tranken Tee. Sie hatten sich darauf geeinigt, einander zu duzen, wussten aber eine Weile nicht so recht, wie sie das Thema anschneiden sollten. Der alte braune Labrador lag in seinem Korb und betrachtete sie aus schwermütigen dunklen Augen, die von einem bläulichen Schimmer überzogen waren.

»Topsi frisst kaum noch, seitdem Mama nicht mehr da ist«, sagte Renate und seufzte. »Sie war dabei, als … als es passierte.«

Karoline musste schlucken.

»Meine Tochter Greta stand neben meiner Mutter, als sie durch das Küchenfenster erschossen wurde«, entgegnete sie und wunderte sich, wie leicht es ihr fiel, diese Worte auszusprechen, für die sie und ihr Vater in den vergangenen Tagen zig Euphemismen gewählt hatten.

»Oh mein Gott!« Renate verzog betroffen das Gesicht. »Das ist ja noch schlimmer! Wie kommt sie damit klar?«

»Na ja. Sie ist bei ihrem Vater und seiner Familie. Es scheint ihr recht gut zu gehen.« Karoline legte die Hände um die Teetasse. »Ich kann einfach nicht glauben, dass dieser Kerl meine Mutter willkürlich erschossen hat! Das Haus meiner Eltern liegt am Waldrand, am Ende einer Sackgasse. Da kommt niemand rein zufällig vorbei.«

Renate richtete sich auf und betrachtete Karoline forschend.

»Es sind keine Zufälle«, sagte sie leise. »Das schreiben sie nur in den Zeitungen, weil die Polizei nichts sagt.«

»Wie bitte?«, fragte Karoline verständnislos.

»Die Polizei glaubt, dass es wegen Kirsten ist, Kirsten Stadler.« Renates Stimme zitterte, und ihre Augen schwammen in Tränen. »Sie sind durch das letzte Opfer auf ihren Namen gekommen. Und durch diese … diese Todesanzeigen.«

Sie schluchzte auf.

»Ach, es ist so schrecklich! Wir waren fast Nachbarn, die Kirsten und ich. Ich habe sie oft gesehen, und manchmal sind wir auch zusammen gelaufen. Die Kirsten hatte ja auch einen Hund, einen Hovawart, der hieß Spike.«

Karoline hatte keinen blassen Schimmer, wer diese Kirsten war und wovon Renate überhaupt sprach.

»Was für Todesanzeigen?«, unterbrach sie sie.

»Warte.« Renate sprang auf, verließ das Wohnzimmer und kehrte wenig später mit einem Blatt in der Hand zurück, das sie Karoline reichte. »Das wurde an die Polizei in Eschborn geschickt.«

Eine Todesanzeige, ausgedruckt auf einem Blatt Papier.

Ingeborg Rohleder musste sterben, weil sich ihre Tochter der unterlassenen

Hilfeleistung und Beihilfe zur fahrlässigen Tötung schuldig gemacht hat. Der Richter, las sie.

»Was hat das zu bedeuten?«, flüsterte sie. »Und was hat das mit meiner Mutter zu tun?«

»Das weiß ich auch nicht.« Renate putzte sich die Nase. Dann erzählte sie Karoline die Geschichte, die sich am Morgen des 16. September 2002 ereignet hatte. »Ich kann immer noch nicht fassen, dass *ich* schuld am Tod meiner Mutter sein soll. Was habe ich denn schon Schlimmes getan? Ich konnte ja nicht ahnen, was mit Kirsten los war. Wer denkt schon daran, dass eine junge, gesunde Frau auf einmal hirntot sein könnte? Was hätte ich denn überhaupt tun sollen?«

Einen Moment saß Renate einfach nur da, starrte vor sich hin und zerknüllte das Taschentuch zwischen ihren Fingern. Karoline begriff, was es die Frau für eine Überwindung gekostet haben musste, ihr das zu erzählen. Die Selbstvorwürfe mussten sie auffressen.

»Verstehe ich das richtig?«, vergewisserte sich Karoline. »Dieser Richter hat deine Mutter umgebracht, weil du damals nicht geholfen hast?«

Renate nickte unglücklich und zuckte die Schultern.

»Es ist so unfassbar. Warum hat er nicht mich erschossen? Meine Mutter war so … so ein guter Mensch! Sie … sie war so großzügig und so hilfsbereit, hatte für jeden ein offenes Ohr.«

Der Kummer übermannte sie, und sie schluchzte wieder.

»Es ist so lange her«, fuhr Renate mit weinerlicher Stimme fort. »Ich habe an all das überhaupt nicht mehr gedacht, bis … bis Helen bei mir im Laden aufgetaucht ist, zusammen mit einem Mann.«

»Helen?«

»Kirstens Tochter. Sie fragte mich, warum ich ihrer Mutter an dem Tag nicht geholfen hätte, und erst da kam alles wieder in mir hoch.«

»Wann war das? Was wollte sie von dir?«

»Das war vor ein paar Monaten. Irgendwann im Sommer. Helen fragte mich, ob mir überhaupt bewusst sei, was ich damals angerichtet hätte, und ob ich das bereuen würde. Dieser Kerl hat die ganze Zeit keinen Ton gesagt, er hat mich nur ganz komisch angeguckt. Das hat mir richtig Angst gemacht.«

Auf was wollte Renate hinaus?

»Die Polizei hat mich nach ihm gefragt, aber da war ich so durcheinander, da wusste ich gar nichts mehr. Aber dann ist mir wieder etwas eingefallen.« Sie griff nach einer Zeitung, die auf dem Wohnzimmertisch lag, und hielt sie Karoline hin. »Ich habe diese Anzeige vorgestern zufällig gesehen und da ist es mir wieder eingefallen.«

Sie tippte auf eine Annonce.

»Dieses Zeichen war auf dem Auto, mit dem die beiden gekommen waren. Es stand direkt vor meinem Schaufenster.«

Das »Zeichen« war das Firmenlogo einer Goldschmiede in Hofheim.

»Verstehst du, Karoline?«, flüsterte Renate beschwörend. Ein furchtsamer Ausdruck war in ihre Augen getreten. »Ich glaube, er könnte der Richter sein!«

Karoline starrte sie an, während ihr Gehirn verzweifelt versuchte, die vielen Puzzlestücke zu verbinden. Todesanzeigen. Kirsten Stadler. Unterlassene Hilfeleistung. *Hirntot!* Plötzlich fühlte sie sich wie eine Seiltänzerin, die ohne Netz und doppelten Boden auf dem dünnen Band, dem letzten Rest kindlichen Urvertrauens, über einen finsteren Abgrund balancierte.

»Renate, kannst du dich daran erinnern, in welches Krankenhaus Kirsten Stadler eingeliefert wurde und was dort mit ihr passiert ist?« Ihre Stimmbänder schmerzten vor Anspannung, ihre Handflächen waren schweißnass, und ihr Herz klopfte aus Angst vor dem, was sie zu hören befürchtete.

»Ich … ich weiß nicht, ich muss nachdenken.« Renate rieb sich die Schläfen und presste die Augen zusammen. »Es war ein Krankenhaus in Frankfurt, die UKF glaube ich. Sie konnten ihr aber nicht mehr helfen, ihr Gehirn war zu lange ohne Sauerstoff gewesen …«

Die Gedanken überschlugen sich in Karolines Kopf, sie hörte nicht mehr, was Renate sagte. Irgendwie gelang es ihr, sich zu verabschieden, und sie fand sich an der frischen Luft wieder. Mit unsicheren Schritten ging sie die dunkle Straße entlang zu ihrem Auto.

Sie stieg ein, legte ihre Hände auf das Lenkrad und atmete ein paarmal tief durch. Alles in ihr wehrte sich gegen den Verdacht, ihr Vater könne etwas mit dem Fall Kirsten Stadler zu tun gehabt haben. Sie wollte es eigentlich gar nicht wissen. Mama war tot, und nichts machte sie mehr lebendig.

»Unterschiedlicher könnten wir beide eigentlich nicht wohnen.« Kim hatte es sich auf der Zweiercouch gemütlich gemacht. »Ich in einem Loft mitten in Hamburg und du auf einem Bauernhof.«

»Genauso wollte ich es immer haben!« Pia grinste und prostete ihrer

Schwester mit einem Glas Weißwein zu. »Ich habe lange genug in der Stadt gewohnt und hatte die Nase voll davon, stundenlang einen Parkplatz suchen oder in eine Tiefgarage fahren zu müssen.«

»Aber du hast keinen Nachbarn!«, erwiderte Kim. »Wenn dir hier irgendwas passiert, kriegt das kein Schwein mit.«

»Normalerweise ist ja Christoph da, und mein nächster Nachbar ist fünfhundert Meter weit weg«, widersprach Pia. »Ich fühle mich auf jeden Fall sicherer als in einer Stadt, in der es überhaupt keine soziale Kontrolle mehr gibt. Weißt du, wie oft wir Tote finden, die wochenlang in ihrer Wohnung lagen und von niemandem vermisst wurden? Was nützt es dir, wenn du in einem Haus mit zehn oder zwanzig Parteien wohnst, sich aber niemand für dich interessiert? Hier draußen schaut jeder nach jedem.«

»Ich weiß nicht, ob ich so abgeschieden leben könnte.« Kim nahm einen Schluck Wein.

»Abgeschieden?« Pia musste lachen. »Keine hundert Meter von hier führt die am stärksten befahrene Autobahn Deutschlands vorbei!«

»Du weißt, was ich meine«, sagte Kim. »Dass dir diese Einsamkeit nichts ausmacht, nach dem, was dir damals zugestoßen ist.«

»Das passierte in einer Wohnung mit Nachbarn links und rechts«, erinnerte Pia sie. »Und das hat mir nichts genützt.«

Nach der Arbeit hatten die Schwestern zusammen eingekauft, die Pferde versorgt, und anschließend hatte Pia gekocht: Lammfilets mit Knoblauch, Olivenöl und frischen Kräutern, dazu eine Polenta mit Parmesankäse und Karottengemüse in Butter geschwenkt. Mit einem Gavi di Gavi hatten sie das köstliche Mahl genossen und hinterher gleich noch eine zweite Flasche geöffnet.

»Kocht ihr jeden Abend so?«, wollte Kim wissen.

»Ja«, nickte Pia. »Meistens übernimmt Christoph das. Er kann echt göttlich kochen. Ich war ja immer eher die, die abends eine Thunfischpizza in den Backofen geschoben und tagsüber Döner, Bratwurst oder Burger gefuttert hat. Aber mittlerweile kann ich manche Sachen auch ziemlich gut. Abgesehen von Kürbissuppe.«

»*Ziemlich* gut? Das war spitze!«

»Danke.« Pia lächelte und schenkte sich noch einen Schluck Wein ein. Im Kaminofen prasselte ein Feuer und verbreitete eine angenehme Wärme. Seit dem Komplettumbau des Häuschens vor drei Jahren war die Wohnqualität auf dem Birkenhof erheblich gestiegen: dreifach verglaste Fenster, die Aufstockung mit dem neuen Dach, das richtig isoliert war, eine moderne Zentralheizung statt der alten Nachtspeicheröfen, die nie richtig funktioniert und dennoch unglaublich viel Strom verbraucht hatten. Im ersten Stock gab es nun ein großes Schlafzimmer mit Balkon, ein herrliches Badezimmer und einen weiteren Raum, den Christoph und sie als Ankleidezimmer nutzten. Das alte Schlafzimmer unten war nun ein Gästezimmer mit einem eigenen Bad.

»Ich bin ganz neugierig darauf, Christoph kennenzulernen«, sagte Kim. »Ach, ich bin wirklich froh, dass ich hergekommen bin!«

»Das bin ich auch.« Pia betrachtete ihre jüngere Schwester. Früher waren sie unzertrennlich gewesen, sie hatten alles gemeinsam gemacht. Aber Pia hatte früh einen starken Freiheitsdrang entwickelt und ihr Elternhaus, das sie zunehmend als freudlos und düster empfunden hatte, gleich nach dem Abitur verlassen. Sie war mit einer Freundin zusammengezogen, hatte angefangen Jura zu studieren, und immer nebenbei irgendeinen Job gehabt, um bloß von ihren Eltern unabhängig zu sein. Kim, das Nesthäkchen, hatte es lange bequemer gefunden, bei ihren Eltern zu wohnen. Sie war zarter und stiller als Pia gewesen, zielstrebiger und geradliniger. Da sich keines ihrer Kinder zu einer Lehre bei der Hoechst AG hatte überreden lassen, hatten ihre Eltern schließlich akzeptiert, dass sie einen Bankkaufmann und zwei Studentinnen in der Familie hatten. Doch während Lars und Kim den einmal eingeschlagenen Weg konsequent verfolgt hatten, hatte Pia ihr Studium hingeschmissen und war zur Polizei gegangen, eine Schmach für ihre Eltern, die im Kegelclub und beim Kirchenchor schon mit der zukünftigen Anwältin geprahlt hatten. Als sie dann noch Henning Kirchhoff – einen Leichenaufschneider – geheiratet hatte, war Pia in Gesprächen der Eltern kein Thema mehr gewesen. Dasselbe war später Kim widerfahren. Auch die jüngste Tochter, die nur mit Schwerstkriminellen und Psychopathen zu tun hatte, war stillschweigend aus der Familienchronik getilgt worden. Im Gegensatz zu Pia, die leichten Herzens alle Brücken hinter sich abgebrochen hatte, war Kim von der offenen Missbilligung ihrer Eltern abgrundtief gekränkt. Sie war nach Hamburg gezogen und hatte sich zehn Jahre lang nur noch mit unpersönlichen Weihnachtskarten gemeldet.

»Was hat dich eigentlich dazu getrieben, dieses Jahr mal wieder zu den Eltern zu fahren?«, wollte Pia wissen.

»Ich weiß auch nicht.« Kim zuckte die Achseln. »Die Zeit in Hamburg ist vorbei, das fühle ich. Nach elf Jahren ist mein Job keine Herausforderung mehr, zumal ich nicht damit rechnen kann, eines Tages ärztliche Direktorin zu werden. Es gibt jede Menge andere Angebote, sogar eines hier aus Frankfurt.«

»Ach!« Pia war erstaunt. »Mensch, das wäre doch super, wenn du wieder hier in der Gegend wohnen würdest.«

»Ja, der Gedanke reizt mich auch«, gab Kim zu und drehte nachdenklich den Stiel ihres Weinglases in den Fingern. »Mehr, als nach Berlin, München, Stuttgart oder Wien zu gehen. Frankfurt ist mittendrin, das gefällt mir. Man ist schnell überall.«

»Gibt es eigentlich einen Mann in deinem Leben?«, fragte Pia.

»Nein«, antwortete Kim. »Schon lange nicht mehr. Ich fühle mich ganz wohl so. Und du und Christoph? Wie lange seid ihr eigentlich schon zusammen?«

»Seit sechs Jahren.« Pia lächelte.

»Das wusste ich ja gar nicht. Es ist also etwas Ernstes, oder?«

»Ich denke schon«, sagte Pia und schmunzelte. »Wir haben vor zehn Tagen geheiratet.«

»Wie bitte?!« Kim riss die Augen auf. »Und das sagst du so ganz beiläufig?«

»Es weiß noch niemand, nicht einmal seine Töchter. Christoph und ich wollten das ganz für uns tun. Im Sommer werden wir dann eine große Party hier auf dem Birkenhof veranstalten.«

»Wow, das ist toll!« Kim grinste. »Jetzt bin ich noch neugieriger auf ihn!«

»Du wirst ihn schon kennenlernen. Ich bin sicher, dass er dir gefällt. Er ist wunderbar.« Und auf der anderen Seite des Erdballs. In der Sekunde, in der sie das dachte, überfiel sie die Sehnsucht nach ihm, die sie tagsüber einigermaßen verdrängen konnte.

Die Schwestern schwiegen eine Weile. Ein Holzscheit knackte im Kamin und zerbarst mit einem Funkenregen. Einer der Hunde träumte in seinem Körbchen. Seine Pfoten und seine Schnauze zuckten, er bellte und winselte im Traum.

»Dein Boss gefällt mir«, sagte Kim plötzlich.

»Was? Bodenstein?«, fragte Pia erstaunt.

»Nein.« Kim lächelte versonnen. »Nicht Bodenstein. Ich meine Nicola. Nicola Engel.«

»W... wie bitte?« Pia fuhr hoch und riss die Augen auf. »Das ist nicht dein Ernst!«

»Doch.« Kim betrachtete eingehend das Weinglas in ihrer Hand. »Sie hat was, das mir gefällt.«

»Die Engel isst morgens rohes Fleisch, eine Handvoll Nägel und wenn es sein muss auch noch einen von uns zum Frühstück«, erwiderte Pia, noch ganz benommen von dem überraschenden Geständnis ihrer kleinen Schwester. »Die ist eisenhart und drei Mal chemisch gereinigt. Was willst du denn mit *der*?«

»Keine Ahnung.« Kim zuckte die Schultern. »Irgendwie hat sie mich beeindruckt. Und das ist mir schon sehr lange nicht mehr passiert.«

Freitag, 28. Dezember 2012

Es war die Stille, die ihn weckte. Die ganze Nacht hatte der Sturm ums Haus getobt, im Kaminschacht geheult und an den Rollläden gerüttelt, aber jetzt war es völlig still. Er streckte den Arm aus und tastete nach dem Wecker auf dem Nachttisch. Zehn vor sechs. Eine gute Zeit, um den Tag zu beginnen. Einen Tag, der Schlagzeilen machen würde, und das weit über die Region hinaus. Seit dem ersten Schuss war er in allen Zeitungen, Fernseh- und Radiosendern das Thema Nummer eins, und daran würde sich nichts ändern, dafür würde er sorgen. Ihm missfiel jedoch, dass man ihn als einen irren Killer bezeichnete, der wahllos Leute dahinmetzelte. So war es nicht, und das sollte die Öffentlichkeit allmählich erfahren. Die Idee mit den Todesanzeigen war gut, doch die Polizei schien nicht vorzuhaben, seine Informationen weiterzugeben, deshalb hatte er sich den Namen eines Journalisten der seriöseren Sorte, der in den vergangenen Tagen bereits mehrfach über seine Taten berichtet hatte, herausgesucht und ihm Kopien der Todesanzeigen geschickt. Er warf die Bettdecke zurück, ging ins Badezimmer hinüber und pinkelte. Dann duschte er ausgiebig und so heiß, wie er es eben noch aushielt. Es konnte die letzte Dusche sein, genauso, wie es die letzte Nacht in diesem Haus gewesen sein konnte. Jeden Tag musste er damit rechnen, erwischt zu werden. Jeder Tag konnte sein letzter in Freiheit sein. Weil er sich dessen bewusst war, genoss er selbst kleinste Alltäglichkeiten mit allen Sinnen. Das bequeme Bett mit der Taschenfederkernmatratze, der warmen Daunenbettdecke und dem Bettbezug aus Damast. Das sündhaft teure Duschgel, das weiche Handtuch, die Unterwäsche, die nach Weichspüler duftete. Er rasierte sich nass und sehr sorgfältig, mit viel Schaum. Einen solchen Luxus würde er im Gefängnis nicht mehr haben. Möglicherweise war schon heute Abend alles vorbei. Aber vielleicht auch erst in drei Tagen oder in zwei Wochen. Die Ungewissheit war aufregend, ein Nervenkitzel, wie er ihn lange nicht mehr verspürt hatte. Und doch war das nur die Begleiterscheinung für das, was er tun musste. Ihm blieb keine andere Wahl, denn diesen Leuten war anders nicht beizukommen. Sie hatten kein Unrechtsbewusstsein, kein schlechtes Gewissen und kamen mit allem durch. Keiner von ihnen hatte bereut. Nicht einer. Er würde sie nun Reue lehren.

Er zog sich in aller Ruhe an, prüfte sein Aussehen im Spiegel.

Sollten sie ihn heute kriegen, so war er vorbereitet und hatte alles geordnet. Er würde nichts leugnen. Einen Anwalt brauchte er auch nicht, denn er würde gestehen, sofort und ohne zu zögern. Das gehörte zu seinem Plan. 7:23 Uhr. Noch knapp sechs Stunden, bis er den Finger krümmen und den Abzug durchziehen würde. Er schlüpfte in seine Jacke und machte sich auf den Weg, um ein letztes Mal bei ihr ein Brot und eine Laugenbrezel zu holen.

Auch Bodenstein hatte bemerkt, dass sich der Wind gelegt hatte. Er stand mit einer Tasse Kaffee in der Hand auf dem Balkon und betrachtete besorgt die schlaff herabhängende Fahne im Garten seines Nachbarn zur Linken.

Windstärke null.

Ideale Voraussetzungen für den Heckenschützen.

Bodensteins Blick wanderte in die Ferne. Links leuchtete das rote Signallicht auf der Spitze des Fernsehturms, daneben glitzerten die Bankentürme der Frankfurter Innenstadt. In der Mitte lag Höchst mit seinem Industriepark und ganz rechts der Flughafen. Dazwischen lebten etwa 250 000 Menschen, von denen jeder das nächste Opfer sein konnte. Alle Polizisten in der Region waren in erhöhter Alarmbereitschaft, Urlaube waren gestrichen und Verstärkung aus anderen Bundesländern angefordert worden, aber es war völlig unmöglich, das ganze Rhein-Main-Gebiet zu überwachen. Die dramatisch erhöhte Polizeipräsenz und die geschärfte Aufmerksamkeit der Bevölkerung konnten höchstens dazu führen, dass man dem Sniper nach dem nächsten Mord vielleicht den Fluchtweg abschnitt, aber verhindern konnte man einen weiteren Toten wohl kaum. Bodenstein nahm einen Schluck Kaffee.

Kirsten Stadler.

War der Tod dieser Frau vor zehn Jahren wirklich der Grund für die Sniper-Morde? Bodenstein wollte sich kein Versäumnis nachsagen lassen und hatte deshalb vorsichtshalber eine Überwachung von Dirk und Erik Stadler angeordnet. Keine Rund-um-die-Uhr-Observierung, das hätte den Rahmen des Möglichen gesprengt, aber immerhin fuhren Streifen in regelmäßigen Abständen durch die Straßen in Liederbach und im Frankfurter Nordend, in denen Vater und Sohn wohnten. Er wollte informiert werden, wenn sie ihre Wohnungen verließen.

Die Luft war kalt und klar, er fror.

Das Kindermädchen, das Sophia den Tag über betreuen sollte, kam erst um acht Uhr, vorher konnte er sowieso nicht weg, deshalb beschloss er, jetzt schon die Zeitung zu lesen, die er normalerweise mit ins Büro nahm. Er ging nach unten, holte sie aus dem Briefkasten, setzte sich mit einer zweiten Tasse Kaffee an den Küchentisch und verschluckte sich fast. Die reißerische Überschrift sprang ihm direkt ins Auge: *Die Sniper-Morde. Was die Polizei verschweigt.* Hastig blätterte Bodenstein zu dem angekündigten Bericht auf Seite 3 mit angeblichen Insiderinformationen und begann zu lesen. Die ersten Absätze des Artikels bestanden hauptsächlich aus Vermutungen und Spekulationen, doch dann lief ihm vor Zorn beinahe die Galle über. Der Verfasser, der sich hinter dem Kürzel KF versteckte, nannte die Vornamen der Opfer und die Anfangsbuchstaben ihrer Nachnamen, außerdem hatte er ihr Alter in Klammern dahinter gesetzt und behauptete, die Polizei wisse längst, dass der Täter äußerst gezielt handele, und verschweige das der Öffentlichkeit, womöglich aus ermittlungstaktischen Gründen. Woher zum Teufel hatte der Kerl die Namen? Gab es einen Maulwurf in den eigenen Reihen, der die Presse mit Informationen versorgte? Oder hatte der Täter etwa selbst Kontakt zur Presse aufgenommen?

Karoline Albrecht hatte eine ganze Flasche Rotwein und die halbe Nacht gebraucht, um die Fakten, die ihr vorlagen, in einen einigermaßen sinnvollen Zusammenhang zu bringen. Sie musste ihren Vater mit ihrem Wissen konfrontieren, selbst auf das Risiko hin, bei ihm auf alle Zeit in Ungnade zu fallen. Sie ärgerte sich über diese ihrem Wesen so fremde Zaghaftigkeit, die ihren Verstand lähmte und sie in Angst erstarren ließ. Auf der Fahrt von Kelkheim nach Oberursel schwitzte und fror sie abwechselnd, ihr Magen hatte sich zu einem Knoten zusammengezogen, und ihre Handflächen waren feucht. So hatte sie sich zuletzt vor vierundzwanzig Jahren am Morgen ihrer Führerscheinprüfung gefühlt! Als sie vor ihrem Elternhaus hielt und das Auto ihres Vaters in der Einfahrt stehen sah, war sie versucht, auf der Stelle zu wenden und unbemerkt wieder wegzufahren.

»Bring es hinter dich, du feige Kuh«, mahnte sie sich selbst. Sie stieg aus und atmete tief durch, dann ging sie zur Haustür. Gerade als sie den Schlüssel ins Schloss stecken wollte, öffnete sich die Tür.

»Hallo, Karoline«, sagte ihr Vater. »Du bist aber früh!«

Er war frisch rasiert und frisiert, trug einen Mantel und hatte seine Aktentasche in der Hand.

»Hallo, Papa.« Sie war überrascht, ihn so zu sehen. »Fährst du weg?«

»Ja. Ich muss in die Klinik«, erwiderte er. »Hier fällt mir die Decke auf den Kopf, und Arbeit ist immer noch die beste Medizin.«

»Ich muss mit dir reden«, sagte Karoline, bevor er an ihr vorbeigehen und in sein Auto steigen konnte.

»Hat das nicht Zeit bis heute Abend? Ich habe um zehn eine wichtige Operation und muss …«

»Immer hattest du irgendeine wichtige Operation, wenn ich mal mit dir sprechen musste«, fiel sie ihrem Vater ins Wort. »Diesmal hat es keine Zeit.«

»Ist etwas passiert?«

Fragte er das allen Ernstes?

»Ich weiß, dass du mir etwas verschweigst«, sagte sie. »Und ich frage mich, warum. Tust du das wirklich aus purem Altruismus oder vielleicht eher deshalb, weil du etwas zu verbergen hast?«

»Ich habe nichts zu verbergen!« Was war das, was da kurz in seinem Blick aufflackerte? Verärgerung? Unbehagen? Oder gar Angst?

»Tatsächlich nicht? Dann hast du sicherlich auch nichts dagegen, wenn ich mich bei der Polizei erkundige, ob es auch eine Todesanzeige für Mama gegeben hat.«

Sein Zögern war Antwort genug, und das letzte bisschen Hoffnung, dass sie sich geirrt haben könnte, löste sich in Rauch auf. Ihr eigener Vater hatte sie belogen, und das nicht etwa, weil er sie schonen wollte, sondern weil er sich – genau wie Renate Rohleder – schuldig fühlte!

»Was stand in der Todesanzeige drin?«, bohrte sie weiter. »Was hat der Richter geschrieben? Sag es mir! Ich habe ein Recht, zu erfahren, warum Mama sterben musste und meine Tochter zutiefst traumatisiert ist!«

»Ach, Karoline!« Er stellte seine Aktentasche ab und wollte seine Hand auf ihren Arm legen, doch sie wich vor ihm zurück. »Ich wollte dir doch nichts verheimlichen, aber ich wollte es in Ruhe mit dir besprechen, nicht zwischen Tür und Angel.«

»Und wann hattest du das vor?« Verdammt, sie musste schon wieder heulen! Tränen waren jedoch ein erheblicher psychologischer Nachteil, und den wollte sie nicht haben. Nicht jetzt! »Du weißt es doch schon, seitdem die Polizei hier gewesen ist, stimmt's?«

»Ja, das stimmt. Aber ich wollte abwarten, bis es dir wieder ein bisschen besser geht. Glaube mir, seitdem grüble ich und quäle mich mit Selbstvorwürfen!« Ihr Vater stieß einen Seufzer aus, seine Schultern sackten nach vorne, aber sein Blick wich ihrem nicht aus. »In dieser Anzeige stand, ich sei schuld am Tod deiner Mutter, weil ich jemanden *ermordet* hätte! Das ist ein völlig abstruser Vorwurf, und das habe ich auch der

Polizei gesagt. Mein Beruf ist es schließlich, Leben zu retten, aber leider befinde ich mich dabei immer auf einem sehr schmalen Grat zwischen Leben und Tod, Hoffnung und Enttäuschung.«

»Mama ist also nicht zufällig Opfer dieses … dieses Snipers geworden.« Karoline verschränkte die Arme vor der Brust. »Hat es etwas mit dieser Kirsten Stadler zu tun? Was war das überhaupt für eine Geschichte?«

»Ich habe dir doch gesagt, dass diese Vorwürfe völliger Unsinn sind«, sagte ihr Vater mit jenem ungehaltenen Unterton, der sich immer dann in seine Stimme schlich, wenn er eines Themas überdrüssig wurde und ein Gespräch beenden wollte. Karoline erinnerte sich daran, wie unangenehm dieser Tonfall Mama früher oft gewesen war. Sie hatte es als sehr unhöflich empfunden, einen Gesprächspartner so deutlich spüren zu lassen, wie gerne man ihn loswerden wolle. Und doch hatte sie auch immer gleich eine Entschuldigung für ihren Mann parat gehabt: Er meine es ja nicht so, er sei im Geiste eben schon bei seinen Patienten.

Mama hat sich so vieles schöngeredet, dachte Karoline, und der Gedanke versetzte ihr einen Stich. *Auch im Bezug auf mich.*

Vielleicht hatte ihre Mutter es nicht anders ertragen, zwei egozentrische Workaholics zum Mann und zur Tochter zu haben.

»Was ist damals passiert?«, beharrte sie.

»Es war nichts Außergewöhnliches. Eine Routinesache«, beteuerte ihr Vater, aber Karoline sah das anders. Für ihn mochte seine Arbeit Routine sein, für seine Patienten und deren Angehörige bedeutete allein die Tatsache, dass Professor Dieter Rudolf sie operierte, einen entscheidenden Wendepunkt. Er war ihre allerletzte Hoffnung in aussichtsloser Lage. War ihm das jemals wirklich bewusst geworden? Sah er überhaupt noch die menschlichen Schicksale hinter einem medizinischen Befund?

»Papa!« Karoline senkte die Stimme. »Wenn du etwas getan hast, was dazu geführt hat, dass Mama sterben musste, dann werde ich dir das nie verzeihen!«

Ihr Herz hämmerte gegen ihre Rippen. So hatte sie noch nie mit ihrem Vater gesprochen! Im schummerigen Licht der Türlampe wirkte er plötzlich alt und gar nicht mehr wie der allmächtige, überlegene Vater, der er in ihren Augen immer gewesen war und um dessen Aufmerksamkeit und Zuneigung sie als Kind verzweifelt gebuhlt hatte.

»Für wen hältst du mich? Wie könnte ich denn wollen, dass deiner Mutter etwas zustößt?«, sagte er rau. »Ich bin mir keiner Schuld bewusst, glaub mir! Dieser Fall damals war leider nichts Besonderes. Eine Frau wurde eingeliefert, nach einer Hirnblutung und mehreren Stunden ohne Sauerstoffversorgung war sie hirntot. Jede Hilfe kam zu spät. Die Angehörigen gestatteten eine Organentnahme, die notwendigen Untersuchungen fanden statt, die Parameter wurden an Eurotransplant gemeldet, und man informierte von dort aus die Patienten, die auf Organe warteten und deren Werte passten. Die hirntote Frau wurde in der Nacht explantiert. Ein ganz normaler Ablauf! Für die Familie der Frau sicherlich eine Tragödie, aber für mich war es meine tägliche Arbeit.«

»Es muss aber irgendetwas falsch gelaufen sein!«, insistierte Karoline. »Sonst geht doch keiner zehn Jahre später her und erschießt aus Rache unschuldige Menschen!«

»Es lief nichts falsch, ich schwöre es!«, erwiderte ihr Vater heftig. Er ergriff wieder seine Aktentasche und wandte sich zum Gehen. Der Strahler über dem Garagentor flammte auf und tauchte die Einfahrt in gleißendes Licht.

»Sehen wir uns heute Abend?«, fragte er, als sie stumm blieb.

»Vielleicht«, erwiderte Karoline und blickte ihrem Vater nach, wie er zu seinem Auto ging. Sie hatte nie an dem gezweifelt, was er gesagt hatte, so wie sie nur sehr selten genauer über den Beruf ihres Vaters nachgedacht hatte. Jetzt tat sie es. Und ahnte, dass er nicht die Wahrheit sagte. Irgendetwas war damals schiefgelaufen, und ihre Mutter hatte deshalb sterben müssen.

Bodenstein saß allein im leeren Besprechungsraum, das Kinn in die Hand gestützt, und blickte deprimiert auf die Tafel, die mit Namen beschrieben und mit Tatort- und Opferfotos beklebt war. Der Sniper würde wieder zuschlagen, vielleicht heute schon, und es gab keine Möglichkeit, das zu verhindern. Egal, wie er die Dinge auch drehen und wenden mochte, Bodenstein wusste einfach nicht, was er tun konnte, denn es gab nicht den leisesten Hinweis darauf, nach welchen Kriterien der Sniper seine Opfer aussuchte.

Großes Unrecht ist geschehen. Die Schuldigen sollen denselben Schmerz verspüren wie den, den sie aus Gleichgültigkeit, Habgier, Eitelkeit und Gedankenlosigkeit verursacht haben. Diejenigen, die Schuld auf sich geladen haben, sollen in Angst und Schrecken leben, denn ich bin gekommen, zu richten die Lebenden und die Toten.

Bodenstein faltete die Kopie des Briefes, den der Richter an die Redaktion des *Taunus Echo* geschickt hatte, zusammen. Das Original befand sich bereits auf dem Weg ins Kriminallabor. Ein Telefonat mit dem Pressesprecher der RKi heute Morgen hatte gereicht, um herauszufinden, wer sich beim *Taunus Echo* hinter den Initialen »KF« verbarg, doch dann hatte es ihn eine gute Stunde gekostet, bis er Konstantin Faber endlich am Apparat hatte. Der Journalist hatte ziemlich patzig reagiert, als Bodenstein ihm vorgeworfen hatte, mit voreiligen Spekulationen und der Nennung von Namen polizeiliche Ermittlungen zu gefährden.

»In Deutschland gilt die Pressefreiheit«, hatte er gesagt. »Außerdem habe ich als Journalist sogar die Pflicht, die Leser zu informieren.«

Bodenstein hatte eine heftige Entgegnung bereits auf der Zunge gelegen, doch dann hatte er innerlich einen Gang heruntergeschaltet. Er hatte nichts davon, wenn er die Presse gegen sich aufbrachte, eine Zusammenarbeit konnte viel nützlicher sein. Tatsächlich hatte Faber die drei Todesanzeigen per Post erhalten, zusammen mit einem Brief und natürlich anonym, aber es bestand kein Zweifel daran, dass es sich bei dem Absender um den selbsternannten Richter handelte. Auf dem Weg ins Kommissariat hatte Bodenstein einen Umweg über die Redaktion des *Taunus Echo* in Königstein gemacht und mit Konstantin Faber gesprochen. Den Brief des Richters hatte er samt Umschlag und Todesanzeigen als Beweismittel mitgenommen und Faber als Gegenleistung dafür, dass dieser ihn von einer neuerlichen Kontaktaufnahme des Richters unverzüglich in Kenntnis setzte, exklusive Informationen zugesagt.

Der Artikel im *Taunus Echo* hatte eine Flut von panischen Anrufen bei der extra eingerichteten Telefon-Hotline ausgelöst, aber es waren auch ein paar brauchbar erscheinende Hinweise darunter gewesen, denen nun schnellstens nachgegangen werden musste. Die Morgenbesprechung war deshalb auch kurz und sachlich verlaufen, Bodenstein hatte eine erneute Diskussion zwischen Neff und Kim Freitag im Keim erstickt und seine Mitarbeiter mit klaren Aufträgen losgeschickt, um vielleicht endlich die heiße Spur zu finden, die sie so dringend benötigten.

Joachim Winkler, der Schwiegervater von Dirk Stadler, musste ausfindig gemacht werden, ebenso wie der Mann, in dessen Begleitung Helen Stadler bei Renate Rohleder gewesen war. Auch musste jemand mit Stadlers Kindern Erik und Helen sprechen und mit den ehemaligen Nachbarn der Stadlers in Niederhöchstadt. Außerdem mussten sie herausfinden, welche Mitarbeiter der UKF vor zehn Jahren in den Fall Kirsten Stadler involviert gewesen waren. Sie brauchten eine Erlaubnis zur Einsichtnahme in die Akten des Rechtsstreits zwischen Dirk Stadler und der UKF. Wer hatte das Krankenhaus juristisch vertreten? Wie hatte der Anwalt der Stadlers geheißen? Wen hatte der Vater von Maximilian Gehrke damals angeblich bestochen? War es um die Herztransplantation seines Sohnes gegangen? Konnte man überhaupt jemanden bestechen, um ein Organ zu bekommen?

Die halbe Nacht hatte Bodenstein im Internet recherchiert und herausgefunden, dass es ziemlich schwierig war, einen passenden Spender für einen Herzkranken zu finden, denn es gab eine Menge medizinischer Parameter, die stimmen mussten, damit der Empfänger das Herz des Spenders nicht abstieß. Eine gemeinnützige Stiftung namens Eurotransplant mit Sitz in den Niederlanden koordinierte die Vergabe von Organen an die Patienten, die bei ihr gelistet waren. Allerdings hatte es in letzter Zeit auch einige Skandale gegeben, Patienten waren unter falschen Voraussetzungen auf die Liste geraten. Bodenstein hatte darüber auch schon in der Zeitung gelesen, sich aber nie intensiver mit diesem Thema befasst.

»Ach, du bist noch hier.« Pias Stimme riss ihn aus seinen Gedanken. »Störe ich dich?«

»Nein, komm nur rein«, erwiderte er. »Und mach doch bitte die Tür zu.«

Seitdem dieser ganze Irrsinn losgegangen war, hatte er kaum ein paar Worte mit ihr wechseln können, ohne dass irgendjemand dazwischengeredet hatte.

Pia zog einen Stuhl heran und nahm ihm gegenüber Platz.

»Wie ist der Richter ausgerechnet auf Konstantin Faber gekommen?«, fragte sie. »Ich habe mal auf der Webseite des *Taunus Echo* nachgeschaut und festgestellt, dass er eigentlich für die Ressorts Kultur und Wirtschaft zuständig ist.«

»Wahrscheinlich Zufall«, vermutete Bodenstein. »Faber ist über Weihnachten und Neujahr der verantwortliche Redakteur, deshalb ist das bei ihm auf dem Schreibtisch gelandet. Wie auch immer, es hätte schlimmer kommen können. Faber ist wenigstens kooperativ und kein Sensationsreporter.«

Sie schwiegen eine Weile.

»Heute passiert wieder etwas«, sagte Pia plötzlich. »Ich hab so ein ungutes Gefühl.«

»Ich leider auch«, stimmte Bodenstein ihr zu.

»Das macht mich alles so kribbelig, dieses Durcheinander hier«, sagte

Pia. »Ich komme überhaupt nicht dazu, mal in Ruhe nachzudenken. Dauernd hat jemand eine Idee, eine Theorie, einen neuen Ansatz, erkennt ein Handlungsmuster oder ein Täterprofil!«

»Mir geht es genauso.« Bodenstein stieß einen Seufzer aus. »Unsere Unterstützer sind momentan eher Bremsklötze als Katalysatoren.«

»Besser hätte ich es nicht formulieren können.« Pia grinste unfroh und nickte. »Ich komme mir vor wie auf der Polizeischule. Jeden Schritt, den ich mache, muss ich erklären und rechtfertigen. Zu viel Gequatsche und Gelaber.«

»Was machen wir also?«, fragte Bodenstein.

»Wir schütteln sie ab«, schlug Pia vor. »Napoleon Neff und auch meine Schwester. Sie sollen unsere Ergebnisse analysieren und uns nicht total verwirren.«

»Einverstanden.«

Das Innenministerium übte wegen des großen öffentlichen Interesses von Tag zu Tag mehr Druck auf Nicola Engel aus, den diese direkt an ihn weitergab, doch es war nicht das erste Mal, dass er ein großes Team koordinieren und leiten musste. Er hatte bisher einfach die Zügel zu locker gelassen. Menschen mit einem so übersteigerten Selbstbewusstsein wie Andreas Neff mussten ausgebremst werden, sonst brachten sie die ganze Mannschaft durcheinander. Und auch Pias Schwester war keine Teamplayerin, sondern als Gutachterin gewohnt, ihre Meinung kundzutun und dafür respektiert zu werden.

»Haben wir etwas von Vater und Sohn Stadler gehört?«, erkundigte Bodenstein sich.

»Erik Stadler war gestern in seiner Firma und fuhr gegen sieben Uhr nach Hause. Heute Morgen hat er seine Wohnung um 8:07 Uhr verlassen und ging joggen«, erwiderte Pia. »Vater Stadler hat nur die Zeitung reingeholt und ist seitdem zu Hause.«

»Dann fahren wir jetzt zuerst zu Erik und anschließend zu Dirk Stadler«, beschloss Bodenstein und erhob sich. »Und zwar nur wir beide.«

Viele Menschen hatten unglaublich feste Gewohnheiten. Die Bäckereiverkäuferin zum Beispiel. Nach ihrem Tagesablauf konnte man wahrhaftig die Uhr stellen. Auf die Minute exakt. Innerhalb der vergangenen vierzehn Tage hatte er keine Abweichungen feststellen können, keine Spontaneitäten. Jeden Morgen verließ sie um 5:45 Uhr ihre Wohnung und fuhr zu ihrem Arbeitsplatz, der Bäckereifiliale neben Rewe im Eschborner Camp Phoenix Park. Sie stellte ihr

Auto auf immer demselben Parkplatz hinter dem Aldi-Markt ab. Von 6:00 Uhr bis 13:00 Uhr arbeitete sie, nur unterbrochen von einer Frühstückspause, deren Zeitpunkt allerdings variierte. Nach Feierabend ging sie in den benachbarten Rewe-Markt zum Einkaufen, selten brauchte sie dafür länger als eine Viertelstunde. Von dort aus fuhr sie nach Hause, in die Berliner Straße nach Schwalbach, wo sie mit ihrem Mann wohnte, der meistens schon zu Hause war, wenn sie kam. Allerdings blieb er nie länger als bis 14:30 Uhr, dann war wahrscheinlich seine Mittagspause herum. Um 16:00 Uhr fuhr die Bäckereiverkäuferin zu ihrem Zweitjob in einem Nagelstudio in Bad Soden, dort arbeitete sie an fünf Tagen in der Woche bis 18:30. Kinder hatten die beide keine, vielleicht wollten sie später welche haben, die Frau war schließlich noch jung.

»Guten Morgen!« Sie strahlte ihn an, als er an der Reihe war, und griff schon zielstrebig nach dem Brot. »Wie immer?«

»Nein, heute mal nicht.« Er lächelte auch.

»Ach! Schmeckt Ihnen das Bauernbrot nicht mehr?«

»Ich habe noch genug übrig. Ich hätte aber gerne eine Flotte Henne.«

»Gerne!« Sie griff mit ihrer behandschuhten Rechten in die Auslage, nahm eines der Käsebrötchen mit Salat und hartgekochtem Ei und steckte es mitsamt einer Serviette in eine Papiertüte.

»Und?«, erkundigte er sich im Plauderton. »Die Koffer schon gepackt für den Urlaub?«

»Nein, noch nicht«, lächelte sie. »Das mach ich am Wochenende in aller Ruhe. Zwei siebzig, bitte.«

Er reichte ihr einen Fünf-Euro-Schein.

»Stimmt so«, sagte er. »Der Rest ist für den Urlaub.«

»Oh – danke!« Ehrliche Freude blitzte unter ihrer professionellen Fröhlichkeit hervor. »Einen guten Rutsch! Wir sehen uns!«

Ja, dachte er. Wir sehen uns.

Er wünschte ihr ebenfalls einen guten Rutsch und einen schönen Urlaub und verließ zum letzten Mal die Bäckerei.

Auf dem Parkplatz des alten Fabrikgebäudes am Ende der Wiesenstraße in Sulzbach standen nur wenige Autos. Der Hof sah verwahrlost aus. Der Asphalt war gerissen und von Schlaglöchern übersät, alte Autoreifen stapelten sich neben Gitterboxen voller Müllsäcke, und in einer Ecke des Hofes rostete ein ausrangierter Überseecontainer vor sich hin.

»Vor zwanzig Jahren war das hier noch einer der größten mittelständischen Arbeitgeber in der Gegend«, wusste Bodenstein und balancierte zwischen den mit Tauwasser gefüllten Kratern hindurch. »Bis sich der Juniorchef in seinem Büro eine Kugel in den Kopf geschossen hat. Danach ging's ziemlich schnell in die Insolvenz. Keine Firma wollte hier einziehen.«

»Kann ich verstehen.« Pia blickte an der trostlosen Fassade empor. »Das Gebäude hat irgendwie ein schlechtes Karma. Sind wir hier überhaupt richtig?«

Sie schauderte.

»Erik Stadler scheint die Tristesse nicht zu stören.« Bodenstein wies mit einem Kopfnicken auf das rechteckige Firmenschild aus Plexiglas, das neben der Eingangstür angebracht worden war. *»SIS – Stadler Internet Services.«*

Die gläserne Eingangstür war so schmutzig, dass sie aussah wie Milchglas, und kaum jemand schien sich die Mühe zu machen, den Türgriff in die Hand zu nehmen, davon zeugten die Fingerabdrücke auf Glas und Rahmen. Bodenstein und Pia betraten das Foyer. Abgetretene rote Fliesen, verschossene gelbliche Tapeten und geschlossene Türen mit altmodischen Beschriftungen: Büro, Buchhaltung, WC, Produktion. Ein laminiertes Schild wies den Besuchern der SIS GmbH den Weg in den ersten Stock. Oben sah es aus wie in einer anderen Welt, und Pia schaute sich verblüfft um.

»Da hat jemand ganz schön in den alten Kasten investiert!«, stellte Pia beeindruckt fest. »Sogar ein Parkettfußboden!«

»Vinyl«, verbesserte sie die Frau, die in dem Moment mit drei Aktenordnern in den Armen aus dem Raum gegenüber der Treppe kam, an dessen Tür »Archiv« stand. »In Dielenoptik. Nicht ganz billig, aber unzerstörbar und vor allen Dingen antistatisch. Das ist in einer Firma voller Computer nicht ganz unwichtig. Kann ich Ihnen helfen?«

»Mein Name ist Bodenstein. Kriminalpolizei Hofheim.« Bodenstein präsentierte der Frau seinen Ausweis und stellte Pia vor. »Wir möchten Herrn Stadler sprechen.«

»Tut mir leid. Der Chef ist nicht da.« Das freundliche Lächeln auf dem hübschen sommersprossigen Gesicht erlosch und machte einem abweisenden Ausdruck Platz. »Ich kann Ihnen leider auch nicht sagen, wann er hier wieder mal vorbeischaut. In letzter Zeit ist er meistens im Home-Office.«

»Und wer sind Sie, wenn ich fragen darf?«, erkundigte sich Bodenstein höflich.

»Franka Fellmann. Assistentin der Geschäftsleitung.« Sie straffte die Schultern und drückte dabei wie unabsichtlich ihre wohlgerundeten Brüste heraus, dann rollte sie die Augen und seufzte theatralisch. »Dazu Buchhalterin, Empfangsdame, Sekretärin und Putzfrau. Ganz wie Sie wollen.«

Der bittere Unterton war unüberhörbar. Bodenstein wusste nur zu gut, wie hilfreich die Kombination aus gekränktem Ego und ausgeprägtem Mitteilungsbedürfnis sein konnte, und schlug deshalb einen mitfühlenden Tonfall an.

»Das klingt so, als hätten Sie eine Menge Arbeit«, sagte er freundlich. »Und das auch noch so kurz vor Silvester.«

»Er überlässt mir den ganzen Jahresabschluss!«, klagte Franka Fellmann und hob die drei Aktenordner. »Heute Morgen war er mal kurz da, weil ich dringend ein paar Unterschriften brauchte. Danach ist er aber gleich wieder verschwunden, und ich kann zusehen, wie ich hier zurechtkomme.«

Während die frustrierte Assistentin Bodenstein ihr Leid klagte, wanderte Pias Blick über die gerahmten Fotografien, die an den mokkabraun gestrichenen Wänden hingen. Gleitschirmflieger. Base-Jumper. Fallschirmspringer. Ein Biathlet beim Zieleinlauf als Sieger.

»Das ist alles der Chef selbst«, erklärte Frau Fellmann ungefragt. »Dafür lebt er, für diesen Irrsinn.«

»Erik Stadler macht Base-Jumping?«, erkundigte sich Pia erstaunt.

»Nicht nur das. Er macht alles, was irgendwie lebensgefährlich ist«, antwortete seine Assistentin mit einer Mischung aus Stolz und Missbilligung. »Ein Adrenalin-Junkie, wie man so schön sagt. Er hat bei den Olympischen Spielen sogar mal eine Bronzemedaille im Biathlon gewonnen, während seiner Bundeswehrzeit in Bayern.«

»Interessant.« Bodenstein nickte. »Falls Sie Ihren Chef heute noch sprechen oder sehen, richten Sie ihm doch bitte aus, dass er sich bei uns melden möchte.«

»Um was geht es?« Frau Fellmann, nun wieder ganz die Assistentin der Geschäftsleitung, hob die sorgfältig gezupften Augenbrauen.

»Er weiß dann schon Bescheid«, sagte Bodenstein vage. »Vielen Dank.«

Sie wandten sich zum Gehen, als Pia noch etwas einfiel.

»Ach, Frau Fellmann, können Sie uns sagen, wo wir die Schwester Ihres Chefs finden können?«, fragte sie.

Franka Fellmann blickte erst Pia, dann Bodenstein verblüfft an.

»Helen ist tot«, erwiderte sie. »Sie hat sich umgebracht, vor ein paar Monaten. Seitdem ist der Chef nicht mehr derselbe.«

Pia erholte sich als Erste von der Überraschung.

»Das wussten wir nicht. Danke für die Auskünfte. Auf Wiedersehen.«

Schweigend gingen sie die Treppe hinunter und verließen das Gebäude.

»Weshalb haben die Stadlers uns das verschwiegen?«, fragte Pia auf dem Weg zum Auto.

»Wir haben sie nicht nach Helen gefragt«, erinnerte Bodenstein sie.

»Trotzdem.« Pia blieb stehen. »Das ist doch komisch. Sie erzählen uns eine halbe Stunde lang, wie die Mutter gestorben ist, erwähnen immer wieder Helens Namen und vergessen uns zu sagen, dass sie sich umgebracht hat?«

»Hm«, machte Bodenstein nur.

»Denkst du, was ich denke?«, fragte Pia.

»Dass Erik Stadler unser Mann sein könnte?«, entgegnete Bodenstein.

»Genau.« Pia sog nachdenklich an ihrer Unterlippe. »Ein Extremsportler. Einer, der das Risiko liebt. Und als Biathlet und ehemaliger Soldat kann er schießen.«

»Lass uns nach Frankfurt fahren und mit ihm reden«, schlug Bodenstein vor. »Wenn er da ist.«

»Ich habe das todsichere Gefühl, dass er das nicht ist«, befürchtete Pia.

Karoline Albrecht tat etwas, was sie noch nie getan hatte, und das mit klopfendem Herzen und einem schlechten Gewissen: Sie durchwühlte das Arbeitszimmer ihres Vaters, das für sie seit jeher *off limits* war. Nachdem er sie vor nunmehr dreißig Jahren einmal dabei erwischt hatte, wie sie an seinem Schreibtisch sitzend mit einer Freundin telefoniert hatte, war der Raum mit den Erkerfenstern, dem wuchtigen Tresor und den deckenhohen Bücherregalen für sie zum Sperrgebiet erklärt worden. Freiwillig hatte sie das Arbeitszimmer nie mehr betreten, und bis heute barg es nur unerfreuliche Erinnerungen an diverse Moral- und Strafpredigten, zu denen sie ins Allerheiligste zitiert worden war. Beim Verlassen des Hauses pflegte ihr Vater die Tür abzuschließen, angeblich, um die Putzfrau fernzuhalten, aber Karoline wusste von ihrer Mutter, wo sich ein Zweitschlüssel befand. Einen Moment lang hatte sie unschlüssig mitten im Raum gestanden. Wo sollte sie anfangen, und wonach suchte sie überhaupt? Schließlich überwand sie ihre Hemmungen und nahm sich zuerst den Papierkorb vor, aber der gab nicht viel her. Mit der Akribie eines Steuerfahnders arbeitete sie sich systematisch von Norden nach Süden vor. Der Schreibtisch barg erwartungsgemäß keine Geheimnisse, das Passwort des altmodischen Computers erwies sich für sie als unüberwindbares Hindernis. Im Speicher des Telefons fand sie nur einen einzigen aktuellen Anruf, eine Nummer mit Kelkheimer Vorwahl, die am 25. 12. gewählt worden war. Seit Donnerstag letzter Woche hatte ihr Vater von diesem Apparat aus weder telefoniert, noch war er angerufen worden, und das fand Karoline seltsam. Fast eine halbe Stunde lang dachte sie darüber nach, wo ihr Vater wohl den Schlüssel für seinen altertümlichen Tresor verwahrte. Sie drehte die Bilder an den Wänden um, schaute unter dem Teppich und in einer Blumenvase nach, zog ein Buch nach dem anderen aus dem Regal und fand ihn dann tatsächlich in einem von ihm selbst verfassten medizinischen Fachbuch mit dem Titel *Chirurgie des Thorax*, das bis heute als Standardwerk für Medizinstudenten galt. Das schlechte Gewissen hatte sich mittlerweile verflüchtigt, stattdessen hatte ein heilsames Jagdfieber von ihr Besitz ergriffen, das sie zur Konzentration zwang und von ihren Grübeleien ablenkte. Sie öffnete den Tresor und stemmte die zentnerschwere Tür aus Betonplatten und Stahl zur Seite. Neben den Pässen ihrer Eltern stieß sie auf mehrere Schatullen mit dem Schmuck ihrer Mutter, die Uhrensammlung ihres Vaters, Bargeld, Fahrzeugpapiere, Goldmünzen, das Familienstammbuch, Versicherungsunterlagen, zwei Manuskripte für weitere Fachbücher, die Steuererklärungen der letzten Jahre und Aktenordner mit Unterlagen zu den Immobilien, die ihr Vater nach und nach als Altersvorsorge gekauft hatte. Das, was sie zu finden gehofft hatte, nämlich die Todesanzeige, deren genauer Wortlaut sie brennend interessierte, befand sich nicht im Tresor.

Gerade als sie das Monstrum wieder verschließen wollte, zirpte leise ein Telefon. Karoline lauschte angestrengt und ortete das Klingeln im Innern des Tresors. Eilig öffnete sie eine Schmuckschatulle nach der anderen und fand das Gerät, das bereits wieder verstummt war, in einem der Uhrenkartons. Es handelte sich um ein Smartphone, ein ziemlich aktuelles Modell, und es war voll aufgeladen. Wieso bewahrte ihr Vater ein Telefon in seinem Tresor auf? Und warum benutzte er ein altmodisches Handy, wenn er doch ein viel moderneres Gerät besaß?

Karoline wog es einen Moment nachdenklich in der Hand, dann drückte sie auf den Home-Button und strich mit dem Finger über das

Glas. Das Hauptmenü erschien und zeigte zwei Anrufe in Abwesenheit an. Sie biss sich auf die Lippe. Wenn sie die Anrufliste aufrief, würde die Anzeige verschwinden. Ob ihr Vater sich so gut mit diesem Gerät auskannte, dass er es bemerken würde? Einen Passwortschutz hatte er nicht installiert, vielleicht, weil er das Smartphone nie mitnahm. Die Neugier war schließlich stärker als alle Bedenken. Sie rief zuerst die Liste der eingegangenen Anrufe auf und staunte nicht schlecht. Allein gestern hatte ihr Vater mehrere Gespräche geführt, die allesamt jeweils länger als eine Stunde gedauert hatten! Er hatte ein paar alte Freunde, einige Kollegen und Weggefährten angerufen, was in seiner Situation nicht verwunderlich war. Aber warum hatte er dafür dieses Handy benutzt und nicht das Festnetztelefon, das auf seinem Schreibtisch stand? Auf diese Frage hatte sie keine Antwort.

Rein zufällig war sein Blick vor ein paar Wochen auf das Hochhaus gefallen, wahrscheinlich deshalb, weil ein riesengroßes beleuchtetes Plakat das Gebäude zu einem Blickfang neben all den Glas- und Stahlbetonfassaden der Bürohochhäuser im Gewerbegebiet Eschborn-Süd machte. Es lag schätzungsweise einen Kilometer Luftlinie vom Gewerbepark Seerose entfernt, was an einem windstillen Tag keine unmögliche Distanz war. Er war zwei Mal hingefahren und hatte sich das Gebäude, das gerade renoviert wurde, genau angesehen. Völlig unbemerkt war er über das Baugerüst bis aufs Dach gelangt. Die Arbeiter, die ihm begegnet waren, hatten ihm wenig Aufmerksamkeit geschenkt. Offenbar arbeiteten so viele Firmen dort, dass ein fremdes Gesicht nicht weiter auffiel. Auch für die Bewohner der 312 Wohnungen, die seit Monaten mit den Bauarbeiten lebten, war der Anblick eines Mannes auf dem Gerüst nichts Außergewöhnliches. Er hatte ausgekundschaftet, wie er aufs Dach gelangen konnte. Beim ersten Mal war er das Gerüst hochgeklettert, aber das war ziemlich anstrengend mit der schweren Tasche, deshalb war er beim zweiten Mal durchs Haus gegangen. Es war überhaupt kein Problem, in das Gebäude zu gelangen. Auch diesmal drückte er wieder auf irgendeine der vielen Klingeln und meldete sich mit »Die Post!«. Der Türsummer ertönte, er betrat das Haus. Im Foyer und auf dem Weg zu den Aufzügen hingen Kameras, das wusste er, deshalb hatte er sich die Kapuze übergestülpt und dazu einen Bauarbeiterhelm aufgesetzt. Mit dem Aufzug gelangte er problemlos in den 23. Stock. Dort öffnete er die Glastür des Treppenhauses zum Balkon, schwang sich über die Brüstung und stand auf dem Gerüst. Nur wenige Minuten später war er auf dem Dach und kletterte eine festmontierte Leiter hoch. Hier oben, zwischen einem Wald aus Antennen und Satellitenschüsseln, konnte man ihn zwar vom Hochhaus der Börse aus sehen, aber ein Mann mit Helm auf dem Kopf war nichts, weshalb irgendwer ein zweites Mal hinsah. Er ging auf der Betonmauer weiter und ließ sich dann in den Zwischenraum zwischen der Gebäudetechnik und der Seitenmauer des vorderen Penthouseapartments gleiten. Hier war er vor allen Blicken geschützt, konnte das Gewehr bequem auflegen und hatte ungehinderte Sicht vorbei am Gebäude von Mann Mobilia in Richtung Rewe. Ganz sicher würde es der spektakulärste Schuss werden, der die größte Öffentlichkeit erreichte. Es war kalt hier oben, aber das hatte er erwartet, deshalb trug er Thermounterwäsche und eine Daunenjacke. Sorgfältig baute er das Gewehr zusammen, schob eine Patrone in den Lauf und ging in Position. Als Tarnung breitete er eine graue Decke über sich und den Gewehrlauf. Jetzt war er nicht einmal mehr von einem Satelliten aus dem Weltraum erkennbar. Er blickte durch das Zielfernrohr, stellte die Schärfe ein. Die Werbefahnen von Mann Mobilia hingen schlaff herunter. Keine Brise. Perfekt. Er beobachtete die Leute, die Autos, die Angebotsschilder bei Aldi. Die Zieloptik war so phantastisch, dass er sogar die Zulassungsstempel auf den Nummernschildern der Autos lesen konnte – aus fast einem Kilometer Entfernung. Ihr Auto stand auf dem Parkplatz. Alles war bereit. Er warf einen Blick auf seine Armbanduhr. 11:44 Uhr. Elf Minuten hatte er von der Eingangstür bis hierher gebraucht. Jetzt musste er eine Stunde und fünfundzwanzig Minuten warten, aber das machte ihm nichts aus. Er hatte sehr viel Geduld.

In der Wohnung von Erik Stadler im Frankfurter Nordend rührte sich niemand, und auf seinem Handy meldete er sich auch nicht.

»Der Weg war umsonst«, brummte Pia. »Von wegen Home-Office! Wer weiß, wo der sich gerade herumtreibt!«

Sie mussten ein paar Minuten laufen, bis sie ihr Auto, das sie im Oeder Weg zurückgelassen hatten, erreichten. Die Parkplatzsituation im Nordend war wie immer eine Katastrophe, vor allen Dingen abends, an Wochenenden und wie jetzt, in der Zeit zwischen den Jahren, wenn die meisten Leute Urlaub genommen hatten und nicht zur Arbeit mussten.

»Stadler senior arbeitet doch bei der Stadt Frankfurt, nicht wahr?«, erkundigte sich Bodenstein und setzte sich auf den Beifahrersitz.

»Ja, aber da erreichst du jetzt garantiert niemanden«, antwortete Pia. »Ruf lieber Frau Fellmann an. Du hast ihr doch gut gefallen, sie gibt dir sicher die Handynummer vom alten Stadler.«

»Wieso meinst du, ich hätte ihr gefallen?« Bodenstein runzelte verwundert die Stirn.

Bei jedem anderen Mann hätte Pia hinter so einer Frage ein plumpes *fishing for compliments* vermutet, nicht jedoch bei ihrem Chef. Bodenstein war, was Frauen anbelangte, wirklich unglaublich schwer von Begriff, er erkannte die deutlichsten Signale nicht. Das hatte ihn in der Vergangenheit schon mehrfach in Schwierigkeiten gebracht, und wahrscheinlich hatte er auch deshalb viel zu spät bemerkt, was in seiner Ehe schiefgelaufen war. Trickreicher weiblicher Raffinesse hatte er einfach nichts entgegenzusetzen, insofern hatte er in der nüchternen Inka Hansen womöglich die richtige Frau gefunden. Pia sprach mit ihrem Chef nur selten über Privates, aber manchmal hätte sie schon gerne gewusst, ob er glücklich war mit dieser langweiligen und seltsam emotionslosen Tierärztin, bei der Pia nie wusste, woran sie war.

»Na, wie die dir ihre Oberweite vor die Nase gehalten hat, das war Anmache pur. Und dann dieser alberne Augenaufschlag«, sagte sie nun verächtlich und imitierte übertrieben den Blick der Assistentin. »Die ist übrigens bis über beide Ohren in ihren Chef verknallt. Wie mir scheint, beruht das allerdings nicht auf Gegenseitigkeit.«

»Was du alles so bei einem Gespräch von drei Minuten feststellst.« Bodenstein schnalzte mit der Zunge, setzte seine Lesebrille auf und tippte die Telefonnummer von Erik Stadlers Visitenkarte in sein Handy ein. Pia hatte sich nicht getäuscht. Franka Fellmann gab ihm bereitwillig die gewünschte Handynummer, und er konnte Erik Stadlers Vater anrufen.

»Stadler«, klang dessen Stimme wenig später aus dem Lautsprecher.

»Bodenstein, Kripo Hofheim«, meldete Bodenstein sich. »Herr Stadler, wo sind Sie gerade?«

»Auf dem Hauptfriedhof in Frankfurt«, antwortete Dirk Stadler erstaunt.

»Am Grab Ihrer Tochter?«, fragte Bodenstein.

Ein paar Sekunden herrschte Stille.

»Nein.« Stadlers Stimme klang plötzlich erstickt. »Meine Tochter liegt auf dem Friedhof in Kelkheim. Ich bin beruflich hier. Wir untersuchen Grabsteine auf ihre Standfestigkeit.«

»Weshalb haben Sie uns verschwiegen, dass Ihre Tochter Selbstmord begangen hat?«, wollte Bodenstein wissen.

»Ich wusste nicht, dass das irgendwie relevant ist«, entgegnete Stadler nach einer weiteren kurzen Pause. Er räusperte sich. »Es ist noch immer sehr schmerzlich für mich. Meine Tochter und ich haben nach dem Tod meiner Frau gemeinsam schwere Zeiten durchgestanden und waren uns sehr nahe.«

Bodenstein, der mit irgendeiner fadenscheinigen Lüge gerechnet hatte, war von Stadlers Ehrlichkeit entwaffnet.

»Entschuldigen Sie bitte meinen Tonfall und meine Direktheit«, sagte er deutlich milder. »Ich war verärgert, weil Sie das gestern mit keinem Wort erwähnt haben.«

Das war auch so etwas, wofür Pia ihren Chef bewunderte. Hatte er einen Fehler gemacht, so besaß er die Charakterstärke und die Größe, diesen einzugestehen.

Stadler nahm die Entschuldigung an. »Sie stehen sicherlich im Moment sehr unter Druck.«

»Wir möchten noch einmal mit Ihnen reden.«

»Natürlich«, erwiderte Dirk Stadler. »Ich habe um 16 Uhr Feierabend.«

»Dann sind wir um 16:30 Uhr bei Ihnen. Vielen Dank.«

Bodenstein beendete das Gespräch.

»Glaube ich ihm das, oder glaube ich ihm das nicht?«, sagte er mehr zu sich selbst als zu Pia.

»Welchen Grund sollte er sonst haben, uns den Selbstmord seiner Tochter zu verschweigen?«, antwortete Pia.

»Genau das frage ich mich.« Bodenstein lehnte seinen Kopf gegen die Kopfstütze, schloss die Augen und versank in nachdenklichem Schweigen.

Celina Hoffmann stieß einen Fluch aus. Sie fuhr ein drittes Mal durch die Reihen des Parkplatzes, aber nirgendwo war eine Parklücke zu finden! Es war schon eine Minute vor eins, und wenn sie nicht sofort einen Parkplatz fand, kam sie zu spät zu ihrer Schicht. Sie würde Hürmet verpassen! Dabei wollte sie ihrer Kollegin unbedingt die fünfzig Euro, die sie sich vor zwei Wochen von ihr geliehen hatte, vor dem Jahreswechsel zurückgeben. Celina hatte nicht besonders viele Prinzipien, aber sie war abergläubisch, und schon ihre Großmutter hatte immer gepredigt, man dürfe nicht mit Schulden ins neue Jahr gehen, denn das zöge Unglück und noch mehr Schulden nach sich.

»Na also«, murmelte sie, als direkt vor ihr ein Opel rückwärts aus einem Parkplatz manövrierte. Sie setzte den Blinker und fuhr ein Stück zurück. Der Opa kurbelte am Lenkrad herum, die Oma, die ihn wohl dirigieren sollte, stand nur hilflos daneben. Das konnte dauern!

Verdammt! Heute war mal wieder einer dieser Tage, an denen alles, aber auch wirklich alles schieflief! Zuerst hatte sie verschlafen und dann festgestellt, dass sie keinen Tropfen Sprit mehr im Tank hatte. Zur Tankstelle hatte sie es zwar noch geschafft, aber nachdem sie getankt hatte, hatte sie bemerkt, dass sie ihr Portemonnaie zu Hause vergessen hatte. Glücklicherweise kannte sie den jungen Typen, der an der Tanke arbeitete. Er hatte ihr das Geld vorgestreckt, sie war noch mal nach Hause gegurkt und in den 7. Stock gekraxelt, weil der Aufzug wieder mal ausgefallen war. Nein, dies war heute definitiv nicht ihr Glückstag!

Endlich hatte der Opa es geschafft auszuparken. Oma war auf den Beifahrersitz geklettert, und Celina konnte ihr Auto abstellen. Sie rannte über den Parkplatz und sah schon von weitem die Schlange vor der Bäckereitheke. Die alte Asunovic war in ihrer Schicht – auch das noch! Die würde dem Chef natürlich stecken, dass sie zu spät gekommen war. Sie drängte sich durch die wartenden Kunden und öffnete die Tür vor dem Tresen, die in den kleinen Aufenthaltsraum und das Lager führte.

»Ist Hürmet schon weg?«, rief sie atemlos, schleuderte Jacke und Tasche auf einen Stuhl und schlüpfte in den Kittel.

»Bist du wieder zu spät«, meckerte ihre ältere Kollegin, die gerade ein Blech mit Laugenbrezeln aus dem Konvektomaten zog. »Natürlisch Hürmet is weg. Is fünf nach eins!«

»Ja, Mist, ich hab keinen Parkplatz gefunden.« Celina drängte sich an ihrer Kollegin vorbei in den Verkaufsraum.

»Na endlich!«, begrüßte Özlem, ihre andere Kollegin von der Mittagsschicht, sie ähnlich unfreundlich. »Hier ist die Hölle los.«

»Ey, wenn du zufällig die Hürmet aus'm Rewe rausgehen siehst, sag mir Bescheid, ja?«, bat Celina. »Ich muss ihr noch die fünfzig Euro geben. Dafür mach ich heute Abend auch sauber.«

»Mach ich.« Özlem nickte und bediente den nächsten Kunden.

Vor vierzehn Minuten hatte sie die Bäckerei verlassen und war wie üblich im Supermarkt verschwunden. Er wartete geduldig. Es war so voll wie jeden Tag. Obwohl die vielen Angestellten aus den Bürohochhäusern jetzt, zwischen den Jahren, fehlten, waren die Parkplätze überfüllt und es herrschte Betriebsamkeit. Leute betraten die Geschäfte und verließen sie wieder, manche geschäftig und hektisch, andere ruhig und gelassen. Von hier oben aus wirkten sie wie Ameisen. Noch immer war es so gut wie windstill, nur in dieser Höhe ging eine leichte Brise, aber das hatte er einkalkuliert. Auf diese große Entfernung war selbst mit einer Präzisionswaffe wie seiner eine gewisse Abweichung der Flugbahn unvermeidbar. Diesmal hatte er auch auf einen Schalldämpfer verzichtet, denn der würde die Geschwindigkeit der Kugel verringern. Bei kürzeren Distanzen spielte das kaum eine Rolle, aber ab sechshundert Metern durfte nichts bremsen. Er kontrollierte seine Atmung, konzentrierte sich ganz auf den Ausgang des Supermarktes. Und da war sie! Mit dem Einkaufskörbchen am Arm ging sie zielstrebig an dem Klamottenladen und dem Schuhgeschäft vorbei in Richtung Aldi, wo ihr Auto geparkt war. Einatmen. Ausatmen. Er hatte ihren Kopf genau im Visier und krümmte den Finger. Stopp! Verdammt, sie blieb stehen und drehte sich um. Offenbar hatte jemand ihren Namen gerufen. Egal, so gut würde er sie nicht mehr ins Schussfeld bekommen. Er zog den Abzug durch, der Schuss krachte, und der Rückstoß schlug die Waffe gegen sein Schlüsselbein.

Karoline saß an dem Tisch in der Küche ihres Hauses, blickte mit gerunzelter Stirn auf die PowerPoint-Präsentation, die sie auf ihrem Laptop angelegt hatte, und versuchte, die Zusammenhänge zu begreifen. Die Informationen, die ihr zur Verfügung standen, waren bisher ziemlich dürftig, aber immerhin hatte sie herausgefunden, wer das dritte Opfer des Richters gewesen war. In der Zeitung und im Internet standen zwar nur die Vornamen und die Anfangsbuchstaben der Nachnamen der Betroffenen, doch daraus und aus einer Nachricht auf dem Geheimhandy ihres Vaters hatte sie einen Schluss gezogen, der ihr logisch erschien. Allerdings war ihr nicht klar, was Renate Rohleder und ihr Vater mit Friedrich Gehrke zu tun hatten. Karoline kannte Gehrke flüchtig, er gehörte zum weiteren Bekanntenkreis ihrer Eltern und musste mittlerweile an die achtzig Jahre alt sein.

»Maximilian ist erschossen worden«, hatte der alte Herr mit zittriger Greisenstimme auf die Mailbox ihres Vaters gesprochen. »Ruf mich bitte an.«

Mehr hatte er nicht gesagt. Ganz so oberflächlich, wie sie angenommen hatte, schien die Bekanntschaft zwischen Gehrke und ihrem Vater also gar nicht zu sein, immerhin besaß jener die geheime Handynummer, im Gegensatz zu ihr.

Karoline hatte Renate angerufen und sich von ihr die Werbeanzeige mit dem Firmenlogo, das sie auf dem Lieferwagen des Begleiters von Helen Stadler gesehen hatte, vorlesen lassen, anschließend hatte sie die Goldschmiede Hartig in Hofheim gegoogelt. Der Inhaber des Geschäfts hieß Jens-Uwe Hartig, er besaß einen Laden mit Werkstatt in Hofheim in der Hauptstraße, die Webseite war nichtssagend. Ein paar Abbildungen von Objekten, die er selbst hergestellt hatte, sonst nur Informationen über Öffnungszeiten, Telefon- und Steuernummer. Nicht einmal ein Foto des Chefs bei der Arbeit und auch keine Vita. Was hatte dieser Jens-Uwe Hartig mit der Tochter der verstorbenen Kirsten Stadler zu tun? War es möglich, dass er und die Tochter hinter den Morden steckten?

Karoline massierte sich das Genick und biss gedankenverloren in das Salamibrötchen, das Frühstück und Mittagessen war. Irgendetwas passte nicht, und sie hatte einfach zu wenige Informationen. Sie klappte ihren Laptop zu und nahm sich stattdessen die Liste aller Kontakte vor, die sie aus dem Smartphone ihres Vaters abgeschrieben hatte, bevor sie das Gerät in den Uhrenkarton zurückgelegt, den Tresor geschlossen und den Schlüssel wieder in sein Versteck getan hatte. Anschließend hatte sie das Arbeitszimmer abgeschlossen, den Schlüssel jedoch behalten. Für alle Fälle. Eine fiebrige Ungeduld war an die Stelle der lähmenden Trauer getreten, und sie hatte es nicht länger in ihrem Elternhaus ausgehalten, in dem die Erinnerungen an Mama überall präsent waren. Vom Auto aus hatte sie mit Greta telefoniert, der es zu ihrer Erleichterung ein klein wenig besser zu gehen schien. Wenigstens hatte sie nicht mehr geweint und ihr sogar erzählt, dass sie mit ihrer Cousine Dana im Reitstall gewesen sei und sich nun ein eigenes Pferd wünsche. Nach Silvester wollte Carsten mit seiner ganzen Familie wie jedes Jahr in den Skiurlaub nach Österreich fahren, und darauf freute Greta sich.

Kauend ging Karoline die Liste durch und blieb wieder an dem einen Namen hängen, der ihr gar nichts sagte. Peter Riegelhoff mit einer Frankfurter Vorwahl und einer ellenlangen Telefonnummer, die offenbar zu einem Nebenanschluss gehörte, denn bei der Rückwärtssuche im Internettelefonbuch gab es keinen Treffer. Mit diesem Riegelhoff hatte ihr Vater in den letzten Tagen mehrfach telefoniert. Erneut zog Karoline das Internet zu Rate und stellte fest, dass es in Frankfurt mehrere Männer dieses Namens gab: einen Importeur von Bioweinen, einen Werbemenschen, einen Zahnarzt und einen Anwalt. Um herauszufinden, um welchen von ihnen es sich handelte, musste sie ihn wohl oder übel anrufen. So richtig wohl war ihr nicht dabei, im Leben ihres Vaters herumzuschnüffeln, aber er ließ ihr keine andere Wahl.

»Hürmet! Warte!« Celina stürmte aus der Seitentür der Bäckerei und lief ihrer Kollegin nach. Hürmet blieb stehen. Sie drehte sich um und lächelte.

»Ich will doch nicht mit Schulden ins neue Jahr gehen!« Celina grinste und wedelte mit dem Fünfzig-Euro-Schein, den sie vorhin in die Tasche des Kittels gesteckt hatte. Sie streckte den Arm aus, als Hürmets Kopf explodierte. Einfach so. Eine rosafarbene Fontäne aus Blut und Hirnmasse spritzte in die Luft. Gleichzeitig knallte es, und die Schaufensterscheibe neben ihr erbebte. Die Zeit gefror. Celina öffnete den Mund und wollte schreien, aber kein Ton kam über ihre Lippen. Sie stand einfach nur da und sah ungläubig zu, wie Hürmet umfiel, keinen Meter von ihr entfernt. Lautlos sackte sie in sich zusammen, als sei ihr Körper aus Pudding. Celina hielt noch immer den Geldschein in der Hand und blickte fassungslos auf ihre Kollegin, die plötzlich kein Gesicht mehr hatte. Um sie herum brach Panik aus. Menschen schrien, Eltern rissen ihre Kinder zu Boden, manche Leute rannten einfach los, andere suchten Deckung hinter geparkten Autos. Celina bekam nicht mit, wie Autos ineinanderkrachten und die Leute sich gegenseitig umrannten. Sie starrte verständnislos auf die blutige Masse, die einmal Hürmets Kopf gewesen war, und hörte ein schrilles, hysterisches Kreischen. Jemand packte sie am Arm, sie wehrte sich gegen den harten Griff, konnte die Augen einfach nicht von diesem entsetzlichen Anblick abwenden. Erst als ihr ein Mann eine Ohrfeige verpasste, setzte ihre Wahrnehmung wieder ein.

Celinas Kehle schmerzte. Das war sie selbst, die so geschrien hatte! Was war passiert?

»Wo … wo ist Hürmet?«, stammelte sie verwirrt. »Ich … ich muss ihr doch noch die fünfzig Euro geben!«

Ihre Knie wurden weich, sie taumelte, und auf einmal wurde alles um sie herum schwarz.

Der Notruf erreichte sie genau in dem Moment, als sie die A66 an der Abfahrt Hofheim verließen.

»Wo genau?«, fragte Bodenstein nach.

»Eschborn, Gewerbepark Seerose«, erwiderte der Kollege von der Wache über Funk. Pia reagierte blitzschnell. Sie setzte den linken Blinker, vollführte einen U-Turn und gab Gas. Sekunden später waren sie in der entgegengesetzten Richtung auf der Autobahn.

Bodenstein bat um mehr Details.

»Eine Frau wurde vor einem Supermarkt erschossen«, sagte der KvD. »Mehr weiß ich nicht. Der ganze Gewerbepark wurde schon abgeriegelt, ein Heli ist in der Luft.«

»Wann kam die Meldung?«

»Um 13:37 Uhr.«

Vor drei Minuten also. Schneller konnte es kaum gehen, und trotzdem, ahnte Bodenstein, würden sie zu spät kommen. Der Täter hatte sich längst aus dem Staub gemacht. Vielleicht war er sogar noch da, mischte sich dreist unter die Leute und konnte so entkommen.

Bodenstein kannte das Gewerbegebiet. Es gab Supermärkte und Möbelhäuser, zwei Fastfood-Restaurants und jede Menge anderer Firmen und Geschäfte, dazu eine Ausfahrt Richtung A66 und eine andere, die zur L3005 führte, von wo aus man in den Taunus, aber auch zur A5 gelangte. Außerdem boten Fuß- und Radwege und ein Feldweg Richtung Schwalbach ideale Fluchtmöglichkeiten. Die beste Tarnung war aber sicherlich die Menge an Menschen, die sich an einem Freitagmittag zwischen den Jahren in einem solchen Gewerbepark aufhielt.

»Glaubst du, es war der Sniper?« Pia blickte aufmerksam auf die Straße, überholte in einem Höllentempo rechts und ignorierte das Hupen aufgebrachter Autofahrer.

»Ja, ganz sicher.« Bodenstein nickte grimmig.

»Aber es klingt so ähnlich wie letzte Woche im Main-Taunus-Zentrum.« In Pias Stimme schwang die leise Hoffnung mit, es könne sich wieder um einen falschen Alarm handeln, doch Bodenstein befürchtete das Schlimmste.

»Nein, da war nicht von einer Toten die Rede, nur von Schüssen«, widersprach er. »Er war's, dieser Dreckskerl. Und er hat sich den perfekten Ort und die perfekte Zeit ausgesucht.«

Wer war wohl diesmal das Opfer dieses eiskalten Killers, der am helllichten Tag zuschlug und sich spurlos in Luft auflöste? Was musste das für ein kranker Mensch sein, der Unschuldige hinrichtete, um sich an deren Angehörigen zu rächen? Wofür rächte er sich überhaupt? Was wollte er erreichen, was war sein Ziel? Und wie zum Teufel konnte es sein, dass sie nach zehn Tagen noch keinen Schritt weitergekommen waren? Für die Moral seines Teams waren diese Ergebnislosigkeit, die zermürbende Warterei und der stetig wachsende Druck von Innenministerium, Presse und Öffentlichkeit absolut fatal. Unter diesen Umständen gelang es irgendwann selbst dem abgeklärtesten Polizeibeamten nicht mehr, ruhig und nüchtern zu bleiben. Man machte Fehler, weil man falsche Schlüsse zog oder übereilte Entscheidungen traf, nur um überhaupt irgendetwas zu tun.

Pia fuhr von der Autobahn ab und bremste scharf. Der Verkehr stockte schon unter der Autobahnbrücke.

»Wir brauchen das Blaulicht, sonst kommen wir nicht weiter«, sagte sie. Bodenstein angelte die Lampe mit dem Magnetfuß hinter dem Beifahrersitz hervor, öffnete das Fenster und stellte sie aufs Dach.

»Da vorne ist schon alles dicht«, stellte Pia fest. »Vielleicht erwischen wir ihn diesmal.«

Die komplette Sossenheimer Straße, die als Ausfallstraße für die Gewerbegebiete diente, war von querstehenden Streifenwagen mit blinkenden Blaulichtern abgesperrt. Ein Beamter setzte einen Wagen ein Stück zurück, damit Pia und Bodenstein passieren konnten. Pia ließ die Scheibe herunter.

»Wo müssen wir hin?«, erkundigte sie sich.

»An der Ampel links, dann immer geradeaus und am Kentucky Fried Chicken links auf den Parkplatz!« Der Streifenbeamte musste schreien, um das Knattern des niedrig fliegenden Hubschraubers zu übertönen.

»Danke.« Pia fuhr an und steckte ein paar Meter weiter gleich wieder fest, denn Hunderte von Leuten versuchten, aus dem Gewerbegebiet zu flüchten, die meisten mit ihren Autos, aber auch viele zu Fuß.

Schließlich riss sie entschlossen das Steuer nach rechts, fuhr ein Stück über den Bürgersteig, bog auf den Parkplatz von Mann Mobilia ab und umrundete das Möbelhaus.

»Lass uns von hier aus laufen«, sagte sie und löste den Gurt. »Da kommen wir nicht durch.«

Bodenstein nickte zustimmend. Sie überquerten die hoffnungslos verstopfte Straße. Auch die Zufahrt zur L3005 war abgesperrt. Die Beamten kontrollierten in Schutzweste und mit gezogener Waffe jedes Auto, bevor es die Absperrung passieren durfte.

»Völlig sinnlos«, sagte Bodenstein zu Pia. »Der Kerl ist sowieso schon über alle Berge.«

Der große Parkplatz vor dem Rewe-Markt war zum größten Teil geräumt und abgesperrt. Notärzte und Rettungssanitäter kümmerten sich um ein paar Leute, die einen Schock erlitten hatten oder von umherfliegenden Glassplittern verletzt worden waren. Der Polizeihubschrauber kreiste am wolkenverhangenen Himmel, überall zuckten Blaulichter.

Für das Opfer kam indes alle Hilfe zu spät. Das Projektil hatte erst den Kopf der jungen Frau und dann die Schaufensterscheibe des Schuhgeschäfts, vor dem sie gestanden hatte, durchschlagen. Genau wie Ingeborg Rohleder, Margarethe Rudolf und Maximilian Gehrke war sie tot gewesen, bevor ihr Körper auf dem Boden aufgeschlagen war. Ein junges Leben – von einer Sekunde auf die andere einfach ausgelöscht. Weil es ein Wahnsinniger so wollte.

»Ist die Identität des Opfers bekannt?«, erkundigte sich Pia bei den Kollegen vom ersten Angriff, die nur wenige Minuten nach dem tödlichen Schuss vor Ort gewesen waren.

»Sie hat da drüben in der Bäckerei gearbeitet und war auf dem Weg zu ihrem Auto«, erwiderte eine Polizeioberkommissarin. »Ihre Arbeitskollegin stand direkt neben ihr, als sie erschossen wurde. Sie steht unter Schock, wird gerade vom Notarzt behandelt.«

Sie reichte Pia die Handtasche des Opfers, die billige Imitation eines bekannten Markenlabels, in der sich neben einem Portemonnaie ein Handy, ein Schlüsselbund und allerhand Krimskrams befanden. Pia bedankte sich für die Auskunft, zog ein paar Latexhandschuhe aus ihrer Jackentasche und streifte sie über. Im Portemonnaie fand sie den Personalausweis.

»Hürmet Schwarzer«, las sie und betrachtete das Foto. »So eine hübsche Frau! Erst siebenundzwanzig Jahre alt. Wohnt in Schwalbach.«

»Warum?«, fragte sich Bodenstein. »Warum tötet er eine siebenundzwanzigjährige Bäckereiverkäuferin?«

»Wenn es der Sniper war, werden wir es bald wissen«, antwortete Pia. »Er wird auf jeden Fall immer dreister.«

»Weil er Aufmerksamkeit will«, vermutete Bodenstein. »Er tötet nicht um des Tötens willen. Da steckt viel mehr dahinter.«

»Eins ist auf jeden Fall klar«, sagte Pia. »Er hält uns zum Narren und zieht sein Ding eiskalt durch.«

Bodenstein blickte sich um. Von wo aus hatte der Sniper geschossen? Schräg gegenüber, auf der anderen Straßenseite, lag eine Baustelle. Hatte er dort auf dem Dach des Rohbaus auf der Lauer gelegen? Wie gelangte man dorthin? Gab es auf dem Parkplatz des Möbelhauses Überwachungskameras, die den Täter vielleicht gefilmt hatten?

Selten zuvor hatte Bodenstein sich so machtlos gefühlt. Er kam sich vor wie jemand, der mit einem Brecheisen eine Schatztruhe öffnen wollte, aber keine Stelle fand, an der er den Hebel ansetzen konnte.

Karoline Albrecht verließ die Redaktion des *Taunus Echo* in Königstein und ging die Limburger Straße hoch bis zur Fußgängerzone, in der sonst in den Tagen nach Weihnachten die Hölle los war. Diesmal waren viele Geschäfte geschlossen. Dafür hatte ein Mensch mit drei Schüssen gesorgt! Das Lokal, dessen Namen man ihr in der Redaktion genannt hatte, war allerdings geöffnet. Karoline trat ein und schob den Windschutzvorhang zur Seite. Ein paar Männer saßen im Halbdunkel am Tresen und tranken Kaffee. Keiner von ihnen ähnelte dem Foto, das sie von Konstantin Faber auf der Webseite des *Taunus Echo* im Internet gefunden hatte. Sie wollte nicht einfach nach ihm fragen, deshalb beschloss sie, eine Weile zu warten. Die Dame am Empfangstresen der Zeitungsredaktion hatte ihr gesagt, dass er so gut wie jeden Morgen in diese Kneipe ging. Also bestellte sie einen Kaffee und setzte sich unter den neugierigen Blicken der Männer am Tresen an einen der wenigen Tische. Gerade als sie zahlen und gehen wollte, ging die Tür auf. Der Vorhang teilte sich, und ein bitterkalter Luftzug wehte herein. Karoline erkannte den Mann sofort, allerdings war er erheblich fülliger, als es auf dem Foto den Anschein machte, und er hatte sehr viel weniger Haare auf dem Kopf.

»Wünsche frohe Weihnachten gehabt zu haben!«, sagte Konstantin Faber in die Runde und setzte sich zu den anderen an den Tresen.

»Hör bloß auf«, erwiderte einer der Männer. »Ich hatte noch nie so miese Umsätze vor Weihnachten.«

»Ich auch nicht«, pflichtete ihm ein anderer bei. »Das ganze Jahr haben wir auf das Weihnachtsgeschäft gehofft, und dann macht uns dieser verdammte Killer alles kaputt.«

Auch die beiden anderen Männer nickten deprimiert. Offenbar waren sie Gastronomen, denn sie sprachen von stornierten Reservierungen und davon, dass sich Mitarbeiter unter irgendwelchen fadenscheinigen Vorwänden krankmeldeten. Karoline tat so, als sei sie mit ihrem Telefon beschäftigt, lauschte aber aufmerksam dem Gespräch.

»Die Leute haben ihre Last-Minute-Geschenke im Internet bestellt«, sagte der zweite Mann niedergeschlagen. »Ich kann im Januar zwei Leute entlassen, so viel steht jetzt schon fest.«

»Ich lasse zu, bisse Spuk vorbei is«, sagte der eine Gastronom. »Wir fahre morge nach Italia. Ob zehne Tag früher oder später isse auch egale.«

Jemand wusste zu berichten, dass sich seit gestern die Busfahrer und Lokführer weigerten, zu fahren. In Frankfurt standen die S-Bahnen still, und die Taxifahrer blieben zu Hause.

»Hoffentlich haben sie ihn bald, diesen Irren«, sagte der Wirt und schob Konstantin Faber eine Tasse Kaffee hin. »Die Infrastruktur im ganzen Rhein-Main-Gebiet bricht zusammen, wenn das so weitergeht.«

»Wir haben auch Probleme«, sagte der gerade. In der Redaktion hatten sich zahlreiche Abonnenten beschwert, weil sie ihre Tageszeitung nicht bekommen hatten. Viele Zeitungsausträger hatten sich krankgemeldet, und man konnte es ihnen nicht einmal verdenken.

Während die Männer am Tresen darüber diskutierten, was die Polizei tun konnte und sollte, hätte Karoline ihnen gerne gesagt, dass die Panik völlig überzogen war, weil der Täter nicht einfach auf Zeitungsboten und Busfahrer schoss. Über diesen Aspekt hatte sie bisher noch gar nicht nachgedacht, aber offensichtlich brachte der Richter viele Unternehmen und Ladenbesitzer in der Region in existentielle Schwierigkeiten.

Karoline stand auf und trat an den Tresen.

»Entschuldigen Sie bitte, wenn ich Sie einfach anspreche«, sagte sie zu dem Journalisten. »Sind Sie Herr Faber vom *Taunus Echo*?«

»Wer will das wissen?« Faber musterte sie argwöhnisch. »Sind Sie von der Polizei?«

»Nein. Eine Kollegin von Ihnen sagte mir, dass ich Sie wahrscheinlich hier finde«, entgegnete sie. »Ich würde gerne mit Ihnen sprechen. Aber nicht hier.«

»Oho, Faber, da will dich jemand abschleppen!«, frotzelte einer seiner Kumpels, die anderen lachten, doch er achtete nicht auf sie. Der Argwohn in seinem Blick verschwand.

»Okay.« Er erhob sich von seinem Barhocker und ergriff seine Jacke. »Schreibst du's an, Willi?«

»Klar«, erwiderte der Wirt.

Karoline bezahlte ihren Kaffee und folgte Konstantin Faber hinaus auf die Straße.

Für Pia war es ungewohnt, unter den Augen der Öffentlichkeit zu arbeiten. Meistens wurden Leichen in einer Wohnung, im Wald oder irgendwo anders im Verborgenen gefunden. Sie hatte dann mit einem oder zwei Zeugen zu tun und mit denjenigen, die die Leiche entdeckt hatten. Aber diesmal waren es Dutzende von Menschen, die miterlebt hatten, wie Hürmet Schwarzer erschossen worden war. In einem Land, in dem Schusswaffen eine Seltenheit und im alltäglichen Leben so gut wie nicht präsent waren, war dieses Erlebnis umso traumatischer. Besonders schlimm stand es um einen siebenjährigen Jungen, der mit seinen Eltern und Geschwistern im Schuhgeschäft gewesen war, dessen Scheibe von dem Projektil durchschlagen worden war. Seine ältere Schwester hatte gerade ein Paar Schuhe anprobiert, und er hatte gelangweilt nach draußen geschaut, als direkt vor seinen Augen das Entsetzliche passiert war. Dabei hatte der Kleine noch Glück im Unglück gehabt, denn die Kugel, die Hürmet Schwarzer getötet hatte, war nur Millimeter an ihm vorbeigeflogen und hatte sich in ein Regal gebohrt.

Das Kind lag in einem der Rettungswagen und wurde von einem Notarzt versorgt. Bodenstein sprach mit den Eltern, während Pia nach der jungen Frau schaute, die neben dem Opfer gestanden hatte.

»Kann ich mit ihr sprechen?«, fragte sie den Notarzt.

»Sie können es versuchen«, erwiderte der. »Das Mädchen steht ziemlich unter Schock. Mit uns hat sie bis jetzt kein Wort gesprochen.«

Celina Hoffmann, eine blonde Frau Anfang zwanzig, saß zusammengesunken auf dem Trittbrett des anderen Rettungswagens und starrte auf ihre Hände. Sie trug ihren Arbeitskittel, jemand hatte ihr eine Wärmefolie um die Schultern gelegt. Zuerst glaubte Pia, die Frau habe Sommersprossen, aber dann erkannte sie, dass ihr Gesicht, ihre Haare, der Kittel und ihre Hände voller Blutspritzer waren.

»Hallo, Frau Hoffmann«, sagte Pia. »Ich bin Pia Kirchhoff von der Kripo in Hofheim. Darf ich mich einen Moment zu Ihnen setzen?«

Die junge Frau hob den Kopf, sah Pia mit leerem Blick an und zuckte die Schultern. Sie zitterte am ganzen Körper, ihr Gesicht war grau. Auch wenn der Schock irgendwann nachließ, so würde sie das, was sie heute erlebt hatte, nie mehr vergessen können. Manche Menschen waren robuster als andere und schafften es, ein solch grauenvolles Erlebnis zu verarbeiten, bei anderen hinterließ es lebenslang Spuren in der Seele.

»Ich … ich wollte Hürmet die fünfzig Euro wiedergeben, bevor sie in Urlaub fährt«, flüsterte Celina Hoffmann und hielt Pia einen zerdrückten Geldschein hin. Eine Träne rann über ihre Wange. »Sie hatte sie mir vor Weihnachten geliehen, und ich wollte nicht … ich … es bringt Unglück, wenn man mit Schulden ins neue Jahr geht.«

»Hürmet und Sie waren Kolleginnen, nicht wahr?«, fragte Pia.

»Ja. Wir … wir haben beide in der Bäckerei gearbeitet«, antwortete Celina mit bebender Stimme und betrachtete ihre Hände mit den Blutspritzern. »Sie macht immer die Frühschicht, ich bin meistens erst mittags da. Und heute … heute war ich etwas zu spät, weil … weil mein

Auto keinen Sprit mehr hatte. Hürmet war schon weg, aber sie geht nach der Arbeit immer einkaufen, deshalb hab ich geguckt, ob ich sie noch sehe. Dann kam sie aus dem Rewe raus. Ich … ich bin schnell rausgerannt und hab sie gerufen. Sie blieb stehen und … und … hat sich zu mir umgedreht und dann … dann …«

Sie verstummte und brach in Tränen aus. Doch das Reden tat ihr gut, es löste den Schock. Celina Hoffmann schluchzte verzweifelt. Pia reichte ihr stumm eine Packung Papiertaschentücher und wartete geduldig darauf, dass die junge Frau ihre Fassung wiedererlangte und weitersprach.

»Ich … ich hab überhaupt nicht kapiert, was passiert ist«, fuhr sie nach einer Weile fort. »Plötzlich lag Hürmet da vor mir, und ich hab geschrien wie verrückt, bis mir so ein Typ eine geklebt und mich weggezerrt hat.«

»Haben Sie gesehen, aus welcher Richtung der Schuss gekommen ist?«, wollte Pia wissen.

»Nein. Ich … ich hab nur Hürmet angeguckt.« Sie hielt inne und zog die Nase hoch. »Aber bestimmt von rechts hinten, oben. Weil … weil … sie stand so halb mit dem Rücken zum Parkplatz, und … und ihr Gesicht … das platzte irgendwie auf.«

Die junge Frau schlug die Hände vors Gesicht, als sie das Grauen der letzten halben Stunde, das ihr Gehirn so gerne auslöschen wollte, wieder heraufbeschwor. Pia war beeindruckt. Es war äußerst selten, dass sich ein Augenzeuge so detailliert an etwas erinnern konnte. Oftmals erschien es herzlos, einen Menschen, der gerade etwas Furchtbares erlebt oder gesehen hatte, sofort zu befragen. Doch je früher man einen Zeugen vernehmen konnte, desto größer war die Chance, eine unbeeinflusste und deshalb ziemlich wahrheitsgemäße Aussage zu bekommen. Hatte der Zeuge erst einmal über alles nachdenken und mit anderen Leuten sprechen können, so vermischte sich das Gesehene mit allerlei Schlussfolgerungen und Emotionen. Das menschliche Gehirn war so konstruiert, dass es zum Schutz der Seele Schreckliches löschte oder in Bruchstücke zerlegte. Aus diesem Grund erinnerten sich Menschen häufig nicht mehr an Unfälle, die sie gesehen oder sogar erlebt hatten, und eine solche Amnesie war meistens bleibend.

»Ich weiß, dass es nicht leicht für Sie ist«, sagte Pia mitfühlend. »Aber Sie müssten noch mit meinen Kollegen von der Spurensicherung sprechen.«

Celina Hoffmann nickte. Pia notierte sich ihren Namen, Adresse und Telefonnummer, dann sorgte sie dafür, dass ihre Arbeitskolleginnen zu ihr gelassen wurden. Mittlerweile waren Christian Kröger und sein Team eingetroffen und hatten damit begonnen, den Tatort kriminaltechnisch zu untersuchen.

»Der Schuss kam aus der Sicht der Zeugin von rechts, hinten, oben«, teilte Pia Kröger und Bodenstein mit. »Wenn sie also hier gestanden hat, dann kam die Kugel von irgendwo dort.«

Pia wies in Richtung des Möbelhauses.

»Hm, ich hätte eher auf das Dach des Rohbaus dort drüben getippt«, entgegnete Bodenstein.

»Nein, der Schusswinkel stimmt nicht.« Kröger blickte sich um und schüttelte den Kopf. »Die Zeugin hat das ziemlich gut beobachtet. Die Kugel trat oberhalb des linken Ohrs in den Schädel ein. Ich tippe auf das Dach von Mann Mobilia. Wir werden gleich mal da hoch gehen und eine Flugbahnanalysenberechnung machen.«

»Das Telefon klingelt!«, rief einer von Krögers Leuten und hielt Pia die Handtasche von Hürmet Schwarzer hin. Pia wechselte einen Blick mit Bodenstein, dann griff sie in die Tasche und holte das Telefon heraus.

Patrick ruft an stand auf dem Display. Wer immer das auch war, es musste ein enger Bekannter sein, wenn Hürmet Schwarzer nur seinen Vornamen gespeichert hatte. Pia nahm das Gespräch an.

»Hürmet, wo bleibst du?«, rief der Mann. »Warum gehst du nicht dran?«

»Hier ist Pia Kirchhoff von der Kriminalpolizei Hofheim«, sagte Pia. »Mit wem spreche ich bitte?«

»Wo ist meine Frau?«, fragte der Mann nach einer kurzen Pause. Damit war geklärt, wie er zu der Toten stand. »Was ist los? Warum geht sie nicht ans Telefon?«

»Herr Schwarzer, wo sind Sie gerade?« Pia antwortete mit einer Gegenfrage. Nicht auszudenken, was die Nachricht vom Tod seiner Frau auslösen konnte, wenn der Mann vielleicht gerade am Steuer eines Vierzigtonners saß!

»Ich … ich bin zu Hause«, sagte Patrick Schwarzer und nannte seine Adresse. Plötzlich zitterte seine Stimme, die zuvor noch selbstbewusst geklungen hatte. »Bitte, was ist mit meiner Frau?«

»Wir sind gleich bei Ihnen«, erwiderte Pia, beendete das Gespräch und reichte es dem Kollegen, der es in einen Asservatenbeutel gleiten ließ.

Sie verspürte einen solchen Widerwillen dagegen, ein viertes Mal innerhalb weniger Tage mit der Fassungslosigkeit und Trauer eines Angehörigen konfrontiert zu werden, dass sie am liebsten gekniffen hätte, aber es gab niemanden, an den sie diese Aufgabe delegieren konnte.

»Komm«, sagte Bodenstein, der genau wusste, was in ihr vorging. »Bringen wir es hinter uns.«

»Was sagt der Ehemann des Opfers?«, wollte Dr. Nicola Engel eine Stunde später bei der improvisierten Besprechung wissen, die im Büro von Pia und Ostermann stattfand. »Gibt es einen Zusammenhang zwischen seiner Frau und den anderen Opfern? Kannte er Kirsten Stadler?«

»Wir hatten keine Gelegenheit, ihm Fragen zu stellen.« Bodenstein winkte ab. »Er arbeitet als Kundenberater bei einer Sparkasse in Hattersheim und kam wie üblich zum Mittagessen nach Hause. Weil er kein Radio gehört hatte, wusste er nicht, was in Eschborn passiert war. Er war völlig unvorbereitet.«

»Wie sicher ist es überhaupt, dass es sich bei dem Täter um den Sniper handelt?«, fragte Nicola Engel.

»Hundertprozentig sicher. Es handelt sich um dieselbe Munition wie bei den anderen drei Opfern«, sagte Pia.

»Warum hat er plötzlich Kontakt zur Presse aufgenommen?« Die Kriminalrätin war heute Morgen nicht dabei gewesen, als Bodenstein den Brief des Richters an Konstantin Faber präsentiert hatte. »Wie bewerten Sie das und den Inhalt seiner Nachricht?«

»*Großes Unrecht ist geschehen. Die Schuldigen sollen denselben Schmerz verspüren wie den, den sie aus Gleichgültigkeit, Habgier, Eitelkeit und Gedankenlosigkeit verursacht haben. Diejenigen, die Schuld auf sich geladen haben, sollen in Angst und Schrecken leben, denn ich bin gekommen, zu richten die Lebenden und die Toten*«, las Andreas Neff, der an einem Aktenschrank lehnte, noch einmal laut vor.

»Ein Psychopath«, urteilte er dann. »Ein Größenwahnsinniger, der sich als Richter über Leben und Tod aufspielt. Mit dieser Nachricht verrät uns der Täter sehr viel über sich, zum Beispiel, dass er religiös ist. Der letzte Satz seiner Mail stammt nämlich aus dem katholischen Glaubensbekenntnis. Er hat eine Mission und will gleichzeitig seine Verfolger herausfordern. Das ist für ihn ein Spiel. Unser Täter ist ein Abenteurer.«

Er blickte sich nach Bestätigung heischend um.

»Glauben Sie mir jetzt, dass ich mit meinem Täterprofil recht hatte?«

Die Frage war an Kim gerichtet, die neben ihm stand.

»Glauben heißt, nichts wissen«, antwortete die, ohne Neff auch nur anzusehen. Er hingegen musterte sie mit unverhohlenem Interesse. Für jeden war deutlich, dass sie ihm gefiel. Aber ebenso deutlich war für alle außer ihm selbst, dass Kim sich keinen Deut für ihn interessierte. Sie reagierte mit keinem Wort auf seine Theorie, nagte stattdessen nachdenklich an ihrer Unterlippe.

»Hat schon jemand mit Helen Stadler gesprochen?«, erkundigte sie sich plötzlich. »Weshalb war sie bei Renate Rohleder?«

Bodenstein und Pia wechselten einen raschen Blick. In der Hektik der letzten Stunden hatten sie völlig vergessen, dem Team mitzuteilen, was sie heute Vormittag erfahren hatten.

»Helen Stadler, die Tochter von Kirsten Stadler, hat sich vor ein paar Monaten das Leben genommen«, sagte Bodenstein. »Das hat uns heute eine Mitarbeiterin von Erik Stadler erzählt, und dessen Vater hat es bestätigt.«

»Erik Stadler war Biathlet. Er macht solche Sachen wie Base-Jumping und andere extreme Sportarten«, ergänzte Pia widerstrebend, weil es Neffs These zu untermauern schien. »Er war sogar mal Bronzemedaillengewinner bei irgendeiner Olympiade. Außerdem war er bei der Bundeswehr. Das heißt, er kann auch schießen, vielleicht sogar sehr gut. Und er war heute um zwölf Uhr weder in seiner Firma noch zu Hause.«

»Na bitte.« Andreas Neff nickte zufrieden. »Das ist er. Als Sohn von Kirsten Stadler hat er auch das passende Motiv.«

»Wie siehst du das, Oliver?«, erkundigte sich Nicola Engel.

»Tatsächlich erfüllt Erik Stadler so ziemlich alle Voraussetzungen«, räumte Bodenstein ein und rieb sein unrasiertes Kinn.

»Dann solltest du ihn zur Fahndung ausschreiben«, riet Nicola Engel.

»Kollegen aus Frankfurt überwachen bereits seine Wohnung«, bemerkte Kai Ostermann. »Ich schicke noch eine Streife zu seiner Firma. Irgendwo wird er schon auftauchen.«

»Die Eltern von Kirsten Stadler haben sich auch noch nicht gemeldet«, warf Cem ein. »Sie haben ein mindestens genauso starkes Motiv wie der Witwer und der Sohn.«

Nicola Engel dachte einen Moment nach, dann erhob sie sich von dem Stuhl, auf dem sie gesessen hatte.

»Wir gehen an die Presse«, verkündete sie. »Mit allem, was wir bisher wissen. Vier Tote in einer Woche! Diese Sache erschüttert die ganze Region. Wir sind auf Mithilfe aus der Bevölkerung angewiesen, deshalb werden alle Tatorte und Uhrzeiten veröffentlicht. Irgendjemand muss etwas gesehen haben. Ich will für Presse und Fernsehen detaillierte Tatrekonstruktionen bis hin zu den möglichen Fluchtwegen des Täters.«

»Ich kümmere mich darum«, nickte Ostermann.

»Die Presse soll auch darauf hinweisen, dass der Täter eine Sporttasche oder große Einkaufstüte bei sich gehabt haben muss«, ergänzte Cem Altunay. »Darin hat er die zerlegte Waffe transportiert.«

»Ich will Ergebnisse«, sagte Nicola Engel energisch, und es fehlte nur noch, dass sie in die Hände klatschte. »Also, an die Arbeit!«

»Das Motiv des Täters scheint Vergeltung zu sein, nicht bloße Rache«, bemerkte Kim.

»Wo ist denn da der Unterschied?«, fragte Kathrin Fachinger skeptisch. »Es läuft doch auf dasselbe hinaus – Lynchjustiz!«

»Vergeltung ist die Erwiderung eines zugefügten Unrechts als Rache und fordert eine der Tat qualitativ entsprechende Strafe«, erwiderte Kim. »Wie du mir, so ich dir – im Negativen wie im Positiven, denn man kann auch Gutes vergelten. Im ethischen Sinne ist die Vergeltung die Basis für das soziale Prinzip der Gerechtigkeit. Rache ist eine Extremform der Vergeltung, zum Beispiel die Blutrache. Der Rächer ignoriert gesetzliche Mittel zur Wiedergutmachung, weil er sie als nicht angemessen empfindet.«

»Ich sehe da auch keinen Unterschied«, sagte Ostermann. »Rache ist nach § 211 StGB ein klassisches Mordmerkmal.«

»Das ist richtig«, stimmte Kim zu. »In letzter Konsequenz und in seiner Wirkung gibt es auch keinen Unterschied. Der liegt in der Motivation. Wir haben es hier meiner Meinung nach mit einem sehr seltenen Mördertypus zu tun. Er ist alles andere als ein Psychopath und auch nicht größenwahnsinnig. Das ist kein Spiel, das er mit uns spielt, wie jemand, dem es um Nervenkitzel oder die Herausforderung geht. Er sucht sich seine Schützenpositionen rein unter dem Aspekt der Nützlichkeit, nicht als Provokation. Optimale Perspektive, optimale Fluchtmöglichkeit. Ich bin nach wie vor der Meinung, ihr sucht einen Profi.«

Margarethe Rudolf musste sterben, weil sich ihr Ehemann des Mordes aus Habgier und Eitelkeit schuldig gemacht hat.

Karoline Albrecht kämpfte mit aller Macht gegen die Tränen und war dankbar, dass Faber ihr taktvoll den Moment gewährte, den sie brauchte, um sich wieder zu fangen. Er stand am Fenster des Besprechungsraumes im ersten Stock der Zeitungsredaktion und wandte ihr den Rücken zu.

»Warum schickt er ausgerechnet Ihnen das?«, fragte sie mit erstickter Stimme.

»Wenn ich ehrlich bin, ich habe keine Ahnung.« Faber drehte sich um. »Vielleicht ist er ein Leser unserer Zeitung. Aber vielleicht kennt er mich auch persönlich.«

Er zog einen Stuhl heraus und nahm ihr gegenüber Platz. In der Redaktion war nur wenig los, die meisten Schreibtische in den Großraumbüros waren verwaist.

»Es kann aber auch Zufall sein«, sagte er. »Die meisten Kollegen sind über Weihnachten und Silvester im Urlaub. Ich habe freiwillig den Posten des verantwortlichen Redakteurs übernommen, zumal zwischen den Jahren üblicherweise Saure-Gurken-Zeit herrscht.«

Karoline Albrecht sah ihn an. Er hatte ihr sofort geglaubt, dass sie die Tochter des zweiten Sniper-Opfers war und nicht einmal ihren Ausweis sehen wollen, in dem ihr Geburtsname stand. Wahrscheinlich konnte man ihr ansehen, wie beschissen es ihr ging.

»Was wissen Sie über die ganze Sache?«, fragte sie.

»Gar nichts.« Faber zuckte die Achseln. »Das ist es ja. Mein Artikel ist eine Aneinanderreihung von Spekulationen. Die Polizei war auch ziemlich sauer deswegen, aber ich bin der Meinung, die Öffentlichkeit muss informiert werden.«

Seine Antwort enttäuschte sie, der Journalist wusste weniger als sie selbst.

»Warum wenden Sie sich nicht an die Polizei?«, erkundigte er sich nun. »Sie sind die Angehörige eines Opfers, man wird Sie informieren.«

Karoline Albrecht schwieg wieder einen Moment.

»Mein Vater ist ein sehr angesehener Arzt«, antwortete sie. »Er ist auf seinem Fachgebiet einer der Besten der Welt. Für viele Menschen ist er die allerletzte Hoffnung, und er hat schon unendlich viele Leben gerettet. Aber jetzt wirft ihm jemand einen Mord vor und tötet deswegen meine Mutter! Ich kann das nicht glauben.«

»Sie wollen herausfinden, ob Ihr Vater wirklich schuldig ist.«

»Genau«, bestätigte sie. »Ich will wissen, warum meine Mutter sterben musste. Das interessiert die Polizei aber höchstens am Rande. Die wollen nur den Killer dingfest machen. Mir reicht das nicht.«

»Und wie sollte ich Ihnen da helfen können? Ich bin nur der Lokalredakteur einer Regionalzeitung, zuständig für Wirtschaft und Kultur. Keiner, der Verschwörungen aufdeckt.«

Karoline Albrecht bemerkte sein Unbehagen und nickte. Der kleine übergewichtige Mann mit dem dünnen Haar und der grauen Strickjacke, der wie ein desillusionierter Lehrer kurz vor der Pensionierung wirkte, war tatsächlich kein zweiter Bob Woodward oder Carl Bernstein. Vielleicht war er einfach zu alt und zu bequem, um die journalistische Chance zu erkennen, die sich ihm allein schon dadurch bot, dass der Sniper mit ihm Kontakt aufgenommen hatte. Konstantin Faber war ein Zauderer und würde ihr keine Hilfe sein.

»Darf ich mir die Todesanzeigen und den Brief kopieren?«, fragte sie.

»Ja, natürlich«, antwortete er eilig. Sie erhoben sich, Karoline ergriff ihre Tasche und die vier Blätter und folgte ihm durch einen mit Teppichboden ausgelegten Flur bis zu einem Kopierraum.

»Falls Sie noch irgendwelche Fragen haben, dann rufen Sie mich an«, bot er ihr an, als sie sich verabschiedeten. Die Erleichterung darüber, dass sie nicht auf seiner Unterstützung beharrte, war ihm deutlich anzusehen.

»Danke.« Karoline reichte ihm eine ihrer Visitenkarten. »Und vielleicht können Sie mir Bescheid geben, wenn Sie etwas Neues erfahren.«

»Das mache ich«, versicherte er und wich ihrem Blick aus. Wahrscheinlich hätte er ihr alles versprochen, nur um sie so schnell wie möglich loszuwerden.

Dirk Stadler traf in der gleichen Sekunde ein wie Bodenstein und Pia. Er grüßte sie mit einem Nicken, fuhr in eine der vielen Garagen und kam wenig später leicht hinkend auf sie zu.

»Es ist leider etwas später geworden«, sagte er und reichte erst Pia, dann Bodenstein die Hand.

»Bei uns auch«, erwiderte Bodenstein. »Sie haben vielleicht gehört, dass es wieder eine Tote gab.«

»Ja, die Nachricht kam im Radio«, bestätigte Stadler mit einem Nicken. »Kommen Sie, gehen wir ins Haus. Da ist es etwas wärmer als hier.«

Kurz bevor sie seine Haustür erreichten, wurden sie von einer Nachbarin aufgehalten, die ein Päckchen für Stadler entgegengenommen hatte und es ihm nun gab.

»Ich habe wirklich nette Nachbarn«, lächelte Stadler. »Da kann man ziemlich Pech haben. In so einer Reihenhaussiedlung hockt man ja doch recht eng aufeinander.«

Er bat Pia, das Päckchen zu halten, um die Haustür aufschließen zu können.

»Ich kaufe mittlerweile fast alles im Internet«, erklärte Stadler und schloss die Tür auf. »Das ist zwar nicht schön für den Einzelhandel, aber bequem, wenn man nicht so gut zu Fuß ist.«

Sie betraten das Haus, er machte Licht und zog seinen Mantel aus. Pia legte das Päckchen auf das kleine Sideboard in der Diele, dann folgte sie Stadler und ihrem Chef in das große Wohn- und Esszimmer. Stadler bot ihnen etwas zu trinken an, aber sie lehnten höflich ab.

»Wie kommen Sie eigentlich darauf, dass diese Morde etwas mit meiner verstorbenen Frau zu haben könnten?«, wollte Dirk Stadler wissen, als sie schließlich am Esstisch saßen.

»Renate Rohleder, die Tochter des ersten Opfers, war früher eine Nachbarin, als Sie noch in Niederhöchstadt wohnten. An dem Tag, an dem Ihre Frau starb, bat Ihre Tochter sie um Hilfe, die sie ihr aber verweigert hat«, begann Bodenstein.

»Ich erinnere mich an sie.« Stadler nickte. »Sie hat einen Blumenladen in Eschborn, nicht wahr? Und sie hatte auch einen Hund. Meine Frau ist hin und wieder zusammen mit ihr spazieren gegangen.«

»Richtig«, antwortete Bodenstein. »Der Ehemann des zweiten Opfers war Chefarzt der Transplantationschirurgie in der Klinik, in der Ihre Frau starb und mit der Sie anschließend prozessierten. Das dritte Opfer war der Empfänger des Herzens Ihrer verstorbenen Frau. Ein junger Mann, der von Geburt an herzkrank war.«

»Oh mein Gott«, flüsterte Stadler betroffen.

»Und jetzt«, fuhr Bodenstein fort, »haben wir ein viertes Opfer. Eine junge Frau, siebenundzwanzig Jahre alt. Da kennen wir den Zusammenhang noch nicht, aber ich fürchte, es wird sich herausstellen, dass ihr Mann auch in irgendeiner Verbindung zu den Ereignissen am 16. September 2002 stand.«

Die Todesanzeigen und den Brief verschwieg er.

»Wieso haben Sie uns neulich nicht erzählt, dass Helen tot ist?«, fragte Pia.

»Wie sollte ich ahnen, dass das eine Rolle spielt?« Dirk Stadler rang sichtlich um seine Fassung. »Und es … es ist noch so frisch. Ich habe mir viele Jahre große Sorgen um Helen gemacht, aber seit einem Jahr glaubte ich fest, sie sei stabil und habe ihre Schuldgefühle und Depressionen endlich überwunden. Sie hatte ihr Studium fast fertig, einen netten Freund, mit dem sie sich im Sommer verlobt hatte. Sie wollten Anfang Oktober heiraten, die Einladungen zur Hochzeit waren schon verschickt. Und dann … dann … wirft sie sich vor die S-Bahn. Aus heiterem Himmel.«

»Wo ist das passiert?«, erkundigte Pia sich. »Und wann?«

»In Kelsterbach«, antwortete Dirk Stadler mit erstickter Stimme. »Am 16. September, dem zehnten Todestag ihrer Mutter.«

»Weshalb war Ihre Tochter depressiv?«, forschte Pia nach. »Wofür gab sie sich die Schuld?«

Dirk Stadler antwortete nicht sofort. Er kämpfte einen Augenblick mit sich, sein Kummer war so offensichtlich, dass Pia beinahe den Drang verspürte, ihn zu trösten.

»Meine Frau ging jeden Morgen mit dem Hund joggen«, sagte er schließlich. »Bei Wind und Wetter. Sie war sehr fit, trainierte für den New York Marathon. Amerika war immer ihr großer Traum gewesen, am liebsten hätte sie dort gelebt. Helen lief oft mit ihr, aber an diesem Morgen hatte sie keine Lust, denn sie wollte noch etwas länger im Bett liegen. Sie war gerade vierzehn geworden. Als Kirsten nach einer Stunde nicht zurück war, um Erik und sie in die Schule und selbst zur Arbeit zu fahren, waren die Kinder beunruhigt. Sie konnten sie auf ihrem Handy nicht erreichen, deshalb gingen sie los, um sie zu suchen. Die Strecken, die sie gerne lief, kannten sie ja. Und so … so haben sie sie gefunden. Sehr weit war sie noch nicht gekommen, sie musste mindestens eine Stunde so dagelegen haben. Erik rief über Kirstens Handy den Notarzt und versuchte, sie wiederzubeleben, Helen rannte los, um Hilfe zu holen. Später im Krankenhaus stellte man fest, dass Kirsten eine Hirnblutung erlitten hatte, die an und für sich nicht tödlich gewesen wäre. Hätte man sie früher gefunden und beatmet, so hätte man sie operieren können und sie hätte nicht sterben müssen.«

Er blickte auf. Seine Augen glänzten, dann rollte eine Träne über seine Wange.

»Meine Tochter hat sich ihr Leben lang Vorwürfe gemacht, weil sie an diesem Morgen zu bequem war, ihre Mutter zu begleiten.« Stadlers Stimme drohte zu kippen. Seine Kiefermuskeln arbeiteten, seine Nasenflügel bebten. »Verstehen Sie? Helen war fest davon überzeugt, sie hätte ihre Mutter retten können, wäre sie damals bei ihr gewesen.«

»Was für ein Horror!«, sagte Pia auf der Rückfahrt zum Kommissariat. »Erst stirbt die Frau, dann bringt sich die Tochter um, die sich zehn Jahre lang mit Schuldgefühlen gequält hat! Manche Menschen kriegen es vom Schicksal wirklich voll ab.«

Es hatte angefangen zu regnen. Regen mit Schnee gemischt.

Bodenstein hatte seine Lesebrille aufgesetzt und blätterte im matten Licht der Innenraumbeleuchtung in der Prozessakte, die Dirk Stadler ihnen bereitwillig mitgegeben hatte. »Das ist wirklich eine Tragödie.«

Er hatte die Hoffnung, in der Akte Namen von weiteren Personen zu finden, die vor zehn Jahren in der Unfallklinik Frankfurt mit Kirsten Stadler zu tun gehabt hatten. Vielleicht konnten sie auf diesem Wege potentielle Opfer des Killers finden und warnen.

»Wir müssen unbedingt mit dem Verlobten von Helen Stadler sprechen«, dachte Pia laut nach und betätigte den Schalter für die Scheibenwaschanlage. Das Spritzwasser der vorausfahrenden Autos war mit Streusalz durchsetzt und machte die Scheibe im Nu schmierig und blind. »Gut, dass ihr Vater so kooperativ ist. Sonst wären wir noch überhaupt keinen Schritt weiter.«

Bodenstein brummte irgendetwas. Sein Rücken war gekrümmt, seine Nase berührte fast die Seite, die er las.

»Wir sind in zehn Minuten im Büro.« Pia musste grinsen. »Da kannst du sicher etwas komfortabler lesen als hier im Auto.«

»Du hast recht.« Er klappte den Aktenordner zu. Dann stieß er einen Seufzer aus und blickte starr durch die Windschutzscheibe auf die regennasse Straße. Seine Finger trommelten auf den Pappdeckel des Ordners, und er hatte nachdenklich die Lippen geschürzt. Pia kannte diese angespannte Miene. Irgendetwas beschäftigte ihren Chef, aber er war noch nicht so weit, sich ihr mitzuteilen. Sie fuhr von der Autobahn ab und bog zwei Kilometer später in den Hof der Regionalen Kriminalinspektion ein. Direkt hinter der Sicherheitsschleuse fing Ostermann sie ab.

»Die Chefin hat eine Teambesprechung angesetzt«, teilte er ihnen mit und wies mit dem Kopf in Richtung Aufenthaltsraum. »Es gibt eine große Pressekonferenz heute Abend um 19 Uhr in der Stadthalle.«

»Na endlich!« Pia entledigte sich ihrer nassen Jacke.

»Von Erik Stadler gibt's noch nichts, aber Winklers haben sich gemeldet«, fuhr Ostermann fort.

Bodenstein nickte und reichte ihm den Ordner, den Stadler ihnen mitgegeben hatte.

»Die Prozessakte Stadler gegen die UKF«, sagte er. »Vielleicht stoßen wir auf Namen, die wir noch nicht kennen.«

»Ich checke das sofort«, versprach Ostermann.

»Nach der Pressekonferenz fahren wir nach Glashütten und sprechen mit dem Ehepaar Winkler«, beschloss Bodenstein. »Ist das okay für dich, Pia?«

»Klar. Auf mich wartet niemand«, erwiderte sie. »Aber wäre es nicht sinnvoller, ich würde schon mal zum Verlobten von Helen Stadler fahren? In der Stadthalle werde ich ja nicht gebraucht. Außerdem könnte ich noch einmal mit dem Ehemann der Toten von heute sprechen.«

»Das soll Frau Dr. Engel entscheiden«, sagte Bodenstein, der seine Chefin in den Flur einbiegen sah. Die Absätze ihrer Pumps hämmerten in einem angriffslustigen Stakkato auf die Fliesen.

»Schon im Kampfanzug und mit gewetzten Messern«, bemerkte Ostermann.

»Das habe ich gehört.« Dr. Engel rauschte an ihnen vorbei und hinterließ eine dezente Duftwolke aus Verbene und Zitrone. »Was stehen Sie noch hier herum? Los, los, rein mit Ihnen!«

Seit dem abendlichen Gespräch mit Kim rätselte Pia, was ihre Schwester wohl an Dr. Nicola Engel faszinierte. Selbst nach einem langen anstrengenden Tag schien dieser Frau die Energie nicht auszugehen. Wie immer war sie von Kopf bis Fuß wie aus dem Ei gepellt: sorgfältig lackierte Fingernägel, dezentes Make-up, und die Frisur saß so perfekt, als sei sie gerade vom Friseur gekommen. Sie trug ein leuchtend grünes Kostüm, dazu eine einreihige Perlenkette, ein buntes Halstuch und mindestens zwölf Zentimeter hohe, farblich abgestimmte Lackpumps. Obwohl Pia wusste, dass Bodenstein und sie in grauer Vorzeit einmal ein Paar und sogar verlobt gewesen waren, besaß Nicola Engel in ihrer geheimen Vorstellung zu Hause kein Bett, sondern höchstens eine Art elektrischen Stuhl, auf den sie sich setzte, um am nächsten Morgen voll aufgeladen wieder loszurattern. Unmöglich, dass diese Frau jemals eine ausgeleierte Jogginghose oder ein verwaschenes T-Shirt trug und sich gemütlich und ungeschminkt auf eine Couch fläzte! Bodenstein schien eindeutig ein Faible für diese Art von High-Maintenance-Frauen zu haben, die mit Vollgas durchs Leben rannten: Cosima von Bodenstein war auch so eine gewesen, und letztendlich war auch Inka Hansen ein kühles, zielstrebiges Arbeitstier.

»Herrschaften, bitte nehmen Sie Platz!«, forderte die Kriminalrätin sie nun auf. »In einer halben Stunde geht es in der Stadthalle los, und ich möchte mich nicht verspäten.«

Außer Bodenstein, Ostermann, Altunay und Fachinger waren auch Kim, Andreas Neff und ein paar Beamte anderer Kommissariate da, die in der SoKo mitarbeiteten. Bodenstein und Pia berichteten abwechselnd von den Ereignissen und Erkenntnissen des Tages.

Nicola Engel war damit einverstanden, dass Pia, Cem und Kim gleich nach der Besprechung zum Verlobten der toten Helen Stadler fuhren, der in der Hauptstraße in Hofheim eine Goldschmiedewerkstatt betrieb.

»So, dann geht es los«, sagte sie mit einem Blick auf ihre Armbanduhr und setzte sich in Bewegung. »Ostermann, wo ist die Presseerklärung?«

»Hier. Fünfzig Kopien.« Kai reichte ihr einen dicken Stapel Blätter in einem Folder, den sie sofort an Bodenstein weitergab.

»Ich habe auch einmal die wichtigsten Punkte zum Täterprofil zusammengefasst«, sagte Andreas Neff eifrig und richtete seine Krawatte. »Ich würde sagen, ich spreche gleich nach Ihnen und …«

»Sie sprechen gar nicht. Zumindest nicht vor der Presse«, verpasste Nicola Engel ihm eine kalte Dusche und schlüpfte in ihren Mantel.

»Aber ich habe die nötige Kompetenz, um …«, begann Neff entrüstet.

»Wir sind kompetent genug für den Moment.« Dr. Engel sah ihn nicht einmal an. »Bodenstein als leitender Ermittler, der Leiter der Schutzpolizei, der Pressesprecher, jemand von der Staatsanwaltschaft und ich werden auf dem Podium sein.«

»Dann kann ich ja gleich nach Hause gehen«, maulte Neff sichtlich enttäuscht. »Offenbar weiß hier niemand meine Fähigkeiten zu schätzen.«

»Ich weiß es zu schätzen, wenn sich jemand in das Team integriert und den Job macht, für den er geholt wurde«, entgegnete Nicola Engel vor der Glastür der Sicherheitsschleuse und musterte ihn scharf. »Sie sind meines Wissens Fallanalytiker. Ihre Aufgabe ist es, aus Tatortspuren Erkenntnisse über den Ablauf der Tat zu gewinnen und diese in Zusammenhang mit den anderen Taten zu bringen, in Ergänzung zur Arbeit meiner Ermittler. Sie sind nicht qualifiziert, Mutmaßungen über die Psyche des Täters anzustellen. Wenn überhaupt, dann ist das die Sache der forensischen Psychiaterin.«

»Ich hab noch nie etwas von einer Frauenquote gehalten«, schnappte Neff gekränkt. »Aber hier ist ja wohl alles fest in Weiberhand.«

»Lassen Sie uns fahren, Herrschaften! Ich will die Presse nicht unnötig warten lassen.« Nicola Engel signalisierte dem Beamten an der Pforte, dass er den Türöffner betätigen sollte. Sie trat durch die Glastür und bemerkte den Regen. »Bodenstein, haben Sie einen Schirm?«

»Rothaarige Kampfhenne«, zischte Neff hinter ihr her. »Die braucht echt mal einen Kerl.«

»Und Ihnen würde es guttun, wenn Ihre Eier hin und wieder in Weiberhand wären«, sagte Kim im Vorbeigehen zu ihm.

Neff lief puterrot an. Nicola Engel, die das gehört hatte, wandte sich um und grinste.

»Wartet mal! Halt! Es ist wichtig!« Christian Kröger kam aufgeregt den Flur entlanggestürmt.

»Wir sind spät dran, Kröger«, sagte Nicola Engel. »Was gibt es denn?«

»Wir wissen jetzt, von wo aus der Schuss auf Hürmet Schwarzer abgegeben wurde!«, rief er atemlos. »Wir konnten mit den Daten, die wir hatten, am Computer den Tatablauf simulieren. Körpergröße des Opfers, Einschusswinkel und so weiter.«

»Wir wissen, wie so etwas funktioniert«, unterbrach Nicola Engel ihn ungeduldig. »Kommen Sie zur Sache!«

»Wir haben es mit keinem guten oder sehr guten Schützen zu tun, sondern …« Kröger ließ sich nicht hetzen. Völlig unbeeindruckt ließ er sich sogar noch zu einer wirkungsvollen Pause hinreißen. »… mit einem *außergewöhnlich* guten Schützen, ganz sicher einem ausgebildeten Scharf- oder Präzisionsschützen, denn so etwas schafft keiner, der als Hobby ein bisschen in der Gegend rumballert! Er hat nämlich vom Dach eines Hochhauses in der Bremer Straße in Eschborn geschossen! Aus fast einem Kilometer Entfernung!«

»Ist das sicher?« Nicola Engel war skeptisch.

»Oh ja! Hundertprozentig sicher! Kein Zweifel.« Kröger nickte heftig. »Es gibt sonst kein Gebäude, das hoch genug ist für einen solchen Schusswinkel. Wir waren auf dem Dach und haben eine Lasermessung gemacht: 882,9 Meter – Wahnsinn!«

»Wir sollten alle Schützenvereine in der Gegend überprüfen«, schlug Ostermann vor. »Ein solcher Könner hat in diesen Kreisen einen Ruf. Dazu die Bundeswehr und unsere eigenen Leute: Aktive, Ehemalige, Reservisten.«

»Gut.« Nicola Engel nickte knapp. »Veranlassen Sie das, Ostermann.«

»Und schick Leute in das Hochhaus«, ergänzte Bodenstein, der den Regenschirm schon aufgespannt hatte. »Sie sollen an jeder Tür klingeln, mit allen Bewohnern sprechen. Und finde heraus, ob es Kameras gibt.«

»Wird erledigt.« Ostermann salutierte und nickte.

Unten vor der Treppe fuhr der Dienstwagen vor.

»Gut gemacht, Kröger«, sagte Nicola Engel, dann wandte sie sich ab und stöckelte unter dem Schutz von Bodensteins Schirm energisch die Treppe hinunter in den Regen.

»Tolle Frau«, murmelte Kim und zwinkerte Pia zu.

»Komm, wir fahren auch«, erwiderte diese nur. »Vielleicht erwischen wir diesen Herrn Hartig noch.«

Einen solchen Andrang bei einer Pressekonferenz hatte Bodenstein noch nie erlebt. Vor der Stadthalle standen Ü-Wagen von allen deutschen Fernsehsendern, und die Presseleute drängten sich vor der Akkreditierungsstelle im Foyer. Uniformierte Kollegen schleusten Dr. Engel, Bodenstein, den Leiter der Schutzpolizei und den Pressesprecher an der Menge vorbei. In einem kleineren Raum wartete bereits Staatsanwalt Rosenthal, um sich auf den neuesten Stand bringen zu lassen.

»Wir haben alle Tatorte samt Datum und Uhrzeit in der Mitteilung aufgeführt«, sagte Dr. Engel, nachdem Bodenstein seinen kurzen Vortrag beendet hatte. »Wenn wir die Hilfe der Bevölkerung suchen, dann muss es exakte Informationen geben, sonst macht es keinen Sinn.«

»Das sehe ich genauso.« Der Staatsanwalt nickte.

Bodensteins Handy klingelte. Cosima! Sie hatte schon immer das Talent besessen, ihn im denkbar ungünstigsten Augenblick anzurufen.

»Entschuldigung«, sagte er, zog sich in eine Ecke des Raumes zurück und nahm das Gespräch entgegen.

»Hallo, Oliver!«, rief seine Exfrau, nachdem er sich gemeldet hatte. »Ich wollte dir nur sagen, dass ich im Zug nach Königstein sitze. Am Flughafen war leider kein Taxifahrer zu finden, der mich in den Taunus fahren wollte.«

»Ich denke, du bist auf dem Weg nach Sibirien«, erwiderte Bodenstein erstaunt.

»Ach, mir war's zu kalt.« Cosima lachte, es klang gekünstelt. »Mein Team macht weiter, aber mir ist irgendwie die Lust vergangen. Soll ich Sophia später bei dir abholen?«

»Von mir aus. Sie ist bei Inka. Ich stecke in einem ziemlich schwierigen Fall und muss jetzt in eine Pressekonferenz«, sagte er.

»Dieser Heckenschütze? Die Leute sind ja völlig hysterisch.«

»Ich muss Schluss machen, Sch…« Er biss sich gerade noch rechtzeitig auf die Zunge. Jetzt wäre ihm doch tatsächlich fast das Wort »Schatz« herausgerutscht! Und das nach vier Jahren! Großer Gott, hoffentlich hatte sie das nicht bemerkt!

»Kein Problem«, antwortete Cosima. »Ich hol sie bei Inka ab, falls ich irgendwie von Königstein nach Ruppertshain komme.«

»Okay, ich gebe Inka Bescheid, dass du kommst«, versprach er.

»Danke. Bis morgen dann«, sagte sie noch und legte auf.

In fünfundzwanzig Jahren hatte Bodenstein noch nie erlebt, dass Cosima eine Filmexpedition früher abgebrochen hatte – schon gar nicht wegen irgendwelcher äußerer Umstände. Irgendetwas stimmte nicht! Hatte sie etwa von der Testamentsänderung ihrer Mutter erfahren und war deshalb zurückgekommen? Rasch tippte er eine SMS an Inka. Sie würde sicherlich nicht traurig darüber sein, wenn Sophia drei Wochen eher als geplant zu ihrer Mutter zurückging. Der Gedanke versetzte ihm einen leichten Stich.

Das Handy klingelte erneut, diesmal war es Ostermann.

»Erik Stadler ist eben nach Hause gekommen«, sagte der. »Was sollen wir tun?«

»Moment.« Bodenstein ging zu Nicola Engel hinüber und besprach sich mit ihr und dem Staatsanwalt.

»Haben Sie genügend Verdachtsmomente für einen Haftbefehl?«, wollte Rosenthal wissen.

»Nichts wirklich Konkretes«, gab Bodenstein zu. »Ich fürchte, für den Haftrichter reicht es nicht.«

»Aber für eine vorübergehende Festnahme auf jeden Fall«, sagte Dr. Engel.

»Okay, dann nehmen Sie ihn fest und sprechen mit ihm«, stimmte der Staatsanwalt zu und konsultierte seine Uhr. »Wir müssen raus.«

»Kai«, sagte Bodenstein zu seinem Mitarbeiter, »lass das Haus von Stadler weiter beobachten, damit er sich nicht aus dem Staub macht. Wenn ich hier fertig bin, fahre ich nach Frankfurt und nehme ihn fest.«

Auf dem Weg zur Bühne, auf der ein Tisch und fünf Stühle standen, schickte er auch Pia noch eine SMS und schaltete sein Smartphone anschließend stumm.

»Ab 18:30 Uhr geschlossen! So ein Mist!«

Pia blickte in das dunkle Schaufenster der Goldschmiede und klopfte an die Glastür. Vielleicht saß Jens-Uwe Hartig, der Verlobte der toten Helen Stadler, in einem Hinterzimmer. Aber nichts regte sich, und alles blieb stockdunkel.

»Pünktlich Feierabend gemacht«, stellte Cem fest. »Haben wir eine Privatadresse von Herrn Hartig?«

»Leider nein.« Pia kramte eine ihrer letzten Visitenkarten hervor und setzte sich ins Auto, um eine Nachricht auf die Rückseite zu schreiben. Der lange Tag, die permanente Anspannung und die feuchte Kälte machten ihr zu schaffen, sie war genervt, ihr ganzer Körper schmerzte, und sie hätte jetzt nichts lieber getan, als nach Hause zu fahren und sich gemütlich auf die Couch zu kuscheln. Gerade als sie sich mühsam aus dem Auto hievte, tauchte ein älterer Mann auf. Er steuerte direkt auf sie zu und baute sich vor ihr auf.

»Saache Se mal, Frollein, kenne Se net die Schilder dort lese? Des is e Fußgängerzon hier!«, blaffte er sie an. Pias Vorrat an Höflichkeit und Langmut war für den heutigen Tag aufgebraucht.

»Kaufen Sie sich mal eine neue Brille«, riet sie ihm. »Das Einfahrverbot gilt von 9 bis 18 Uhr, jetzt ist es halb sieben.«

Sie ließ ihn einfach stehen, ging an ihm vorbei und warf ihr Kärtchen in den Briefkasten des Ladens.

»Lasst uns zu Winklers nach Glashütten fahren«, sagte sie zu Cem und Kim. »Das ist jetzt wichtiger.«

Der Alte hatte unterdessen ein Handy aus seiner Jackentasche gewurschtelt, stellte sich genau vor das Auto und fotografierte das Nummernschild. Pia beachtete ihn nicht und hielt Cem den Autoschlüssel hin.

»Kannst du fahren? Mir langt's für heute.«

»Klar.« Ihr Kollege ergriff den Schlüssel und setzte sich hinter das Lenkrad. Pia nahm auf dem Beifahrersitz und Kim auf der Rückbank Platz. Während der Fahrt sprach niemand von ihnen, und Pia war dankbar für die Ruhe. Die Straßen waren leer, in der Höhe von Königstein verwandelte sich der Regen in dichten Schneefall. Erst jetzt sah Pia die SMS, die Bodenstein ihr geschickt hatte. *Erik Stadler ist aufgetaucht. Nach der PK fahre ich hin.*

Erik Stadler. Hatte er seine Schwester gemocht? Wie musste es für ihn gewesen sein, mit anzusehen, wie sie sich jahrelang quälte? War der Selbstmord seiner Schwester womöglich der Auslöser für die Morde gewesen? Erik Stadler und sein Vater hatten einen doppelten Grund, Renate Rohleder, Dieter Rudolf und Fritz Gehrke zu hassen. Pia gähnte. Im Auto war es so warm, dass sie müde wurde. Jetzt könnte sie mit Christoph zusammen auf einem Schiff sein und sorglos in der Sonne sitzen. Stattdessen fuhr sie durch Dunkelheit und Schneefall und kam mit ihrer Arbeit kein Stück voran! Es war schrecklich, nur reagieren, statt agieren zu können. Vier Tote! Und sie tappten noch immer im Dunkeln.

»So, da sind wir«, sagte Cem plötzlich, und Pia zuckte erschrocken hoch. »Das Licht brennt, sie scheinen da zu sein.«

Kim klappte ihr iPad zu, sie stiegen aus, klingelten und stapften durch knöcheltiefen Schnee zur Haustür der Winklers.

Die Mutter von Kirsten Stadler, Lydia Winkler, war eine schmächtige Frau mit kurzgeschnittenen, dunkelrot gefärbten Haaren und einem verlebten Gesicht voller Falten.

»Kommen Sie doch herein«, sagte sie freundlich. »Es tut mir leid, dass Sie bei diesem schrecklichen Wetter hierherfahren mussten.«

»Kein Problem.« Pia zwang sich zu einem Lächeln. »Glücklicherweise spendiert das Land Hessen Winterreifen für die Dienstwagen.«

Das Haus war größer, als es von außen wirkte. Im typischen Stil der siebziger Jahre erbaut, mit düsteren Holzdecken, Perserteppichen auf dunkelbraunen Fliesen, altmodischen Gardinen und übergroßen Fenstern mit Metallrahmen ähnelte es dem Palast von Fritz Gehrke. Frau Winkler führte sie in ein Wohnzimmer, das so groß war wie die gesamte Erdgeschossfläche von Pias Haus auf dem Birkenhof, durch die dunkle Holzdecke aber niedrig wirkte.

»Warten Sie bitte einen Moment, ich hole meinen Mann.« Die Frau verschwand, ohne ihnen einen Platz anzubieten.

Pia, Cem und Kim blickten sich an, dann sahen sie sich diskret um. Auf einer Anrichte standen haufenweise gerahmte Fotos, und Pia betrachtete sie neugierig. Die meisten Bilder zeigten Kirsten Stadler oder ihre Kinder in verschiedenen Altersstufen, der Schwiegersohn war auf keinem Foto zu sehen. Auch an der Wand hingen Fotos der verstorbenen Tochter. Kirsten Stadler war ein hübsches Mädchen und später eine attraktive Frau mit einem herzlichen Lächeln gewesen.

Es dauerte eine ganze Weile, bis Frau Winkler wieder auftauchte, ihren Gatten im Schlepptau. Er war ein gutes Stück größer als seine Frau, ein sehniger Glatzkopf mit einem hageren Gesicht und einem bitteren Zug um den Mund. In seinen hellen Augen lauerte jene Reizbarkeit, die auf die kleinste Provokation wartete, um auszubrechen. Er war Pia auf den ersten Blick unsympathisch.

»Ah, die Polizei. Später konnten Sie wohl nicht vorbeikommen«, sagte Joachim Winkler statt einer Begrüßung mürrisch und steckte die Hände demonstrativ in die Hosentaschen.

Pia antwortete nicht darauf, und für einen Moment herrschte unbehagliches Schweigen. Es war sehr warm im Haus, sie spürte, wie ihr der

Schweiß ausbrach. Ihr Mund war staubtrocken, und ihr Kopf fing an zu schmerzen.

»Was wollen Sie von uns?«, fragte Winkler schroff.

»Sie haben vielleicht bereits von Ihrem Schwiegersohn Dirk Stadler erfahren, dass die Sniper-Morde der letzten Tage sehr wahrscheinlich im Zusammenhang mit dem Tod Ihrer Tochter stehen«, begann Pia ohne große Vorrede. Winklers starre Miene verfinsterte sich, als sie den Namen seines Schwiegersohnes erwähnte.

»Nein, das wussten wir nicht«, knurrte Joachim Winkler. »Wir pflegen keinen Kontakt mehr zu dem Mann unserer Tochter.«

Weder er noch seine Frau wollten wissen, welchen Zusammenhang es geben sollte, sie wirkten angespannt, aber nicht sonderlich überrascht oder gar interessiert.

Eine befremdliche Reaktion.

»Es werden Angehörige von Leuten ermordet, die mit dem Tod Ihrer Tochter in Verbindung gebracht werden können«, fuhr Pia fort. »Herr Stadler sagte, er könne sich vorstellen, dass Sie womöglich auch etwas damit zu tun haben.«

Sie fing Cems entgeisterten Blick auf und bemerkte ihren Fehler zu spät.

»Wie bitte?!«, explodierte Joachim Winkler und lief rot an vor Empörung. »Wie kommt dieser Kerl dazu, so etwas zu behaupten?«

Das Gespräch war völlig verfahren, bevor es eigentlich begonnen hatte. Pias ungeschickte Formulierung, die Winkler auf die Palme gebracht hatte, war ihrem übermüdeten Zustand oder ihrer instinktiven Abneigung Stadlers Schwiegervater gegenüber geschuldet. Aber Müdigkeit hin oder her, so etwas durfte ihr als Profi nicht passieren! Am besten, sie überließ Cem das Reden, er war weitaus diplomatischer als sie.

»Reg dich nicht auf, Jochen.« Seine Frau wollte besänftigend den Arm ihres Mannes ergreifen, aber er wehrte sie unsanft ab.

»Ich höre mir diesen Unsinn nicht an!«, schnaubte Winkler wütend. »Lasst mich bloß damit in Ruhe!«

Er drehte sich abrupt um und verschwand mit steifen Schritten, wenig später ging irgendwo im Haus dröhnend laut ein Fernseher an.

»Entschuldigen Sie bitte.« Pia hob bedauernd die Schultern. »Ich habe mich etwas ungeschickt ausgedrückt, aber wir stehen seit Tagen unter einem enormen Druck.«

»Schon gut.« Lydia Winkler gelang ein bemühtes Lächeln. »Mein

Mann ist noch immer sehr empfindlich, wenn es um Kirsten geht. Er gibt sich nach wie vor die Schuld an allem.«

Schon Helen Stadler hatte sich die Schuld am Tod ihrer Mutter gegeben. Und nun auch ihr Großvater?

»Aber Ihre Tochter ist an einer Hirnblutung gestorben«, sagte Pia. »Daran hat niemand Schuld.«

»Wir alle haben schwere Zeiten hinter uns. Über den Tod unserer Tochter ist unsere Familie zerbrochen. Es ist immer schwer, mit einem plötzlichen, unerwarteten Tod umzugehen, aber wenn dann noch solche Umstände dazukommen, dann ist das eine echte Prüfung.«

»Welche Umstände meinen Sie?«, erkundigte Cem sich.

»Das ist eine lange Geschichte.« Lydia Winkler seufzte und wies auf die Sofas. »Kommen Sie, setzen Sie sich.«

Karoline Albrecht hatte schon einige Pressekonferenzen erlebt, aber immer war sie dabei diejenige gewesen, die oben auf dem Podium gesessen hatte. Nun stand sie in der Menge der sensationsgierigen Journalisten, Kameraleute und Fotografen und wartete darauf, was die Polizei bekanntgeben würde. Konstantin Faber hatte ihr tatsächlich eine E-Mail mit dem Hinweis auf die kurzfristig anberaumte Pressekonferenz geschickt, aber gleich dazu geschrieben, dass er selbst nicht dort sein würde. Der Andrang war groß, und niemand kontrollierte Akkreditierung oder Presseausweise, deshalb war es kein Problem für sie gewesen, in die Halle zu gelangen.

Es war kurz nach 19 Uhr, als die Polizisten und der Staatsanwalt endlich auf die Bühne kletterten und sich an den langen Tisch setzten, vor dem ein Wald von Mikrophonen aufgebaut war. Scheinwerfer flammten auf, ein Blitzlichtgewitter brach los. Die Chefin der Hofheimer Kriminalpolizei, eine energische Rothaarige in einem flaschengrünen Kostüm, ergriff als Erste das Wort und legte zu Karolines Überraschung tatsächlich alle Fakten auf den Tisch. Sie hatte damit gerechnet, dass die Polizei sich weiterhin bedeckt halten und ihre mangelnden Ermittlungserfolge verschleiern würde, aber nicht mit dieser schonungslosen Offenheit.

»Sie müssen nicht alles mitschreiben«, sagte Dr. Nicola Engel zu den anwesenden Journalisten. »Wir haben eine ausführliche Presseerklärung vorbereitet, der Sie alle Daten und Fakten entnehmen können. Danke für Ihre Aufmerksamkeit. Sie können nun Fragen stellen.«

Ein wahrer Sturm brach los, alle sprangen auf und schrien durcheinander. Die beiden jungen Damen mit Mikrophonen in der Hand waren überfordert, bis die Rothaarige einschritt und einem Journalisten nach dem anderen das Wort erteilte.

»Haben Sie denn schon eine heiße Spur?«, fragte jemand.

Es wurde ganz still im Saal, nur die Auslöser der Kameras klickten und Blitzlichter zuckten.

»Leider nein«, antwortete Hauptkommissar von Bodenstein mit ruhiger Stimme. »Wir haben Ihnen heute Abend alle Fakten präsentiert, die wir haben. Wir werden Sie sofort informieren, wenn wir irgendetwas wissen, was die verängstigte Bevölkerung beruhigen könnte. Aber bedauerlicherweise sind wir noch nicht so weit. Deshalb möchten wir alle Menschen im Rhein-Main-Gebiet bitten, sehr aufmerksam zu sein. Das Einzige, was wir wohl mittlerweile mit Gewissheit sagen können, ist, dass der Täter seine Opfer nicht wahllos aussucht. Mehr können wir Ihnen heute leider nicht sagen.«

Um Viertel vor acht war die Pressekonferenz beendet. Der Saal leerte sich schlagartig, es blieben nur ein paar Fernsehleute zurück, die ihre Kameras einpackten. Karoline fragte sich, weshalb sie überhaupt hierhergekommen war. Es fühlte sich für sie an, als ob die Erinnerung an ihre Mutter, die nur als »Opfer Nr. 2« bezeichnet worden war, besudelt worden sei. Am liebsten hätte sie eines der Mikrophone ergriffen und diese sensationsgeile Meute angeschrien, damit sie endlich mit dieser Respektlosigkeit aufhörte, aber dann hätten sie sich wahrscheinlich auf sie gestürzt, auf die Tochter von »Opfer Nr. 2«, und man hätte versucht, Hintergrundinformationen oder Fotos zu bekommen, um – noch schlimmer – eine rührselige Schicksalsgeschichte daraus zu machen.

Karoline durchquerte das Foyer der Stadthalle und sah Kommissar von Bodenstein, der von einem Reporter bedrängt wurde. *Taunus Echo* stand auf dessen Umhängetasche, und das machte sie neugierig. Faber, dieser Feigling, hatte also jemanden vom Fußvolk geschickt, statt selbst zu kommen! Sie verlangsamte ihre Schritte und sperrte die Ohren auf.

»Denken Sie etwa, wir sitzen nur rum und drehen Däumchen?«, sagte Hauptkommissar von Bodenstein gerade, und seiner Miene war nicht anzumerken, ob er verärgert oder gar zornig war. »Wir haben ein Dutzend Beamte am Telefon der Hotline, die dank des Artikels Ihres Kollegen mit Anrufen überschwemmt werden.«

Er benutzte den Genitiv, das gefiel ihr. Karoline mochte es, wenn Leute sich anständig ausdrückten.

»Bis heute Nachmittag wurde der Täter angeblich von ungefähr zweihundert Leuten gesehen, an allen möglichen oder unmöglichen Orten. Jeder dieser Hinweise muss überprüft werden. Sie können sich vielleicht vorstellen, welche Kapazitäten das bindet und mit welchem Aufwand das verbunden ist.«

»Aber so kriegen Sie möglicherweise einen Hinweis auf eine richtige Spur«, erwiderte der Reporter fast ein wenig trotzig.

»Nein, das ist einfach nur Zeitverschwendung.« Hauptkommissar von Bodenstein blickte stirnrunzelnd auf sein Handy. »Glauben Sie mir, ich ermittele nicht zum ersten Mal in meinem Leben in einem Mordfall. Ich weiß, wann man welche Informationen geben soll und darf. Pressefreiheit hin oder her. Richten Sie Herrn Faber aus, dass er mich informieren möchte, wenn er irgendetwas erfährt, und zwar bevor er es in Ihrer Zeitung veröffentlicht.«

»Ich habe tatsächlich eine Neuigkeit für Sie«, hörte Karoline Fabers Kollegen sagen, als der Kommissar sich nun anschickte zu gehen. »Es gibt da einen Anwalt, der damals die Klinik gegen die Familie Stadler vertreten hat. Sein Name ist Dr. Peter Riegelhoff. Vielleicht weiß er mehr über das, was damals passiert ist.«

Karoline schnappte fassungslos nach Luft. Das war eine Information, die *sie* Faber heute gegeben hatte, nachdem er ihr zuvor versichert hatte, er werde alles, was sie ihm mitteilte, höchst vertraulich behandeln! So ein hinterhältiger Mistkerl! Plötzlich beschlich sie ein ungutes Gefühl. Was hatte sie dem Journalisten sonst noch erzählt? Hatte sie noch mehr Namen genannt? Was, wenn die Polizei dadurch nun Probleme bekam?

»Ich hoffe nicht, dass Herr Faber oder Sie auf eigene Faust Ermittlungen anstellen«, sagte der Kommissar nun zu dem Reporter. »Das könnte fatale Folgen haben. Und es ist gefährlich. Richten Sie Herrn Faber aus, dass er sich an unsere Abmachung halten soll. Schönen Abend noch.«

Damit wandte er sich ab und ging mit schnellen Schritten davon.

Karoline blickte ihm nach. Sollte sie ihn ansprechen und ihm sagen, dass sie mit Faber gesprochen hatte? Aber was konnte sie ihm überhaupt sagen, was er selbst nicht längst wusste? Alle ihre Informationen stammten von Renate Rohleder, und die hatte sie wiederum von der Polizei bekommen. Sie trat an die frische Luft, schlug die Kapuze ihres Mantels hoch und beobachtete, wie Bodenstein und seine rothaarige Chefin in ein dunkles Auto stiegen.

Nein. Es war noch zu früh, um dem gestressten Kommissar mit irgendeiner vagen Geschichte zu kommen.

Erleichtert nahm Pia zwischen Cem und ihrer Schwester auf dem Sofa Platz, Lydia Winkler setzte sich ihnen gegenüber auf einen Sessel. Mit gefasster Stimme erzählte sie, was an jenem 16. September 2002 geschehen war, wie sie den verzweifelten Anruf von ihrem Enkelsohn Erik bekommen hatte, der schluchzend rief, seine Mama wäre umgekippt und würde nicht mehr wach.

»Mein Mann und ich sind sofort nach Niederhöchstadt gefahren, um die Kinder zu holen«, sagte sie. »Und dann fuhren wir in die Klinik, in die Kirsten eingeliefert worden war. Erik und Helen waren völlig außer sich, Dirk war im Ausland und telefonisch nicht zu erreichen. Im Krankenhaus teilte man uns mit, Kirsten haben eine Hirnblutung erlitten und sei zu lange ohne ausreichende Sauerstoffversorgung gewesen. Sie sei hirntot. Wir standen völlig unter Schock und konnten nicht begreifen, was die Ärzte sagten. Kirsten lag auf der Intensivstation und sah aus, als würde sie schlafen. Sie wurde beatmet, aber ihre Haut war warm, sie schwitzte sogar und … und ihre Verdauung funktionierte.«

Lydia Winkler machte eine kurze Pause und schluckte krampfhaft. Dann holte sie tief Luft und fuhr fort.

»Man sagte uns klipp und klar, bei Kirsten seien durch die Blutung große Teile des Hirnstamms und des Großhirns irreparabel geschädigt, und begann uns zu bedrängen. Wir sollten die Entscheidung treffen und Kirstens Organe zur Spende freigeben. Es … es erschien uns wie Mord, sie aufschneiden und ihre Organe herausnehmen zu lassen, denn sie … sie wirkte so lebendig.«

Wieder brach die Stimme der Frau, sie kämpfte mit den Tränen. Der Schmerz saß tief, das Geschehene war noch immer so präsent, als sei es erst vor kurzem passiert. Dirk Stadler war am anderen Ende der Welt und nicht erreichbar gewesen, und die Winklers waren mit der Entscheidung, zu der die Ärzte der UKF sie drängten, völlig überfordert. Sie hatten mit ihrer Tochter nie über Organspende gesprochen und nicht gewusst, ob sie einen Spenderausweis besessen oder eine testamentarische Verfügung gemacht hatte.

»Wir baten, auf Dirk zu warten, aber die Ärzte drängten immer mehr. Sie setzten uns moralisch unter Druck, erzählten uns von Patienten, denen geholfen werden könnte. Sie scheuten vor nichts zurück.« Lydia Winkler drehte ihre Lesebrille zwischen den Fingern und zwang sich, sachlich zu bleiben. Zu allem Unglück hatte der damals siebzehnjährige Erik ein Gespräch von zwei Ärzten mit angehört und begriffen, dass die Ärzte seine Mutter längst aufgegeben hatten. Die intensivmedizinischen Maßnahmen zielten nur noch darauf ab, ihre Organe funktionsfähig zu erhalten.

»Er drehte regelrecht durch«, erinnerte sich Lydia Winkler. »Er tobte und schrie und war nicht zu beruhigen. Irgendwann schickte man uns nach Hause. Und als mein Mann und ich am nächsten Morgen in die Klinik kamen, stellte man uns vor vollendete Tatsachen. Noch in der Nacht hatten sie unserem Kind alles entnommen, was möglich war, sogar … sogar die Augen und Knochen! Sie war regelrecht ausgeweidet worden.«

Sie machte eine kurze Pause und verzog das Gesicht. Es fiel ihr sichtlich schwer, Haltung zu bewahren.

»Ihr Anblick, wie sie da im Kühlhaus lag, nur noch eine leere Hülle, war entsetzlich. Man hatte ihr die leeren Augenhöhlen zugeklebt«, sagte sie mit bebender Stimme. »Und sie sah aus, als hätte sie furchtbare Schmerzen erlitten. Wir hätten uns für sie einen friedlichen Tod gewünscht, ein Einschlafen im Kreise der Familie nach dem Abschalten der lebenserhaltenden Maßnahmen, aber das war ihr nicht vergönnt gewesen.«

Dirk Stadler war am nächsten Tag aus Fernost zurückgekehrt und man hatte ihm die Genehmigung zur Organentnahme präsentiert, unterschrieben von seinem Schwiegervater. Joachim Winkler hatte wieder und wieder beteuert, er habe niemals eine solche Genehmigung unterschrieben, lediglich eine Vollmacht für die Behandlung, weil Kirsten Stadler bei ihrer Einlieferung ja nicht mehr in der Lage gewesen war, für sich selbst zu entscheiden.

»Aber da war seine Unterschrift – schwarz auf weiß«, fuhr Lydia Winkler fort. »Man hatte uns eindeutig betrogen, aber letztlich stand Aussage gegen Aussage. Später behaupteten sie, mein Mann habe in dieser extremen emotionalen Ausnahmesituation, in der wir uns befunden hätten, wohl nur nicht richtig zugehört. Das hat ihn völlig verbittert, denn er konnte das Gegenteil nicht beweisen.«

»Hat Ihr Schwiegersohn die UKF deshalb verklagt?«, erkundigte sich Cem.

»Ja, das war einer der Gründe.« Lydia Winkler nickte. »Aber es ging uns vor allen Dingen darum, wie Kirsten dort behandelt wurde. Sie hörte in den Augen der Ärzte auf, ein Mensch zu sein, als klar war, dass sie sterben würde. Sie waren wie die Aasgeier. Es war einfach widerlich, wie sie ihre Leiche gefleddert haben. Das war so … so respektlos!«

»Wie ging die Klage aus?«, fragte Cem.

»Dirk und die Klinik einigten sich später außergerichtlich. Er bekam eine Schadensersatzsumme, und sie bezahlten seinen Anwalt. Für mich kommt das einem Schuldeingeständnis gleich.«

Pia revidierte insgeheim ihr vorschnelles Urteil über Joachim Winkler, gleichzeitig erkannte sie, dass der Mann das perfekte Motiv für die Morde hatte. Fraglich war nur, ob ein Siebzigjähriger in der Lage war, diese Taten auch zu begehen.

»Ihr Schwiegersohn hat uns erzählt, dass Sie und Ihr Mann in einer Art Selbsthilfegruppe aktiv sind«, sagte Pia nun.

»Ja, das stimmt«, bestätigte Lydia Winkler. »Nach Kirstens Tod waren wir wie versteinert. Es gab niemanden, mit dem wir über unsere Zweifel und unsere Schuldgefühle sprechen konnten. Unsere Enkeltochter stieß im Internet auf diese Gruppe. HAMO ist eine Interessengemeinschaft von Angehörigen, denen etwas Ähnliches widerfahren ist wie uns. Eltern, die ihr minderjähriges Kind nach einem Unfall zur Organspende freigegeben haben, Ehepartner, Eltern von erwachsenen Kindern. Niemand ist auf eine Situation vorbereitet, in der man eine Entscheidung von einer solchen Tragweite treffen muss. Mitzuerleben, wie der geliebte Mensch von den Ärzten plötzlich nicht mehr als Mensch, als Sterbender betrachtet wird, sondern nur noch als … als Material, als ein Ersatzteillager, das ist das Schlimmste, was man erleben kann. Der Tod ist schlimm genug, aber wenn er so würdelos kommt, dann ist das etwas, was einen nie mehr loslässt. Noch heute, zehn Jahre danach, träume ich fast jede Nacht davon, und es hilft mir auch nicht, dass Kirsten einigen Menschen das Leben retten konnte. Ihr Leben wurde nicht gerettet, und das von Helen wurde in letzter Konsequenz auch dadurch zerstört.«

Sein viertes Opfer war den Fernsehsendern endlich eine Sondersendung wert. Man berichtete live von der Pressekonferenz, die die Polizei gab. Die Presse nannte ihn neuerdings den »Taunus-Sniper«. Wer war bloß auf diesen reißerischen, pathetischen Namen gekommen? Interessiert hörte er zu und stellte fest, dass die Polizisten clever waren.

»Wir gehen mittlerweile davon aus, dass die Taten in Zusammenhang stehen«, sagte der Ermittlungsleiter, ein gutaussehender Mann mit einem markanten Gesicht und einer sonoren Baritonstimme, der zweifellos gut in die Besetzung einer dieser amerikanischen Fernsehserien wie Criminal

Minds *oder* Cold Case *gepasst hätte. »Das Motiv des Täters ist Rache, jedoch sind nicht seine Opfer die eigentlichen Zielpersonen, sondern deren Angehörige.«*

»Herzlichen Glückwunsch, Herr von Bodenstein! Sie sind auf der richtigen Fährte!« Er prostete dem Kommissar am Bildschirm spöttisch mit seiner Bierflasche zu, nahm einen tiefen Schluck und biss danach in sein Käsebrot.

Endlich tat die Polizei das, womit er längst gerechnet hatte: Sie bat die Öffentlichkeit um Hilfe, suchte nach Zeugen und präsentierte deshalb erstaunlich viele Fakten über die vier Opfer, die genauen Umstände der Taten samt Datum, Uhrzeit und Tatort, ja, sie zeigten sogar Ausschnitte von Google Maps, genau wie bei Aktenzeichen XY*!*

Nachdenklich lehnte er sich zurück. Seine Verfolger kamen näher, dennoch waren sie ziemlich ahnungslos, und das war gut so. Zu schnell durften sie ihn nicht erwischen, auch wenn die Luft für ihn täglich dünner wurde und er in Zukunft noch vorsichtiger sein musste. Eigentlich hatte er sich mehr Zeit lassen wollen. Und woran er überhaupt nicht gedacht hatte, war die Panik der Bevölkerung. Im Vorspann hatten die Fernsehleute eine Gastwirtin zu Wort kommen lassen, einen Einzelhändler, den Chef eines Einkaufszentrums und einen Busfahrer. Aus Angst davor, Opfer eines Wahnsinnigen zu werden, fuhren kaum noch Taxis und Busse, Gaststätten schlossen, weil die Gäste ausblieben, Pakete stapelten sich bei Auslieferungsunternehmen, weil die Fahrer nicht fahren wollten. Die ganze Sache nahm Ausmaße an, die er so nicht vorhergesehen hatte, aber das ließ ihn genauso kalt wie die Bezeichnungen, mit denen man ihn bedachte. Es war ihm gleichgültig, ob man ihn für einen Irren, einen Wahnsinnigen, einen Psychopathen oder einen eiskalten Killer hielt. Eines Tages würde er seine Beweggründe erklären, spätestens vor Gericht. Er griff nach der Fernbedienung und schaltete den Fernseher aus. In der plötzlichen Stille hörte er den Regen gegen die Fensterscheiben trommeln. Er würde die ganze Sache bis zum Ende durchziehen. Darauf hatte er sein Wort gegeben.

Joachim Winkler hatte das perfekte Motiv, daran bestand kein Zweifel. Je mehr seine Frau über ihren Mann und seine tiefe Verzweiflung erzählte, desto deutlicher wurde Pia bewusst, dass er ihr Täter sein konnte. Zerfressen von Selbstvorwürfen, Schmerz und ohnmächtigem Zorn, litt er bis heute unter einer quälenden irrationalen Schuld. Es gab keinen Beweis dafür, dass er damals in der Klinik, als er eine vermeintliche Behandlungsvollmacht unterschrieben hatte, betrogen worden war. Für einen rechthaberischen, selbstgerechten Charakter wie Winkler war das die wohl bitterste Niederlage gewesen, die er erleiden konnte. Und er kannte sie alle, die Leute, die damals mit dem Tod seiner Tochter zu tun gehabt hatten. Lydia Winkler hatte bestätigt, dass ihr Mann die Klage gegen die UKF mit einer wahren Besessenheit vorangetrieben hatte. Sein ganzes Leben war seitdem von dem Wunsch nach Vergeltung geprägt.

»Danke für Ihre Offenheit«, sagte Cem freundlich und mitfühlend, wie das seine Art war. »Ich kann mir vorstellen, wie schwer es für Sie sein muss, über all das zu sprechen.«

»Ich hoffe, es hilft Ihnen weiter«, erwiderte Lydia Winkler und lächelte traurig.

Sie erhoben sich vom Sofa. Der Fernseher in einem der benachbarten Zimmer verstummte, aber Joachim Winkler tauchte nicht mehr auf.

»Hat Ihr Mann eigentlich eine Waffe?«, fragte Pia, einer plötzlichen Eingebung folgend.

»Ja. Mehrere.« Lydia Winkler nickte zögernd. »Er war früher ein guter Schütze und leidenschaftlicher Jäger. Aber das ist lange her.«

»Können wir die Waffen mal sehen?«

»Natürlich.«

Sie folgten der Frau durch die Küche in eine große Doppelgarage, in der nur ein weißer Mercedes älteren Baujahrs stand. Neben einer Werkbank und einer Tiefkühltruhe stand ein Waffenschrank aus Metall. Frau Winkler nahm einen Schlüssel aus einer Schublade der Werkbank und öffnete den Waffenschrank. Fünf Gewehre. Vier Repetierer und ein Luftgewehr. Pia zog sich Latexhandschuhe über, nahm eine Waffe nach der anderen in die Hand, blickte in die Läufe und die Magazinschächte und schnupperte an ihnen. Frau Winkler sah ihr dabei mit wachsendem Missfallen zu.

»Glauben Sie etwa, mein Mann hätte etwas mit diesen Morden zu tun?«, fragte sie verstimmt, als Pia das letzte Gewehr wieder in den Schrank zurückstellte und den Kopf schüttelte. Keine dieser Waffen war in der letzten Zeit benutzt worden.

»Wir glauben gar nichts«, beeilte Cem sich zu sagen. »Aber wir sind verpflichtet, jeder Spur nachzugehen.«

Frau Winkler schloss den Waffenschrank wieder ab und warf Pia einen bösen Blick zu.

»Mein Mann ist an Parkinson erkrankt. Ohne seine Tabletten kann er sich nicht einmal mehr selbst rasieren.« Sie drückte auf einen Schalter, worauf sich das Garagentor polternd öffnete. »Sie finden den Weg zu Ihrem Auto sicher alleine. Auf Wiedersehen.«

»Auf Wiedersehen«, antwortete Cem. »Und noch einmal vielen Dank.«

Lydia Winkler nickte stumm, die Hand auf dem Schalter. Das Garagentor schloss sich hinter ihnen, kaum dass sie die Garage verlassen hatten.

»Die war sauer«, stellte Kim fest, als sie durch den Schnee die nicht geräumte Auffahrt entlangstapften.

»Ist mir völlig egal«, erwiderte Pia. »Der Alte hat ein Motiv und kocht vor Hass. Es würde mich nicht wundern, wenn er irgendwie in dieser Sache mit drinsteckt.«

»Er hat Parkinson«, erinnerte Cem sie.

»Na und? Das bedeutet nur, dass er nicht selbst schießen kann. Aber planen und Leute ausspionieren kann er trotzdem.«

Sie hatten das Auto erreicht. Cem holte einen Handfeger aus dem Kofferraum und kehrte den Schnee von Windschutz- und Heckscheibe, während Pia und Kim einstiegen.

»Der Täter *muss* aus dem engeren Umfeld von Kirsten Stadler kommen«, sagte Pia, als auch Cem eingestiegen war und den Motor angelassen hatte. »Witwer, Sohn, Eltern. Sie alle haben ein Motiv, und seit dem Selbstmord von Helen vielleicht sogar zwei. Wir müssen die Alibis von allen überprüfen.«

»Er ist seit 19:14 Uhr da und hat die Wohnung nicht mehr verlassen«, berichtete einer der beiden Polizisten, die das Haus in der Adlerflychtstraße im Nordend, in dem Erik Stadler wohnte, beobachtet hatten.

»Ist er alleine?«, erkundigte Bodenstein sich.

»Keine Ahnung«, erwiderte der uniformierte Kollege. »In dem Haus wohnen zehn Parteien, da herrscht ständiges Kommen und Gehen.«

»Wie ist er gekommen? Mit dem Auto, zu Fuß?«

»Zu Fuß. Er hatte Joggingklamotten an.«

»Okay.« Bodenstein blickte zu dem hell erleuchteten Penthouse hoch. »Dann lasst uns mal reingehen.«

Sie überquerten die Straße und gingen zur Haustür. Bodenstein, der Stadler nicht warnen und ihm womöglich eine Gelegenheit zur Flucht geben wollte, drückte auf eine der untersten Klingeln und hoffte, dass die Klingelschilder der Lage der Wohnungen im Haus entsprechend sortiert waren. Tatsächlich öffnete eine Frau, die im Erdgeschoss wohnte. Nachdem sie Bodensteins Ausweis und die uniformierten Polizisten gesehen hatte, nickte sie nur desinteressiert und schloss wieder die Tür. Mit dem Aufzug fuhren sie in den siebten Stock und stiegen dann noch ein paar Stufen hoch zum Penthouse. Durch die geschlossene Wohnungstür drang laute Techno-Musik. Bodenstein klingelte. Die Musik brach ab, Schritte näherten sich, dann ging die Tür auf. Erik Stadler trug nur Boxershorts und ein weißes Unterhemd, das einen durchtrainierten Körper sehen ließ. Eine kunstvolle Tätowierung zog sich über Stadlers linke Schulter. Er hob die Augenbrauen, als er die Polizisten sah.

»Haben sich die Spießer untendrunter wieder mal wegen der Mucke beschwert, was?«, sagte er, erst dann erkannte er Bodenstein. Ein furchtsamer Ausdruck trat in seine Augen, sein Lächeln wirkte plötzlich gezwungen. »Kommt deswegen jetzt schon die Kripo?«

»Guten Abend, Herr Stadler«, antwortete Bodenstein. »Wir sind nicht wegen der Musik hier. Dürfen wir hereinkommen?«

»Ja. Bitte.« Er trat einen Schritt zur Seite und ließ sie eintreten.

Ähnlich wie sein Vater schien auch Erik Stadler eine Vorliebe für Weitläufigkeit zu haben. Die meisten tragenden Wände waren durch Stützpfeiler ersetzt worden, so dass ein sehr großer Raum entstanden war. Bodentiefe Fenster erlaubten einen Blick über die Hausdächer auf die Wolkenkratzer des Bankenviertels. An der Stirnseite befand sich eine offene Küche, daneben führte eine Treppe auf eine Galerie. Eine schöne Wohnung, sicherlich nicht billig in dieser Gegend Frankfurts.

»Worum geht's?«, wollte Erik Stadler wissen. Er gab sich betont entspannt, war es aber nicht. Das Unbehagen drang aus jeder Pore seines Körpers.

»Wo waren Sie heute gegen 13 Uhr?«, wollte Bodenstein wissen.

»Hier«, behauptete Stadler. »Ich habe gearbeitet. Das mache ich oft. Kann mich besser konzentrieren als im Büro.«

»Gibt es dafür Zeugen?« Bodenstein hatte im Laufe der Zeit in die Gesichter vieler Menschen geblickt, die versuchten, ihn zu belügen. Sie glaubten alle, sie könnten sich verstellen, aber das gelang nur den wenigsten.

»Nein. Wieso?« Erik Stadler war ein ungeübter Lügner mit einem schlechten Gewissen. Er schaffte es nur mit Mühe, Bodenstein anzusehen.

»Wo waren Sie am Mittwoch, dem 19. Dezember gegen acht Uhr morgens?«, fragte dieser weiter, ohne auf Stadlers Frage einzugehen. »Am Donnerstag, dem 20. Dezember um 19 Uhr abends und am Dienstag, dem 25. Dezember um acht Uhr morgens?«

Stadlers Verständnislosigkeit war nicht echt.

»Am 25.? Das war Weihnachten.« Er kratzte sich am Kopf, zupfte an seinem Ohrläppchen und an seiner Nase und verschränkte die Arme vor der Brust. »Da war ich morgens schon früh laufen. Ich trainiere viel, als Ausgleich zu meinem Job.«

»Wo sind Sie gelaufen, und von wann bis wann genau? Hat Sie jemand gesehen? Haben Sie mit jemandem gesprochen?«

»Ich kann mich nicht mehr erinnern. Ich laufe jeden Tag. Warum ist das wichtig?«

Bodenstein ließ sich von diesen Zwischenfragen nicht beirren. Er bemerkte den Schweiß, der dem Mann auf die Stirn trat, das nervöse Spiel seiner Hände, den unsteten Blick. Niemand blieb ruhig, wenn er von der Kriminalpolizei befragt wurde, das wusste Bodenstein, aber Stadlers Nervosität ging über das normale Maß hinaus.

»Sie sind Biathlet?«, erkundigte er sich. »Ungewöhnlich für jemanden aus dieser Gegend.«

»Ich war während meiner Bundeswehrzeit bei den Gebirgsjägern«, antwortete Stadler, und diesmal log er nicht. »So bin ich zum Biathlon gekommen. Heute habe ich zum Skilaufen nur noch selten Zeit.«

»Aber Sie haben Zeit für andere ungewöhnliche Extremsportarten.«

»Hin und wieder. Worauf wollen Sie hinaus?«

»Sind Sie ein guter Schütze?«

»Ja. Ich war früher mal ziemlich gut.« Stadler nickte. »Aber das ist schon ein paar Jahre her.«

Bodenstein fragte die Namen der Opfer des Snipers ab, aber Stadler kannte angeblich nur Ingeborg Rohleder, die Mutter der ehemaligen Nachbarin, und Professor Rudolf. Von Maximilian Gehrke und Hürmet Schwarzer wollte er nie zuvor gehört haben.

»Herr Stadler, es wäre gut, wenn Sie für die Zeiten, nach denen ich Sie eben gefragt habe, Alibis hätten«, sagte Bodenstein. »Sie stehen unter Verdacht, vier Morde begangen zu haben. Und deshalb möchte ich Sie bitten, uns jetzt aufs Kommissariat nach Hofheim zu begleiten.«

»Das ist nicht Ihr Ernst!«, protestierte Erik Stadler. »Ich bin doch kein Mörder!«

»Dann sagen Sie mir, was Sie in der Zeit, in der die Morde geschahen, getan haben«, entgegnete Bodenstein.

»Das … das kann ich nicht.« Stadler fuhr sich wieder über den Kopf. »Darüber muss ich nachdenken.«

»Dazu haben Sie bei uns reichlich Gelegenheit«, sagte Bodenstein. »Ziehen Sie sich bitte an und packen Sie ein paar Sachen zusammen. Mein Kollege wird Sie begleiten.«

»Bin ich verhaftet?«

»Vorläufig festgenommen«, erwiderte Bodenstein und betete die Belehrung herunter, wozu er bei der Festnahme eines Beschuldigten verpflichtet war.

»Sie irren sich. Ich habe nichts mit dieser Sache zu tun«, beteuerte Erik Stadler.

»Das hoffe ich für Sie.« Bodenstein wandte sich ab. »Beeilen Sie sich bitte.«

Zehn Minuten später fuhren sie mit dem Aufzug hinunter ins Erdgeschoss. Im Hausflur kam ihnen eine Frau entgegen. Sie hatte kurzgeschnittenes schwarzes Haar und trug Sportkleidung unter einem hellen Trenchcoat.

»Erik!«, rief sie, als sie den Mann erkannte, der zwischen den beiden Polizisten ging. »Was … was hat das zu bedeuten?«

»Lis, ich …«, begann Stadler und wollte stehen bleiben, aber die Beamten zogen ihn unbeeindruckt weiter.

»Was soll das?« Die Frau ließ ihre Sporttasche fallen. »Ich will mit meinem Freund sprechen! Warum nehmen Sie ihn mit? Wo bringen Sie ihn hin?«

Bodenstein vertrat der Frau den Weg.

»Nach Hofheim«, sagte er. »Wir müssen mit ihm reden.«

»Ja, aber … was …?« Sie brach ab, starrte ihn aus weit aufgerissenen Augen an. »Sie sind doch … ich habe Sie vorhin im Fernsehen gesehen, oder?«

Er nickte und sah das Entsetzen in ihren Augen, als sie eins und eins zusammenzählte und begriff. Ihre Schultern sackten nach vorne, sie wandte sich ab, setzte sich auf die Treppe und begann zu weinen.

Es war elf Uhr, als sie nach Hause kamen. Bodenstein hatte im Büro noch eine Runde Pizza ausgegeben, deshalb waren sie satt, und Kim war gleich gähnend in ihrem Zimmer verschwunden. Gelegenheit für

Pia, kurz mit Christoph zu skypen, der an Bord des Kreuzfahrtschiffes WiFi hatte. Für ein paar Minuten konnte sie ihren unerfreulichen Tag vergessen und über seine treffenden Beschreibungen der teils ziemlich skurrilen Gäste lachen.

»Du siehst erschöpft aus«, stellte er fest.

»Ich hatte einen harten Tag«, erwiderte sie. »Heute gab es eine vierte Tote, und wir fischen nur im Trüben. Irgendwie geht es überhaupt nicht voran. Manchmal wünschte ich, ich könnte mich zu dir beamen.«

»Das wünschte ich mir auch.« Er lächelte mitfühlend, dann wurde er ernst. »Ich bin froh, dass du nicht alleine auf dem Hof bist.«

»Ja, ich bin auch froh, Kim hier zu haben«, gab Pia zu.

Es war tröstlich, mit Christoph zu sprechen. Obwohl Tausende von Kilometern zwischen ihnen lagen, fühlte sie sich ihm ganz nah.

»Du fehlst mir«, sagte er zum Abschied. »Ohne dich ist alles nur halb.«

Bei diesen Worten wurde Pia ganz warm ums Herz. Tränen schossen ihr in die Augen. Als sein Bild verschwunden war, klappte sie den Laptop zu und starrte eine Weile ins Leere. Hatte sie jemals zuvor einen Menschen so sehr geliebt wie Christoph? Mit Henning war das damals etwas völlig anderes gewesen. Auch wenn er tagelang unterwegs war und sie nicht genau wusste, wo er überhaupt gerade war, so hatte sie ihn nie derart schmerzlich vermisst wie Christoph. Manchmal war sie sogar froh gewesen, wenn er nicht da war.

Ihre Gedanken wanderten zu Dirk Stadler. Christoph hatte seine erste Frau, die Mutter seiner drei Töchter, damals auf ähnliche Weise verloren wie er. Hirnschlag. Aus heiterem Himmel. Er hatte ihr erzählt, wie es passiert und wie verzweifelt er gewesen war, als er plötzlich mit drei kleinen Kindern allein dagestanden hatte und alle Träume von einem Leben in Afrika zusammen mit seiner Frau zu Grabe tragen musste. Seine Kinder hatten ihn dazu gezwungen, weiterzumachen. Dank ihnen hatte er den Verlust seiner Frau verkraftet und ins Leben zurückgefunden, genau wie Dirk Stadler. Aber Stadler hatte zehn Jahre später auch noch seine Tochter verloren. Wie würde er damit zurechtkommen, wenn es sich herausstellte, dass sein Sohn ein vierfacher Mörder war? Wusste er gar, was Erik getan hatte? Tatsächlich deutete alles auf Erik Stadler als Täter hin. Bodenstein war ziemlich überzeugt davon, mit ihm heute den Sniper festgenommen zu haben, aber Pia war sich nicht so sicher. War es ein Zeichen seiner Unschuld, dass er keinen Anwalt verlangt hatte? Morgen würden sie vielleicht schon mehr wissen.

Kai hatte den dicken Ordner, den Dirk Stadler ihnen zur Verfügung gestellt hatte, akribisch durchgeackert, war aber zu seiner Enttäuschung nur auf den Namen von Professor Rudolf und den des Klinikleiters, Professor Ulrich Hausmann, gestoßen. Ein Patrick Schwarzer tauchte nirgendwo auf. Kathrin hatte heute Abend noch einmal mit dem Ehemann der toten Bäckereiverkäuferin gesprochen, aber er erinnerte sich nicht, jemals von einer Kirsten Stadler gehört zu haben. Er hatte unter starken Beruhigungsmitteln gestanden und keine brauchbaren Antworten gegeben.

Pias Handy gab einen Ton von sich. Sie zog es heran und las die Nachricht, die Kai ihr geschickt hatte. *Bist du noch wach? Hab gerade über HAMO recherchiert. Ganz schon gruselig.* Angehängt war ein Link zu einer Webseite. Da nach dem Gespräch mit Christoph ihre Müdigkeit verflogen war, klappte Pia ihren Laptop wieder auf und gab den Link in die Browserzeile ein. Sie landete auf der Webseite von HAMO, das eine Abkürzung für *Hilfe für Angehörige von Mordopfern der Organmafia* war.

»Großer Gott«, murmelte sie und begann zu lesen.

HAMO war 1998 von mehreren Leuten gegründet worden, die ihre Kinder im Schock und unter Druck zur Organspende freigegeben und erst später realisiert hatten, dass diese von den Ärzten zwar für hirntot erklärt worden, aber keine Toten, sondern Sterbende waren. Pia klickte auf den Button »Wir über uns« und erfuhr, dass HAMO mittlerweile 392 Mitglieder hatte, zu denen nicht nur Hinterbliebene gehörten, sondern auch Menschen, die beruflich mit dem Thema konfrontiert waren oder der Transplantationsmedizin aus anderen Gründen kritisch gegenüberstanden. Auf den folgenden Seiten schilderten die unterschiedlichsten Menschen den Verlust ihrer Kinder, und Krankenhausangestellte berichteten über den Verlauf von Organexplantationen. Pia, die sich nie wirklich mit dem Thema Organspende befasst und vor ein paar Jahren eher unbedarft einen Organspendeausweis ausgefüllt hatte, war tief erschüttert. Sie wählte Kais Handynummer, und er meldete sich nur Sekunden später.

»Das ist ja krass«, sagte sie.

»Lydia Winkler hat auch einen Bericht geschrieben«, erwiderte Kai.

»Hab ich gesehen.« Pia scrollte die Seite hinunter. »Das ist ja entsetzlich! Ich vernichte sofort meinen Ausweis!«

»Ich finde, Organspende ist nichts Schlechtes – im Gegenteil!«, entgegnete Kai. »Wenn man sich als Erwachsener genau informiert hat und akzeptiert, dass man eben nicht im Kreise seiner Lieben stirbt, dann ist das in Ordnung, schließlich kann man damit Leben retten.«

»Wolltest du so sterben?« Pia war entsetzt. »Stell dir mal vor, du bist gar nicht richtig tot, wie diese Frau in den USA, die auf dem Weg in den OP wieder aufgewacht ist!«

»Es gibt genaue Vorgaben für die Feststellung des Hirntodes«, sagte Kai. »Die Ärzte müssen nicht nur die klinischen Symptome nachweisen, sondern auch die Irreversibilität.«

»Glaubst du, man kann sich darauf verlassen, dass sie das wirklich tun?« Pia schauderte.

Kai beantwortete ihre Frage nicht.

»Ich finde interessant, um was es den Leuten in diesem Forum geht«, sagte er stattdessen. »Sie beklagen in erster Linie, dass sie in einem emotionalen Ausnahmezustand moralisch unter Druck gesetzt wurden, einer Organspende zuzustimmen.«

»Wie bei den Eltern von Kirsten Stadler«, sagte Pia. »Denen haben die Ärzte damals von Patienten erzählt, die sterben müssen, wenn sie nicht sofort ein neues Herz oder eine neue Niere bekommen. Frau Winkler sagte vorhin, man habe sie regelrecht erpresst und gefragt, ob sie dafür verantwortlich sein wollten, wenn jemand sterben müsste, nur weil sie so lange zögern! Das ist doch echt der Hammer!«

»Dazu kommt, dass ein Hirntoter eben nicht tot aussieht«, ergänzte Kai. Pia hörte das Klappern seiner Tastatur. »Die Leute begreifen in ihrem Schockzustand gar nicht, dass ihr Angehöriger tot sein soll, und hoffen natürlich, er wacht wieder auf. Auf der anderen Seite kann man eben nicht ewig warten, denn Organe können nur einem Lebenden, keinem Toten entnommen werden. Per definitionem gilt ein Hirntoter aber als tot. In einem verlinkten Artikel über eine Sitzung des Deutschen Ethikrates zu der Frage ›Wie steht es um Moral und Menschenwürde bei der praktizierten Hirntoddefinition‹, heißt es: ›Der hirntote Mensch ist physisches Dasein auf zellulärer Ebene, jedoch ohne Verstandestätigkeit und soziale Interaktion – das ist Vegetieren und nicht Leben.‹ Schon immer hätten bei der Definition des Hirntods die Interessen der Transplantationsmedizin eine gewisse Rolle gespielt.«

Während er sprach, klickte Pia auf das Impressum der Seite.

»Joachim Winkler ist 2. Vorsitzender, Lydia Winkler ist Schriftführerin«, unterbrach sie ihren Kollegen. »Der 1. Vorsitzende heißt Mark Thomsen und wohnt in Eppstein. Dort ist auch offiziell der Sitz dieses

Vereins. Es gibt sogar eine Notfall-Hotline für Betroffene. Die HAMO-Leute stehen rund um die Uhr zur Verfügung, um Beistand zu leisten, wenn jemand in eine Krisensituation gerät.«

»Sind auch Erik Stadler und sein Vater dabei?«, erkundigte sich Kai.

»Zumindest nicht im Vorstand«, erwiderte Pia. »Zwischen Dirk Stadler und seinen Schwiegereltern herrscht Funkstille, und er hat sich eher abfällig über HAMO geäußert. Ich glaube nicht, dass er da mitmacht. Wahrscheinlich ist das Thema für ihn längst abgeschlossen. Wenn jemand sich immer weiter damit beschäftigt, dann hat er keine Chance, eines Tages darüber hinwegzukommen. Und Dirk Stadler macht auf mich den Eindruck, als habe er den Verlust seiner Frau mittlerweile verarbeitet. Auf jeden Fall ist er kein eigenbrötlerischer Soziopath, sondern hat beispielsweise einen guten Kontakt zu seinen Nachbarn.«

»Hm«, machte Kai nur.

»Ich habe darüber nachgedacht, dass die Morde an Hürmet Schwarzer und Maximilian Gehrke eigentlich gar nicht in das Schema passen«, wechselte Pia das Thema. »Warum musste Gehrke sterben? Weil er Kirsten Stadlers Herz bekommen hat?«

»Nein, weil der Täter seinen Vater bestrafen wollte«, entgegnete Kai.

»Wofür?«, fragte Pia. »Was hat sein Vater getan?«

»Er ist einflussreich gewesen und hatte Kohle«, erwiderte Kai. »Möglicherweise hat er jemanden bestochen, damit sein Sohn schneller ein neues Herz bekommt.«

»Aber das geht doch gar nicht.« Pia schüttelte den Kopf. »Eurotransplant entscheidet, wer ein Organ bekommt. Und dazu müssen die Parameter stimmen. Nicht jeder verträgt jedes Organ.«

»Liest du keine Zeitung?«, fragte Kai mit spöttischem Unterton. »Gerade tobt doch mal wieder ein fetter Skandal, weil an den Kliniken gemauschelt wurde und Patienten, die eigentlich gar keine neue Leber hätten bekommen dürfen, trotzdem eine bekamen.«

»Das weiß ich.« Pia musste gähnen. »Wir müssten mal einen Fachmann fragen, wie so etwas läuft. Ich fürchte nur, die werden alle mauern, wenn wir ihnen solche Fragen stellen.«

»Dann frag doch deinen Ex«, schlug Kai vor und gähnte ebenfalls. »Der weiß das vielleicht. Na ja. Ich glaub, ich fahr jetzt mal nach Hause. Morgen ist auch noch ein Tag.«

Sie wünschten sich gegenseitig eine gute Nacht, aber Pia war trotz der Müdigkeit zu aufgewühlt, um jetzt ans Schlafen denken zu können.

Bis weit nach Mitternacht surfte sie im Internet und erfuhr dabei Dinge, die sie verstehen ließen, warum so viele Menschen lieber keinen Organspendeausweis ausfüllten.

Samstag, 29. Dezember 2012

In der Nacht hatte es aufgehört zu schneien, und die Temperatur war um ein paar Grad gestiegen. Bodenstein fuhr durch die Dunkelheit des frühen Morgens die gewundene Straße von Ruppertshain nach Fischbach entlang. Ostermann hatte ihm gestern noch spät die Adresse von Jens-Uwe Hartig in Kelkheim-Münster geschickt. Hartigs Wohnung lag auf seinem Weg zum Kommissariat, und deshalb hatte er beschlossen, dem Verlobten der toten Helen Stadler in aller Frühe einen Besuch abzustatten, bevor er mit deren Bruder sprach. Cosima hatte gestern Abend Sophia abgeholt, aber Inka hatte trotzdem nicht bei ihm übernachtet. Sie müsse in der Nacht hin und wieder nach einem kolikoperierten Pferdepatienten schauen, hatte sie behauptet, da sei es praktischer, wenn sie zu Hause schliefe. Zuerst hatte er ihr vorschlagen wollen, zu ihr zu kommen – vielleicht hatte sie insgeheim sogar damit gerechnet –, aber nach dem anstrengenden Tag war es ihm ganz recht gewesen, alleine zu sein und nicht mehr reden zu müssen. Unten in Kelkheim herrschte dichter Nebel, und es war ein paar Grad kälter als in Ruppertshain. Inversionswetterlage, wie häufig nach ein paar windstillen Tagen im Winter. Bodenstein fand die Adresse ohne Navi, stieg aus und klingelte bei Hartig, jedoch vergeblich. Gerade als er zu seinem Auto zurückgehen wollte, öffnete sich die Haustür, und eine Frau mit einem Kinderwagen und einem Hund an der Leine kam ihm entgegen.

»Warten Sie!« Er hielt ihr hilfsbereit die Haustür auf, bis sie Hund und Kinderwagen hinaus bugsiert hatte, dann zeigte er ihr seinen Ausweis und fragte nach Jens-Uwe Hartig.

»Der ist eben grad weggefahren«, sagte die Frau. »Bestimmt zum Friedhof. Seitdem das passiert ist, fährt er jeden Morgen vor der Arbeit dort hin.«

»Seitdem was passiert ist?«, wollte Bodenstein wissen.

»Na ja, seit seine Freundin sich umgebracht hat. Zwei Wochen vor der Hochzeit. Das hat ihn schwer mitgenommen.«

Der Hund sprang hin und her, zog ungeduldig an der Leine und verhedderte sich in einem Rad des Kinderwagens.

»Haben Sie seine Freundin gekannt?« Bodenstein bückte sich und entwirrte die Leine.

»Danke.« Die Frau lächelte. »Ja, klar habe ich die Helen gekannt. Sie war hin und wieder bei ihm.«

»Aber fest gewohnt hat sie hier nicht?«

»Nein. Nach der Hochzeit wollten sie umziehen«, wusste die Nachbarin. »Nach Hofheim. Da hat Jens-Uwe ein Haus. Aber ohne sie will er da wohl nicht wohnen.«

»Aha. Wissen Sie zufällig, auf welchem Friedhof Helen beerdigt ist?«

»Auf dem Hauptfriedhof.« Die Frau machte einen Schritt auf ihn zu und senkte die Stimme. »Ihr Vater wohnt zwar in Liederbach, aber Jens-Uwe wollte, dass sie in Kelkheim liegt. Damit er sich um sie *kümmern* kann. Klingt schon etwas freaky, oder?«

Das fand Bodenstein allerdings auch. Er bedankte sich bei der auskunftsfreudigen Nachbarin und machte sich auf den Weg zum Hauptfriedhof.

»Wie war es vor zehn Jahren?«, wollte Pia wissen. »Wurde das damals schon genauso streng gehandhabt wie heute?«

Kim und sie saßen Henning an dessen Schreibtisch im Rechtsmedizinischen Institut gegenüber und hatten sich von ihm erklären lassen, wie eine Organexplantation vor sich ging, welche Voraussetzungen ein Organempfänger mitbringen musste und wie die Vorschriften waren, die von der Deutschen Stiftung Organspende streng überwacht wurden, ganz besonders seit den Skandalen der letzten Jahre, die die Spendenbereitschaft der Deutschen drastisch reduziert hatten.

»Ja, auch damals waren die Vorschriften schon sehr streng«, sagte Henning. »Vielleicht noch nicht ganz so wie heute, aber aus jedem Fehlverhalten und Fehler lernt man ja, und es gibt neue Vorschriften.«

»Kannst du dir vorstellen, dass jemand sich oder einem Angehörigen eine Bevorzugung erkaufen kann?«, fragte Pia.

»Worauf willst du hinaus?« Henning setzte seine Brille ab, putzte sie und sah Pia mit gerunzelter Stirn an.

»Wir fragen uns, warum der Sniper Maximilian Gehrke erschossen hat«, erwiderte Pia. »Er war der Empfänger von Kirsten Stadlers Herz. Sein Vater ist wohlhabend. Vielleicht hat er etwas mit den Ärzten der UKF gedreht.«

Henning setzte seine Brille wieder auf und dachte nach.

»Man kann einen Patienten der Eurotransplant natürlich als einen besonders dringenden Fall melden«, sagte er schließlich. »Obwohl ohnehin nur noch High-Urgency-Patienten berücksichtigt werden. Wenn dann die histologischen und immunologischen Voraussetzungen stimmen und der Patient zufällig gerade in der Nähe ist, wenn es ein geeignetes Spenderherz gibt, dann ist das schon möglich.«

»Weißt du von Fällen, in denen das passiert ist?«, erkundigte sich Kim.

»Bei Herzen ist mir das nicht bekannt, aber bei Spenderlebern ist es ja gerade wieder groß in der Presse«, entgegnete Henning. »Bei einem Herz ist eben auch wichtig, dass Spender und Empfänger körperlich zusammenpassen, bei Körpergröße und Gewicht darf es keine Abweichungen von mehr als fünfzehn Prozent geben. Und natürlich muss die Blutgruppe passen. Über Blutgruppengrenzen hinweg zu transplantieren ist unmöglich. Da gab es in der Vergangenheit in den USA und in der Schweiz Beispiele. 1997 hat es in Bern einmal geklappt, aber 2004 starb in Zürich eine Patientin, weil die Ärzte angeblich die Blutgruppen von Spenderherz und Empfängerin verwechselt hatten.«

»Inwiefern verwechselt?«, fragte Kim erstaunt.

»Hat ein Spenderherz die universale Blutgruppe 0, so passt es zu allen anderen Blutgruppen«, erläuterte Henning in bestem Professorentonfall. »Umgekehrt passt aber ein Spenderherz der Blutgruppe A, B oder AB nicht zu einem Empfänger der Blutgruppe 0.«

»Es ist also eher unwahrscheinlich, dass jemand Geld bezahlt, um ein Organ zu bekommen.« Pia war enttäuscht, denn sie hatte geglaubt, das Motiv des Snipers in Bezug auf Maximilian Gehrkes Vater gefunden zu haben.

»Ziemlich unwahrscheinlich, aber nicht völlig unmöglich«, antwortete Henning. »In Deutschland warten Hunderte von Menschen auf ein Spenderorgan, aber die Spendenbereitschaft in Deutschland ist im Vergleich zu allen anderen europäischen Ländern eher gering. Das bedeutet, dass viele Patienten monatelang auf einer Warteliste stehen und währenddessen medizinisch betreut werden. Die Ärzte des behandelnden Krankenhauses kennen diese Patienten und ihre Krankengeschichten natürlich gut. Wenn nun ein potentieller Spender in diese Klinik eingeliefert wird und die Daten an Eurotransplant weitergegeben werden, von dort mehrere Vorschläge für wartende HU-Patienten zurückkommen, die Klinik aber sagt, wir haben hier einen möglichen Empfänger direkt vor Ort, dann kann es schon sein, dass dieser bevorzugt behandelt wird. Ein Herz muss nach der Entnahme aus dem Körper des Spenders innerhalb von vier Stunden eingepflanzt sein, sonst funktioniert es nicht mehr.«

»Woher weißt du das alles?«, wunderte Kim sich.

»Genau wie du bin ich immer wieder Gutachter für Staatsanwaltschaft oder Kliniken.« Henning lächelte. »Wenn ihr wollt, kann ich versuchen, in dieser Sache mehr zu erfahren.«

»Das wäre spitze.« Pia trank ihren Kaffee aus, schaute auf die Uhr und stand auf. »Bei uns mauert die UKF total. Als hätten sie etwas zu verbergen.«

»Das haben sie möglicherweise auch«, nickte Henning. »Irgendetwas wird vorgefallen sein, was sie vertuschen wollen.«

»Eine Anzeige der Familie von Kirsten Stadler gegen die UKF endete damals in einem Vergleich und mit einer Schadensersatzzahlung«, informierte Pia ihn.

»Sehr viele Strafuntersuchungen gegen Ärzte, die fahrlässig gehandelt haben sollen, enden unter Ausschluss der Öffentlichkeit mit einer Einstellung der Verfahren«, bestätigte Henning und stand ebenfalls auf. »Aber ich muss trotzdem mal eine Lanze für die Ärzteschaft brechen. Eigentlich ist es verwunderlich, dass nicht viel mehr schiefgeht in Krankenhäusern, denn was Ärzte und Personal dort leisten müssen, ist unmenschlich. Jeder weiß, dass man nach zehn, zwölf Stunden nicht mehr in der Lage ist, sich auf irgendetwas zu konzentrieren. Und ein Chirurg oder Anästhesist kann es sich nicht leisten, Fehler aus Unkonzentriertheit zu machen. Ein Autolackierer kann noch mal drüber lackieren, ein Chirurg hat keine zweite Chance. Der Druck ist gewaltig, die Verantwortung riesig.«

Sie waren auf dem Flur angelangt, als Pia noch etwas einfiel.

»Könntest du mal nachschauen, ob eine Helen Stadler im vergangenen September nach einem Suizid bei euch obduziert wurde?«, bat sie ihren Exmann, der heute ausgesprochen milde gestimmt schien. »Sie hat sich am 16. 9. 2012 in Kelsterbach vor eine S-Bahn geworfen.«

»Das mache ich.« Henning nickte. »Ich melde mich bei dir.«

Auf dem Parkplatz des Kelkheimer Hauptfriedhofs stand um diese frühe Uhrzeit nur ein einziges Auto, ein dunkler Volvo mit der Werbeaufschrift der Goldschmiede Hartig in Hofheim. Bodenstein parkte daneben, stieg aus und ging durch die neblige Dunkelheit die Treppenstufen zum Eingangstor hoch. Das letzte Mal war er vor ein paar Jahren hier gewesen, an einem strahlend schönen Sommertag, auf der Beerdigung des ermordeten Lehrers Hans-Ulrich Pauly. Vor der Trauerhalle bog er nach links ab und folgte dem Hauptweg. Er mochte Friedhöfe, die Ruhe, die Stille und den Frieden. Egal, wohin er mit seiner Familie in den Urlaub gefahren war, jedes Mal hatte er dort die Kirchen besucht und lange Spaziergänge über die Friedhöfe gemacht. Er las gerne die Inschriften auf Grabsteinen und fragte sich, wer die Menschen gewesen waren, die dort ihre letzte Ruhe gefunden hatten. Besonders alte Friedhöfe kamen seinem Hang zur Melancholie entgegen, und er hatte sich auch durch Cosimas Spott nie von dieser Angewohnheit abbringen lassen.

Cosima. Was war wohl vorgefallen? Warum hatte sie die lange geplante Reise so plötzlich abgebrochen? Ob es mit einem Mann zu tun hatte, mit einer Enttäuschung? Obwohl er mittlerweile längst geschieden war, bemerkte er, dass seine Exfrau ihm nicht völlig gleichgültig war und er Zorn auf denjenigen verspürte, der sie verletzt haben mochte. Während er langsam durch den Nebel die Gräberreihen entlangging, unter winterkahlen Bäumen hindurch, von deren Ästen die Nässe tropfte, dachte er darüber nach, wie seltsam und unberechenbar die menschliche Psyche war. Kein Mensch hatte ihn so tief verletzt und enttäuscht wie die Mutter seiner drei Kinder, und jetzt hatte er auf einmal Mitleid mit ihr!

Im heller werdenden Grau des Morgens nahm Bodenstein weiter vorne eine Bewegung zu seiner Linken wahr. In einer Reihe mit ziemlich neuen Gräbern, von denen einige noch keinen Grabstein, sondern nur ein provisorisches Holzkreuz hatten, stand ein Mann mit gesenktem Kopf und gefalteten Händen. Bodenstein blieb in respektvollem Abstand stehen, doch der Mann schien seine Anwesenheit zu spüren. Er blickte auf, wandte sich um und kam langsam auf ihn zu.

»Jens-Uwe Hartig?«, sprach Bodenstein ihn an.

Der Mann nickte. Er war Ende dreißig oder Anfang vierzig und sah übernächtigt aus. Gerötete Augen, unrasiert, das dunkle Haar zerzaust. Bodenstein stellte sich ihm vor.

»Ich besuche sie jeden Morgen«, sagte Hartig. Seine Stimme klang heiser. »Wir wollten heiraten. Die Einladungen waren schon verschickt. Alles stand fest, sogar das Menü für das Hochzeitsessen. Die Flitterwochen waren gebucht. Drei Wochen Kalifornien, das war Helens großer Traum. Aber dann haben sie sie schließlich doch umgebracht.«

»Wer hat Ihre Verlobte umgebracht?« Bodenstein war irritiert.

Hartig blieb stehen und fuhr sich mit einer Hand über die Augen.

»Ihre Dämonen«, erwiderte er leise. »Ihre Dämonen waren stärker als meine Liebe. Sie haben sie zur Strecke gebracht, und ich muss damit leben, obwohl mir das Leben ohne Helen nichts mehr bedeutet.«

»Joachim Winkler war früher Chemiker, er hat vierzig Jahre lang bei der ehemaligen Hoechst AG gearbeitet.« Kai Ostermann hatte sorgfältig recherchiert. »Später war er bei einem der Nachfolgeunternehmen. Mit dem Gesetz ist er nie in Konflikt geraten, aber er ist registrierter Waffenbesitzer und hat mehrere Jagdgewehre.«

»Die haben wir gesehen«, bestätigte Pia. »Aber die sind seit Jahren nicht benutzt worden. Wie kann man herausfinden, ob er tatsächlich an Parkinson erkrankt ist?«

»Darum kann ich mich kümmern«, bot Andreas Neff an.

Pia hatte nach dem Wortwechsel vor der Pressekonferenz gestern Abend nicht mit seinem Erscheinen gerechnet, aber er war pünktlich aufgetaucht und schien über Nacht in sich gegangen zu sein. Zum ersten Mal trug er keinen Anzug, sondern wie alle anderen Jeans und Pullover, und er hatte nicht nur mit der Krawatte seine Überheblichkeit abgelegt, sondern es sogar fertiggebracht, sich für sein Verhalten zu entschuldigen.

»Okay.« Pia war kein nachtragender Mensch und bereit, Neff eine zweite Chance im Team zu geben. Er war ein erfahrener Polizist, und sie brauchten in ihrer Situation jeden Mann.

Sie hatten mit der Besprechung bereits begonnen, denn Bodenstein hatte Pia in einer SMS erklärt, dass sein Gespräch mit Jens-Uwe Hartig womöglich etwas länger dauern konnte. Cem berichtete über den Besuch bei Winklers, Pia und Kim erzählten anschließend, was sie heute Morgen von Henning erfahren hatten.

»Welche Blutgruppe hatte eigentlich Kirsten Stadler?«, wollte Pia wissen.

»Darauf habe ich nicht geachtet«, erwiderte Kai.

»Gib mir mal die Akte«, bat Kim. »Ich schaue, ob ich etwas finde.«

Er schob ihr den Ordner hinüber, den Dirk Stadler Bodenstein gegeben hatte.

»Ich habe versucht, diesen Professor Hausmann zu erreichen«, sagte er. »Er ist immer noch ärztlicher Direktor der UKF. Leider ist er über die Feiertage und Silvester verreist, angeblich weit weg und nicht erreichbar. Die Klinikleitung der UKF ist nach wie vor wenig kooperativ und hat uns bis jetzt noch keine Namensliste der Mitarbeiter aus 2002 geschickt.«

»Dann müssen wir uns anders behelfen. Ich schlage vor, wir bilden zwei Schwerpunktgruppen, die zwei unterschiedliche Ansätze verfolgen.« Pia blickte zu Nicola Engel hinüber, die im Türrahmen stand und zuhörte, aber ihre Chefin bedeutete ihr mit einem Nicken, weiterzusprechen. »Einmal die Suche nach dem Täter und dann die Suche nach möglichen zukünftigen Opfern des Täters.«

»Warum lassen wir nicht alle überwachen?«, fragte Cem. »Winklers, Dirk Stadler, seinen Sohn? Wir sind uns doch ziemlich sicher, dass der Täter aus dem familiären Umfeld von Kirsten Stadler kommen muss.«

»Das ist schon allein aus Personal- und Kostengründen nicht machbar«, bemerkte Dr. Nicola Engel von der Tür aus. »Außerdem reichen unsere Verdachtsmomente noch nicht aus. Kein Richter der Welt wird eine Überwachung genehmigen.«

»Wir lassen weiterhin verstärkt Streifen fahren«, sagte Pia. »Mehr können wir nicht tun.«

Sie verteilten die Aufgaben, dann beendete Pia die Besprechung.

»Ich werde jetzt mit Erik Stadler reden«, verkündete sie. »Kim, es wäre mir recht, wenn du vom Nebenzimmer aus zuhörst.«

»Ich begleite Sie«, bot Nicola Engel an, und Pia nickte erstaunt. »Sie führen die Vernehmung, ich höre zu.«

Es war äußerst selten, dass die Chefin persönlich an der Vernehmung eines Verdächtigen teilnahm. Allerdings war dieser Fall auch äußerst verzwickt.

»Klar«, sagte sie deshalb. »Dann lasst uns runtergehen.«

Bodenstein betrachtete die Schmuckstücke in den Vitrinen des kleinen Ladens. Ringe, Broschen, Ketten, Uhren und Fibeln aus Silber, Gold und Platin, mit Perlen, Diamanten und Edelsteinen, manche schlicht, manche kunstvoll und filigran.

»Das haben Sie alles selbst angefertigt?«, fragte er beeindruckt.

»Klar. Das ist mein Beruf.« Hartig lächelte. »Reparaturen gehören natürlich auch dazu, aber viel mehr Spaß macht es, selbst Schmuckstücke zu entwerfen.«

»Und wo machen Sie das?« Bodenstein sah sich um.

»Kommen Sie, ich zeige Ihnen das Atelier.« Hartig verschwand hinter einem Vorhang, und Bodenstein folgte ihm einen Flur entlang in einen erstaunlich großen Raum. Vier Werkbänke, Regale voller Gussmodelle, Chemikalien, Schraubstöcke, Plastikboxen mit Werkzeugen, Propangasflaschen.

»Wir machen hier alles selbst«, erklärte Jens-Uwe Hartig und strich mit der Hand über die abgenutzte Holzplatte einer der Werkbänke. »Einzelanfertigungen auf Wunsch des Kunden, Umarbeitungen, Aufarbeiten alter Schmuckstücke, Reinigen und Reparieren. Aber wir galvanisieren hier auch, schmieden, walzen, löten.«

»Wir?«, erkundigte Bodenstein sich und betrachtete die Zangen, Feilen, Sägen und Hämmer, die ordentlich an jedem Arbeitsplatz hingen.

»Ich habe noch zwei Mitarbeiter und eine Auszubildende«, erklärte Hartig. »Die Goldschmiedekunst ist eines der ältesten Metallhandwerke der Welt und ein wirklich faszinierender Beruf, der Kreativität, aber auch Geduld und gute motorische Fähigkeiten voraussetzt. Natürlich haben wir hier mittlerweile Laserschweißgeräte und arbeiten mit CAD-Technik, aber ich liebe besonders die althergebrachten Arbeitsmethoden. Das hier zum Beispiel ist ein Mundlötrohr.«

»Interessant.« Bodenstein nickte. »Und das Material, mit dem Sie arbeiten, wo lagern Sie das? Es ist ja ziemlich wertvoll, nicht wahr?«

»Das kommt abends in den Tresor«, erwiderte Hartig. »Feilabrieb wird nach Legierungen getrennt und recycelt.«

Er verließ die Werkstatt und betrat einen kleinen Raum, der offenbar als Kaffeeküche, Aufenthaltsraum und Büro diente.

»Kaffee?«, fragte Hartig und schaltete eine Kaffeemaschine ein.

»Gerne.« Bodenstein nickte und setzte sich. »Schwarz, ohne alles.«

Das Mahlwerk begann zu rattern, und Bodenstein blickte sich um. An der Wand hing das überlebensgroße Schwarzweiß-Porträt einer sehr schönen jungen Frau.

»Das war Helen«, erklärte Hartig, der Bodensteins Blick gefolgt war. »Meine große Liebe. Mein Seelenzwilling.«

»Sie vermissen Sie sehr, nicht wahr?«

»Ich fühle mich seit ihrem Tod, als sei ich nur noch halb«, gab Hartig zu und stellte Bodenstein eine Tasse Kaffee hin. »Manchmal frage ich mich, ob sich das jemals wieder geben wird.«

Bodenstein sparte sich jede Floskel, jeden pseudopsychologischen Lebenshilferatschlag. Stattdessen erklärte er dem Goldschmied den Grund seiner Anwesenheit, seinen Verdacht, der Sniper könne aus dem Umfeld der Stadlers stammen und Vergeltung an denen üben, die Leid und Schmerz über die Familie gebracht haben.

Hartig lehnte an der Spüle, den Kaffeebecher in der Hand, und hörte ihm aufmerksam zu, sagte aber nichts.

»Wann und wo haben Sie Helen kennengelernt?«, fragte Bodenstein.

»Das war vor etwa vier Jahren. Ich habe einen Vortrag bei einer Selbsthilfegruppe gehalten, zu der Helen ihre Großeltern regelmäßig begleitete.«

Bodenstein horchte auf.

»Und weshalb waren *Sie* dort? Haben Sie auch einen Angehörigen verloren?«

Hartig stieß einen Seufzer aus und setzte sich Bodenstein gegenüber an den Tisch. Er schob einen Stapel Notizen zur Seite und stellte seinen Kaffeebecher ab.

»Schlimmer noch«, erwiderte er bitter. »Ich war einer von denen, die getötet haben.«

»Ach!« Bodenstein war überrascht.

»Ich war Arzt.« Hartig lehnte sich zurück. »Ich entstamme einer wahren Ärztedynastie. Urgroßvater, Großvater, Vater, Onkel, Cousins – alles Ärzte. Keine simplen Wald-und-Wiesen-Doktoren, sondern Koryphäen der Medizin. Pioniere auf ihren Gebieten. Hoch angesehen. Ich bin in dieser Welt aufgewachsen, und für mich gab es nichts anderes. Der liebe Gott hat mir die Voraussetzungen, die ein guter Chirurg braucht, mitgegeben. Das Studium fiel mir leicht, mein Name öffnete mir Türen, die anderen verschlossen blieben. Aber mir fehlten die mentale Härte und die Kaltblütigkeit, die man braucht, um wirklich gut zu werden. Ich bekam Zweifel an dem, was ich tat. Ich war zu weich, zu mitleidig.«

»Und da hörten Sie auf und wurden … Goldschmied?«

»Die Fingerfertigkeit, die man in diesem Beruf braucht, ist dieselbe wie die eines Chirurgen.« Hartig lächelte, wurde jedoch sofort wieder ernst. »Aber man muss das Leid der Menschen nicht sehen, diese Qualen und Schmerzen, die Verzweiflung der Patienten und ihrer Angehörigen, wenn man ihnen mitteilen muss, dass es keine Hoffnung mehr gibt. Dazu mochte ich die Arbeitsatmosphäre nicht. In vielen Kliniken herrscht heute noch immer eine Führungskultur wie früher beim Militär. Widerspruch und Mitdenken sind verboten. Vielleicht wäre es anders gekommen, hätte mein Vater nicht den Ehrgeiz gehabt, aus mir einen Herzchirurgen zu machen. Er schickte mich zu einem Freund, der Transplantationschirurg war. Bei der ersten Multiviszeralexplantation, die ich miterlebte, erlitt ich ein Trauma. Wissen Sie, wie so etwas vor sich geht?«

Bodenstein schüttelte den Kopf.

»Der Patient, bis dahin noch gepflegt und intensivmedizinisch betreut, verwandelt sich von einem Moment zum anderen in ein Ersatzteillager.

Herz, Lunge, Leber, Nieren, Bauchspeicheldrüse, Teile des Darms, der Knochen, des Gewebes, die Augen – alles wird gebraucht. Und es muss schnell gehen. Bei einer Multiorganexplantation kommen Ärzteteams aus ganz Deutschland und fallen über den Körper her. Organentnahmen finden immer nachts statt, da stören sie den Klinikablauf nicht. Der Patient kommt herein, wird aufgeschnitten, Eiswasser wird in die Körperöffnung gekippt, um die Organe zu kühlen, dann wird er ausgeblutet. Es herrscht totale Hektik, Leute laufen laut telefonierend im OP herum. Man steht knöcheltief im Blut. Für alle Fälle ist ein Anästhesist dabei, denn Hirntote reagieren noch – ihr Blutdruck steigt, sie zucken, sie schwitzen, wie lebendige Menschen im Schlaf. Und dann ist es vorbei. Alle waren plötzlich weg, ich stand allein da mit dieser leeren Hülle des Menschen, der eine Stunde vorher noch geatmet hatte. Niemand kümmerte sich mehr darum, und ich bin durch die Klinik gelaufen, um jemanden zu finden, der die ausgeblutete, kalte Leiche wenigstens noch zunäht.«

»An welcher Klinik haben Sie gearbeitet?«, erkundigte sich Bodenstein.

»Am Herzzentrum Dortmund«, antwortete Hartig und fuhr sich mit der Hand über das Kinn.

»Dieser menschenverachtende Umgang mit dem verstorbenen Körper des Spenders, die fehlende Pietät und Unsensibilität den Mitarbeitern gegenüber war für mich unerträglich. Mir ging es nicht um die Organspende als solche. Sie kann Leben retten, und ich weiß, dass es in diesem Moment schnell gehen muss. Mir ging es um das *Wie*. Es ist … würdelos. Die meisten Ärzte haben keinen Respekt vor dem, der sich dazu bereit erklärt hat, nach seinem Tod mit seinen Organen anderen Menschen zu helfen, und der darauf verzichtet, im Kreis seiner Angehörigen zu sterben. Es ist schlicht unethisch, wie dort verfahren wird. Es gibt keine Demut. Die Ärzte haben nur den Ehrgeiz, jedes Mal noch schneller zu sein und effizienter. Dabei passieren Fehler. Organe werden beschädigt, werden unbrauchbar, es gibt Streitereien, Kompetenzgerangel. Das ist so widerlich.«

»Deshalb hängten Sie den Arztberuf an den Nagel?«, fragte Bodenstein. »Sie hätten doch nur eine andere Fachrichtung wählen können.«

»Die Option kam mir damals nicht in den Sinn«, antwortete Hartig und stand auf. »Stattdessen habe ich mich mit dem System, dessen Teil ich war, angelegt, weil ich wirklich glaubte, ich könnte etwas ändern. Wollen Sie auch noch einen Kaffee?«

»Nein, danke.«

»Es sind strenge Vorschriften zu befolgen, bevor ein Mensch für hirntot erklärt wird«, fuhr der Goldschmied fort, nachdem er sich einen Kaffee eingeschenkt und wieder Platz genommen hatte. »Vorschriften, die von der Bundesärztekammer und von der Deutschen Stiftung Organspende festgelegt werden. Jeder Handgriff muss genau dokumentiert werden, denn nach wie vor ist die Definition des Hirntods umstritten. Zwei unabhängige Ärzte, die nichts mit der Explantation zu tun haben, müssen im Abstand von zwölf Stunden bestimmte Untersuchungen am Patienten vornehmen. Erst wenn dabei zweimal festgestellt wird, dass irreversible Hirnschäden vorliegen und der Patient nicht mehr selbständig atmen kann, wird er endgültig für hirntot erklärt. Natürlich werden vorher schon Tests für eine mögliche Eignung als Organspender gemacht: Blutgruppenbestimmung, Untersuchung zum Ausschluss ansteckender Krankheiten und so weiter. Eine Klinik ist aber nun einmal ein Wirtschaftsunternehmen, gerade spezialisierte Kliniken legen Wert auf ihr Renommee. Ärzte wollen sich profilieren, brauchen OPs für ihre Lebensläufe. Die Organtransplantation ist und bleibt die Königsdisziplin der Chirurgie. Und deshalb werden die Vorschriften leider immer wieder so weit wie möglich gebeugt, mit der stillschweigenden Duldung von Klinikleitung und Verwaltung. Ich wurde mehrfach Zeuge, wie Chef- und Oberärzte von Intensivmedizin, Neurochirurgie und Transplantationschirurgie vorgeschriebene Untersuchungszeiträume verkürzten und im Nachhinein anders dokumentierten. Ich meldete das bei meinem Chef und bekam einen Anschiss. Ich meldete es bei der Klinikleitung und bekam einen Maulkorb verpasst. Aber ich konnte es mit meinem Gewissen nicht mehr vereinbaren. Diese Vorschriften existieren aus gutem Grund. Deshalb zeigte ich einen erneuten Verstoß direkt bei der Bundesärztekammer an. Daraufhin wurde ich bedroht, aber mir war das egal. Ich war damals sechsundzwanzig und blöd genug, mich im Namen der Gerechtigkeit und der Moral mit einem übermächtigen System anzulegen. Aber letztlich bekam kein einziger der Ärzte Probleme. Sie machten einfach so weiter. Ohne jede Konsequenz. Ich war allerdings raus und bei meinem Vater seitdem untendurch. In seinen Augen bin ich ein Nestbeschmutzer, einer, der gegen die ungeschriebenen Regeln der Ärztezunft verstoßen hat, ein Verräter.«

»Was wissen Sie über den Fall Kirsten Stadler?«, fragte Bodenstein und trank den letzten Schluck Kaffee, der nur noch lauwarm war.

»Da muss es ganz ähnlich gelaufen sein«, erwiderte Hartig. »Fehler wurden vertuscht, Gutachten gefälscht, Unterlagen verschwanden. Das Anästhesieprotokoll löste sich in Luft auf. Angeblich hatte es keins gegeben, weil es bei Explantationen offiziell keine Anästhesie gibt, schließlich gilt ein hirntoter Patient als tot. Auch andere Unterlagen von der OP fehlten, angeblich, weil sie externe Teams betroffen hätten.«

Bodenstein betrachtete den Mann nachdenklich und versuchte, ihn einzuschätzen. Aus seinen Worten sprach eine gewisse Resignation, aber er wirkte nicht verbittert oder gar rachsüchtig. Es schien vielmehr, als ob er froh sei, dieser Situation, mit der er nicht klargekommen war, entronnen zu sein. Die Traurigkeit in seinen Augen mochte eher dem Verlust seiner großen Liebe geschuldet sein als der Tatsache, dass er schon in jungen Jahren beruflich so kolossal gescheitert war. Andererseits konnte es da einen nicht zu unterschätzenden Zusammenhang geben. Wie tief war er in das Drama der Stadlers hineingezogen worden? Wie sehr hatte er deren Unglück zu seinem eigenen gemacht? Hartig war zwar offiziell kein Mitglied der Familie, aber er war ganz nah dran. Kannte er die Namen der Klinikmitarbeiter, die sie so dringend suchten? Standen sie vor einem Durchbruch in diesem Fall?

Einen Moment herrschte Stille.

»Bei HAMO habe ich viele Menschen kennengelernt, deren Leben durch genau solche Vorgänge zerstört wurde«, sagte Hartig dann. »Ich beschloss, mich für diese Menschen zu engagieren.«

»Gegen Organspende?«, fragte Bodenstein.

»Nein, nicht per se gegen Organspende«, entgegnete Hartig. »Sondern gegen die Vorgänge in den Kliniken. Gegen dieses moralische Unter-Druck-Setzen von Angehörigen, die überfordert sind mit dieser Entscheidung, die sie für ihr verunglücktes Kind oder ihren Partner zu treffen haben. Ich habe mehr als einmal miterlebt, wie unter Schock stehende Angehörige dem Erwartungsdruck, der in der Bitte um Organspende für andere liegt, nicht mehr gewachsen waren und schließlich gegen ihren Willen zustimmten, weil sie nicht auch noch für den Tod eines anderen Menschen verantwortlich sein wollten. Danach war ihr Leben zerstört. Kliniken und Ärzte müssen sich einfach an Richtlinien halten, an ethische und moralische Grundsätze. Sie müssen Angehörigen mehr Zeit geben, sie besser und umfassender informieren, auch auf das Risiko hin, dass eine Entscheidung *gegen* eine Freigabe als Organspender gefällt wird. Schon jetzt ist der Organmangel fatal für diejenigen, die dringend auf ein

Spenderorgan warten, aber durch solche Skandale wird die Bereitschaft der Menschen, Organspender zu werden, immer weniger.«

»War Helen Ihrer Meinung?«

»Nein.« Hartig schüttelte den Kopf, sein Blick wanderte zu dem Poster an der Wand. »Helen war nicht in der Lage zu differenzieren. Ihre Meinung war radikal. Sie fand, Organspenden seien wider die Natur. Sie hat die Umstände des Todes ihrer Mutter nie verwunden, sie war ein zerrissener Mensch. Ich konnte sie nicht heilen.«

Karoline Albrecht hielt vor dem Haus von Fritz Gehrke in Kelkheim und stieg aus. Der Nebel hing tief zwischen den Häusern, es war noch eine Spur kälter geworden. Sie passierte das Gartentor und folgte dem Weg aus Waschbetonplatten, der zum Haus führte. Eine immergrüne Thujahecke, der Rasen mit Schneeresten, übersät von braunem Laub. Sie schauderte, als sie den dunklen Fleck auf den Platten sah. Bis hierher war Maximilian gekommen, dann hatte ihn der tödliche Schuss getroffen. Mama war auf der Stelle tot gewesen, aber wie schnell erlosch das Leben, wenn eine Gewehrpatrone im Körper explodierte und das Herz zerfetzte? Hatte Maximilian noch etwas gespürt, etwas denken können? Ein letzter Gedanke, der ihm durch den Kopf geschossen war – oder einfach Filmriss, Schwärze, Aus?

Je näher sie der Haustür kam, desto stärker zweifelte sie an ihrem Vorhaben. Warum musste sie einen alten Mann, der seinen einzigen Sohn verloren hatte, in seiner Trauer stören? Um ihm zu sagen, dass er selbst schuld daran war? War das, was Fritz Gehrke vor zehn Jahren getan haben mochte, nicht verständlich? Wer würde seinem kranken Kind nicht einen Vorteil verschaffen, wenn er dazu die Mittel und die Gelegenheit hatte? Sie hätte für Greta das Gleiche getan! Sie stand eine volle Minute vor der Haustür. Hätte sie ihren Besuch ankündigen müssen? Oder war der Überraschungseffekt besser?

Karoline holte tief Luft und drückte auf die Klingel. Es dauerte einen Moment, bis geöffnet wurde. Sie erkannte den Mann, den sie so lange nicht gesehen und als energiegeladen in Erinnerung hatte, kaum wieder. Von dem Friedrich Gehrke, der früher einmal ein wichtiger Kopf der deutschen Wirtschaft und in einigen Aufsichtsräten gewesen war, war nur noch ein trauriger Schatten übrig, gebeugt und aschfahl mit wässrigen Augen.

»Was wollen Sie?«, fragte er reserviert. »Wer sind Sie?«

»Ich bin Karoline Albrecht, die Tochter von Professor Dieter Rudolf«, sagte sie. »Vielleicht erinnern Sie sich an mich.«

Der alte Mann musterte sie forschend, doch dann flog ein Ausdruck des Wiedererkennens über sein faltiges Gesicht.

»Natürlich. Die kleine Karoline.« Gehrke lächelte ein wenig und reichte ihr eine magere, altersfleckige Hand. »Es ist schon lange her.«

Er öffnete die Haustür ein Stück weiter und machte eine einladende Handbewegung.

»Sicherlich über zwanzig Jahre«, bestätigte Karoline.

»Leg doch bitte ab und komm herein«, sagte er freundlich. Sie zog ihren Mantel aus und hängte ihn an einen der Garderobenhaken, dann folgte sie ihm den Flur entlang in einen kleinen Salon.

»Ich bin nicht aus reiner Höflichkeit hier«, sagte sie, nachdem sie auf einem unbequemen Sessel Platz genommen hatte. »Meine Mutter wurde ermordet, von demselben Täter wie Ihr Sohn.«

»Ich weiß.« Fritz Gehrke setzte sich ebenfalls und lehnte seinen Gehstock gegen die Armlehne des Sessels. »Ich weiß. Es tut mir so leid. Sie war eine wunderbare Frau.«

Karoline schluckte.

»Ich … ich verstehe das alles nicht«, sagte sie mit gepresster Stimme. »Und ich möchte herausfinden, warum meine Mutter sterben musste.«

»Leider gibt es oft keine Erklärungen«, erwiderte Gehrke. »Manchmal muss man einfach etwas als gegeben akzeptieren, so schwer das auch sein mag. Glaube mir, auch ich leide sehr unter dem Verlust. Max war der einzige Mensch, den ich noch hatte. Er war einfach zum falschen Zeitpunkt am falschen Ort.«

Karoline blickte den alten Mann überrascht an. Las er keine Zeitungen? Hatte ihm die Polizei etwa gar nichts über die Hintergründe der Morde gesagt? Oder war Gehrke möglicherweise ein bisschen dement?

»Aber das stimmt nicht«, widersprach sie ihm. »Dieser Killer schießt nicht einfach wahllos in der Gegend herum! Die Polizei glaubt, dass die Morde im Zusammenhang mit dem Tod einer Frau namens Kirsten Stadler vor zehn Jahren stehen. Mein Vater hat mir gesagt, dass sie damals mit einer akuten Hirnblutung in die UKF eingeliefert wurde und Organspenderin wurde, nachdem sie für hirntot erklärt wurde. Der Mörder hat nach jeder seiner Taten eine Todesanzeige an die Polizei geschickt, in der er eine Erklärung geliefert hat. Meinem Vater wirft er vor, er habe aus Habgier und Eitelkeit getötet, deshalb musste Mama sterben.«

Fritz Gehrke starrte sie wie hypnotisiert an.

»Bitte, Herr Gehrke, sagen Sie mir, was da vor zehn Jahren geschehen ist, wenn Sie das wissen«, bat Karoline. »Mein Vater behauptet, es sei alles reine Routine gewesen, aber ich kann das nicht glauben.«

Sie sah mit Schrecken, dass dem alten Mann die Tränen kamen. Gehrke schluckte, kämpfte um seine Fassung und um die richtigen Worte.

»Gab es auch eine … eine solche Todesanzeige für Maximilian?«, krächzte der alte Mann. In seinen wässrigen Augen stand ein furchtsamer Ausdruck.

»Ja.« Karoline zögerte einen Moment, aber dann öffnete sie ihre Tasche und zog die Kopie der Anzeige heraus und hielt sie ihm hin. Gehrke zögerte kurz, bevor er das Blatt ergriff und den Text der Anzeige las.

Maximilian Gehrke musste sterben, weil sich sein Vater der billigenden Inkaufnahme des Todes eines Menschen und der Bestechung schuldig gemacht hat.

Alle Farbe wich aus seinem Gesicht, er stieß einen gequälten Laut aus. Seine Hand begann heftig zu zittern.

»Darf ich das behalten?«, flüsterte er.

Karoline nickte beklommen.

Gehrke brauchte einen Augenblick, um seine Fassung zurückzugewinnen.

»Maximilian hat das Herz dieser Frau Stadler erhalten«, sagte er heiser, und Karoline traute ihren Ohren nicht. Wie konnte ihr Vater ihr dieses Detail verschweigen? »Es hat ihm schwer zu schaffen gemacht, dass ein Mensch sterben musste, damit er weiterleben konnte. Ich … ich war einfach nur froh, dass er geheilt werden konnte.«

»Ja, aber … wieso ist er dann erschossen worden?« Diese Neuigkeit hatte sie völlig durcheinandergebracht.

»Wir haben Dinge getan, von denen wir glaubten, dass sie richtig seien. Wir alle«, sagte Fritz Gehrke mit brüchiger Stimme. »Dafür müssen wir jetzt bezahlen.«

»Meine Mutter musste für etwas bezahlen, wofür sie nichts konnte«, widersprach Karoline. »Genau wie Ihr Sohn! Verstehen Sie, Herr Gehrke, ich würde gerne glauben, dass mein Vater nichts mit dem Mord an meiner Mutter zu tun hat. Aber wenn das so ist, dann … dann … würde ich ihm das nicht verzeihen können.«

Ihre Stimme versagte, sie presste für einen Moment die Lippen zusammen und schüttelte den Kopf.

Gehrke ergriff seinen Stock und stand mühsam auf. Er trat ans Fenster und blickte hinaus in das neblige Zwielicht.

»Ich glaube, es ist besser, wenn du jetzt gehst«, sagte er leise.

Karoline ergriff ihre Tasche.

»Es tut mir sehr leid. Ich wollte nicht, dass Sie …«

»Da ist nichts, was dir leidtun müsste«, unterbrach der alte Mann sie und hob seine Hand. »Ich bin dir sehr dankbar. Jetzt quält mich wenigstens nicht mehr die Frage, warum mein Sohn auf eine solche Art und Weise sterben musste.«

Sie sah ihn an und begriff, was er meinte. So bitter die Wahrheit sein mochte, auch sie war erleichtert gewesen, als Faber ihr die Todesanzeige gezeigt hatte. Einen Unterschied gab es jedoch zwischen Fritz Gehrke und ihr, und sie hoffte inständig, dass der alte Mann daran nicht zerbrechen würde: Der Vorwurf des Killers richtete sich an ihn, genauso wie an Renate Rohleder und an ihren Vater. Gehrke musste wissen, ob an dieser Behauptung etwas dran war oder ob es nur die wahnsinnige Idee eines Psychopathen war.

Eine Nacht in einer Einzelzelle im Polizeigewahrsam machte etwas mit einem Menschen, der es nicht gewohnt war, eingesperrt und allein zu sein. Die plötzliche Isolation und das Gefühl der Ohnmacht, wenn sich die Zellentür mit einem metallischen Klirren schloss, gingen selten spurlos an jemandem vorbei. Auch Erik Stadler war nervös, er hatte nicht sonderlich gut geschlafen. Häufig führte Pia Vernehmungen in ihrem Büro durch, um eine möglichst entspannte Gesprächsatmosphäre zu schaffen, in der der Beschuldigte Vertrauen zu ihr fassen konnte. In Schulungen und Seminaren hatte sie die unterschiedlichsten Vernehmungstaktiken gelernt und wusste, wie und mit welchen Methoden sie ihr Gegenüber zum Reden bringen konnte, denn es war wichtig, dass die Beschuldigten redeten. Oft genug logen sie, und je mehr sie redeten, desto mehr verhedderten sie sich in ihren Lügen, besonders unter Stress. Erik Stadler hatte sie jedoch nicht in ihr Büro, sondern in einen der fensterlosen Vernehmungsräume bringen lassen. In dem kleinen Zimmer gab es nur einen Tisch mit einem Aufnahmegerät und drei Stühle, zwei Kameras an der Decke und einen venezianischen Spiegel, durch den man vom Nebenraum aus die Vernehmung ungesehen verfolgen konnte.

»Warum halten Sie mich hier fest?«, wollte Erik Stadler wissen, nachdem Pia das Aufnahmegerät eingeschaltet und die vorgeschriebenen Angaben zu Protokoll gegeben hatte.

»Das wissen Sie bereits«, erwiderte sie. »Ist Ihnen wieder eingefallen, was Sie zu den Tatzeiten gemacht haben?«

»Das habe ich doch gestern schon gesagt. Ich war joggen.« Stadler gab sich große Mühe, aber es gelang ihm nicht, still zu sitzen. Er stand unter starkem Stress. War das ein Zeichen für seine Schuld? »Ich habe niemanden erschossen! Für mich ist die ganze Sache längst vorbei. Das Leben muss weitergehen, und ich will leben. Und zwar in Freiheit.«

»Wer möchte das nicht?«, entgegnete Pia. »Manchmal tut man Dinge, deren Tragweite man vorher nicht abschätzen kann, und plötzlich steckt man drin und kann nicht mehr zurück.«

»Ich – habe – niemanden – erschossen!«, wiederholte Stadler mit Nachdruck. »Ich war joggen. Ich jogge viel, ich mache Sport, für den ich fit sein muss.«

»Wo waren Sie joggen? Hat Sie irgendjemand gesehen, haben Sie mit jemandem gesprochen?«

»Nein, das hab ich doch auch schon gesagt!«, begehrte der Mann auf. »Ich laufe immer alleine. Kaum jemand kann mein Tempo mithalten.«

»Wie war Ihr Verhältnis zu Ihrer Schwester?«

»Zu meiner Schwester?«

»Ja.« Pia nickte. »Zu Ihrer Schwester Helen, die im September Selbstmord begangen hat.«

»Helen und ich haben uns immer sehr gut verstanden«, antwortete Erik Stadler. »Sie hat bei der Sache mit meiner Mutter einen psychischen Knacks gekriegt und sich seitdem eingeredet, sie sei schuld an allem. In den letzten Jahren war unser Verhältnis nicht mehr ganz so eng. Ich hatte meine Firma und Helen ihr Studium und ihren Freund. Irgendwie hatte ich den Eindruck, sie hätte die Kurve gekriegt.«

»Wieso hat sie sich das Leben genommen?«

»Ich weiß es nicht. Vielleicht sah es in ihrem Innern doch ganz anders aus, als es den Anschein hatte.«

»Kennen Sie den Verlobten Ihrer Schwester gut?«

»Was heißt schon ›gut‹?« Stadler zuckte die Schultern. »Ich kannte ihn, er war ja in den letzten Jahren immer mit ihr zusammen, wich ihr kaum von der Seite. Wo sie war, war auch er.«

»Konnten Sie ihn gut leiden?«

»Ja. Er ist in Ordnung. Er hat auf meine Schwester aufgepasst, sie bemuttert. Das brauchte sie. Früher hat mein Vater das gemacht, dann Jens-Uwe.«

Pias Handy vibrierte. Sie warf einen Blick auf das Display. Henning hatte ihr den Obduktionsbericht von Helen Stadler gemailt!

»Okay«, sagte sie und stand auf. »Ich schicke Ihnen einen Kollegen, dem zeigen Sie bitte Ihre Joggingstrecken auf der Karte. Wir unterhalten uns später noch einmal.«

Sie nickte Nicola Engel, die kein einziges Wort gesagt hatte, zu, beide gingen zur Tür und Pia klopfte, damit ihr von außen geöffnet wurde.

»Moment!« Stadler sprang ebenfalls auf. »Wann lassen Sie mich gehen?«

»Wenn ich davon überzeugt bin, dass Sie nicht derjenige sind, der in den letzten zehn Tagen vier Menschen erschossen hat«, erwiderte Pia und ging hinaus.

Es war nicht das erste Obduktionsprotokoll über einen Schienensuizid, das Pia las, aber immer wieder empfand sie Unverständnis über den Egoismus der Selbstmörder und tiefes Mitgefühl mit dem Lokführer und den Leuten von der freiwilligen Feuerwehr, die die oftmals weit verstreuten Leichenteile einsammeln mussten. Helen Stadler war so rücksichtslos gewesen, sich auf offener Strecke von einer Brücke hinunter vor eine S-Bahn zu stürzen. Ihr zierlicher, nur 52 Kilogramm schwerer Körper war in mehrere Stücke gerissen worden, wobei der Torso und die oberen Extremitäten relativ unversehrt geblieben waren.

Pia hatte die Lektüre am Bildschirm gerade beendet, als Bodenstein den Kopf zur Tür herein steckte.

»Hallo, Chef. Was sagt der Verlobte?«, erkundigte Pia sich.

»Jede Menge«, antwortete Bodenstein. »Ich glaube, wir sind einen großen Schritt weiter. Ruft bitte alle zusammen und dann kommt in mein Büro.«

»Ich hole die Engel.« Pia sprang von ihrem Stuhl auf, Kai griff zu seinem Telefon, um Cem und Kathrin anzurufen. Wenig später saßen oder standen sie in Bodensteins Büro und lauschten seinem Bericht über das Gespräch mit Jens-Uwe Hartig.

»Er war Arzt, hat aber seinen Beruf an den Nagel hängen müssen, nachdem er seinen Chef und seine Kollegen bei der Bundesärztekammer gemeldet hat, weil sie wiederholt gegen Vorschriften im Rahmen von Organentnahmen verstoßen haben.«

»Ach!« Pia war erstaunt. »Hartig war Transplantationschirurg? Ist das nicht ein seltsamer Zufall?«

»Nein, durchaus nicht«, widersprach Bodenstein. »Er engagiert sich bei HAMO, dieser Selbsthilfegruppe, weil ihm das unethische Verhalten vieler Ärzte den Organspendern gegenüber missfallen hat. Erst dort hat er die Winklers und Helen Stadler kennengelernt.«

»An welcher Klinik hat er gearbeitet?«, fragte Pia.

»An einem Herzzentrum in Dortmund«, antwortete Bodenstein. »Kai, bitte überprüfe das, sobald du kannst. Und finde heraus, wo er studiert hat.«

»Geht klar.« Kai nickte und machte sich eine Notiz. »Wenn der Verdacht bestand, dass man Kirsten Stadler im Krankenhaus hat sterben lassen, um an ihre Organe zu kommen, dann haben wir damit zumindest das Motiv für alle Morde und müssen nur noch herausfinden, wer damals alles an dieser Sache beteiligt war. Ich gehe davon aus, dass es nicht die ganze Belegschaft war, sondern höchstens eine Handvoll Leute.«

»Hast du Hartig nach Namen gefragt?«, erkundigte sich Nicola Engel.

»Selbstverständlich.« Bodenstein nickte. »Angeblich kann er sich nach zehn Jahren nicht mehr erinnern, außer an Rudolf und Hausmann, aber die kannten wir ja schon.«

»Dann lass uns Erik Stadler danach fragen«, schlug Pia vor.

Es klopfte an der Tür, und eine Kollegin aus dem Wachraum trat ein.

»Die Post war da«, sagte sie und hielt Bodenstein einen bereits geöffneten Umschlag hin. »Und das hier war dabei.«

»Danke. Legen Sie ihn auf den Tisch.« Bodenstein setzte seine Lesebrille auf, streifte ein Paar Latexhandschuhe über und zog den Brief aus dem Umschlag. Eine Todesanzeige mit einem schlichten Kreuz wie die anderen drei zuvor.

In der Runde, die sich um den Besprechungstisch versammelt hatte, herrschte gespanntes Schweigen.

»In memoriam Hürmet Schwarzer«, las Bodenstein vor. »Hürmet Schwarzer musste sterben, weil sich ihr Ehemann der fahrlässigen Tötung durch Alkohol am Steuer und daraus resultierend der billigenden Inkaufnahme des Todes zweier Menschen schuldig gemacht hat.«

»Mittlerweile weiß er offenbar, dass wir zuständig sind, und wendet sich direkt an uns«, stellte Cem fest.

»Wieso *zweier* Menschen?«, fragte Kim.

»Gute Frage.« Bodenstein legte den Brief vor sich auf die Tischplatte. »Ich würde behaupten, dass damit Kirsten Stadler und ihre Tochter Helen gemeint sind. Und dann stellt sich die Frage, wem die beiden so viel bedeutet haben, dass er dafür töten würde.«

»Dem Vater und dem Bruder«, antwortete Pia.

»Und Hartig«, ergänzte Bodenstein. »In seinem Büro hängt ein großes Poster von ihr, und er fährt jeden Morgen vor der Arbeit auf den Friedhof.«

»Wir sollten Erik Stadler mit den Todesanzeigen konfrontieren«, schlug Pia vor.

»Das werden wir jetzt tun«, stimmte Bodenstein ihr zu und stand auf. Pia ging in ihr Büro, druckte das Obduktionsprotokoll aus und steckte es in die Fallakte.

»Was hast du für einen Eindruck von Hartig?«, fragte sie Bodenstein auf dem Weg ins Erdgeschoss. »Was ist er für ein Typ?«

»Ein sensibler Mann. Eine Art guter Samariter.« Bodenstein hielt ihr die Glastür ins Treppenhaus auf. »Er hat auf eine fast schon obsessive Weise an Helen gehangen. Ihr Tod hat ihn völlig aus der Bahn geworfen.«

»So sehr, dass er jetzt Menschen erschießt?«

Bodenstein dachte einen Moment nach.

»Er scheint mir ein Mensch zu sein, der das, was er sich vornimmt, konsequent durchzieht. Und auch wenn ich ihn eben als guten Samariter bezeichnet habe, so glaube ich trotzdem, dass er ein Kämpfer ist, kein Dulder. Für das, was ihm am Herzen liegt, kämpft er.«

»Er kennt alle Zusammenhänge und ganz sicher auch jeden Namen«, gab Pia zu bedenken. »Wir müssen ihn als Täter unbedingt mit in Betracht ziehen, und deshalb sollten wir ihn nach seinen Alibis für die Tatzeiten fragen.«

»Und wir müssen mehr über Helen erfahren«, nickte Bodenstein. »Wo hat sie gewohnt? Wo sind die Sachen aus ihrer Wohnung?«

»Fragen wir ihren Bruder.« Pia nickte dem Beamten zu, der neben der Tür des Vernehmungsraumes wartete und ihnen nun aufschloss.

Erik Stadler log, und Bodenstein fragte sich, weshalb. Was hatte er zu verbergen? War er der Sniper? Es war Zeit, das Tempo zu erhöhen und den Mann unter Druck zu setzen. Er durfte keine Gelegenheit mehr bekommen, gründlich nachzudenken.

»So kommen wir nicht weiter«, sagte Bodenstein. »Fangen wir also noch einmal von vorne an. Wie war das wirklich, damals, mit Ihrer Mutter?«

»Das wissen Sie doch schon«, erwiderte Stadler sichtlich gereizt. »Mein Vater und ich haben Ihnen neulich alles erzählt!«

Er massierte seine Handgelenke, zog an seinen Fingern und wurde immer nervöser.

»Es gibt Gründe, weshalb wir an dieser Geschichte zweifeln«, sagte Bodenstein. »Also? In welchem Zustand haben Sie und Ihre Schwester Ihre Mutter aufgefunden? Was genau haben Sie getan? Wie ging es ihr, als sie in die UKF eingeliefert wurde?«

»Was spielt denn das jetzt noch für eine Rolle?« Argwohn flackerte in Stadlers Augen auf, als ob er fürchtete, in eine Falle gelockt zu werden. Jemand, der wahrheitsgemäß über ein selbst erlebtes Ereignis in der Vergangenheit berichtet hatte, musste diese Befürchtung nicht haben.

»Wir denken, dass es eine sehr große Rolle spielt.«

Erik Stadler überlegte, dann zuckte er die Schultern. Seine Augen huschten hin und her, er begann zu schwitzen. Schließlich rieb er seine Hände an seinen Oberschenkeln, ein deutliches Zeichen dafür, wie sehr er unter Stress stand.

»Meine Mutter ging joggen und kam nicht zurück. Helen und ich gingen sie suchen, wir kannten ihre Laufrouten. Als wir sie fanden, lag sie neben dem Weg, der Hund saß neben ihr. Ich habe mit ihrem Handy den Notarzt gerufen, dann habe ich mich um sie gekümmert.«

»Geht das präziser?« Bodenstein ließ seine Stimme schärfer klingen. »Woraus bestand das Kümmern? Haben Sie ihre Hand gehalten?«

»Nein, ich habe versucht, sie zu reanimieren. Ich hatte kurz vorher den Erste-Hilfe-Kurs für den Führerschein gemacht und wusste, wie das geht.«

»Hat Ihre Mutter zu diesem Zeitpunkt selbständig geatmet?«, fragte Pia.

»Nein«, sagte Erik Stadler nach einem winzigen Stocken. »Ich machte trotzdem weiter mit der Herzmassage und der Mund-zu-Nase-Beatmung. Bis der Notarzt kam.«

»Hat Ihre Mutter in dieser Zeit kurzzeitig das Bewusstsein wiedererlangt?« Das war wieder Bodenstein.

Sie wechselten sich mit den Fragen ab, ließen Stadler keine Zeit, sich auf einen von ihnen einzustellen.

»Nein«, antwortete er, und diesmal wich er Bodensteins Blick nicht aus.

»Und dann?«

»Dann übernahmen der Notarzt und die Sanitäter. Sie luden sie in den Krankenwagen und fuhren mit ihr weg.«

»Wieso sind Sie nicht mitgefahren?«

»Ich … ich hatte doch den Hund! Und Helen war völlig hysterisch. Ich rief meinen Großvater an, der kam dann mit Oma, und Helen und ich fuhren mit ihnen ins Krankenhaus.« Erik Stadler entspannte sich etwas, wahrscheinlich, weil er nun tatsächlich die Wahrheit sagte.

»Was geschah dort?«

»Wir haben meine Mutter eine ganze Weile nicht gesehen, dann erst wieder auf der Intensivstation. Sie hing an zig Schläuchen und an einem Beatmungsgerät. Niemand wollte uns sagen, was mit ihr los war. Mein Opa hat einen Riesenzirkus gemacht.«

»Wo war Ihr Vater?«

»Im Ausland. Wir konnten ihn telefonisch nicht erreichen.«

»Was passierte dann?«

»Hören Sie.« Erik Stadler beugte sich vor. »Das weiß ich alles nicht mehr so genau. Es ist zehn Jahre her! Meine Mutter war hirntot, ihr Gehirn war zu lange nicht mit Sauerstoff versorgt!«

»Hatte Ihre Mutter am Anfang oder am Ende ihrer Joggingstrecke gelegen?«, hakte Pia nach.

»Was spielt das denn für eine Rolle?« Erik Stadler blickte sie irritiert an.

»Vielleicht war sie ja erst ein paar Minuten, bevor Sie und Ihre Schwester sie fanden, zusammengebrochen. Und vielleicht war sie gar nicht sofort bewusstlos. Dann wäre ihr Gehirn noch nicht sehr lange ohne Sauerstoff gewesen.«

»Ich verstehe nicht, auf was Sie hinauswollen.«

»Der Knackpunkt ist doch der: War ihr Gehirn durch den Sauerstoffmangel wirklich bereits irreparabel geschädigt oder nicht?«, erklärte Pia. »Sie sagen, Sie haben sofort mit der Beatmung begonnen, dann haben die Sanitäter übernommen. Im Krankenhaus war sie sogar an das Beatmungsgerät angeschlossen.«

Erik Stadler zuckte die Achseln.

»Wie auch immer. Es war so«, sagte er. »Die Ärzte haben den Hirntod festgestellt. Die Hirnblutung hatte das Stammhirn irreversibel geschädigt. Sie wäre nie mehr aufgewacht.«

»Ihre Großmutter hat uns erzählt, Sie seien völlig ausgerastet, als Sie mitbekommen haben, dass die Ärzte gar nicht mehr daran interessiert waren, das Leben Ihrer Mutter zu retten. Sie betrachteten sie nur noch als mögliche Organspenderin.«

»Ich war siebzehn Jahre alt!«, erwiderte Erik Stadler heftig. »Ich stand völlig unter Schock. Meine Mutter ist vor meinen Augen gestorben! Und ich verstehe nicht, was das jetzt noch soll. Nach zehn Jahren! Sie ist tot!«

»Ich sage Ihnen, was es für einen Unterschied macht«, sagte Pia. »Da draußen läuft jemand herum und erschießt unschuldige Menschen, um deren Angehörige für das zu bestrafen, was damals mit Ihrer Mutter passiert ist. Jemand, der weiß, was *wirklich* geschehen ist! Jemand, der glaubt, dass man das Leben Ihrer Mutter hätte retten können. Hätte sie tatsächlich zwei Stunden im Feld gelegen und wäre bereits hirntot gewesen, als man sie ins Krankenhaus einlieferte, so wäre das ein schrecklicher Schicksalsschlag gewesen, an dem niemand Schuld hatte, mehr nicht. Aber so war es nicht!«

Da verlor Erik Stadler die Fassung. Unter dem stetig wachsenden Druck der Fragen, die fünfzehn Minuten lang wie ein Maschinengewehrfeuer auf ihn einprasselten, knickte er ein.

»Und was, wenn ich Ihnen jetzt sagen würde, dass man meine Mutter hat sterben lassen, weil man scharf auf ihre Organe war?«, schrie er plötzlich los. »Sie würden mich für einen Spinner halten, der mit dem Tod seiner Mutter nach zehn Jahren noch immer nicht fertig geworden ist! Für einen, der Gruselgeschichten erzählt!«

»Nein, das würden wir nicht«, erwiderte Bodenstein ruhig. »Und wir würden diejenigen, die das damals getan und zugelassen haben, ausfindig machen und zur Rechenschaft ziehen. Das finden wir nämlich besser, als dass jemand deren unschuldige Ehefrauen und Kinder erschießt!«

»Sie können Leben retten«, sagte Pia.

»Das habe ich schon mal gehört!« Erik Stadler lachte zynisch. »Genau das haben die damals zu meinem Opa gesagt. Unterschreiben Sie, dass wir die Organe entnehmen dürfen! Ihre Tochter ist zwar tot, aber sie kann noch Leben retten. Regelrecht weichgekocht haben die meine Großeltern. Haben Beispiele genannt: Der kleine Junge kann leben, wenn er in den nächsten 14 Tagen eine neue Leber bekommt, diese junge Mutter von drei Kindern muss sterben, wenn sie nicht innerhalb von einer Woche eine neue Niere bekommt. Und so weiter!«

Schweißperlen glänzten auf seiner Stirn. Er atmete gepresst.

»Beruhigen Sie sich«, sagte Bodenstein besänftigend. »Wir wollen keine alten Wunden aufreißen.«

»Das tun Sie aber!«, antwortete Erik Stadler. »Ich versuche seit zehn Jahren, diesen ganzen Horror zu vergessen. Meine Schwester ist tot, weil sie mit ihren Schuldgefühlen nicht mehr leben konnte, dabei hatte sie nie Schuld!«

Er verstummte, schüttelte den Kopf und schloss kurz die Augen.

»Wann darf ich gehen?«

»Noch nicht.«

»Wann? Sie dürfen mich ohne Grund nicht länger als 24 Stunden festhalten!«

Bodenstein stand auf, Pia ergriff die Akte.

»Wir haben einen Grund«, sagte Bodenstein. »Solange Sie kein Alibi für die Tatzeiten der Morde haben, betrachten wir Sie als tatverdächtig, das habe ich Ihnen gestern Abend bereits gesagt. Sie haben das Recht zu schweigen, um sich nicht selbst zu belasten, und Sie dürfen jederzeit einen Anwalt hinzuziehen.«

»Das ist doch wohl ein Witz!«, regte sich Stadler auf. »Ich habe niemanden erschossen! Ich brauche keinen Anwalt!«

»Doch. Wie mir scheint, brauchen Sie einen. Oder vier Alibis.«

»Der ist über gar nichts hinweg«, sagte Pia auf dem Flur zu ihren Kollegen, als Erik Stadler an ihnen vorbeigeführt worden war. Sie war enttäuscht, weil sie sich mehr von diesem Gespräch erhofft hatte. Irgendetwas Handfestes. Einen Hinweis darauf, dass Erik Stadler der Richter war.

»Über so etwas kommt man nie hinweg«, erwiderte Kim, die gemeinsam mit Dr. Engel, Kathrin, Kai und Cem die Vernehmung aus dem Nachbarzimmer verfolgt hatte. »Auf jeden Fall sagt er nicht die Wahrheit über den Tod seiner Mutter, das zeigt sein ganzes Verhalten. Vom Profil her könnte er der Täter sein, er hat ein Motiv und die Möglichkeit.«

Pia wollte nichts mehr von dieser Profil-Scheiße hören. Fast bereute sie, dass sie ihre Schwester in die Ermittlungen einbezogen hatte. Sie übersahen etwas. Aber was?

»Er verschweigt uns etwas«, stellte Kim fest. »Aber warum?«

»Vielleicht, weil es die offizielle Version ist, auf die sie sich damals mit der Klinik geeinigt haben«, vermutete Bodenstein. »Dafür haben sie Schweigegeld erhalten.«

»Und Helen haben sie nichts davon erzählt«, ergänzte Kai. »Das Mädchen lebte in dem Glauben, schuld am Tod der Mutter zu sein.«

»Vorsicht«, warnte Bodenstein. »Das sind Spekulationen. Wir wissen nur, dass an der ganzen Geschichte etwas nicht stimmt. Bei irgendjemandem aus der Familie und ihrem Umfeld hat sich ein gewaltiger Druck aufgebaut, der sich nun entlädt.«

»Vielleicht hat es auch einen viel profaneren Grund, als wir annehmen.« Pia nagte an ihrer Unterlippe und versuchte, die Gedankenbruchstücke, die ihr durch den Kopf schossen, zusammenzufügen.

»Stadler kann auf jeden Fall gut schießen«, bemerkte Kathrin.

»Biathleten schießen aus ein paar Metern Entfernung auf eine Scheibe«, sagte Cem zweifelnd. »Unser Mann hat aus einer Entfernung von fast einem Kilometer einen Menschen erschossen! Das ist etwas völlig anderes.«

»Was wollen Sie jetzt tun?«, erkundigte sich Nicola Engel. »Ihn laufen lassen?«

»Ungern«, gab Bodenstein zu. »Aber wir können ihn ohne neue Beweise nicht viel länger festhalten.«

»Dann finden Sie Beweise!«

»Ein Beweis ist, dass es keinen weiteren Toten gegeben hat, seitdem er in der Zelle sitzt«, sagte Kathrin Fachinger.

»Das reicht nicht.« Bodenstein schüttelte den Kopf. »Wir lassen ihn gehen, aber erst später. Kai, du kümmerst dich darum, dass er überwacht wird. Außerdem muss er seinen Reisepass abgeben und sich täglich einmal bei den Kollegen in Niederhöchstadt melden. Cem und Kathrin, ihr sprecht mit Stadlers Frau oder Freundin. Ich will wissen, wie Stadler sich in letzter Zeit verhalten hat, ob er sich irgendwie verändert hat ... Ihr wisst schon.«

»Ja, wir wissen schon.« Cem nickte ernst.

Jeder spürte den Druck, der von Stunde zu Stunde wuchs. Insgeheim warteten sie alle darauf, dass wieder etwas geschah, ein Notruf einging und eine fünfte Todesanzeige in der Post steckte. Ein Beamter von der Wache kam den Flur entlang.

»Vorne wartet eine Frau Wenning, die zu Ihnen möchte«, sagte er zu Bodenstein. »Sie hat einen Anwalt dabei.«

»Danke. Wir kommen sofort.« Bodenstein nickte, er wandte sich an Cem und Kathrin. »Euer Besuch bei Stadlers Freundin hat sich damit wohl erledigt. Fahrt nach Frankfurt und sprecht mit Stadlers Nachbarn. Aber vorher besucht ihr noch einmal Patrick Schwarzer. Vielleicht ist er heute in der Verfassung, mit euch zu sprechen. Zeigt ihm die Todesanzeige. Wir brauchen eine Verbindung zwischen ihm und Kirsten Stadler.«

Die Versammlung auf dem Flur löste sich auf, nur Pia blieb stehen.

»Was ist?«, fragte Bodenstein.

»Wir stellen die falschen Fragen«, erwiderte Pia.

»Wie meinst du das?«

»So, wie ich es sage.« Sie blickte ihren Chef an. »Stadler hat etwas zu verbergen, aber das müssen nicht unbedingt die Morde sein. Erinnerst du dich an den Fall Kaltensee, an Marcus Nowak und Elard Kaltensee, den Professor?«

»Ja, natürlich.« Bodenstein sah sie fragend an. »Was haben die damit zu tun?«

»Wir hielten sie beide für verdächtig, weil sie offensichtlich gelogen und uns etwas verschwiegen haben«, sagte Pia. »Sie verschwiegen uns jedoch nicht die Morde, wie wir annahmen, sondern ihre heimliche Beziehung. Erik Stadler hat auch irgendein Geheimnis, das er auf keinen Fall preisgeben will, aber er ist nicht der Richter.«

»Was macht dich da so sicher?«

»Tja.« Pia hob die Schultern. »Es ist nur so ein Gefühl. Als er vorhin sagte, dass er seit zehn Jahren versucht, das Ganze zu vergessen und einfach wieder ein normales Leben führen will, da sagte er die Wahrheit. Auf der anderen Seite denke ich auch, er muss sich an eine offizielle Version der Ereignisse halten, die damals sicherlich explizit vereinbart wurde. Seine Nervosität kommt einfach daher, dass er sich nicht verquatschen darf.«

Bodenstein runzelte nachdenklich die Stirn und dachte nach.

»Du könntest recht haben«, räumte er ein. »Aber warum riskiert er, unter Verdacht zu geraten und in U-Haft zu sitzen?«

»Dafür gibt es mehrere Gründe. Das, was er verschweigt, erscheint ihm schlimmer als die Tatsache, des Mordes verdächtigt zu werden. Oder – und das halte ich für wahrscheinlicher – er möchte jemanden schützen.«

Sie sahen sich einen Moment lang an.

»Erst Stadler oder erst seine Freundin?«, fragte Pia.

»Erst die Freundin«, erwiderte Bodenstein.

Lis Wenning, blass und sichtlich besorgt, wartete vorne in der Sicherheitsschleuse. Bei ihr stand ein hochgewachsener schnauzbärtiger Mann in Anzug und Krawatte, den wohl jeder Kriminalpolizist in der Frankfurter Gegend kannte. Allein die Wahl von Dr. Anders als Anwalt kam einem Schuldeingeständnis gleich, denn der Strafverteidiger verteidigte fast ausschließlich Beschuldigte in besonders spektakulären Mordfällen, die seinen Namen in die Presse brachten, und natürlich konnte er sich den Taunus-Sniper nicht entgehen lassen.

»Ich möchte mit meinem Mandanten sprechen«, verlangte er sofort.

»Das dürfen Sie, sobald wir mit Frau Wenning gesprochen haben«, erwiderte Bodenstein. »Sie warten bitte hier.«

Der Anwalt protestierte. Lis Wenning bat ihn um Verständnis, und Pia bemerkte, dass sie ihn duzte.

»Woher kennen Sie Dr. Anders?«, fragte sie die dunkelhaarige Frau neugierig, als sie den Flur entlanggingen und den Vernehmungsraum betraten, in dem eben noch Erik Stadler gesessen hatte.

Bodenstein schloss die Tür und bot Frau Wenning einen Platz an. Sie setzte sich auf die vorderste Kante des Stuhls und hielt den Schulterriemen ihrer Handtasche fest umklammert. Ihre großen dunklen Augen waren voller Sorge.

»Er ist ein Kunde im Fitnesszentrum«, erwiderte sie. »Ich kenne sonst keine Anwälte, und als Ihr Kollege Erik gestern Abend abgeführt hat, wusste ich, dass es sich um etwas Ernstes handeln muss. Wo ist Erik jetzt? Was werfen Sie ihm vor?«

Pia musterte die Frau und beschloss, sie nicht zu schonen.

»Wir verdächtigen Herrn Stadler, vier Menschen erschossen zu haben«, sagte sie.

»Das ist nicht Ihr Ernst!« Lis Wenning wurde noch blasser und griff sich an den Hals. »Wieso sollte er so etwas tun?«

»Um den Tod seiner Mutter und seiner Schwester zu rächen«, erwiderte Pia. »Leider war er bisher nicht sehr kooperativ. Für die Tatzeiten hat er keine Alibis und behauptet, er sei joggen gewesen. Vielleicht können Sie ihm und uns helfen.«

Stadlers Freundin war noch damit beschäftigt, den Schock über das Gehörte zu verarbeiten. Sie schüttelte fassungslos den Kopf.

»Wo war Herr Stadler am 19. Dezember zwischen acht und zehn Uhr morgens?«, fragte Bodenstein. »Am 20. Dezember gegen 19 Uhr abends? Und am ersten Weihnachtsfeiertag morgens um acht Uhr? Und gestern um die Mittagszeit?«

»Ich … ich weiß es nicht«, stammelte Frau Wenning. »Am 19. und 20. Dezember war er sicher in seiner Firma. Und an Weihnachten war er schon weg, als ich aufgewacht bin. Er kam erst nachmittags zurück.«

Sie hielt inne und zögerte.

»Er hat mir nicht gesagt, wo er war. Und ich habe ihn nicht gefragt. Gestern wollte er auch in die Firma, sie sind mitten im Jahresabschluss, und seine Buchhalterin hat gekündigt.«

»Er war nicht in der Firma. Dort hat er gesagt, er sei im Home-Office.«

Lis Wenning blickte hilflos zwischen Pia und Bodenstein hin und her.

»Frau Wenning, hat Herr Stadler sich in den letzten Wochen anders benommen als sonst?« Bodenstein sprach mit leiser, eindringlicher Stimme. »Sind Ihnen irgendwelche Veränderungen an ihm aufgefallen?«

Sie kämpfte einen Moment mit ihrer Loyalität, aber dann nickte sie.

»Er hat sich verändert«, sagte sie ehrlich. »Sehr sogar. Seit Helens Tod. Ihr Selbstmord hat ihn sehr mitgenommen. Er und Helen waren immer sehr eng miteinander, manchmal war ich fast ein wenig eifersüchtig.«

Sie rang sich ein freudloses Lächeln ab, das gleich wieder von ihrem Gesicht verschwand.

»Wie hat er sich verändert? Was war anders als früher?«, wollte Pia wissen.

»Er hat aufgehört zu lachen«, erwiderte Lis Wenning. »Er ist nur noch in sich gekehrt und in Gedanken weit weg. Und er hat geradezu exzessiv seinen Sport gemacht. Erik … ist süchtig nach Gefahr und Nervenkitzel. Ich fahre nicht mehr mit, wenn er diese verrückten Sachen macht, das kann ich nicht ertragen.«

Lis Wenning verstummte. Sie presste die Lippen aufeinander und wirkte mit einem Mal verloren.

»Er schien in letzter Zeit ständig besorgt«, flüsterte sie und senkte den Kopf. »Irgendwie hatte ich das Gefühl, er verheimlicht mir etwas. Er war auf einmal unpünktlich und versteckte sein Handy vor mir.«

»Können Sie sich vorstellen, was ihn so beschäftigt haben könnte?«, fragte Bodenstein.

»Ich … ich … dachte … er hat vielleicht eine andere.« Eine Träne rollte über ihre Wange. »Ein paarmal habe ich ihn darauf angesprochen, aber … aber er wollte partout nicht darüber reden. So ist er eigentlich überhaupt nicht und … und erst neulich hat er mir gesagt, dass … dass er mich liebt.«

Sie wusste wirklich nicht mehr. Hätte sie gekonnt, so hätte sie ihm ein Alibi gegeben, ja, vielleicht hätte sie sogar versucht, für ihn zu lügen, aber das tat sie nicht.

»Besitzt Herr Stadler ein Gewehr?«

»Ja. Mehrere. Er hat sie in einem Schrank in seiner Firma.«

»Es wäre sehr freundlich, wenn Sie sie noch heute unseren Kollegen geben würden«, beschloss Bodenstein das Gespräch. »Wir werden die

Waffen überprüfen und hoffen, dass Herr Stadler am Montag mit uns redet. Solange muss er leider in Gewahrsam bleiben.«

Lis Wenning nickte und stand auf.

Bodenstein und Pia begleiteten sie zu dem Anwalt, der ungeduldig darauf wartete, zu seinem Mandanten gelassen zu werden. Aber zuerst wollte Bodenstein noch einmal mit Erik Stadler sprechen. Er bat Cem, mit Frau Wenning nach Sulzbach zu fahren und die Gewehre sicherzustellen.

Erik Stadler saß mit geschlossenen Augen auf der schmalen Pritsche in seiner Zelle, den Kopf an die Wand gelehnt.

»Herr Stadler«, sprach Bodenstein ihn an, während Pia an der Tür stehen blieb. »Warum sagen Sie uns nicht die Wahrheit? Weshalb riskieren Sie es, unter Mordverdacht gestellt und angeklagt zu werden, wenn Sie doch unschuldig sind? Wollen Sie jemanden schützen?«

Keine Antwort.

»Sie werden heute ins Untersuchungsgefängnis gebracht. Und da könnten Sie unter Umständen eine ganze Weile bleiben.«

Erik Stadler öffnete die Augen, und Pia hoffte für ein paar Sekunden, er werde nun auspacken und ihnen die Wahrheit sagen. Aber sie wurde enttäuscht.

»Tun Sie, was Sie wollen«, entgegnete Stadler nämlich. »Ich sage gar nichts mehr ohne Anwalt.«

Als Bodenstein und Pia in die Stichstraße einbogen, in der sich Dirk Stadlers Haus befand, wurden sie beinahe von einer Frau über den Haufen gerannt, die mit schnellen Schritten und gesenktem Kopf um die Ecke schoss. Im gelblichen Schein der Straßenlaterne erkannte Pia überrascht die Buchhalterin von Erik Stadler.

»Frau Fellmann?«

Die Frau fuhr erschrocken herum, blieb stehen. Ihre Augen waren ganz verquollen, ihr Gesicht tränennass.

»Ich … ich war gerade bei Herrn Stadler und habe ihm die Firmenschlüssel gegeben, nachdem ich den ganzen Tag vergeblich versucht habe, Erik zu erreichen«, erklärte sie. »Eigentlich war gestern schon mein letzter Arbeitstag, aber er hatte mir fest versprochen, dass wir heute noch zusammen einen Sekt trinken. Ich habe noch den Jahresabschluss fertiggemacht – ganz alleine, denn mein Chef hat mich völlig im Stich gelassen! Nicht einmal angerufen hat er mich!«

Sie brach unvermittelt in Tränen aus, tief gekränkt und enttäuscht.

»Wie lange arbeiten Sie eigentlich schon bei Erik Stadler?«, erkundigte sich Pia.

»Von Anfang an war ich dabei!«, schluchzte Franka Fellmann. »Seit Oktober 2009. Zuerst nur halbtags, aber das Geschäft lief richtig gut, und da brauchte Erik eine Vollzeitbuchhalterin.«

Sie kramte in ihrer Handtasche, zog eine Packung Taschentücher heraus und putzte sich geräuschvoll die Nase. »Hauptsächlich habe ich mich darum gekümmert, dass die Kunden ihre Rechnungen bezahlen. An so was Profanes denken die Herren Computergenies nämlich nur ungern.«

Sie lachte bitter, verzog dann wieder das Gesicht und schluchzte.

»Erik war immer ein prima Chef, und mir hat's Spaß gemacht, die Firma mit aufzubauen, aber jetzt … so geht das nicht mehr. Ich hab einen Sohn, der mich braucht, und in der Firma hängt alles nur noch an mir seit ein paar Monaten. Seitdem das mit der Schwester vom Chef passiert ist.«

»Haben Sie seine Schwester gekannt?«, fragte Bodenstein.

Ein winziger Ausdruck des Missfallens zuckte über ihr Gesicht.

»Ja, natürlich. In der Firma ging es immer familiär zu. Wir haben öfter zusammen gefeiert, da war Helen häufig dabei.«

»Was war sie für ein Mensch?«

Franka Fellmann dachte kurz nach, dann begann sie wieder zu weinen.

»Man soll über Tote nicht schlecht reden, das weiß ich«, platzte es aus ihr heraus. »Aber Helen war ein falsches Luder. Jeder hat sie nur mit Samthandschuhen angefasst. Dabei hätte ihr die eine oder andere Ohrfeige wahrscheinlich mehr geholfen als diese ständige Rücksichtnahme. Wenn Sie mich fragen, hat Helen ihre Familie terrorisiert und zerstört mit ihrer Besessenheit wegen der Sache mit ihrer Mutter.«

Bodenstein und Pia wechselten einen raschen Blick und hüteten sich, Franka Fellmanns Redefluss zu unterbrechen.

»Sobald eine Feier oder ein Grillabend mal etwas ausgelassener wurde, erwähnte sie ihre Mutter, die Stimmung war ruiniert und sie stand im Mittelpunkt. Das war total krankhaft bei ihr, diese Sucht nach Aufmerksamkeit. Ich hatte manchmal das Gefühl, sie genoss diese Rolle und wie sie alle Menschen in ihrem Umfeld manipulieren konnte. Einmal sagte ich zu ihr, sie solle doch mal eine Therapie machen, da ging sie auf mich los wie eine Furie. Danach hat sie nie mehr mit mir gesprochen. Sie hat durch mich durch geguckt, als sei ich aus Glas!«

»Was hat Helen beruflich gemacht? Hat sie auch in der Firma ihres Bruders gearbeitet?«, wollte Pia wissen.

»Das wollte sie vielleicht, aber sie konnte ja nichts!«, entgegnete Frau Fellmann geringschätzig. »Eine Weile hat der Chef sie am Telefon eingesetzt, aber selbst das hat sie nicht hinbekommen. Kam, wann sie wollte, telefonierte privat, war total unzuverlässig. Irgendwann hab ich gesagt, sie oder ich! Da war ich natürlich bei ihr und Jens-Uwe komplett unten durch, aber danach lief es in der Firma wieder gut, und das war mir das Wichtigste.«

Franka Fellmann war eifersüchtig auf Helen Stadler gewesen, sie hatte sie gehasst, doch mit ihrem Tod war für sie nichts besser geworden. Die Schwester ihres Chefs hatte letztendlich über ihr Grab hinaus alles zerstört, was Frau Fellmann etwas bedeutet hatte.

»Und was hat sie dann gemacht?«

»Keine Ahnung. War wohl an der Uni eingeschrieben. Ich glaube, für Soziologie und Psychologie. Aber einen Abschluss hat sie nie gemacht.«

»Wo wohnte sie?«

»Hier, bei ihrem Vater.« Frau Fellmann wies mit dem Kopf nach hinten. »Da wollte sie auch nicht ausziehen, obwohl Jens-Uwe eine ziemlich große Wohnung hatte.«

»Sie kennen ihren Freund, Jens-Uwe Hartig?«

»Ja, klar. Komischer Typ.« Sie tupfte mit dem Taschentuch, mit dem sie sich eben noch die Nase geputzt hatte, über ihre Augen. »Mit einem hochgradigen Helfersyndrom. Der hatte nur Augen für Helen, war immer um sie herum, hat sie bemuttert und begluckt, genau wie der Chef und sein Vater. Aber was ich wirklich total *strange* fand, war, dass die beiden ständig über die Vergangenheit geredet haben. Wie zwei Leutchen im Altersheim! Die lebten nur im Gestern. Anstatt dass Jens-Uwe Helen mal in die Spur gebracht hätte, hat er sie noch in ihren Spinnereien bestärkt!«

»Die beiden wollten heiraten, nicht wahr?«

»Anfang Oktober. Kirchlich und standesamtlich in Kiedrich, da stammt Jens-Uwe her. Ich hab die Einladungen drucken lassen, deshalb weiß ich das. Ich glaube, insgeheim waren alle froh, Erik, seine Freundin und sein Vater, weil sie dann die Verantwortung für die verkorkste Helen los gewesen wären.«

Sie schluchzte auf.

»Ich hab das miese Gefühl, dass ich ihn und die anderen im Stich lasse, aber ich kann einfach nicht mehr so weitermachen. Seit Wochen ist er kaum noch im Büro, sagt mir nicht, wo er ist, geht nicht an sein Handy. Das ist kein Arbeiten mehr! Und jetzt ist er nicht mal an meinem letzten

Tag gekommen, obwohl er es gestern noch hoch und heilig versprochen hat!«

»War er gestern im Büro?«, wollte Pia wissen.

»Nein. Gesehen hab ich ihn seit vor Weihnachten nicht mehr«, erwiderte Franka Fellmann.

»Hat er Ihnen gesagt, wo er war? War er vielleicht im Ausland?«

»Keine Ahnung. Er hat mir überhaupt nichts gesagt.«

Das Handy in ihrer Tasche klingelte. Sie schaute darauf.

»Mein Sohn«, sagte sie entschuldigend und wischte sich die Tränen ab. »Ich muss ihn bei einem Freund abholen.«

»Nur noch eine Frage«, bat Pia. »Wissen Sie zufällig, ob Jens-Uwe Hartig ein Schütze ist?«

»Schütze?« Franka Fellmann war kurz irritiert, dann hellte sich ihr Gesicht auf. »Ach, Sie meinen Schütze. Schießen. Ich dachte, Sie meinen sein Sternzeichen. Nein, tut mir leid, das weiß ich nicht.«

»Wieso haben Sie uns beim letzten Mal so ein Märchen aufgetischt?«, fragte Pia Dirk Stadler, als sie ihm wenig später gegenüberstanden. Er hatte den Weihnachtsbaum abgeschmückt und auf die Terrasse gestellt und war gerade dabei, Staub zu saugen.

»Was für ein Märchen?« Stadler blickte sie erstaunt an. Er hinkte zu einem Hocker, setzte sich und massierte sein Bein.

»Über den Tag, an dem Ihre Frau starb. Es war nicht so, wie Sie uns das erzählt haben.«

»Doch, natürlich. Wieso sollte ich etwas anderes sagen?«

»Weil man Ihnen Schweigegeld gezahlt hat«, erwiderte Pia. »Dafür, dass Sie aufgeben und den Mund halten und niemandem sagen, dass Ihre Frau noch bei Bewusstsein war, als Ihr Sohn sie beatmet und reanimiert hat. Wie viel haben Sie bekommen?«

Das war eine gewagte Interpretation dessen, was Erik Stadler ihnen erzählt hatte, aber Pia wagte trotzdem den Schuss ins Blaue und erwartete vehementen Widerspruch, doch Stadler seufzte nur.

»Fünfzigtausend Euro. Aber das, was Sie sagen, ist Unsinn. Erik konnte meiner Frau nicht mehr helfen. Sie war bewusstlos und nicht mehr ansprechbar.«

»Woher wollen Sie das wissen? Sie waren doch gar nicht dabei.«

»Erik hat mir das selbst erzählt«, behauptete Stadler.

»Wahrheit und Gerechtigkeit waren Ihnen fünfzigtausend Euro wert?«

»Sie verstehen das vielleicht nicht.« Stadler zuckte die Achseln. »Niemand hatte etwas falsch gemacht. Aber mein Schwiegervater kam nicht damit klar, dass er derjenige war, der die Erlaubnis zur Organentnahme gegeben hatte. Er war es, der unbedingt klagen wollte, und ich ließ mich von ihm dazu überreden, dabei war es von Anfang an aussichtslos. Die Gegenseite hatte seine Unterschrift auf der Einwilligungserklärung, und deshalb hätte ich einen Prozess mit Sicherheit verloren. Man bot mir Geld an, wenn ich die Klage zurückzöge. Ich akzeptierte das. Versetzen Sie sich in meine Lage. Ich hatte einfach keine Kraft mehr. Eine aussichtslose Klage gegen ein Krankenhaus, die sich womöglich über Jahre hingezogen und mich finanziell ruiniert hätte! Kirsten hätte es auch nicht mehr lebendig gemacht. Ich musste mir einen neuen Job suchen und mich um meine Kinder kümmern, vor allen Dingen um Helen, sie war damals gerade mal fünfzehn. Ich habe mich auf den Vergleich eingelassen und das Geld genommen. So konnte ich Erik und Helen wenigstens etwas Startkapital für ihr Leben geben.«

»Worauf stützte sich Ihre Anzeige?«, fragte Bodenstein. »Woher hatten Sie die Informationen darüber, dass etwas nicht so gelaufen war, wie es laufen sollte?«

»Ich habe Ihnen doch die Akte gegeben«, erwiderte Stadler.

»Ich würde es aber gerne noch etwas genauer wissen«, beharrte Bodenstein.

»Ich wollte nicht klagen.« Stadler streckte vorsichtig sein Bein aus und verzog dabei das Gesicht. »Meinen Kindern zuliebe wollte ich das Thema abschließen, gemeinsam mit ihnen um ihre Mutter trauern und ihren Tod verarbeiten. Aber mein Schwiegervater gab einfach keine Ruhe. Er war wie besessen, stellte abstruse Verschwörungstheorien auf, und das, was Jens-Uwe ihm erzählt hatte, war natürlich Wasser auf seinen Mühlen.«

»Moment!«, unterbrach Bodenstein ihn. »Herr Hartig sagte uns, er habe Helen erst vor vier Jahren kennengelernt. Wie kann er Ihrem Schwiegervater damals schon etwas erzählt haben?«

Stadler blickte verwirrt auf.

»Es kann sein, dass er Helen erst später kennengelernt hat. Meine Schwiegereltern kannte er schon länger, über diese Selbsthilfegruppe, auf die sie kurz nach Kirstens Tod gestoßen sind. Er hat ihnen erzählt, dass er selbst schon erlebt hätte, dass irgendwelche Untersuchungen nicht im vorgeschriebenen Zeitrahmen gemacht wurden, OP-Protokolle fehlten oder von den Ärzten bewusst gefälscht würden. Er war sehr überzeugend, und ich habe mich schließlich dazu drängen lassen, die Klage einzureichen. Daraufhin beherrschte dieses Thema unsere Familie – über Monate und Jahre. Die Wunden konnten nie heilen. Niemand außer mir bemerkte, wie sehr Helen darunter litt. Sie war ein pubertierendes Mädchen, extrem empfindlich und sensibel, aber auch radikal in ihren Ansichten, wie es Jugendliche in ihrem Alter häufig sind. Sie war fest davon überzeugt, dass man ihre Mutter absichtlich hatte sterben lassen, um ihre Organe transplantieren zu können.«

»Hat Helen die Wahrheit gekannt?«, forschte Bodenstein nach.

Dirk Stadler sackte in sich zusammen und stieß einen Seufzer aus.

»Ich sage Ihnen doch, es *gibt* keine Wahrheit und Unwahrheit. Meine Frau erlitt beim Joggen eine Hirnblutung und starb daran. Helen hätte nichts daran ändern können, selbst wenn sie danebengestanden hätte. Vielleicht hätte meine Frau auf der Intensivstation noch ein paar Tage oder Wochen an lebenserhaltenden Maschinen dahinvegetiert, aber sie hatte keine Chance mehr, aufzuwachen. Ihr Gehirn war tot. Das EEG zeigte eine Nulllinie. Helen wollte das nie hören. Sie war verzweifelt, gefangen in dieser fixen Idee, schuld zu sein. In den letzten zehn Jahren hat sie sechs Mal versucht, sich das Leben zu nehmen. Manchmal verschwand sie für mehrere Tage. Ich wusste nicht, wo sie war, und fürchtete jedes Mal, wenn das Telefon klingelte, man habe ihre Leiche gefunden. Aber sie tauchte immer wieder auf und sagte nur, sie sei bei einem Freund gewesen. Vor ein paar Jahren verliebte sie sich dann in Jens-Uwe. Alles schien besser zu werden, sie wurde ruhiger und begann, sich für andere Dinge zu interessieren. Ihr Selbstmord hat uns aus heiterem Himmel getroffen. Sie hatte gerade Tritt im Leben gefasst, freute sich auf die Hochzeit …«

Dirk Stadler verstummte und rieb sich die Augen.

»Ich kann es noch immer nicht begreifen. Sie hat in Frankfurt das Brautkleid anprobiert und hat sich am selben Abend das Leben genommen.«

»Warum in Kelsterbach? Was hatte sie dort zu tun?«

»Das weiß ich leider auch nicht. Es ist mir bis heute ein Rätsel, weshalb sie dort war und wie sie dorthin gekommen ist.«

»Gab es einen Abschiedsbrief?«

»Leider nicht.«

Pia dachte an den Brief, den der Richter an den Redakteur vom *Taunus Echo* geschickt hatte. *Denn ich bin gekommen, zu richten die Lebenden und die Toten.* Der Satz stammte aus dem Glaubensbekenntnis.

»Sind Sie gläubig?«, fragte Pia nun deshalb.

»Nein.« Dirk Stadler schüttelte den Kopf. »Ich habe schon vor vielen Jahren aufgehört, an einen gerechten Gott zu glauben.«

»Dürfen wir uns die Hinterlassenschaften von Helen ansehen?«

»Wenn Sie wollen. Ich habe noch immer alles oben in ihrem Zimmer stehen.«

»Wissen Sie, wo Ihr Sohn in den letzten Tagen gewesen ist?«, wollte Bodenstein wissen.

»Nein.« Der plötzliche Themenwechsel schien Stadler zu überraschen. »Ich habe ihn zuletzt kurz nach Weihnachten gesehen, da waren Sie ja bei mir. Vorhin hat mir seine Buchhalterin die Schlüssel für die Firma gebracht, weil sie ihn nicht erreichen konnte. Ist etwas mit ihm?«

»Wir haben ihn gestern in Polizeigewahrsam genommen«, sagte Bodenstein. »Es gibt einen Anfangsverdacht gegen ihn.«

»Gegen Erik?« Dirk Stadler war fassungslos. »Sie … Sie glauben, mein Sohn wäre fähig, Menschen zu erschießen?«

»Nun ja, er ist ein guter Schütze. Er hat durchaus ein Motiv. Und er hat kein Alibi für die Zeiten, in denen die Morde begangen wurden.«

»Aber doch nicht Erik! So etwas würde er … nie tun!«

Weder Bodenstein noch Pia entging das winzige Zögern. War Dirk Stadler doch nicht so fest überzeugt von der Unschuld seines Sohnes?

Stadler stemmte sich mühsam von seinem Hocker hoch und humpelte in den Wohnbereich. Mit seinem Entgegenkommen war es vorbei.

»Wollen Sie noch Helens Zimmer sehen?«, fragte er. »Es ist die zweite Tür auf der rechten Seite im ersten Stock. Bitte sehen Sie mir nach, wenn ich unten bleibe, mein Bein macht mir heute sehr zu schaffen.«

»Ja, natürlich«, sagte Bodenstein.

Stadler bückte sich nach dem Staubsauger, doch dann schien ihm noch etwas einzufallen.

»An Ihrer Stelle würde ich mich mal mit Jens-Uwe unterhalten. Oder mit Mark Thomsen.«

»Mark – wer?«

»Der Vorsitzende von HAMO«, erwiderte Stadler und lächelte bitter. »Helens … Ersatzvater. Als ob sie einen nötig gehabt hätte.«

Im Gewerbepark Seerose in Eschborn herrschte viel Betrieb. Ein wahrer Sensationstourismus hatte eingesetzt. Die Menschen kamen von nah und fern, nicht etwa um einzukaufen, sondern um die Stelle, an der Hürmet Schwarzer gestorben war, zu sehen und zu fotografieren. Die Schaufensterscheibe des Schuhgeschäfts mit dem Einschussloch war bereits ersetzt worden, auch die Bäckerei, in der das Opfer gearbeitet hatte, hatte ganz normal geöffnet. So, als sei nichts geschehen.

»Unglaublich«, sagte Pia angewidert, als sie beim Vorbeifahren die Menschentraube sah, die sich um den Blutfleck drängte. »Wieso tun die Leute so etwas?«

»Das werde ich auch nie verstehen.« Bodenstein schüttelte den Kopf. »Ich habe Hunger wie ein Wolf. Wollen wir irgendwo etwas essen?«

»Gute Idee«, stimmte Pia zu. »Wie wär's mit dem Burger King da vorne?«

»Wenn's sein muss.«

Bodenstein war kein Fan von Fastfood, das wusste sie, aber ihr war jetzt nach Kalorien, Fleisch und Mayonnaise. Die Alternative war Kentucky Fried Chicken, aber das mochte sie nicht. Wenig später stellten sie sich an einer der Schlangen vor der Kasse an.

Bodenstein studierte mit skeptischer Miene die Angebotstafeln und wirkte völlig fehl am Platz.

»Bitte schön?« Der junge Mann hinter der Kasse knallte Pia ein Tablett hin, und sie gab ihre Bestellung auf.

»Hast du etwas gefunden?«, fragte sie ihren Chef.

»Noch nicht.« Bodenstein überlegte, dann wandte er sich an den Kassierer. »Was können Sie mir denn heute empfehlen?«

»Äh, was isst du denn gerne?«, erwiderte der junge Mann, der sich nach kurzer Irritation schnell gefangen hatte. »Bist du Vegetarier?«

»Nein. Haben Sie noch diesen Fisch-Mac im Programm?«, erkundigte sich Bodenstein.

»Nee, haben wir nicht. Hier ist Burger King.«

Pia musste einen Lachanfall unterdrücken, während Bodenstein sich die unterschiedlichen Burger beschreiben und ihre Zutaten aufzählen ließ und zwischendurch mehrfach nachfragte. Die Leute neben und hinter ihnen glotzten ungläubig. Schließlich entschied er sich für einen Big King XXL mit Pommes und einem Mineralwasser. Pia ließ ihn zahlen, ergriff das Tablett und steuerte auf einen leeren Tisch zu.

»Warum starren mich alle so an?«, fragte Bodenstein, als er sich ihr gegenüber hinsetzte.

»Das hab ich ja noch nie erlebt!«, prustete Pia los und lachte, bis ihr die Tränen kamen. »*Was können Sie mir denn empfehlen?* Wer fragt denn *so was* in einem Fastfood-Laden?«

»Ich bin über das Sortiment eben nicht im Bilde«, entgegnete Bodenstein würdevoll, aber dann musste er selbst grinsen. »Der Fisch-Mac gehört nicht hierher, oder?«

»Nein!« Pia schüttelte den Kopf und wischte sich mit einer Serviette die Lachtränen ab. »Oh Mann, wie der Kerl dich angeguckt hat, das werde ich mein Leben lang nicht vergessen!«

Bodenstein wickelte schmunzelnd den Burger aus, betrachtete ihn kritisch und biss hinein.

»Hm, schmeckt gar nicht so übel«, stellte er fest. »Sieht allerdings völlig anders aus als auf dem Werbefoto.«

Pia schüttelte kauend den Kopf. Beinahe eine Stunde hatten sie im Zimmer von Helen Stadler zugebracht und nichts gefunden, was ihnen hätte weiterhelfen können. Jede Menge Bücher und Klamotten, Fotoalben, Schminksachen, Studienunterlagen. In einer Kiste im Schrank befanden sich alte Stofftiere, in den Schubladen ihres Schreibtischs Erinnerungsstücke wie Konzerttickets, Postkarten, alte Fotos von ihrer Mutter und allerhand Krimskrams, den man aufhebt, weil man sich nicht entschließen kann, ihn wegzuwerfen. Es war absolut nichts Ungewöhnliches dabei, aber trotzdem fehlte etwas, was man heute in jedem Jugendzimmer fand, nämlich ein Computer oder Laptop.

Stadler hatte bestätigt, dass Helen einen Laptop besessen hatte. Am Tag ihres Todes hatte sie ihn wie üblich bei sich gehabt, in ihrem Rucksack, aber er hatte ihn nie wiedergesehen. Die Polizei hatte ihm nach Abschluss der Untersuchungen zwar den Rucksack samt Inhalt übergeben, doch der Laptop hatte gefehlt. Seltsam. Vielleicht, so hatte Dirk Stadler vermutet, hatte sie ihn an jenem Tag bei Jens-Uwe gelassen.

Pia pickte gerade die letzten Pommes auf, als Kai anrief. Sie hatte ihn gebeten, sich über Mark Thomsen von HAMO schlauzumachen.

»Fehlanzeige«, sagte er. »Es gibt hier in der Gegend niemanden, der so heißt.«

»Aber er steht doch im Impressum der Webseite von HAMO«, erinnerte Pia ihn und klemmte das Handy zwischen Schulter und Ohr.

»Stimmt. Da steht sein Name. Und Eppstein. Aber mehr nicht«, erwiderte Kai. »Laut Einwohnermeldeamt gibt es keinen Thomsen in Eppstein. In unserem Computer finde ich ihn auch nicht.«

»Das ist ja interessant.« Pia wischte ihre fettigen Finger an einer frischen Serviette ab. »Du könntest Lydia Winkler anrufen. Vielleicht weiß sie mehr.«

»Mach ich. Ach, und es gibt Neuigkeiten über Patrick Schwarzer. Stell dir vor, er war früher Zivi und hat einen Rettungswagen gefahren.«

»Lass mich raten«, sagte Pia. »Er hatte am 16. September 2002 Dienst.«

»So ist es«, bestätigte Kai. »Er hatte am Tag vorher Geburtstag und ziemlich ausgiebig gefeiert, weshalb er am nächsten Tag wohl noch ordentlich Restalkohol hatte. Er hat beim Wenden den Rettungswagen mit Kirsten Stadler an Bord in den Graben gesetzt, was eine Verzögerung von einer guten Dreiviertelstunde bedeutete.«

Cem und Kathrin hatten den Witwer von Hürmet Schwarzer mit der Botschaft des Richters konfrontiert, daraufhin hatte er sich erinnert. Er hatte die Episode von vor zehn Jahren völlig vergessen, sie war für ihn unwichtig gewesen. Eine einmalige Verfehlung in zweieinhalb Jahren. Als er begriffen hatte, dass dieses für ihn so unbedeutende Ereignis seine Frau das Leben gekostet hatte, war er zusammengebrochen und hatte angekündigt, sich umzubringen, deshalb hatte Cem einen Psychologen gerufen und so lange gewartet, bis auch der Vater und ein Bruder von Patrick Schwarzer erschienen waren.

»*Die Schuldigen sollen denselben Schmerz verspüren wie den, den sie aus Gleichgültigkeit, Habgier, Eitelkeit und Gedankenlosigkeit verursacht haben*«, zitierte Pia aus dem Brief des Richters, den ihnen der Zeitungsredakteur gegeben hatte.

»Das Ziel hat der Killer wohl erreicht«, sagte Kai trocken. »Der Typ ist am Ende.«

Auf dem Weg zum Auto berichtete Pia ihrem Chef, was Kai ihr über Patrick Schwarzers Vergangenheit erzählt hatte.

»Das spräche wieder für Erik Stadler«, überlegte Bodenstein. »Er muss das damals mitbekommen haben.«

»Was, wenn wir es doch mit einem Profi-Killer zu tun haben, den einer der Stadlers engagiert hat?«, entgegnete Pia und fröstelte. Einen Profi zu fassen, der vielleicht sogar aus dem Ausland anreiste und unerkannt wieder verschwand, war so gut wie unmöglich.

»In diesem Fall suchen wir seinen Auftraggeber.« Bodenstein blickte in den wieder dichter werdenden Nebel.

»Dann stimmen aber alle Profil-Überlegungen nicht mehr«, gab Pia zu bedenken. »Den Auftrag zu einem Mord kann auch der alte Winkler gegeben haben, oder Stadler mit seinem Hinkebein.«

»Verdammt«, fluchte Bodenstein. »Wir sind genauso weit wie vor einer Woche! Uns läuft die Zeit weg!«

»Nein. Wir wissen mittlerweile wenigstens, um was es überhaupt geht«, widersprach Pia. Mit vollem Magen konnte sie wieder richtig denken. »Kirsten Stadler und ihre Tochter sind der Grund für die Morde.«

»Aber warum erst jetzt?«

»Der Selbstmord der Tochter war womöglich der Auslöser«, vermutete Pia. Sie hob die Hand und zählte an den Fingern die Verdächtigen ab. »Erik Stadler. Dirk Stadler. Joachim Winkler. Jens-Uwe Hartig. Das sind unsere Hauptverdächtigen, die wir beobachten müssen. Aber noch wichtiger ist es, weitere mögliche Opfer zu finden, deshalb sollten wir Stadler junior, Hartig und die UKF mehr unter Druck setzen.«

»Das machen wir«, bekräftigte Bodenstein mit einem Kopfnicken. »Wir kriegen den Scheißkerl.«

Sonntag, 30. Dezember 2012

TRÜBES ZWIELICHT SICKERTE DURCH die Ritzen der Rollläden, als Bodenstein die Augen aufschlug und darauf wartete, dass sich sein Verstand von den letzten Resten verwirrend realistischer Träume löste. Selten beschäftigten ihn die Fälle, an denen er tagsüber arbeitete, auch nachts, aber diesmal hatten sich einige jener Menschen, die ihn und sein Team seit Tagen vor Rätsel stellten, in seine Träume geschlichen, als ob sie ihm etwas mitteilen wollten. Er wälzte sich auf den Rücken und genoss die völlige Stille im Haus. Kein Kind, das nach ihm rief, kein Hund, der spazieren geführt werden wollte. Und auch keine Inka. Das Bett neben ihm war unberührt. Sie hatte ihm am späten Nachmittag per SMS mitgeteilt, dass sie zu einem Notfall nach Limburg müsse und nicht absehen könne, wie spät es werde. Da sie ihn nicht wecken wolle, würde sie zu Hause übernachten. Die Fadenscheinigkeit ihrer Begründung bedrückte Bodenstein, denn in der Vergangenheit war sie oft genug mitten in der Nacht zu ihm gekommen, schließlich hatte sie einen Haustürschlüssel. Warum tat sie das? Was war geschehen? An Weihnachten schien noch alles in bester Ordnung gewesen zu sein, und plötzlich zog sie sich von ihm zurück. Fühlte sie sich nicht genug von ihm beachtet? Oder hatte sie gar Zweifel an einer gemeinsamen Zukunft mit ihm bekommen? Er wusste ja, dass sie ein Problem mit Sophia hatte, aber er hatte gehofft, das Band zwischen ihnen sei stark genug, um damit fertig zu werden. Mit Cosima hatte es früher häufig kleinere Streits und Diskussionen gegeben, mit Inka gab es überhaupt keine Auseinandersetzung. Sie schwieg einfach, wenn ihr etwas nicht passte. Was er von Anfang an für Harmonie gehalten hatte, erschien ihm nun mehr und mehr als Folge ihrer Konfliktunfähigkeit, schlimmer noch: ihres Desinteresses. Inka war stolz und unabhängig, sie hatte ihr ganzes Leben lang keine längere Partnerschaft gehabt und offenbar nichts vermisst, wieso sollte sich das jetzt, mit Anfang fünfzig, geändert haben? War es ihr zu eng geworden mit ihm, zu verbindlich? War er ihr zu langweilig? Bodenstein warf einen Blick auf die Digitalanzeige seines Weckers. Acht Uhr. Heute Morgen wollte er Fritz Gehrke einen Besuch abstatten, um mit ihm ganz behutsam über die Vorwürfe aus der Todesanzeige des Richters zu sprechen. Er setzte sich auf, schwang die Beine über den Bettrand und ging duschen.

Warum hatte Inka ihm nicht auf seine Gute-Nacht-SMS geantwortet?

Was war das zwischen ihm und ihr? Liebe war es wohl kaum, auf jeden Fall nicht jenes tiefe, warme, herzklopfende Gefühl, das er so lange für Cosima empfunden hatte, auch wenn es nicht unbedingt auf Gegenseitigkeit beruht hatte. Die Beziehung von Inka und ihm war nicht aus stürmischer Verliebtheit und Leidenschaft entstanden, sondern hatte sich eher nebenbei ergeben, eine alte Zuneigung, die durch die Ehe ihrer Kinder wieder aufgelebt war. Jeder von ihnen hatte seine Arbeit und sein Leben, und es hatte nie ein bewusstes Bekenntnis zueinander, eine ausdrückliche Entscheidung gegeben. Inka war sukzessive bei ihm eingezogen, und er hatte akzeptiert, dass sie das nie in letzter Konsequenz getan hatte, indem sie ihr Haus vermietete und damit ihre Partnerschaft offiziell machte. Sie hatte nach der Trennung von Cosima und der Kurzaffäre mit Annika Sommerfeld ein offenes Ohr für ihn gehabt, sie hatten stundenlang telefoniert und miteinander geredet. Irgendwann waren sie miteinander im Bett gelandet. Das war gut gewesen. Vertraut. Mehr leider nicht, das musste er sich eingestehen.

Während er sich rasierte, dachte er darüber nach, dass er Inka eigentlich kaum kannte. Es gab eine Grenze, die sie ihn nicht überschreiten ließ. Immer war da diese Vorsicht, dieses Sperrgebiet in ihrem Innern, zu dem sie ihm keinen Zutritt gewährte. Er konnte mit ihr über alles Mögliche reden, aber nie über sie selbst. Bis heute verschwieg sie ihm, wer der Vater von Thordis war. Sie sprach nicht über ihre Zeit in Amerika und erwähnte nie irgendwelche Bekannten oder Freunde.

Es störte ihn, dass er solche Gedanken hatte. Durfte er, nur weil sie zwei Nächte lang nicht bei ihm geschlafen und ihm keine SMS geschrieben hatte, gleich ihre ganze Beziehung in Frage stellen? Sie hatte einfach in ihrer Pferdeklinik viel zu tun und er auch, und das respektierte sie. Fertig. Trotzdem nagte der Zweifel in seinem Innern. Redete er sich wieder mal etwas schön, weil er zu feige war, die Wahrheit zu sehen? War er wirklich zufrieden mit der Beiläufigkeit ihrer Beziehung?

Bodenstein zog sich an und ging nach unten, drückte in Gedanken versunken auf die Taste der Kaffeemaschine und schob zwei Toastbrotscheiben in den Toaster. Keine Nachricht von Inka auf seinem Handy. Er strich Frischkäse und Erdbeermarmelade auf die Toastbrote, aß im Stehen in der Küche und trank dazu seinen Kaffee. Vor den Fenstern zog ein weiterer verhangener, sonnenloser Tag herauf. In der Zeitung hatte er neulich gelesen, der Dezember 2012 sei der bisher düsterste Monat seit Beginn der Wetteraufzeichnungen im Jahr 1951 gewesen. Vielleicht waren es einfach das fehlende Licht und dazu der vertrackte Fall, die ihm auf die Psyche drückten und ihn alles schwarzsehen ließen. Dann fiel ihm wieder das Angebot von Cosimas Mutter ein, über das er noch immer nicht mit Inka gesprochen und das er beinahe verdrängt hatte. Je länger er damit wartete, desto schwieriger würde es werden. Andererseits wollte er so etwas Grundlegendes auch nicht zwischen Tür und Angel mit ihr besprechen, zumal sie ohnehin empfindlich auf alles reagierte, was mit Cosimas Familie zu tun hatte.

Er beschloss, vorerst einfach abzuwarten. Morgen war Silvester, übermorgen ein neues Jahr mit neuen Chancen und Gelegenheiten. Jetzt hatte er einen Mörder zu suchen.

Es war kalt im Haus, so kalt, dass er seine Atemluft wie eine weißliche Wolke sehen konnte. Unter den zwei Decken war es herrlich warm, deshalb schob er das Aufstehen vor sich her, obwohl seine Blase schmerzhaft drückte. Sonst drängte ihn nichts. Die Tage waren zu einer einzigen Warterei auf das passende Wetter geworden. Hoffentlich würde sich bald wenigstens der Nebel verziehen! Gestern Abend hatte er noch in einem Krimi gelesen, bis ihm fast die Augen zugefallen waren. Es war eines ihrer Lieblingsbücher gewesen, und es war zweifellos spannend geschrieben, jedoch widerte ihn die detaillierte Schilderung der Gewalt dieses Psychopathen gegen Frauen an.

Sein Blick wanderte über die verschossenen, hässlichen Tapeten und das Fenster, von dessen Rahmen die Farbe abblätterte.

Entschlossen warf er die Decken zurück, griff nach der Fleecejacke, die neben dem Bett über einem Stuhl hing, und schlüpfte in die gefütterten Stiefel. Im Badezimmer und im Wohnzimmer war es genauso kalt wie im Schlafzimmer, und die Holzkiste neben dem Ofen war leer, so ein Mist! Er ging aufs Klo, dann zog er sich Schal und Jacke an, ergriff den Korb und trat nach draußen, um Brennholz zu hacken. Das Holz der Treppenstufe knarrte unter seinem Gewicht, aus der mittleren der drei großen Tannen flog krächzend eine Krähe auf. Noch immer hing der Nebel tief über den Häusern der Siedlung und hüllte alles in eine feuchte Kälte. Er ging um das Haus herum, holte ein paar Scheite und zog die Axt aus dem Hackklotz. Ein bisschen sportliche Betätigung am frühen Morgen war nicht verkehrt. Nach zehn Minuten hatte er genug Holz für zwei Tage und schleppte den Korb zurück ins Haus. Wenig später prasselte das Feuer im Ofen und verbreitete eine angenehme Wärme. Er füllte Wasser in die billige Kaffeemaschine, löffelte Kaffeepulver in den Filter und schaltete das Gerät ein.

Letzten Sommer hatte er schon vorgehabt, das Haus mal wieder auf Vordermann zu bringen, doch dann war anderes wichtiger gewesen. Jetzt lohnte es sich nicht mehr. Die Polizei würde ihm früher oder später auf die Schliche kommen, man würde ihn festnehmen und vor Gericht bringen. Die Leute würden ihn hassen, ihn auch für einen Kranken, für einen irren Psychopathen halten, und er konnte es ihnen nach dem, was er getan hatte und noch tun würde, nicht verdenken. In den Augen der Menschen gab es nichts, was all das rechtfertigen konnte, aber das war ihm gleichgültig. Die Menschen, die sterben mussten, waren von ihren eigenen Vätern, Ehemännern und Kindern zum Tode verurteilt worden, er war lediglich ihr Henker. Er hatte alles akribisch dokumentiert. Die Lebenden würden ihre Strafe erhalten und die Toten Gerechtigkeit. Alle.

Es war Punkt neun Uhr, als Bodenstein vor dem Haus von Fritz Gehrke parkte und ausstieg. Auf sein Klingeln reagierte niemand, deshalb öffnete er das Gartentor, ging die Treppenstufen hoch und den Weg entlang zur Haustür. Im ganzen Haus waren die Rollläden unten, und Bodenstein überkam ein ungutes Gefühl. Während er noch überlegte, wen er anrufen konnte, um nach Fritz Gehrke zu sehen, fuhr ein kleines weißes Auto mit der Aufschrift *Schwester Hildegard* vor. Eine kräftige Frau mit einem kirschrot gefärbten Bubikopf stieg aus, schulterte eine schwarze Tasche und kam mit energischen Schritten die Stufen hoch. Unter einer dicken Daunenjacke trug sie eine Art weiße Uniform, dazu weiße Schuhe.

»Ist euch Zeitungsfritzen nicht mal der Sonntag heilig?«, fuhr sie ihn unfreundlich an, bevor er etwas sagen konnte. »Verschwinden Sie! Sonst ruf ich die Polizei!«

»Ich bin nicht von der Zeitung, sondern von der Kriminalpolizei«, erwiderte Bodenstein und zeigte ihr seinen Ausweis. »Und Sie sind?«

»Oh, das konnte ich nicht wissen. Ich bin die Karin. Karin Michel.« Ein zerknirschter Ausdruck machte sich auf ihrem rotwangigen Gesicht breit.

»Nicht Schwester Hildegard?«, schmunzelte Bodenstein.

»Wir sind alle Schwester Hildegard.« Frau Michel lächelte nun verschmitzt. »Sieben Leute. Die meisten von uns waren mal Altenpfleger, aber in einem Altenheim zu arbeiten ist auf Dauer ziemlich frustrierend. Zwar haben wir auch Stress, aber man hat mehr Zeit für die alten Leutchen. Und die sind dankbar dafür.«

Während sie redete, ging sie weiter und nestelte einen dicken Schlüsselbund aus ihrer Jackentasche. Bodenstein folgte ihr.

»Die Rollläden sind noch alle unten«, sagte er. »Auf mein Klingeln hat niemand reagiert.«

»Ach, das ist normal«, entgegnete Karin Michel. »Tut mir echt leid, dass ich Sie so angefahren habe. Aber in den letzten Tagen waren dauernd irgendwelche Reporter da und haben den armen Herrn Gehrke schlimm bedrängt. Als hätte er es nicht eh schon schwer genug.«

Sie setzte eine Brille auf, die ihr an einem Band um den Hals hing, und suchte nach dem passenden Schlüssel. Menschen wie Karin Michel nötigten Bodenstein Respekt ab. Es war keine leichte Aufgabe, sich um alte und kranke Menschen zu kümmern und dabei fröhlich, herzlich und mitfühlend zu bleiben.

»Schon vergessen«, versicherte er. »Wie oft kommen Sie zu Herrn Gehrke?«

»Morgens und abends. Ist nicht gut für den armen Mann, dass er jetzt so allein ist«, plapperte sie. »Der Max, der hat seine Vater jeden Tag besucht und oft was mit ihm unternommen. Furchtbar, was da passiert ist. Ganz furchtbar.«

Endlich hatte sie den richtigen Schlüssel gefunden und schloss die Haustür auf. Warme Luft strömte ihnen entgegen. Es roch muffig und nach Rauch. Bodensteins düstere Vorahnung wurde stärker, aber Karin Michel schien nichts Ungewöhnliches daran zu finden.

»Hallo, Herr Gehrke, ich bin's, die Karin!«, rief sie laut. »Ach, sitzt er doch wieder im Dunkeln herum! Das macht er oft. Vergisst einfach, das Licht anzumachen und die Rollläden hochzulassen. Deswegen ist er schon mal gestürzt, glücklicherweise ist nichts passiert.« Sie drückte auf einen Schalter, woraufhin die elektrischen Rollläden im ganzen Haus ratternd hochgingen. »Ich hab dem Max gesagt, er soll Bewegungsmelder im Haus installieren lassen, aber davon wollte der Herr Gehrke nichts wissen. Kostet zu viel Strom! Jahrgang 1931, Kriegsgeneration. Die sind immer sparsam, ich hab ja viele Leute wie den Herrn Gehrke.«

Die Frau war geschwätzig, aber nicht neugierig. Sie versuchte nicht, irgendetwas von Bodenstein zu erfahren.

»Warten Sie bitte kurz? Ich schau mal nach ihm und sag ihm Bescheid, dass Sie mit ihm reden wollen.«

»In Ordnung.« Bodenstein nickte. »Danke.«

»Klar.« Karin Michel marschierte los, laut nach dem alten Herrn rufend.

Bodenstein ging unruhig in der Diele auf und ab. Plötzlich hörte er einen Schrei und setzte sich sofort in Bewegung. Karin Michel kam ihm im Flur entgegen, mit kreideweißem Gesicht.

»Oh Gott, oh Gott!«, stieß sie hervor. »Der Herr Gehrke! Kommen Sie!«

Bodenstein schob sie sanft zur Seite und betrat das Arbeitszimmer. Seine Vorahnung hatte ihn nicht getrogen. Fritz Gehrke war tot. Er saß zusammengesunken an seinem Schreibtisch, das Kinn auf der Brust. Auf den ersten Blick sah es ganz so aus, als sei er eingenickt und friedlich im Schlaf aus dem Leben geschieden, aber Bodenstein registrierte die Spritze, die der Tote noch in der Hand hielt. Er legte seinen Arm um Karin Michels Schultern und führte die zitternde Frau in die Küche.

»Setzen Sie sich«, sagte er, dann durchsuchte er die Küchenschränke, bis er ein Glas fand, füllte es mit Wasser aus dem Hahn und reichte es ihr. »Wann haben Sie Herrn Gehrke das letzte Mal lebend gesehen?«

»Gestern. Gestern Abend, so gegen 18 Uhr«, murmelte sie benommen und nahm einen Schluck Wasser. Ihre Hand zitterte. »Er war wie immer. Hat mir einen schönen Abend gewünscht.«

»War Herr Gehrke Diabetiker?«, erkundigte Bodenstein sich.

»Ja. Altersdiabetes, Typ II. Aber er kam gut damit klar. Er ist … er war ein sehr disziplinierter Mensch.«

Auf einmal begann sie zu weinen.

»Das ist nicht der erste Tote, den ich sehe.« Sie wischte sich mit der Hand die Tränen ab. »Aber der Herr Gehrke war so ein lieber Mensch. So tapfer. Das mit seinem Sohn hat ihm einfach das Herz gebrochen.«

Bodenstein hatte einen völlig anderen Verdacht, aber er wollte der Frau nicht die Illusion nehmen und sagte deshalb nichts dazu.

Karoline Albrecht fuhr bei Niedernhausen auf die A3. Sie setzte den Blinker und trat aufs Gas. Der schwarze 911 S beschleunigte wie ein Flugzeug, die 400 PS in ihrem Rücken brüllten auf, und die Tachonadel zeigte nach wenigen Sekunden auf 150. Schon immer hatte sie es geliebt, schnell zu fahren; ihr allererstes Auto, das sie direkt nach der Führerscheinprüfung bekommen hatte, war ein Golf GTI gewesen. Porsche fuhr sie nun, seitdem ihr als Partnerin ein Fahrzeug aus diesem Preissegment als Dienstwagen zustand, doch eigentlich war er genauso überflüssig wie ihr protziges Haus. Wenn Greta wirklich wieder Spaß am Reiten fand, das sie aufgegeben hatte, als sie ins Internat gekommen war, konnte sie ihr ein Pferd schenken. Ein robuster Geländewagen mit Anhängerkupplung war dann sicherlich praktischer als ein Sportwagen. Ein paar Minuten lang gab Karoline sich Zukunftsphantasien hin und malte sich das Haus aus, das sie für Greta und sich kaufen würde: ein altes Bauernhaus in einem verwunschenen Garten mit hohen alten Bäumen und Rosenbüschen und vielleicht einem Teich, an dem eine Trauerweide stand, deren Zweige bis ins Wasser hingen. Mit dem Geld, das sie für die Luxushütte in Kelkheim erzielen konnte, musste sie ein paar Jahre nicht arbeiten gehen, und von Mama würde sie auch etwas erben. Der Gedanke an ihre Mutter holte Karoline unsanft in die Realität zurück. In der Höhe von Montabaur musste sie den Porsche auf hundert Stundenkilometer herunterbremsen. Carsten hatte gestern Abend angerufen und sie eingeladen, Silvester mit ihnen bei seinen Eltern am Starnberger See zu verbringen. Dank Nicki, seiner zweiten Frau, die sie ohne jede Ressentiments als Gretas Mutter in ihre Familie aufgenommen hatte, war sie bis heute bei ihren ehemaligen Schwiegereltern willkommen, trotzdem hatte sie höflich abgelehnt. Sie konnte nicht einfach wegfahren, nicht jetzt. Da war Mamas Beerdigung, die sie vorbereiten musste. Und sie musste unbedingt herausfinden, was vor zehn Jahren geschehen war, sonst würde sie die Ungewissheit bis ans Ende ihres Lebens quälen.

Sie warf sich selbst im Rückspiegel einen raschen Blick zu, sah das Chaos, das in ihrem Innern tobte, Trauer, Kummer, Wut und Schmerz, all die Gefühle, die sie so sorgsam unterdrückte, weil sie sich davor fürchtete, die Kontrolle zu verlieren. Wie lange mochte sie das noch durchhalten, bevor sie zusammenklappte wie ein Kartenhaus? Wann würde ihr die Kraft ausgehen, die eiserne Selbstbeherrschung?

Sie war schon immer gut darin gewesen, sich auf den Punkt zu konzentrieren und alles andere auszublenden, und diese Fähigkeit brauchte sie jetzt. Dr. Hans Furtwängler, bei dem sie laut Navigationssystem um 11:26 Uhr eintreffen würde, war einer von den Menschen, mit denen ihr Vater in den letzten Tagen mehrfach telefoniert hatte. Die Gespräche mit Gehrke und Arthur, die sie gestern geführt hatte, waren wenig aufschlussreich gewesen, und in ihr wuchs die düstere Gewissheit, dass da etwas war – eine alte Schuld, die ihren Vater, seine Freunde und Kollegen miteinander verband. Karoline hatte keine große Hoffnung, von Furtwängler mehr zu erfahren, aber jede winzige Information war ein Puzzlestück, das mit etwas Glück und Kombinationsgeschick ein Bild ergeben würde.

»Max' Tod hat ihn so erschüttert, er wollte nicht mehr leben«, schluchzte Karin Michel völlig aufgelöst und wrang ein nasses Taschentuch in den Fingern.

Bodenstein und Pia wechselten einen Blick. Die Stapel leerer Aktenordner und die noch warme Asche im Kamin des Wohnzimmers sprachen eine andere Sprache. Die Rückenschildchen der Ordner waren sorgfältig entfernt und ebenfalls verbrannt worden, so dass es keinen Hinweis mehr darauf gab, was sich in den Akten befunden hatte. Fritz Gehrke hatte schlicht und ergreifend Unterlagen beseitigt und sich dann mit einer Überdosis Insulin das Leben genommen. Einen Abschiedsbrief hatte er nicht hinterlassen, doch auf seinem Schreibtisch lag die Kopie der Todesanzeige, die der Sniper geschickt hatte. Bodenstein hatte sie ihm absichtlich vorenthalten, er hatte behutsam vorgehen und sie dem alten Herrn erst heute zeigen wollen. Irgendjemand war ihm zuvorgekommen – aber wer? Es konnte nur Faber, dieser Journalist, gewesen sein, der wahrscheinlich doch auf eigene Faust Recherchen angestellt hatte. Zweifellos war der Inhalt der Todesanzeige der Auslöser für Gehrkes Selbstmord gewesen. Faber konnte heute sein blaues Wunder erleben!

»Hat Herr Gehrke Angehörige, die wir benachrichtigen müssen?«, erkundigte sich Pia, die bereits hellblaue Plastiküberziehschuhe und Latexhandschuhe trug.

»Soweit ich weiß, gibt es noch irgendwo eine Schwester«, erwiderte Karin Michel etwas gefasster. »Aber sie lebt im Ausland und ist auch schon an die achtzig.«

»Danke, wir werden sie sicherlich finden.« Pia machte sich eine Notiz. »Sie dürfen jetzt gehen, Frau Michel. Danke für Ihre Hilfe.«

Die Pflegerin erhob sich vom Küchenstuhl und ließ sich von Pia zur Haustür begleiten. Bevor sie verschwand, löste sie den Haustürschlüssel von ihrem Bund und reichte ihn Pia.

»Den brauchen wir jetzt ja nun nicht mehr«, sagte sie bedrückt und ging.

Krögers Leute hatten unterdessen die Leiche und das Arbeitszimmer fotografiert und gründlich untersucht, und Dr. Frederick Lemmer, der kurz nach Pia eingetroffen war, hatte jede Menge Pluspunkte bei Kröger gesammelt, indem er respektvoll wartete, bis die Spurensicherer ihren Job erledigt hatten. Gerade als Pia ins Arbeitszimmer zurückkehrte, hoben zwei Männer den Leichnam des alten Mannes vorsichtig vom Stuhl und legten ihn auf den Teppich.

»Dürfen wir uns schon etwas umsehen?«, fragte Bodenstein Kröger.

»Ja, wir sind fertig hier drin«, nickte der Chef der SpuSi gnädig.

Sie durchsuchten den Schreibtisch und waren nicht besonders erstaunt, auf der Arbeitsfläche und in den Schubladen kaum noch etwas zu finden. Fritz Gehrke hatte gründlich klar Schiff gemacht.

Lemmer maß die Leichentemperatur, fand die typischen grauvioletten Totenflecken am Gesäß, am Rücken, der Unterseite der Oberschenkel und im unteren Bereich der Beine des Toten, denn das Blut sackte infolge der Schwerkraft in die tiefer gelegenen Körperabschnitte, sobald es aufhörte zu zirkulieren.

»Die Totenstarre hat sich noch nicht wieder gelöst«, sagte er zu Bodenstein und Pia. »Ich schätze, dass der Tod zwischen 22:00 Uhr und 1:00 Uhr morgens eingetreten ist. Fremdeinwirkung ist auf den ersten Blick auszuschließen.«

Pia drückte mit dem behandschuhten Finger auf den Speicher des Telefons. Die letzte Nummer war um 20:48 Uhr gewählt worden und hatte eine Oberurseler Vorwahl, davor hatte Gehrke mit jemandem in Köln telefoniert.

»Ich wette, das ist die Nummer von Professor Rudolf, dem Mann von unserem Opfer Nummer zwei«, sagte Pia.

»Wie kommst du denn darauf?«, wollte Bodenstein erstaunt wissen.

»Nur so ein Gefühl«, erwiderte Pia.

Plötzlich klingelte das Telefon. Pia wollte schon abheben, aber Bodenstein gab ihr ein Zeichen, abzuwarten. Eine Nummer mit Frankfurter Vorwahl. Nach dem dritten Klingeln sprang der Anrufbeantworter an.

»Fritz, ich bin's«, sagte eine Männerstimme nach dem Piepton. »Ich habe gerade erst deine Nachricht gehört. Fritz? Bist du da? Na, dann melde ich mich später noch einmal.«

»Wieso wolltest du nicht, dass ich drangehe?« Pia war verwundert.

»Damit nicht noch jemand Akten verbrennt«, erwiderte Bodenstein und wandte sich an Christian Kröger.

»Könnt ihr bitte sämtliche Telefonnummern aus dem Speicher des Telefons überprüfen? Eingegangene und ausgegangene Gespräche?«

»Kein Problem.« Kröger nickte. »Wir nehmen es am besten mit.«

»Kann man den Anschluss auch bestehen lassen und die eingehenden Gespräche umleiten?«, fragte Bodenstein. »Solange noch niemand weiß, dass Gehrke tot ist, bekommt er vielleicht noch Anrufe, die für uns aufschlussreich sein können.«

»Klar, das geht auch. Ich kümmere mich drum.«

»Es wäre gut, wenn das schnell ginge. Und gib Kai die Anrufliste, damit er sie überprüfen kann.«

»Ja. Schnell, schnell, schnell«, entgegnete Kröger ungehalten. »Alles soll schnell gehen. Du weißt doch, dass ich tue, was ich kann.«

»Christian, du bist unser Allerbester. Das wissen wir alle.« Bodenstein klopfte seinem Kollegen auf die Schulter.

»Verarschen kann ich mich selbst«, murrte der Chef des Erkennungsdienstes und ging kopfschüttelnd davon.

Pias Telefon summte.

»Das ist Kai«, sagte sie zu ihrem Chef und schaltete den Lautsprecher ein, damit Bodenstein mithören konnte.

»Ich hab Thomsen gefunden«, sagte Kai, noch bevor sie ihm einen guten Morgen wünschen konnte. Er, der sonst nicht so leicht aus der Ruhe zu bringen war, klang aufgeregt. »Eigentlich heißt er Markus mit Vornamen und mit Nachnamen Brecht-Thomsen, so ist er auf jeden Fall gemeldet. Kein Wunder, dass ich ihn gestern beim EMA-Check nicht gefunden habe.«

»Wo wohnt er?«, fragte Pia.

»Lärchenweg 12 in Eppstein-Vockenhausen«, antwortete Kai.

»Danke«, sagte Bodenstein. »Dann werden wir ihn jetzt gleich mal besuchen.«

»Wartet!«, rief Kai. »Ich hab noch mehr! Mark Thomsen war früher ein Kollege! Er war beim Bundesgrenzschutz, sogar bei der GSG 9! Wir können also davon ausgehen, dass er vermutlich kein ganz schlechter Schütze ist.«

Bodenstein und Pia verließen das Haus von Fritz Gehrke, für sie gab es dort nichts mehr zu tun. Cem und Kathrin konnten später mit den Nachbarn sprechen und sich erkundigen, ob Gehrke in den letzten Tagen und speziell gestern Abend noch Besuch gehabt hatte.

»Ist es nicht eigenartig, dass wir es in diesem Fall mit lauter Menschen zu tun haben, die schießen können?« Pia stieg zu Bodenstein ins Auto. Ihr eigenes Auto hatte sie ein Stück weit die Straße hoch geparkt, es konnte dort bis später stehen bleiben.

»Wie man es nimmt«, erwiderte Bodenstein und setzte den Dienstwagen zurück, damit der Leichenwagen einparken konnte. »Ich denke, es gibt auch in Deutschland viele Leute, die mit Waffen zu tun haben. Als Jäger, Sportschützen oder Kollegen von der Polizei. Natürlich nicht so viele wie in Amerika, aber genug. Bei anderen Ermittlungen fragen wir halt nicht danach, weil es für uns keine Rolle spielt.«

»Klingt einleuchtend.« Pia beugte sich vor und gab die Adresse, die Kai ihnen genannt hatte, ins Navi ein. »Jetzt bin ich ja mal gespannt auf den Ersatzvater von Helen Stadler und was der uns so erzählen kann.«

Das Haus im Lärchenweg 12 in Vockenhausen war ein Bungalow, der früher einmal recht hübsch gewesen sein musste. Jetzt wirkte er heruntergekommen, der Putz war schadhaft, das Dach vermoost, und der Vorgarten machte einen verwahrlosten Eindruck.

Bodenstein drückte auf die Klingel. Niemand öffnete, aber in der Auffahrt vor der Garage stand ein schmutziger schwarzer Geländewagen, und in der sonntäglichen Stille erklangen Axthiebe.

»Da hackt jemand Holz. Komm, wir gehen hinten rum«, schlug Pia vor und betrat das Grundstück. Sie gingen an der Garage vorbei in den Garten, der diese Bezeichnung kaum verdiente, denn hier sah es nicht viel besser aus als vorne. Der Rasen war vor Einbruch des Winters nicht mehr gemäht worden, allerhand Unrat und Gerümpel stapelte sich an der Hauswand und hinter der Garage. Vor den Stufen einer verwitterten Holzveranda stand ein Mann, trotz der Kälte nur mit Jeans und einem T-Shirt bekleidet, und hackte Holz. Er machte das sehr gekonnt, spaltete die dicken Scheite und warf das Brennholz in einen Korb, der auf der Verandastufe stand. Neben ihm lag ein Rottweiler, der nun den Kopf wandte und aufsprang.

»Na super!«, fluchte Bodenstein und ging hinter Pia in Deckung.

»Was bist du denn für ein mutiger Ritter?«, spottete Pia. Sie blieb ruhig stehen, als der Hund, ein muskulöser Koloss, bedrohlich bellend auf sie zukam.

Der Mann ließ die Axt in den Hackklotz sausen und drehte sich um.

»Aus, Arko!«, befahl er mit scharfer Stimme. Der Hund verstummte und blieb wie angewurzelt stehen.

»Herr Thomsen?« Bodenstein traute sich wieder hinter Pia hervor. »Entschuldigen Sie, dass wir am Sonntag stören, aber …«

Er zog seinen Ausweis hervor, aber Mark Thomsen winkte ab.

»Ihr seid Bullen«, sagte er. »Ausweise brauch ich nicht. Sieht man euch gleich an. Ich war ja auch mal bei dem Verein. Was gibt's?«

Er war ungefähr Ende vierzig, drahtig und durchtrainiert. Dichtes, dunkles Haar, ein akkurat getrimmter Schnauzbart und ein paar Tätowierungen auf den muskulösen Oberarmen.

»Wir ermitteln im Fall des Snipers«, erklärte Bodenstein.

»Aha«, sagte Thomsen ohne großes Interesse. »Und was hab ich damit zu tun?«

»Bei unseren Ermittlungen sind wir auf HAMO gestoßen und haben erfahren, dass Sie der erste Vorsitzende sind. Haben Sie einen Moment Zeit?«

»Wenn's hilft.« Thomsen zuckte mit den Schultern, schnappte den Korb und pfiff dem Hund, der dicht neben ihm herging, ohne die Fremden aus den Augen zu lassen. »Kommt mit rein.«

Sie folgten ihm über die Veranda ins Haus, in dem es kalt war.

»Das ist der Nachteil eines Kaminofens«, sagte Thomsen. »Gleich wird's wärmer. Geht schon mal in die Küche.«

Er feuerte den Ofen, der im Wohnzimmer stand, an. Auch von innen war das Haus in keinem besseren Zustand. Türen und Türrahmen waren verschrammt, die Fliesen schmutzig, die Fenster fast blind. Im Gegensatz dazu war die Küche picobello sauber und aufgeräumt. An der Wand hing ein gerahmtes Foto von einem etwa vierzehnjährigen Jungen im Fußballtrikot, der glücklich in die Kamera grinste.

»Wie kann ich euch helfen?« Mark Thomsen kam in die Küche. »Auch einen Kaffee?«

Bodenstein und Pia lehnten ab.

»Was ist HAMO genau, und was bedeutet es?«, wollte Pia wissen.

»Wir sind ein Zusammenschluss von Gleichgesinnten«, erklärte Thomsen, schenkte sich einen Kaffee ein und löffelte Zucker in den Becher. »Eine Interessengemeinschaft. Die Abkürzung bedeutet ›Hilfe für Angehörige von Mordopfern der Organmafia‹.«

»Mordopfer der Organmafia?«, vergewisserte sich Bodenstein. »Was soll das heißen?«

»Transplantationsärzte sind die reinsten Geier. Wenn die irgendwo die Möglichkeit wittern, an ein Organ zu kommen, dann ist denen nichts mehr heilig. Und was geschieht, wenn Organe entnommen werden, ist nichts anderes als Mord«, sagte Thomsen voller Überzeugung und lehnte sich an die Arbeitsfläche. »Alleine hat man gegen die keine Chance, aber so können wir uns schon Gehör verschaffen und Menschen warnen, die in die Situation geraten, in der wir alle waren.«

»In welche Situation?«, fragte Pia.

»Einen nahen Angehörigen durch einen Unfall zu verlieren ist schon schlimm genug, aber wenn man dann auch noch im Krankenhaus unter

Druck gesetzt wird, ist das die Hölle«, erwiderte Mark Thomsen. »Man erholt sich davon nie mehr.«

»Haben Sie das selbst erlebt?«

»Allerdings. Es war vor fünfzehn Jahren. Mein Sohn verunglückte mit seinem Fahrrad. Im Krankenhaus wurde der Hirntod festgestellt. Meine Frau hat einen Nervenzusammenbruch erlitten, deshalb hielten sich die Ärzte an mich. Sie haben mich massiv unter Druck gesetzt, damit ich zustimme, dass die Organe meines Sohnes entnommen werden.« Thomsens Blick wanderte kurz zu dem Foto an der Wand. »Ich wollte das nicht. Benni sah für mich nicht tot aus, ich wollte nicht wahrhaben, dass er nicht mehr aufwacht. Aber sie haben mich nach allen Regeln der Kunst weichgekocht. Der Tod von Benni sei schrecklich, sagten sie, doch es sei leider absolut nichts mehr zu machen. Er könne mit seinen Organen aber anderen kranken Menschen helfen. Ich wollte darüber nachdenken, das in Ruhe mit meiner Frau besprechen, aber sie drängten und drängten. Lange könnten sie Benni nicht mehr stabil halten, und es wäre Eile geboten. Irgendwann konnte ich nicht mehr, ich war mit den Nerven am Ende und habe eingewilligt. Und das bereue ich bis heute.«

Mark Thomsen stieß einen Seufzer aus.

»Ich konnte mein Kind nicht beim Sterben begleiten. Sie fuhren ihn von der Intensivstation in den OP, und als wir ihn einen Tag später in der Leichenhalle wiedersahen, da war er nicht mehr unser Sohn. Nur noch eine graue Hülle, die Gesichtszüge verzerrt, die Augen zugeklebt, weil sie ihm sogar die Netzhäute entnommen haben!« Seine Stimme klang gleichmütig, aber der Schmerz war noch immer da. Fünfzehn Jahre hatten nicht ausgereicht, ihn zu mildern. »Mein Kind ist würdelos gestorben, auf einem Operationstisch. Mit fünfzehn Jahren. Wenn Sie selbst Kinder haben, dann können Sie vielleicht nachvollziehen, wie es mir gegangen ist und heute noch geht.«

»Ja, das kann ich sehr gut nachvollziehen.« Bodenstein nickte. »Ich habe auch drei Kinder.«

»Meine Ehe hat das alles nicht verkraftet. Meine Frau hat mich zwei Jahre später verlassen, und ich habe meinen Job verloren.«

»Was machen Sie heute beruflich?«, erkundigte sich Pia.

»Ich arbeite bei einem privaten Sicherheitsdienst.« Thomsen rang sich ein Lachen ab, das gezwungen klang. »Für etwas anderes reichten meine Qualifikationen nicht aus.«

»Sie waren bei der GSG 9«, stellte Bodenstein fest.

»Lange her. Ich bin seit zwölf Jahren raus.«

»Schießen verlernt man nicht.«

»Das stimmt allerdings«, erwiderte Thomsen, und ein ironisches Funkeln erschien in seinen Augen. »Ist wie Fahrrad fahren.«

Er sagte das so trocken und nüchtern, dass Pia wieder bewusst wurde, wer der Mann war, der da in Jeans und T-Shirt vor ihr stand. Zur GSG 9 kam nicht jeder x-beliebige Polizist. Neben einem extrem harten körperlichen Training lernten Mitglieder dieser Elitetruppe, auch psychisch bis an ihre Grenzen zu gehen und bei Einsätzen oft genug auch weit darüber hinaus. Sie wurden zu hocheffizienten Kampfmaschinen ausgebildet, die weder Zögern noch Gewissensbisse kannten. Die perfekten Killer.

»Kannten Sie Helen Stadler?«, wollte sie wissen.

Thomsens Miene wurde noch ein wenig undurchdringlicher, aber für den Bruchteil einer Sekunde zuckte es um seinen Mund.

»Sicher«, sagte er. »Ihre Großeltern sind ja auch bei HAMO aktiv. Was ist mit Helen?«

»Dass sie tot ist, wissen Sie ja sicherlich.«

»Natürlich. Ich war auf der Beerdigung. Warum fragen Sie nach ihr?«

»Wir vermuten, dass der Sniper wegen ihr und ihrer Mutter tötet«, antwortete Bodenstein. »Deshalb gehen wir davon aus, dass er aus dem engsten Umfeld von Helen Stadler kommt.«

»Aha. Und da dachtet ihr, so ein abgewrackter Ex-Präzisionsschütze vom Grenzschutz, der macht so was.« Mark Thomsen schnaubte verächtlich und stellte seinen Kaffeebecher neben sich in die Spüle.

Pia wandte den Kopf und sah den Rottweilerrüden, der im Flur lag und sie aus bernsteinfarbenen Augen aufmerksam anstarrte. Ein Hund, so gefährlich wie eine geladene Waffe. Genau wie sein Besitzer.

»Dirk Stadler hat Sie als Helens ›Ersatzvater‹ bezeichnet«, erwiderte sie. »Also müssen Sie ihr wohl ziemlich nahegestanden haben.«

Thomsen verschränkte die Arme vor der Brust und warf ihr einen abschätzenden Blick zu, der Pia eine Gänsehaut über den Rücken jagte. Der Mann war ihr unheimlich, und ihre Intuition sagte ihr, dass irgendetwas mit ihm nicht stimmte.

»Joachim Winkler war Jäger«, sagte er. »Er schießt ziemlich gut. Genauso wie Helens Freund Hartig. Und ihr Bruder war Biathlet. Die standen Helen alle sehr viel näher als ich.«

»Winkler hat Parkinson«, antwortete Pia. »Er kann ohne Tabletten kaum noch ein Glas Wasser halten, geschweige denn einen Präzisionsschuss aus fast einem Kilometer Entfernung hinkriegen.«

Irgendwo im Haus begann ein Telefon zu klingeln. Thomsen fuhr zusammen und richtete sich auf.

»Entschuldigt mich kurz«, sagte er knapp und verschwand, bevor Bodenstein etwas dagegen einwenden konnte. Der Hund war aufgestanden und versperrte ihnen nun den Weg. Als Pia einen Schritt in Richtung Tür machte, um zu erlauschen, was Thomsen am Telefon sprach, drang ein dumpfes Grollen aus der Kehle des Rottweilers.

»Ist ja gut«, sagte sie zu dem Tier. »Immer cool bleiben.«

Mark Thomsen kehrte wenig später zurück. Er tätschelte dem Hund im Vorbeigehen den Kopf und gab ihm den Befehl, sich wieder hinzulegen.

»Besitzen Sie eine Waffe, Herr Thomsen?«, fragte Bodenstein.

»Wieso?«

»Beantworten Sie meine Frage.«

»Ich habe einen Waffenschein. Aber ich habe alle Waffen in den letzten Jahren nach und nach verkauft, weil ich Geld brauchte.«

»Gibt es Quittungen?«

»Natürlich.«

»Wie heißt Ihr Arbeitgeber?«

»Topsecure.« Thomsen warf einen raschen Blick auf seine Uhr. Er wirkte plötzlich nervös.

»Wo waren Sie am 19. Dezember zwischen 8 und 10 Uhr morgens, am 20. Dezember gegen 19 Uhr abends, am ersten Weihnachtsfeiertag morgens um 8 Uhr und am 28. Dezember um die Mittagszeit?«

Thomsens Augen verengten sich.

»Was soll der Unsinn?«, fragte er grimmig. »Ich habe keine Ahnung, wo ich war. Wahrscheinlich hier. Wenn ich Nachtschicht habe, schlafe ich tagsüber.«

»Hatten Sie seit dem 19. Dezember Nacht- oder Tagschicht?«

»Nachtschicht.«

»Das bedeutet also, dass Sie keine Alibis für diese Zeiten haben«, folgerte Bodenstein. »Damit sind Sie zu einem Verdächtigen geworden. Motiv, Mittel, Gelegenheit – Sie kennen das ja, als ehemaliger Kollege. Ich möchte Sie bitten, uns zu begleiten.«

Thomsen antwortete nicht. Sein Blick flackerte und wanderte rasch durch die kleine Küche, bevor er Bodenstein wieder anblickte.

»Nein«, sagte er dann.

»Was soll das heißen?«

Thomsen drehte sich um und öffnete eine Schublade. Bevor Pia begreifen oder gar reagieren konnte, hielt er ihr eine Pistole an den Kopf. Sie spürte die Mündung der Waffe kalt an ihrer Schläfe.

»Dienstwaffen und Handys auf den Küchentisch legen.« Der Befehlston war unmissverständlich. »Und zwar sofort.«

»Was soll denn das, Herr Thomsen? Sie bringen sich doch nur in Schwierigkeiten«, protestierte Bodenstein, aber Pia zog wortlos ihre Waffe aus dem Halfter und legte sie mitsamt Handy auf den Tisch. Ihre Hände zitterten, und ihr Puls raste. Thomsen machte nicht den Eindruck, als ob er auch nur eine Sekunde zögern würde, abzudrücken.

»Legen Sie die Waffe weg«, sagte Bodenstein erstaunlich ruhig. »Es ist noch nichts passiert, und wenn Sie mir jetzt Ihre Waffe geben und mitkommen, vergessen wir das hier.«

»Als ehemaliger Kollege weiß ich, dass das nicht stimmt«, entgegnete Thomsen. »Und der Deeskalationsquatsch zieht bei mir nicht. Also los.«

Bodenstein warf Pia einen Blick zu, dann legte auch er seine Dienstwaffe und sein Telefon ab.

»Euch passiert nichts, wenn ihr keine Dummheiten macht«, versicherte Thomsen. »Ihr geht jetzt vor mir her in den Flur und dann runter in den Keller.«

Jeder Handgriff machte ihr Freude. Was gab es Schöneres als das eigene Haus? Monatelang hatten sie geplant, Bodenbeläge ausgesucht, Tapeten, Badezimmerfliesen, das Treppengeländer, die Platten für die Terrasse. Zuerst hatte es nur die Baupläne gegeben und eine Wiese, aber dann war es endlich losgegangen, und aus ihrer Phantasie war Tag für Tag mehr Realität geworden. Bettina Kaspar-Hesse war täglich auf der Baustelle gewesen, hatte mit Fotos dokumentiert, wie es allmählich gewachsen war: die Betonwanne für den Keller, die Bodenplatte, die Mauern, das Erdgeschoss, der erste Stock und das Dachgeschoss. Mit Gummistiefeln war sie im Schlamm herumgewatet, hatte sich mit dem Bauleiter und dem Architekten besprochen, kleine und etwas größere Änderungen vorgenommen und den Tag herbeigesehnt, an dem sie endlich einziehen, ihren Traum in Besitz nehmen konnten. Die alte Wohnung in der Sterngasse war viel zu klein geworden, die Kinder brauchten dringend mehr Platz als die paar Quadratmeter, die ihnen bis dahin genügt hatten. Im neuen Haus gab es den Platz! Große Zimmer, ein Spielzimmer im Keller und ein eigener Garten mit einer Schaukel, einem Pool und einem großen Trampolin! Bettina genoss den Luxus, mit dem Auto in die Garage fahren und direkt von dort aus in die Küche gelangen zu können. Endlich musste sie die Einkäufe nicht mehr quer über den Parkplatz und in den dritten Stock schleppen! Sie lächelte und strich mit der Hand über die Arbeitsplatte aus Eichenholz. Schon morgens wachte sie mit einem Gefühl tiefer Zufriedenheit auf, wenn sie vom Bett aus durch die bodentiefen Fenster hinaus zum Wald blickte, und sie dankte dem Schicksal für die gute Entwicklung, die ihr Leben in den letzten zehn Jahren genommen hatte. Damals hätte sie es nie für möglich gehalten, dass es eines Tages so wunderbar sein würde, damals, als sie sich mit der Kraft der Verzweiflung aus ihrer schrecklichen ersten Ehe befreit und zufällig Ralf, ihre Jugendliebe, wiedergetroffen hatte. Er hatte sie unterstützt, nicht gebremst wie ihr Ex, dem nichts gelungen war und der aus Frust angefangen hatte zu trinken und sie zu schlagen. Die Schatten der Vergangenheit hatten sich längst verflüchtigt. Mit Ralf war Ruhe in ihr Leben eingekehrt, und er hatte ihr zwei wunderbare Kinder geschenkt, obwohl sie nicht mehr zu hoffen gewagt hatte, noch Mutter zu werden. Das Haus war nun die Krönung ihres Glücks. Ihr Haus. Ihre eigenen vier Wände. Ihre Möbel. Alles war genau so geworden, wie Ralf und sie es sich ausgemalt hatten, wenn sie an den Abenden zusammen über den Plänen gesessen, gesponnen, gelacht und gerechnet hatten. Eines Tages würden sie ihre Schulden abbezahlt haben und gemeinsam in diesem Haus alt werden. Alt und grau und voller Liebe zueinander.

Bettina lächelte und wandte sich dem Teig für die Quiche Lorraine zu, den sie aus dem Kühlschrank geholt hatte. Es gab noch jede Menge zu tun für die Silvesterparty morgen Abend. Auf dem Herd köchelte der Tafelspitz in einem großen Kochtopf vor sich hin. Sie hatte lange überlegt, was sie zu essen machen sollte, und Tafelspitz ließ sich wunderbar vorbereiten und wurde jedes Mal, wenn man ihn aufwärmte, besser.

»Weihnachten feiern wir im Haus«, hatte Ralf im Sommer gesagt, als auf der Baustelle nichts voranzugehen schien, und sie hatte insgeheim daran gezweifelt. Doch er hatte recht behalten. Am 24. November waren sie eingezogen, hatten in Windeseile alle Kisten ausgepackt, die Kleider in die Schränke gehängt und die Bücher in die Regale gestellt.

Der Schlüssel drehte sich im Schloss der Haustür.

»Wir sind wieder da!«, rief Ralf, und kurz darauf kamen die Kinder in die Küche gerannt, mit leuchtenden Augen und roten Wangen, übersprudelnd vor Freude über den Ausflug in die Fasanerie, zu dem Ralf sie mitgenommen hatte, damit sie ungestört arbeiten konnte. Sie rissen den Kühlschrank auf, holten eine Flasche Multivitaminsaft heraus und kletterten auf die Hocker am Frühstückstresen der offenen Küche.

»Hey, Schätzchen.« Ralf kam auf Socken in die Küche, legte seinen Arm um ihre Taille und küsste sie. »Hm, hier duftet's ja schon so lecker!«

»Das ist erst für morgen.« Bettinas Herz klopfte, wie immer, wenn sie ihren Mann hereinkommen sah. »Aber im Backofen hab ich eine Überraschung für die hungrige Meute.«

»Hab ich's doch gerochen.« Ralf blickte durch das Glas. »Pizza!«

»Pizza! Pizza!«, jubelten die Kinder. »Mit was drauf, Mama?«

»Mit allem, was ihr mögt.« Bettina lächelte. »Deckt schnell den Tisch und wascht euch die Hände, dann können wir gleich essen.«

Sie sah ihren Mann an, und er erwiderte ihren Blick.

»Ich liebe dieses Haus«, sagte sie. »Aber viel mehr noch liebe ich dich.«

Er nahm sie in die Arme und rieb seine kalte Wange zärtlich an ihrer.

»Ich liebe dich auch«, flüsterte er. »Bis ans Ende meines Lebens.«

»Verdammt!«, fluchte Bodenstein. »Das darf doch wohl nicht wahr sein! Der hat uns echt hier eingesperrt!«

Thomsen hatte sie in den Heizungskeller dirigiert. Die feuerfeste Sicherheitstür hatte sich mit einem dumpfen Geräusch hinter ihnen geschlossen, dann hatte der Kerl den Schlüssel herumgedreht. Sie waren gefangen! Dummerweise war die Heizung aus, es war kalt in dem kleinen Raum, kalt und dunkel.

Pia bemühte sich, ihr Zittern unter Kontrolle zu bekommen. Der Schreck war ihr in alle Glieder gefahren. Thomsen war ihr bedrohlich erschienen, aber mit einer solchen Situation hatte sie beim besten Willen nicht gerechnet.

»Ostermann weiß, wo wir hingefahren sind«, versuchte Bodenstein sie zu beruhigen und tastete die Wand nach einem Lichtschalter ab. Vergeblich. Er befand sich wohl außen. Durch ein winziges Fensterchen in einem vergitterten Luftschacht drang ein wenig Tageslicht.

Pia mochte nicht darüber nachdenken, was passieren konnte. Was, wenn der Kerl das Haus über ihren Köpfen anzündete, um Spuren zu verwischen? Dann würden sie verbrennen oder an den Rauchgasen ersticken! Vielleicht flutete er auch den Keller, so wie damals die verrückte Daniela Lauterbach!

Pia atmete tief durch und zwang sich zur Ruhe. Er hatte gesagt, es würde ihnen nichts passieren. Daran musste sie einfach glauben.

»Denkst du, er ist unser Mann?«, fragte sie. Ihre Augen gewöhnten sich an das Halbdunkel, und sie fand einen leeren Eimer, den sie nun umdrehte und sich draufsetzte.

»Er könnte es durchaus sein«, erwiderte Bodenstein. »Gut genug schießen kann er auf jeden Fall.«

»Zu verlieren hat er auch nichts«, ergänzte Pia. »So ein Mist!«

»Was meinst du?«, fragte Bodenstein irritiert.

»Ach, wäre ich doch bloß eben noch mal aufs Klo gegangen! Ich muss nämlich ziemlich dringend Pipi.«

»Nimm doch den Eimer«, schlug Bodenstein vor. »Ich guck auch weg.«

»Nee, ich halt's noch aus.« Sie versuchte, die Ärmel ihrer Jacke über ihre kaltgefrorenen Hände zu ziehen. »Thomsen hat Helen Stadler sehr gemocht. Als ich ihn eben nach ihr gefragt habe, zuckte es in seinem Gesicht.«

»Erik Stadler mochte seine Schwester auch sehr«, hielt Bodenstein dagegen.

»Wie man eine Schwester eben liebt«, sagte Pia. »Er hat all die Jahre darunter gelitten, dass die Familie zerbrochen ist. Aber er hat eine gutgehende Firma aufgebaut, er hat eine Beziehung, Hobbys, Freunde.«

»Allerdings passt das Profil, das Neff erstellt hat, genau auf ihn.«

»Das Profil ist Schwachsinn!«, behauptete Pia. »Stadler ist außerdem viel zu hektisch und ungeduldig. Ich würde es diesem Thomsen zutrauen. Der ist eiskalt. Und ein Profi.«

»Jens-Uwe Hartig dürfen wir auch nicht außer Acht lassen.« Mit den Händen in den Manteltaschen tigerte Bodenstein unruhig von einer Seite des Raumes zur anderen, fünf Meter hin, fünf Meter zurück, und Pia drehte den Kopf hin und her, wie eine Zuschauerin bei einem Tennismatch. »Er ist, genau betrachtet, mit allem im Leben gescheitert. Beruflich, privat, mit seiner Mission. In ihm brodelt der Wunsch nach Rache. Und wenn es stimmt, was Thomsen gesagt hat, dann kann auch er schießen! Er und Helen haben jahrelang über nichts anderes gesprochen als die Vergangenheit. Das ist meiner Meinung nach pathologisch. Normale Menschen blicken irgendwann mal nach vorne und verarbeiten das, was geschehen ist. Helen Stadler scheint dazu aber nicht fähig gewesen zu sein. Und Hartig auch nicht.«

»Helen hat die vermeintliche Schuld am Tod ihrer Mutter zu ihrem Lebensthema gemacht.« Pia nickte. »Fast so, als ob sie diese Schuld gewollt hätte.«

»Sie machte sie zu etwas Besonderem, wie eine schwere Krankheit.« Bodenstein lehnte sich gegen die Wand. »Es gibt genug Menschen, die dauernd irgendwelche Krankheiten haben, um Aufmerksamkeit zu bekommen.«

»Ich kann mir überhaupt nicht vorstellen, dass sich jemand so in etwas hineinsteigern kann – und das über Jahre hinweg.« Pia schüttelte den Kopf und presste die Knie aneinander. Allmählich ließ ihr Zittern nach. Thomsen hatte sie eingesperrt, um sich aus dem Staub machen zu können, nicht, um ihnen etwas anzutun.

»Die Realität ist«, erwiderte Bodenstein, »dass alle diesen Schicksalsschlag eigentlich verkraftet und weitergelebt haben, nur Helen nicht. Wir müssen Hartig genauer überprüfen. Vielleicht sieht er sich in der Pflicht, sich an den Menschen zu rächen, die Helen in den Selbstmord getrieben haben.«

»Und die Großeltern, diese Winklers«, überlegte Pia laut. »Die geben sich die Schuld dafür, dass sie ihre tote Tochter zur Organspende freigegeben haben. Diese Entscheidung und ihre Folgen haben auch Thomsen seinerzeit völlig aus der Bahn geworfen.«

Ihr platzte fast die Blase. Wenn es nicht Bodenstein gewesen wäre, mit dem sie hier eingesperrt war, sondern Kai oder Christian, dann hätte sie bedeutend weniger Hemmungen gehabt, in den Eimer zu pinkeln, aber vor ihrem Chef war ihr das äußerst unangenehm.

»Vier Verdächtige also: Jens-Uwe Hartig, Mark Thomsen, Joachim Winkler und Erik Stadler«, resümierte Bodenstein. »Die letzten drei können auf jeden Fall mit einer Waffe umgehen, bei Hartig bleibt das noch abzuklären. Alle vier haben ein mehr oder weniger starkes Motiv, höchstwahrscheinlich die Mittel und unter Umständen auch die Gelegenheit. Hartig und Stadler sind selbständig, können sich ihre Zeit also frei einteilen. Winkler ist Rentner, und Thomsen arbeitet im Schichtdienst.«

»Aber es bedarf einiger Zeit, um die Opfer und ihre Lebensumstände auszuspähen und den richtigen Ort für die Tat zu finden.« Pia rieb ihre Handflächen aneinander und streckte ihr linkes Bein aus, das einzuschlafen drohte. »Und wir sollten Stadler senior auch nicht aus den Augen verlieren. Nach wie vor ist er am meisten betroffen. Oh Mann, ich halt's nicht mehr aus. Bitte, Chef, guck mal weg.«

Sie stand auf, drehte den Eimer um und ließ die Hose herunter.

Das Befreiungskommando tauchte um 16:40 Uhr auf, viereinhalb Stunden nachdem Thomsen sie in den Heizungskeller gesperrt hatte. Cem Altunay hatte vier uniformierte Kollegen mitgebracht und grinste, als er den Riegel wegschob und die Tür aufschloss.

»Wo, zum Teufel, bleibt ihr denn?« Bodenstein tat ganz so, als ob Cem eine Verabredung nicht eingehalten hätte.

»Wir mussten leider warten, bis wir eine telefonische Mitteilung über euren Verbleib bekamen«, entgegnete Cem. »Kai glaubte schon, ihr wärt irgendwo gemütlich mittagessen gegangen.«

»Wie bitte?« Pia starrte ihren Kollegen entgeistert an.

»Ja, Thomsen hat vor einer halben Stunde bei der Dienststelle angerufen und uns mitgeteilt, dass er euch im Heizungskeller eingesperrt hat«, erwiderte Cem. »Er sagte, die Hintertür sei offen und der Schlüssel stecke. Dann hat er aufgelegt.«

»Was soll das denn wohl?«, wunderte sich Pia und streckte ihre schmerzenden Glieder.

»Er hat gemerkt, dass die Situation brenzlig wurde, und brauchte etwas Zeit, um sich abzusetzen«, vermutete Bodenstein. »Wir durchsuchen das Haus. Cem, informiere bitte die Spurensicherung. Sie sollen hier alles auf den Kopf stellen. Und Kai soll eine Großfahndung nach Thomsen einleiten.«

»Hat er schon getan«, sagte Cem.

Oben auf dem Küchentisch fanden sie ihre Dienstwaffen und die Handys, genau so, wie sie sie hingelegt hatten. Der Kaminofen im Wohnzimmer verbreitete Hitze wie in einer Sauna, und Pia, die bis auf die Knochen durchgefroren war, taute rasch wieder auf. Zusammen mit Bodenstein und Cem ging sie durchs Haus. Thomsen hatte es sich nach der Trennung von seiner Frau so eingerichtet, wie es für ihn praktisch sein mochte: Im Wohnzimmer standen einige Fitnessgeräte und ein Laufband statt Couch und Sesseln, in einem weiteren Zimmer befanden sich ein leerer Schreibtisch, ein benutztes Bett und ein Kleiderschrank, dessen Türen offen standen.

»Er hat Sachen weggeschafft«, stellte Pia fest. »Und Kleidung mitgenommen.«

»Thomsen ist auf der Flucht«, bestätigte Bodenstein mit einem grimmigen Nicken.

»Kollegen?«, rief eine Polizistin von der Treppe aus. »Kommt mal hoch und schaut euch das an!«

Die drei Räume und das Badezimmer im oberen Stock wirkten unbenutzt, sie waren nicht geheizt und muffig. Die junge Beamtin führte Pia und Bodenstein in den Raum, der neben dem Bad vom Flur abging und früher wohl das Zimmer von Thomsens Sohn Benni gewesen war. Ein Jugendbett stand unter der Dachschräge, vergilbte Poster von Eintracht Frankfurt aus der Saison 1997/1998 hingen an den Wänden. An der Wand neben dem Schreibtisch waren sechs leere Korkbretter nebeneinander angebracht. Jemand hatte offenbar in großer Eile die Blätter, die daran befestigt gewesen waren, abgerissen, denn hier und da steckten noch Nadeln, an denen Papierfetzen hingen, der Teppichboden darunter war von Nadeln übersät.

»Das hier hat hinter dem Schreibtisch auf dem Boden gelegen.« Die Polizistin lächelte aufgeregt und reichte Bodenstein ein Blatt. »Ist ihm wohl runtergefallen, und er hat es nicht bemerkt.«

»Schau mal einer an!« Bodenstein überflog die Notizen und stieß einen leisen Pfiff aus. »Das scheint ein Beschattungsprotokoll zu sein.«

Er gab es an Pia weiter.

»Tatsächlich!« Sie nickte. »Ein handschriftliches Dossier über Maximilian Gehrke. Sein kompletter Tagesablauf von Mai bis August 2012! Irgendjemand hat ihn regelrecht überwacht – und das über Wochen hinweg!«

»Thomsen ist unser Mann«, sagte Bodenstein voller Überzeugung.

»Aber guckt euch mal die Schrift an.« Pia runzelte die Stirn. »Die Schrift passt nicht zu einem Mann. Eher zu einem jungen Mädchen.«

»Was hat da wohl noch gehangen?« Bodenstein betrachtete die sechs Korkbretter genauer. »Die sind völlig zerlöchert.«

»Es sind sechs Stück«, bemerkte Cem nachdenklich. »Ob das was zu bedeuten hat?«

»Was vermutest du?«, wollte Pia wissen.

»Vielleicht ein Brett für jedes Opfer«, erwiderte ihr Kollege ernst. »Wenn das so wäre, dann hat der Sniper noch zwei weitere Menschen im Visier.«

Endlich kam Bewegung in den Fall!

Nach zwölf Tagen ohne Spur, ohne Hinweise und ohne jeden Erfolg stürzte sich das Team nun mit fiebriger Geschäftigkeit in die Arbeit, neu motiviert und getrieben von vorsichtiger Euphorie. Unter höchster Anspannung und voller Konzentration wurden kleinste Details zusammengetragen, widersprüchliche Denkansätze eliminiert und Fakten rekapituliert, dennoch blieb das Bild, das sich aus den bereits vorhandenen Puzzleteilen ergab, noch ziemlich abstrakt.

»Der Redakteur vom *Taunus Echo* streitet übrigens ab, mit Gehrke in Kontakt getreten zu sein«, informierte Bodenstein seine Kollegen. »Er behauptet, Karoline Albrecht, die Tochter von Opfer Nr. 2, sei bei ihm aufgetaucht und habe die Todesanzeige ihrer Mutter sehen wollen. Außer der hat er ihr wohl noch die beiden anderen gezeigt, die er hatte. Und er hat ihr Kopien mitgegeben.«

»Und was sagt Frau Albrecht dazu?«, erkundigte sich Pia. »Warum sollte sie Gehrke besuchen?«

»Vielleicht kannte sie ihn.« Bodenstein zuckte die Achseln. »Er war ja wohl ein Bekannter ihres Vaters.«

»Ich habe sie bisher nicht erreicht. Leider haben wir keine Handynummer von ihr.«

Vor den Fenstern war längst die Dunkelheit hereingebrochen, aber niemand kam auf die Idee, jetzt nach Hause zu gehen. Nicht jetzt, nicht so kurz vor einem möglichen Durchbruch! Jemand bestellte Pizza für alle beim Italiener in der Elisabethenstraße, gegessen wurde im Stehen oder auf den Tischen der SoKo-Einsatzzentrale sitzend, während Kai Ostermann die bisherigen Ergebnisse zusammenfasste.

Auf dem Dachboden des Hauses von Mark Thomsen waren entgegen seiner Behauptung zwei Gewehre und Munition gefunden worden, ordnungsgemäß in einem Waffenschrank verwahrt. Allerdings fehlten laut Unterlagen eine Pistole und eine Langwaffe. Außerdem waren noch ein paar Ordner sichergestellt worden, aber Bodenstein erhoffte sich davon keine durchschlagend neuen Erkenntnisse, denn das, was Thomsen wichtig gewesen war, hatte er mitgenommen. Genug Zeit hatte er ja gehabt. Die Fahndung nach ihm und seinem Hund lief, sein Foto war an die Presse gegeben worden. Man hatte mit seiner Exfrau gesprochen, und das, was sie gesagt hatte, bestätigte nicht nur seine Motivation, sondern auch das Profil, das Kim vom Täter gezeichnet hatte: Thomsen hatte nach dem Tod seines Sohnes nichts anderes mehr im Sinn gehabt, als das unethische Verhalten der Ärzte anzuprangern, und es hatte ihn rasend gemacht, dass er mit seinem Anliegen nirgendwo Gehör fand. Dazu war er ein exzellenter Präzisionsschütze, der auch in Stresssituationen kaltblütig und ruhig blieb. Im Gespräch mit der Exfrau war der wahre Grund dafür, dass Thomsen kein Polizist mehr war, ans Tageslicht gekommen. Ein Vorfall, auf den sie nicht näher eingegangen war, hatte zu einer Suspendierung, einem Prozess und seiner unehrenhaften Entlassung geführt.

In der vagen Hoffnung, dass Thomsen vielleicht ein Fehler unterlaufen und er beim Ehepaar Winkler in Glashütten Unterschlupf suchen würde, ließen sie deren Haus unauffällig überwachen. Außerdem waren alle Mitglieder von HAMO, die man anhand der Webseite ausfindig machen konnte, abtelefoniert worden. Doch niemand wusste etwas. Mark Thomsen war wie vom Erdboden verschluckt.

Obwohl alles auf ihn als Täter zu deuten schien, ließ Bodenstein die anderen Verdächtigen nicht unbeachtet. Von Erik Stadler hatten sie die Bestätigung der Geschichte von Patrick Schwarzer erhalten und die Bestätigung, dass es für dessen Fehlverhalten einen recht großen Kreis an Mitwissern gegeben hatte. Der Notarzt und die Sanitäter zum Beispiel waren stinksauer gewesen, als Schwarzer den Rettungswagen alkoholisiert in den Graben gesetzt hatte.

Ostermann recherchierte unterdessen über Jens-Uwe Hartig.

Anfragen bei Bundeswehr und Polizei hatten einige neue Namen ergeben, die aber alle nicht in Zusammenhang mit Kirsten Stadler zu bringen waren – außer Mark Thomsen.

In Fritz Gehrkes Haus war nichts gefunden worden, was irgendwie interessant gewesen wäre. Der Alte hatte vor seinem Selbstmord sehr gründlich aufgeräumt. Einen Abschiedsbrief hatte er nicht hinterlassen, dafür aber einen Hinweis auf sein Testament, in dem er zwei Tage nach Maximilians Tod die Deutsche Stiftung Organtransplantation als Alleinerbin eingesetzt hatte.

»Ironie des Schicksals, dass er als studierter Mediziner und Chef eines Pharmakonzerns seinem einzigen Sohn nicht hat helfen können«, bemerkte Neff, der sich wie zufällig am Schreibtisch neben Kim niedergelassen hatte. »Da nutzten ihm seine ganzen Millionen nichts.«

»Aber er hat ihm doch geholfen«, widersprach Kim. »Immerhin hat der Sohn ein neues Herz bekommen.«

Pia blickte ihre Schwester an. Ein flüchtiger Gedanke zuckte durch ihren Kopf.

»Wo hatte Gehrke Medizin studiert?«, fragte sie.

»In Köln«, erwiderte Neff.

»Sag mal, Kai, habt ihr die Nummern aus Gehrkes Telefon schon analysiert?«

»Ja. Glücklicherweise rief er wohl ungern auf Handys an, sondern bevorzugte das Festnetz, das macht es einfacher.« Kai suchte eine Liste heraus und schob sie Pia hin.

»Der letzte Anruf vor seinem Tod galt tatsächlich Professor Dieter Rudolf«, stellte sie fest. »Und davor hat er bei einem Dr. Hans Furtwängler in Köln angerufen. Wer ist das?«

Kai tippte sofort den Namen in seinen Computer.

»Der Anruf heute Morgen mit der Frankfurter Vorwahl«, fuhr Pia fort, »der kam vom Festnetzanschluss eines Dr. Peter Riegelhoff.«

»Der Name sagt mir etwas«, sagte Bodenstein und dachte nach.

»Ein Anwalt«, erklärte Ostermann. »Hab ich schon gecheckt.«

»Ja, genau!« Bodenstein nickte. »Dieser Typ vom *Taunus Echo*, der mich nach der Pressekonferenz in der Stadthalle angesprochen hat, hat ihn erwähnt. Riegelhoff war der Anwalt der UKF, der den Vergleich mit der Familie Stadler ausgearbeitet hat! Was hat der mit Fritz Gehrke zu tun?«

»Das werden wir herausfinden«, sagte Pia und beugte sich wieder über den Ausdruck der Wählverbindungen. »Mit Dr. Hans Furtwängler hat Gehrke 14 Minuten lang gesprochen, danach hat er die Festnetznummer eines Dr. Simon Burmeister in Bad Homburg gewählt, das Gespräch dauerte nur 12 Sekunden.«

»Anrufbeantworter«, vermutete Kai. »Ich hab Furtwängler gefunden! Jahrgang 1934, emeritierter Professor, früher Internist und Onkologe, Fachgebiet Hämatologie.«

»Und Dr. Simon Burmeister«, verkündete Neff, der parallel gegoogelt hatte, »ist Chefarzt der Transplantationschirurgie an der UKF.«

Was hatte Fritz Gehrke von den vier Männern gewollt? Was hatte er mit ihnen zu tun? Mit dem Anwalt war er per Du gewesen, es musste also eine Art Vertrauensverhältnis bestanden haben, denn ein Mann wie Gehrke bot einem Jüngeren nicht so rasch das Du an.

»Gab es Gemeinsamkeiten?«, wollte Pia wissen. »Waren die vielleicht alle Rotarier oder Lions oder in einem anderen Verein organisiert?«

»Simon Burmeister war übrigens auch schon 2002 an der UKF«, sagte Kim, die die Webseite der UKF geöffnet hatte. »Burmeister ist wohl der Nachfolger von Professor Rudolf. Laut seiner Vita arbeitet er seit 1999 an der UKF.«

»Damit könnte er ein zukünftiges Ziel des Snipers sein!« Bodenstein griff zu einem Telefon. »Gib mir mal bitte seine Nummer, Pia.«

Pia diktierte sie ihm, aber Bodenstein landete auch nur bei Burmeisters Anrufbeantworter. Er hinterließ eine dringende Bitte um Rückruf und wählte anschließend die Nummer von Anwalt Dr. Riegelhoff. Hier erreichte er nur dessen Frau, die sich an der späten Störung an einem Sonntagabend nicht stieß. Ihr Mann sei in der Kanzlei, sagte sie und gab Bodenstein Festnetz- und Handynummer. Riegelhoff meldete sich jedoch auch dort nicht, und Bodenstein sprach eine Nachricht auf den Anrufbeantworter im Büro und die Mailbox seines Handys.

Es war kurz nach zehn Uhr abends, als Dr. Nicola Engel in den Besprechungsraum kam und mitteilte, dass der zuständige Richter für den Festnetzanschluss der Winklers eine TÜ, also eine Telefonüberwachung, und überdies Hausdurchsuchungen bei Erik Stadler und Jens-Uwe Hartig genehmigt hatte.

»Sehr gut.« Bodenstein war zufrieden. Er stand auf und blickte in die Runde. »Stadler eilt nicht, aber Hartig kriegt morgen früh um fünf Uhr von uns Besuch. Zuerst in seiner Privatwohnung, danach in seinem Laden. Macht Schluss für heute. Es war ein anstrengender Tag für uns alle, und morgen geht's früh los.«

Computer wurden heruntergefahren, Laptops zugeklappt. Pia streckte sich und gähnte. Sie bemerkte, wie Kim die Kriminalrätin anblickte, und sie sah auch, wie Neffs Blick dem von Kim folgte. Der Kollege vom LKA suchte immer öfter die Nähe ihrer Schwester, er brachte ihr sogar ungefragt Kaffee oder Schokoladencroissants mit. Je mehr Kim ihm die kalte Schulter zeigte, desto größer wurden seine Anstrengungen, ihr zu gefallen. Fühlte Neff sich unbeobachtet, konnte man in seinem Gesicht lesen wie in einem Buch. Und was Pia dort las, erfüllte sie mit Unbehagen. Neff war ein eingebildetes Arschloch, und sie misstraute seiner Wandlung. Führte er irgendetwas im Schilde?

Karoline Albrecht massierte sich den verspannten Nacken. Stundenlang hatte sie das Internet auf der Suche nach Informationen über Dr. Hans Furtwängler durchforstet, den sie heute in Köln besucht hatte, aber nichts Auffälliges gefunden. Furtwängler schien in den vierzig Jahren, die er als Arzt tätig gewesen war, absolut nichts Ehrenrühriges oder Verwerfliches getan zu haben. Er war Chefarzt der Onkologie und Hämatologie an einer großen Kölner Klinik gewesen, später, als er die Altersgrenze erreicht hatte, hatte er eine Privatpraxis betrieben. Auf seinem Fachgebiet hatte er einige neue Therapiemethoden eingeführt, die heute in der Behandlung von Blutkrebs Standard waren. Neben dem Bundesverdienstkreuz hatte er noch viele andere Auszeichnungen erhalten, er war Mitglied in verschiedenen Ärzteverbänden, im Lions Club, in ein paar Fördervereinen. Keine Skandale, keine Anzeigen. Nichts. Anschließend hatte sie das Prozedere mit Dr. Arthur Janning, dem ehemals besten Freund ihres Vaters, wiederholt, aber dabei war ebenso wenig herausgekommen. Janning, Leiter der Intensivmedizin an der UKF, war ähnlich unbescholten wie Furtwängler.

Sie hatte vergeblich gehofft, in der Vita der beiden Männer irgendetwas zu finden, was die sparsamen Andeutungen, die Furtwängler und Janning gemacht hatten, erklärt hätte. Das Gespräch mit Furtwängler, einem agilen Achtzigjährigen mit frischer karibischer Sonnenbräune, war, nachdem er ihr mit angemessener Betroffenheit kondoliert hatte, recht ungezwungen verlaufen – Karoline hatte behauptet, sie sei zufällig in Köln gewesen und habe sich an die Besuche in seinem schönen Garten in ihrer Kindheit erinnert –, doch als sie den Namen Kirsten Stadler erwähnt hatte, war es mit der Jovialität vorbei gewesen. Unvermittelt war sie gegen eine Mauer des Schweigens geprallt, die Unterhaltung war bald zum Erliegen gekommen.

Karoline warf einen Blick auf die Uhr am Backofen. Gleich Mitternacht!

Entmutigt und enttäuscht von der Unergiebigkeit ihrer Recherchen, wollte sie schon aufgeben und hoch ins Bett gehen, doch dann kam ihr eine Idee. Greta hatte keinen Geburtstag so herbeigesehnt wie ihren dreizehnten, denn dann war sie endlich alt genug, um sich bei Facebook registrieren zu können. Seitdem schien sie ihr halbes Leben in sozialen Netzwerken zu verbringen, sie lud Fotos hoch, postete täglich Belanglosigkeiten und definierte den Grad ihrer Beliebtheit über die Anzahl der »Gefällt mir«-Klicks. Sie hatte es schon erlebt, dass Greta ein ganzes Wochenende geschmollt hatte, wenn sie bei Facebook von jemandem »entfreundet« worden war, was heutzutage wohl dieselbe Bedeutung hatte, wie wenn man früher nicht zu einem Geburtstag eingeladen wurde. Greta hatte ihr mit der Behauptung, sie sei in der Welt quasi nicht existent, wenn sie nicht bei Facebook sei, vor einer Weile ein Nutzerkonto eingerichtet und ihr die Grundbegriffe erklärt. Zu ihrer Verwunderung hatte Karoline tatsächlich Freundschaftsanfragen von allen möglichen Bekannten und ehemaligen Schulkameradinnen erhalten. Sie schenkte sich noch ein

Glas Weißwein ein und loggte sich bei Facebook ein. Über die Suchleiste fand sie Helen Stadler sofort. Zu ihrer Verwunderung war der Account noch aktiv, offenbar hatte niemand daran gedacht, ihn abzuschalten! Sie konnte ihr Glück kaum fassen und klickte auf Helen Stadlers Freundesliste, die mit 54 Personen recht überschaubar war. Da sie nicht mit ihr befreundet war, konnte sie nur ein paar Fotos und Postings sehen, aber sie notierte sich die Namen derer, die Helens Beiträge kommentiert oder »geliked« hatten. Ein Name tauchte regelmäßiger auf als andere: Vivien Stern. Karoline ging auf ihre Seite und schrieb ihr kurzentschlossen eine Nachricht. Sie bezweifelte zwar, dass die junge Frau ihr antworten würde, aber es war immerhin eine Chance.

Montag, 31. Dezember 2012

Heute war der letzte Tag des alten Jahres, ein besonderer Tag. Für viele Leute der geeignete Moment, das vergangene Jahr Revue passieren zu lassen und ein Resümee zu ziehen. Was war gut, was war schlecht? Was will ich verändern? Wo werde ich wohl nächstes Jahr um diese Zeit sein? Was ihn betraf, so war das wohl klar. Niemand würde jemals verstehen, weshalb er das alles tun musste, und deshalb würde er entweder im Gefängnis sitzen oder in der Hölle schmoren. Beides dürfte ungefähr auf dasselbe herauskommen.

Die meisten Menschen feierten ins neue Jahr, und das nicht alleine. Sie aßen, sie tranken, sie taten, als ob es eine besondere Nacht wäre, dabei war es eine Nacht wie jede andere. In anderen Kulturkreisen war der 31. Dezember ein völlig normales Datum. Er konnte dem Feiern, den Böllerschüssen, den Raketen, der ganzen Silvesterhysterie nichts abgewinnen. Nicht mehr. Früher war es einmal anders gewesen. Da hatte er mit den Kollegen ein Glas Sekt getrunken, später zu Hause mit der Familie gefeiert. Raclette oder Fondue als Grundlage für den Schampus. Aber das war lange her. Heute war er allein. Und heute Nacht würde er jemanden töten. Es gab genug Menschen, die sich auf das neue Jahr freuten, es aber nicht mehr erleben würden. In der Silvesternacht gab es mehr Unfälle als sonst, und alte Menschen starben, wie sie dauernd starben. Aber ein Mensch würde sterben, der eigentlich noch nicht an der Reihe war. Oder doch? War diesem Menschen schon mit der Geburt bestimmt, dass er am 31. 12. 2012 durch ein Teilmantelgeschoss Kaliber .308 Winchester aus einer Steyr SSG69 sterben würde? Oder hatte sich das erst durch die verschiedenen Entscheidungen ergeben, die er in seinem Leben getroffen hatte und die ihn dorthin geführt hatten, wo er heute Nacht sterben würde?

Er verspürte kein Mitleid. Niemand hatte jemals mit ihm Mitleid gehabt. Auch er hatte das, was geschehen war, akzeptieren und lernen müssen, damit zu leben. Auch er war zurückgelassen worden, ohne dass er irgendetwas daran hätte ändern können. Das Schicksal schlug zu, aus heiterem Himmel, unbarmherzig und ohne Vorwarnung. Und dann saß man da und musste damit klarkommen. Für den Rest des ganzen, elenden Lebens.

Pia hatte schlecht geschlafen. Dauernd ging ihr etwas im Kopf herum, und es machte sie schier verrückt, dass sie den Gedanken einfach nicht fassen konnte. Um Viertel vor vier morgens stand sie auf, zog sich an, ging hinunter in die Küche und machte sich einen Kaffee. Gestern Abend hatte sie mit Christoph geskypt, die Geschichte mit Thomsen und der entsicherten Pistole an ihrer Schläfe hatte sie ihm jedoch wohlweislich verschwiegen. Er machte sich ohnehin Sorgen um sie, fürchtete, dass sie nichts Richtiges aß und zu wenig schlief, da musste sie ihn nicht noch mehr beunruhigen. Sie vermisste ihn mit jeder Faser ihres Herzens. Tagsüber kam sie zwar kaum dazu, darüber nachzudenken, wie sehr er ihr fehlte, weil sie mit dem Fall so viel zu tun hatte, aber nachts lag sie wach im Bett und sehnte sich nach seiner vertrauten Nähe, nach dem Geruch seiner Haut und seinen Atemzügen in der Dunkelheit. Wie sehr man sich doch an einen anderen Menschen gewöhnen konnte, und wie weh dieses Vermissen tat! Bei ihr war es glücklicherweise nur vorübergehend, wie musste sich jemand fühlen, der sein Liebstes durch den Tod verlor, von einer Sekunde auf die andere? Wie musste es sein, wenn man die Nachricht bekam, dass der Partner, die Tochter, die Mutter oder der Sohn gestorben war, ohne dass man Abschied hatte nehmen können? Pia dachte an Dirk Stadler, der gleich zwei solcher Hiobsbotschaften hatte verkraften müssen, der erst seine Frau und dann seine Tochter verloren hatte. Und an Jens-Uwe Hartig, der kurz vor der Hochzeit seine Braut hatte zu Grabe tragen müssen. Mark Thomsen hatte seinen Sohn verloren und dann auch noch Frau und Job.

Pia rief sich das Entsetzen von Renate Rohleder und Professor Rudolf in Erinnerung, als sie begriffen hatten, dass die liebsten Menschen in ihrem Leben sterben mussten, weil sie selbst einen Fehler gemacht hatten! Fritz Gehrke, diesem alten, kranken Mann, hatte der Sniper das Wichtigste, was er im Leben noch hatte, genommen. Und Patrick Schwarzer, der einen aus seiner Sicht winzigen Fehler gemacht hatte und zehn Jahre später so hart dafür bestraft wurde.

Etwas ist schlimmer als der Tod, diese Redensart hatte einen sehr wahren Kern. Schon der Verlust als solcher war eine Katastrophe, die nie heilende Wunden riss, aber das Gefühl, Schuld daran zu haben, war eine wahrhaft teuflische Strafe. Hatte Gehrke sich deshalb das Leben genommen?

Gerade als Pia sich zwei Toastbrote mit Salzbutter und Nutella schmierte, tauchte Kim auf.

»Guten Morgen«, murmelte sie und schlurfte zur Kaffeemaschine. »Wieso bist du schon wieder so ekelhaft fit?«

»Guten Morgen.« Pia grinste. »Das Frühaufsteher-Gen. Ich bin eine Lerche und du eher eine Eule. Willst du was frühstücken, bevor wir losfahren?«

Sie klappte die warmen Toastbrote zusammen und biss hinein.

»So früh am Morgen krieg ich nichts runter.« Kim schüttelte angewidert den Kopf und nippte an ihrem Kaffee.

»Mark Thomsen hat kein richtiges Motiv«, sagte Pia mit vollem Mund. »Es sei denn, ihn verbindet etwas mit den Stadlers, was wir noch nicht wissen.«

»Ich habe auch darüber nachgedacht«, entgegnete Kim. »Stadler hat damals Geld von der UKF bekommen. Was, wenn er jemanden engagiert hat?«

»Einen Auftragskiller meinst du?«

»Ja, genau. Einen richtigen Profi.«

»Den Gedanken hatte ich auch schon«, gab Pia zu. »Du bist ja schließlich die ganze Zeit schon der Meinung, dass der Täter ein Profi ist. Dirk Stadler hat dieselben Motive wie seine Schwiegereltern und sein Sohn. Und wenn man die richtigen Verbindungen hat, kriegt man jemanden, der die Drecksarbeit erledigt. Litauer, Russen, Kosovo-Albaner – die machen so was für kleines Geld.«

»So weit müssen wir gar nicht gehen.« Kim wurde allmählich wach. »Überleg doch mal! Vielleicht wird ja Thomsen von der Familie Stadler dafür bezahlt, dass er ihre Rache ausführt.«

Pia dachte darüber nach, während sie ihre Toastbrote aß. War Mark Thomsen ein Mann, der sich als Killer engagieren ließ? Was nützte ihm das Blutgeld, wenn man ihn erwischte und lebenslänglich hinter Gitter brachte? Nein, jemand wie er handelte entweder aus Überzeugung oder gar nicht. Er war nicht der Typ, der sich vor den Karren eines anderen spannen ließ.

»Warten wir ab, was bei den Hausdurchsuchungen herauskommt.« Sie blickte auf die Uhr und räumte Teller und Messer in die Spülmaschine. »Ich bringe die Hunde raus und füttere die Pferde. Sehen wir uns später auf dem Kommissariat?«

»Natürlich«, erwiderte Kim und gähnte wieder. »Ich bin um neun Uhr da. Und vorher gehe ich noch einkaufen.«

»Bist ein Schatz«, sagte Pia und grinste. »Nicht dass wir heute Abend ohne unser traditionelles Fleischfondue Silvester feiern müssen.«

»Soll ich auch was zum Bleigießen und ein bisschen Feuerwerk mitbringen?«, rief Kim ihr nach, als sie in den Windfang ging und in die Stallschuhe schlüpfte.

»Bloß nicht!« Pia grinste. »Wir sehen von hier aus das Feuerwerk in Frankfurt und im ganzen Vordertaunus. Das wäre reine Geldverschwendung!«

Bodenstein wusste sofort, dass die Durchsuchung von Jens-Uwe Hartigs Wohnung ergebnislos verlaufen würde. Um fünf Uhr morgens war Hartig bereits oder noch immer angezogen, unrasiert öffnete er die Wohnungstür und winkte ab, als Bodenstein ihm den Durchsuchungsbeschluss reichen wollte.

»Schon okay«, sagte er gleichmütig. »Darf ich mir einen Kaffee machen?«

»Bitte.« Bodenstein nickte. Pia und er folgten dem Mann in die Küche. »Haben Sie nicht geschlafen?«

»Ein bisschen.« Hartig sah desinteressiert den Beamten nach, die mit Wäschekörben bewaffnet an ihm vorbeigingen und in allen drei Zimmern der Wohnung Licht anmachten. Dann wandte er sich der Kaffeemaschine zu, nahm die Glaskanne und füllte sie mit Wasser. »Ich schlafe nicht mehr gut, seitdem Helen tot ist. Meistens gucke ich mir irgendwelche Dokus an, oder ich fahre ins Atelier. Arbeit lenkt ab.«

»Waren Sie auch heute Nacht dort? Der Motor Ihres Autos ist noch warm.«

»Ja. Ich bin vor einer halben Stunde nach Hause gekommen.« Die Andeutung eines Lächelns huschte über sein müdes Gesicht. Er öffnete einen Schrank. »Als hätte ich geahnt, dass Sie kommen. Wollen Sie auch einen?«

»Nein, danke«, erwiderten Pia und Bodenstein wie aus einem Mund. Die Kaffeemaschine begann zu blubbern. Der muffige Geruch nach Schweiß und Zigarettenrauch wich Kaffeeduft.

»Kennen Sie Mark Thomsen?«, wollte Pia wissen.

»Ja.« Hartig nickte. »Ein ziemlicher Hirndeckel.«

»Ein was?«, fragte Bodenstein.

»Ein Idiot.«

»Waren Sie eifersüchtig auf ihn?«

»Wieso sollte ich das gewesen sein?«, antwortete Hartig mit einer Gegenfrage.

»Weil Ihre Verlobte ein ziemlich enges Verhältnis zu ihm hatte«, sagte Pia. »Dirk Stadler hat Thomsen als Helens ›Vaterersatz‹ bezeichnet.«

»Das ist Unsinn. Mark hat sich Helen aufgedrängt, seitdem sie das erste Mal mit ihren Großeltern bei HAMO auftauchte. Zuerst gefiel ihr seine Aufmerksamkeit, aber mit der Zeit wurde es ihr … unangenehm.«

»Inwiefern?«

»Er hat sich wie ein Vater aufgespielt, war rechthaberisch, hat ihr dauernd ungefragt Ratschläge gegeben.« Hartig schüttelte den Kopf, als ob er eine unwillkommene Erinnerung verscheuchen wollte. »Er hatte ihr sogar in seinem Haus ein Zimmer eingerichtet.«

»Denken Sie, er wollte etwas von ihr?«

»Sie haben doch Helens Bild gesehen«, erwiderte Hartig mit einem Anflug von Bitterkeit. »Sie war sehr schön und machte immer einen hilfsbedürftigen Eindruck. Geistig grob gestrickte Macho-Typen wie Thomsen stehen auf so was. Da fühlen sie sich groß und stark, obwohl sie eigentlich Versager sind. Thomsen ist ein armes Würstchen, er schwelgt nur in Rachephantasien. Damit hat er Helen immer wieder belämmert. Mehr noch, er hat sie geradezu aufgehetzt.«

»Was für Rachephantasien?«, fragte Bodenstein nach.

»Er will die Leute bestrafen, die seiner Meinung nach schuld an seiner Misere sind.«

»Würden Sie Thomsen zutrauen, jemanden zu erschießen?«, erkundigte sich Pia. »Darüber zu reden und es zu tun ist ein großer Unterschied.«

»Klar traue ich ihm das zu!« Hartig goss sich einen Kaffee ein und verzog das Gesicht. »Seine Hemmschwelle ist vergleichsweise niedrig. Bei der GSG 9 hat er schon Menschen erschossen. Und er hat öfter als einmal gesagt, es sei kein großes Ding, aus ein paar hundert Metern Entfernung jemanden abzuknallen. Das sei wie ein Videospiel, mehr nicht.«

Pia erwiderte darauf nichts. Sie glaubte nicht, dass Thomsen sie oder Bodenstein gestern tatsächlich erschossen hätte, aber er hätte ohne zu zögern *ge*schossen, vielleicht in ihr Bein, um seiner Forderung Nachdruck zu verleihen.

»Können Sie schießen, Herr Hartig?«, fragte Bodenstein.

»Ich konnte es mal. Mein Vater war ein fanatischer Jäger und schleppte meinen Bruder und mich schon als Kinder mit in den Wald. Wir hatten das erste Mal ein Gewehr in der Hand, als wir noch im Kindergarten waren.« Hartig lachte unfroh. »Das waren seine Vorstellungen davon, wie man kleine Bettnässer zu harten Kerlen macht.«

»Schießen ist wie Fahrrad fahren, das verlernt man nicht«, zitierte Pia den Satz, den Mark Thomsen gestern zu ihnen gesagt hatte.

Hartigs Blick glitt über ihr Gesicht, er zuckte mit den Schultern.

»Ich wüsste nicht mal mehr, wie man so ein Ding überhaupt lädt«, behauptete er.

Der kurze Blick aus seinen dunklen Augen hatte Pia gereicht, um zu erkennen, dass Hartig ihnen Theater vorspielte. Seine scheinbare Gleichgültigkeit, die ausdruckslose Miene, das vernachlässigte Äußere – all das war sorgfältig einstudiert und diente einzig und allein dem Zweck, sie zu täuschen. Jens-Uwe Hartig war ein hochintelligenter Mann, für den jede Art des Scheiterns einer persönlichen Beleidigung gleichkam, einer, der handelte und Dinge vorantrieb, wenn sie ihm wichtig waren. Wie weit er zu gehen bereit war, hatte er bewiesen, als er gegen die Methoden seiner Ärztekollegen aufbegehrt und damit seine hoffnungsvolle Karriere in der Medizin sehenden Auges zerstört hatte.

Pia betrachtete den Mann mit dem fettigen, halblangen Haar, der mit hängenden Schultern und kraftlosen Bewegungen ein Bild des Trauernden mit gebrochenem Herzen darzustellen trachtete. Er machte das zweifellos gut, und Pia hätte sich von ihm manipulieren lassen, wäre da nicht dieser seltsame Ausdruck in seinen Augen aufgeblitzt, der so gar nicht zu seinem sonstigen Habitus passte. Da war etwas Berechnendes, Abgründiges, das ein vages Unbehagen in Pia wachrief.

Während die Kollegen alles einpackten, was sie für begutachtenswert hielten, bekam Bodenstein einen Anruf. Lis Wenning wollte mit ihm sprechen, deshalb wurde entschieden, dass Pia bei der anschließenden Durchsuchung von Hartigs Laden dabei sein sollte. Bodenstein wollte unterdessen in die Firma von Erik Stadler fahren, wo es um 7:30 Uhr losging, um anschließend auf dem Kommissariat mit Stadlers Freundin zu sprechen.

»Wo waren Sie eigentlich, als die Morde passierten?«, erkundigte Pia sich, als sie mit Hartig allein in der Küche war.

»Wenn Sie mir sagen, wann das war, kann ich Ihnen eine Antwort geben«, antwortete Hartig. »Stört es Sie übrigens, wenn ich rauche?«

»Nein, nur zu. Es ist Ihre Wohnung«, sagte Pia und zählte ihm Uhrzeiten und Daten der vier Morde auf.

Hartig hörte aufmerksam zu, dann zündete er sich eine Zigarette an und nahm einen tiefen Zug. Er hatte schmale Handgelenke und schöne, feingliedrige Hände. Chirurgenhände. Überhaupt war Jens-Uwe Hartig eigentlich ein schöner Mann.

»Ich kann mich nicht genau erinnern«, gab er zu und kniff die Augen zusammen. »Alibis habe ich wohl eher keine. Das ist sicherlich auch ein Grund, weshalb Sie meine Wohnung durchsuchen lassen. Sie verdächtigen mich, nicht wahr?«

Wieder dieser seltsam lauernde Blick.

»Vielleicht«, erwiderte Pia. »Wir hoffen, bei Ihnen Informationen zu finden, die wir dringend brauchen, die Sie uns aber nicht geben wollen.«

Das entsprach nicht ganz der Wahrheit, war jedoch durchaus einer der Gründe, weshalb die Hausdurchsuchung genehmigt worden war.

»Welche Informationen?«

»Über Mitarbeiter der UKF, die mit Kirsten Stadler zu tun hatten. Erinnern Sie sich mittlerweile an Namen?«

»Nein, leider nicht«, bedauerte Hartig. »Ich erinnere mich nur an Professor Rudolf und Dr. Hausmann.«

»Erzählen Sie doch keine Märchen!« Pia empfand jene Hilflosigkeit, die sie schon zigmal bei Vernehmungen von Verdächtigen verspürt hatte, wenn diese logen oder einfach überhaupt nichts sagten. »Sie und Helen haben über kaum etwas anderes gesprochen als die Sache mit ihrer Mutter, da werden doch sicherlich Namen gefallen sein! Warum helfen Sie uns nicht? Ist es Ihnen gleichgültig, wenn noch mehr unschuldige Menschen sterben?«

»Sie sind ja regelrecht verzweifelt«, stellte Hartig fest und lächelte spöttisch. »Dabei kennen Sie diese Leute doch gar nicht. Warum berührt Sie das so?«

Pia starrte ihn verblüfft an. Meinte er das wirklich ernst, oder hatte er einen skurrilen Humor? Wieso kam sie bloß nicht darauf, was es war, was sie an Hartig störte?

»Ich kenne die Menschen, mit denen ich in meinem Job zu tun habe, selten persönlich«, erwiderte sie. »Aber das ändert nichts daran, dass es mir nicht gefällt, wenn irgendjemand sich als Richter über Leben und Tod aufspielt. Wir leben in einem Rechtsstaat, den ich vertrete. Wenn jeder das tun dürfte, was ihm gerade in den Sinn kommt, dann lebten wir in einer Anarchie.«

»Der Rechtsstaat ist eine Farce.« Hartig verzog verächtlich das Gesicht. »Für mich ist das Thema Stadler an dem Tag abgeschlossen gewesen, als Helen mich verlassen hat. Ich habe danach jeden Kontakt zu ihrer Familie abgebrochen und meinen Blick in eine Zukunft gerichtet, die mit Helen und ihren Dämonen nichts mehr zu tun hat. Können Sie das verstehen?«

»Ja, durchaus.« Pia nickte. »Aber ich glaube Ihnen trotzdem nicht. Warum gehen Sie dann jeden Morgen auf den Friedhof?«

Hartig seufzte.

»Ich habe Helen mehr geliebt als je einen Menschen zuvor«, antwortete er. »Dass sie den Tod einem Leben mit mir vorzog, hat mich tief getroffen, und ich verstehe es bis heute nicht. Vielleicht ist das der Grund, weshalb es mich jeden Morgen an ihr Grab zieht.«

Pia musterte ihn skeptisch, wartete jedoch vergeblich auf eine verräterische Geste, ein kompromittierendes Zucken seiner Lippen, auf irgendein Zeichen dafür, dass er log. Sie beschloss, ihn aus der Reserve zu locken.

»Wie verstehen Sie sich mit Erik Stadler und seiner Freundin?«, begann sie recht harmlos.

»Seit Helens Tod habe ich keinen Kontakt mehr zu ihnen. Aber vorher haben wir uns immer gut verstanden.«

»Und mit Helens Vater?«

»Dirk war mir sehr dankbar für alles, was ich für Helen getan habe.«

Keine echte Antwort auf ihre Frage.

»Was haben Sie denn für sie getan?«

Hartig zögerte kurz, bevor er antwortete.

»Ich habe sie beschützt. So gut ich eben konnte und so weit, wie sie es zugelassen hat. Helen war eine Frau voller Widersprüche.« Er betrachtete versonnen die glühende Zigarettenspitze. »Sie war auf der einen Seite mutig und selbstbewusst, auf der anderen Seite aber voller Ängste und Zweifel. Der Verlust ihrer Mutter und die Umstände ihres Todes haben sie nie losgelassen. An jeden Menschen, der ihr etwas bedeutete, klammerte sie sich mit einer Besessenheit, die für manche nur schwer zu ertragen war. In ihrer Seele war die Angst, eines Tages wieder verlassen zu werden, tief verwurzelt.«

Er drückte die Zigarette aus und fuhr sich mit der Hand über das Gesicht. Pia dachte an das, was Franka Fellmann ihnen über Helen Stadler erzählt hatte.

»Wir haben gehört, dass Helen schwere psychische Probleme hatte, sich aber weigerte, eine Therapie zu machen.«

»Sie litt unter einer posttraumatischen Belastungsstörung. Sie brauchte keine Therapie, sondern Liebe und Geborgenheit. Das Gefühl, sicher zu sein. Das alles habe ich ihr gegeben.«

»Es hat ihr wohl nicht gereicht. Sonst hätte sie sich kaum das Leben genommen.« Pia war gespannt, wie Hartig auf diese Provokation reagierte.

Sie war auf einen wütenden Ausbruch gefasst, auf heftigen Widerspruch und Zorn, aber das Gegenteil war der Fall.

»Ja«, sagte Hartig ruhig. »Es hat ihr wohl nicht gereicht. Das ist für mich das Schlimmste an der ganzen Sache. Ich habe versagt.«

»Man hat uns erzählt, dass Helen sich nicht bemüht hätte, ihr Trauma zu verarbeiten, es stattdessen regelrecht kultiviert hat. Und dass Sie sie dabei unterstützt haben. Im vergangenen Sommer waren Helen und Sie im Laden bei Renate Rohleder, deren Mutter das erste Opfer des Snipers war. Was wollten Sie dort?«

»Ich habe Helens Trauma nicht unterstützt, sondern ihr dabei geholfen, es aufzuarbeiten.«

»Indem Sie Leute bedrohten?«

»Niemand hat irgendjemanden bedroht«, sagte Hartig kopfschüttelnd. »Helen geriet allerdings völlig außer sich, als sie dieser Frau gegenüberstand. Bis wir diesen Blumenladen betraten, hatte ich gar keine Ahnung, wer sie überhaupt war.«

Pia stellte ihm noch einige Fragen über Helen, Dirk und Erik Stadler, über Mark Thomsen und Helens Großeltern. Hartig antwortete ruhig und ohne zu zögern. Alles, was er sagte, klang absolut glaubwürdig und aufrichtig. Seine Miene passte zum Tonfall, er versuchte nichts zu beschönigen oder zu verschweigen. Keine Widersprüche, keine Übertreibungen. Der perfekte trauernde Hinterbliebene, der noch immer mit dem Verlust haderte, aber wieder Fuß im Leben fassen wollte. Ein wenig *zu* perfekt. Pia wunderte sich, dass Bodenstein, der ein außerordentlich guter Menschenkenner war, sich von Hartig hatte täuschen lassen. Einen guten Samariter hatte er ihn genannt, den Helens Tod völlig aus der Bahn geworfen habe. Der Mann, der vor ihr stand, wirkte jedoch keineswegs aus der Bahn geworfen. Entweder war er tatsächlich angestrengt darum bemüht, den Verlust seiner geliebten Freundin und sein Versagen zu verarbeiten, oder er war ein eiskalter, berechnender Psychopath, der sie alle hinters Licht führte.

Lis Wenning war ohne Anwalt gekommen. Sie machte einen übernächtigten, aber gefassten Eindruck. Bodenstein führte sie in sein Büro, wo sie auf einem der Besucherstühle vor seinem Schreibtisch Platz nahm.

»Ich würde für Erik die Hand ins Feuer legen«, begann sie. »Wir sind jetzt seit sechs Jahren zusammen und haben einige Höhen und Tiefen miteinander gemeistert, besonders seit Helens Selbstmord. Erik hat seine

Schwester sehr gemocht, ihr Tod hat ihn schwer mitgenommen, aber er hat auch ihre Schwächen durchaus realistisch gesehen. Helen hatte einen psychischen Knacks durch die Sache mit ihrer Mutter, aber vor allen Dingen durch das Auseinanderbrechen der Familie. Sie klammerte sich an ihren Vater, nahm ihn völlig für sich ein, und der wiederum fand Halt bei seiner Tochter. Sie war wirklich krank, hatte Angststörungen, extreme Verlustängste und konnte mit den geringsten Veränderungen nicht zurechtkommen.«

Lis Wenning schüttelte leicht den Kopf.

»Als ihr Vater sich ein neues Auto kaufen wollte, kriegte sie Zustände, sperrte sich in dem alten Auto ein, weinte wie ein kleines Kind. Neue Möbelstücke machten ihr Angst, auch wenn im Haus irgendetwas umgeräumt wurde. Dirk ließ sie gewähren und veränderte nichts. Er liebte sie abgöttisch, sie konnte ja auch ausgesprochen liebenswert sein.«

»Die Buchhalterin Ihres Lebensgefährten hat uns etwas ganz anderes über Helen erzählt«, warf Bodenstein ein.

»Franka? Ja, das glaube ich. Erik hat Helen eine Weile bei sich arbeiten lassen, als sein Vater beruflich stark eingespannt war. Franka war total eifersüchtig. Lieber arbeitete sie zwölf Stunden am Tag, als irgendjemand anderen neben sich zu haben. Sie hat in der Firma alles an sich gerissen, und Erik hat sie lange gewähren lassen, weil es für ihn praktisch war. Aber dann fing sie an, ihn zu bevormunden, schnauzte die Kunden am Telefon an, weil sie völlig überarbeitet war, und schaffte ihre Arbeit nicht mehr. Da hat er ihr schließlich gekündigt.«

»Ach! Sie sagte uns, *sie* hätte gekündigt«, bemerkte Bodenstein.

»Ja, diesmal hat sie das getan«, bestätigte Lis Wenning. »Als Erik ihr vor zwei Jahren gekündigt hatte, schwor sie Besserung, und er nahm die Kündigung zurück, stellte aber eine Telefonistin ein.«

»Zurück zu Helen.« Bodenstein streckte die Beine aus. »Wie war ihr Verhältnis zu Mark Thomsen?«

»Sie hat ihn sehr gemocht«, erinnerte Lis Wenning sich. »Fast würde ich sagen, sie hat ihn verehrt. Er war lange Zeit der Einzige, dem sie sich anvertraut hat. Ab einem gewissen Alter erzählen Mädchen ihren Vätern nicht mehr alles.«

Sie lächelte etwas, wurde jedoch schnell wieder ernst.

»Aber dann kam Jens-Uwe, und alle waren erst mal abgemeldet. Sie kannte ihn zwar schon eine Weile, aber er beachtete sie zuerst kaum, weil er noch verheiratet war.«

»Das wusste ich gar nicht.« Bodenstein war verwundert und machte sich eine Notiz.

»Niemand von uns hat seine Frau je kennengelernt, aber sie hat ihn wohl verlassen. Er hat ihr schwer nachgetrauert, das machte ihn für Helen attraktiv. Dann verliebte er sich in sie. Große Liebe. Eine Zeitlang.«

»Wie das? Ich dachte, sie wollten heiraten?«, fragte Bodenstein überrascht.

»*Er* wollte heiraten, sie nicht. Sie tat zwar immer glücklich, aber sie war es nicht. Ich glaube, sie hatte Angst vor ihm.«

»Wieso sollte sie Angst haben? Ihr Vater erzählte uns, Jens-Uwe habe ihr gutgetan, sie sei viel ausgeglichener gewesen.«

»Er hat ihr Tabletten gegeben. Er war ja Arzt, konnte Rezepte ausstellen. Ich habe nicht viel Ahnung, aber ich habe mal eines der Rezepte gesehen und das Medikament gegoogelt. Lorazepam gehört zur Gruppe der Benzodiazepine, wird bei Angststörungen, Epilepsie und Schlafstörungen angewandt und macht sehr schnell abhängig. Ich habe Erik davon erzählt, er hat Helen angesprochen, doch die hat alles abgestritten. Ich bin aber überzeugt, dass sie Tabletten nahm, denn sie hatte sich völlig verändert. Sie war oft abwesend, müde und irgendwie verlangsamt.«

»Warum hätte Hartig ihr diese Tabletten geben sollen?«, fragte Bodenstein.

»Weil er sie so besser kontrollieren konnte«, erwiderte Lis Wenning. »Jens-Uwe war ein Kontrollfreak. Er rief sie dauernd an, schickte ihr SMS und erwartete sofortige Antwort. Und Helen gehorchte. Bis Mark das spitzbekam. Er brachte sie dazu, mit den Tabletten aufzuhören. Sie hatte schlimme Entzugserscheinungen, quälte sich sehr. Und sie merkte wohl, dass Jens-Uwe nicht gut für sie war. Anstatt sie zu einer Psychotherapie zu überreden, stellte er sie ruhig. Helen versuchte, aus dieser Beziehung auszubrechen, aber er ließ sie nicht. Das Einzige, was sie tun konnte, war, nicht zu ihm zu ziehen. Sie war sehr unglücklich.«

»Eine Nachbarin erzählte mir, er habe ein Haus gekauft, in das er nach der Hochzeit mit Helen ziehen wollte«, bemerkte Bodenstein.

»Das Haus besitzt er schon ein paar Jahre. Da hatte er mit seiner Ex drin gewohnt. Schon deshalb wollte Helen nicht dort einziehen.«

»Halten Sie Jens-Uwe Hartig für fähig, Menschen zu töten?«, fragte Bodenstein nach einer kurzen Pause.

Lis Wenning zögerte, dachte nach.

»Er hat schon etwas Seltsames an sich«, räumte sie ein. »So etwas Fanatisches, Einzelgängerisches. Aber ob er Menschen umbringen kann? Ich weiß nicht.«

»Und Mark Thomsen?«

»Der hat das ja mal beruflich gemacht«, antwortete sie nachdenklich. »Als Polizist beim Bundesgrenzschutz. Mark hat Helen auf jeden Fall sehr gemocht. Wie eine Tochter, würde ich sagen. Ihr Selbstmord hat ihn tief getroffen. Ja, vielleicht traue ich ihm das zu. Er hat ja nicht mehr viel zu verlieren.«

»Angeblich haben er und Helen Rachepläne geschmiedet«, sagte Bodenstein. »Wissen Sie etwas darüber?«

»Nein.« Lis Wenning schüttelte bedauernd den Kopf. »Helen hat mit mir nie über das traurige Thema mit ihrer Mutter gesprochen. Alles, was ich darüber weiß, weiß ich von Erik und Dirk.«

»Was ist mit einem Alibi für Ihren Lebensgefährten? Warum sagt er uns nicht, wo er zu den betreffenden Zeiten gewesen ist?«, wollte Bodenstein wissen.

»Vielleicht deshalb, weil er es Ihnen wirklich nicht sagen kann«, erwiderte Lis. »Wenn er läuft, dann schaltet er komplett ab. Und er läuft nicht einfach einen Rundkurs im Park, wie andere Menschen. Wenn ihm danach ist, dann läuft er schon mal dreißig, vierzig Kilometer.«

»Halten Sie ihn für fähig, Menschen zu erschießen?«

»Nie im Leben!«, entgegnete Lis Wenning voller Überzeugung. »Erik ist vielleicht etwas verrückt mit seinen gefährlichen Hobbys, aber er liebt seine Freiheit mehr als alles andere. Schon deshalb würde er niemals etwas tun, was ihn ins Gefängnis bringen könnte! Und dazu ist er … ein Egoist. So traurig ihn Helens Selbstmord gemacht hat, er würde sich nie wegen ihr in Schwierigkeiten bringen.«

Henning rief Pia an, als sie gerade in den Hof der Regionalen Kriminalinspektion einbog.

»Tut mir leid, dass ich mich nicht eher gemeldet habe«, sagte er. »Ich habe noch keine nennenswerten Ergebnisse vorzuweisen. Entweder sind die Leute, von denen ich mir Informationen verspreche, über Weihnachten und Neujahr verreist, oder sie mauern. Aber ich habe recherchiert und mit jemandem gesprochen, der schon zu Rudolfs Zeiten an der UKF gearbeitet hat.«

Pia parkte auf dem hinteren Teil des Parkplatzes vor den Garagen, in denen die Dienstwagen standen, und machte den Motor aus.

»Rudolf hat wohl tatsächlich einige Vorschriften umgangen, um dem Sohn eines Freundes zu helfen. Der Junge litt unter einer Herzkrankheit, eine Heilung war nur noch durch eine Transplantation möglich.«

»Lass mich raten«, unterbrach Pia ihn. »Maximilian Gehrke.«

»Namen sind keine gefallen«, erwiderte Henning. »Der Vorfall ereignete sich im Sommer oder Herbst 2002. Eine Patientin wurde eingeliefert. Und sie hatte zufällig die Blutgruppe …«

»… 0«, ergänzte Pia. »Kirsten Stadler. Was passierte danach?«

»Mein Informant wird nicht als Zeuge aussagen und bestreiten, dass er jemals mit mir über dieses Thema gesprochen hat«, betonte Henning, »aber er beschwört, dass man damals die Patientin hat sterben lassen, obwohl man ihr noch hätte helfen können. Und er wusste auch, dass die Familie der Frau eine erhebliche Summe Geld erhalten hat.«

»Sind fünfzigtausend Euro eine erhebliche Summe?«, fragte Pia.

»Ich habe etwas von einer Million gehört«, entgegnete Henning.

Wie viele Herzen waren im Sommer oder Herbst 2002 wohl an der UKF verpflanzt worden? Und wie viele hirntote Frauen mit Blutgruppe 0 waren in diesem Zeitraum eingeliefert worden? Sie konnte nicht automatisch davon ausgehen, dass es sich um Kirsten Stadler gehandelt hatte, aber es war äußerst wahrscheinlich.

Ein silberner BMW fuhr auf den Hof und hielt ein paar Meter entfernt. Pia sah zu, wie Andreas Neff ausstieg und einen Moment telefonierend neben dem Auto stehen blieb, bevor er seine Aktentasche ergriff und davonschlenderte.

»Wir sind mittlerweile fest davon überzeugt, dass der Täter Vergeltung an Angehörigen der Menschen verübt, die er für schuldig am Tod von Kirsten und Helen Stadler hält«, sagte Pia. »Sollte dein Informant aktiv in den Fall Kirsten Stadler verwickelt gewesen sein, dann schweben er oder seine engsten Angehörigen in höchster Gefahr! Wenn du uns seine Identität verrätst, können wir ihn schützen.«

»Ich werde ihm das so ausrichten«, versprach Henning. »Falls wir uns heute nicht mehr hören, wünsche ich dir einen guten Rutsch! Ach ja, wenn du nichts Besseres vorhast – wir feiern mit ein paar Leuten bei Ralf und Tina, du bist herzlich willkommen.«

Es versetzte Pia einen kleinen eifersüchtigen Stich zu hören, dass Henning mit Miriam, seiner zweiten Frau und Pias ehemals bester Freundin, nun genau so Silvester feierte, wie sie es sich früher gewünscht hätte: auf der Dachterrasse des Penthouseapartments von Hennings Bruder mit einem phantastischen Blick auf das Bankenviertel und das Feuerwerk. Aber Henning hatte damals nie Lust und Zeit gehabt, und so hatte Pia die meisten Jahreswechsel in einem der beiden Sektionsräume des Rechtsmedizinischen Instituts oder alleine zu Hause auf der Couch verbracht. Sehr viel hatte sich für sie nicht verändert. Heute würde sie wieder zu Hause auf der Couch hocken, aber wenigstens nicht ganz alleine.

»Danke für deine Hilfe, Henning«, sagte sie und öffnete die Tür. »Euch auch einen guten Rutsch.«

Nachdenklich ging sie über den Parkplatz zum Eingang der RKI. Es war ihr ein Rätsel, weshalb jeder, der mit dem Unfallklinikum Frankfurt zu tun hatte, derart wortkarg war. Diese kollektive Verweigerung musste einen Grund haben, ebenso wie Rudolfs Wechsel von der renommierten Klinik mit allen medizinischen und finanziellen Mitteln an eine eher unbedeutende Privatklinik. Was war damals wirklich vorgefallen? Es konnte nicht nur um den Fall Kirsten Stadler gehen, dahinter musste mehr stecken. Und es ärgerte Pia, dass sie in Bezug auf die UKF ständig gegen Mauern des Schweigens rannten.

»Ich spreche nur mit Ihnen, weil das in Helens Sinn gewesen wäre«, eröffnete Vivien Stern Karoline Albrecht, als sie ihr an einem kleinen Tisch in der Ecke des Café Laumer gegenübersaß. Noch in der Nacht hatte sie sich auf Karolines Facebook-Nachricht gemeldet und ihrem Vorschlag, sich auf einen Kaffee zu treffen, zu ihrer Überraschung zugestimmt. Nachdem Karoline geklärt hatte, dass sie bezahlen würde, hatte die junge Frau unverfroren das teuerste Frühstück mit einem Glas Prosecco bestellt, Karoline hatte zum ersten Mal seit Tagen wieder ein wenig Appetit und entschied sich für eine Brioche und einen Café au lait.

»Sie wollte sowieso mit dem, was sie herausgefunden hatte, an die Presse gehen. Aber vorher wurde sie ermordet.«

»Wie bitte?« Karoline sah die junge Frau verblüfft an. Vivien Stern war fünfundzwanzig Jahre alt und studierte seit einem Jahr an der Universität von Williamstown in Connecticut Geowissenschaften und Biologie. Hätte sie behauptet, sie würde im nächsten Frühjahr Abitur machen, so hätte Karoline es ihr auch ohne weiteres geglaubt. Sie war sehr schlank, hatte glattes aschblondes Haar und ein hübsches Gesicht. »Ich denke, sie hat sich das Leben genommen?«

»Nie und nimmer!«, erwiderte Vivien im Brustton der Überzeugung.

»Sie war einer Riesensache auf der Spur und total enthusiastisch. Da wirft man sich nicht vor einen Zug.«

»Was für einer Sache?«, wollte Karoline wissen. Ihr drehte sich beinahe der Magen um, als sie zusah, wie Vivien eine Scheibe Räucherlachs auf ein Croissant legte und hineinbiss.

»Helen war besessen von dem Gedanken, man habe ihre Mutter sterben lassen, um an ihre Organe zu kommen«, verriet sie ihr mit vollem Mund. »Ich fand das immer ein bisschen absurd, aber sie sammelte Beweise, und irgendwann war ich auch davon überzeugt, dass sie recht hatte. Sie wollte alles aufklären, was damals geschehen war. Jeder würde sie anlügen, sagte sie, und sie würde eines Tages durchdrehen, wenn sie nicht die Wahrheit ans Tageslicht bringen würde. Außerdem hatte sie den Verdacht, ihr Freund wolle sie vergiften.«

»Wie gut kannten Sie und Helen sich?«

»Sehr gut. Wir waren schon in der Schule die besten Freundinnen und haben später hier in Frankfurt zusammen studiert.« Vivien Stern ließ dem Räucherlachscroissant das weichgekochte Ei folgen. Sie schien völlig ausgehungert zu sein.

»Aha.« Karoline blickte auf ihren Block. Sie hatte sich ein paar Fragen notiert, die sie der jungen Frau stellen wollte, aber diese kam ihr zuvor und erzählte ihr nun, Helen sei von ihrem Freund gegängelt und mit Medikamenten betäubt worden.

Karoline Albrecht legte den Stift aus der Hand und seufzte innerlich. Vivien entpuppte sich als Plaudertasche mit einem Hang zu melodramatischer Detailversessenheit und einer Vorliebe für Superlative. Sie vergeudete ihre Zeit. Außerdem musste sie sich ungeheuer anstrengen, um das konspirative Flüstern zu verstehen, denn die Geräuschkulisse war enorm. Am Nachbartisch brachen ein paar mittelalte Damen immer wieder unvermittelt in gackerndes Gelächter aus.

»Helen war so was von kaputt, psychisch, das war echt krass.« Vivien schüttelte den Kopf und holte Luft. »Ich hab ihr gesagt, sie soll für ein Jahr mit mir nach Amerika kommen, zum Studieren. Ein neues Leben, neue Freunde, neue Leute. Den ganzen Scheiß hinter sich lassen. Sie fand die Idee ganz geil, und wir fingen an zu planen. Wir sagten es niemandem, aber irgendwie muss Jens-Uwe Wind davon bekommen haben. Vielleicht hat er ihr Handy oder ihren Computer kontrolliert. Auf jeden Fall stand er eines Abends plötzlich vor meiner Wohnung. Er sagte mir, ich würde es bereuen, wenn ich Helen weiterhin auf solche Scheißideen brächte. Sie würde ihn lieben und nicht nach Amerika gehen. Ich hab ihm gesagt, er könne mich mal, und daraufhin ist er richtig wild geworden und hat mich verprügelt. Als ich Helen davon erzählt habe, wurde sie ganz still. Dauernd klingelte ihr Handy. Das war er. Er wollte ständig wissen, wo sie sei und wer bei ihr wäre. Das machte ihr wahnsinnig Angst, besonders, seitdem sie herausgekriegt hatte, dass er dasselbe schon mit seiner ersten Frau so gemacht hatte. Die hat er gestalkt, bis sie so eine Verfügung vom Gericht gegen ihn hatte. Als sie mir das erzählt hat, hab ich sie noch mehr gedrängt, mit mir nach Amerika zu kommen und das von Jens-Uwe ihrem Vater und Mark zu erzählen.«

»Mark?« Karoline verlor allmählich den Überblick über die ganzen Leute, deren Namen ihr nichts sagten und keine Rolle spielten.

»So eine Art väterlicher Freund. Den kannte sie wohl aus dieser Selbsthilfegruppe, zu der sie oft mit ihren Großeltern gegangen ist. Aber dem wollte sie das auf keinen Fall sagen. Mark würde Jens-Uwe killen, wenn er das erführe, sagte sie. Das Beste wär's, einfach zu verschwinden, von heute auf morgen.« Vivien seufzte und trank einen Schluck Prosecco, verzog angewidert das Gesicht und spülte mit dem frisch gepressten Orangensaft nach. »Ich hab also heimlich alles organisiert. Studentenvisum, Wohnung, Anmeldung bei der Uni in Connecticut, Flugtickets und so weiter. Am 1. Oktober sollte es losgehen. Nebenbei hat Helen die glückliche Verlobte gespielt, damit Jens-Uwe Ruhe hielt. Sie hat sogar ein Brautkleid gekauft! Gleichzeitig hat sie heimlich mit allen möglichen Typen geredet und war sich ganz sicher, dass sie etwas gegen diesen Arzt, der ihre Mutter auf dem Gewissen hatte, unternehmen könnte.«

Jetzt wird's interessant, dachte Karoline und spürte, wie sie innerlich vor Aufregung zu beben begann. Hatte sich ihre Geduld am Ende doch gelohnt?

»Kennen Sie Namen?«, stellte sie die alles entscheidende Frage.

Vivien zögerte.

»Leider nein.«

Das durfte doch nicht wahr sein!

»Na ja, dann danke ich Ihnen, dass Sie sich die Zeit genommen haben.« Karoline zwang sich zu einem Lächeln und ergriff ihr Portemonnaie, um die Rechnung zu begleichen. »Vielleicht hilft mir das, was Sie mir erzählt haben, ja ein wenig.«

»Warum überlassen Sie es nicht der Polizei, herauszufinden, wer Ihre Mutter erschossen hat?«, wollte Vivien wissen.

»Das tue ich doch«, entgegnete Karoline. »Sie werden ihn finden, da bin ich mir sicher. Aber mir geht es um etwas anderes.«

»Und um was?«

Karoline zögerte. Da war keine Sensationsgier in den Augen der jungen Frau, eher so etwas wie Misstrauen. Vivien Stern wollte keine blutigen Details, sie wollte verstehen, weshalb Karoline Kontakt zu ihr aufgenommen und Interesse an Helens Geschichte hatte. Plötzlich fühlte sie sich wie in einer Prüfung, auch wenn das völlig albern war.

»Der Sniper hat nach jedem Mord eine Todesanzeige an die Polizei geschickt«, sagte sie deshalb aufrichtig. »Darin stand die Begründung, weshalb er das getan hat. Er ermordet nicht etwa die, die schuldig sind, sondern deren engste Angehörige. Mütter, Söhne, Ehefrauen.«

»Warum denn das?« Vivien schien ehrlich erschüttert.

»Damit die Hinterbliebenen denselben Schmerz verspüren wie den, den sie aus Gleichgültigkeit oder Habgier verursacht haben. Das hat er in einem anonymen Brief an die Polizei geschrieben.«

»Oh Gott.«

»Meine Mutter musste angeblich deshalb sterben, weil mein Vater sich des Mordes aus Habgier und Eitelkeit schuldig gemacht haben soll.« Dies auszusprechen fiel Karoline leichter als befürchtet. »Mein Vater ist Transplantationschirurg. Er hat Helens Mutter explantiert.«

Vivien starrte sie mit offenem Mund an.

»Ich will die Wahrheit herausfinden, denn mein Vater sagt sie mir nicht«, fuhr Karoline fort. »Ich muss wissen, was damals wirklich geschehen ist, was mein Vater und seine Ärztekollegen getan haben. Meine dreizehnjährige Tochter stand neben meiner Mutter in der Küche, als der Sniper sie erschossen hat. Sie können sich vorstellen, wie es ihr geht.«

Die junge Frau nickte betroffen.

»Wenn ich herausfinde, dass es stimmt, was der Sniper geschrieben hat«, sagte Karoline und senkte nun ihrerseits die Stimme, »dann werde ich das meinem Vater niemals verzeihen. Ich werde dafür sorgen, dass er im Gefängnis landet.«

Sie holte tief Luft. Vivien Stern blickte sie unverwandt an, dann griff sie nach ihrer Tasche und zog eine abgegriffene schwarze Kladde hervor.

»Das ist Helens Notizbuch, da steht alles drin, was sie herausgefunden hat. Sie hat's immer bei mir gelassen, weil sie niemandem getraut hat. Vielleicht sollte ich es der Polizei geben, aber ich habe Angst.« Plötzlich standen Tränen in ihren Augen. »Ich … ich glaube, der Sniper ist Jens-

Uwe. Er … er war früher Arzt, und irgendwie hing er da mit drin.« Vivien kramte wieder in ihrer Tasche, bis sie eine Packung Papiertaschentücher gefunden hatte. Karoline wartete, bis sie sich die Nase geputzt hatte. »Ich hab Todesangst, seitdem er mich zusammengeschlagen hat! Der Typ ist zu allem fähig. In drei Tagen bin ich wieder in den USA, da bin ich sicher, aber bis dahin müssen Sie mir versprechen, dass Sie meinen Namen aus allem raushalten. Tun Sie das?«

Ihre Angst war nicht gespielt, das erkannte Karoline. Für sie gab es keinen Grund, Vivien Sterns Namen zu erwähnen. Oder doch? Würde der Kommissar nicht wissen wollen, woher sie das Notizbuch hatte?

»Ich will ehrlich sein«, entgegnete sie. »Wenn es für die Polizei wichtig ist, werde ich es dem Ermittlungsleiter geben und auch sagen, woher ich es habe.«

Vivien musterte sie und schluckte. Dann nickte sie langsam.

»Sie lügen mich wenigstens nicht an«, sagte sie. »Jeder andere hätte mir jetzt hoch und heilig alles versprochen.«

Sie schob die schwarze Kladde über den Tisch.

»Nehmen Sie es mit. Ich hoffe, es hilft Ihnen.« Die junge Frau blickte sie ernst an. »Vielleicht kann die Polizei damit das Schwein finden, das Helen umgebracht hat.«

Pia öffnete die Glastür, nickte dem Kollegen in der Wache zu, der sie durch die Sicherheitsschleuse ließ. Die Teambesprechung in der SoKo-Zentrale im Erdgeschoss hatte bereits begonnen. Pia setzte sich auf den freien Stuhl neben Kai. Bodenstein berichtete gerade von seinem Gespräch mit Lis Wenning. Danach war sie an der Reihe.

»Ich bin sicher, dass Hartig lügt, wenn er behauptet, er könne sich nicht mehr an irgendwelche Namen erinnern«, sagte sie.

»Für mich gibt es nur eine Erklärung dafür, dass er uns nicht helfen will: Er ist der Sniper und will das, was er sich vorgenommen hat, zu Ende führen«, erwiderte Kathrin. »Warum nehmen wir ihn nicht fest?«

»Weil wir keine Beweise gegen ihn haben«, sagte Bodenstein.

Pia wünschte, sie hätte mit der gleichen Überzeugung wie Kathrin an Hartig als Täter glauben können, aber das tat sie nicht.

»Eben habe ich mit Henning telefoniert, der wiederum mit einem Arzt gesprochen hat, der schon damals an der UKF war«, fuhr sie fort. »Der hat bestätigt, dass es bei dem Fall Kirsten Stadler nicht mit rechten Dingen zugegangen ist, aber er will nicht, dass sein Name bekannt wird.

Es gibt lauter Widersprüche, und ich habe mehr und mehr das Gefühl, dass uns niemand die ganze Wahrheit sagt! Wieso nicht?«

»Hinter den Taten des Snipers steckt ein tief verwurzelter Hass, der sich lange aufgestaut hat«, meinte Kim. »Helens Selbstmord kann dann der Auslöser gewesen sein, der Funke, der das Pulverfass gezündet hat.«

»Da stimme ich Ihnen zu.« Andreas Neff nickte und zog ein Blatt aus einer Mappe. Er machte den Eindruck, als habe er eine Menge Neuigkeiten und warte nur auf den richtigen Moment, um sie loszuwerden. »Ich habe mich übrigens mal über Dirk Stadler schlaugemacht. Beim LKA stehen uns ja alle Informationskanäle offen.«

»Angeber«, murmelte Kai.

»Stadler ist in Rostock, also in der ehemaligen DDR geboren, lebte aber nach seiner Republikflucht seit 1982 im Westen. Bauingenieur. War bei der Firma Hochtief als Projektleiter tätig und viel im Ausland. Keine Vorstrafen, aktuell vier Punkte in Flensburg. Ein Fahrzeug ist auf ihn zugelassen, ein silberner Toyota Yaris mit dem Kennzeichen MTK-XX 342. Ist seit 2004 bei der Stadt Frankfurt angestellt. Besitzt einen gültigen Schwerbehindertenausweis.«

»Sehr gut.« Bodenstein nickte anerkennend. »Haben Sie das alles überprüft?«

»Selbstverständlich! Ich habe mir auch erlaubt, Mark Thomsen zu checken. War schon etwas schwieriger, an die Informationen ranzukommen, aber ich hab so meine Connections.«

Er machte eine kurze Pause, blickte in die Runde, doch als er keinen Applaus für seine Bemühungen bekam, fuhr er fort.

»Die offizielle Version ist die, dass Thomsen den BGS im Jahr 2000 wegen eines ungünstigen psychologischen Gutachtens verlassen musste, nachdem er bei einem Einsatz zwei Menschen erschossen hat, ohne dass eine konkrete Bedrohungssituation vorlag. In Wirklichkeit wurde er suspendiert und alles andere als ehrenhaft aus dem Polizeidienst entlassen. Insgesamt hat er in seiner Zeit beim BGS übrigens siebzehn Menschen erschossen.«

Diese Tatsache untermauerte den ersten Platz, den Thomsen derzeit auf der Hitliste der Verdächtigen innehatte.

»Ich dachte mir auch, es könnte ganz interessant sein, sich mal die Bankkonten von Hartig, Stadler und Winkler anzuschauen. Und ihren E-Mail-Verkehr.«

»Dazu brauchen wir einen richterlichen Beschluss.« Bodenstein schüttelte den Kopf.

»Nicht, wenn Gefahr im Verzug ist.« Neff lächelte harmlos. »Ich habe, wie gesagt, ein paar gute Beziehungen und hab's einfach mal getan.«

»Ohne das vorher mit mir abzusprechen?«

»Sie haben genug um die Ohren. Ich wollte Sie damit nicht belasten«, erwiderte Neff. »Seien Sie doch froh, dass jemand aus Ihrem Team Eigeninitiative zeigt.«

»Ich bin aber nicht froh!«, entgegnete Bodenstein scharf. »Zwischen Eigeninitiative und Eigenmächtigkeit liegt ein himmelweiter Unterschied! Das ist ein grober Verstoß gegen die Grundrechte und zählt vor Gericht ohnehin nicht.«

»Machen Sie sich keine Sorgen.« Neff grinste. »Wir kriegen immer nachträglich noch einen Beschluss.«

Bodenstein kämpfte einen Moment mit sich. Er wusste, dass Neff recht hatte, aber diese Vorgehensweise gefiel ihm nicht. Als Ermittlungsleiter trug er die Verantwortung für alles, was seine Mitarbeiter taten. Auf der anderen Seite, das musste er sich widerwillig eingestehen, konnten Informationen über E-Mails und Telefonate in ihrer momentanen verzweifelten Lage eine wertvolle Hilfe sein. Schließlich rang er sich dazu durch, das Risiko einzugehen und Neffs Ergebnisse in die Ermittlungen mit einzubeziehen.

»Also, was haben Sie herausgefunden?«, fragte er.

Neff lächelte siegessicher und zog einen dicken Stapel Computerausdrucke aus seiner Aktentasche.

»Thomsen hat recht wenig telefoniert in den letzten Tagen und Wochen«, begann er. »Die Anschlüsse haben wir alle überprüft. Er hat ein paarmal vom Festnetz aus mit Winklers telefoniert. Ich denke, er benutzt ein Prepaid-Handy, das lässt sich leider nicht überprüfen. Gestern um 12:44 Uhr erhielt er seit langem wieder einmal einen Anruf auf dem Festnetz.«

»Stimmt«, bestätigte Pia. »Er bekam einen Anruf, als wir bei ihm waren. Und danach wirkte er plötzlich ziemlich nervös.«

»Haben Sie diese Telefonnummer zuordnen können?«, fragte Bodenstein.

»Bis jetzt leider noch nicht.« Neff schüttelte bedauernd den Kopf. »Das war eine holländische Mobilfunknummer. Auch mit E-Mails war Thomsen sparsam. Da er ja mal einer von uns war, weiß er, was wir alles können, deshalb war er sicher vorsichtig. Er besitzt nur ein einziges Konto bei einer Sparkasse mit einem Guthaben von 2644,15 Euro.

Darauf geht sein Gehalt ein und Telefon, Strom, Darlehenstilgungen für sein Haus, ein Zeitschriftenabonnement, eine private Zusatzkrankenversicherung und die Kreditkarte werden regelmäßig abgebucht. Er besitzt eine Mastercard, mit der er offenbar alles bezahlt: Sprit, Einkäufe, Kleinigkeiten. Alles ziemlich unauffällig.«

Obwohl Bodenstein nur zu gut wusste, wie viel Überwachung tatsächlich heutzutage möglich war, war er wieder einmal bestürzt, welche Details der Staat ohne großen Aufwand und in kürzester Zeit über jeden seiner Bürger ermitteln konnte.

»Interessanter wird es bei Jens-Uwe Hartig.« Neff genoss die uneingeschränkte Aufmerksamkeit aller Anwesenden sichtlich. »Er besitzt verschiedene Konten, ist aber ziemlich hoch verschuldet. Die Wohnung in Kelkheim und das Haus in Hofheim sind hoch beliehen. Seinen Laden hat er nur gemietet. Er zahlt Unterhalt an eine Exfrau in Bremen. Aber jetzt kommt's: Bis September überwies Dirk Stadler ihm jeden Monat tausend Euro mit dem Betreff ›Helen‹. Kurz nach Helens Selbstmord telefonierten Stadler und Hartig häufig, manchmal mehrfach am Tag. Hartig hat auch mit Erik Stadler telefoniert. Seit November hörten diese Gespräche aber schlagartig auf, als ob sie den Kontakt abgebrochen hätten.«

Pia blickte zu ihrem Chef hinüber und er zu ihr. Das bestätigte, was Hartig ihr vorhin erzählt hatte.

»Vor drei Tagen allerdings«, sagte Neff mit leuchtenden Augen, »am 28. Dezember, haben Stadler und Hartig von 19:45 bis 21:09 Uhr telefoniert! Über den Inhalt des Gesprächs weiß ich leider nichts, weil wir ja keine TÜ hatten.«

»Dann fragen wir Stadler doch mal, über was sie anderthalb Stunden lang gesprochen haben«, schlug Pia vor, und Bodenstein nickte.

»Ich bezweifle, dass Helen keinen Abschiedsbrief hinterlassen hat«, sagte Pia. »Vielleicht unterschlagen uns Stadler und Hartig den, weil etwas drinsteht, was ihnen unangenehm ist. Ich denke, wir müssen bei ihr ansetzen. Helen scheint der Dreh- und Angelpunkt bei allem zu sein.«

Keiner widersprach ihr. Kai begann, die Liste mit den bei der Telefon-Hotline eingegangenen Hinweisen zu analysieren. Seitdem auf der Pressekonferenz alle Details über die Morde bekanntgegeben worden waren, hatte es eine wahre Flut von Hinweisen gegeben, von denen jeder eine interne Spurennummer bekommen hatte. Allen wurde nachgegangen, und sei es nur, um sie als falsch zu identifizieren und ausschließen zu können. Acht Beamte aus den Kommissariaten Fahndung, Einbruch und Betrug waren von morgens bis abends ausschließlich damit beschäftigt, mit den Hinweisgebern zu telefonieren oder persönlich zu sprechen.

»Leider keine heiße Spur bis jetzt«, beendete Kai seinen Vortrag.

Cem und Kathrin hatten mit dem Geschäftsführer der Sicherheitsfirma, für die Thomsen arbeitete, gesprochen. Er hatte nichts Nachteiliges über seinen Mitarbeiter sagen können: Thomsen war pünktlich, zuverlässig, kam gut mit seinen Kollegen zurecht und wurde von allen Kunden hoch geschätzt. Dort, wo er im Einsatz war, hatte es nie mehr Einbrüche gegeben. Auf Cems Bitte hatte der Geschäftsführer ihm Thomsens Einsatzpläne ausgedruckt, aus denen hervorging, an welchen Objekten er eingesetzt wurde, wann er zur Arbeit erschienen und wieder gegangen war. Mehrmals pro Schicht mussten die Mitarbeiter Meldung mit Uhrzeit und Angabe ihres Standorts erstatten, die Daten wurden im Computer gespeichert. Außerdem war die gesamte Fahrzeugflotte von Topsecure mit GPS ausgerüstet, so dass jederzeit festgestellt werden konnte, wo sich welches Auto befand.

»Interessant sind die Objekte, an denen Thomsen eingesetzt wurde«, sagte Cem. »Zum Beispiel im Gewerbepark Seerose in Eschborn, wo Hürmet Schwarzer erschossen wurde. Er hatte übrigens an allen Tattagen tagsüber frei.«

»Der Hund, den ihr gestern bei Thomsen gesehen habt, gehört seinem Arbeitgeber«, fügte Kathrin hinzu. »Topsecure besitzt fünf ausgebildete Hunde, Thomsen hat Arko oft mit nach Hause genommen, niemand hatte etwas dagegen.«

»Wo ist der Hund jetzt?«, wollte Pia wissen.

»Er wurde offenbar gestern irgendwann in den Zwinger gesperrt«, erwiderte Kathrin. »Leider weiß keiner, wann genau das passiert ist, aber heute Morgen war der Hund da.«

»Das würde bedeuten, dass Thomsen noch in der Gegend ist und sich irgendwo versteckt hält«, sagte Pia.

»Konntest du eigentlich schon ins Obduktionsprotokoll von Helen Stadler schauen?«, wollte Bodenstein von Pia wissen.

»Nur oberflächlich«, erwiderte sie. »Kathrin hat sich darum gekümmert.«

»Der Zug hat nicht viel von ihr übrig gelassen«, übernahm Kathrin. »Aber sie hatte zum Zeitpunkt ihres Todes jede Menge Barbiturate im Blut.«

»Das ist ja interessant«, fand Bodenstein. »Die Lebensgefährtin von Erik Stadler sagte eben, Helen habe eine Entziehungskur gemacht, nachdem ihr Freund sie mit Beruhigungsmitteln und Antidepressiva beinahe vergiftet hätte.«

Sein Blick fiel auf Peter Ehrenberg vom Einbruch, der mit verschränkten Armen im Türrahmen lehnte und zuhörte.

»Was gibt's, Kollege?«, erkundigte er sich.

»Wir haben da was«, erwiderte Ehrenberg, der Bodenstein seit eh und je mit seiner phlegmatischen Art nervte. »Aus dem Hochhaus in Eschborn. Eine Frau behauptet, den Täter auf dem Baugerüst gesehen zu haben.«

»Wie bitte? Wann kam der Hinweis?« Bodenstein war wie elektrisiert.

»Ich glaub am Samstag.«

Es wurde ganz still in dem großen Raum, alle starrten den Mann, der zur Auswertung der Hotline-Anrufe eingeteilt war, stumm an.

»Am *Samstag*?«, fragte Bodenstein ungläubig. »Heute ist Montag! Wieso fällt euch das erst heute auf?«

»Weißt du, wie vielen Hinweisen wir nachgehen müssen?«, entgegnete Ehrenberg gekränkt. »Das Telefon klingelt wie bescheuert.«

»Hat sich denn niemand die Bänder der Überwachungskamera angeschaut? Das war doch wohl eine klare Anweisung!«

»Natürlich haben wir das getan, gleich am Freitag!«, verteidigte Ehrenberg sich. »Aber in dem Haus gibt's 312 Wohnungen, in denen Hunderte von Leuten wohnen, außerdem gehen dauernd Bauarbeiter ein und aus! Wenn man nicht weiß, wonach man suchen soll, findet man auch nichts!«

Bodenstein beherrschte nur mit äußerster Mühe seine aufsteigende Wut. Am liebsten hätte er den feisten, kleinen Mann an den Schultern gepackt und geschüttelt, aber Ehrenberg würde es fertigbringen und sich auf der Stelle krankschreiben lassen. Er griff zum Telefon und informierte Dr. Nicola Engel.

»Hier.« Ehrenberg reichte Kai mit mürrischer Miene, die sein Schuldbewusstsein nur schlecht kaschierte, einen USB-Stick. »Ab 11:33 Uhr.«

Ostermann nahm ihm schweigend den Stick ab und steckte ihn in seinen Laptop. Die anderen scharten sich um seinen Tisch und blickten gespannt auf den Monitor, auf dem nun die gläserne Eingangstür des Hochhauses erschien.

»Was hat der Zeuge genau beobachtet?«, wollte Bodenstein wissen.

»Es war eine Zeugin«, erwiderte Ehrenberg. »Sie wohnt im achten

Stock und sah ihn vor ihrem Fenster auf dem Baugerüst. Er war wohl auf dem Weg nach unten. Weil seit Monaten die Fassade renoviert wird, ist der Anblick von Bauarbeitern für die Hausbewohner normal. Er ist der Frau nur deshalb aufgefallen, weil er eine Tasche über der Schulter trug.«

Auf dem Flur näherten sich Schritte, Nicola Engel betrat den Raum.

»Eine Zeugin hat in dem Hochhaus in Eschborn eine Beobachtung gemacht und bereits am Samstag angerufen«, erklärte Bodenstein ihr und warf Ehrenberg einen vernichtenden Blick zu. »Leider ist es den Kollegen erst heute aufgefallen.«

Nicola Engel sagte nichts dazu, aber Ehrenberg lief rot an.

»Was ist auf dem Film zu sehen?«, fragte sie nur knapp.

»Moment.« Kai spulte den Film ein Stück vor. Das Filmmaterial war in Schwarzweiß und ziemlich grobkörnig. Um 11:33 Uhr betrat ein Mann das Foyer und ging zielstrebig nach rechts zu den Aufzügen. Er trug einen hellen Bauarbeiterhelm, darunter eine Kapuze und achtete darauf, sein Gesicht von der Kamera abgewandt zu halten. Über der Schulter trug er eine dunkle Sporttasche.

»Ich fasse es nicht«, zischte Bodenstein mit zusammengepressten Zähnen. Nicola Engel warf ihm einen warnenden Blick zu.

»Was hat die Zeugin sonst noch gesagt?«, erkundigte sie sich.

»Ihre Beschreibung ist zwar sehr genau, aber leider auch nicht wirklich hilfreich«, fuhr Ehrenberg fort. »Ungefähr 1,80 oder 1,85, Haare konnte die Frau nicht sehen, weil der Mann den Kragen seiner Jacke bis zur Nase hochgezogen hatte und eine Kapuze unter dem Helm trug. Handschuhe, Jeans, schwarze Jacke, weißer Helm. Er wirkte sportlich, elastisch und trug keine Sicherheitsschuhe, sondern Turnschuhe.«

Diese Beschreibung traf auf Erik Stadler ebenso wie auf Mark Thomsen und Jens-Uwe Hartig zu.

Kai versuchte, die Qualität des Bildes besser hinzubekommen.

»Wie kam der Mann ins Gebäude?«, wollte Nicola Engel wissen.

»Er hat einfach irgendwo geklingelt.« Ehrenberg zuckte die Schultern. »Vermutlich hat er sich als Paketbote ausgegeben. Außerdem wird in dem Haus seit Monaten gearbeitet. Oft stehen die Türen auf, bei fremden Leuten und Bauarbeitern schaut niemand mehr genau hin. Er muss ein paarmal dort gewesen sein, um einen Weg aufs Dach auszukundschaften und eine Ecke zu finden, wo er ungestört warten und schießen kann.«

»Gut, danke, Kollege Ehrenberg«, sagte die Kriminalrätin. »Sie können wieder zurück an die Arbeit gehen.«

»Ich hocke schon seit drei Tagen am Telefon«, murrte Ehrenberg. »Wann werden wir denn mal abgelöst?«

»Überhaupt nicht.« Nicola Engel fixierte den Mann scharf. »Jeder verfügbare Beamte im Haus arbeitet so lange, bis wir den Täter haben.«

»Aber ich …«, begann Ehrenberg.

»Sie bekommen Sonn- und Feiertagszuschläge und die Überstunden bezahlt! Was wollen Sie denn noch?«, fiel sie ihm ins Wort. »Ich erwarte in Zukunft sorgfältigere Arbeit! Ein solcher Lapsus darf nicht mehr passieren.«

Ehrenberg drehte sich kommentarlos um, allerdings nicht ohne Bodenstein einen hasserfüllten Blick zuzuwerfen, als ob der die Schuld an der ganzen Sache trüge.

»Mit dem Material können wir jetzt viel gezielter suchen«, bemerkte Pia, als er verschwunden war. »Damals beim Fall Nixe haben wir über *Aktenzeichen XY* auch den entscheidenden Hinweis bekommen. Vielleicht hat jemand den Mann gesehen, wie er in ein Auto stieg. Ein Foto regt immer das Erinnerungsvermögen an!«

»Okay«, stimmte Nicola Engel zu. »Ich werde sehen, was sich machen lässt. Stellen Sie mir alle Informationen zusammen, die Sie haben. Und, Bodenstein, wir müssen Erik Stadler aus der U-Haft entlassen, wenn wir keine neuen Beweise gegen ihn haben.«

»Seitdem er in Polizeigewahrsam ist, hat es kein neues Opfer gegeben«, gab Bodenstein zu bedenken.

»Das lässt kein Haftrichter der Welt gelten.« Dr. Engel schüttelte den Kopf.

»Dann will ich wenigstens, dass er überwacht wird«, forderte Bodenstein. »Wir haben zwar andere Verdächtige, aber er ist noch nicht ganz raus.«

»Das kriege ich durch«, versprach die Kriminalrätin und wandte sich zum Gehen. »Veranlassen Sie seine Entlassung, und halten Sie mich auf dem Laufenden.«

Dr. Peter Riegelhoff hatte sich immer noch nicht gemeldet, der Anwalt war weder in seiner Kanzlei noch zu Hause, und sein Handy war ausgeschaltet.

»Wenn uns jemand so offensichtlich aus dem Weg geht, dann hat er

Dreck am Stecken!« Bodenstein war so wütend wie selten zuvor. Mehr noch als die Tatsache, dass die Information von der Zeugin aus dem Hochhaus erst jetzt überprüft worden war, ärgerte ihn Ehrenbergs Reaktion. Jeder im Team der SoKo arbeitete mit vollster Konzentration und ganzem Einsatz, und eine einzige unmotivierte Blindschleiche wie Ehrenberg machte alle Anstrengungen zunichte. Wertvolle Zeit war verlorengegangen, Zeit, die ein Menschenleben kosten konnte! Ostermann hatte den Kollegen, die die Anrufe an der Hotline entgegennahmen und auswerteten, unmissverständliche Anweisungen gegeben: Jeder Hinweis, der auch nur im Geringsten mit einem der Tatorte in Verbindung gebracht werden konnte, hatte oberste Priorität!

»Vielleicht ist Riegelhoff in Urlaub«, vermutete Pia. »Viele Leute sind über die Feiertage weg und …«

»Fahr bitte nach Liederbach«, unterbrach Bodenstein Pia, als sie die A66 entlangfuhren. »Ich will noch mal mit Stadler senior sprechen.«

Pia setzte den Blinker und bog von der Autobahn ab. Ein paar Minuten später trafen sie Stadler dabei an, wie er gerade eine Reisetasche in den Kofferraum seines Autos lud.

»Wollen Sie verreisen?«, erkundigte Pia sich.

»Ja. Ich fahre zu meiner Schwester ins Allgäu«, antwortete Stadler. »An Silvester sollte man nicht alleine sein. Am Mittwoch bin ich zurück. Ich muss ja wieder arbeiten.«

»Geben Sie uns bitte die Adresse Ihrer Schwester und eine Handynummer, unter der wir Sie erreichen können«, bat Pia.

»Natürlich. Kommen Sie, ich schreibe sie Ihnen auf.«

Stadler schloss den Kofferraum mit einem Knall, dann hinkte er Richtung Haus. Pia und Bodenstein folgten ihm. Im Haus war es dunkel, alle Rollläden waren bereits heruntergelassen. Stadler zog die Schublade des Sideboards in der Diele auf, nahm einen Block und einen Stift heraus und notierte eine Adresse und mehrere Telefonnummern.

»Was ist mit meinem Sohn?«, wollte er wissen, als er Pia den Zettel reichte.

»Der darf heute wohl wieder nach Hause«, erwiderte Bodenstein. »Herr Stadler, wir haben eine Frage an Sie. Können Sie schießen?«

»Ich? Nein.« Dirk Stadler schüttelte mit dem Anflug eines Lächelns den Kopf. »Ich lehne Waffen ab. Ich bin Pazifist aus Überzeugung.«

»Waren Sie bei der Bundeswehr?«

»Nein.«

»Noch etwas«, sagte Pia. »Wann haben Sie das letzte Mal mit Mark Thomsen gesprochen?«

»Das ist lange her.« Stadler runzelte die Stirn und überlegte. »Zwei, drei Wochen nach Helens Beerdigung.«

»Er hat in den letzten Tagen nicht versucht, mit Ihnen Kontakt aufzunehmen?«

»Nein, hat er nicht.«

»Und was ist mit Jens-Uwe Hartig? Haben Sie in letzter Zeit mit ihm gesprochen?«

»Nein. Jens-Uwe hat nach Helens Tod den Kontakt völlig abgebrochen«, antwortete Stadler. »Ich habe in gewisser Weise auch Verständnis dafür. Unsere Verbindung war Helen.«

»Weshalb haben Sie Herrn Hartig monatlich Geld überwiesen?«, erkundigte sich Bodenstein.

»Das war ein Beitrag zum Haushaltsgeld und für Helens Studium«, erwiderte Stadler. »Offiziell wohnte sie zwar immer noch hier, aber in der Realität war sie fast dauernd bei ihm. Sie selbst verdiente ja kein Geld, und ich wollte nicht, dass Jens-Uwe für ihre Unkosten aufkommen muss, solange sie nicht verheiratet waren.«

Das klang schlüssig, Stadler hatte die Zahlungen nach Helens Tod eingestellt.

»Vielen Dank, Herr Stadler, das war's dann für heute.« Bodenstein nickte. »Gute Fahrt und einen guten Rutsch.«

»Danke, das wünsche ich Ihnen beiden auch.« Stadler lächelte. »Hoffentlich ist Ihnen heute eine ruhige Nacht vergönnt. Und wenn Sie noch irgendwelche Fragen haben, rufen Sie mich einfach an.«

Im Supermarkt herrschte Hochbetrieb. Die Leute schleppten Raketen und Silvesterböller zu ihren Autos, hamsterten Lebensmittel und Getränke, als gäbe es kein Morgen mehr. Auch bei der Bäckerei nebenan lief der Betrieb normal, Hürmet Schwarzer schien bereits vergessen. Der Geschäftsführung war der tragische Tod einer Mitarbeiterin nicht mal ein Foto mit einem Trauerflor wert, dabei war es erst drei Tage her und der Blutfleck vor dem Schuhgeschäft noch deutlich zu sehen. An ihrer Stelle verkauften jetzt andere hübsche, junge Frauen Brote, Brötchen und Gebäck, sie lächelten genauso aufgesetzt wie die schöne Hürmet. So war die Menschheit. Verdrängen und vergessen.

Er trug die Einkaufstüten zum Auto, das ziemlich weit hinten auf dem Parkplatz stand, und schaute kurz zum Hochhaus hinüber, wie das seit dem vergangenen Freitag fast jeder tat und dabei insgeheim schauderte. Die Leute sprachen noch darüber, wichen dem Blutfleck aus, neben dem ein paar Kerzen und erfrorene Blümchen standen, manche fotografierten ihn sogar – aber es berührte sie alle nicht sonderlich, weil es sie persönlich und ihre elende kleine Welt nicht betraf. Mit dummen Sprüchen wie »Das Leben muss weitergehen« beruhigten sie ihr schlechtes Gewissen, weil sie tief in ihrem Innern wussten, dass ihr fehlendes Mitgefühl, ihr Egoismus und ihre Sensationsgier widerlich waren. Er schaute in die Gesichter der Leute und sah rücksichtslose Tiere, die nur an sich, an ihr Fressen und daran dachten, sich fortzupflanzen, als ob ihre Gene das wert wären. Er konnte die Menschen immer schlechter ertragen, war froh, dass er ihnen entrinnen konnte und auf keinen von ihnen angewiesen war.

Die Einkaufstüten und die Kiste Mineralwasser verstaute er im Kofferraum, dann fuhr er unter der Autobahn hindurch nach Sossenheim, in das Viertel mit den hässlichen Wohnblöcken. Seine Garage war eine von über 250 anderen, die in lange Reihen nebeneinandergebaut standen. Immer zwanzig Blechtore auf der linken und zwanzig auf der rechten Seite. Hier interessierte sich kein Schwein für den anderen. Er hielt vor dem Tor mit der Nummer 117 in der vierten Reihe, stieg aus, öffnete es und zog die Handschuhe an, bevor er das andere Auto rückwärts hinausfuhr. Den Motor ließ er laufen, damit die Heizung ansprang. Dann fuhr er sein Auto hinein, lud die Einkäufe um und schloss das Tor wieder. Diese Prozedur war zwar immer ein wenig umständlich, aber sie war sicher. Seitdem die Polizei an die Öffentlichkeit gegangen war und die Zeitungen, das Radio und das Fernsehen täglich über ihn berichteten, musste er noch vorsichtiger sein als vorher, denn er hatte noch einiges zu tun. Den Gedanken, sich über diesen Journalisten an die Öffentlichkeit zu wenden, um seine Beweggründe preiszugeben, hatte er verworfen. Es würde wohl doch alles erst bei einem Prozess gegen ihn herauskommen, aber bis dahin hatte er alles geordnet. Nur gut, dass er dieses Haus, diesen Rückzugsort hatte! Er fuhr auf die A66 und schaute auf die Uhr im Tacho, als er am Main-Taunus-Zentrum auf die B8 abbog. 13:48 Uhr. Noch zehn Stunden. Dann würde Nummer fünf sterben.

»Ich war nicht joggen, aber ich … ich konnte Ihnen nicht sagen, was ich gemacht habe. Lis hätte mich sofort verlassen.« Nach drei Tagen Untersuchungshaft sah Erik Stadler ziemlich mitgenommen aus.

»Waren Sie bei einer anderen Frau?«, fragte Pia.

»Nein!« Stadler senkte den Kopf. »Ich … ich bin mit einem Freund auf den Rohbau der EZB geklettert und … heruntergesprungen.«

Bodenstein und Pia starrten ihn sprachlos an.

»Warum, in Gottes Namen, haben Sie das nicht früher gesagt?« Bodenstein gewann als Erster seine Fassung zurück. »Wir haben Sie für einen Mörder gehalten! Vor allen Dingen aber haben wir Zeit mit Ihnen vergeudet! Zeit, die uns vielleicht dem Killer auf die Spur gebracht hätte!«

Er war stinksauer.

»Es tut mir leid«, erwiderte Stadler beschämt. »Ich habe nur an mich gedacht. Wir hatten die Aktion monatelang geplant.«

»So etwas ist doch lebensgefährlich!« Pia konnte es noch immer nicht fassen.

»Ich hab keine Angst vor dem Tod«, antwortete Stadler. Jetzt, wo es heraus war, wirkte er erleichtert. »Viel schlimmer wäre für mich ein langweiliges Leben.«

Bodenstein seufzte und rieb erschöpft sein Gesicht. So etwas hatte er noch nie erlebt! Da ließ jemand lieber seine Geschäfte schleifen und sich des Mordes bezichtigen, als ein Vergehen einzugestehen, das im Vergleich wahrhaftig läppisch war! Pia hatte mit ihrer Intuition recht behalten. Wie damals Professor Kaltensee und Markus Nowak hatte Erik Stadler völlig andere Beweggründe für sein verdächtiges Verhalten gehabt!

»Sie können gehen«, sagte Bodenstein deprimiert.

»Zeigen Sie mich nicht an?«

»Nein.« Er schob Stadler einen Block und einen Stift hin. »Geben Sie uns bitte den Namen Ihres … Ihres lebensmüden Freundes. Und dann verschwinden Sie, bevor ich es mir anders überlege.«

»Ach, noch eins«, sagte Pia. »Worüber haben Sie am Freitag mit Jens-Uwe Hartig gesprochen?«

»Mit Jens-Uwe?« Stadler blickte überrascht von dem Schreibblock hoch.

»Ja. Mit dem Verlobten Ihrer Schwester.«

»Ich habe seit Monaten nichts von ihm gehört«, erwiderte Stadler. »Hier, das ist die Nummer von meinem Kumpel.«

»Sie haben am vergangenen Freitag von 19:45 Uhr bis 21:09 Uhr mit Hartig telefoniert«, beharrte Pia. »Weshalb?«

»Ich schwöre Ihnen, das habe ich nicht!«, widersprach Stadler. »Ich habe zum letzten Mal auf Helens Beerdigung mit ihm gesprochen!«

Da dämmerte Bodenstein etwas. Er stand abrupt auf, riss die Tür auf und ging hinaus auf den Flur. Pia klaubte den Block vom Tisch, nickte

Stadler zu und rannte ihrem Chef nach. Auf der Treppe in den ersten Stock holte sie ihn ein.

»Was ist denn?«, fragte sie atemlos.

Bodenstein antwortete nicht. Mit grimmiger Miene bog er nach links ab und riss die Tür des Besprechungsraumes auf. Ostermann, Neff, Kim und Kathrin blickten erstaunt auf.

»Neff!«, schnauzte Bodenstein. »Mit wem hat Jens-Uwe Hartig am vergangenen Freitagabend telefoniert?«

»Äh … Moment …« Napoleon wühlte hektisch in seinen Unterlagen. »Ich hab's gleich … Sekunde!«

»Beeilen Sie sich!«, knurrte Bodenstein böse. Zwischen seinen Augenbrauen hatte sich eine steile Falte gebildet, ein Zeichen dafür, dass er ernsthaft wütend war.

»Da! Ah ja!« Neff lächelte unsicher. »Von 19:45 Uhr bis 21:09 Uhr hat Herr Hartig mit Dirk Stadler telefoniert.«

»Mit *Dirk* Stadler?«, vergewisserte Bodenstein sich.

»Ja, das sagte ich doch.«

»Das haben Sie heute Mittag allerdings nicht explizit gesagt.« Bodenstein war nahe davor, die Beherrschung zu verlieren. »Packen Sie Ihre Sachen und verlassen Sie dieses Büro, Neff! Ich habe die Nase voll von Ihren ungenauen Arbeitsmethoden und Ihrer mangelnden Sorgfalt!«

»Aber …«, begann Neff, und dieses Wort war genau der Tropfen, der das Fass zum Überlaufen brachte.

»Kein verdammtes ›Aber‹! Wenn ich etwas sage, dann meine ich es auch so!«, brüllte Bodenstein unvermittelt los. »Verschwinden Sie! Auf der Stelle! Und geben Sie Ihren Gästeausweis unten an der Wache ab! Ich will Sie hier nicht mehr sehen!«

Er machte auf dem Absatz kehrt, knallte die Tür hinter sich zu und ließ sein Team verblüfft zurück. Neff packte mit hochrotem Gesicht und zusammengepressten Lippen seine Aktentasche, stand auf, ergriff seine Jacke und verließ den Raum, ohne einen Ton zu sagen.

»Goodbye, Napoleon«, murmelte Kai. »Bitte komm nie wieder, nie wieder zurück!«

»Wow, so wild hab ich den Chef ja noch nie erlebt«, flüsterte Kathrin, dann fing sie an zu grinsen. »Leute, dieser Rausschmiss ist keine Flasche, sondern eine ganze Kiste Sekt wert! Was bin ich froh, dass wir dieses schleimige Subjekt los sind!«

Ihr Vater war nicht zu Hause, als sie am frühen Nachmittag das Haus in Oberursel betrat. Seit ihrem Streit schien er ihr aus dem Weg zu gehen, und das war ihr nur recht. Um vier Uhr hatte Karoline einen Termin mit Irina, der russischen Putzfrau ihrer Mutter, mit der sie besprechen wollte, wie es hier weitergehen sollte. Früher war sie zweimal pro Woche gekommen, um das Gröbste zu erledigen, alles andere hatte Mama selbst gemacht. Aber jetzt brauchte ihr Vater jemanden, der sich auch um seine Wäsche kümmerte und für ihn kochte. Während sie auf die Frau wartete, sah sie die Post durch, die ihr Vater wie üblich in die Silberschale auf der Anrichte im Foyer gelegt hatte. Das, was ihn interessierte, hatte er wohl mit in sein Arbeitszimmer genommen, die vielen Kondolenzschreiben lagen hingegen sämtlich ungeöffnet auf einem Stapel. Darunter war auch ein offener Umschlag mit einem Schreiben vom Standesamt Oberursel, in dem stand, dass die Leiche von Mama zur Bestattung freigegeben sei. Nicht einmal das war ihrem Vater einen Anruf bei ihr wert gewesen, dachte sie verärgert. Er kümmerte sich wie üblich um nichts. Sie durchsuchte die Silberschale und fand die Karte des Bestattungsunternehmens, das Mama abgeholt und in die Gerichtsmedizin gebracht hatte. Außerdem fiel ihr die Visitenkarte des Kommissars in die Hände, die ihr Vater genauso achtlos weggelegt hatte wie die Post. Karoline rief bei dem Bestatter an, erteilte den Auftrag, sich um die Beerdigung ihrer Mutter und alle Formalitäten zu kümmern und versprach, den Bescheid des Standesamts zu faxen. Gleich darauf klingelte Irina, die in Tränen ausbrach, kaum dass Karoline ihr guten Tag gesagt hatte. Nach einer halben Stunde hatte sie alles geklärt und schrieb ihrem Vater einen Zettel, um ihn darüber zu informieren, dass Irina künftig jeden zweiten Tag von 9 Uhr bis 12 Uhr käme. Falls ihm das nicht recht sei, solle er die Putzfrau anrufen und alles selbst regeln.

Karoline setzte sich an den Esstisch, an dem sie so oft mit ihrer Mutter gesessen hatte, und öffnete die Kondolenzschreiben. Sobald der Termin für die Beerdigung feststand, musste sie die Adressen für den Versand der Todesanzeige heraussuchen, die der Bestatter für sie entwerfen würde. Sie musste sich für einen passenden Spruch entscheiden und ein Gespräch mit dem Pfarrer führen, ein Lokal für den Leichenschmaus mieten und damit anfangen, Mama in allen Vereinen und Organisationen, bei denen sie sich engagiert hatte, abzumelden. Ihre Augen brannten und ihr Rücken tat weh, trotzdem gönnte sie sich keine Pause. Sie hatte sich seit Tagen eine Aufgabe nach der anderen aufgeladen, nur das hielt sie überhaupt noch aufrecht. Ihre Suche nach der Wahrheit in der Vergangenheit ihres Vaters hatte etwas Verzweifeltes, dessen war sie sich bewusst, aber wahrscheinlich war diese Mission der einzige Grund, warum sie noch nicht den Verstand verloren hatte oder zusammengeklappt war.

Vor den Fenstern war bereits die Dunkelheit hereingebrochen. In ein paar Stunden begann das neue Jahr. Noch war genug Zeit, sich ins Auto zu setzen und zu Greta zu fahren. Vier Stunden brauchte sie höchstens. Erst in diesem Moment fiel ihr wieder das Notizbuch ein, das Vivien Stern ihr heute Vormittag gegeben hatte. Karoline stand auf und machte Licht. Sie nahm das Notizbuch aus ihrer Tasche und begann neugierig zu blättern. Es handelte sich um eine Art Kurztagebuch, Helen Stadler hatte Tag für Tag offenbar jede Belanglosigkeit notiert, die ihr durch den Kopf gegangen war. Vivien Stern hatte einen etwas ausgeflippten Eindruck auf Karoline gemacht, aber ihre Angst war echt gewesen, trotzdem war sie sich nicht sicher, was sie von der Behauptung, Helen Stadler sei umgebracht worden, halten sollte. Ab März änderte sich der Stil der Eintragungen. Karoline versuchte, aus den Daten, Zahlen, Namen und kryptischen Kürzeln, deren Zusammenhänge sich ihr nicht wirklich erschlossen, schlau zu werden. Doch dann stieß sie auf Namen, die ihr bekannt waren, und sie verspürte ein aufgeregtes Flattern in ihrem Innern. War Helen derselben Sache auf der Spur gewesen, auf die sie selbst gestoßen war? Die junge Frau hatte sich nicht gescheut, direkt mit den Männern zu sprechen, die sie für schuldig am Tod ihrer Mutter gehalten hatte. Professor Ulrich Hausmann, Dr. Hans Furtwängler, Fritz Gehrke – Professor Dieter Rudolf! Karoline schluckte. Helen Stadler hatte sich am 7. Juni mit ihm getroffen! Warum? Was hatte sie von ihm wissen wollen? Hatte er ihr eine Antwort gegeben? Sie blätterte rasch weiter, überflog die Seiten nur noch, aber dann erstarrte sie.

»Oh mein Gott!«, murmelte sie, als sie begriff, was die Namen, die Helen Stadler notiert hatte, bedeuteten.

Plötzlich wurde ihr bewusst, wie spät es schon war. Ihr Vater konnte jeden Moment nach Hause kommen, und ihm wollte sie heute Abend auf gar keinen Fall mehr begegnen. Sie würde den Kommissar von zu Hause aus anrufen. Eilig packte sie das Notizbuch wieder in ihre Tasche, legte den Zettel, den sie für ihren Vater geschrieben hatte, auf den Esstisch, löschte das Licht und verließ das Haus.

Bodenstein musste vor der Bahnschranke in Kelkheim halten und nutzte die Gelegenheit, auf sein Smartphone zu schauen, das bereits vor einer Weile einen Signalton von sich gegeben hatte. Inka hatte ihm eine SMS geschickt – und außerdem war eine E-Mail eingegangen! Er zuckte zusammen, als er den Namen des Absenders las: Der.Richter@gmail.com! War das ein übler Scherz, oder nahm der Sniper auf diese Weise direkt mit ihm Kontakt auf? Sein Name war seit der Pressekonferenz als der des leitenden Ermittlers überall in der Presse, und es war keine Kunst, an seine E-Mail-Adresse zu gelangen! Verdammt! Die Mail war schon vor einer halben Stunde gekommen, er hatte es in seinem Zorn über Neffs Fauxpas gar nicht bemerkt! Nachdem ihm der Kragen geplatzt war und er den Kerl rausgeworfen hatte, hatte er sofort versucht, Dirk Stadler anzurufen, aber dessen Handy war ausgeschaltet, auch bei seiner Schwester hatte sich niemand gemeldet. Nach zwölf Tagen unter Hochspannung lagen allmählich auch seine Nerven blank. Hastig öffnete Bodenstein die Mail und die angehängte Datei.

»Großer Gott!«, stieß er hervor. Adrenalin flutete durch seinen Körper. Er bemerkte nicht, dass die Schranken mittlerweile hochgegangen waren, bis jemand hinter ihm ungeduldig hupte. Eilig fuhr er an, setzte den Blinker und bog auf den Parkplatz der Kelkheimer Polizeistation ein, die sich nur fünfzig Meter weiter auf der linken Straßenseite befand. Von dort aus rief er Pia an. Vereinzelt krachten schon Silvesterböller. Die ganze Welt würde heute ausgelassen feiern, aber irgendwo gab es einen Menschen, der in dieser letzten Nacht des Jahres sterben würde, wenn er es nicht verhindern konnte.

»Der Richter hat sich bei mir gemeldet, diesmal per E-Mail. Hör zu«, sagte er, als Pia sich meldete. *»Heute Nacht wird Nummer 5 sterben. Jetzt dauert es nicht mehr lange, bis die ganze Wahrheit offenbar wird.«*

»Wir müssen sofort diesen Riegelhoff finden«, erwiderte Pia. Kein Wort des Unmuts darüber, dass Arbeit auf sie zukam. »Vielleicht bringen wir ihn zum Reden. Er ist wohl der Einzige, der alle Beteiligten von damals kennt.«

»Und Professor Rudolf«, entgegnete Bodenstein. »Ich bin gerade bei den Kollegen in Kelkheim. Ich schicke eine Streife zu ihm. Übrigens konnte ich Dirk Stadler nicht erreichen, weder mobil noch bei seiner Schwester.«

»Es ist Silvester«, gab Pia zu bedenken. »Und ich glaube kaum, dass Rudolf ausgerechnet heute mit irgendetwas herausrückt.«

»Wenn er es nicht tut, lasse ich ihn aufs Kommissariat bringen.« Bodenstein stand vor der Tür der Polizeistation. »Wir müssen mit ihm sprechen. Ich komme bei dir vorbei und hole dich ab.«

Er beendete das Gespräch und las Inkas SMS.

Sorry, hatte sie geschrieben, *Notfall in Usingen. Komme später!*

Habe auch einen Notfall, schrieb er zurück. *Melde mich. Falls wir uns nicht sehen – guten Rutsch!*

Dann steckte er das Handy weg und betrat die Wache der Polizeistation.

Pia hatte nach Bodensteins Anruf rasch Pferde und Hunde gefüttert und versucht, Kim anzurufen. Ihre Schwester meldete sich nicht, deshalb schickte sie ihr eine SMS hinterher. Dann ging sie durch die Dunkelheit die Auffahrt zwischen Koppeln und Reitplatz entlang und dachte an Christoph, bei dem es jetzt erst halb zwölf mittags war. Dieser vertrackte Fall frustrierte sie. Am liebsten würde sie alle Verdächtigen beschatten und ihre Telefone abhören lassen, aber es gab nicht genug Personal, und die zuständigen Frankfurter Richter waren für ihre Zurückhaltung bekannt, wenn es um die Genehmigung einer TÜ ging. Dazu hielt Bodenstein immer ausgesprochen pingelig die Vorschriften ein, sie selbst wäre an seiner Stelle großzügiger gewesen, gerade wenn es eine Chance gab, etwas Wichtiges zu erfahren. Als Neff heute Mittag zugegeben hatte, eigenmächtig und halblegal Nachforschungen angestellt zu haben, war ihr Chef alles andere als glücklich darüber gewesen. Es schien die erste wirklich brauchbare Aktion dieses eingebildeten Schnösels gewesen zu sein, doch dann hatte er alles verdorben, weil er genauso schlampig und unkonzentriert war wie Ehrenberg, der den wohl wichtigsten Hinweis seit Beginn der Ermittlungen übersehen hatte. Kein Wunder, dass Bodenstein seine Beherrschung verloren hatte. Sie alle waren mittlerweile am Limit, was Kraft und Nerven anging.

Pia öffnete das große Tor und schloss es hinter sich wieder. Über ihr rauschte der Verkehr auf der Autobahn, es war stockdunkel und schweinekalt. Sie hatte Verständnis für die Reaktion ihres Chefs. Die Ohnmacht, zu der sie verurteilt waren, fraß irgendwann das letzte bisschen Geduld auf. Am unerfreulichsten war jedoch, dass die Geschäftsleitung der UKF derart mauerte! Nach mittlerweile vier Toten schien man dort noch immer nicht den Ernst und die Dringlichkeit der Lage begreifen zu wollen, oder – und das schien ihr mittlerweile wahrscheinlicher – man hatte Angst, dass irgendetwas herauskommen konnte, was bisher sorgfältig vertuscht worden war.

Ein Auto kam unter der Autobahnbrücke hervor, das Paar Scheinwerfer kam rasch näher und hatte sie Sekunden später erreicht.

»Riegelhoff ist zu Hause und wartet auf uns.« Bodenstein legte den Rückwärtsgang ein und stieß in den Feldweg, um zu wenden. »Aber ich habe sicherheitshalber Kollegen zu ihm geschickt, damit er es sich nicht doch noch anders überlegt.«

»Wieso hat er uns nicht zurückgerufen?« Pia schnallte sich an.

»Das werden wir ihn fragen.« Bodenstein war sauer und angespannt. Das Auto holperte über die Bahngleise.

»Warum kündigt der Richter plötzlich seine Taten an?«, fragte Pia. »Was soll das?«

»Keine Ahnung«, erwiderte Bodenstein und fuhr auf die A66 Richtung Frankfurt. »Vielleicht will er uns ärgern, mit uns Katz und Maus spielen, um uns zu zeigen, was für Idioten wir sind. Am meisten ärgert mich, dass Faber offenbar hinter unserem Rücken selbst irgendwelche Nachforschungen angestellt hat, obwohl ich ihn mehrfach gebeten habe, das nicht zu tun! Ich bin stinksauer!«

Pia schwieg. In einer solchen Gewitterstimmung hatte sie ihren Chef in all den Jahren ihrer Zusammenarbeit noch nie erlebt. Vermutlich beschäftigte ihn außerdem etwas anderes, etwas Privates, das ihn belastete und gereizt stimmte.

Hier war zwar alles etwas weniger komfortabel als zu Hause, aber das störte ihn nicht. Da es keine Spülmaschine gab, spülte er die beiden Töpfe, den Teller und das Besteck mit der Hand. Er spülte gerne. Es war eine befriedigende Arbeit, wie Fenster putzen und Rasen mähen. Man sah das Ergebnis sofort und konnte dabei abschalten und nachdenken. Er mochte das Häuschen, die Einfachheit, die Beschränkung auf das Notwendige. Er kostete die Zeit, die er hier verbringen konnte, intensiv aus. Bald würde er es mit einer Gefängniszelle tauschen müssen, das war ihm in jeder Sekunde bewusst. Er räumte das saubere Geschirr und das Besteck weg, wischte das zerkratzte Spülbecken mit einem Mikrofasertuch aus. Der Ofen bullerte, es war so warm, dass er im T-Shirt herumlaufen konnte. Hier war es ruhig, es gab keine Nachbarn, die ihn störten, keinen, der etwas von ihm wollte. Und vor allen Dingen hatte er Helens Unterlagen hier. Immer wenn ihm ein winziger Zweifel an der Richtigkeit seines Tuns kam, musste er nur das alles lesen, dann war sein Zorn wieder wach und heiß, der Drang nach Rache, nach Strafe und Vergeltung. So wie das Mädchen hatte leiden müssen, so sollten auch sie leiden. Der Tod wäre für jeden von ihnen zu gnädig gewesen. Sie sollten dasselbe durchmachen wie Helen, dieselbe Hilflosigkeit und Verzweiflung erleiden, bis ans Ende ihres Lebens und darüber hinaus sollten sie verdammt sein! Er warf einen Blick auf die Uhr. 19:42. Allmählich musste er sich fertigmachen. Er zog sich sorgfältig an, denn die Nacht war kalt, und er wusste nicht, wie lange er würde warten müssen. Eine lange Unterhose, die schwarze Jeans, darüber die Thermohose, auch schwarz und ohne Reflektoren. Darüber der schwarze Polar-Fleece-Pullover und die schwarze Kapuzenjacke. Drei Paar Socken, damit die Billigturnschuhe, die er sich extra eine Nummer größer gekauft hatte, passten. Handschuhe, Mütze. Ernsthafte Sorgen, dass die Polizei darauf kommen könnte, wer sein nächstes Opfer sein würde, machte er sich nicht, denn woher sollten sie die Namen auf der Liste kennen? Seine Mail war als reine Provokation gedacht. Sie waren ihm zwar näher gekommen, aber er hatte noch immer einen sicheren Vorsprung.

Das Gewehr lag bereits im Auto. Für die Fahrt brauchte er ungefähr dreißig Minuten, die Strecke war er schon ein paarmal abgefahren. Das Auto war vollgetankt. Das Wetter sollte heute Nacht stabil blieben. Vielleicht würde es ein bisschen nieseln, aber es war nicht windig. Überall in Europa würden sie in ein paar Stunden das neue Jahr feiern, für Millionen von Euro Feuerwerk in den Nachthimmel schießen. Und das passte ihm sehr gut.

Sie bog nach links in die Oberhöchstädter Straße ein, als ihr Smartphone einen Signalton von sich gab. Mit einer Hand am Steuer rief Karoline die eingegangene E-Mail ab. Sie stammte von Konstantin Faber und war ausgesprochen unfreundlich.

Hallo, Frau Albrecht, wie kommen Sie dazu, Informationen, die ich Ihnen im Vertrauen überlassen habe, an Dritte weiterzugeben? Die Polizei rief mich heute an und beschuldigte mich, eine der Todesanzeigen weitergegeben zu haben, denn Friedrich Gehrke, der Vater von Opfer Nr. 3 hat sich das Leben genommen, und bei ihm wurde die Anzeige gefunden!

Ein lautes Hupen ertönte, und sie bemerkte, dass sie auf die Gegenfahrbahn geraten war. Rasch zog sie das Steuer nach rechts, dann setzte sie den linken Blinker, um an der Ampel in die Füllerstraße abzubiegen. Ihr war plötzlich speiübel. Was hatte sie da nur angerichtet? Fritz Gehrke hatte sich umgebracht! Das durfte doch nicht wahr sein! Und sie war schuld daran, weil sie ihm diese Todesanzeige gegeben hatte! Aber er hatte so besonnen gewirkt, ja, er schien ihr dankbar gewesen zu sein, weil er endlich verstanden hatte, warum sein Sohn hatte sterben müssen. Die Abbiegerampel sprang auf Grün, und sie gab Gas. Ihre Gedanken rasten. Sie fuhr auf die Landstraße, die hoch zur B455 führte, und überlegte. Ob sie den Kommissar am Silvesterabend um acht Uhr noch stören konnte? Wo hatte sie seine Visitenkarte hingetan? Mit einer Hand durchwühlte sie ihre Tasche auf dem Beifahrersitz, dann leerte sie sie aus und knipste die Innenraumbeleuchtung an. Da war sie! Nein, das war die Karte des Bestatters. Aber sie hatte doch … Irgendetwas huschte durch den Scheinwerferkegel, und Karoline merkte erschrocken, dass sie zu schnell fuhr, viel zu schnell! Sie bremste heftig, und der Porsche begann auf der regennassen Fahrbahn zu schlingern. Mit quietschenden Reifen schlitterte er in eine Kurve, sie riss das Lenkrad scharf nach rechts. Das Heck scherte aus, sie spürte einen dumpfen Schlag an der Hinterachse – der Bordstein vom Waldparkplatz.

»Scheiße!«, fluchte sie. Das Lenkrad wurde ihr vom Aufprall aus den Händen gerissen, sie knallte mit der Schläfe hart gegen die Seitenscheibe, und für ein paar entsetzliche Sekundenbruchteile fühlte sie sich schwerelos. Dann krachte das Auto seitlich auf den nassen Asphalt, drehte sich wie ein Kreisel, rutschte immer weiter über das Bankett und pflügte eine Schneise in das Unterholz des Waldes. Das Geräusch von berstendem Metall fuhr ihr durch Mark und Bein, krachend splitterte Holz unter dem Gewicht des Autos, bis es schließlich irgendwo liegen blieb. Plötzlich war es stockdunkel und völlig still bis auf das leise Knacken des Motors. Karoline hing benommen im Sicherheitsgurt und spürte noch, wie ihr etwas Warmes über das Gesicht lief. Dann verlor sie das Bewusstsein.

Riegelhoffs Haus, eine hübsche kleine Villa, lag in der Waldfriedstraße, direkt am Stadtwald. Auf dem Bürgersteig davor parkte ein Streifenwagen, die Kollegen aus Frankfurt waren also bereits da.

»Es ist eine Frechheit, uns hier festzuhalten!«, schnaubte der Anwalt, ein kräftiger Mittfünfziger mit grauem Haar und einer geröteten knolligen Nase, als Bodenstein und Pia das Haus betraten. Er trug unter einem Kaschmirmantel Smoking mit Fliege, seine Frau ein elegantes bodenlanges Kleid und ein mit Pelz eingefasstes Cape über den Schultern. »Wir haben eine Einladung und müssen los!«

Damit kam er Bodenstein gerade recht.

»Hätten Sie mich zurückgerufen, dann hätten Sie uns allen das erspart, und wir würden auch irgendwo feiern«, entgegnete er kühl und ebenso grußlos. »Vor allen Dingen wüssten wir dann vielleicht, wen der Sniper heute Nacht erschießen will, und könnten ihn schützen.«

»Ich weiß nicht, worauf Sie anspielen, aber …«, begann Riegelhoff, doch Bodenstein fuhr ihm über den Mund.

»Wir erklären es Ihnen«, sagte er. »Und wenn wir jetzt keine brauchbaren Auskünfte von Ihnen bekommen, dann verbringen Sie den Jahreswechsel in einer Zelle, das kann ich Ihnen versprechen.«

Riegelhoff funkelte Bodenstein wütend an, begriff aber wohl den Ernst der Lage und lenkte ein.

»Zehn Minuten, Schatz«, sagte er zu seiner Frau, die nur gleichmütig die Schultern zuckte, dann nickte er Bodenstein und Pia zu. »Kommen Sie bitte.«

Er zog seinen Mantel aus, warf ihn über das Treppengeländer und führte sie in sein Arbeitszimmer. Pia berichtete in knappen Worten von der Kontaktaufnahme des Snipers und der Vermutung, dass er sich an Leuten rächte, die seiner Meinung nach den Tod von Kirsten Stadler verursacht oder billigend in Kauf genommen hatten.

»Wie kann ich Ihnen da helfen?«, fragte Riegelhoff, wohl immer noch in der Hoffnung, die Sache schnell über die Bühne bringen und zu seiner Feier verschwinden zu können.

»Sie haben vor zehn Jahren die UKF in einem Rechtsstreit gegen Dirk Stadler vertreten«, übernahm nun wieder Bodenstein. »Sie wissen also, wer noch in die Angelegenheit Kirsten Stadler involviert war, Sie kennen Namen. Der Sniper hat angekündigt, dass er heute Nacht einen fünften Menschen erschießen wird. Und auch das wird höchstwahrscheinlich wieder ein Unbeteiligter sein.«

»Vielleicht stehen Sie selbst ja auch auf seiner Liste«, fügte Pia hinzu. »Dann würde es Ihre Frau treffen. Oder Ihre Kinder.«

»Schlechter Scherz!« Riegelhoff lächelte schmallippig.

»Das ist kein Scherz«, erwiderte Bodenstein ernst. »Er hat die Mutter einer Frau erschossen, die damals den Kindern von Kirsten Stadler nicht geholfen hat, als sie ihre Mutter bewusstlos im Feld fanden. Und die Frau des Rettungswagenfahrers, weil der an diesem Tag noch Restalkohol hatte und den Rettungswagen in den Straßengraben setzte. Weitere Opfer waren die Ehefrau von Professor Rudolf und der Sohn von Friedrich Gehrke, der das Herz von Frau Stadler erhalten hatte. Sie kannten Herrn Gehrke, Sie haben am Samstag versucht, ihn zurückzurufen.«

Riegelhoff wurde blass. Seine Finger spielten nervös an einem seiner Manschettenknöpfe.

»Was heißt, ich *kannte* ihn?«, fragte er beunruhigt.

»Er hat sich vorgestern das Leben genommen«, sagte Pia.

»Oh … das … das wusste ich nicht.« Riegelhoff wirkte betroffen, aber Pia entging nicht das winzige Flackern in seinen Augen. War das Erleichterung? Wie seltsam.

»Was kann Fritz Gehrke von Ihnen gewollt haben? Warum hat er Unterlagen verbrannt, bevor er sich umgebracht hat?«

»Ich weiß es leider nicht«, antwortete Riegelhoff glatt. »Er hat nur seinen Namen und seine Telefonnummer auf den Anrufbeantworter gesprochen und um Rückruf gebeten. Ich war ziemlich erstaunt, denn ich hatte bestimmt acht Jahre lang nichts von ihm gehört.«

»Dann ging es wohl um die Sache von damals«, vermutete Bodenstein. »Was hatte Gehrke damit zu tun?«

Riegelhoff zögerte. Vor dem Haus knallte es, und der Anwalt zuckte erschrocken zusammen. Er versuchte, seine Nervosität mit einer flapsigen Bemerkung zu überspielen.

»Ihre Horrorgeschichte zeigt Wirkung«, sagte er und lachte unsicher.

Da reichte es Pia. Sie hatten keine Zeit mehr für Taktiererei und Ausweichmanöver.

»Herr Dr. Riegelhoff, die Lage ist todernst!«, sagte sie nachdrücklich. »Wir wollen die Leute schützen, die die nächsten Opfer auf der Liste des Snipers sein könnten. Sie können uns helfen! Nennen Sie uns Namen von Ärzten und Verantwortlichen bei der UKF aus dem Jahr 2002. Es ist uns völlig egal, was Sie mit der Sache zu tun hatten, aber heute Nacht soll jemand sterben, und *Sie* können das möglicherweise verhindern! Verstehen Sie das? Wollen Sie schuld daran sein, dass ein Mensch stirbt?«

Riegelhoff überlegte, dann gab er sich einen Ruck.

»Ich habe die Unterlagen im Archiv in meiner Kanzlei«, sagte er. »Wir können hinfahren.«

»Dann lassen Sie uns das sofort tun.« Bodenstein nickte entschlossen. »Ihre Frau sollte uns begleiten. Wir können nämlich tatsächlich nicht ausschließen, dass der Sniper auch Sie im Visier hat.«

Es war dunkel. Und kalt. Die Ahnung von Schmerz pochte dumpf in ihrem Körper, doch sie spürte nichts außer einem schrecklichen Druck im Kopf. Begriff nichts. Wo war sie? Was war passiert? Weshalb roch es so nach Benzin? Da war ein Licht, das sie blendete, und sie schloss wieder die Augen.

»Hallo? Hallo!« Eine fremde Stimme. Helligkeit. »Hallo! Können Sie mich hören? Der Notarzt ist unterwegs.«

Notarzt?

»Hallo! Wach bleiben!« Jemand tätschelte unsanft ihre Wange.

Das musste ein Traum sein.

»Gehen Sie weg«, murmelte sie benommen.

»Sie kommt zu sich«, sagte eine Männerstimme.

Karoline vernahm ein Martinshorn, dann noch eins. Sie öffnete mühsam die Augen. Blaulichter zuckten. Es war taghell. Aber es war doch Abend! Silvesterabend! Sie wollte Greta anrufen und ihr ein gutes neues Jahr wünschen! Greta. Mama.

Ein metallisches Krachen direkt an ihrem Ohr, kalte Luft.

»Mir ist kalt«, sagte sie.

»Gleich nicht mehr«, erwiderte die Männerstimme. »Wir holen Sie da raus. Tut Ihnen irgendetwas weh?«

»Mein Kopf. Ein bisschen. Und mein Arm. Was ist passiert?« Karoline blinzelte in das helle Licht, erkannte eine Polizeiuniform.

»Sie hatten einen Unfall.« Der Beamte war noch jung, höchstens Mitte zwanzig. »Können Sie sich nicht daran erinnern?«

»Doch. Da war … da war ein Tier auf der Straße. Ich … ich musste bremsen«, flüsterte Karoline. Andere Männer kamen. Orangefarbene Jacken, dunkelblaue Overalls. Notarzt. Feuerwehrleute.

Man befreite sie von dem Sicherheitsgurt, der sie vor Schlimmerem bewahrt hatte, und zog sie vorsichtig aus dem Wrack des Porsche auf eine Trage.

»Ich kann schon alleine laufen«, protestierte sie matt.

»Ja, ja«, hieß es nur. Man legte ihr eine Halskrause um, und Karoline erhaschte einen Blick auf die Szenerie, bevor sie in den Rettungswagen geladen wurde. Die Straße war gesperrt. Polizei. Feuerwehr. Ein knallgelber Abschleppwagen kam in diesem Moment. Im Notarztwagen war es hell, man hatte sie festgeschnallt und ihr einen Tropf gelegt, gegen den Schock. Der Notarzt fragte sie nach ihrem Namen und ihrer Adresse, nach dem heutigen Datum und dem Wochentag, und er schien zufrieden, als sie alles ohne zu zögern und richtig beantwortete.

Wieso bloß hatte sie das Tier erst so spät gesehen? Warum war sie zu schnell gefahren? Da fiel es ihr wieder ein. Sie hatte nach der Visitenkarte des Kommissars gesucht! Aber weshalb?

»Ich brauche meine Tasche und mein Handy«, bat sie den jüngeren der beiden Rettungsassistenten, der zugänglicher wirkte als sein älterer Kollege. »Das müsste beides in meinem Auto sein.«

»Ich schau mal, ob ich dran komme«, versprach er ihr und verschwand aus ihrem Blickfeld. Wenig später kehrte er zurück und hielt zu ihrer Erleichterung ihre braune Bottega-Veneta-Tasche hoch.

»Das Handy hab ich auch gefunden und reingesteckt«, sagte er und nahm auf dem Notsitz neben ihr Platz. Die Türen knallten zu, und das Fahrzeug setzte sich in Bewegung.

»Danke. Und das Portemonnaie und der Schlüsselbund?«

Der junge Mann kramte in ihrer Tasche herum und nickte.

»Ist beides drin«, bestätigte er, und sie schloss beruhigt die Augen. »Wir fahren Sie jetzt ins Krankenhaus nach Bad Homburg. Soll irgendjemand benachrichtigt werden?«

»Nein, vielen Dank.« Karoline bemühte sich um ein Lächeln. »Das mache ich später selbst.«

Sie überließ sich dem Schaukeln des Wagens, hörte das Martinshorn und versuchte im Geiste die Route nachzuvollziehen, die sie fuhren. Zum Glück schien sie nicht schlimm verletzt zu sein. Und jetzt war es auch egal, dass sie vergessen hatte, einzukaufen.

Es ging nichts über eine sorgfältige Planung. Der Rohbau war ein absolut perfekter Hinterhalt mit einem idealen Fluchtweg, das hatte er zweimal gründlich überprüft. Sein Auto hatte er vorne an der HEM-Tankstelle geparkt, direkt am Kreisel, über den man in ein paar Minuten auf die A5 gelangte. Sollte es brenzlig werden, konnte er von dort aus aber auch durch die Felder nach Weiterstadt fahren oder durch das Gewerbegebiet nach Büttelborn und zur A67. Ringsum nur Wiesen und Brachland, bis auf die drei neu gebauten Häuser. Er hatte eine bequeme Position gefunden, statt des Zweibeins benutzte er zwei Mörtelsäcke, die überdies einen guten Sichtschutz boten. Es war erst Viertel nach neun. Jede Menge Zeit. Er schraubte im Liegen das Kahlesglas auf das Gewehr und schaute hindurch. Eine wunderbare Optik! Er blickte in das hell erleuchtete Haus hinein, sah die Hausherrin mit einer anderen Frau in der offenen Küche stehen. Sie redeten und lachten. Vor ihrem Haus stand ein Auto mit Groß-Gerauer Kennzeichen, deshalb hatte er sich schon gedacht, dass sie Gäste eingeladen hatten. Das machte aber nichts. Die Kinder saßen im Wohnzimmer vor dem Fernseher, eins auf dem Boden, das andere lümmelte auf der schwarzen Ledercouch herum. Hübsche Kinder. Ein Junge, ein Mädchen. Den Hausherrn sah er im ersten Stock, zusammen mit einem anderen Mann. Wahrscheinlich zeigte er ihm gerade stolz sein neues Haus. Sie waren ja erst vor ein paar Wochen eingezogen. Zum Glück! Wären sie noch in ihrer alten Wohnung in einem Mehrfamilienhaus, dann hätte er weitaus größere Probleme gehabt, eine geeignete Schussposition zu finden. Natürlich hätte er den Mann auch woanders erledigen können – im Auto, auf dem Weg zur Arbeit, auf dem Parkplatz –, aber er wollte es ja genau so. Vor ihren Augen. Vor den Augen ihrer Kinder. Sie sollten sehen, wie ihr Vater starb, sie sollten genauso hilflos, schockiert und verzweifelt sein wie Helen! Sie sollten diesen Anblick nie mehr vergessen, ihr Leben lang nicht.

Es war kurz nach neun, als sie die Anwaltskanzlei im westlichen Nordend erreicht hatten. Sie stiegen aus. Die Streifenpolizisten, die hinter ihnen hergefahren waren, folgten ihnen. Riegelhoff brauchte eine Weile, bis er die Einlasskarte gefunden und durch das Lesegerät an der gläsernen Eingangstür gezogen hatte, so sehr zitterten ihm die Hände. Bei jedem Böller fuhr er zusammen. Bodenstein und Pia tauschten einen vielsagenden Blick.

Die renommierte Anwaltssozietät HR&F Partner, bei der Riegelhoff einer der Seniorpartner war, befand sich in den obersten vier Stockwerken eines modernen Bürogebäudes an der Eschersheimer Landstraße. Das Archiv nahm die Hälfte eines ganzen Stockwerks ein, und Riegelhoff war eindeutig nicht mit dem Ablagesystem vertraut, denn es dauerte eine geschlagene Dreiviertelstunde, bis er die dreiundzwanzig Aktenordner, die die Klage von Stadler gegen die UKF füllten, endlich gefunden hatte.

In seinem Büro, einer Art Penthouse mit gläsernem Dach und einer umlaufenden Dachterrasse, machte Riegelhoff sich an die Arbeit. Seine Frau zeigte unterdessen den beiden Polizisten Toiletten und Kaffeeküche und setzte sich dann hinter den Schreibtisch ihres Mannes.

»Geh bitte raus, wenn du rauchen willst«, sagte der Anwalt ohne aufzublicken, als er das Klicken eines Feuerzeugs vernahm.

»Hach«, machte seine Frau und stand auf. Der Taft ihres Kleides raschelte, sie schob eine der bodentiefen Fenstertüren auf, und ein eisiger Lufthauch wirbelte herein. Pia beobachtete, wie Frau Riegelhoff rauchend und telefonierend vor den Fenstern hin und her ging, eine schöne Frau, die sich keinen Deut um das scherte, was ihren Mann beschäftigte und die nur die Party im Sinn hatte, die ihr zu entgehen drohte.

»Warum hatte Herr Stadler nur einen einzigen Ordner über die ganze Sache?«, fragte Bodenstein.

»Sein Anwalt wird ein paar mehr gehabt haben«, erwiderte Riegelhoff, »aber tatsächlich hat die Klägerseite nicht sämtliche Unterlagen bekommen. Es gab gewisse interne Protokolle, die Stadlers nie gesehen haben.«

»Warum nicht?« Pia war verwundert.

»Weil tatsächlich etwas schiefgelaufen ist«, räumte Riegelhoff ein. »Es gab ein Fehlverhalten auf Seiten der Ärzteschaft. Deshalb hatte die Klinik großes Interesse daran, einen außergerichtlichen Vergleich mit den Klägern zu schließen. Ein Prozess hätte zu einem Skandal geführt, der einen massiven Vertrauensverlust und einen großen wirtschaftlichen Schaden für die UKF zur Folge gehabt hätte.«

»Weshalb haben Sie das nicht eher gesagt?« Bodenstein hob verärgert die Augenbrauen. Jeder, mit dem er bisher im Verlauf der Ermittlungen gesprochen hatte, rückte mit der Wahrheit nur scheibchenweise heraus!

»Weil die UKF ein Mandant von uns ist, und zwar ein wichtiger«, erklärte Riegelhoff. »Wahrscheinlich bekomme ich einen Riesenärger, weil ich Ihnen Akteneinsicht gewähre, aber ich will nicht schuld am Tod eines Menschen sein.«

Hatte er plötzlich sein Gewissen entdeckt, oder fügte er sich einfach dem Unvermeidlichen bei dieser Wahl zwischen Pest und Cholera?

»Wie viel Geld haben die Stadlers bei dem außergerichtlichen Vergleich erhalten?«, wollte Pia wissen.

»50 000 Euro«, antwortete der Anwalt. »Aber soweit ich weiß, hat die Familie Stadler von Herrn Gehrke noch mehr Geld bekommen.«

»Wieso denn das?«, fragten Bodenstein und Pia wie aus einem Mund.

»Das entzieht sich leider meiner Kenntnis. Aber sie waren damit zufrieden und haben ihre Klage zurückgezogen«, sagte Riegelhoff und blätterte einen zweiten Ordner durch. »Der Rest war für mich nicht mehr wichtig.«

Das Klingeln von Bodensteins Handy zerriss die Stille. Er reichte die Blätter an Pia weiter und ging dran.

»Bodenstein«, meldete er sich knapp.

»Hier … hier ist Karoline Albrecht«, antwortete zu seiner Überraschung eine Frauenstimme. »Ich bin die Tochter von … von Professor Rudolf. Entschuldigen Sie bitte, dass ich so spät noch störe.«

»Ich weiß, wer Sie sind«, sagte Bodenstein. »Gut, dass Sie sich melden. Ich habe mit Ihnen nämlich noch ein Hühnchen zu rupfen.«

»Herr Gehrke, ich weiß. Es tut mir leid. Ich konnte nicht ahnen, dass so etwas passieren würde«, erwiderte Frau Albrecht etwas undeutlich. Sie nuschelte, als hätte sie schon ein paar Gläser Sekt intus. »Aber ich rufe aus einem anderen Grund an. Ich habe das Notizbuch von Helen Stadler, und ich denke, da steht etwas drin, was für Sie sehr wichtig ist, nämlich eine Todesliste.«

»Eine *Todesliste*?«, vergewisserte sich Bodenstein. »Was soll das bedeuten?«

»Eine Liste mit Namen. Sie fängt mit Ingeborg Rohleder an. Dann kommt der Name meiner Mutter, danach der Sohn von Fritz Gehrke und noch ein paar Namen mehr, die mir aber nichts sagten. Ach ja, Dr. Burmeister und Dr. Janning stehen auch drauf.«

Bodenstein verschlug es kurz die Sprache.

»Außerdem habe ich gehört, Helen habe keinen Selbstmord begangen«, sagte Frau Albrecht, »sondern sie sei umgebracht worden, und zwar von ihrem Freund.«

»Wo ist dieses Notizbuch jetzt?«

»Ich weiß es leider nicht.«

»Ich denke, Sie haben es?«

Ein paar Sekunden war es am anderen Ende der Leitung totenstill, und Bodenstein fürchtete schon, Karoline Albrecht habe aufgelegt.

»Da gibt es ein kleines Problem. Ich hatte einen Unfall und bin jetzt in Bad Homburg im Krankenhaus. Das Notizbuch ist aber wohl noch in meinem Auto, und wohin das gebracht wurde, weiß ich leider nicht.«

»Wo ist der Unfall passiert?« Bodenstein hatte sich rasch gefangen. Über die Wache ließ sich alles Weitere herausfinden. Sie nannte ihm den Unfallort, Kennzeichen und Fahrzeugtyp und beschrieb das Notizbuch. Bodenstein bedankte sich und beendete das Gespräch, nur um sofort eine andere Nummer zu wählen.

»Bodenstein vom K11«, meldete er sich. »Ich muss wissen, wohin ein Unfallfahrzeug gebracht worden ist.«

Pia warf ihm einen fragenden Blick zu.

»Der Unfall muss sich kürzlich ereignet haben, auf der K772 zwischen Oberursel und der B455. Ein schwarzer Porsche mit dem Kennzeichen F-AP 341. Ja, danke, ich bleib dran.«

»Was ist los?«, formte Pia lautlos mit den Lippen, aber Bodenstein bedeutete ihr mit einer Geste, sich zu gedulden. Er ging unruhig in dem großen Büro auf und ab, bis sich der KvD wieder meldete.

»Das Fahrzeug ist von H&K abtransportiert worden«, sagte er. »Üblicherweise stellen die Unfallwagen bei sich auf dem Firmengelände ab, bis ein Sachverständiger kommt.«

»Sehr gut. Das heißt, wo ist das Fahrzeug dann jetzt?«

Der Kollege nannte ihm die Adresse des Abschleppdienstes, und Bodenstein wandte sich an die beiden uniformierten Kollegen, die auf einem Sofa in einer Ecke des großen Büros saßen und Kaffee schlürften. Er schickte sie mit dem Auftrag, in Karoline Albrechts Porsche nach einem Notizbuch zu suchen und es ihm auf schnellstem Wege zu bringen, nach Höchst. Die beiden nickten und verschwanden, froh, etwas zu tun zu haben. Dann setzte Bodenstein leise Pia über das, was er soeben erfahren hatte, in Kenntnis.

Riegelhoff wandte sich zu ihnen um.

»Ich habe gefunden, wonach ich gesucht habe«, verkündete er und entnahm einem der Ordner ein paar Blätter. »Das ist das OP-Protokoll der Organexplantation. Hier stehen die Namen aller Beteiligten drauf.«

Pia ging zu ihm hin und nahm ihm die Papiere aus der Hand. Sie setzte sich an den Tisch und begann zu lesen.

»Professor Rudolf, Dr. Simon Burmeister, Dr. Arthur Janning und – *Jens-Uwe Hartig*!« Pia schnappte ungläubig nach Luft. »Chef, guck dir das mal an! Hartig wird hier als einer der Chirurgen bei der Organexplantation von Kirsten Stadler aufgeführt! Warum hat er uns angelogen?«

Sie schob Bodenstein den Ordner hin.

»Kai hat doch über ihn recherchiert! Wieso ist ihm nicht aufgefallen, dass Hartig bei der UKF angestellt war?«

»Wahrscheinlich deshalb, weil wir bis heute auf Antworten von der UKF warten«, knurrte Bodenstein. »Ich rufe Hartig an und frage ihn.«

Er tippte auf Hartigs Nummer, die er auf seinem Telefon gespeichert hatte. Hartig meldete sich nicht.

Pia notierte unterdessen sämtliche Namen und verlangte von Riegelhoff, auch die anderen Ordner sehen zu dürfen.

»Nehmen Sie alle mit, wenn Sie wollen.« Der Anwalt zuckte die Schultern, warf erst einen Blick auf seine Uhr und dann auf seine noch immer telefonierende Frau auf der Dachterrasse. »Ich hoffe, es hilft Ihnen weiter.«

»Es sind viel zu viele!« Pia blickte etwas hilflos auf ihre Liste, die immer länger wurde. »Und ich wette, in den Ordnern finden wir noch zwanzig Namen mehr! Wozu waren insgesamt zwölf Ärzte nötig?«

»Es handelte sich um eine Multiorgantransplantation«, sagte der Anwalt. »Dabei muss es schnell gehen. Manchmal arbeiten fünf oder sechs Teams parallel an einer Lei… äh … an einem Spender.«

»Er kann sie doch unmöglich *alle* töten wollen!« Pia starrte auf die Namen.

»Vielleicht kannst du dir die Arbeit sparen, wenn die Kollegen dieses Notizbuch finden«, sagte Bodenstein und blickte auf seine Uhr.

»Da verlasse ich mich lieber nicht drauf«, entgegnete Pia. Ihr fiel etwas ein, und sie blickte Riegelhoff an. »Stadler ging es mit seiner Klage nicht um die Organentnahme als solche, sondern um die Art und Weise, wie man mit seiner Frau umgegangen ist, nicht wahr?«

Riegelhoff nickte.

»Wir müssen uns also auf die Entscheider konzentrieren«, sagte Pia. »Auf die zum Beispiel, die Joachim Winkler falsch informiert haben. Wer ist in einem Krankenhaus für so etwas zuständig? Wer spricht mit den Angehörigen von Patienten? Machen das die Ärzte?«

»Auch«, erwiderte Riegelhoff. »Aber in einer großen Klinik wie der UKF haben sie psychologisch geschultes Personal für solche Fälle und Leute, die solche Organtransplantationen organisieren und koordinieren.«

»Wer war das im Fall von Kirsten Stadler?«

»Ich weiß es nicht mehr genau.« Riegelhoff zog wahllos einen nächsten Ordner zu sich heran und schlug ihn auf.

»Das dauert zu lange! Es ist gleich halb elf. Die Zeit läuft uns davon!« Bodenstein schüttelte den Kopf. »Ich rufe Professor Rudolf an. Er wird sich hoffentlich daran erinnern.«

Er ging ans andere Ende des großen Büros und wählte Rudolfs Nummer. Diesmal hatte er mehr Glück.

»Lassen Sie mich endlich in Ruhe!«, sagte der Professor, als Bodenstein seinen Namen genannt hatte. »Respektieren Sie gefälligst meine Trauer!«

»Das tue ich«, erwiderte Bodenstein. »Derjenige, der Ihre Frau erschossen hat, hat angekündigt, heute Nacht wieder einen Menschen zu töten. Wir wissen mittlerweile, dass diese Morde im Zusammenhang mit Ereignissen in der UKF von vor zehn Jahren stehen. Im Moment sind wir in der Kanzlei, die damals die UKF gegen Herrn Stadler vertreten hat, und wir sind schon auf einige Namen gestoßen. Mit wem von der Klinik hatten Stadlers zu tun, wie hieß zum Beispiel derjenige, der für die Koordination der Organentnahme zuständig war?«

Am anderen Ende der Leitung herrschte Schweigen.

»Herr Professor, bitte!«, bat Bodenstein eindringlich. »Helfen Sie uns! Verhindern Sie, dass noch ein Mensch sterben muss!«

Rudolf legte wortlos auf.

»So ein Mistkerl!«, fluchte Bodenstein. »Jetzt reicht's mir!«

»Was willst du tun?«

Bodenstein wählte erneut.

»Ich lasse ihn aufs Kommissariat bringen«, erwiderte er. »Er darf sich nicht schon wieder vor seiner Verantwortung drücken.«

Er veranlasste die Abholung von Professor Dieter P. Rudolf, dann steckte er sein Handy weg und musterte Riegelhoff unfreundlich.

»Ist Ihnen mittlerweile eingefallen, was Fritz Gehrke von Ihnen gewollt haben könnte?«, fragte er scharf.

»Nein«, erwiderte Riegelhoff und schlug die Augen nieder.

»Hoffentlich bereuen Sie das eines Tages nicht«, sagte Bodenstein kühl.

»Was sollte ich bereuen?«, fragte der Anwalt.

»Dass Sie uns gerade etwas Entscheidendes verschweigen.« Bodenstein drehte sich um. »Wir gehen. Die Akten nehmen wir mit.«

»Und was ist mit uns?«, wollte Riegelhoff wissen.

»Sie können jetzt feiern gehen«, entgegnete Bodenstein.

»Aber wenn es der Sniper auf uns abgesehen hat? Kriegen wir wenigstens Polizeischutz?«

»Tut mir leid, das geht leider nicht.« Bodenstein schüttelte den Kopf. »Wären Sie von Anfang an kooperativer gewesen, dann säße er vielleicht heute schon hinter Schloss und Riegel. So müssen Sie leider mit dem Risiko leben.«

Sie hatten gegessen, Tafelspitz mit Kartoffeln und Grüner Soße. Jetzt saßen sie am Tisch im Esszimmer und tranken kalifornischen Rotwein, einen Cabernet Sauvignon aus dem Napa Valley von 2010.

Er konnte das Etikett lesen.

Er konnte auf ihre Teller schauen, in ihre Gesichter, auf die Hinterköpfe der Freunde, die mit dem Rücken zur Fensterfront saßen und ständig Händchen hielten.

Er sah jedes Detail. Die Frau hatte ein bisschen zu viel getrunken, ihre Wangen waren gerötet, und sie lachte viel. Immer wieder schaute sie ihren Mann verliebt an, und er sie. Diese Harmonie, dieses Glück – früher hätte ihn das vielleicht berührt. Früher. Als er selbst wie der Mann in dem Haus gewesen war. Als er noch eine Familie hatte. Träume. Eine Zukunft.

Wortfetzen drangen an sein Ohr, Gelächter. Die Kinder schauten irgendeinen Zeichentrickfilm, über den sie sich sehr amüsierten. Eine Idylle. Eine glückliche Familie in ihrem neuen Heim, die nach dieser Nacht keine Familie mehr und nie wieder glücklich sein würde.

Jetzt standen sie auf. Es war kurz nach elf.

Die Frauen räumten den Tisch ab, die Männer verschwanden in der Garage und kamen mit Feuerwerkskram zurück. Die Kinder sprangen auf, hüpften aufgeregt herum. Er hörte ihre hellen Stimmchen.

Die Männer gingen hinaus auf die Terrasse, bereiteten das Feuerwerk vor, steckten Raketen in leere Flaschen, tranken Bier, lachten. Sie hatten keine Ahnung, dass nur fünfzig Meter entfernt der Tod wartete.

Der Tod, den er bringen würde.

Er war der Tod.

Das Erste, was Pia auffiel, war die Handschrift. Es war dieselbe saubere Jungmädchenschrift, in der das Beschattungsprotokoll geschrieben worden war, das sie im Haus von Mark Thomsen gefunden hatten. Pia hatte das Blatt so oft angeschaut, dass ihr gewisse graphologische Merkmale sofort ins Auge fielen: Statt eines i-Punkts machte die Verfasserin Kringel, und die Schrift hatte eine starke Rechtsneigung, wie das bei Linkshändern oft vorkam. Fieberhaft blätterte sie das schwarze Büchlein durch. Nach was sollte sie suchen? Es ging um Namen, aber wo war diese Liste, die Karoline Albrecht erwähnt hatte?

Pia saß auf dem Beifahrersitz des Dienstwagens, während Bodenstein mit Hilfe der beiden uniformierten Kollegen, die in Rekordzeit mit Blaulicht und Martinshorn aus Höchst zurückgekommen waren und ihm das Notizbuch übergeben hatten, die Aktenordner aus Riegelhoffs Büro holte und im Kofferraum seines Dienstwagens verstaute. Ihr Chef hatte einen kurzen Blick in das schwarze Buch geworfen und gleich an sie weitergereicht.

»Die Schrift kann ich bei dieser suboptimalen Beleuchtung selbst mit Brille nicht entziffern«, hatte er gesagt. »Deine Augen sind noch jünger.«

»Unwesentlich«, hatte sie erwidert und sich seine Lesebrille geliehen.

Mark Thomsen blieb verschwunden, Dirk Stadler hatte sich nicht zurückgemeldet, und nun schien sich auch Jens-Uwe Hartig in die Riege der wie vom Erdboden Verschluckten eingereiht zu haben. Sein Haus, seine Wohnung und sein Laden wurden überwacht, bisher vergeblich.

In dem Moment, als Bodenstein den Kofferraum zuschlug, fand Pia die Seite. Sie sprang aus dem Auto.

»Ich hab's gefunden!«, rief sie aufgeregt. »Frau Albrecht hat recht! Sie hat eine richtige Todesliste aufgestellt, hör zu!«

Eilig las sie Bodenstein die Namen vor, die Helen Stadler durchnummeriert und fein säuberlich untereinandergeschrieben hatte.

1. Renate Rohleder (Mutter, Hund)
2. Dieter Paul Rudolf (Frau, Tochter, Enkel)
3. Patrick Schwarzer (Frau)
4. Fritz Gehrke (Sohn)
5. Bettina Kaspar-Hesse (Mann, Kinder)
6. Simon Burmeister
7. Ulrich Hausmann (Tochter)
8. Arthur Janning (Frau, Sohn)
9. Jens-Uwe Hartig (?)

»Sie hat sogar die Adressen vermerkt!«, rief Pia. Sie bebte vor Aufregung am ganzen Körper.

Das war es! Das war der Durchbruch!

»Helen Stadler hat alle Leute, die sie für den Tod ihrer Mutter verantwortlich gemacht hat, akribisch ausspioniert! Und nun führt jemand für sie aus, was sie geplant hatte! Ich verstehe nur nicht, wieso auch Hartigs Name mit auf der Liste steht!«

»Darüber können wir uns später Gedanken machen.« Bodenstein öffnete die Fahrertür und griff nach dem Funkgerät. »Wenn der Sniper sich an diese Reihenfolge hält, dann hat das nächste Opfer etwas mit Bettina Kaspar-Hesse zu tun. Gib mir ihre Adresse.«

»Sterngasse 118 in Griesheim«, erwiderte Pia.

Bodenstein rief in der Zentrale an, gab die Informationen durch, wiederholte den Namen der Frau zwei Mal.

»Griesheim bei Frankfurt oder bei Darmstadt?«, fragte er Pia.

»Keine Ahnung, das steht hier nicht!«, rief sie. »Die sollen halt überprüfen, wo es diese Straße gibt!«

Sie versuchte, Kai anzurufen, und hatte Glück, ihn zu erreichen.

»In Griesheim bei Frankfurt gibt's keine Sterngasse«, sagte einer der uniformierten Kollegen gerade. »Das wüsste ich nach zehn Jahren Streife in Frankfurt.«

»Nein, nicht Offenbach!«, sprach Bodenstein gleichzeitig mit vor Ungeduld vibrierender Stimme ins Funkgerät. »*Stern*gasse, nicht Steingasse, Herrgott noch mal!«

»Ich hab Kai dran!«, rief Pia ihrem Chef zu. »Er ist noch im Büro und kümmert sich drum!«

»Wenn ihr es endlich rausgefunden habt, dann schickt jemanden hin und ruft am besten vorher dort an! Die Leute sollen auf der Stelle alle Lichter ausmachen und in den Keller gehen, bis wir dort sind!« Er beendete das Gespräch. »Steig ein, Pia! Vielleicht schaffen wir es noch rechtzeitig!«

Zwanzig vor zwölf. Der Mann und sein Kumpel hatten alle Raketen und das Feuerwerk aufgebaut, die Frau öffnete im Haus den Sekt. Durch die weit geöffneten Terrassentüren konnte er das Ploppen des Korkens hören. Der Fernseher quäkte, die Übertragung der Silvesterparty vom Brandenburger Tor.

Der Countdown lief.

Die Kinder rannten aufgeregt durchs Haus, sie hatten sich ihre Jacken angezogen. Der Freund ging hinein, vielleicht, um den Frauen mit dem Sekt zu helfen.

Der Mann stand auf der Terrasse, eine Hand in der Jackentasche, in der anderen hielt er eine Bierflasche. Er nahm einen Schluck, legte den Kopf in den Nacken und schaute in den klaren Nachthimmel, an dem die eine oder andere verfrühte Rakete explodierte. Was mochte er wohl denken? Wahrscheinlich etwas Schönes. Er war stolz auf sein Haus, er hatte einen wunderbaren Abend, er war guter Laune in den letzten Minuten seines Lebens. Ja, er würde zweifellos glücklich sterben.

Im Haus klingelte das Telefon.

»Wer kann denn das jetzt wohl sein?«, rief die Frau.

»Geh halt ran! Wahrscheinlich deine Eltern!«, antwortete der Mann und grinste.

Er drehte sich um, schaute genau zu ihm herüber.

Ob er ihn sehen konnte, hier, im Rohbau, hinter den Zementsäcken?

Das Telefonklingeln brach ab.

Er schaute nicht mehr nach links oder rechts.

Er legte den Finger auf den Abzug.

Er hatte das Gesicht des Mannes ganz nah vor sich, sah jede Pore.
»Ralf!«, rief die Frau, ihre Stimme klang schrill. »Ralf! Komm rein!«
Er atmete tief ein und aus.
Er krümmte den Finger und zog den Abzug durch.

Dienstag, 1. Januar 2013

Die Nachricht erreichte Bodenstein just in dem Moment, als er die A5 bei Griesheim verließ und heftig bremsen musste, um in der Baustelle nicht von der Spur abzukommen.

»Ihr hattet recht, Chef.« Kai Ostermanns Stimme klang deprimiert. »Frau Kaspar-Hesse war das nächste Ziel. Er hat ihren Ehemann erschossen. Die Kollegen aus Darmstadt waren zwar elf Minuten, nachdem sie informiert wurden, vor Ort, aber leider stimmte die Adresse nicht mehr. Hesses sind vor einem Monat umgezogen und wohnen jetzt in der Tauberstraße 18. Die Kollegen haben noch angerufen, aber es war zu spät.«

»Scheiße!«, schrie Bodenstein so unbeherrscht, wie Pia es noch nie erlebt hatte, und hieb mit der flachen Hand aufs Lenkrad. »Verdammt, verdammt, verdammt!«

»Obwohl sofort die ganze Gegend abgesperrt wurde, scheint ihm die Flucht gelungen zu sein«, fuhr Kai fort. »Wo seid ihr jetzt?«

»In fünf Minuten sind wir da«, antwortete Pia und änderte rasch die Zieladresse im Navi.

Die Anspannung der letzten Stunden verwandelte sich in tiefe Enttäuschung. Alle Anstrengungen, alle Hoffnungen, alles umsonst! Wieder war der Sniper ihnen eine Nasenlänge voraus gewesen.

»Was ist mit einem Hubschrauber?«, rief Bodenstein.

»Es ist Silvester, Chef«, erinnerte Kai ihn. »Da gibt's wegen des Feuerwerks keine Genehmigung für Niedrigflüge.«

»Okay, wir melden uns später«, sagte Bodenstein wieder einigermaßen gefasst. »Falls du Kröger erreichst, schick ihn doch bitte nach Griesheim, auch auf das Risiko hin, dass die Kollegen beleidigt sind.«

»Mach ich«, antwortete Kai. »Ach ja, trotz allem: ein gutes neues Jahr euch beiden.«

»Danke. Für dich auch, Kai«, sagte Pia müde.

Als Bodenstein am Ortseingang von Griesheim auf den Nordring abbog, stiegen die ersten Raketen in den Nachthimmel auf und explodierten in farbenprächtigen Lichtkaskaden, doch als sie das Waldstück zwischen der A67 und der Stadt umfahren hatten, ging das Feuerwerk richtig los. Hinter dem scharfen Knick, den die Straße an dieser Stelle machte, erreichten sie die erste Sperrung. Bodenstein ließ das Fenster herunter, präsentierte den Kollegen seinen Dienstausweis und durfte durchfahren.

Am Kreisel nahm er die dritte Ausfahrt in die Elbestraße, von der links mehrere Stichstraßen zum Waldrand abgingen. Die Tauberstraße war die vierte Straße in einem Neubaugebiet, in dem bisher nur einzelne Häuser zwischen unbebauten Grundstücken standen, und es war nicht zu übersehen, in welchem Haus sich die Tragödie ereignet hatte. Ihnen bot sich das Bild, das ihnen von jedem Tat- oder Leichenfundort zur Genüge bekannt war: Notarzt, Rettungswagen und Einsatzfahrzeuge der Polizei mit stumm blinkenden Blaulichtern. Bodenstein ließ das Auto vor der letzten Absperrung stehen, sie gingen die letzten Meter zu Fuß die nur provisorisch asphaltierte Straße entlang. Die kalte Luft roch nach Schwarzpulver. Ein Leichenwagen rollte an ihnen vorbei, und vorne an der Straße sammelten sich die ersten Schaulustigen.

Es bestand nicht der geringste Zweifel daran, dass dieser Mord auf das Konto des »Taunus-Snipers« ging, und Hauptkommissar Helmut Möller aus Darmstadt, der normalerweise nichts mit Mordsachen zu tun und in dieser Nacht unglücklicherweise Bereitschaft hatte, war heilfroh, Bodenstein den Fall überlassen zu können. Er klärte sie über die Lage auf und war damit einverstanden, dass Bodenstein seine eigenen Spurensicherer kommen ließ.

»Grauenhaft«, sagte er immer wieder. »Einfach grauenhaft. So was hab ich noch nicht gesehen. Vor den Augen seiner Kinder und seiner Frau erschossen worden.«

Pias Handy klingelte. Christoph! Sie ging ein Stück zur Seite und nahm das Gespräch an.

»Frohes neues Jahr, mein Schatz!«, rief er gutgelaunt. »Ist bei euch wieder mal das Handynetz zusammengebrochen?«

»Christoph!«, sagte Pia. »Dir auch ein frohes neues Jahr. Ich bin leider gerade im Einsatz. Gerade hat es wieder einen Snipermord gegeben. Darf ich dich später zurückrufen?«

»Oh Gott, du Arme!«, erwiderte Christoph voller Mitgefühl. »Ich habe gehofft, du sitzt mit Kim gemütlich zu Hause und trinkst Schampus. Klar, melde dich später. Ich denk an dich!«

»Und ich an dich. Ich vermisse dich!«

Pia stieß einen tiefen Seufzer aus, wappnete sich innerlich gegen alles, was in den nächsten Stunden auf sie zukam, und folgte ihrem Chef in das Haus. Wieder erwarteten sie verständnisloses Entsetzen, Schmerz, abgrundtiefe Verzweiflung, Schreie, Tränen. Das alles konnte sie kaum noch ertragen. Bodenstein ging es ebenso nahe wie ihr, das sah sie an den tiefen Furchen, die sich in den letzten Tagen in sein Gesicht gegraben hatten. Niemand war unbegrenzt belastbar, und nicht umsonst gab es psychologische Unterstützung für Ersthelfer und Polizisten, denn das seelische Leid der Angehörigen ging selbst an den Erfahrensten und Abgebrühtesten unter ihnen nicht spurlos vorbei.

Ein greller Scheinwerfer, der oben unter dem Dachfirst angebracht war und auf einen Bewegungsmelder reagierte, tauchte die Leiche von Ralf Hesse in gleißendes Licht. Der Mann lag auf der Terrasse vor einer weißen Mauer, und sein Anblick war wirklich grauenhaft. Blut, Hirn und Knochensplitter waren bis an die Hauswand gespritzt, der Schuss hatte ihn von vorne direkt ins Gesicht getroffen, und die austretende Kugel hatte ihm den halben Kopf weggerissen.

Pia blickte sich um. Sie sah die Raketen in den leeren Weinflaschen, die in der Erde des noch nicht angelegten Gartens steckten, eine zerbrochene Bierflasche auf den Terrakottafliesen. Hinter dem angrenzenden unbebauten Grundstück stand der Rohbau einer Doppelhaushälfte.

»Er muss aus dem Rohbau da drüben geschossen haben«, vermutete sie. Bodenstein reagierte nicht. Er stand stumm da, die Hände in den Manteltaschen, die Schultern hochgezogen, die Lippen zu einem schmalen Strich zusammengepresst und starrte auf den Toten zu seinen Füßen.

»Was treibt jemanden dazu, fünf Menschen auf diese Art hinzurichten?«, fragte er. »Mord und Totschlag im Affekt kann ich bis zu einem gewissen Grad nachvollziehen, aber das hier … Dieses planmäßige, wohlkalkulierte Töten kennt man doch sonst nur von Terroristen, die ideologisch verblendet sind.«

Er hob den Kopf. Sein Blick flackerte.

»Es ist mir immer gelungen, innere Distanz zu wahren. Aber diesmal kann ich das nicht mehr. Diesmal nehme ich das, was dieses Schwein tut, persönlich. Er verhöhnt uns mit dieser Mail! Wenn wir ihn zu fassen kriegen, dann gnade ihm Gott!«

Pia drückte seinen Arm. Sie wusste, was in ihm vorging, empfand dieselbe zornige Hilflosigkeit wie er.

»Lass uns mit der Frau sprechen«, sagte sie und dachte voller Grauen an den Tag im Juli vor zwei Jahren. Niemals würde sie diese alles verschlingende Angst vergessen, als sie die toten Hunde in der Einfahrt und

Christoph blutend auf dem Küchenboden gefunden hatte und feststellen musste, dass Christophs Enkeltochter Lilly entführt worden war. Für sie hatte es ein Happy End gegeben, zumindest was Christoph und Lilly betraf, aber Bettina Kaspar-Hesse würde ihren Mann nie mehr in die Arme schließen, nie wieder neben ihm einschlafen und aufwachen können.

»Ja.« Bodenstein nickte entschlossen. »Bringen wir es hinter uns.«

Sie betraten das Haus durch die offene Terrassentür. Der Fernseher lief noch, Menschen feierten ausgelassen das neue Jahr vor dem Brandenburger Tor. Bodenstein nahm die Fernbedienung vom Tisch und schaltete das Gerät ab. Der Esstisch war noch nicht ganz abgeräumt, in der Küche stapelte sich schmutziges Geschirr, die Spülmaschine stand offen. Auf einem Tablett standen vier Sektgläser und eine geöffnete Champagnerflasche.

Ein dunkelhaariger Mann, etwa Mitte vierzig, sprach mit einem der Polizisten und betrat dann das Haus.

»Ich bin Darius Scheffler«, stellte er sich vor. »Meine Frau und ich haben mit Ralf und Bettina gefeiert. Ich habe gerade geholfen, die Kinder zu den Nachbarn rüber zu bringen.«

Obwohl auch er sichtlich unter Schock stand, beantwortete er alle Fragen, die Bodenstein und Pia hatten. Scheffler hatte gemeinsam mit Ralf Hesse das Feuerwerk auf der Terrasse vorbereitet, dann war er ins Haus gegangen, um den beiden Frauen mit dem Champagner zu helfen.

»Das Telefon klingelte«, erinnerte er sich. »Bettina fragte sich, wer das jetzt wohl sei, und Ralf rief, es seien sicher ihre Eltern. Sie ging dran, hörte kurz zu, dann wurde sie ganz blass und schrie ›Ralf! Ralf! Komm rein!‹ und dann … dann … ich … ich habe mich umgedreht und gesehen, wie Ralfs Kopf … einfach … plötzlich weg war. Er ist gegen die Mauer geflogen und … das Blut … das Blut ist wie eine Fontäne hochgespritzt.«

Er verstummte, holte schluchzend Luft, wahrte aber die Fassung.

»Hat das außer Ihnen noch jemand gesehen?«, wollte Pia wissen.

»Ja, wir alle«, bestätigte Darius Scheffler. »Als Bettina schrie, haben wir uns zu Ralf umgedreht.«

»Auch die Kinder?«

»Nein, die nicht. Die haben sich gerade die Jacken angezogen, und ich habe sie beide rechtzeitig schnappen und davon abhalten können, hinaus zu laufen. Sie haben nichts gesehen.«

»Wo ist Ihre Frau?«, fragte Pia.

»Oben, bei Tina. Ich habe die Kinder zu den Nachbarn gegenüber gebracht, damit sie das hier alles nicht mitbekommen.«

»Das war gut.« Pia lächelte etwas. »Danke für Ihre Angaben. Bitte geben Sie einem meiner Kollegen Ihre Personalien, wir melden uns dann später noch einmal bei Ihnen.«

Sie gingen die Treppe hoch in den ersten Stock. Der Notarzt kam ihnen entgegen und erklärte mit gesenkter Stimme, dass die Frau unter einem schweren Schock stehe, sich aber geweigert habe, von ihm behandelt zu werden.

»Die Freundin bleibt bei ihr«, sagte der Arzt. »Und ihre Eltern sind auf dem Weg hierher.«

»Können wir ihr ein paar Fragen stellen?«, fragte Pia.

»Wenn's unbedingt sein muss.« Der Notarzt war nicht begeistert, und Pia fühlte sich elender, als wenn sie eine Todesnachricht überbringen musste.

»Bitte warten Sie hier«, bat sie den Notarzt. »Es kann sein, dass Sie gleich doch noch gebraucht werden.«

Bettina Kaspar-Hesse saß zusammengesunken auf dem Bett ihres Schlafzimmers im ersten Stock, tränenlos, erstarrt, wie gelähmt. Ihre Freundin saß neben ihr und hatte den Arm um sie gelegt.

»Frau Kaspar-Hesse, es tut mir sehr leid, aber wir müssen Ihnen jetzt ein paar Fragen stellen«, begann Pia, nachdem sie Bodenstein und sich vorgestellt hatte. »Ist das in Ordnung?«

Blöde Frage. Natürlich war es nicht in Ordnung. Aber es war ihre Pflicht, Fragen zu stellen, auch wenn es Pia absolut zuwider war.

»Wir haben Grund zu der Annahme, dass Ihr Mann Opfer des Snipers geworden ist, der bereits vier andere Menschen erschossen hat«, fuhr Pia fort, obwohl die Frau keine Reaktion zeigte. »Deshalb müssten wir wissen, ob Sie oder Ihr Mann irgendetwas mit der Unfallklinik Frankfurt zu tun hatten oder noch haben.«

Bettina Kaspar-Hesse hob langsam den Kopf. Sie starrte Pia verständnislos an, dann nickte sie leicht.

»Ich habe dort mal gearbeitet«, antwortete sie leise. »Bis zu meiner ersten Schwangerschaft. Wieso fragen Sie das?«

»Als was haben Sie dort gearbeitet?« Pia ging nicht auf ihre Frage ein.

»Ich war Transplantationskoordinatorin«, erwiderte Bettina Kaspar-Hesse mit starrer Miene. »Gerade mal sieben Monate lang, dann wurde ich schwanger.«

»Erinnern Sie sich an eine Patientin namens Kirsten Stadler? Sie wurde am 16. 9. 2002 mit einer Hirnblutung eingeliefert, starb dann und wurde zur Organspenderin.«

Bettina Kaspar-Hesse nickte.

»Ja, an die erinnere ich mich sogar ziemlich gut, denn einen Tag vorher habe ich erfahren, dass ich schwanger bin.« Ein Lächeln zuckte um ihre Mundwinkel, verschwand aber sofort wieder. »Was sollen diese Fragen? Warum wollen Sie das wissen? Was spielt denn das jetzt für eine Rolle?«

Ihre Stimme versagte.

»Erinnern Sie sich an Namen von Kollegen und Ärzten, die damals in den Fall Kirsten Stadler involviert waren?«, fragte nun Bodenstein.

»Ich … ich weiß nicht … es ist so lange her.« Bettina Kaspar-Hesse knetete ihre Finger. »Mein Chef war Professor Rudolf. Da gab es noch einen Dr. Janning von der ITS und den Dr. Burmeister. Der war damals der Oberarzt von der Transplantationschirurgie und ganz verrückt, wie ein Geier. Der hatte mich richtig zur Sau gemacht, weil die Angehörigen der Patientin die Einwilligungserklärung nicht unterschreiben wollten. Ich legte denen dann ein Formular vor und behauptete, das sei nur die Krankenhauseinweisung.«

Pia und Bodenstein wechselten einen raschen Blick.

»Die Ärzte hatten mich gedrängt, die Eltern der Patientin davon zu überzeugen, sie zur Organspende freizugeben, wenn nötig mit allen Mitteln, denn die Zeit sei knapp, man hatte einen Patienten, der dringend ein neues Herz benötigte. Das habe ich auch getan, es war ja mein Job, und an dem Tag war ich regelrecht ›high‹, wollte besonders gut sein. Später hatte der Ehemann die Klinik verklagt, aber wie das alles ausgegangen ist, weiß ich nicht mehr, denn da war ich schon im Mutterschutz …«

Sie verstummte und blickte aus weit aufgerissenen Augen zwischen Bodenstein und Pia hin und her, und plötzlich schien sie zu begreifen.

»Nein«, flüsterte sie entsetzt. »Nein! Das kann nicht wahr sein. Bitte, sagen Sie mir, dass das nichts damit zu tun hat, dass mein Mann … mein Mann …«

Ein paar Sekunden lang saß sie stocksteif da, ihr Blick wurde starr. Dann öffnete sie den Mund zu einem unartikulierten Schrei. Sie riss sich von ihrer Freundin los, fiel auf die Knie, trommelte mit den Fäusten auf den Boden, schrie und schrie, bis ihre Stimme kaum noch etwas Menschliches hatte. Der Notarzt kam hereingestürzt und warf Pia einen unfreundlichen Blick zu.

»Schluss jetzt mit der Fragerei«, zischte er vorwurfsvoll, als ob Pia so etwas aus reinem Vergnügen tat. Sie drehte sich wortlos um und ging hinaus. Das Gefühl, womöglich schuld am Tod ihres Mannes zu sein, würde Bettina Kaspar-Hesse bis an ihr Lebensende nicht mehr loslassen.

Er überlegte auf der Heimfahrt, ob er die Schuhe im Kamin verbrennen oder besser irgendwo in eine Mülltonne stopfen sollte. Im Mörtelstaub auf der Baustelle hatte er ganz sicher Spuren hinterlassen. Obwohl sich der Aufwand nicht lohnte. Sie würden ihn sowieso kriegen und dann würde er alles gestehen, eine Laboranalyse der Schuhe konnten sie sich sparen. Im Radio war auf allen Kanälen die Rede vom fünften Opfer des »Taunus-Snipers«.

Ein bisschen Sorge machte ihm die Geschwindigkeit, mit der die Polizei so schnell vor Ort gewesen war, als ob sie gewusst hätten, wo er diesmal zuschlagen würde. Wahrscheinlich hatten sie inzwischen die Zusammenhänge begriffen, und das konnte seinen Plan gefährden.

Er bog in die Siedlung ein, das Auto holperte durch gefrorene Schlaglöcher, die Stoßdämpfer ächzten. Alle Häuser waren stockdunkel. An Silvester war hier keine Menschenseele, da feierten sie alle lieber in ihren Wohnungen, wo es Nachbarn gab, denen man ein frohes neues Jahr wünschen konnte.

Ihm war das nur recht.

Er stellte das Auto ab und ging ins Haus. Es war schön warm, er merkte, dass er Hunger hatte. Nachdem er sich umgezogen hatte, legte er noch ein paar Holzscheite auf die Glut des Feuers und bereitete sich Rühreier mit Speck zu. Er aß direkt aus der Pfanne und schaltete den Fernseher ein. Kein offizielles Statement der Polizei, nur nichtssagende Bilder des Tatorts. Blaulichter, Absperrbänder, ein Leichenwagen und Reporter mit betroffenen Mienen, die dasselbe sagten wie letzten Freitag. Als Psychopathen bezeichneten sie ihn wieder, als Monster. Einfallslos, das ewig gleiche Vokabular. Und unzutreffend. Aber bald würden sie seine wahren Beweggründe kennen. Ob sie sie verstehen würden, war etwas anderes, aber er zweifelte nicht daran, dass der eine oder andere insgeheim nachvollziehen konnte, warum er so handeln musste. Warum er diese Menschen nicht ungestraft davonkommen lassen durfte.

Vier Namen standen noch auf seiner Liste. Burmeister war der Nächste. Er war mit seiner Tochter im Urlaub, aber übermorgen kam er zurück, und dann sollte er seine Strafe erhalten.

Es war halb drei morgens, als Pias Telefon klingelte. Bodenstein sprach noch im Rohbau mit Kröger, Pia stand unten und rauchte eine Zigarette.

»Hallo, Henning«, meldete sie sich überrascht. »Seid ihr gut ins neue Jahr gekommen?«

»Du kannst auch ›du‹ zu mir sagen«, erwiderte er trocken. »Ich habe den Jahreswechsel mit Friedrich Gehrke gefeiert.«

»Wie bitte?«

»Es gab eine kleine Diskussion mit Miriam, nach der sie es vorgezogen hat, zu irgendwelchen Freunden zu fahren. Es passte ihr nicht, dass ich am frühen Abend noch mal zu einem Leichenfund musste. Und weil Ronnie, der Diensthabende und ich nichts Besseres vorhatten, haben wir ein paar Kühlfächer abgearbeitet.«

»Du bist wirklich unverbesserlich.« Pia schüttelte den Kopf und schämte sich gleichzeitig ein bisschen, weil sie tief in sich drin einen Anflug von Schadenfreude verspürte. Miriam war früher ihre beste Freundin gewesen, aber seitdem sie und Henning vor zwei Jahren ziemlich überstürzt geheiratet hatten, war ihre Freundschaft oberflächlich geworden. Besonders wurmte Pia, dass Miriam immer so tat, als gelänge ihr, woran Pia gescheitert war, nämlich Hennings exzessive Arbeitswut in den Griff zu bekommen. Offenbar war das doch nicht der Fall.

»Also, hör zu«, sagte Henning, ohne weiter auf den Streit mit seiner Frau einzugehen. »Es gibt da ein paar Punkte, die interessant sein könnten. Im Tatortprotokoll steht, Gehrke hätte vor seinem Ableben Papiere in seinem offenen Kamin verbrannt. Stimmt das?«

»Ja, das stimmt. Sogar eine ganze Menge. Wieso?«

»Wir haben weder in seinen Bronchien noch in den Lungen oder an den Schleimhäuten Rußpartikel gefunden. Entweder hat er eine Atemschutzmaske getragen, oder er war nicht dabei, als das Feuerchen brannte.«

»Wie meinst du das – er war nicht dabei?«

»Warte ab. Wir haben im Bereich von Nase und Mund sowie Ober- und Unterlippe Hautvertrocknungen und kleinere Unterblutungen festgestellt, außerdem leichte Reizungen der Nasen- und Mundschleimhäute.«

»Aha.«

»Der Schnelltest eines Abstrichs im Labor hat ergeben, dass Gehrke Chloroform eingeatmet hat. *In vivo* werden vierzig Prozent einer einmaligen Dosis im Laufe von acht Stunden über die Lunge abgebaut, deshalb werden wir Lungengewebe untersuchen, das dauert aber einen Moment.«

Pia, die völlig erschöpft war, gähnte. Sie begriff nicht, worauf Henning hinauswollte.

»Reicht es nicht, wenn du uns morgen ein Protokoll mailst?«, fragte sie. »Ich stehe in Griesheim vor einem Haus. Wir hatten wieder einen Snipermord.«

»Hab mir schon gedacht, dass du nicht in trauter Runde Silvester feierst«, erwiderte Henning hellwach und ungerührt. »Wir haben es eben im Radio gehört. Vielleicht hörst du mir trotzdem zu.«

»Ja, klar.« Pia seufzte.

»Ich bin zu dem vorläufigen Schluss gekommen, dass Gehrke Chloroform eingeatmet hat und daraufhin das Bewusstsein verlor«, fuhr Henning fort. »Krögers Protokoll konnte ich nicht entnehmen, dass ein Wattebausch oder ein mit Chloroform getränktes Handtuch am Leichenfundort sichergestellt wurde. Außerdem lassen Unterblutungen am Hinterkopf und am Hinterhalsbereich darauf schließen, dass er festgehalten wurde, und das nicht gerade sanft.«

Endlich fiel bei Pia der Groschen.

»Du meinst, Gehrke wurde umgebracht?«

»Hundert Punkte für dich, wenn es auch etwas lange gedauert hat. Aber ich lasse den aktuellen Toten als Entschuldigung gelten.«

»Und das Insulin?«

»Das kann ihm durchaus auch ein Dritter gespritzt haben. Er war betäubt und konnte sich nicht wehren.« Henning klang nicht so, als ob ihm sein Ehekrach Kopfschmerzen bereitete. »Chloroform ist ziemlich außer Mode gekommen, dabei eignet es sich ganz prächtig dazu, jemanden für eine Weile …«

»Wie sicher ist deine Vermutung?«, fiel Pia ihm ins Wort. Bodenstein kam mit Kröger aus dem Rohbau, und beide blieben neben ihr stehen.

»Ziemlich sicher. Aber ihr kriegt natürlich noch alle Laborbefunde.«

»Danke, Henning«, unterbrach Pia ihren Ex erneut. »Mein Chef ist gerade gekommen. Wir sprechen morgen noch mal.«

»Was wollte denn der Totengott um diese Uhrzeit?«, erkundigte sich Kröger.

»Er hatte heute Nacht nichts Besseres vor und hat Gehrke obduziert«, erwiderte Pia. »Er ist sich ziemlich sicher, dass bei dessen Tod Fremdeinwirkung vorlag. Offenbar wurde er mit Chloroform betäubt. In seinen Lungen finden sich keine Rauchpartikel, das heißt, er muss bereits vor der Aktenverbrennung tot gewesen sein.«

»Noch ein Mord.« Bodenstein schüttelte resigniert den Kopf. »Na klasse! Wir haben ja auch sonst nichts zu tun.«

»Ihr könnt ruhig abhauen.« Kröger klopfte ihm auf die Schulter. »Wir machen hier noch weiter. Was Dr. Kirchhoff kann, kann ich auch.«

»Du bist ein Spinner, Christian«, sagte Pia und gähnte wieder. »Komm, Chef, lass uns heimfahren. Morgen ist auch noch ein Tag.«

Bodenstein war nach Hause gefahren, nachdem er Pia gegen vier Uhr am Birkenhof abgesetzt hatte. Sein Zorn auf den Sniper und seine eigene Machtlosigkeit hatte sich in eine fiebrige Unruhe verwandelt. Da Inka es vorgezogen hatte, nach ihrer Rückkehr von dem Notfall in ihrem eigenen Bett zu schlafen, hatte er keinen Grund, zu Hause zu bleiben. Ihm wurde bewusst, dass er keinerlei Rücksicht nehmen musste, auf niemanden. Er musste sich nicht rechtfertigen und kein schlechtes Gewissen haben, wenn er an einem Feiertag arbeitete, es gab keine enttäuschten Kinder, denen er versprochen hatte, etwas zu unternehmen, keine vorwurfsvollen Blicke. Er konnte morgens um fünf alle Lichter im Haus anmachen, den Kaffeeautomaten einschalten, sich in Ruhe duschen und rasieren, ohne zu befürchten, jemanden aufzuwecken. Wieso, dachte er, während er mit einem Handtuch um die Hüften ins Schlafzimmer an seinen Kleiderschrank trat, sollte er diesen Zustand eigentlich ändern? Ein Leben in einer Beziehung erschien ihm weitaus komplizierter als ein Leben allein; die Nachteile überwogen die Vorteile bei weitem. Schon in der Zeit nach der Trennung von Cosima hatte es ihm gefallen, alleine zu leben, damals hatte ihn lediglich der fehlende Komfort des Kutscherhauses auf Gut Bodenstein gestört. Jetzt hingegen besaß er ein schönes Haus und eine geradezu paradiesische Freiheit.

Bodenstein genoss den frisch aufgebrühten Kaffee, blickte durch die bodentiefen Fenster über das nächtliche Rhein-Main-Gebiet. Er gehörte nicht zu der Sorte Mensch, die mit zig guten Vorsätzen ins neue Jahr gingen, nur um Wochen später bereits zu scheitern. Aber in diesem Moment nahm er sich drei Dinge vor, die er im Jahr 2013 erreichen wollte. Erstens würde er den Sniper schnappen, zweitens die Beziehung zu Inka beenden und drittens Gabrielas Angebot annehmen. Schluss mit Selbstzweifeln und ständigem Nachgeben aus purer Bequemlichkeit! Er würde in diesem Jahr einiges ändern und freute sich darauf.

Derart motiviert zog er wenig später seinen Mantel an, löschte die

Lichter im Haus und ging hinunter zu seinem Auto. Der Durchbruch im Sniper-Fall stand kurz bevor, das sagte ihm seine Intuition, doch gleichzeitig fürchtete er, etwas Wichtiges übersehen zu haben, und das machte ihn ganz kribbelig. Die Ermittlungen waren von Anfang an chaotisch gewesen, das Team zu unkoordiniert. Jedes Mal, wenn er glaubte, etwas begriffen zu haben, hatten sich neue Umstände ergeben, ein neuer Mord war passiert, und dieses ganze Gerede über Täterprofile hatte ihn völlig verwirrt. Nicolas Entscheidung, einen Profiler hinzuzuziehen, war einfach verfrüht gewesen. Bevor sie überhaupt durchschaut hatten, um was es bei den Morden wirklich ging, hatten sie sich in psychologischen Mutmaßungen verrannt, die einen Tag später bereits wieder revidiert werden mussten, und irgendwann hatten sie den Überblick verloren. War er am Ende schuld daran, dass sie den Sniper noch nicht hatten dingfest machen können und immer mehr Menschen sterben mussten?

Als Bodenstein die von Feuerwerksresten übersäten Straßen entlang durch das nachtschlafende Kelkheim fuhr, dachte er an Oberkommissar Menzel, seinen ehemaligen Chef in Frankfurt, und dessen Motto: *Erinnere dich an alles, was du gehört oder gesehen hast, und verfolge die Spuren zurück.* Der Sniper hatte ihnen einfach keine Zeit gelassen, gründlich nachzudenken und falsche Denkansätze zu eliminieren. Er hatte sie regelrecht vor sich hergehetzt, sie unter Druck gesetzt, und sie hatten sich hetzen lassen, obwohl bei einer Mordermittlung nichts verhängnisvoller war als Eile, Stress und Übermüdung. Müde Menschen machten Fehler, zogen falsche Schlussfolgerungen, verloren den roten Faden. Wenigstens hatten sie nun Namen und wussten, was den Täter antrieb. Sie konnten diejenigen, die auf Helen Stadlers Liste standen, warnen.

Bodenstein rechnete seit Tagen insgeheim damit, dass man ihm den Fall, der so viel öffentliche Aufmerksamkeit erregte, von höherer Stelle entziehen oder ihm irgendeinen Superermittler aus dem LKA vor die Nase setzen würde, aber das war nicht geschehen. Entweder traute man ihm zu, die Sache in den Griff zu bekommen, oder aber es war kein anderer leichtsinnig genug, seinen Namen in einer derart unpopulären Angelegenheit zu verbrennen. Versagen war immer schlecht für die Karriere, Versagen vor den Augen der Öffentlichkeit beruflicher Selbstmord. Er hatte allerdings nicht vor zu versagen. Im Gegenteil! Jetzt, wo die meisten Puzzleteile auf dem Tisch lagen, mussten sie sie nur noch richtig zusammensetzen. Und zwar heute.

Pias Augen tränten vor Müdigkeit, als sie um kurz vor sieben den asphaltierten Weg, der parallel zur Autobahn verlief, Richtung Hofheim fuhr. Sie war um vier Uhr nach Hause gekommen, Kim war nicht da und ihr Bett unbenutzt gewesen. Nachdem Pia mit Christoph geskypt hatte, war sie auf der Couch eingenickt, aber eine erholsame Tiefschlafphase war ihr nicht vergönnt gewesen. Ein Alptraum hatte den nächsten gejagt, und gegen fünf war eine kryptische Nachricht auf ihrem Handy eingegangen, die Kim bereits um zehn Uhr gestern Abend wohl als Antwort auf ihre SMS geschrieben hatte, die aber durch die alljährliche Silvester-Handynetz-Überlastung erst mit Verzögerung angekommen war. *Okay. Meld dich, wenn du mich brauchst. Trinke nix bis 11. Danach mal sehen! ;-) LG Kim.*

Um halb sieben hatte Pia das Schlafen auf unbestimmte Zeit verschoben. Sie hatte geduscht, frische Klamotten angezogen, die Tiere versorgt und war losgefahren.

Während sie durch den stockdunklen Morgen fuhr, überlegte sie, welche Fehler sie wohl begangen hatte, die Christoph das Leben kosten könnten. Die Vergehen von Renate Rohleder, Patrick Schwarzer und Bettina Kaspar-Hesse waren keine Kapitalverbrechen gewesen, eher menschliche Verfehlungen, längst vergessen und verdrängt. Doch ihre damals getroffenen Entscheidungen hatten einen anderen Menschen so tief verletzt, dass sie zu einem Bumerang geworden waren, der sie zehn Jahre später auf bitterste Art und Weise bestrafte.

Ein Fuchs überquerte die Straße, seine Augen leuchteten gespenstisch grün im Lichtkegel der Scheinwerfer, dann verschwand er in der Dunkelheit.

Niemand ging durch sein Leben, ohne hin und wieder seinen Mitmenschen weh zu tun, ihnen bisweilen Enttäuschungen, Kummer und sogar echtes Leid zuzufügen. Für so gut wie jede Verhaltensweise, die einem anderen schadete, gab es Regeln zur Wiedergutmachung, nämlich das Strafgesetzbuch. Die Zeiten archaischer Selbstjustiz waren vorbei, und selbst wenn sich viele Leute vom Gesetz ungerecht behandelt fühlten, so griffen sie im Regelfall nicht zur Waffe, um Rache zu üben. Der Sniper tat aber genau das. Er vertraute nicht auf Rechtsprechung und Gesetz. Stattdessen hielt er sich an den biblischen Rechtssatz *Leben für Leben, Auge für Auge, Zahn für Zahn, Hand für Hand, Fuß für Fuß, Brandmal für Brandmal, Strieme für Strieme*, sorgte für seine eigene Gerechtigkeit. Was dachte er sich bei seinen Taten? Dein Liebstes für mein Liebstes?

Pias Handy gab einen Signalton von sich, und der Gedanke, der ihr durch den Kopf geschossen war, verflüchtigte sich wieder. Sie rief Hennings Nachricht auf und las sie beim Fahren. *Dr. Hans Furtwängler, Köln*, schrieb er. *Der hat viel mit Rudolf zu tun gehabt, vielleicht kann er euch weiterhelfen. Tel. Nr. folgt!*

Dr. Hans Furtwängler! Fritz Gehrke hatte vor seinem Tod mit ihm telefoniert, und sie hatte den Namen auch im Notizbuch von Helen Stadler gelesen. Kai hatte den alten Arzt schon früher überprüft und ihn auch gefragt, worüber er und Gehrke am Samstagabend 14 Minuten lang geredet hatten. Ihr wollte aber nicht einfallen, was Furtwängler zu Kai gesagt hatte. Das musste sie ihn unbedingt gleich fragen! Sie bog auf die Landstraße Richtung Hofheim ein und erreichte drei Minuten später das Kommissariat. Kims Auto stand auf dem öffentlichen Parkplatz, und das noch nicht sehr lange, denn auf dem weiß gefrorenen Boden waren Reifenspuren zu sehen. Wo war ihre Schwester in der letzten Nacht gewesen?

Professor Dieter Rudolf war außer sich. Man hatte ihn gestern Nacht einfach in Polizeigewahrsam genommen und in eine Zelle gesperrt, ohne ihm die Möglichkeit zu geben, jemanden anzurufen. Auf dem Weg von der Zelle zum Vernehmungsraum schlappte er bei jedem Schritt aus den Schuhen heraus, deren Schnürsenkel er hatte abgeben müssen, doch der Gipfel der Demütigung war, dass er seine Hose, die ihm ohne Gürtel zu weit war, mit einer Hand festhalten musste.

»Das ist Freiheitsberaubung!«, warf er Bodenstein erbost vor, als er an ihm und Pia vorbei in den Vernehmungsraum geführt wurde. »Ich werde Sie verklagen, darauf können Sie sich gefasst machen!«

»Halten Sie den Mund und setzen Sie sich.« Bodenstein wies auf den Stuhl auf der anderen Seite des Tisches, an dem Pia bereits Platz genommen hatte.

»Sagen Sie mal, wie reden Sie überhaupt mit mir?«, fuhr der Professor auf. »Ich habe Rechte!«

»In einer Gesellschaft, in der man Rechte hat, hat man auch Pflichten«, entgegnete Bodenstein und musterte sein Gegenüber kühl. Das schmale Gesicht des Professors war gerötet, sein Adamsapfel hüpfte auf und ab. Er war unrasiert, das weiße Haar stand wirr von seinem Kopf ab. Die Nacht in der Zelle hatte sein Ego tief erschüttert, und er reagierte genau so, wie Bodenstein es erwartet hatte: mit Aggressivität und Lautstärke. Männer in Führungspositionen hielten sich gerne für unantastbar. An kritiklosen

Gehorsam aus ihrem Umfeld gewöhnt, kamen sie nur schlecht damit zurecht, von Leuten, die sie sonst keines Blickes würdigten, Befehle zu erhalten.

»Ich kenne meine Pflichten!«, schnappte Rudolf nun wütend. »Was Sie im Jahr verdienen, zahle ich im Monat an Steuern!«

»Jetzt setzen Sie sich endlich!«, donnerte Bodenstein den Mann unvermittelt an, und der gehorchte verblüfft. »Ich rede hier nicht von Steuern, sondern von moralischen Pflichten! Sie hätten einem Menschen das Leben retten können, wenn Sie uns gestern den Namen Ihrer früheren Mitarbeiter gesagt hätten. Heute Nacht ist der Ehemann der ehemaligen Transplantationskoordinatorin der UKF, Frau Bettina Kaspar-Hesse, erschossen worden! Noch mehr Schuld, die Sie auf Ihr Gewissen geladen haben!«

Der Professor presste die Lippen zusammen, verschränkte die Arme vor der Brust und schob trotzig das Kinn vor.

»Wir wissen mittlerweile, dass Sie gegen Vorschriften verstoßen haben, um dem Sohn Ihres Freundes Fritz Gehrke ein neues Herz einzupflanzen. Der Junge war schwer krank, und da geriet Ihnen zufällig Kirsten Stadler in die Finger. Frau Stadler hatte unglücklicherweise die Blutgruppe 0. Das heißt, ihr Herz passte zu Gehrkes herzkrankem Sohn Maximilian. Sie haben das Leben von Frau Stadler verkürzt, indem Sie sie vorzeitig für hirntot erklärt haben«, sagte Bodenstein.

»Die Frau wäre sowieso gestorben«, entgegnete Rudolf. »Ob einen Tag früher oder später, was spielt das für eine Rolle?«

»Sie geben also zu, dass Sie Kirsten Stadler …?«, begann Pia ungläubig.

»Ich gebe gar nichts zu!«, brauste der Professor auf. »Es gibt nichts zuzugeben!«

»Jetzt hören Sie mir mal gut zu«, übernahm Bodenstein und beugte sich nach vorne. »Sie sitzen bis zur Oberkante Unterlippe in der Scheiße. Hätten Sie sich von vorneherein kooperativ gezeigt, dann wären wir womöglich nie auf das gestoßen, was wir nun über Sie wissen.«

»Meine Frau wurde von diesem … diesem Kerl erschossen.« Der Professor zeigte sich verstockt. »Ich war in tiefer Trauer und völlig durcheinander! Das können Sie ja wohl nachvollziehen, oder?«

»Sie waren nicht traurig und durcheinander genug, um nicht noch zu versuchen, Schadensbegrenzung zu betreiben, indem Sie mit Fritz Gehrke telefonierten«, antwortete Bodenstein. »Ich glaube Ihnen kein

Wort! Sie haben gegen Ihren hippokratischen Eid verstoßen, gegen Gesetze! Und das ist herausgekommen. Deswegen hat Gehrke den Hinterbliebenen von Frau Stadler eine große Summe gezahlt, damit sie die Anzeige fallenlassen. Aber es gab einen Mitwisser, der nicht den Mund gehalten hat, nämlich Jens-Uwe Hartig. Er hat Stadlers die Wahrheit erzählt.«

»Sie haben ja keine Ahnung.« Der Professor blieb äußerlich ruhig, doch er zwinkerte heftig mit den Augen.

»Doch, von Stunde zu Stunde wächst unsere Ahnung.« Bodenstein warf einen Blick auf den Zettel mit vier Namen, die Pia notiert hatte, und nickte knapp. »Anwalt Riegelhoff hat uns einiges erzählt und alle Akten des Rechtsstreites zwischen Stadler und der UKF zur Verfügung gestellt.« Er lehnte sich zurück und beobachtete scharf das Gesicht des Professors. »Auch das Gespräch mit Herrn Hartig war ausgesprochen aufschlussreich. Heute werden wir noch mit den Herren Furtwängler, Janning, Burmeister und Hausmann sprechen.«

Ein Funke Besorgnis erschien in den Augen des Professors, die Maske arroganter Gleichgültigkeit begann zu bröckeln.

Keiner sagte einen Ton, Bodenstein und Pia sahen den Professor nur an. Plötzliches Schweigen war eine bewährte Taktik. Die meisten Menschen konnten damit nicht umgehen, erst recht nicht nach einem heftigen verbalen Schlagabtausch. Sie wurden von Minute zu Minute nervöser. Ihre Gedanken begannen zu rasen, sie verhedderten sich in Erklärungen, Rechtfertigungen, Ausreden und Lügen.

Professor Dieter Rudolf verlor das Kräftemessen nach exakt sieben Minuten und zwölf Sekunden.

»Ich will einen Anwalt«, krächzte er eingeschüchtert.

»Den brauchen Sie auch.« Bodenstein schob den Stuhl zurück und stand auf. »Ich nehme Sie nämlich wegen des Verdachts der fahrlässigen Tötung von Frau Kirsten Stadler vorläufig fest.«

»Das können Sie doch nicht tun«, protestierte der Professor. »Meine Patienten brauchen mich.«

»Die werden wohl eine ganze Weile ohne Sie auskommen müssen«, erwiderte Bodenstein, nickte dem Beamten, der neben der Tür stand, zu und verließ mit Pia den Vernehmungsraum.

Kim hatte an einer Tankstelle belegte Brötchen besorgt und stellte eine Platte in die Mitte des Besprechungstisches, um den Nicola Engel, Bodenstein, Pia, Ostermann, Altunay und Kathrin Fachinger saßen. Alle langten ordentlich zu, Pia schnappte sich ein Laugenbrötchen mit Käse.

»Frohes neues Jahr!«, wünschte Kim ihr und setzte sich neben sie.

»Danke, das wünsche ich dir auch.« Pia lächelte kauend, dann senkte sie die Stimme. »Wo warst du heute Nacht?«

»Später«, flüsterte Kim. »Du hättest mir übrigens ruhig Bescheid geben können, dann wäre ich mitgekommen.«

Bevor Kai anfangen konnte, ergriff Pia das Wort und berichtete den Kollegen von ihrem Gespräch mit Henning.

»Wir müssen die Möglichkeit in Betracht ziehen, dass Gehrke sich nicht das Leben genommen hat, sondern umgebracht wurde«, schloss sie. »Exakte Laborbefunde erhalten wir so schnell wie möglich.«

Kai hatte das Notizbuch von Helen Stadler, das Pia ihm gestern Nacht gegeben hatte, durchforstet und eine Liste von Leuten aufgestellt, die er nach und nach abtelefonieren wollte. Er hatte die Exfrau von Dr. Simon Burmeister erreicht und erfahren, dass der Doktor gemeinsam mit seiner siebzehnjährigen Tochter für zwei Wochen auf den Seychellen weilte und erst morgen früh zurückerwartet wurde.

Pia fiel wieder ihre Frage ein.

»Sag mal, Kai, worüber hat Dr. Furtwängler mit Fritz Gehrke eigentlich gesprochen, am Abend vor dessen Tod?«

»Angeblich über nichts Besonderes«, erwiderte ihr Kollege. »Sie seien alte Freunde gewesen, und Gehrke habe einen melancholischen Eindruck auf ihn gemacht. Er schob das auf den Tod seines Sohnes.«

»Glaubst du ihm das?«

»Bis jetzt schon. Wieso?«

»Henning hat mir einen Hinweis auf Furtwängler gegeben. Er hätte wohl viel mit Rudolf zusammengearbeitet. Und ich frage mich jetzt, wo sich ihre Fachgebiete berührten: Der eine war Herzchirurg, der andere Onkologe und Hämatologe.«

»Ich rufe ihn gleich noch mal an.« Kai nickte und machte sich eine Notiz.

Das Haus von Mark Thomsen war nach wie vor verwaist. Es wurde überwacht, genau wie das Haus von Winklers und Hartigs Wohnung und Geschäft. Ein Zettel an der Ladentür des Goldschmieds informierte die Kundschaft darüber, dass das Geschäft bis zum 6. Januar 2013 geschlossen sei. Auch Hartigs Haus in Diedenbergen war überprüft und durchsucht worden. Es stand leer. Nachbarn hatten erzählt, Hartig habe vor einem Jahr mit der Renovierung begonnen, die Arbeiten seien aber im vergangenen Herbst von einem Tag auf den anderen eingestellt worden.

Das Telefon auf dem Besprechungstisch klingelte, Kai ging dran und reichte dann den Hörer an Pia weiter.

»Hallo«, sagte eine schüchterne Mädchenstimme. »Mein Name ist Jonelle Hasebrink. Ich wohne in Griesheim, in der Saalestraße.«

»Hallo, Jonelle.« Pia setzte sich auf und stellte das Gespräch auf Lautsprecher, so dass alle mithören konnten. »Ich bin Pia Kirchhoff von der Kripo aus Hofheim. Wie kann ich dir helfen?«

»Ich glaube«, erwiderte das Mädchen, »dass mein Freund und ich diesen Killer gesehen haben.«

Alle hörten auf zu kauen und starrten wie gebannt auf das Telefon.

»Meine Eltern dürfen das nicht wissen, weil … sie … na ja … sie haben keine Ahnung, dass ich einen Freund habe.«

»Wie alt bist du, Jonelle?«, erkundigte Pia sich, notierte den Nachnamen des Mädchens und schob Kai den Zettel hin. Der tippte ihn gleich in seinen Laptop.

»Fünfzehn.«

»Du bist noch minderjährig. Deine Eltern haben deshalb das Recht, dabei zu sein, wenn du mit der Polizei sprichst«, sagte Pia.

»Reicht das nicht am Telefon? Ich krieg sonst voll Ärger.«

»Hasebrink, Lutz und Peggy. Saalestraße 17«, sagte Kai leise.

»Wie gut habt ihr den Mann gesehen?«, wollte Pia wissen.

»Nicht besonders gut, glaub ich.« Jonelle versuchte einen Rückzieher zu machen, weil ihr erst jetzt die möglichen Konsequenzen ihres Anrufs dämmerten. »Aber ich habe sein Auto gesehen und wie er eingestiegen ist. Wahrscheinlich ist es gar nicht so wichtig.«

Pia blickte zu Bodenstein hinüber. Der hob den Daumen und nickte.

»Doch, das ist sehr wichtig.« Pia versuchte beruhigend zu klingen. »Du hilfst uns sehr, wenn du uns genau sagst, was du gesehen hast. Wir würden gerne jetzt gleich bei dir vorbeikommen, und es wäre schön, wenn auch dein Freund da wäre.«

»Aber wie soll ich das denn meinen Eltern erklären? Ich mein, das mit Fabio?«

»Glaubst du nicht, dass sie stolz auf euch sind, wenn ihr zur Aufklärung dieser Mordserie beitragen könnt? Und dann müsstet du und dein Freund in Zukunft auch nicht mehr heimlichtun.«

Das Mädchen zögerte.

»Hm. Na ja. Vielleicht haben Sie recht. Wann kommen Sie denn?«

»Wir können in einer halben Stunde da sein.«

Zehn Minuten später saßen Bodenstein, Pia und Kim im Auto und fuhren Richtung Darmstadt. Der Rohbau war eindeutig das Versteck des Schützen gewesen, das bewies die Flugbahnanalyse der Kugel, außerdem hatte der Sniper zum ersten Mal Spuren hinterlassen. Kröger und seine Leute hatten im Baustellenstaub Abdrücke von Schuhen und einen deutlichen Körperabdruck gefunden. Der Sniper hatte im ersten Stock in der Öffnung eines bodentiefen Fensters auf der Lauer gelegen, den Gewehrlauf hatte er auf zwei übereinandergestapelte Zementsäcke gelegt. Ein perfektes Versteck mit erstklassigem Blick auf das Haus der Familie Hesse.

Pia beobachtete ihre Schwester im Rückspiegel. Kim tippte eine Nachricht in ihr Smartphone und lächelte vor sich hin. In Bodensteins Beisein wollte sie Kim nicht nach dem Verlauf des gestrigen Abends fragen. Aber sie war neugierig.

»Wir würden Sie lieber noch eine Nacht zur Beobachtung hierbehalten«, sagte der Oberarzt. »Man sollte eine Gehirnerschütterung und ein Schleudertrauma nicht auf die leichte Schulter nehmen.«

»Ich habe ja nicht vor, Ski zu laufen«, entgegnete Karoline Albrecht starrsinnig. »Ich kann auch zu Hause im Bett liegen.«

»Sie hatten einen schweren Verkehrsunfall«, argumentierte der Arzt, aber er war schon geschlagen. Natürlich hätte er sie, eine Privatpatientin, gerne noch eine Weile länger im Krankenhaus behalten, aber Karoline war unruhig. Sie hatte um kurz nach zwölf mit Greta telefoniert und ihr ein schönes neues Jahr gewünscht, dabei aber den Unfall verschwiegen. Das Mädchen musste sich nicht unnötig Sorgen machen. Ihren Vater hatte sie nicht erreicht, sein Handy war ausgeschaltet, und auf dem Festnetz nahm er nicht ab. Vielleicht hatte er sich mit Ohropax ins Bett gelegt und geschlafen, ein Fan von Silvester und Feuerwerk war er noch nie gewesen.

»Mir geht es gut«, sagte Karoline zu dem Arzt. »Ich verspreche, ich schone mich. Und wenn es mir schlechter gehen sollte, komme ich wieder.«

»Wie Sie wollen.« Er gab auf. »Ich lasse alles fertigmachen, Sie müssen aber unterschreiben, dass Sie die Klinik auf eigenes Risiko verlassen.«

Kaum war er aus der Tür, stand Karoline auf. Ihr war schwummerig, und sie hatte Kopfschmerzen, aber außer ein paar üblen Prellungen und einer Platzwunde an der Stirn hatte sie den Unfall unbeschadet überstanden. Sie ging in das kleine Badezimmer und erschrak, als sie ihr käsiges Gesicht im Spiegel sah. Die linke Gesichtshälfte färbte sich schon violett, unter dem Auge hatte sich ein fetter Bluterguss gebildet. Jemand hatte die Kleidung, die sie gestern getragen hatte, in den Kleiderschrank gelegt. Es war ziemlich eklig, die stinkenden und blutverklebten Klamotten anzuziehen, aber zu Hause konnte sie duschen und sich umziehen. Ihr Telefon klingelte. Die Nummer war unterdrückt, aber sie ging trotzdem dran. Es konnte die Polizei sein oder der Abschleppdienst.

»Bodenstein. Guten Morgen«, ertönte die sonore Stimme des Kommissars dicht an ihrem Ohr. »Wie geht es Ihnen?«

»Guten Morgen. Danke, mir geht es ganz gut. Dank Airbags habe ich nur ein Schleudertrauma und eine Gehirnerschütterung«, erwiderte sie. »Ich fahre jetzt nach Hause. Konnten Sie mit dem Notizbuch etwas anfangen?«

»Ja, es ist sehr aufschlussreich. Gestern Abend war es allerdings zu spät. Der Sniper war leider wieder schneller als wir.«

»Oh mein Gott.« Karoline setzte sich auf den Bettrand. »Wenn ich den Unfall nicht gehabt hätte und Ihnen das Notizbuch früher hätte geben können …«

»Es ist nicht Ihre Schuld«, unterbrach der Kommissar sie. »Und Sie sind wahrscheinlich auch nicht schuld daran, dass Fritz Gehrke tot ist. Die Obduktion hat ergeben, dass er womöglich betäubt und anschließend mit einer Überdosis Insulin getötet wurde, bevor in seinem Haus eine große Menge Unterlagen im Kamin verbrannt wurden. Bisher gingen wir davon aus, dass er das selbst getan hat, um irgendetwas zu verschleiern. Aber die neuen Erkenntnisse lassen diese Aktenvernichtung nun in einem ganz anderen Licht erscheinen.«

Eine Hiobsbotschaft nach der anderen. Sie war mittlerweile innerlich so abgestumpft, dass sie kaum noch etwas dabei empfand, wenn von Toten und Mord die Rede war. In einem Buch hatte sie einmal gelesen, dass kein Leben, das ein Mord berührt hatte, und sei es noch so beiläufig, je wieder dasselbe sein würde. Das war die Wahrheit.

»Ihr Vater war ein Freund von Gehrke«, fuhr der Kommissar fort. »Ist das richtig?«

»Ob sie Freunde waren, weiß ich nicht«, antwortete Karoline. »Sie kannten sich auf jeden Fall schon ziemlich lange, und Gehrkes Firma hat die Forschungen meines Vaters finanziert.«

Der Akku ihres Handys begann zu piepsen.

»Falls das Gespräch gleich abbricht, liegt es daran, dass der Akku leer ist. Mein Ladekabel liegt zu Hause.«

»Dann mache ich es kurz«, sagte Bodenstein. »Wir haben gestern Nacht Ihren Vater festgenommen. Er sagt nichts und will einen Anwalt, der ihm natürlich zusteht. Aber für uns ist es wichtig, zu erfahren, worüber er mit Gehrke an dem Abend vor dessen Tod gesprochen hat und …«

Seine Stimme brach ab, das Smartphone war aus. Karoline stand auf und warf es in ihre Handtasche. Mama tot. Papa verhaftet. Das neue Jahr fing genauso schlimm an, wie das alte geendet hatte. Sie ergriff ihren Mantel und ihre Tasche, ging zum Schwesternzimmer, wo sie unterschrieb, dass sie auf eigene Verantwortung das Krankenhaus verließ. Duschen und schlafen, danach sehnte sie sich. Aber bevor sie sich ins Bett legte, würde sie noch einmal ins Haus ihrer Eltern fahren.

Um halb elf waren sie in Griesheim. Noch immer war alles weiträumig abgesperrt, und die Spurensicherer waren dabei, mit Hilfe eines Mantrailess, also Menschensuchhunds, den Fluchtweg des Snipers zu rekonstruieren. Hasebrinks wohnten in der zweiten Querstraße vor der Tauberstraße, die schon dichter bebaut war, in einer rot gestrichenen Doppelhaushälfte. Jonelle war ein hübsches Mädchen mit einer Stupsnase, langem glatten Haar und Kulleraugen, ihr Freund Fabio ein mageres Kerlchen mit Stachelfrisur, eigentlich der Typ, der mit zu weiten Jeans, Basecap und Turnschuhen herumlief, aber für den Besuch bei den Eltern seiner Freundin hatte er sich anständig angezogen. Stocksteif saß er am Kiefernholzesstisch der Hasebrinks. Bodenstein und Pia nahmen ebenfalls Platz, und die beiden Jugendlichen starrten sie an wie zwei Verurteilte den Henker. Das Gespräch kam nicht in Gang, was an den finsteren Mienen von Jonelles Eltern liegen mochte, die keinen Hehl daraus machten, dass sie Fabio als Freund ihrer fünfzehnjährigen Tochter für eine Katastrophe hielten. Schließlich bat Pia die Eltern vor die Tür, Kim blieb bei ihnen, und danach wurde es besser.

Jonelle und Fabio gingen seit vier Monaten miteinander. Sie hatten sich schon öfter in dem Rohbau in der Tauberstraße getroffen, die Bauarbeiten standen seit fast einem Jahr still, weil der Bauherr pleitegegangen war. Am vergangenen Freitag waren sie auch dort gewesen, im zweiten Stock, denn da waren schon Fenster drin und deshalb war es dort nicht ganz so kalt.

»Wir haben da so rumgesessen und gequatscht«, sagte das Mädchen und strich sich eine Haarsträhne aus dem Gesicht. »Und plötzlich war unten so'n Geräusch. Wir haben voll die Panik gekriegt, weil wir dachten, ey, Scheiße, das ist jetzt so'n Makler oder der Typ, dem die Bude gehört. Abhauen konnten wir aber auch nicht, deshalb haben wir uns hinter so'n paar Zementsäcken versteckt.«

»'n Mann kam die Treppe rauf«, fuhr Fabio fort. »Wir ham ihn durch die Stufen gesehen. Der hat sich überall umgeguckt und ist dann in das Zimmer gegangen, von wo man rüber zu dem Haus gucken kann. Da war er so'n paar Minuten, aber dann isser runter und war in dem Stockwerk untendrunter. Wir ham gehört, wie er da irgendwas rumgeräumt hat. Na ja, und dann isser weg. Und wir auch.«

»Wie sah der Mann aus?«, erkundigte Pia sich. »Was hatte er an?«

»Weiß nicht.« Jonelle zuckte die Schultern. »So genau hab ich nicht geguckt. Aber er hatte schwarze Klamotten an, 'ne Mütze und 'ne Kapuze drüber.«

»Schwarze Jeans und 'ne dunkelblaue Jacke«, präzisierte Fabio.

»Er hatte einen Bart«, behauptete Jonelle.

»Er war nicht richtig rasiert«, verbesserte Fabio. »Und das war kein richtiger Bart. Nur so hier.«

Er fuhr sich mit dem Zeigefinger über die Oberlippe.

»Einen Schnauzbart?«, half Pia.

»Ja. Genau.«

»Wie alt war er? Was schätzt ihr?«

»Ziemlich alt.« Jonelle sah ihren Freund unsicher an. »So vierzig. Oder noch älter … weiß nicht.«

Ziemlich alt! Na, danke, dachte Pia sarkastisch.

»Was passierte dann?«, fragte Bodenstein.

»Der hat da ewig rumgemacht«, antwortete der Junge. »Ich dachte, Mann, ey, hau mal ab jetzt. Ich hatte Fußballtraining um vier, und der Trainer ist voll streng, wenn man zu spät kommt. Als der Typ endlich weg war, sind wir runter gerannt und nix wie ab. Ich bin dann mit'm Roller zum Training.«

»Ich wollte nach Hause«, fuhr Jonelle fort. »Aber dann dacht ich mir, ich hol mir noch was Süßes, an der HEM-Tankstelle. Ich geh so die Elbestraße hoch und beim Kreisel über den Nordring, da seh ich, wie der Typ auf dem Parkplatz neben der HEM ins Auto steigt. Ein alter Opel, dunkelblau oder schwarz. Ich hab mir die Nummer gemerkt, weiß auch nicht, warum. Vielleicht, weil die nich von hier war. Und der Typ war irgendwie voll seltsam.«

Sie nannte das Kennzeichen, MTK-WM 177.

»Und du bist dir ganz sicher, dass es genau der Mann war, den ihr vorher im Haus gesehen habt?«, vergewisserte sich Bodenstein.

»Ja, hundertpro.« Jonelle nickte.

»Du bist eine aufmerksame Beobachterin, Jonelle.« Bodenstein lächelte. »Vielen Dank an euch beide, dass ihr uns angerufen habt.«

Die beiden lächelten ein wenig unsicher, aber auch stolz. Irgendwann würde die Geschichte von der Zeugenaussage und der Kriminalpolizei sie in ihrem Freundeskreis zu Helden machen. Jonelle druckste noch etwas herum.

»Äh, meinen Sie, Sie könnten noch mit meinen Eltern sprechen?«, bat sie Bodenstein mit Kulleraugenaufschlag. »Wegen Fabio, mein ich.«

»Ich denke, das hat Frau Dr. Freitag schon getan«, versicherte Pia dem Mädchen. »Ihr werdet keinen Ärger kriegen.«

Er musste das Auto loswerden, und zwar sofort! Die Polizei hatte nicht nur das Kennzeichen herausbekommen, sondern auch Marke und Farbe. Wie war ihnen das bloß gelungen? Wo hatte er einen Fehler gemacht? Er hatte doch so genau darauf geachtet, dass ihn niemand beobachtete! Ihn hatte fast der Schlag getroffen, als er eben zufällig die Durchsage im Radio gehört hatte, und seitdem war er ganz zittrig. Sie waren ihm verdammt nah auf den Fersen. Zum Glück hatten sie keine Ahnung, wo er war. Diesen kleinen Vorsprung musste er nutzen, sonst konnte er den Rest seines Planes, den er so sorgfältig befolgt hatte, vergessen.

Er fuhr Richtung Königstein. Seine Hände waren feucht, und er erwartete jeden Moment, erkannt und angehalten zu werden. Er hatte Angst. Nicht vor der Festnahme. Nicht vor dem Gefängnis. Er hatte Angst, dass er nicht mehr fertig würde, dass sie ihn vorher stoppten. Es waren nur wenige Autos auf den Straßen unterwegs. Feiertag. Neujahr. Die Leute lagen verkatert im Bett, oder sie hatten Angst, vom Taunus-Sniper erschossen zu werden. Wenige Autos waren gut, dadurch war das Risiko, gesehen zu werden, geringer. Allerdings fiel ein blauer Opel Meriva bei dem wenigen Verkehr auch eher auf.

Aber er hatte für alles in seinem Plan ein Exit-Szenario, so auch für das Auto. Und das würde er jetzt ganz genau befolgen, statt das Auto einfach in einem Anfall von Panik irgendwo in den Wald zu fahren.

Es hatte angefangen zu regnen. Zuerst waren es nur ein paar Tropfen gewesen, aber nun hatte der schiefergraue Himmel erbarmungslos seine Schleusen geöffnet. Die Regentropfen trommelten auf das Dach des Autos und die Windschutzscheibe, und Bodenstein betätigte alle paar Sekunden den Scheibenwischer, damit sie überhaupt etwas erkennen konnten. Seit einer halben Stunde saßen Pia und er im Auto und beobachteten das Haus im Taunusblick 72 in der Liederbacher Heidesiedlung, wo Wolfgang Mieger, der Halter des blauen Opel Meriva mit dem amtlichen Kennzeichen MTK-WM 177, gemeldet war. Niemand nahm Notiz von ihnen. Das Haus wirkte verlassen. Aus dem Briefkasten quollen Werbezettel, der Weg zur Haustür war von altem Laub bedeckt. Die Rollläden waren heruntergelassen.

Die Tür hinten links wurde aufgerissen, und Cem ließ sich steif auf die Rückbank fallen.

»So ein Sauwetter!«, fluchte er und strich sich das nasse Haar aus der Stirn. Wie Bodenstein und Pia trug auch er unter seinem Mantel eine schusssichere Weste, die zwar praktisch sein mochte, wenn auf einen geschossen wurde, jedoch ungefähr so bequem war wie eine Gipskorsage.

»Was sagt der Nachbar?«, erkundigte sich Pia.

»Wolfgang Mieger lebt seit Weihnachten 2011 in einem Pflegeheim«, erwiderte Cem. »Er ist dement und hat wohl keine Angehörigen, die sich um ihn kümmern könnten. Seine Frau ist seit ein paar Jahren tot, Kinder hatten sie keine. Seitdem steht das Haus leer. Es gibt wohl jemanden, der sporadisch nach dem Haus guckt und im Sommer den Rasen mäht, aber der hat sich dem Nachbarn nie vorgestellt.«

»Wenn wir Pech haben, ist der Einsatz also für die Katz«, sagte Pia und hauchte in ihre kalten Hände. Mittlerweile hatten die Dienstwagen der Polizei zwar elektrische Fensterheber, luxuriöse Extras wie eine Standheizung suchte man jedoch vergeblich. »Aber wenn wir Glück haben, benutzt der Sniper das Haus tatsächlich als Versteck.«

Die erste Aufregung, die das ganze Team ergriffen hatte, als sich der Sniper durch die Aussage der beiden Jugendlichen von einem Phantom in einen Menschen aus Fleisch und Blut verwandelt hatte, war einer schier unerträglichen Anspannung gewichen. Bis jetzt hatte Bodenstein keine Mail vom Sniper mit einer Todesanzeige für Ralf Hesse erhalten. Die Rückverfolgung der gestrigen Mail durch die IT-Spezialisten vom LKA hatte ergeben, dass sie über ein offenes WLAN geschickt worden war, aber so viele dieser unverschlüsselten Internetzugänge schwirrten nicht mehr herum. Die meisten Betreiber schützten ihre WLANs mit Passwörtern, um sich vor Missbrauch zu schützen. Geriet der Sniper allmählich unter Druck? Hatte er erfahren, dass sie im Besitz von Helen Stadlers Notizbuch und ihm dichter auf den Fersen waren, als er angenommen hatte? Und wenn ja, woher konnte er das wissen?

Ostermann hatte Dr. Burmeister in seinem Hotel auf den Seychellen erreicht und ihm mitgeteilt, dass er und seine Tochter am nächsten Morgen direkt am Gate von Polizeibeamten erwartet würden. Auf seine Frage nach dem Grund hatte Kai keine Antwort gegeben und Pia hatte beschlossen, selbst hinzufahren und mit dem Arzt zu sprechen. Mark Thomsen blieb verschwunden, genau wie Jens-Uwe Hartig. Kai hatte eine seiner Mitarbeiterinnen ausfindig gemacht, die von der Entscheidung, den Laden bis zum 6. Januar zu schließen, überrascht gewesen war. Ihrem Wissen nach hatte Hartig keine Pläne gehabt, irgendwohin zu fahren. Die Staatsanwaltschaft hatte eine Handyortung genehmigt, doch bis jetzt war Hartigs Handy ausgeschaltet und damit ebenso unauffindbar wie sein Besitzer.

»Bitte mach doch mal kurz den Motor an«, bat Pia ihren Chef. »Ich erfriere gleich.«

Bodenstein drehte den Schlüssel im Zündschloss. Der Motor sprang an, das Gebläse ließ die beschlagenen Scheiben wieder klar werden. Gleichzeitig klingelte sein Telefon. Er legte das Gespräch auf den Lautsprecher.

»Das SEK ist in zehn Minuten bei euch«, sagte Ostermann. »Und Napoleon ist hier aufgetaucht. Soll ich ihn entsorgen?«

»Nein.« Bodensteins Zorn auf Neff war inzwischen wieder abgeflaut. »Vielleicht kann er uns noch nützlich sein. Was gibt das Notizbuch her?«

»Es ist ja ein Kalender, sie hat jeden Tag in Kurzform notiert, was sie so gemacht hat. Viele Alltäglichkeiten. Aber ich bin auf ein paar interessante Dinge gestoßen«, erwiderte Ostermann. »Helen hat mit Fritz Gehrke geredet, mit Professor Ulrich Hausmann, Dr. Simon Burmeister und Dr. Arthur Janning, und sie hat genau vermerkt, wann und wo. Dazu hat sie bei jedem dasselbe Datum als Stichtag für ihr Ultimatum vermerkt: den 19. Dezember 2012. Leider hat sie über die Gesprächsinhalte nicht viel notiert, und aus dem, was da steht, werde ich nicht richtig schlau. SANTEX, Blutgruppenschranke, Blutgruppe 0 Universal, Spender A auf Empfänger 0 – nein, umgekehrt ja, Inselspital Bern, Uniklinik Zürich und sogar die Adresse der Bundesärztekammer. Keine Ahnung, was das alles bedeuten soll.«

»Fragen wir ihren Vater, wenn wir hier fertig sind«, schlug Pia vor. »Er müsste doch allmählich zurück sein.«

»Hast du Janning und Hausmann ausfindig gemacht?«, wollte Bodenstein wissen.

»Nein, sorry, bis jetzt noch nicht«, antwortete Ostermann. »Ich bleib aber dran.«

»Wir müssen unbedingt herausfinden, von wem Karoline Albrecht dieses Notizbuch hatte«, sagte Bodenstein.

»Ihr Handy ist leider immer noch aus«, sagte Kai. »Ich versuche es aber weiter bei ihr.«

Das Funkgerät begann zu rauschen, eine Stimme knarzte.

»Kai, es geht los«, sagte Pia. »Das SEK ist da. Wir melden uns später.«

Sie stiegen aus, gingen durch den Regen die Straße entlang, bis sie die Autos des SEK erreicht hatten. Mit dem Einsatzleiter wurde das genaue Vorgehen besprochen. Drei Mann sollten das Grundstück von Miegers Haus durch den Garten betreten. Dort standen jetzt bereits zwei Beamte und passten auf, dass niemand das Haus ungesehen betreten oder verlassen konnte. Die restlichen vier Leute würden mit Bodenstein, Cem und Pia durch die Haustür gehen, doch zuerst sollte die Garage geöffnet werden. Nur Minuten später war das Garagentor ohne großen Lärm geöffnet worden und die Überraschung groß. Oder auch nicht. In der Garage stand der schwarze Geländewagen von Mark Thomsen! Irgendwoher musste Thomsen Mieger gekannt haben, vielleicht war der alte Herr Mitglied oder Sympathisant von HAMO. Thomsen hatte womöglich erfahren, dass Miegers Haus leer und dessen Auto zugelassen und fahrbereit in der Garage stand. Für jemanden, der bei einer Sicherheitsfirma arbeitete, war das altmodische Haustürschloss kein nennenswertes Hindernis.

»Thomsen war früher Präzisionsschütze bei der GSG 9«, sagte Bodenstein zum Einsatzleiter. »Es ist damit zu rechnen, dass er bewaffnet und gefährlich ist.«

Der Einsatzleiter informierte sein Team, dann ordnete er den Zugriff an. Innerhalb von Sekunden war die Haustür aufgebrochen, eine Blendgranate flog in den dunklen Flur, und weitere zehn Sekunden später war Mark Thomsen, der gemütlich auf der Couch gelegen und auf seinem Laptop einen Film geschaut hatte, überwältigt. Er lag bäuchlings auf dem Boden, nur mit einem T-Shirt und einer Jogginghose bekleidet, die Handgelenke mit Kabelbindern auf den Rücken gefesselt, als Bodenstein, Pia und Cem das Haus betraten. Zwei der vermummten SEK-Männer zerrten Thomsen ziemlich unsanft hoch. Die Beschreibung von Jonelle und Fabio passte genau: Thomsen war unrasiert, schlank, Ende vierzig, und er hatte einen Schnauzbart. Über einer Stuhllehne hingen eine schwarze Jeans und eine dunkelblaue Jacke.

»So sieht man sich wieder«, stellte Pia fest.

»Müsst ihr mich halb zu Tode erschrecken?«, erwiderte Thomsen und grinste schief. »Warum habt ihr nicht einfach geklingelt?«

In Bodenstein kochte der Zorn hoch, als er das Grinsen sah. Ihm schossen die grauenhaften Bilder der Toten durch den Kopf, er dachte an die abgrundtiefe Verzweiflung der Angehörigen und musste an sich halten, um dem Mann nicht seine Faust ins Gesicht zu rammen.

»Sie sind festgenommen«, sagte er mit mühsam beherrschter Stimme. »Ihnen wird vorgeworfen, Ingeborg Rohleder, Margarethe Rudolf, Maximilian Gehrke …«

»He, was soll das?«, rief Thomsen und grinste nicht mehr. »Das ist doch wohl nicht euer Ernst!«

»Mir war es noch nie ernster«, entgegnete Bodenstein kalt. »Wir haben in Ihrem Haus eindeutige Beweise dafür sichergestellt, dass Sie der Sniper sind, der fünf Menschen erschossen hat.«

»Was denn für Beweise?« Thomsen schüttelte den Kopf.

»Zum Beispiel den Überwachungsbericht von Maximilian Gehrke.«

»Es gibt noch viel mehr dieser Pläne!«, behauptete Thomsen. »Das hat Helen alles ausgekundschaftet!«

»Schwachsinn!«, sagte Bodenstein scharf. »Wo ist die Waffe?«

»Welche Waffe?«

»Das Gewehr, mit dem Sie die Morde verübt haben!«

»Ich habe keine Morde verübt, und meine Waffen habt ihr ja sicherlich gefunden und schon untersuchen lassen. Ich habe damit nichts zu tun!«

»Laut Ihren Unterlagen fehlte eine Langwaffe. Wieso sind Sie abgehauen und haben uns in Ihrem Heizungskeller eingesperrt?«

»Weil … weil ich plötzlich Panik gekriegt habe.«

Bodenstein schüttelte den Kopf. Thomsen war beileibe nicht der Typ, der in Panik ausbrach, wenn die Polizei auftauchte. Er log.

»Wie sind Sie in dieses Haus gekommen?«, fragte Pia. »Woher kennen Sie Herrn Mieger? Und wo ist das Auto?«

»Welches Auto?« Thomsen stellte sich weiterhin dumm, und Bodenstein hatte die Nase voll.

»Schluss jetzt«, sagte er barsch. »Abführen!«

»Ich bin nicht der Sniper«, beharrte Thomsen, aber Bodenstein wandte sich ab und verließ das Haus.

Dirk Stadler war noch auf der Rückfahrt aus dem Allgäu und erst gegen zwanzig Uhr wieder zu Hause, und Bodenstein wollte mit der Vernehmung von Thomsen warten, bis jemand von der Staatsanwaltschaft da war. Er wollte keinen Fehler machen, den ein cleverer Anwalt später vor Gericht zu Thomsens Gunsten nutzen konnte. Wie gut diese Entscheidung war, zeigte sich nur eine Stunde später, denn über die Hotline kam als Folge des Suchaufrufs im Radio ein anonymer Hinweis auf eine Garagenanlage in Sossenheim in der Toni-Sender-Straße herein: Der gesuchte blaue Opel befinde sich in Garage Nummer 601. Bodenstein schickte eine Streife hin, und Ostermann fand heraus, wer für die Vermietung der Garagen zuständig war. Nach einigen Telefonaten hatte er jemanden von der Hausverwaltungsgesellschaft dran, der ihm bestätigte, dass die Garage Nr. 601 im Oktober 2012 von einem Markus Thomsen angemietet und die Miete für ein Jahr im Voraus bar entrichtet worden war.

Bei über tausend Wohnungen und fast genauso vielen Garagen kenne man natürlich nicht jeden Mieter persönlich, sagte der Mann beinahe entschuldigend. Leider war die Garage leer, aber Bodenstein ließ sie versiegeln und bat Kröger, sie zeitnah kriminaltechnisch zu untersuchen.

»Damit haben wir die Verbindung zwischen ihm und dem Auto«, sagte er mit grimmigem Triumph und nahm am Besprechungstisch Platz. »Ich bin gespannt, wie sich Thomsen da wieder rauswurschteln will.«

»Er will übrigens keinen Anwalt«, informierte Pia, die gerade noch bei dem Verdächtigen gewesen war, ihre Kollegen.

»Dann soll er's lassen.« Bodenstein zuckte die Achseln, dann klatschte er plötzlich in die Hände. »Leute, mit etwas Glück haben wir heute den Sniper gefasst, und ihr könnt bald wieder pünktlich Feierabend machen!«

»Das wär mal was«, sagte Kai. »Wir haben es alle nötig.«

Er wählte zum x-ten Mal Karoline Albrechts Telefonnummer, und endlich hatte er Erfolg.

»Ich habe gerade gesehen, dass Sie ein paarmal versucht haben, mich zu erreichen«, sagte sie, statt sich mit Namen zu melden. »Tut mir leid, der Akku war völlig leer.«

»Ich will Sie auch nicht lange stören. Aber es wäre für uns wichtig zu erfahren, von wem Sie Helen Stadlers Notizbuch bekommen haben.«

Frau Albrecht zögerte für einen kurzen Moment.

»Ich habe festgestellt, dass Helens Facebook-Seite noch aktiv ist«, antwortete sie. »Und darüber habe ich ihre Freundin Vivien Stern gefunden, wir haben uns in Frankfurt getroffen.«

»Facebook!«, stöhnte Kai. »Wieso bin ich selbst nicht draufgekommen?«

»Worüber haben Sie mit ihr gesprochen?«, fragte Bodenstein.

»Sie sagte, Helen sei einer Riesensache auf der Spur und überzeugt gewesen, man habe ihre Mutter sterben lassen, um an ihre Organe zu kommen. Sie habe alles, was damals geschehen sei, aufklären wollen.«

»Wie eng waren Helen Stadler und Frau Stern befreundet?«

»Offenbar kannten sie sich seit der Schulzeit und hatten später zusammen in Frankfurt studiert. Helen hatte ihr Notizbuch immer bei Vivien gelassen, damit ihr Vater oder ihr Freund es nicht fanden. Ihr Freund muss sie sehr unter Druck gesetzt haben, er wollte unbedingt heiraten, sie jedoch nicht. Helen und Vivien planten, heimlich in die USA zu gehen, um dort zu studieren. Als Helens Freund davon Wind bekam, bedrohte er Vivien und schlug sie wohl sogar. Sie hat panische Angst vor dem Mann, deshalb hat sie sich auch nicht getraut, das Notizbuch der Polizei zu übergeben. Sie hat mich gebeten, ihren Namen nicht zu nennen, aber ich habe ihr gesagt, das würde sich wahrscheinlich nicht vermeiden lassen.«

»Haben Sie eine Telefonnummer von ihr?«, wollte Bodenstein wissen.

»Nein, leider nicht. Sie fliegt übermorgen zurück in die USA, war nur über die Feiertage und Silvester bei ihren Eltern. Und da hat sie auch erst begriffen, dass es einen Zusammenhang zwischen Helens Nachforschungen und den Morden gab.«

»Wie das?«

»Sie las die Namen in der Zeitung. Ingeborg R., Maximilian G., Margarethe R. Helen hatte sie eingeweiht.« Karoline Albrecht machte eine kurze Pause, als ob sie versuchte, sich das Gespräch zu vergegenwärtigen. »Helen vertraute wohl niemandem mehr, nachdem sie herausgefunden hatte, dass ihr Vater von irgendjemandem eine Million Euro erhalten hatte, damit er seine Klage gegen das Krankenhaus zurückzieht. Das kam heraus, weil die Steuerfahndung bei ihrem Vater auftauchte. Danach fing sie an, ihre Nachforschungen anzustellen. Unterstützt wurde sie von einem Freund, den Namen habe ich vergessen.«

»Mark Thomsen?«, half Bodenstein, beeindruckt vom Erinnerungsvermögen der Frau, die gestern erst einen Verkehrsunfall gehabt hatte.

»Ja, genau«, bestätigte Karoline Albrecht.

»Weshalb hat Vivien Stern den Verdacht, dass Helen umgebracht wurde?«

»Sie ist davon überzeugt, dass Helen keinen Grund hatte, sich umzubringen. Sie muss absolut euphorisch gewesen sein, wegen Amerika und den Ergebnissen ihrer Nachforschungen. Vivien vermutet, ihr Freund habe Helen getötet, weil sie ihn verlassen wollte.«

»Es besteht der Verdacht, dass Ihr Vater Helens Mutter sterben ließ, um ihr Herz transplantieren zu können. Wissen Sie das?«, fragte Bodenstein nach einer kurzen Pause. Er hörte, wie Frau Albrecht am anderen Ende der Leitung tief Luft holte.

»Ja, das ist mir bewusst.« Ihre Stimme klang plötzlich bitter. »Meine Mutter wurde deswegen vor den Augen meiner Tochter erschossen. Wenn das stimmt, werde ich ihm das niemals verzeihen.«

»Henning, ich bin's, Pia. Entschuldige, dass ich so spät noch störe.«

»Macht nichts. Wie spät ist es denn überhaupt?«, antwortete Henning.

»Gleich halb neun.«

»Oh, ich habe gar nicht auf die Zeit geachtet.«

Pia musste unwillkürlich schmunzeln. Eine typische Henning-Antwort. Ob Miriam und er sich wieder vertragen hatten? Vielleicht war ihr gestriger Streit nicht der erste gewesen, denn Henning schien in letzter Zeit wieder von morgens bis spät in die Nacht im Institut zu sein, so, wie sie das aus ihrer Ehe nur zu gut kannte.

»Sag mal, könntest du dir bitte noch mal das Obduktionsprotokoll von Helen Stadler anschauen?«, bat sie ihren Exmann. »Wir haben den Verdacht, dass sie von der Brücke vor den Zug gestoßen wurde und nicht selbst gesprungen ist. Vielleicht gab es an ihrem Körper Spuren, die falsch gedeutet wurden?«

»Ich schaue es mir gleich mal an und melde mich«, versprach Henning. »Kommt ihr weiter?«

»Wir haben heute einen Verdächtigen verhaftet«, sagte Pia.

»Glückwunsch.«

»Sag mal, dein Informant, der anonym bleiben will, ist das zufällig Dr. Arthur Janning?«, fragte sie dann.

»Wie kommst du denn auf den Namen?«, entgegnete Henning, und das war Pia Antwort genug.

»Helen Stadler hat offenbar auf eigene Faust Erkundigungen eingezogen und mit allen möglichen Leuten gesprochen. Das hat sie in ihrem Notizbuch vermerkt«, erklärte Pia. »Unter anderem mit Janning.«

»Du hast recht, er ist es«, bestätigte Henning. »Er ist mittlerweile Chefarzt der Intensivstation an der UKF. Meines Erachtens hatte er damals nichts mit dem Fall Stadler zu tun, aber die Patientin lag natürlich auf der ITS, deshalb hat er die Vorgänge am Rande mitbekommen.«

»Helen Stadler hat eine Art Todesliste mit neun Namen zusammengestellt, und Janning gehört dazu. Fünf dieser Leute, beziehungsweise deren Angehörige, sind bereits tot«, verriet Pia. »Deshalb befürchten wir, dass der Mann eines der nächsten Opfer des Snipers sein könnte.«

»Oh«, machte Henning nur.

»Wir sind sicher, dass an der UKF noch andere Dinge gelaufen sind, denen das Mädchen auf der Spur war. Die Tatsache, dass alle Angst haben und dass bei Fritz Gehrke Unterlagen vernichtet wurden, ob von ihm oder jemand anderem, bestätigt unseren Verdacht.«

»Dann passt auf, dass sich Rudolf nicht ins Ausland absetzt«, riet Henning ihr.

»Die Chance hat er verpasst«, erwiderte Pia trocken. »Er darf seit gestern Nacht nämlich auf Staatskosten übernachten.«

Dirk Stadler schien gerade erst nach Hause gekommen zu sein. Sein kleiner Koffer stand noch ungeöffnet im Flur.

»Bitte, kommen Sie herein«, sagte er höflich zu Pia und Bodenstein.

»Danke.« Pia lächelte. »Wie war es im Allgäu?«

»Ruhig.« Stadler erwiderte ihr Lächeln. »Wenn ich den Müll auf den Straßen sehe, dann war es hier sicher erheblich lauter.«

Er schloss die Haustür.

»Es hat letzte Nacht wieder einen Toten gegeben«, sagte Pia.

»Ich habe es im Radio gehört«, bestätigte Stadler. »Aber Sie glauben hoffentlich nicht mehr, dass mein Sohn etwas damit zu tun hat, oder?«

»Nein, das glauben wir nicht mehr«, bestätigte Bodenstein. »Wir haben heute jemanden verhaftet.«

»Ach, das … das ist ja großartig. Herzlichen Glückwunsch.« Stadler wirkte gleichermaßen überrascht und erfreut. »Womit kann ich Ihnen dann jetzt noch helfen?«

»Der Mann leugnet natürlich, der Täter zu sein. Deshalb brauchen wir noch mehr Beweise und ein Motiv. Dass es um Rache und Vergeltung geht, ist uns klar. Auch die Grundmotivation kennen wir. Aber es steckt wohl noch viel mehr dahinter als das, was wir bis jetzt wissen.«

»Aha.« Stadler drückte auf den Lichtschalter im Wohnzimmer. »Sie erlauben, dass ich mich hinsetze? Mein Bein ... nach der langen Autofahrt ...«

»Bitte.« Bodenstein nickte. Er und Pia folgten Stadler, der sein Knie massierte, während er aufmerksam zuhörte, als Bodenstein mit knappen Worten die Geschichte von Professor Rudolf und Fritz Gehrkes Sohn umriss.

»Sie haben gewusst, dass Gehrke ein alter Freund von Rudolf war, nicht wahr?«, fragte Bodenstein.

»Ich habe es für Hirngespinste von Jens-Uwe gehalten.« Stadler sah erschöpft aus. Seine Wangen waren eingefallen, seine Augen glänzten fiebrig. »Jens-Uwe war enttäuscht und zornig und wollte Rudolf fertigmachen. Mich sah er als die geeignete Person an, Rudolf Schwierigkeiten zu bereiten und die ganze Sache an die Öffentlichkeit zu bringen.«

»Aber Sie wollten eigentlich nicht klagen. Weshalb haben Sie sich umstimmen lassen?«, wollte Pia wissen.

»Das habe ich Ihnen doch schon gesagt«, erwiderte Stadler. »Mein Schwiegervater machte mir Druck. Er kannte kein anderes Thema mehr. Aber je länger es hin und her ging, desto klarer wurde mir, dass wir keine Chance hatten. Selbst ein gewonnener Prozess hätte meine Frau nicht mehr lebendig gemacht. Ich wollte irgendwann meine Ruhe haben.«

»Sie sagten uns, Sie hätten fünfzigtausend Euro bei dem Vergleich mit der UKF erhalten«, hakte Pia, die sich an ihr Gespräch mit Henning über dessen anonymen Informanten erinnerte, nach. »War das wirklich alles?«

Stadler seufzte resigniert.

»Nein«, gab er zu. »Ich habe von Fritz Gehrke zusätzlich eine Million Euro bekommen.«

»Eine Million Euro?«, vergewisserte Pia sich mit gespieltem Unglauben. »Wofür das denn?«

»Dafür, dass ich meine Klage zurückziehe. Ein jahrelanger Prozess hätte mich ruiniert. Das Geld bot mir die Möglichkeit, meinen Kindern ein gutes Leben zu sichern.«

»Gehrke hat Sie bestochen«, stellte Bodenstein fest. »Warum?«

»Ich denke eher, er hat sein schlechtes Gewissen mit dieser Zahlung beruhigt. Sein Sohn konnte leben, aber meine Frau musste dafür sterben«, entgegnete Stadler ruhig. »Ihm tat es nicht weh, und ich konnte das Geld gebrauchen. Ich ließ es auf ein Konto in der Schweiz einzahlen, was ein Fehler war. Denn eines Tages tauchte die Steuerfahndung auf. Mein Konto und mein Name waren wohl auf irgendeiner CD. Ich musste Steuern nachzahlen und eine Strafe. Das haben meine Kinder, die bis dahin von dem Geld nichts wussten, natürlich mitbekommen.«

»Wie haben sie reagiert?«, erkundigte sich Bodenstein.

»Erik war es egal. Er sagte nur, ich sei dumm gewesen, Schwarzgeld zu nehmen«, erwiderte Stadler. »Helen dagegen war wütend und warf mir vor, ich hätte mir mein Schweigen bezahlen lassen und mich damit mitschuldig gemacht. Wir haben viele Gespräche geführt, bis sie begriffen hat, warum ich so gehandelt habe.«

»Wann war das?«

»Vor zwei Jahren.«

Bodenstein und Pia wechselten einen Blick. Vor zwei Jahren hatte Helen begonnen, das Notizbuch zu führen und Recherchen anzustellen.

»Wissen Sie, dass Ihre Tochter eine Art Tagebuch geführt hat?«, fragte Pia.

»Ja. Sie hat seit ihrer Kindheit Tagebuch geschrieben, hörte aber damit auf, als sie sechzehn oder siebzehn war. Danach beschränkte sie sich darauf, täglich Notizen zu machen.«

»Ihre Tochter war davon überzeugt, dass man ihre Mutter damals nicht mit allen zur Verfügung stehenden Mitteln behandelt hat«, sagte Pia vorsichtig. »Sie glaubte, man habe sie sterben lassen, um ihre Organe verpflanzen zu können.«

»Aber das ist doch Unsinn«, erwiderte Stadler müde. »Darüber haben wir schon ein paar Mal gesprochen.«

»Ob Unsinn oder nicht, sie war dieser Meinung und hat deshalb auf eigene Faust Nachforschungen angestellt«, fuhr Pia fort. »Sie hat Leute unter Druck gesetzt. Ziemlich massiv sogar.«

»Nein, das glaube ich Ihnen nicht«, widersprach Stadler nachdrücklich. »Das kann nicht sein. Meine Tochter war psychisch sehr labil, so etwas hätte sie sich niemals getraut!«

»Sie hat mit dem Direktor der UKF gesprochen, mit Fritz Gehrke, Professor Rudolf und einem anderen Arzt der Klinik, den sie für verantwortlich hielt. Sie hat ihnen offenbar ein Ultimatum gestellt.«

»Ein Ultimatum? Wozu?«

»Vermutlich wollte sie, dass die Wahrheit über die Todesumstände Ihrer Frau öffentlich gemacht wird. Das Ultimatum sollte kurz vor Weihnachten enden«, antwortete Pia. »Aber drei Tage nach ihrem letzten Gespräch hat sie sich das Leben genommen.«

Pias Handy summte. Eine SMS von Kai. *Hab Vivien Stern gefunden*, stand da. Sie überlegte kurz, ob sie Stadler nach der Freundin seiner Tochter fragen sollte, wollte aber erst selbst mit der jungen Frau sprechen.

»Sie hatte auch nicht vor, zu heiraten«, ergänzte Bodenstein. »Angeblich hatte sie Angst vor Herrn Hartig, der sie immer stärker kontrolliert und eingeengt hat.«

»Aber das ist jetzt wirklich Unsinn! Jens-Uwe hat Helen geliebt!« Stadler schüttelte entgeistert den Kopf. »Es stimmt, dass sie die Hochzeit am liebsten noch etwas verschoben hätte, denn sie wollte für ein Jahr in die USA gehen, zum Studieren. Ich fand das gut, denn ich glaubte, dass es für Helens persönliche Entwicklung positiv sein könnte, mal etwas völlig Neues zu tun und Abstand zu bekommen. Jens-Uwe war auch der Meinung.«

»Weshalb hat er sie dann mit Medikamenten vollgestopft?«, fragte Pia.

»Wer behauptet denn so etwas?« Dirk Stadler machte den Eindruck, als ob er nicht mehr viele Neuigkeiten dieser Art verkraften könnte.

»Wir haben es aus glaubhafter Quelle erfahren«, wich Pia aus.

»Ihre Tochter hatte darüber hinaus allerdings noch ganz andere Pläne«, sagte Bodenstein nun. »Sie hat eine Liste von Leuten erstellt, die sie für schuldig am Tod ihrer Mutter hielt. Und sie hat diese Leute beobachtet, ihre Lebensumstände und Gewohnheiten ausspioniert, und das über Monate hinweg. Sie muss diese Menschen regelrecht beschattet haben. Unterstützt wurde sie offenbar von Herrn Thomsen, in dessen Haus wir ein Überwachungsprotokoll von Maximilian Gehrke gefunden haben. Wir gehen davon aus, dass Helen diese Leute zur Rechenschaft ziehen wollte. Nach ihrem Tod hat das jemand anders für sie übernommen.«

Stadler blickte Bodenstein an, und in seinen Augen spiegelte sich für den Bruchteil einer Sekunde der Schmerz, für den es keine Worte gab, den er seit mehr als zehn Jahren mit sich herumtrug und von dem er sich nicht befreien konnte.

»Und wer soll das sein?«, fragte er mit tonloser Stimme. »Wer sollte so etwas … *übernommen* haben?«

»Jemand, der sehr gut schießen kann«, entgegnete Bodenstein.

»Thomsen?«

»Möglich. Sagt Ihnen übrigens der Name Wolfgang Mieger etwas?«

»Natürlich.« Stadler nickte matt. »Wolfgang war ein Arbeitskollege von mir, bis er an Parkinson und dann an Demenz erkrankte. Vor drei

Jahren starb seine Frau, Kinder hatten sie keine. Aber wie kommen Sie denn jetzt auf ihn?«

»Wir haben einen Verdächtigen in seinem Haus festgenommen.«

Diese Neuigkeit verschlug Dirk Stadler für ein paar Sekunden die Sprache. Er richtete sich auf.

»Ich habe einen Schlüssel für Wolfgangs Haus«, sagte er leise. »Seitdem er in Königstein im Pflegeheim ist, sehe ich hin und wieder nach dem Haus und kümmere mich um den Garten. Helen war oft mit mir dort, manchmal ist sie auch alleine hingefahren, hat den Briefkasten geleert und nach dem Rechten geschaut, wenn ich keine Zeit hatte.«

»Wann waren Sie das letzte Mal dort?«

»Irgendwann vor Weihnachten. Ja, ungefähr vor vierzehn Tagen, als es so kalt wurde. Ich habe nach der Heizung geschaut.«

»Benutzen Sie gelegentlich das Auto von Herrn Mieger?«

»Nein. Das steht abgemeldet in der Garage.«

»Das stimmt leider nicht. Irgendjemand ist damit unterwegs.«

»Aber das ist unmöglich! Das Auto ist weder zugelassen noch versichert!« Stadler verzog das Gesicht, erhob sich von dem Hocker und hinkte an ihnen vorbei zum Sideboard im Flur. Er öffnete eine Schublade und präsentierte ihnen einen Autoschlüssel. »Hier, sehen Sie, das ist der Schlüssel für Wolfgangs Auto. Wenn jemand damit unterwegs ist, dann ohne mein Wissen!«

»Könnte Ihre Tochter einen Zweitschlüssel für das Haus gehabt haben, den sie an Thomsen oder Hartig weitergegeben hat?«, wollte Bodenstein wissen.

Stadler stützte sich an dem Sideboard ab.

»Mein Gott. Ja, das könnte sein«, gab er zu. »Mir fehlt seit Monaten einer der Haustürschlüssel.«

»Wissen Sie, wo sich Herr Hartig aufhalten könnte?«, fragte Pia.

Stadler schloss die Schublade mit einem Ruck. Eine Weile herrschte eine unbehagliche Stille.

»Nein.« Stadler schüttelte den Kopf. »Seit Helens Tod habe ich nicht mehr viel Kontakt zu ihm.«

»Aber am vergangenen Freitag haben Sie über eine Stunde lang mit ihm telefoniert.«

»Ja, das stimmt. Er wollte mir einen guten Rutsch wünschen. Und dann haben wir noch eine Weile geredet.«

»Worüber?«

»Über diese ganze Geschichte.« Stadler machte eine vage Handbewegung. »Darüber, dass Sie ihn verdächtigen, sein Haus und sein Atelier durchsucht haben. Und über … Helen. Sie wäre an dem Tag vierundzwanzig geworden.«

Als sie Stadlers Haus verließen, schüttete es noch immer wie aus Eimern.

»Das waren noch Zeiten, als ich mich darauf verlassen konnte, dass du einen Schirm dabeihast!«, murrte Pia und schlug ihre Kapuze hoch, obwohl das auch nichts mehr retten würde.

»Im Auto hab ich einen. Soll ich ihn holen?«, bot Bodenstein ritterlich an.

»Ach, ist jetzt eh egal.«

Sie liefen mit eingezogenem Genick zum Auto und wichen dabei den größten Pfützen aus. Unterwegs begann Pias Handy zu klingeln, und sie ging dran, obwohl ihr das Regenwasser in den Jackenärmel rann.

»Ihr könntet recht haben«, sagte Henning an ihrem Ohr. »Die Leiche von Helen Stadler war zwar ziemlich übel zugerichtet, aber die oberen Extremitäten waren so gut wie unversehrt. Man hat den Fall damals ja als Suizid betrachtet, deshalb sind die Unterblutungen an den Oberarmen wohl als Prellungen abgetan worden. Aber es könnte durchaus sein, dass sie von jemandem festgehalten wurde. Sie war eine zierliche Person. Es dürfte für einen kräftigen Mann kein Problem gewesen sein, sie über ein Brückengeländer zu stoßen oder zu werfen.«

Pia spürte, wie ihr Herz schneller schlug.

»Was ist mit ihrer Kleidung?«

»Die müsste sich noch in der Asservatenkammer der Polizei befinden. Aber da ist noch etwas.«

»Ja?«

Bodenstein öffnete für Pia die Beifahrertür, und sie schlüpfte ins Auto.

»Auch bei einem Suizid arbeiten wir hier sehr gründlich, wie du weißt. Unter den Fingernägeln der linken Hand wurden damals Hautpartikel festgestellt und ebenfalls asserviert. Wenn jetzt der Verdacht besteht, dass es kein Selbstmord war, sondern möglicherweise Fremdeinwirkung vorlag, dann solltest du veranlassen, dass alles – auch die Kleidung – ins Labor geschickt wird.«

»Das werde ich sofort tun. Danke, Henning.«

Bodenstein ließ den Motor an, stellte die Heizung und das Gebläse auf die höchste Stufe, und Pia berichtete ihm, was Henning gesagt hatte.

Sie fuhren eine Weile schweigend durch die Dunkelheit.

»Ich habe irgendwie so ein komisches Gefühl«, sagte Pia plötzlich.

»In Bezug auf was?«

»Ich weiß auch nicht.« Pia zuckte die Schultern. »Oberflächlich betrachtet, war Stadler absolut glaubwürdig. Angemessen erschüttert, fassungslos, aber auch ehrlich. Es gibt nichts, worüber ich jetzt gestolpert wäre. Das mit dem Schweigegeld von Gehrke hat er zugegeben, ebenso den Anruf von Hartig, die Geschichte mit Miegers Haus klingt authentisch. Er wirkte nicht ein einziges Mal ertappt oder nervös. Und trotzdem … Ich würde ihn gerne überwachen lassen.«

»Stadler?« Bodenstein warf ihr einen erstaunten Blick zu. »Wieso? Wie willst du das vor dem Staatsanwalt begründen?«

»Damit, dass er nach wie vor das stärkste Motiv von allen hat.« Sie hob die Hand, als ihr Chef etwas erwidern wollte. »Ich weiß, ich weiß, er ist körperlich gar nicht dazu in der Lage, er hat Alibis und er hat im Gegensatz zu Thomsen und Hartig nichts mit Waffen am Hut, aber alles andere passt so gut.«

»Also bitte, Pia!« Bodenstein schüttelte den Kopf. »Wolfgang Mieger war ein Kollege von Stadler, Helen kannte das Haus, hatte Zugang zum Schlüssel. Sie hat Thomsen von dem Haus erzählt, ihm den Schlüssel gegeben. Er war Präzisionsschütze. Er hat keine Alibis. Er hat nichts zu verlieren. *Das* passt. Thomsen ist unser Mann, ganz sicher.«

Pia starrte nachdenklich auf die Straße.

»Ob Stadler weiß, dass Hartig Arzt an der UKF im Team von Professor Rudolf war?«, fragte sie.

»Wieso hast du ihn nicht danach gefragt?«, entgegnete Bodenstein.

»Warum ich?« Pia empfand die Frage ihres Chefs als Vorwurf. »Du hättest ihn doch auch fragen können!«

»Ich habe angenommen, du hättest einen Grund, ihn nicht danach zu fragen.«

»Der einzige Grund war, dass ich nicht daran gedacht habe.« Plötzlich fühlte Pia sich geradezu überwältigt von all den Fragen, die sie in den letzten Tagen gestellt hatte, ohne wirkliche Antworten zu bekommen. So viele Vermutungen, Spekulationen und Verdachtsmomente auf der einen Seite und so viele Ausreden und Lügen auf der anderen. Sie sah vor lauter Bäumen den Wald nicht mehr.

»Weißt du, was ich mich noch frage?«, sagte sie, als sie an der Rhein-Main-Therme vorbeifuhren. »Wie hat sich wohl die Verurteilung wegen

Steuerhinterziehung auf Stadlers Job ausgewirkt? Ist er Beamter, wenn er beim Bauamt der Stadt Frankfurt arbeitet?«

»Könnte sein. Auf jeden Fall ist er Angestellter im Öffentlichen Dienst.« Bodenstein nickte. »Vor einiger Zeit wurde der Leiter eines Finanzamts aus dem Beamtenverhältnis entfernt, weil er seine Einkommensteuererklärung über Jahre hinweg mit falschen Angaben zum Personenstand gefälscht hat. Obwohl es nichts mit seinem Job zu tun hatte, galt es als schweres Dienstvergehen.«

»Woher weißt du so was?«, staunte Pia.

»Ich lese Zeitung«, grinste Bodenstein.

»Um halb zehn abends an Neujahr erreichen wir niemanden bei der Stadt Frankfurt.« Pia gähnte herzhaft. »Außerdem habe ich einen Bärenhunger und bin todmüde.«

Mitten im Gähnen hielt sie inne, denn ihr fiel die SMS von Kai ein.

»Mist!«, rief sie und holte ihr Handy hervor. »Kai hat mir vorhin, als wir bei Stadler waren, eine SMS geschickt! Er hat Vivien Stern gefunden. Vielleicht hat er schon mit ihr telefoniert.«

»Würdest du mal bitte aufhören zu gähnen? Du steckst mich an!«, sagte Bodenstein vorwurfsvoll und bog auf den Parkplatz des Kommissariats ein. »Wir haben eigentlich noch die Vernehmung von Thomsen vor uns.«

»Och, das hat doch Zeit bis morgen.« Pia gähnte, bis ihre Kieferknochen knackten, und öffnete die Beifahrertür. »Er läuft uns schon nicht weg.«

»Du hast recht. Nichts wie heim jetzt«, entgegnete Bodenstein. »Gute Nacht!«

»Gute Nacht, Chef!« Pia schlug die Tür zu und ging zu ihrem Auto. Bodenstein legte den Rückwärtsgang ein und wendete, und als er wieder vom Parkplatz auf die Straße fuhr, war er so müde wie selten zuvor in seinem Leben.

Mittwoch, 2. Januar 2013

Flug DE 303 der Condor aus Mahé war planmäßig um 6:30 Uhr gelandet. Er schaute noch einmal auf die Anzeigetafel. Terminal 1, Gate C, unverändert.

Am Flughafen war immer viel los, da fiel niemand auf, der mit einem Rollköfferchen herumstand. Er setzte sich in den Coffeeshop schräg gegenüber von Gate C, bestellte einen Kaffee und blätterte in einer Zeitung, die für Gäste auslag. Er sah aus wie ein Geschäftsmann auf Reisen, wie es am Flughafen Tausende gab. Die Schlagzeilen über den Taunus-Sniper überflog er nur, der Rest der Zeitung interessierte ihn genauso wenig. Weiter vorne am Gate warteten vier uniformierte Polizisten, bei ihnen stand die blonde Polizistin, Frau Kirchhoff. Sie sah so müde und ausgebrannt aus, wie er sich fühlte. Sicher hatte sie wieder mal eine lange Nacht hinter sich, und das verdankte sie ihm.

Bald war es vorbei. Bald war es geschafft und Gerechtigkeit hergestellt.

Er rührte in seiner Tasse, obwohl es nichts zu rühren gab, denn er mochte weder Milch noch Zucker im Kaffee. Aber es wirkte von weitem überzeugend, wenn jemand geistesabwesend im Kaffee rührte, während er Zeitung las. Die Kirchhoff blickte sich nämlich immer wieder prüfend um, ihr Blick glitt ein paarmal auch über ihn hinweg, aber sie erkannte ihn nicht. Er war ein Meister der Verkleidung, sein Durchschnittsgesicht war ihm dabei von Vorteil. Weder war er besonders groß noch besonders gut aussehend, das war in der Öffentlichkeit der beste Schutz.

Eine dunkelhaarige Frau und ein älterer grauhaariger Mann tauchten auf, die Kommissarin sprach die beiden an. Sie redeten miteinander, die Dunkelhaarige war nervös, rang ihre Hände, zwirbelte eine Haarsträhne zwischen den Fingern, kramte in ihrer Handtasche. Sie standen etwas abseits von den anderen Wartenden, mit Blick auf das Gate, aus dem nun nach und nach die Passagiere herausquollen. Männer, Frauen, Kinder, Jugendliche. Familien, etwas erschöpft vom langen Flug, aber braungebrannt und sichtlich erholt nach einem Urlaub auf den Seychellen. Viele wurden abgeholt. Winken. Lachen. Umarmungen, Wiedersehensfreude. Burmeister und seine Tochter kamen ziemlich als Letzte und wurden sofort von den Polizisten in Empfang genommen. Das Mädchen, von dem er wusste, dass es sechzehn Jahre alt war und Leah hieß, verabschiedete sich von seinem Vater, die beiden umarmten sich, wechselten noch ein paar Worte, er streichelte ihr Gesicht und küsste sie auf die Wange. Dann ging Leah zu der dunkelhaarigen Frau, ihrer Mutter, die Burmeister keines Blickes würdigte, und hakte sich bei ihr unter. Die Kirchhoff sprach Burmeister an, aber der starrte seiner Tochter nach. Zwei Polizisten folgten Leah, ihrer Mutter und dem Grauhaarigen, die anderen beiden blieben bei Burmeister. Er trank seinen Kaffee, der längst kalt geworden war, aus. Es fiel ihm schwer, ruhig zu bleiben. So viel hing von den nächsten Minuten ab! Gleich würde sich zeigen, ob sich Plan A durchführen ließ oder ob er zu Plan B greifen musste.

Burmeister und seine Tochter waren unter den letzten Passagieren des Condor-Fluges DE 303 aus Mahé, die durch das Gate kamen. Sie hatten keinen Gepäckwagen dabei, sondern zogen Rollkoffer hinter sich her.

»Da ist sie!«, rief die Exfrau von Burmeister, mit der Pia gemeinsam gewartet hatte, aufgeregt und winkte mit beiden Armen. »Leah! Leah, hier!«

Eigentlich hatte das Mädchen von Frankfurt aus mit dem Zug nach Düsseldorf fahren sollen, aber angesichts der Situation wäre es unverantwortlich gewesen, die Sechzehnjährige einer solchen Gefahr auszusetzen. Ihre Mutter hatte gestern am Telefon sofort versichert, sie und ihr Mann würden Leah persönlich am Gate abholen. Die drei verschwanden unter den neugierigen Blicken der Umstehenden in Begleitung von zwei Polizisten, die sie bis an ihr Auto bringen und sie anschließend bis zum Wiesbadener Kreuz eskortieren würden. Pia wollte kein Risiko eingehen.

Dr. Simon Burmeister war ein äußerst gutaussehender Mann Anfang fünfzig: die dichten, dunklen Haare nach hinten frisiert, sonnengebräunt, sportlich, mit einem markanten Gesicht und der selbstbewussten Ausstrahlung eines Mannes, der sich seiner gesellschaftlichen Stellung und seiner körperlichen Vorzüge durchaus bewusst war.

»Herr Dr. Burmeister? Ich bin Pia Kirchhoff von der Kriminalpolizei Hofheim«, stellte Pia sich ihm vor. »Mein Kollege hat mit Ihnen gesprochen.«

»Ich brauche jetzt erst mal einen gescheiten Kaffee. Die Plörre im Flugzeug ist grausig«, sagte er, statt ihren Gruß zu erwidern, und winkte seiner Tochter nach, die ihm eine Kusshand zuwarf. Dann musterte er kurz die beiden uniformierten Polizisten und sah schließlich Pia an. »Was soll das hier eigentlich alles?«

Burmeister ergriff seinen Rollkoffer und ging zielstrebig auf den Coffeeshop zu, der sich ein paar Meter entfernt am Ausgang der Ankunftshalle befand. Pia musste wohl oder übel hinter ihm herlaufen.

»Einen ordentlichen deutschen Kaffee bitte«, sagte er zu der Bedienung und legte einen Zehn-Euro-Schein auf den Tresen, dann erinnerte er sich wohl an seine gute Erziehung. »Für Sie auch einen?«

»Nein, danke«, erwiderte Pia ungehalten. »Würden Sie mir jetzt bitte zuhören?«

Burmeister griff nach dem Kaffee und nahm einen kleinen Schluck.

»Ah, das tut gut!«, sagte er und lächelte, und die Lachfältchen machten sein Gesicht sympathisch. »So, jetzt haben Sie meine ungeteilte Aufmerksamkeit.«

Selbst bis zu den Seychellen waren die Nachrichten von der Mordserie des Heckenschützen vorgedrungen, aber Burmeisters Lächeln verschwand, und er vergaß, seinen Kaffee zu trinken, als Pia ihm rasch die Zusammenhänge erklärte.

»Ihr Name steht auf der Todesliste des Snipers, der bereits fünf Menschen erschossen hat«, schloss sie. »Wir müssen mit Ihnen sprechen, und wir wollen Sie schützen.«

»Sie wollen mich schützen?« Burmeister sah sie mit hochgezogenen Augenbrauen an. »Wie denn?«

»Wir stellen zwei Personenschützer für Sie ab, die Sie so lange begleiten, bis wir den Sniper verhaftet haben«, erwiderte Pia. »Außerdem würden Sie …«

»Kommt gar nicht in Frage!«, unterbrach Burmeister sie, ergriff Kaffeebecher und Rollkoffer und ging zum Ausgang. »Das fehlt mir noch! Fremde Leute, die mir bis aufs Klo folgen, das geht gar nicht! Ich kann schon auf mich selbst aufpassen!«

»Haben Sie mir überhaupt richtig zugehört?« Pia stellte sich ihm verärgert in den Weg. »Denken Sie, ich bin aus Spaß morgens um sechs am Flughafen?«

»Ich weiß Ihre Aufmerksamkeit zu schätzen«, entgegnete Burmeister. »Wenn ich Sie richtig verstanden habe, dann hat es dieser Sniper bisher immer auf die Angehörigen der Leute abgesehen, die auf dieser Liste stehen. Sie sollten also wohl besser meine Tochter schützen!«

»Genau aus diesem Grund hat Ihre Exfrau Ihre Tochter direkt hier abgeholt. Wer steht Ihnen sonst noch nahe, wer könnte in Gefahr sein?«

»Mir steht sonst niemand nahe«, behauptete Burmeister.

»Haben Sie eine Freundin?«, beharrte Pia.

»Nein, nichts Festes.« Der Arzt trank den Kaffee aus und warf den leeren Becher in einen Mülleimer. »Ich arbeite viel und lege Wert auf meine Freiheit. Ein paar schlechte Erfahrungen reichen mir für mein Leben. Ich muss jetzt los. Ich habe um zehn Uhr einen Termin in der Klinik.«

Es nervte Pia immer mehr, dass ihr dieser arrogante Typ nicht richtig zuhörte.

»Herr Dr. Burmeister, Sie sollten diese Sache sehr ernst nehmen«, warnte Pia ihn. »Wir vermuten, dass der Täter ein Angehöriger einer ehemaligen Patientin von Ihnen ist, der Vergeltung sucht. Kirsten Stadler wurden damals nur zwölf Stunden nach ihrer Einlieferung ins Krankenhaus das Herz und andere Organe entnommen, man fälschte aber die Dokumentation, damit es offiziell alles seine Richtigkeit hatte. Vielleicht wäre nie etwas aufgefallen, aber ein Arzt aus Ihrem Team konnte diese Vorgänge nicht mit seinem Gewissen vereinbaren und zeigte Rudolf und Sie bei der Klinikleitung und der Bundesärztekammer an. Trotzdem gelang es, alles unter den Teppich zu kehren.«

Endlich sah Burmeister sie an. Seine Miene blieb unverändert, aber er war unter seiner Sonnenbräune blass geworden.

»Der Mann von Kirsten Stadler wurde von Fritz Gehrke mit einer hohen Geldsumme zum Schweigen gebracht, der junge Arzt aus der Klinik gemobbt«, fuhr Pia fort. »Die ganze Sache schien erledigt, bis die Tochter von Kirsten Stadler anfing, Nachforschungen anzustellen. Sie sprach mit Professor Hausmann, Professor Rudolf, Dr. Janning, Dr. Furtwängler und mit Ihnen, das hat sie mit Datum und Uhrzeit notiert.«

Burmeister klappte den Kragen seiner Jacke hoch, denn durch die Schiebetüren kam regelmäßig ein Schwall kalter Luft.

»Sie setzte Ihnen ein Ultimatum bis Weihnachten. Dann wollte sie die ganze Geschichte an die Presse geben, wenn Sie alle nicht vorher zugegeben hätten, was damals schiefgelaufen ist. Praktischerweise nahm Helen Stadler sich im September das Leben.«

»Das wusste ich gar nicht«, sagte Burmeister.

Pia hielt diese Behauptung für eine Lüge, ließ sie jedoch unkommentiert.

»Was hat Helen Stadler von Ihnen gewollt?«, wollte sie wissen.

Burmeister trat einen Schritt zur Seite und kratzte sich nachdenklich am Kopf.

»Sie hat mir abstruse Vorwürfe gemacht«, erinnerte er sich. »Die ganze

Sache war längst geklärt, aber das wollte sie nicht wahrhaben. Sie war ziemlich durchgedreht. Nachdem sie ungefähr dreißig Mal bei mir angerufen hat, habe ich sie gebeten, mich in Ruhe zu lassen, sonst würde ich sie wegen Belästigung anzeigen.«

»Hat sie Ihnen gedroht?«, fragte Pia.

»Ja, aber das habe ich nicht ernst genommen.« Er machte eine wegwerfende Handbewegung, aber seine aufgesetzte Nonchalance war dahin. »Diese Sache war wie gesagt durch, es hatte einen Vergleich gegeben, die Familie hatte eine Schadensersatzzahlung erhalten.«

Pia bezweifelte, dass er das tatsächlich so locker gesehen hatte. Burmeister war ein ehrgeiziger Mann, der angesehene Chefarzt der Transplantationschirurgie an der UKF mit einem bemerkenswerten Ruf als Chirurg. Für ihn stand alles auf dem Spiel, sollte herauskommen, dass er sich unethisch oder sogar vorsätzlich falsch verhalten hatte: sein Job, seine Zukunft, sein guter Ruf, das Renommee der Klinik. Helens Neugier war für ihn zweifellos eine existentielle Bedrohung gewesen, denn ein Mann mit einem so großen Geltungsdrang wie er konnte ohne den Ruhm und die Anerkennung in Ärztekreisen nicht leben.

»Sie kennen nun die Geschichte und unsere Sorge«, sagte Pia abschließend. »Wir können Ihnen unseren Schutz nur anbieten, aber nicht aufzwingen.«

»Danke für den Hinweis und Ihre Offenheit.« Burmeister rang sich ein Lächeln ab. »Ich werde über all das nachdenken. Dann melde ich mich bei Ihnen.«

»Ach, und noch etwas.« Diese Information hatte Pia sich absichtlich bis zum Schluss aufgehoben. »Ihr ehemaliger Chef, Professor Rudolf, sitzt bereits wegen des Verdachts der fahrlässigen Tötung von Kirsten Stadler in Untersuchungshaft, und wir haben mit den Herren Hausmann, Janning und Gehrke gesprochen.«

»Ach ja? Und warum?« Burmeisters Blick wurde plötzlich stählern. Aber hinter dem Stahl flackerte eindeutig Angst auf.

»Ich denke, das wissen Sie«, entgegnete Pia. »Sagen Sie Ihren Termin ab und kommen Sie mit aufs Kommissariat. Vielleicht können Sie uns helfen.«

Der letzte Satz war ein Fehler gewesen, das begriff Pia in dem Moment, als sich Stahl und Sorge in Burmeisters Blick in Erleichterung verwandelten. Was auch immer es war, wovor der Arzt sich fürchtete, sie hatte ihm deutlich signalisiert, dass sie keine Ahnung hatte. Verdammt!

»Danke für Ihr Angebot, aber ich denke, ich kann ganz gut auf mich selbst aufpassen.« Er warf einen Blick auf seine Armbanduhr. »Ich muss los. Der Flug war lang, und ich muss um zehn in der Klinik sein.«

Pia zuckte die Schultern und hielt ihm ihre Visitenkarte hin, die er mit einem geringschätzigen Lächeln ignorierte.

»Wie Sie wollen«, sagte sie. »Es ist Ihr Leben.«

Die Kirchhoff hatte fast zwanzig Minuten mit Burmeister gesprochen, worüber, das konnte er leider nicht verstehen, aber sie wirkte sauer, und irgendwann zuckte sie die Achseln, hielt ihm eine Karte hin, die er nicht annahm, und ging mit den beiden Polizisten weg. Er war erleichtert. Plan B wäre weitaus komplizierter gewesen, so musste er nichts ändern, nicht improvisieren. Burmeister war ein arroganter Idiot, fühlte sich unantastbar. Doch genau darauf hatte er – wenn er ehrlich war – gehofft.

Jetzt musste es schnell gehen. Er griff in derselben Sekunde wie Burmeister zum Handy und ging hinaus. Burmeister folgte ihm nur kurze Zeit später, telefonierte mit angespannter Miene und gesenkter Stimme. Ihm ging der Arsch auf Grundeis! Draußen blieb er stehen, ging weiter, blickte sich um. Er hielt nach einem Taxi Ausschau und da kam auch schon eines. Es blieb neben Burmeister stehen, der Fahrer öffnete von innen den Kofferraum, dann stieg er aus und lud den Koffer ein. Burmeister setzte sich rechts hinten auf die Rückbank. Er konnte sich ein zufriedenes Lächeln nicht verkneifen. Die Maus war trotz der Warnung, die die Kirchhoff hundertprozentig ausgesprochen hatte, mit überheblicher Ignoranz in die Falle gegangen! Er ging um das Taxi herum, öffnete die linke hintere Tür und stieg dazu.

»Ich habe kein Alibi«, wiederholte Thomsen, der noch immer auf einen Anwalt verzichtete. »Das habe ich doch schon gesagt.«

»Und ich habe Ihnen gesagt, dass es dann schlecht für Sie aussieht«, entgegnete Bodenstein. Die widersprüchlichsten Gefühle tobten in seinem Innern. Noch vor einer halben Stunde schien Thomsen nur noch Millimeter von einem Geständnis entfernt zu sein, aber jetzt war wieder alles offen. Er brauchte aber ein Geständnis von ihm, denn auch wenn die Indizienkette gegen Thomsen beinahe lückenlos war, so fehlte ihm dennoch die absolute Gewissheit, die jeden Zweifel ausräumte.

»Sie haben keinerlei Beweise, die vor Gericht zählen würden«, antwortete Thomsen mit einer Gelassenheit, die Bodenstein irritierte, weil sie echt war. Die Kollegen von der Nachtschicht hatten ihm berichtet,

Thomsen hätte sich am Abend seelenruhig auf die Pritsche gelegt und sei nur Minuten später tief und fest eingeschlafen. Das brachte niemand fertig, der schuldig war! Allerdings war Thomsen als ehemaliges Mitglied einer Elitetruppe psychologisch bestens geschult. Er wusste genau, wie er sich verhalten musste, um sein Gegenüber zu täuschen. War er vielleicht ein Soziopath, einer, der kein Gewissen besaß und deshalb auch keine Schuldgefühle verspürte?

»Oh doch, jede Menge!« Bodenstein wischte seine Zweifel beiseite. »Sie sind ein ausgezeichneter Schütze. Und wir haben Beweise dafür, dass Sie die Opfer sorgfältig und über Monate hinweg ausspioniert haben. Ingeborg Rohleder, Maximilian Gehrke, Hürmet Schwarzer, Margarethe Rudolf, Ralf Hesse, Simon Burmeister und Jens-Uwe Hartig. Wir haben alle Unterlagen im Papiermüllcontainer der Firma gefunden, bei der Sie arbeiten. Die haben Sie dort entsorgt, als Sie den Hund zurückgebracht haben. Das Auto von Herrn Mieger, dessen Haus Sie als Versteck benutzt haben, wurde in der Nähe eines Tatortes beobachtet. Und es wurde an einer Garage in Sossenheim gesehen, die Sie angemietet hatten.«

»Das stimmt nicht.« Thomsen schüttelte den Kopf. »Ich habe weder eine Garage gemietet noch dieses Auto benutzt.«

»Wir haben in der Garage eine leere Wasserflasche mit einwandfreien Fingerabdrücken von Ihnen gefunden«, fuhr Bodenstein fort. »Wie erklären Sie sich das?«

»Ich habe dafür keine Erklärung«, erwiderte Thomsen aufrichtig. »Und ich habe auch keinen Grund, eine Garage zu mieten. Ich war überhaupt noch nie in Sossenheim.«

»Sie haben diese ganze Aktion von langer Hand geplant.« Bodenstein reagierte nicht auf Thomsens Einwände. »Für die Fahrten zu den Tatorten haben Sie das Auto von Wolfgang Mieger benutzt. Aber mit der Garage haben Sie einen Fehler gemacht, der Ihnen jetzt das Genick brechen wird.«

»Ich habe doch schon einmal gesagt, dass Helen die Leute beschattet hat«, sagte Thomsen. Er saß ruhig auf seinem Stuhl, die Hände locker im Schoß, und erwiderte jeden Blick, ohne übermäßig zu zwinkern oder zu schwitzen. »Über Monate hinweg.«

»Ja, das wissen wir auch. Aber sie hat das nicht alleine getan, sondern mit Ihrer Unterstützung. Und Sie haben nach ihrem Tod ihren Racheplan in die Wirklichkeit umgesetzt. Sie haben für keinen einzigen Tatzeitpunkt ein Alibi. An dem Abend, an dem Frau Rudolf erschossen wurde, endete Ihre Schicht um 18 Uhr. Als Maximilian Gehrke und Ingeborg Rohleder erschossen wurden, hatten Sie Nachtschicht. Das haben wir alles bereits überprüft. Und uns haben Sie in Ihrem Heizungskeller eingesperrt, um in Ruhe alle Unterlagen beseitigen zu können.«

Bodenstein spürte, wie seine Frustration wuchs. Sie drehten sich im Kreis, wiederholten beinahe im exakten Wortlaut, was sie bereits mehrfach gesagt hatten.

»Woher kennen Sie Herrn Mieger?«

Bodenstein wusste schon, was Thomsen antworten würde, ließ es ihn dennoch wiederholen. Vielleicht würde er irgendwann ermüden, ein Detail vergessen, sich verraten.

»Ich kenne ihn nicht persönlich. Er war ein Kollege von Helens Vater. Sie haben früher zusammen bei einer Hochbaufirma gearbeitet, waren auf Großbaustellen im Ausland. Stadler und Helen haben sich um ihn gekümmert, als seine Frau starb und er dement wurde. Ich habe mich an das Haus erinnert, als ich euch im Keller eingesperrt hatte. Zuerst wollte ich zu Winklers, aber dann dachte ich mir, da schaut ihr sicher zuerst nach.«

»Wobei wir wieder bei der Frage wären, weshalb Sie untergetaucht sind. Wenn Sie unschuldig sind, hatten Sie doch nichts zu befürchten.«

»Das war eine Kurzschlussreaktion«, gab Thomsen die gleiche Antwort wie schon dreimal zuvor.

»Woher hatten Sie den Schlüssel?«

»Helen hatte mir mal davon erzählt, dass sie einen Haustürschlüssel unter der Vogeltränke neben der Gartenhütte deponiert hatte.«

»Ich fürchte, Sie begreifen den Ernst Ihrer Lage nicht, Herr Thomsen!«, unterbrach Bodenstein an diesem Punkt den Kreislauf der Wiederholungen. »Wir verdächtigen Sie, fünf Menschen ermordet zu haben! Die Beweise gegen Sie sind erdrückend.«

Thomsen zuckte nur die Schultern.

»Warum sollte ich das tun? Menschen erschießen?«

»Um Helen zu rächen.«

»Quatsch.« Mark Thomsen schüttelte den Kopf. »Mein Leben ist versaut genug. Da bringe ich mich doch nicht selbst für den Rest meiner Tage in den Knast, nur um die Hirngespinste eines psychisch angeknacksten Mädchens in die Tat umzusetzen.«

»Wo ist das Auto von Herrn Mieger?«

»Keine Ahnung. Ich wusste gar nicht, dass er eins hat.«

»Sie wurden mit dem Auto gesehen«, erinnerte Bodenstein ihn, wohl wissend, dass das nur eine Vermutung war.

»Unmöglich. Aber vielleicht haben die Zeugen jemand anderen gesehen. Zum Beispiel Jens-Uwe. Der hatte weiß Gott mehr Grund, Helen zu rächen, als ich.«

»Helen wollte sich von ihm trennen«, sagte Bodenstein. »Sie hatte Angst vor ihm, und das wussten Sie, denn Sie haben ihr geholfen, von den Tabletten loszukommen, unter die Hartig sie gesetzt hatte.«

Keine Antwort.

»Wieso hat Hartig Helen diese Tabletten gegeben? Weshalb kontrollierte er sie auf Schritt und Tritt?«

»Das müssen Sie ihn schon selber fragen.«

»Herr Thomsen!«, drängte Bodenstein. »Wieso sagen Sie nicht endlich die Wahrheit? Warum sind Sie geflüchtet und haben sich in Miegers Haus versteckt?«

Thomsen seufzte.

»Ich konnte nicht riskieren, in U-Haft zu landen, bevor ich nicht noch etwas Dringendes erledigt hatte«, sagte er und änderte damit plötzlich die Choreographie der Vernehmung. »Zuerst dachte ich, Sie stellen nur ein paar Fragen und verschwinden wieder, aber dann habe ich gemerkt, dass Sie mich festnehmen würden. So gesehen, war es wirklich eine Kurzschlussreaktion von mir.«

»Was hatten Sie zu erledigen?«, fragte Bodenstein eindringlich. »Und wo?«

Mark Thomsen rieb mit einer Hand seine unrasierte Wange.

»Es hatte absolut nichts mit dieser ganzen Sache zu tun. Als Sie und Ihre Kollegin bei mir waren, erhielt ich einen Anruf, Sie erinnern sich vielleicht.«

Bodenstein nickte. Er erinnerte sich lebhaft an den knurrenden Hund und an die Veränderung, die mit Thomsen vor sich gegangen war, nachdem er telefoniert hatte.

»Der Anruf kam aus Holland. Ich musste dringend nach Eindhoven.«

»Wozu?«

»Um eine Schweinerei zu verhindern.« Thomsen erwiderte Bodensteins Blick, ohne mit der Wimper zu zucken. »Außerdem wollte ich mit Burmeister sprechen, sobald er aus dem Urlaub zurück war. Aber das können Sie ja jetzt tun.«

»Worüber wollten Sie mit ihm sprechen?«

Thomsen sah ihn lange an, und Bodensteins Optimismus, dem Mann heute ein Geständnis abzuringen, schmolz dahin. Erst jetzt merkte er, wie fest er mit einem Erfolg gerechnet hatte.

»Ich habe vor kurzem herausgefunden, dass er am 16. September in Kelsterbach war«, erwiderte Thomsen, als Bodenstein schon mit keiner Antwort mehr rechnete. »Sein Auto wurde an dem Tag in der Kirschenallee geblitzt. Nur hundert Meter weiter ist Helen angeblich von der Fußgängerbrücke auf die S-Bahngleise gestürzt.«

Bodenstein war für ein paar Sekunden sprachlos.

»Wie haben Sie das herausgefunden?«

»Ich bin zwar schon eine Weile raus, aber ich hab immer noch ein paar Beziehungen in eurem Laden.« Thomsen zuckte die Achseln. »Das Letzte, was mir einfallen würde, wäre euch zu helfen. Ich hab den Arschtritt nämlich nicht vergessen, den man mir verpasst hat. Nach zwanzig Jahren, in denen ich hundert Mal mein Leben riskiert habe, haben mir die Schweine von der IE das Wort im Mund herumgedreht und mich zum Sündenbock gemacht. Aber ich hab nach wie vor was dagegen, wenn Kriminelle ungeschoren davonkommen, deshalb hab ich ein paar Nachforschungen angestellt. Ich bin mir ziemlich sicher, dass der aalglatte Dr. Burmeister Helen umgebracht hat, weil sie etwas herausgefunden hat, was ihm richtig geschadet hätte.«

Es war neun Uhr, als Bodenstein den Vernehmungsraum verließ und das Nebenzimmer betrat, von dem aus Pia, Kai, Neff und Kim sein Gespräch mit Thomsen durch die verspiegelte Glasscheibe verfolgt hatten.

»Er ist nicht der Sniper«, sagte Bodenstein düster, setzte sich auf einen freien Stuhl und starrte durch das verspiegelte Fenster zu Thomsen hinüber. »Er ist nur ein frustrierter Exbulle, der einen gewaltigen Hass auf uns hat. Verdammt, wir haben den Falschen.«

Niemand widersprach ihm.

»Wir müssen überprüfen, ob er mit Burmeisters Auto die Wahrheit sagt.«

»Mache ich«, sagte Kai.

»Wie lief es am Flughafen?«

»Burmeister lehnt jeglichen Schutz ab«, erwiderte Pia. »Ich habe auf ihn eingeredet wie auf einen müden Gaul, aber er will unsere Hilfe nicht. Er hat um zehn einen Termin in der Klinik, das war ihm wichtiger.«

»Na ja. Mehr als ihn warnen können wir nicht.« Bodenstein nickte. »Was ist mit Dirk Stadler? Wo ist er?«

»Der hat seit gestern Abend das Haus nicht mehr verlassen«, antwortete Neff. »Wir überwachen ihn rund um die Uhr, seitdem Sie und Frau Kirchhoff gestern bei ihm waren.«

Bedrücktes Schweigen. Statt wie erhofft im Zieleinlauf, befanden sie sich plötzlich wieder in einer Sackgasse.

»Ich kann nicht mehr denken, wenn ich jetzt nichts in den Magen kriege.« Pia stand auf. »Ich fahre zum Bäcker. Wer will was mitgebracht haben?«

Alle gaben ihre Bestellungen auf, bis auf Kim, die mit ihrem Smartphone beschäftigt war und dabei versonnen lächelte.

»Fährst du mit, Kim?«

Die direkte Ansprache ließ Kim zusammenzucken, und der ertappte Gesichtsausdruck ihrer Schwester amüsierte Pia insgeheim. Egal, was auf der Welt passierte, das Leben ging weiter, und die Liebe fand ihren Weg auch zwischen Mord und Totschlag.

»So, und jetzt erzähl, wo du an Silvester warst«, sagte Pia, als sie wenig später im Auto saßen. »Ich habe keine Kraft mehr für ein Verhör, also spann mich nicht länger auf die Folter.«

»Ich war bei Nicola«, erwiderte Kim.

»Das habe ich befürchtet. Und?«

»Und nichts. Wir haben uns nur richtig gut unterhalten.«

»Über was?«

»Über alles Mögliche.«

»Na komm schon. Lass dir nicht alles aus der Nase ziehen. Steht sie auf dich?«

»Ich glaube, sie kann mich leiden«, erwiderte Kim und wurde tatsächlich ein kleines bisschen rot. »Aber sie hat keine Erfahrungen mit Frauen.«

»Hatte sie denn in den letzten Jahren welche mit Männern?«, fragte Pia spöttisch.

»Erfolgreiche Frauen wie sie finden nur schwer einen Mann, der sie nicht als Konkurrenz betrachtet, das weiß ich aus eigener Erfahrung«, verteidigte Kim das Objekt ihrer Sehnsucht.

»Na, dann hab ich ja Glück, dass ich nicht so erfolgreich bin«, erwiderte Pia sarkastisch.

»Bei euch ist es ja ausgeglichen«, behauptete Kim. »Aber die meisten Männer können es nicht ertragen, wenn ihre Partnerin mehr arbeitet und vielleicht sogar mehr Geld verdient. Deswegen hat sich meine letzte Liebschaft auch vom Acker gemacht. Die Begründung, mein Job sei krank und er könne es nicht ertragen, dass ich tagein, tagaus nur mit Schwerstkriminellen zu tun hätte, war nur vorgeschoben. Zwei Jahre lang hatte ihn das gar nicht gestört. Wusstest du übrigens, dass Nicola mal mit Bodenstein verlobt war? Sie wollten sogar heiraten, aber dann kam Cosima dazwischen.«

»Ja, weiß ich.« Pia bog in die Elisabethenstraße ein, als die Abbiegerampel auf Grün sprang. »Aber ehrlich gesagt, interessiert mich das Liebesleben meiner Chefin nur in Bezug auf dich. Denn ich befürchte, dass sie demnächst mit dir auf Familienfeiern auftaucht.«

»Auf welchen Familienfeiern?« Kim musste lachen. »Wir werden auf jeden Fall zusammen essen gehen, wenn der Fall hier gelöst ist.«

»Na, das wird dann wohl noch etwas dauern«, erwiderte Pia. »Mark Thomsen ist nicht der Sniper.«

»Der Meinung bin ich auch«, bestätigte Kim. »Alle Beweise gegen ihn kann man auch anders interpretieren.«

»Ich frage mich nur, weshalb er uns in den Keller eingesperrt hat und danach untergetaucht ist.« Pia setzte den Blinker und bog auf den Parkplatz am Untertor ein.

»Das hat er doch gesagt. Er wusste, dass ihr ihn verdächtigt, und wollte vermeiden, in einer Zelle zu landen, bevor er nicht etwas erledigt und mit Burmeister gesprochen hatte«, entgegnete Kim. »Hätte er wirklich Dreck am Stecken, dann hätte er wohl kaum bei der Polizei angerufen und gesagt, wo ihr seid.«

Pia nickte. Bodenstein hatte sich derart in den Gedanken verrannt, mit Thomsen den Sniper gefasst zu haben, dass er dieses entlastende Detail völlig außer Acht gelassen hatte.

»Wie Oliver eben richtig gesagt hat, ist Thomsen ein frustrierter Expolizist, dem das Leben übel mitgespielt hat«, fuhr Kim fort. »Ich glaube ihm, dass er überhaupt keine Ambitionen hat, die restlichen Jahre dieses Lebens hinter Gittern zu verbringen. Dumm ist er nämlich nicht!«

»Aber warum hat er sein Haus leer geräumt und die Aufzeichnungen von Helen Stadler in einen Müllcontainer geworfen? Wenn er nichts zu verbergen hat, hätte er das nicht tun müssen! Deckt er jemanden? Vielleicht den wahren Sniper?« Pia sah ihre Schwester an, als könne sie in deren Gesicht die Antwort auf ihre Fragen finden.

»Denk doch mal genau nach, Schwesterherz!«, forderte Kim Pia auf. »Was liegt Thomsen mehr am Herzen als alles andere?«

Pia trommelte mit den Zeigefingern auf das Lenkrad und starrte auf die hässliche Fassade des Kaufhauses Buch.

»Diese HAMO-Sache«, sagte sie nach kurzem Nachdenken.

»Genau. Den HAMO-Leuten geht es in erster Linie um die menschenverachtende Art und Weise, wie in manchen Kliniken mit den Angehörigen der Organspender umgesprungen wird. Das wollen sie anprangern, und dazu brauchen sie Öffentlichkeit«, erwiderte Kim. »An der UKF scheint es besonders schlimm zugegangen zu sein.«

»Stimmt.« Pia nickte. »Bettina Kaspar-Hesse hat Burmeister als Geier bezeichnet. Man hat sie quasi gezwungen, Winklers zu betrügen, damit sie an die Organe von Kirsten Stadler kamen. Das wird kein Einzelfall gewesen sein.«

»Ich denke, darum geht es Thomsen in erster Linie. Nicht um Kirsten oder Helen Stadler. Ich bin mir ziemlich sicher, dass er und Helen einer anderen Sache auf der Spur waren, einer Sache, in die auch Furtwängler, Gehrke und der Anwalt verwickelt waren. Du musst noch einmal mit diesem Furtwängler sprechen. Frag ihn ganz konkret, was er mit Rudolf zu tun hatte und warum der damals die UKF verlassen musste. Ich glaube, das ist der Schlüssel des Geheimnisses.«

Pias Magen knurrte laut in der Stille.

»Aber vorher brauche ich eine Menge Kalorien«, sagte sie. »Komm, lass uns Futter für die Meute holen.«

Ihr Vater war festgenommen worden, weil die Polizei ihn verdächtigte, eine Frau getötet zu haben, eine Ehefrau und Mutter von zwei Jugendlichen. Er hatte sie nicht erstochen, erschossen oder erwürgt, nein, er hatte sie sterben lassen, obwohl er ihr Leben hätte retten können. Warum hatte er das getan? Er war Arzt, ein guter Arzt, einer, der für seinen Beruf lebte! Wie hatte er so etwas mit seinem Gewissen vereinbaren können? *Aus Habgier und Eitelkeit.* Das hatte der Richter geschrieben, der ihre Mutter erschossen hatte, als Vergeltung für das, was ihr Vater dieser Frau angetan hatte. War es das erste Mal gewesen, dass er so etwas getan hatte, um sich als Heilsbringer von denen feiern zu lassen, deren Leben er mit einem neuen Organ gerettet hatte? Oder war es nur das erste Mal gewesen, dass man ihn dabei erwischt hatte, als er ein Menschenleben vorschnell auslöschte, um ein anderes zu retten? Wie konnte sich ein Mensch solch eine Entscheidung anmaßen? Tote hatten keine Lobby. Die Angehörigen zweifelten nur selten an dem, was Ärzte ihnen im Krankenhaus sagten, ganz besonders dann, wenn ihnen eine Koryphäe wie Professor Dieter Paul Rudolf gegenüberstand und mit seiner ruhigen, einfühlsamen Art versicherte, es gäbe keine Chance mehr.

Karoline Albrecht saß wie betäubt am Esstisch im Haus ihrer Eltern und wusste nicht, was sie tun sollte. Ihr Vater, den sie zeit ihres Lebens bewundert und den sie beinahe verzweifelt geliebt hatte, war ein Mörder. Ein gewissenloser Egoist, der ihr Vertrauen missbraucht und sie belogen hatte. Statt zuzugeben, was er getan hatte, hatte er versucht, es zu vertuschen. Damit hatte er die letzten Tage verbracht, anstatt um seine Frau zu trauern und sich um ihre Beerdigung zu kümmern. Wie erbärmlich das war, wie er log und kämpfte, mit allen Mitteln und ohne jeden Skrupel. Wofür hatte er das alles getan? Für Geld? Für Ruhm und Ehre?

Karoline klappte den Ordner zu, in dem sie die Korrespondenz zwischen dem Entwicklungsvorstand der SANTEX und ihrem Vater entdeckt hatte, und stand auf. Alles tat ihr weh, doch schlimmer noch als ihr Körper schmerzte ihre Seele. Es gab niemanden, mit dem sie über all das sprechen, dem sie ihr Herz ausschütten konnte und der verstand, wie furchtbar einsam sie war. Ihre Mutter, der einzige Anker, den sie gehabt hatte, war nicht mehr da. Gute Freundinnen hatte sie nicht, auch keinen Freund oder Geliebten, den sie jetzt hätte anrufen können. Sie hatte ein Haus, in dem sie sich nicht wohl fühlte, einen Job, bei dem es nur um Geld und Erfolge ging, und die Verantwortung für ein traumatisiertes Kind.

Am besten, sie rief sich jetzt ein Taxi und ließ sich zurück nach Hause fahren, um einfach wieder ins Bett zu gehen. Obwohl, sie konnte auch Mamas Auto nehmen, sie hätte sicherlich nichts dagegen. Karoline zog sich mit steifen Bewegungen ihren Mantel an, die hinderliche Halskrause hatte sie heute Morgen nach dem Duschen nicht mehr angelegt. In der obersten Schublade der Anrichte fand sie den Schlüssel des BMW. Sie verließ das Haus und betätigte den Sender für das Garagentor, der am Autoschlüssel hing. Das Tor öffnete sich mit dem vertrauten Klappern. Karoline schlug ein beißender Brandgeruch entgegen, der sich rasch verflüchtigte. Woher war dieser Gestank gekommen? Hatte etwa ein Marder in der Motorhaube eines der beiden Autos einen Kabelbrand verursacht? Einen Moment zögerte sie, dann ging sie zu dem BMW ihrer Mutter und stolperte über etwas Weiches.

»Mist!«, fluchte sie. Fast wäre sie hingefallen, und das war bei einer Gehirnerschütterung nicht gerade hilfreich. Sie bückte sich und sah einen blauen Müllsack, der am Hinterreifen des schwarzen Maserati ihres Vaters lehnte. Karoline nahm den Sack, um ihn zur Seite zu legen, und verzog das Gesicht. Das hier war die Quelle des Geruchs! Neugierig öffnete sie den Sack und fand zu ihrer Überraschung Kleidungsstücke ihres Vaters. Einen dunkelgrauen Kaschmirpullover, ein Hemd, eine graue Anzugshose, ein Paar Schuhe. Verständnislos betrachtete sie die Kleider. Warum hatte ihr Vater sie in einen Müllsack gestopft? Und weshalb …? Wie ein Blitz schossen ihr die Worte des Kommissars durch den Kopf. *In Gehrkes Haus wurde eine große Menge Unterlagen im Kamin verbrannt.* Karoline lehnte sich gegen den Kofferraum des Autos, weil ihre Knie plötzlich ganz weich waren. *Es ist für uns wichtig zu erfahren, worüber er mit Gehrke an dem Abend vor dessen Tod gesprochen hat.*

Es klackte, und die Lampe in der Garage erlosch. Karoline stand ganz still da und dachte nach. Die Puzzlestücke, die bisher wirr in ihrem Kopf umhergewirbelt waren, verzahnten sich wie von selbst.

Es war gar nicht so einfach, irgendwo ein offenes WLAN zu finden. Selbst in Dönerläden, türkischen Cafés und Billighotels war man mittlerweile dazu übergegangen, die Funknetze durch Passwörter zu schützen. Heute hatte er keine Zeit, an eine der beiden Stellen in der Frankfurter Innenstadt zu fahren, an denen er sich problemlos vom Bürgersteig aus einloggen konnte, aber es war jetzt auch egal. Er betrat ein Café und war erstaunt, dass er fast der einzige Gast war. Das war nicht so günstig, aber es war zu spät, um wieder zu verschwinden. Die Kellnerin steuerte schon auf ihn zu. Er entledigte sich seiner Jacke, bestellte Kaffee und ein Stück Frankfurter Kranz und fragte nach dem Passwort.

»Ist ganz simpel«, sagte sie und zwinkerte ihm zu. »123456.«

»Na, das kann ich mir sogar merken«, erwiderte er und lächelte. »Danke.«

Am Tisch schräg gegenüber saß ein älteres Ehepaar. Starrten sie ihn an, oder bildete er sich das nur ein? Er durfte nicht unterschätzen, wie sensibel die Leute geworden waren. Mit ein bisschen Pech erwischten sie ihn, jetzt, wo das Ziel in greifbarer Nähe war. Gut, dass er überall falsche Spuren gelegt hatte. Falls die Polizei mittlerweile die Garage gefunden haben sollte, hatten sie auch die Flasche mit Thomsens Fingerabdrücken. Er versendete die Mail, noch bevor Kaffee und Kuchen kamen. Sein Herz klopfte. Die

Alten guckten wieder zu ihm herüber und tuschelten miteinander. Herrje, er sah mittlerweile überall Gespenster! Er musste hier raus. Es war ihm egal, was sie von ihm denken mochten. Er legte einen Geldschein neben den Teller, ohne den Kuchen oder den Kaffee angerührt zu haben, ergriff seine Jacke und verschwand.

»Aber wenn es nicht Thomsen ist, wer ist es dann?«, fragte Kathrin Fachinger, als Pia ihren Kollegen Punkt für Punkt dargelegt hatte, weshalb sie an Mark Thomsens Schuld zweifelte. Sie saßen an zusammengeschobenen, von Kaffeeflecken übersäten Resopaltischen in der SoKo-Zentrale, eine verdrossene, übernächtigte und hoffnungslos erschöpfte Truppe, die seit nunmehr zwei Wochen eine Niederlage nach der anderen eingesteckt hatte. Der Elan der ersten Tage war längst dahin, genauso wie der Kampfgeist und die feste Überzeugung, den Täter schnell zu schnappen. Bodenstein nahm sich eine Laugenbrezel von dem Tablett, auf das Pia ihre Bäckereieinkäufe gelegt hatte, sein Blick wanderte über die müden Gesichter seiner Mitarbeiter. Seit dem Gespräch mit Mark Thomsen erfüllte ihn eine Mischung aus Mutlosigkeit und zornigem Aufbegehren dagegen. Er fühlte sich seltsam zeit- und orientierungslos, ihm fehlten Schlaf und ein strukturierter Tagesablauf. Keine guten Voraussetzungen für ordentliche Arbeit. Den anderen ging es ähnlich, sie alle waren dünnhäutig geworden, selbst Kai Ostermann, der normalerweise ein Fels in der Brandung war, reagierte schnell gereizt.

»Da bleibt nur noch Hartig«, sagte Kai kauend. »Der ist sowieso mein Favorit.«

»Oder doch Winkler?«, warf Cem zweifelnd ein.

»Weder noch.« Pia schüttelte den Kopf und sah kurz zu Bodenstein hinüber. »Es gibt noch jemanden. Der fiel für uns bisher durchs Raster, aber er hat nach wie vor das stärkste Motiv von allen.«

Woher nahm die Frau bloß ihre Energie? Sie konnte kaum mehr geschlafen haben als er, aber sie war noch immer hellwach und scharfsinnig, erinnerte sich an winzige Details, die ihm längst entfallen waren.

»Es spricht so viel gegen ihn«, sagte er, weil er wusste, von wem Pia sprach.

»Wen meinen Sie?«, erkundigte sich Nicola Engel. Sie aß als Einzige ihr Käsebrötchen zivilisiert von einem Teller.

»Dirk Stadler.« Pia wischte sich die Hände an einer Papierserviette ab und knüllte sie zusammen. »Auch wenn Thomsen sich uns als der perfekte

Täter präsentiert hat, sagt mir mein Bauchgefühl, dass er es nicht ist. Er ist zu ... perfekt! Es wäre zu einfach, und einfache Lösungen machen mich immer misstrauisch.«

Bodenstein musste zugeben, dass Pias Argumentation schlüssig war.

»Ich habe eher den Eindruck, jemand hat absichtlich Spuren in Thomsens Richtung gelegt. Das mit der gemieteten Garage zum Beispiel! So etwas läuft per E-Mail, dann drückt irgendjemand, der sich nicht mal auszuweisen braucht, einem anderen, dem alles gleichgültig ist, ein paar Geldscheine in die Hand und hat – schwupps – einen Mietvertrag.«

»Und welche Erklärung gibt es für die Wasserflasche mit Thomsens Fingerabdrücken, die in der Garage lag?«, fragte Kröger skeptisch.

»Für Stadler und Hartig wäre es wohl kaum ein Problem, an irgendein Artefakt mit seinen Fingerabdrücken zu kommen«, entgegnete Pia. »Sie kennen sich alle und haben sich früher wegen Helen dauernd gesehen. Wer weiß, wie alt die Flasche ist!«

»Dirk Stadler ist schwerbehindert und kann kaum laufen!«, bemerkte Neff. »Außerdem hat er Alibis für die Tatzeiten. Er war arbeiten.«

»Haben Sie das überprüft?«, fragte Pia und hob die Augenbrauen.

»Ja. Na ja.« Neff wich ihrem Blick betreten aus. »Jetzt nicht direkt.«

Alle Augen richteten sich auf ihn.

»Was soll das heißen – *nicht direkt*?« Bodenstein wurde erst kalt, dann heiß. Er hatte Dirk Stadler als möglichen Täter nur deshalb so völlig außer Acht gelassen, weil er fest davon überzeugt war, dass der Mann hieb- und stichfeste Alibis für die Tatzeiten hatte! »Sie haben über den Mann recherchiert, und als ich Sie fragte, ob Sie alle Angaben überprüft hätten, antworteten Sie mit ›selbstverständlich‹!«

»Ich habe seinen Namen gegoogelt.« Neff errötete bis an die Haarwurzeln. »Und da stand im Internet, dass er bei der Stadt Frankfurt im Bauamt arbeitet. Sogar eine Telefonnummer.«

»Haben Sie dort angerufen?« Bodensteins Zorn, der bisher ziellos in seinen Adern herumgeflossen war, ballte sich plötzlich in seinem Magen zusammen wie ein feuriger Ball.

»N... nein.« Neff wand sich unbehaglich auf seinem Stuhl.

»Das Internet behält jede Information, egal, wie alt sie ist.« Diesen Seitenhieb konnte Kai sich nicht verkneifen. »Das kann eine uralte Seite aus dem Cache gewesen sein.«

Pia griff kurzerhand nach dem Telefon, nahm den Hörer ab und bat die Zentrale, sie mit dem Bauamt der Stadt Frankfurt zu verbinden.

Es herrschte Totenstille im Raum, während sie darauf wartete, dass am anderen Ende der Leitung jemand abnahm.

»Eckel, Bauamt Stadt Frankfurt«, meldete sich eine Frauenstimme.

»Pia Kirchhoff, Kriminalpolizei Hofheim«, erwiderte sie, ohne Neff aus den Augen zu lassen. »Ich hätte gerne Herrn Dirk Stadler gesprochen.«

Bodenstein kam es vor, als würde sich ein schwarzes Loch unter seinen Füßen auftun, als die Frau nun erwiderte, es gebe keinen Mitarbeiter mit diesem Namen im Bauamt.

»Sind Sie ganz sicher?«, fragte Pia nach. »Wer ist Ihr Vorgesetzter?«

»Dr. Hemmer. Der Baudezernent.«

»Verbinden Sie mich bitte mit ihm.«

Es dauerte eine Weile, dann meldete sich der Mann und bestätigte, dass Dirk Stadler seit zwei Jahren nicht mehr bei der Stadt Frankfurt beschäftigt sei. Es habe Unregelmäßigkeiten gegeben.

»Sie meinen die Verurteilung wegen Steuerhinterziehung?«

»Ja, das war der Grund«, gab der Baudezernent zu.

Pia bedankte sich und legte auf.

»Ich konnte nicht wissen, dass das veraltete Angaben waren!«, verteidigte Neff sein Versagen. »Ich bin hier nur als Berater, nicht als Ermittler. Das ist ja eigentlich gar nicht meine Aufgabe, und ich dachte, irgendjemand würde das gegenchecken. Ostermann macht so was doch dauernd und …«

Kai schnappte verärgert nach Luft, aber bevor er etwas sagen konnte, explodierte der Zorn in Bodenstein, und er verlor die Beherrschung. Er schlug mit der flachen Hand auf den Tisch, und Neff verstummte mitten im Satz.

»Sie haben diese Aufgabe übernommen, und zwar freiwillig! Sie haben mit Ihren guten Beziehungen geprahlt, und ich habe mich auf Sie *verlassen*! In einem Team *muss* man sich blind aufeinander verlassen können, kapieren Sie das? Wenn ich alles alleine machen könnte, bräuchte ich keine Mitarbeiter und kein Team! Sie haben durch grobe Nachlässigkeit dafür gesorgt, dass Stadler aus unserem Fokus geraten ist. Das ist eine nicht wiedergutzumachende Ermittlungspanne! Ich verspreche Ihnen, Neff, wenn es sich herausstellt, dass Stadler der Täter ist, dann sorge ich persönlich dafür, dass Sie Ihren Job los sind!«

Er schob den Stuhl zurück und stand auf.

»Pia, ruf sofort Dr. Burmeister an. Wir nehmen ihn in Schutzgewahrsam«, befahl er. »Kai, Cem und Kathrin, ihr recherchiert alles, was es über Dirk Stadler herauszufinden gibt.«

Die Angesprochenen erhoben sich von ihren Plätzen und verschwanden.

»Aber ich habe doch …«, begann Neff, der vor Gericht wahrscheinlich noch auf »nicht schuldig« plädiert hätte, wenn man ihn in flagranti mit einem blutigen Messer in der Hand neben einer Leiche erwischt hätte. Bodenstein nutzte seinen Größenvorteil, indem er von oben auf Neff herabblickte.

»Halten. Sie. Den. Mund«, sagte er drohend zu dem Mann, der mit seinem übersteigerten Geltungsdrang und seiner überheblichen Selbstverliebtheit nichts als Unruhe in sein Team gebracht und nun sogar seine Ermittlungen behindert hatte. »Gehen Sie mir aus den Augen. Ganz, ganz schnell. Bevor ich mich vergesse.«

Dann drehte er sich auf dem Absatz um und verließ den Raum.

Noch auf dem Flur wählte Pia die Handynummer von Dr. Simon Burmeister. Das Blut rauschte so laut in ihren Ohren, dass sie kaum einen klaren Gedanken fassen konnte. Sollte sie doch recht behalten? Ihr fiel ein, wie Stadler am Freitag, kurz bevor Hürmet Schwarzer erschossen worden war, am Telefon behauptet hatte, er sei auf dem Frankfurter Hauptfriedhof, um Grabsteine auf ihre Standfestigkeit zu prüfen. Wieso hatten sie ihm das einfach geglaubt? Aber warum hätten sie andererseits daran zweifeln sollen? Am Freitagabend hatten sie noch einmal mit Stadler gesprochen, und Pia versuchte fieberhaft, sich daran zu erinnern, wie der Mann sich verhalten hatte. Burmeister meldete sich nicht auf seinem Handy. Es war zwanzig nach zehn, wahrscheinlich war er in seinem Termin. Pia ging in ihr Büro und setzte sich an ihren Schreibtisch, Kai tauchte nur Sekunden später auf.

»Dieses linke Arschloch wollte mir doch echt die Schuld in die Schuhe schieben!«, schimpfte er grimmig und ließ sich auf den Stuhl hinter seinem Schreibtisch fallen. »Nur die Schau machen, das kann der! Schlaue Sprüche klopfen, sich nicht festlegen, dummes, oberflächliches Psychogeschwafel von sich geben!«

Er war stinkwütend, aber Pia hatte kein Wort der Aufmunterung für ihren Kollegen, denn ihr ging es genauso. Sie ärgerte sich, dass sie sich auf Neff verlassen hatte und auf Stadler hereingefallen war, obwohl ihre Intuition ihr von vorneherein etwas anderes gesagt hatte!

In ihrem Handy suchte sie die Nachricht von Henning mit der Rufnummer von Dr. Furtwängler und rief den Arzt in Köln an, doch sie bekam nur seine Frau an den Apparat, die behauptete, ihr Mann sei außer Haus und besitze kein Handy.

Pia legte einfach auf. Sie hatte keine Lust mehr, sich Lügen und Ausflüchte anzuhören. Erneut wählte sie Burmeisters Nummer. Wieder vergeblich. Anschließend rief sie in der UKF an, verlangte, Dr. Burmeister zu sprechen, und ließ sich so lange verbinden, bis sie jemanden von der Klinikverwaltung am Ohr hatte.

»Herr Dr. Burmeister ist leider noch nicht im Hause«, teilte ihm eine genervt klingende Dame mit. »Wir erwarten ihn aber jeden Moment. Er hat eigentlich um zehn Uhr eine wichtige Operation.«

Pia überfiel eine dunkle Vorahnung.

»Sind Sie sicher, dass er nicht da ist?«, fragte sie nach.

»Das sagte ich Ihnen doch!«, entgegnete die Genervte spitz. »Halten Sie mich etwa für inkompetent?«

»Dr. Burmeister ist in höchster Lebensgefahr«, sagte Pia eindringlich. »Sobald er in der Klinik eintrifft, soll er sich sofort mit mir in Verbindung setzen. Und jetzt brauche ich die Telefonnummern, unter denen ich Dr. Janning und Professor Hausmann erreichen kann.«

»Die Herren sind leider beide noch im Urlaub«, beschied die Verwaltungsfrau sie mit kühler Stimme. »Ich bin nicht befugt, irgendwelche Informationen …«

Da platzte Pia der Kragen.

»Hören Sie, das hier ist ein Notfall!« Sie bemühte sich nicht länger, höflich oder freundlich zu sein. »Falls Sie es nicht verstanden haben: Ich bin Kriminalhauptkommissarin Pia Kirchhoff vom Mordkommissariat der Kripo Hofheim! Es geht um fünffachen Mord und die Verhinderung von möglicherweise zwei weiteren Morden! Geben Sie mir jetzt verdammt noch mal *sofort* die Telefonnummern, sonst lasse ich Sie wegen Behinderung von Ermittlungen festnehmen!«

Das schien die Frau endlich zu verstehen. Deutlich eingeschüchtert rückte sie die Telefonnummern heraus. Pia eilte hinüber zu Bodensteins Büro. Gerade als sie anklopfen wollte, öffnete er die Tür und sie stolperte ihm beinahe in die Arme.

»Ich erreiche Burmeister nicht«, teilte sie ihm mit. »In der Klinik ist er bisher nicht eingetroffen, obwohl er …«

»Frau Albrecht hat gerade bei mir angerufen«, unterbrach Bodenstein sie. »Sie hat im Haus ihres Vaters Unterlagen gefunden und Kleider, die stark nach Rauch riechen.«

Pia, die sich um Burmeister sorgte, begriff nicht.

»Wir fahren nach Oberursel.« Bodenstein zog im Gehen seinen Mantel an. »Beeil dich!«

»Aber wir können doch jetzt nicht ...«, begann sie, doch Bodenstein ließ sie nicht aussprechen.

»Gehrke hat Unterlagen verbrannt«, sagte er ungeduldig. »In seinen Bronchien und Lungen wurden aber keine Rauchpartikel gefunden. Entweder hat er eine Atemschutzmaske getragen, oder er war schon tot, als die Unterlagen im Kamin verfeuert wurden. Rudolfs Kleider riechen extrem nach Rauch, und Frau Albrecht hat ein paar Aktenordner gefunden, die offenbar aus Gehrkes Haus stammen.«

»Ich verstehe.« Pia verschob die geplanten Anrufe auf später. »Gib mir eine Minute, ich hole nur noch meine Sachen.«

»Fritz Gehrke ist das Opfer einer Vertuschungsaktion geworden.« Karoline Albrecht kam zum Wesentlichen, ohne sich mit irgendwelchen Vorreden aufzuhalten. »Als er dahintergekommen ist, was mein Vater getan hat, musste er sterben.«

Auf dem großen Esstisch lagen die Aktenordner, die sie im Auto ihres Vaters gefunden hatte, daneben ein Handy und andere Schriftstücke. Die Erschöpfung war ihr deutlich anzusehen, dennoch präsentierte sie die Fakten, die ihre Nachforschungen ergeben hatten, mit einer Präzision, die Bodenstein Respekt abnötigte. Seine höfliche Frage nach ihrem Befinden hatte sie mit einem knappen »Es geht schon« abgetan. Ihre linke Gesichtshälfte war geschwollen, ein Bluterguss zog sich von der Schläfe bis zum Kinn, aber selbst diese Entstellung konnte der bemerkenswerten Symmetrie ihres Gesichts nichts anhaben. Wie mochte sie wohl aussehen, wenn sie lachte?

»Für mich steht nicht die Suche nach dem Mörder meiner Mutter im Mittelpunkt des Interesses«, sagte sie. »Das ist Ihre Aufgabe. Ich will herausfinden, was mein Vater getan hat, warum meine Mutter zum Opfer wurde. Fakt ist, dass mein Vater damals den Befehl gegeben hat, die Beatmung von Kirsten Stadler einzustellen. Zu einer Hirntoddiagnostik gehört unter anderem der sogenannte Apnoe-Test, bei dem der Patient auf eigenständige Atmungsfähigkeit getestet wird. Er wird vom Respirator getrennt, und wenn er nicht innerhalb von fünf Minuten selbständig atmet, gilt dies als eines der Indizien für den Hirntod. Kirsten Stadler konnte aber noch selbständig atmen, beim ersten wie auch beim zweiten Test, die normalerweise in einem Abstand von frühestens zwölf Stunden durchgeführt werden müssen, und zwar von Ärzten, die nichts mit einer möglichen Explantation zu tun haben. Können Sie mir folgen?«

Bodenstein und Pia nickten.

»Der erste Verstoß gegen geltende Gesetze bestand im Fall Kirsten Stadler darin, dass diese Tests innerhalb von wenigen Stunden durchgeführt wurden. Der Grund dafür war ihre Blutgruppe. Bei einer Spenderkonditionierung war festgestellt worden, dass sie die Blutgruppe 0 hatte, und das bedeutete, ihr Herz würde zu jedem Empfänger passen.«

»Die Blutgruppenschranke!«, rief Pia. Das war es, was sich seit Tagen am Rande ihres Bewusstseins herumgetrieben hatte, ohne dass sie es hatte in Worte fassen können. Sie erinnerte sich an das Gespräch mit Henning; dieser hatte Kim und ihr auf ihre Frage, ob Professor Rudolf womöglich gegen Geld Organe transplantiert haben könnte, erklärt, dass dies gerade bei einer Herztransplantation wegen der Inkompatibilität der Blutgruppen untereinander so gut wie unmöglich sei. »Man kann ein Herz nicht einem beliebigen Empfänger einpflanzen, die Blutgruppe muss passen. A zu A, B zu B und so weiter. Eine Ausnahme ist die Blutgruppe 0. Ein Spenderherz mit dieser Blutgruppe passt zu jedem Empfänger!«

»Korrekt.« Karoline Albrecht nickte. »Die Blutgruppe 0 war das Todesurteil für Kirsten Stadler. Mit der stillschweigenden Duldung des Leiters der Intensivmedizin wurden auf Geheiß meines Vaters alle lebenserhaltenden Maßnahmen abgeschaltet, eine Stunde später war ihr Gehirn durch den Sauerstoffmangel endgültig irreversibel geschädigt.«

»Woher wissen Sie das?«, erkundigte sich Bodenstein.

»Wie es der Zufall will, rief eben besagter Leiter der Intensivmedizin an«, erwiderte Karoline Albrecht. »Dr. Arthur Janning wollte meinen Vater sprechen. Früher waren mein Vater und er gute Freunde, aber die Sache mit Kirsten Stadler hatte sie entzweit. Es hatte vorher schon Zwischenfälle gegeben, auf die er leider nicht näher eingegangen ist, aber dieser Fall brachte das Fass endgültig zum Überlaufen.«

»Und weshalb hat Ihr Vater das veranlasst?«, wollte Pia wissen. »Das war Mord!«

»Was ist schon ein Mord gegen den Nobelpreis für Medizin?« Karoline Albrecht schnaubte. »Das ist die zynische Weltsicht meines Vaters.

Ich habe meinen Vater immer für sein Können bewundert, aber er hat aus ganz anderen Motiven gehandelt, als ich angenommen habe. Vielleicht hat er ja nicht nur einmal einen Menschen vorzeitig sterben lassen, um an ein Spenderorgan zu kommen!«

»Kirsten Stadler musste sterben, damit er dem Sohn seines Freundes Fritz Gehrke ihr Herz einsetzen konnte«, sagte Pia.

»Genau.« Karoline Albrecht nickte und stieß einen tiefen Seufzer aus. Sie schien an einem Punkt weit hinter jeder Empfindung angekommen zu sein, an dem es nur noch ein Weitermachen gab, wie schrecklich die Wahrheiten auch sein mochten. »Aber es muss noch eine größere Geschichte dahinterstecken. Mein Vater hat Maximilian Gehrke nicht aus purer Freundschaft geholfen, sondern weil er befürchtete, dass Gehrkes Firma SANTEX als Geldgeber seiner Forschungsprojekte aussteigen könnte.«

Sie klopfte mit der Hand auf einen der Ordner.

»Diese Ordner stammen aus Gehrkes Haus«, sagte sie. »Ich weiß nicht, was die Akten beweisen oder ob sie überhaupt irgendetwas beweisen. Da drin sind Protokolle, Dokumentationen von Transplantationen und Patientenakten, die komplette Korrespondenz zwischen meinem Vater, Dr. Furtwängler und Fritz Gehrke.«

»Was hatte Furtwängler mit Ihrem Vater zu tun?«, fragte Pia.

»Er war Hämatologe.« Karoline Albrecht hob die Achseln. »Sein Fachgebiet war das menschliche Blut. Mein Vater und er haben gemeinsam in Köln Forschungen betrieben. Was genau das war, weiß ich leider nicht.«

Bodenstein räusperte sich.

»Und wieso denken Sie, dass Ihr Vater Gehrke umgebracht hat? Auf einmal, nach so vielen Jahren?«

»Nachdem ich Herrn Gehrke mit der Todesanzeige auf das Motiv des Täters gebracht hatte, hat er wohl telefoniert. Dr. Janning sagte mir, er habe am vergangenen Samstagnachmittag sehr ausführlich mit ihm gesprochen und ihm all das, was ihm seit Jahren auf der Seele lag, gebeichtet. Daraufhin muss Gehrke außer sich gewesen sein und bei meinem Vater angerufen haben.« Karoline Albrecht wies auf das Smartphone. »Das ist das geheime Handy meines Vaters, das ich in seinem Tresor gefunden habe. Gehrke hat am Samstagabend gegen 20 Uhr bei meinem Vater angerufen.«

»Er ist zu ihm hingefahren, hat ihn mit Chloroform betäubt und ihm eine Überdosis Insulin gespritzt«, spann Pia den Faden weiter. »Dann hat er alle Unterlagen durchsucht, das meiste verbrannt und diese Ordner hier mitgenommen. Es sollte für uns so aussehen, als hätte Gehrke aus Verzweiflung Tabula rasa gemacht und sich danach umgebracht.«

»Und beinahe wäre er damit durchgekommen«, sagte Karoline Albrecht mit erstickter Stimme und stand auf. Sie trat ans Fenster und blickte hinaus in den Garten. »Mein Vater ist aus lauter Ehrgeiz über Leichen gegangen. Sogar über die Leiche meiner Mutter.«

Sie verschränkte die Arme vor der Brust und holte schluchzend Luft, hielt ihre Emotionen dennoch weiterhin eisern unter Kontrolle.

»Für das, was er meiner Mutter, meiner Tochter und mir angetan hat, soll er zur Hölle fahren«, stieß sie hervor. »All das Leid, das er über die Menschen gebracht hat, wird durch das Gute, das er zweifellos auch getan hat, nicht ausgeglichen. Und je mehr ich seine Intentionen begreife, umso klarer wird mir, dass er nie die Schicksale hinter den Krankengeschichten gesehen hat, sondern nur die Möglichkeiten, die für ihn daraus erwuchsen. Sein Mitgefühl war nie echt. Ihm ging es immer nur um Anerkennung, Ruhm und Ehre. Hoffentlich kommt er bis an sein Lebensende ins Gefängnis.«

In ihrem Gesicht und ihrer Körperhaltung spiegelten sich die heftigen Gemütsbewegungen, die sie mit einer bewundernswerten Beherrschung unterdrückte. Zorn, Schmerz, Enttäuschung, Trauer.

»Wenn wir ihm den Mord an Gehrke nachweisen können, dann wird er für eine sehr lange Zeit im Gefängnis sitzen«, sagte Bodenstein. »Aber es gibt bis jetzt leider nur Indizien, die ein cleverer Anwalt in der Luft zerreißen wird.«

Karoline Albrecht kehrte an den Tisch zurück, öffnete ihren ledergebundenen Timer und entnahm ihm einen Zettel. In ihrem Gesicht zuckte es.

»Ich weiß, dass ich Ihnen das überlassen sollte, aber ich … ich habe trotzdem ein paar eigene Nachforschungen angestellt«, sagte sie leise. »Das hier ist die Adresse eines Zeugen, der meinen Vater am Sonntagmorgen um 0:35 Uhr aus Gehrkes Haus kommen sah. Er ist ein Nachbar von Gehrke, der seinen Hund noch einmal spät in den Garten gelassen hat. Er konnte meinen Vater sehr gut beschreiben. Und zusammen mit diesen Akten und den Kleidern, die nach Qualm riechen, sollten Sie Beweise genug haben.«

»Was hat Rudolf getan?«, rätselte Pia, als sie im Auto saßen und Bodenstein den Motor angelassen hatte. »Ob er mit seinen Forschungen vielleicht versucht hat, die Blutgruppenschranken zu überwinden?«

»Das hört sich für mich sehr nach Dr. Frankenstein an.« Bodenstein war skeptisch.

»Aber denkbar wäre es! Weshalb sollte er sonst mit einer Hämatologie-Koryphäe wie Furtwängler zusammengearbeitet haben? Helen Stadler könnte dieser Geschichte auf die Spur gekommen sein, die Stichworte, die sie notiert hat, passen alle zu genau diesem Thema!«

»Und Burmeister und Hausmann sind Ärzte, die ein Interesse daran hatten, dass die UKF auf dem neuesten Stand der medizinischen Forschung ist«, überlegte Bodenstein laut. »Es würde das Renommee ihrer Klinik unglaublich steigern und sich in barer Münze auszahlen. Aber dann wurde Rudolf unhaltbar, er musste die UKF verlassen. Auslöser mag die Geschichte mit Kirsten Stadler gewesen sein.«

»Und dieser Dr. Janning, der früher mit Rudolf befreundet war, hat bei Gehrke seinem Herzen Luft gemacht und ihm die Wahrheit gesagt«, sagte Pia. »Er steht aber trotzdem auf Helens Todesliste und damit höchstwahrscheinlich auch auf der des Snipers. Warum?«

»Weil er in ihren Augen mitschuldig war«, antwortete Bodenstein.

»Ich rufe Hausmann und Janning jetzt an!« Pia kramte den Zettel, auf dem sie sich die Telefonnummern notiert hatte, aus ihrem Rucksack hervor.

»Sei vorsichtig«, warnte Bodenstein. »Wir wissen noch nicht genug, um sie mit der Geschichte von Rudolf zu konfrontieren. Wenn sie Mitwisser sind, sind sie auch Mittäter und könnten Spuren verwischen.«

»Das haben sie doch längst getan!«, entgegnete Pia.

Sie wählte zuerst die Handynummer von Professor Hausmann, der sich sofort meldete und unumwunden zugab, dass man ihm Pias Anruf bereits avisiert hatte. Das war nicht gut, aber sie hatte damit gerechnet. Pia erklärte ihm nach ein paar einleitenden Worten, worum es ging.

»Warum musste Professor Rudolf damals die UKF verlassen? Was ist wirklich vorgefallen?«, verlangte sie zu wissen.

»Einen Moment bitte.«

Sie hörte Schritte, dann klappte im Hintergrund eine Tür zu.

»Es gab immer wieder Beschwerden über ihn«, sagte der Professor mit einer angenehm dunklen Stimme. »Rudolf hatte einen absolutistischen Führungsstil, der nicht mehr in eine moderne Klinik passte. Es gab aus der Ärzte- und Schwesternschaft immer massivere Proteste. Mir blieb irgendwann nichts anderes übrig, als ihm eine Auflösung seines Arbeitsvertrages nahezulegen, allein schon um wieder Ruhe in den Klinikbetrieb zu bekommen.«

»Das war tatsächlich der Grund?«, forschte Pia nach. »Nicht die Sache mit der Patientin Kirsten Stadler im Herbst 2002?«

Hausmann stutzte für den Bruchteil einer Sekunde.

»Dadurch eskalierte die ohnehin angespannte Stimmung«, zog er sich elegant aus der Affäre. »Ein junger Arzt aus Rudolfs Team hat sich an die Klinikleitung und die Bundesärztekammer gewandt, weil er Rudolfs Entscheidungen kritisiert hatte und von ihm deshalb abgemahnt wurde.«

»Worum ging es da?«

»Ich weiß es nicht mehr im Detail. Es waren wohl in erster Linie persönliche Befindlichkeiten. Rudolf war ein schwieriger Charakter, und selbstbewusste junge Ärzte hatten es mit ihm nicht eben leicht.«

Die ersten beiden Sätze waren Lügen, das war Pia klar.

»Was wollte Helen Stadler von Ihnen, als sie letztes Jahr im August bei Ihnen war?«, fragte sie.

»Wer war bei mir?«

»Die Tochter von Kirsten Stadler. Nach unseren Informationen hat sie vor ein paar Monaten mit Ihnen gesprochen.«

Wieder ein winziges Zögern.

»Ach so. Die junge Dame. Ich weiß es im Moment nicht mehr.«

»Ich nehme an«, sagte Pia, die ihm nicht eine Sekunde glaubte, »sie hat versucht, Sie zu erpressen, weil sie von Herrn Hartig interne Details erfahren hatte, die Sie lieber geheim halten wollten. Aber das spielt für uns gerade gar keine Rolle. Sie haben sicherlich schon der Presse entnommen, dass in den vergangenen vierzehn Tagen fünf Menschen erschossen wurden. Mittlerweile kennen wir das Motiv des Täters. Alle Opfer hatten über Angehörige mit dem Fall Kirsten Stadler zu tun. Das wird Sie in Erklärungsnot bringen, denn bei dreien der fünf Opfer gab es eine Verbindung zur UKF. Sie sollten schnellstens Ihren Urlaub abbrechen und Ihrer Sekretärin kündigen. Denn hätte sie Sie schon vor ein paar Tagen informiert, als wir Sie das erste Mal erreichen wollten, dann hätten wir unter Umständen zwei Morde verhindern können.«

»Was soll ich tun?«, fragte der Professor, und seine Stimme klang auf einmal ernsthaft besorgt.

»Decken Sie die Fakten um den Tod von Frau Stadler auf, bevor es die

Presse tut! Das will der Täter erreichen, und vielleicht müssen dann nicht noch mehr Menschen sterben.«

»Aber das … das kann ich nicht so einfach tun«, erwiderte Hausmann.

»Warum nicht? Vor wem haben Sie Angst?«

»Ich habe keine Angst!«, widersprach der Professor. »Aber ich bin auch nur Angestellter einer Klinik, die einem ausländischen Konzern gehört, der negative Schlagzeilen nicht sonderlich schätzt.«

»Diese negativen Schlagzeilen wird es sowieso geben«, sagte Pia. »Ich kann Ihnen nur raten, kommen Sie zurück und betreiben Sie Schadensbegrenzung.«

»Ja, das … dann … ich …«, stotterte der Klinikleiter der UKF.

»Ach, Herr Professor.« Pia tat, als würde ihr gerade noch etwas einfallen. »Der Sniper ist noch nicht gefasst. Falls Sie also Angehörige haben, die Ihnen etwas bedeuten, dann sollten Sie sie warnen.«

Damit legte sie auf, nur um sofort die Handynummer von Dr. Arthur Janning zu wählen. Er meldete sich nach fünfmaligem Klingeln. Pia fragte auch ihn, was Helen Stadler von ihm gewollt habe, und wie Hausmann druckste er herum.

»Ihr Name taucht im Zusammenhang mit dem Tod von Kirsten Stadler vor zehn Jahren auf«, sagte Pia und zählte ein weiteres Mal die Opfer des Snipers auf. »Jemand aus Ihrer Familie oder Sie selbst könnten der Nächste sein! Lässt Sie das völlig kalt?«

»Nein, natürlich nicht«, stotterte Janning verunsichert.

»Professor Hausmann hat mir erzählt, was Rudolf damals an der UKF getan hat und weshalb er gehen musste. Die Sache ist aufgeflogen und wird durch die Presse gehen. Warum helfen Sie uns nicht?«

»Hausmann hat …?«, begann Janning in einem überraschten Tonfall, brach dann aber ab. »Was erwarten Sie? Was soll ich tun?«

»Falsche Frage. Sie sollten sich lieber fragen, wieso Ihr Name im Notizbuch von Helen Stadler steht! Was wollte sie von Ihnen? Was haben Sie damals getan oder unterlassen?«

Keine Antwort.

»Sie dürfen sicher sein, dass wir das herausfinden werden, egal, ob Sie mit uns kooperieren oder nicht«, sagte Pia. »Vor dem Mörder, auf dessen Liste Ihr Name steht, können wir Sie allerdings nur beschützen, wenn Sie mit uns zusammenarbeiten.«

»Was für eine Liste?«

Diesmal gab Pia keine Antwort.

»Wo sind Sie gerade?«, fragte sie stattdessen.

»In Cortina d'Ampezzo«, erwiderte Janning. »Mit meiner Familie. Allerdings kommen wir morgen zurück.«

»Melden Sie sich umgehend bei uns, wenn Sie da sind. Sie bekommen Polizeischutz.«

Sie legte auf, und im gleichen Moment klingelte ihr Telefon.

»Das Auto von Wolfgang Mieger wurde gefunden«, verkündete Kai Ostermann. »Es stand auf dem Parkplatz im Main-Taunus-Zentrum. Der Schlüssel steckt noch. Ich habe der KTU Bescheid gegeben, sie bringen es ins Kriminallabor.«

»Sehr gut.« Bodenstein nickte. »Sonst noch etwas?«

»Allerdings.« Kais Stimme klang angespannt. »Leider nichts Gutes. Ich habe Vivien Stern erreicht und einiges über Dirk Stadler herausgefunden, was euch nicht besonders freuen dürfte.«

Zwanzig Minuten später saßen sie in Bodensteins Büro.

»Vivien Stern war tatsächlich eng mit Helen Stadler befreundet, und das seit der fünften Klasse.« Kai konsultierte seine Notizen. »Im Sommer waren sie öfter in einem Wochenendhäuschen irgendwo im Taunus, das einem Freund ihres Vaters gehörte, der aber ziemlich krank war.«

»Wolfgang Mieger?«, fragte Pia.

»Das nehme ich jetzt einfach mal an.« Kai nickte. »Mieger stammte, wie Stadler, aus der DDR. Er flüchtete noch vor dem Mauerbau, sie kannten sich nicht, aber als sie in derselben Firma arbeiteten, freundeten sie sich wohl deshalb miteinander an. Frau Stern erzählte, Stadler sei bei der NVA in einer Kampfschwimmerbrigade gewesen und aus der DDR geflüchtet, indem er vierzig Kilometer durch die Ostsee nach Fehmarn geschwommen ist. Ich habe das überprüft und dabei erfahren, dass Stadler mehrere Auszeichnungen bekommen hatte. Er war drei Jahre hintereinander der beste Scharfschütze der NVA.«

Einen Moment herrschte völlige Stille.

»Das glaube ich jetzt nicht«, murmelte Bodenstein.

»Danach«, fuhr Kai fort, »dachte ich mir, ich erkundige mich mal, weshalb Stadler einen Schwerbehindertenausweis hat. Wir nahmen ja bisher an, es ginge um seine Gehbehinderung, aber das ist nicht der Fall. Er hat eine Schwerbehinderung aufgrund psychischer Probleme. Weder sein Hausarzt noch der Betriebsarzt der Stadt Frankfurt wussten etwas von einer Gehbehinderung.«

»Er hat uns verarscht!«, sagte Pia fassungslos.

»Aber er hat nicht einmal gelogen, als ich ihn fragte, ob er bei der Bundeswehr gewesen sei.« Bodenstein schüttelte den Kopf. »Er war bei der NVA. Verdammt! Wieso habe ich nicht daran gedacht, als Neff sagte, er stamme aus Rostock?«

»Er hat übrigens auch keine Schwester im Allgäu«, ergänzte Kai. »Es gibt in ganz Kempten keine Person dieses Namens. Und die Leute, zu deren Anschluss die Telefonnummer gehört, kennen keine Helga Stadler.«

Bodenstein war ebenso fassungslos wie Pia.

»Neff kann sich auf etwas gefasst machen!«, knurrte er, griff zum Telefon und wählte die Nummer von Erik Stadlers Firma. Doch als der sich meldete, legte er auf.

»Was war denn das jetzt?«, fragte Pia erstaunt.

»Ich hatte plötzlich eine Eingebung«, erwiderte Bodenstein und rief stattdessen bei den Beamten an, die Dirk Stadlers Haus in Liederbach überwachten.

»Hat sich nix gerührt«, berichtete einer der Kollegen. »Um kurz nach acht gingen die Rollläden hoch, das war alles.«

»Okay«, sagte Bodenstein, dem Übles schwante. »Ihr geht jetzt bitte zum Haus und klingelt dort. Meldet euch dann bitte sofort wieder bei mir.«

Während sie auf den Rückruf warteten, versuchte Pia noch einmal, Dr. Burmeister zu erreichen, aber mittlerweile war dessen Telefon ausgeschaltet. Bodensteins Handy klingelte. Die beiden Polizisten hatten mehrfach bei Stadler geläutet, doch niemand hatte die Tür geöffnet. Die Schlaumeier hatten erst jetzt festgestellt, dass man vom Garten aus problemlos in den angrenzenden Garten der rückwärtigen Nachbarn gelangen konnte, der von vorne nicht einsehbar war.

»Überprüft seine Garage und sprecht mit den Nachbarn«, befahl Bodenstein mit nur mühsam beherrschter Stimme. »Und ich will *sofortige* Rückmeldung, ist das klar?«

Er legte auf, blies die Backen auf und atmete langsam wieder aus.

»Der Vogel ist ausgeflogen«, stellte er nüchtern fest. »Kai, leite bitte sofort eine Großfahndung nach Dirk Stadler und seinem Auto ein.«

»Mach ich.« Kai stand auf und verließ Bodensteins Büro.

»Wie dreist er uns belogen hat mit dieser angeblichen Schwester im Allgäu!« Pia konnte immer noch nicht fassen, dass sie sich so hatte hereinlegen lassen. »Er war so … so glaubwürdig!«

»Allerdings! Er war sich ganz sicher, dass wir ihn nicht verdächtigen. Und er brauchte nur noch zwei Tage Zeit, nämlich bis heute Morgen. Bis Burmeister aus dem Urlaub zurückkommt. Erinnerst du dich, wie er den Zettel mit den Telefonnummern geschrieben hat?«

»Ja. Warum?«

»Er trug Handschuhe beim Schreiben.«

Pia dachte nach.

»Stimmt!«, erinnerte sie sich. »Er war gerade dabei, Gepäck ins Auto zu laden, und es war kalt. Aber im Haus hätte er die Handschuhe ausziehen können.«

»Hat er aber nicht. Weil er keine Fingerabdrücke oder DNA auf dem Zettel hinterlassen wollte.«

»Aber die hätten wir doch auch in seinem Haus sicherstellen können.« Pia legte nachdenklich die Stirn in Falten.

»Wie gesagt, er wollte sich Zeit verschaffen«, sagte Bodenstein. »Er wusste wohl, dass er an einem Tatort Spuren hinterlassen hatte oder dass wir früher oder später Miegers Auto finden, das er zweifellos benutzt hat. Solange wir aber keine Vergleichsspuren haben, hätten wir überhaupt erst auf ihn kommen und einen Durchsuchungsbeschluss für sein Haus beantragen müssen. Und vielleicht war er sich auch nicht ganz sicher, ob seine Fingerabdrücke nicht doch irgendwo gespeichert sind.«

»Wir haben ihn routinemäßig durch den Computer laufen lassen, und das hat nichts ergeben. Außer ein paar Punkten in Flensburg ist Dirk Stadler ein völlig unbeschriebenes Blatt, nie mit dem Gesetz in Konflikt geraten.« Pia schüttelte den Kopf. »Er hat diese Schwester also nur erfunden, um sich ein Alibi zu verschaffen.«

»Durchaus möglich.« Bodenstein nickte. »Und sein Sohn würde uns sicherlich auch anlügen oder ihn warnen, deshalb habe ich eben aufgelegt, bevor er drangehen konnte.«

Wieder klingelte das Telefon. Die Beamten hatten einige Nachbarn gefragt, aber niemand hatte Stadler wegfahren sehen. Die meisten kannten ihn nicht mal und mussten erst nachdenken. Seine Garage am Kopfende des Reihenhausriegels war leer.

»Denkst du, dass Stadler unser Mann ist?«, fragte Pia.

»Ja«, erwiderte Bodenstein mit finsterer Miene. »Du hattest von Anfang an mit deinem Gefühl recht. Er hat das alles akribisch geplant und damit gerechnet, dass er in den Fokus der Ermittlungen gerät. Deshalb war er auch auf alle Fragen vorbereitet.«

»Wir hätten viel eher herausfinden können, dass er nicht mehr bei der Stadt Frankfurt ist«, wandte Pia ein.

»Haben wir aber nicht.« Bodenstein stand auf und ging zur Tür. »Diesem Risiko hat er vorgebeugt, indem er uns glaubhaft den Behinderten vorgespielt und mir damals am Telefon sogar erzählt hat, er sei gerade auf dem Friedhof. Außerdem hat er dafür gesorgt, dass wir keine Zeit zum Nachdenken hatten. Vielleicht stecken Hartig und Thomsen sogar mit ihm unter einer Decke und haben mit Absicht den Verdacht auf sich gelenkt, damit Stadler Zeit gewinnt.«

»Was machen wir jetzt?« Pia folgte ihm auf den Flur.

»Wir informieren die Chefin und das Team«, antwortete Bodenstein. »Dann müssen wir dieses Wochenendhaus suchen, von dem Helen Stadlers Freundin gesprochen hat. Und wir müssen Burmeister finden.«

Kai bog um die Ecke, sein Laptop unter dem Arm. Er hatte Bodensteins letzten Satz gehört.

»Das können wir uns sparen«, sagte er aufgeregt. »Diesmal hat der Sniper gleich zwei Mails an die Zeitung geschickt. Faber hat sie eben an mich weitergeleitet. Die erste betrifft Ralf Hesse. Die zweite müsst ihr euch leider ansehen!«

Alle starrten stumm das grausige Foto an, das Kai auf dem großen Bildschirm im Besprechungsraum der SoKo geöffnet hatte. Das Bild zeigte einen dunkelhaarigen Mann in einem weißen T-Shirt mit schmerzverzerrtem, panischem Gesichtsausdruck, der auf einen OP-Tisch geschnallt worden war. Arme und Beine waren fixiert, aber seine rechte Hand lag, sauber über dem Handgelenk abgetrennt, auf seiner Brust, der Armstumpf war fachmännisch verbunden.

»Das ist Dr. Burmeister.« Pia musste gegen die aufsteigende Übelkeit ankämpfen. Eine Welle hilflosen Zorns rollte über sie hinweg, und sie wusste nicht, auf wen sie wütender war: auf den Sniper oder auf Burmeister, der so leichtfertig ihre Warnung in den Wind geschlagen hatte.

»Sie müssen ihn schon am Flughafen oder bei ihm vor der Haustür erwischt haben«, vermutete sie.

»Sie?«, fragte Dr. Nicola Engel nach.

»Hartig und Stadler«, entgegnete Pia. »Ich gehe jede Wette ein, dass die beiden zusammenarbeiten. Und noch etwas spricht dafür, dass Hartig etwas damit zu tun hat.« Sie wies auf das Foto. »Er war Chirurg, und zwar ein ziemlich guter, bis er sich mit Rudolf und Burmeister angelegt hat.«

»Er hat also auch einen Grund, sich an Burmeister zu rächen«, warf Bodenstein ein. »Einen sehr persönlichen Grund.«

»Okay.« Nicola Engel nickte. »Wie machen wir weiter?«

»Die Großfahndung nach beiden Verdächtigen läuft bereits«, sagte Kai. »Ihre Häuser werden überwacht, beide Autos sind ebenfalls in der Fahndung. Die IT-Spezialisten vom LKA checken, woher die letzten beiden Mails des Richters kamen. Und wir durchforsten die Grundbücher auf der Suche nach Miegers Wochenendhaus. Es muss irgendwo in der Nähe von Kelkheim stehen, Vivien Stern konnte sich daran erinnern, dass sie auf dem Weg dahin mal bei einer Eisdiele angehalten hatten, die direkt hinter S-Bahngleisen lag.«

Pia las noch einmal den Text der Todesanzeige, die Ralf Hesse betraf. *Ralf Hesse musste sterben, weil sich seine Frau der Nötigung und der billigenden Inkaufnahme des Todes eines Menschen unter Ausübung von psychischer Gewalt schuldig gemacht hat.*

Was musste Bettina Kaspar-Hesse empfinden, wenn sie das las? Sollte man ihr diese zynische Schuldzuweisung nicht besser vorenthalten? Aber möglicherweise würde sie doch davon erfahren, so wie Gehrke.

»Wann wurden die Mails verschickt?«, erkundigte sich Bodenstein gerade.

»Beide innerhalb von einer Minute«, erwiderte Kai. »Um 11:52 und um 11:53.«

»Gegen sieben Uhr hat Burmeister heute Morgen den Frankfurter Flughafen verlassen.« Pia stand auf und trat an die Landkarte, die an der Wand angebracht war. Bunte Stecknadeln kennzeichneten die Tatorte. »Angenommen, sie haben ihn gleich dort gekidnappt, dann hatten sie ungefähr vier Stunden Zeit, ihn irgendwohin zu transportieren und ihm die Hand zu amputieren. Sie müssen also irgendwo in der Nähe von Frankfurt sein.«

»Ich lasse die Überwachungskameras am Flughafen vor Terminal 1 checken.« Kai nickte.

»Schaut euch das mal an«, meldete sich Christian Kröger, der konzentriert an dem Foto gearbeitet hatte. »Ich habe das Foto aufgehellt, und hier ist ein Stück vom Hintergrund zu sehen.«

Alle blickten auf den großen Bildschirm.

»Diese Fliesen! Das sieht aus wie in einer alten Metzgerei oder Bäckerei«, meinte Bodenstein.

»Oder wie in einer Großküche«, ergänzte Nicola Engel. »Kann man das noch schärfer kriegen?«

»Leider nicht. Die Qualität und die Auflösung des Fotos reichen nicht aus«, erwiderte Kröger.

»Wir sollten nach leerstehenden Gebäuden mit Großküchen und Metzgereien im Umkreis von circa hundert Kilometern suchen«, schlug Cem vor.

Endlich kam Bewegung in die Ermittlungen! Während das Team Vorschläge machte und beratschlagte, dachte Pia nach. Es war furchtbar, dass Burmeister in die Gewalt des Snipers geraten war, aber sie machte sich deswegen keine Vorwürfe. Er hatte alle ihre Warnungen in den Wind geschlagen. Hartig war seit Tagen verschwunden. Und Stadler war nie im Allgäu gewesen, aber auch nicht in seinem Haus in Liederbach. Wo versteckten sich die beiden Männer?

Der Opel von Wolfgang Mieger hatte in der Garagenanlage in Sossenheim gestanden, wenn er nicht gebraucht wurde. Vielleicht hatte der Sniper die Autos immer getauscht – eine sehr clevere Idee! Thomsen hatte die Garage nicht gemietet, aber vielleicht Hartig oder Stadler, die Thomsen beide nicht leiden konnten. Die Vermutung lag nahe, dass die beiden gemeinsam eine falsche Spur gelegt hatten, die zu Mark Thomsen führte! Jede Sackgasse, in die die Polizei gelockt wurde, verschaffte dem Sniper mehr Zeit.

»Ist Thomsen noch im Haus?«, fragte sie unvermittelt in die Runde.

»Ja. Er wird erst heute Mittag ins Gefängnis überstellt«, erwiderte Kai.

»Hört mal alle zu, bitte!« Pia stand auf. »Ich bin sicher, dass Thomsen weiß, wo das Wochenendhaus ist! Und wir müssen Professor Hausmann und Dr. Janning beziehungsweise ihre Angehörigen vor Dirk Stadler schützen.«

»Was schlägst du vor?« Bodenstein richtete sich auf.

»Die Überwachung der Häuser von Stadler und Hartig können wir uns sparen«, erwiderte Pia aufgeregt. »Stattdessen sollten wir ihre Telefone überwachen, auch das Festnetz und das Handy von Erik Stadler, falls der mit seinem Vater unter eine Decke steckt. Jemand muss Hausmann und Janning anrufen und nachfragen, ob sie Angehörige haben, die in Gefahr sein könnten. Außerdem müssen wir den Druck auf Rudolf verstärken. Lassen wir ihn herbringen und zeigen wir ihm das Foto von Burmeister! Dasselbe tun wir mit Thomsen und fragen ihn nach diesem Wochenendhaus!«

»Einverstanden!« Bodenstein stand auf. »Fangen wir mit Thomsen an. Und ich will mit der Freundin von Helen Stadler sprechen.«

»Die fliegt heute Abend zurück in die USA«, sagte Kai.

»Das muss sie verschieben«, entschied Bodenstein. »Sie soll hierherkommen. Sofort. Und druck mir bitte das Foto von Burmeister aus.«

Dr. Nicola Engel folgte Bodenstein und Pia hinaus auf den Flur.

»Gibt es irgendetwas, was ich tun kann?«, fragte sie.

»Ja«, antwortete Bodenstein trocken. »Den Überblick behalten. Denn ich glaube, den habe ich mittlerweile verloren.«

Mark Thomsen kannte »die Ranch«, wie das Häuschen von Wolfgang Mieger genannt wurde, aus schwärmerischen Erzählungen von Helen, die dort offenbar glückliche Zeiten verbracht hatte. Es lag im Wochenendgebiet zwischen Fischbach und Schneidhain, an die genaue Adresse konnte er sich nicht erinnern, doch die fand Kai innerhalb weniger Minuten mit einer Grundbuchabfrage bei der Stadt Kelkheim heraus. Sofort wurden mehrere Streifenwagen losgeschickt und ein SEK in den Eibenweg nach Fischbach beordert, denn es war damit zu rechnen, dass sich Stadler oder Hartig dort aufhielten und bewaffnet waren. Während Cem und Kathrin Hausmann und Janning anriefen und dann dafür sorgten, dass Vivien Stern sich nicht einfach nach Amerika absetzte, bevor Bodenstein mit ihr gesprochen hatte, fuhren Bodenstein, Pia, Kröger und Kim durch den bleigrauen Tag nach Fischbach. An den Straßenrändern türmten sich Müllsäcke neben ungeleerten Mülltonnen, der Abfall lockte Ratten und Füchse an, die selbst am helllichten Tag dreist über geisterhaft leere Straßen huschten. Viele Leute waren entweder kurzfristig verreist oder verbarrikadierten sich in ihren Häusern und Wohnungen. Von den wenigen Autos, die ihnen begegneten, waren die meisten Streifenwagen. Zug- und Busfahrpläne waren seit Tagen außer Kraft gesetzt, Zeitungsboten und Briefträger weigerten sich noch immer zu arbeiten, genauso wie Müllmänner, Paketdienstfahrer und Bauarbeiter. Zahlreiche Läden und Restaurants waren geschlossen, und in den Supermärkten wurde nur noch mit Notbesetzungen gearbeitet, weil sich viele Angestellte lieber krankmeldeten, als womöglich auf dem Weg zur Arbeit erschossen zu werden.

Das Thermometer war wieder unter den Gefrierpunkt gefallen. Der Raureif in den kahlen Ästen und Zweigen hatte ein wahres Winterwunderland geschaffen, für das jedoch keiner von ihnen Augen hatte. Pia fuhr quer durch Fischbach, bog auf die B455 Richtung Königstein ab und zwei Kilometer weiter in das Wochenendwohngebiet ein. Sie passierten den Fischbacher Tennisclub, das Auto holperte über den nicht asphaltierten Weg, unter den Reifen brach knackend das Eis der Pfützen, die sich in den Schlaglöchern gebildet hatten.

»Da rein!« Kröger wies auf ein Straßenschild. »Nummer 19.«

Die Kollegen von der Schutzpolizei warteten wie angewiesen vorne an der Straße, Pia hielt hinter einem der Streifenwagen. Wenig später traf das SEK aus Frankfurt ein und sicherte Grundstück und Haus.

»Das Haus ist leer«, teilte der Einsatzleiter Bodenstein nach bereits zehn Minuten mit. »Ihr könnt reingehen.«

»Danke.« Bodenstein nickte.

Das Haus mit der Nummer 19 war ein kleines, unauffälliges Häuschen zwischen gewaltigen Tannen. Der von einer hohen Eibenhecke und einem rostigen Maschendrahtzaun umgebene Garten endete jäh am Waldrand. Sie betraten das Grundstück durch ein quietschendes Tor, das zwischen zwei von Flechten überzogenen Steinpfeilern hing. Am verwitterten Briefkasten verkündete ein kaum noch lesbares handgeschriebenes Schildchen die Namen der Eigentümer: Wolfgang und Gerda Mieger.

»Im Winter ist hier kaum was los«, wusste Bodenstein, der nur ein paar Kilometer entfernt aufgewachsen war. »Angefangen hat es mit ein paar Hütten, mittlerweile gibt es richtige Häuser mit Stromanschlüssen, aber kein Kanalnetz. Die meisten Häuser sind illegal erbaut.«

»Miegers Datsche – ein perfekter Unterschlupf«, bestätigte Pia. »Vor allem um diese Jahreszeit.«

»Nichts anfassen!«, erinnerte Kröger sie unnötigerweise.

Das kleine Haus hatte hölzerne Schlagläden und eine Veranda, auf die zwei Stufen führten. Drei hölzerne Speichenräder bildeten das Geländer und gaben dem Häuschen tatsächlich die Anmutung einer Ranch. Ein Stück unterhalb der Veranda stand ein Hackklotz, ringsum waren frische Holzspäne verstreut.

Bodenstein und Pia zogen sich Überschuhe und Handschuhe an und betraten das Haus, das aus einem großen Raum mit einer Kochnische bestand, von dem links und rechts je eine Tür abzweigte. Es roch muffig und nach kaltem Rauch. Bodenstein fühlte sich wie in einer Holzkiste: Dielenfußboden, geschlossene Schlagläden, die Wände und Decken mit Nut und Feder verkleidet. Er inspizierte die Küchenzeile. In der Spüle standen ein Topf, ein Teller und benutztes Geschirr, in einem Plastikständer zwei gespülte Gläser und ein weiterer Teller. Der kleine Kühlschrank war voller Lebensmittel. Die Asche im Kamin war noch lauwarm. Er öffnete die Tür zu dem kleinen Zimmer auf der rechten Seite. Das Bett darin war ungemacht, Kleider und Wäsche lagen herum. Bodenstein wandte sich wieder um. Auf dem abgenutzten Esstisch lagen Zeitungen, auf einer Anrichte aus Kiefernholz stand ein kleiner Röhrenfernseher.

Er blieb mitten im Raum stehen, schloss für einen Moment die Augen und ballte die Hände zu Fäusten. Er konnte die Gegenwart Stadlers geradezu körperlich spüren. Seine Worte *Ich bin ein Pazifist* tönten Bodenstein noch immer wie Hohngelächter in den Ohren. Pia, Kim und Christian Kröger gingen in dem Häuschen umher, der stumpfe Dielenboden, auf dem verblichene Teppichläufer lagen, knarrte unter ihren Schritten.

»Chef!« Pias Stimme riss ihn aus seinen Gedanken. »Guck dir das mal an!«

Er öffnete die Augen, folgte ihr in das Zimmer, das links vom Wohnzimmer abging und blieb wie angewurzelt im Türrahmen stehen.

An der Wand hingen ordentlich aufgereiht Fotos der Opfer, Landkartenausschnitte, Satellitenbilder. In Ablagekörbchen auf dem Schreibtisch lagen Dossiers über jedes einzelne Opfer und ihr Umfeld. In einer Pappschachtel steckten fünf leere Patronenhülsen, an denen jeweils ein Zettel mit einem Namen klebte.

Sie verließen das Häuschen. Kröger ging außen um das Haus herum und fand die Stelle, an der Stadler die Asche aus dem Kamin entsorgte. Den Müll schien er mitzunehmen, denn die alte 80-Liter-Mülltonne war leer und von Moos überwachsen.

»Er hat Schuhe verbrannt«, stellte Kröger fest. »Aber die Sohlen haben es überstanden. Wir vergleichen sie mit den Schuhabdrücken aus dem Rohbau in Griesheim.«

»Was sollen wir jetzt machen?«, erkundigte Pia sich.

Bodenstein dachte angestrengt nach. Er durfte sich jetzt nicht mehr den klitzekleinsten Fehler erlauben, sonst war er erledigt, und die Presse würde ihn und seine Mannschaft in der Luft zerreißen.

»Wir warten hier auf ihn. Irgendwann wird er zurückkommen«, entschied er. »Ist die Haustür noch heil?«

»Das Schloss hat leider was abgekriegt«, antwortete der Einsatzleiter des SEK. »Aber wir können die Tür so zumachen, dass auf den ersten Blick nichts auffällt.«

»Gut. Christian, fotografiere alles, aber bring nichts durcheinander.«

Die letzten vier Worte hätten unter anderen Umständen genügt, Kröger explodieren zu lassen, aber jetzt nickte er nur und machte sich an die Arbeit. Die Kollegen des SEK bezogen Position in den angrenzenden Gärten und im Wald hinter dem Häuschen. Zwei Polizeibeamte in Zivil hatten sich bereits unauffällig auf dem Parkplatz des Fischbacher Tennisclubs an der Einfahrt ins Wochenendgebiet postiert, um den Einsatzleiter des SEK zu informieren, wenn Stadler vorbeifuhr.

Ostermann rief an. Die Mails des Richters waren über ein WLAN in einem Café in Unterliederbach verschickt worden. Er hatte bereits eine Streife hingeschickt, um das Personal zu befragen.

»Erik Stadler und seine Lebensgefährtin müssen verhört werden«, überlegte Bodenstein laut, als Pia, Kim und er zum Auto zurückgingen. »Ihre Computer, Laptops und Smartphones müssen beschlagnahmt werden. Und ich will auch die beiden Winklers auf dem Kommissariat haben!«

»Aber falls die in der Sache mit drinhängen, könnten sie für Stadler eine Art Frühwarnsystem sein«, gab Pia zu bedenken. »Er wird davon ausgehen, dass wir als Erstes mit seinem Sohn und den Winklers sprechen. Angenommen, sie haben vereinbart, sich regelmäßig zu melden – dann nimmt er an, dass er noch genug Zeit hat, solange er sie erreicht. Wenn das nicht mehr der Fall ist, wird er Burmeister und Hartig töten und abtauchen.«

Bodenstein runzelte die Stirn.

»Außerdem sagt von denen sowieso keiner einen Ton, wenn sie eingeweiht sind«, fügte Pia hinzu. »Lass uns besser die Fakten sammeln und nachdenken, damit wir nichts übersehen.«

Bodensteins Handy klingelte. Wieder Ostermann. Bodenstein schaltete den Lautsprecher ein.

»Wir haben uns die Filme aus den Überwachungskameras vom Flughafen angeschaut«, sagte Kai. »Zeitraum zwischen 6:30 Uhr und 7:30 Uhr. Die Maschine von den Seychellen kam am Gate C im Terminal 1 an. Burmeister ist um 6:58 Uhr vor der Ankunftshalle am Flughafen in ein Taxi gestiegen, das neben ihm gebremst hat, als er aus der Halle kam. Dann kam ein zweiter Mann und stieg links hinten ein. Das Kennzeichen des Taxis ist gut zu erkennen. Wir überprüfen das jetzt.«

»Sie haben ihn also tatsächlich schon am Flughafen geschnappt«, sagte Pia ungläubig. »Während ich mit Burmeister gesprochen habe, muss der Sniper ganz in unserer Nähe gewesen sein!«

Sie versuchte, sich die Situation in der Ankunftshalle in Erinnerung zu rufen. Es war nicht sonderlich viel los gewesen im Vergleich zu den Abflughallen. Obwohl Pia mit der Exfrau von Burmeister gesprochen und sich in Gedanken auf das Gespräch mit dem Arzt vorbereitet hatte, hatte sie sich sorgfältig alle Menschen angesehen, die ringsum warteten. Bis auf ein paar Flughafenmitarbeiter und vier oder fünf Geschäftsreisende in dem Coffeeshop waren es aber nur Abholer gewesen, die nach und nach mit den ankommenden Passagieren verschwanden. Also musste sich der Sniper getarnt haben.

»Gibt es auch eine Überwachungskamera in der Halle, auf der das Gate und der Coffeeshop am Ausgang zu sehen sind?«, erkundigte Pia sich.

»Ist möglich«, erwiderte Kai. »Seit dem Bombenattentat von 1985 gibt es im ganzen Flughafen kaum einen Winkel, der nicht überwacht wird.«

»Der Sniper muss einer der Männer im Coffeeshop gewesen sein.« Pia war sich ganz sicher. »Kannst du das bitte checken?«

»Klar, mach ich. Bis später.«

Pia legte den Gang ein und fuhr los.

»Ich wette, dass wir bald eine Nachricht bekommen, wo wir Burmeisters Leiche finden«, sagte sie bitter.

»Falsch«, meldete sich Kim, die bisher geschwiegen hatte, von hinten. »Sie werden ihn nicht töten, sondern nur verstümmeln, so dass er nie mehr als Chirurg arbeiten kann. Im Prinzip reicht die Amputation der rechten Hand schon.«

»Wir konnten ihn nicht schützen und keins der anderen Opfer«, sagte Bodenstein dumpf. »Wir sind immer einen Schritt hinter ihm her gewesen.«

»Es ging die ganze Zeit tatsächlich um zwei Geschichten.« Pia überging die Selbstkritik ihres Chefs. »In erster Linie natürlich um die Umstände des Todes von Kirsten Stadler. Dieser Fall ist zwar seinerzeit unter den Teppich gekehrt worden, aber aktenkundig, insofern kein Geheimnis, das unbedingt eines bleiben muss. Aber der Grund, weshalb die UKF derart hartnäckig mauert, ist eigentlich die Sache, der Helen Stadler auf der Spur war und von der bis heute offenbar ein wirklich nur sehr kleiner Kreis weiß: Rudolf selbst, Janning, Hausmann und Burmeister! Die offizielle Version für Rudolfs Weggang ist die Story von seinem autoritären Führungsstil und den Problemen, die es angeblich deshalb gegeben hat. Aber Burmeister hatte heute Morgen die pure Angst in den Augen, bis er merkte, dass ich nur geblufft habe. Genauso Janning! Als ich ihm sagte, Hausmann habe mir alles erzählt, da stutzte er und wurde einsilbig.«

»Helen Stadler musste deshalb sterben«, vermutete Kim.

»Dann macht Hartig als ihr Mörder aber keinen Sinn«, warf Bodenstein ein.

»Kommt drauf an. Wenn er auch mit drin gehangen hat, dann schon«, erwiderte Pia. »Oder vielleicht hat sie herausgefunden, dass er im Team von Rudolf war, und ihm damit gedroht, dass sie es ihrem Vater sagen würde.«

»Ich denke eher, Vivien Stern hält Hartig für Helens Mörder, weil sie selbst Angst vor ihm hat«, sagte Kim.

»So sehe ich das auch«, brummte Bodenstein.

Pia bog nach links auf die B455 ab. Ostermann meldete sich erneut, als sie gerade durch Kelkheim fuhren.

»Das Taxi wurde heute Morgen als gestohlen gemeldet«, sagte er. »Aber – und jetzt kommt die gute Nachricht – es hat einen Ortungschip, und deshalb wurde es bereits zwei Stunden später von dem Taxiunternehmen wiedergefunden.«

»Wo?«

»Jetzt die schlechte Nachricht: vor deinem Haus, Chef.«

»Wie bitte?« Bodenstein war fassungslos. »Dieser Mistkerl spielt auch noch Spielchen mit mir!«

»Eine klare Machtdemonstration«, bestätigte Kim.

»Es ist direkt vom Flughafen aus nach Ruppertshain gefahren«, berichtete Kai. »Das Taxiunternehmen glaubte erst an eine reguläre Fahrt, bis sich der Taxifahrer gemeldet hat, den man mit einem Schlag auf den Kopf außer Gefecht gesetzt und gefesselt im Stadtwald an der Unterschweinstiege zurückgelassen hatte. Die haben 130 Taxen am Laufen, und in der Taxizentrale war heute Morgen nur eine junge Frau, die das nicht gleich kapiert hat.«

»Er ist damit ein enormes Risiko eingegangen«, sagte Pia. »Vom Flughafen bis nach Ruppertshain sind es ungefähr 35 Minuten Fahrt. Das heißt, sie waren um ungefähr halb acht dort. Vorher müssen sie Burmeister irgendwo vom Taxi in eines ihrer Autos umgeladen haben. Um etwa zwölf wurde die Mail mit dem Foto versendet. Eine Amputation mit Wundversorgung dauert ihre Zeit. Also sind sie irgendwo hier in der Gegend.«

Das zu wissen war keine Hilfe, denn »die Gegend« war eine der am dichtesten besiedelten Regionen Deutschlands. Obwohl mehrere Hundertschaften der Bereitschaftspolizei überall im Frankfurter Umland und im Stadtgebiet leerstehende Gebäude durchsuchten und via Rundfunk, Fernsehen und Internet nach Hartig und Stadler gefahndet wurde, war das wie die Suche nach der berühmten Nadel im Heuhaufen. Erst neulich bei einem Seminar hatte Bodenstein sich von überheblichen Berliner Kollegen wieder einmal anhören dürfen, der Vordertaunus sei im Vergleich zur Hauptstadt doch nur »biedere Provinz«. Diese Herablassung ärgerte ihn jedes Mal, denn es gab wohl kaum eine Gegend in Deutschland, die weniger provinziell war als das Rhein-Main-Gebiet mit dem Frankfurter Flughafen, den vielen Banken und internationalen Wirtschaftsunternehmen. Doch heute hätte er sich nichts mehr gewünscht, als wirklich in der Provinz zu sein, wo man nur ein paar Dörfer mit zehn Bauernhöfen, einer Schule und vielleicht zwei Turnhallen durchsuchen musste. In der Sekunde, in der er dies dachte, stellte sein Gehirn eine Verbindung her, die er bis dahin übersehen hatte.

»Natürlich!«, rief er aufgeregt, und Pia zuckte erschrocken zusammen.

»Willst du, dass ich einen Unfall baue?«, sagte sie unwirsch.

»Stadler war jahrelang beim Bauamt! Das bedeutet, er kennt alle öffentlichen Bauwerke der Stadt. Museen, Schulen, Turnhallen, Schwimmbäder und so weiter! Wir können unsere Suche auf das Stadtgebiet in Frankfurt einschränken!« Er wählte Ostermanns Nummer und wollte den Kollegen von seiner Erkenntnis unterrichten, aber bevor er etwas sagen konnte, hatte Kai noch eine andere Nachricht.

»Seid ihr auf dem Weg hierher?«, fragte er. »Wir haben eine neue Mail bekommen! Diesmal nicht mit einem Foto, sondern mit einer Videodatei im Anhang.«

»Ich sag euch gleich, das ist nichts für schwache Nerven«, warnte Kai, als er den acht Minuten langen Film auf den großen Bildschirm lud.

Burmeisters vor Angst verzerrtes Gesicht erschien in Großaufnahme, seine Augen quollen ihm beinahe aus dem Kopf. Nichts erinnerte mehr an den vitalen, selbstbewussten Mann mit den Lachfältchen um die Augen, der heute Morgen seine Tochter zum Abschied herzlich umarmt hatte.

»Nein!«, bettelte er verzweifelt. »Nein, bitte, bitte, nein! Das könnt ihr doch nicht machen! Bitte! Ich … ich habe Geld, ich … ich … tue alles, was ihr von mir verlangt, aber bitte nicht meine Hand, bitte!«

Die Kamera schwenkte von seinem Gesicht über seinen Oberkörper zu seinem linken Arm, der auf einer Unterlage fixiert und oberhalb des Ellbogens fachmännisch abgebunden war.

Pia wurde schlecht. Sie wandte sich schaudernd ab. Am liebsten hätte sie sich auch die Ohren zugehalten, denn Burmeisters Schmerzensschreie waren schier unerträglich. Sie konnte es nicht länger aushalten, drängte sich durch die Reihen der Kollegen, lief den Flur entlang und verließ das Gebäude durch die Hintertür. Draußen setzte sie sich auf die oberste Treppenstufe, atmete tief durch und kämpfte gegen die Übelkeit und die aufsteigenden Zornestränen an. Mit zitternden Fingern nestelte sie ihre Zigaretten aus der Jackentasche und tastete nach dem Feuerzeug, aber es gelang ihr nicht, die Zigarette anzuzünden. Sie hätte Simon Burmeister retten können! Weshalb hatte sie ihn nicht einfach in Gewahrsam genommen? Das bittere Gefühl des Versagens wurde mit jedem Atemzug stärker. Sie lehnte sich gegen die kalte Wand, schloss die Augen und öffnete sie auch nicht, als die Tür aufging und sich jemand neben sie setzte.

»Es ist nicht deine Schuld.«

Bodenstein hatte sich offenbar wieder gefangen.

»Doch«, erwiderte Pia. »Ich hätte ihn zwingen müssen, mitzukommen.«

»Man kann einem Menschen nicht gegen seinen Willen helfen.«

»Ach, wäre ich doch bloß mit Christoph nach Ecuador geflogen!« Pia wischte sich mit dem Handrücken die Tränen ab, schlug die Augen auf und versuchte erneut, die Zigarette anzuzünden.

»Ich bin froh, dass du es nicht getan hast.« Bodenstein nahm ihr sanft das Feuerzeug aus der Hand und die Zigarette aus dem Mund, zündete sie an und reichte sie ihr wieder. Dann nahm er sich selbst eine.

»Warum haben wir nur so viele Fehler gemacht?«, fragte Pia niedergeschlagen. »Wieso haben wir zum Beispiel nicht daran gedacht, bei Facebook nach einer Freundin von Helen Stadler zu suchen?«

»Weil wir überhaupt keine Chance hatten, nachzudenken«, erwiderte Bodenstein. »Er hat uns keine Zeit gelassen, dafür aber geschickt falsche Spuren gelegt. Ich bin ganz sicher, dass er mit Absicht die Weihnachtszeit für seine Mordserie gewählt hat, weil ihm klar war, dass wir viele Informationen zu spät kriegen.«

»Er hat so einen … normalen Eindruck gemacht.« Pia blies den Qualm in die kalte Luft. »Ich hatte beinahe Mitleid mit ihm, ich Idiotin! Meine Intuition hat mich total im Stich gelassen.«

»Falsch.« Bodenstein schüttelte den Kopf. »Du hast von Anfang an geahnt, dass mit ihm etwas nicht stimmt.«

Eine Weile saßen sie nebeneinander und rauchten schweigend.

»Wir dürfen jetzt nicht den Mut verlieren«, sagte Bodenstein schließlich. »Du und ich, wir haben schon so viele Schlachten miteinander geschlagen, wir schaffen auch diese hier. Wir sind ganz nah an ihm dran. Burmeister war sein letztes Opfer, alle anderen sind in Sicherheit.«

»Trotzdem habe ich permanent das Gefühl, etwas übersehen zu haben.« Pia schnippte ihre Kippe in die Büsche. Bodenstein drückte seine aus und zerkrümelte sie gedankenverloren zwischen den Fingern.

»Das geht mir auch so«, gab er zu. »Aber ich weiß, dass ich alles getan habe, was in meiner Macht stand. Wir sind auch nur Menschen, Pia, keine Maschinen oder Superhelden. Und Menschen machen eben Fehler.«

Sie sahen sich an.

»Wie machen wir weiter?«, fragte Pia.

»Rudolf ist eben angekommen. Er kriegt jetzt den Film zu sehen, wenn nötig hundert Mal, bis er weichgekocht ist«, antwortete Bodenstein. »Zuerst nehmen wir aber Thomsen in die Mangel. Kai hat Janning und Hausmann das Foto von Burmeister gemailt, damit sie begreifen, wie ernst die Lage ist. Hausmann hat eine Tochter, die in Frankfurt bei einer Bank arbeitet. Die kriegt jetzt Polizeischutz.«

Er stand auf und hielt ihr galant die Hand hin. Sie grinste schief und ergriff seine Hand.

»Auf in das letzte Gefecht.« Bodenstein lächelte. »Heute kriegen wir ihn.«

Mark Thomsen musste sich das Foto und den Film ansehen.

»Endlich.« Ein schwaches Lächeln flog über sein Gesicht. »Das Schwein hat's nicht anders verdient.«

»Was soll das heißen?«, wollte Bodenstein wissen. »Verschweigen Sie uns immer noch etwas?«

»Nein. Ich weiß wirklich nicht, wer diese Leute erschossen hat«, erwiderte Thomsen. »Bis zu dem Schuss vom Hochhaus hätte ich auf Erik getippt, danach nicht mehr. So etwas schafft kein Sportschütze.«

»Warum tut er das mit Burmeister? Weshalb hat er seine Strategie geändert?«, drängte Pia.

»Keine Ahnung.« Thomsen hob die Schultern. »Burmeister und Rudolf sind größenwahnsinnige Ehrgeizlinge.«

Pia wechselte einen raschen Blick mit Bodenstein.

»Rudolf und sein alter Kumpel Furtwängler forschten seit vielen Jahren an einem Medikament, mit dem sich die Blutgruppe eines Lebewesens verändern lässt. Unzählige Versuchstiere mussten in Hunderten von Versuchsreihen ihr Leben lassen, aber schließlich auch mindestens drei Menschen. Rudolf und Burmeister hatten ihnen bewusst Herzen von Spendern eingepflanzt, die eine andere Blutgruppe hatten, nachdem sie vorher wochenlang medikamentös behandelt worden waren. Finanziert wurden die Forschungen hauptsächlich vom Pharmakonzern SANTEX. Fritz Gehrke, der Vorstandsvorsitzende von SANTEX, war mit seinem Engagement nicht ganz uneigennützig, denn er hoffte, dass Rudolf Erfolg haben und damit das Leben seines Sohnes retten würde.«

Thomsen hielt kurz inne.

»Die Erprobung des Mittels war noch in der Tierversuchsphase, aber Rudolf und Burmeister wandten es schon bei ihren Patienten an. Diese Menschen waren völlig verzweifelt und wussten, dass sie sterben mussten, wenn nicht ein Wunder geschah. Rudolf machte sie glauben, dass er dieses Wunder vollbringen könne, aber es ging in allen Fällen dramatisch schief. Die Organempfänger überlebten die Transplantationen jeweils nur für wenige Stunden oder Tage, dann starben sie qualvoll an massiven Abwehrreaktionen. Vielleicht war die Dunkelziffer noch höher, aber von diesen dreien wusste Hartig, der zum Team von Rudolf gehörte, es genau. Danach wollte Gehrke, der Vorstandsvorsitzende der SANTEX, sein Engagement beenden. Das Experiment schien gescheitert, Rudolf und Burmeister gerieten in Panik. Sollte ihr Verfahren eines Tages funktionieren, so würde es nie mehr Probleme wegen Inkompatibilität von Blutgruppen geben, und man würde viel mehr Menschenleben retten können. Außerdem – und das war wohl der wichtigere Grund – hätte Rudolf ganz sicher dafür den Nobelpreis bekommen!«

»Und da wurde zufällig Kirsten Stadler eingeliefert. Sie hatte die Blutgruppe 0!«, sagte Pia.

»Ganz genau.« Thomsen nickte. »Rudolf und Burmeister manipulierten die Hirntoduntersuchung, entnahmen ihr das Herz und pflanzten es Gehrkes todkrankem Sohn ein. Alles ging gut, Maximilian erholte sich zusehends, und Gehrke, dem Rudolf weisgemacht hatte, die Medikamente hätten gewirkt, verlängerte sein Engagement in der Forschung. Doch dann gab es Probleme mit der Familie von Kirsten Stadler. Rudolf wollte alles vertuschen und rückte bei Gehrke damit heraus, dass Kirsten Stadler tatsächlich noch etwas länger hätte leben können. Gehrke fühlte sich wohl schuldig und bot Stadlers Geld an, sehr viel Geld. Zu dem Zeitpunkt erfuhr auch Hausmann, der ärztliche Direktor der UKF und früher ein guter Freund von Rudolf, von den Hintergründen der drei Todesfälle und schaltete sich ein. Vielleicht wäre es Rudolf noch gelungen, alles unter den Teppich zu kehren, wenn nicht Hartig über die Vorgänge an der Klinik ausgepackt hätte. Daraufhin war es zum Zerwürfnis zwischen den alten Freunden gekommen, Rudolf musste die UKF verlassen. Die Klinik einigte sich außergerichtlich mit Stadlers, und Gehrke zahlte zusätzlich eine Million Euro Schweigegeld an Dirk Stadler.«

»Woher wissen Sie das alles?«, fragte Pia.

»Ich habe Kontakt zu den Angehörigen von zwei Opfern von Rudolfs Größenwahn«, erwiderte Thomsen. »Sie hatten keinen Mut, kein Geld und keine Chance, gegen ihn oder die Klinik zu klagen. Aber aufgrund ihrer Informationen und Hartigs Erzählungen haben Helen und ich angefangen, zu recherchieren.«

»Sie kennen also konkrete Fälle?«

»Ja. Mit Namen und Daten«, bestätigte Thomsen. »Vor ungefähr einem Jahr ging Helen ohne mein Wissen zu Gehrke, Rudolf, Hausmann, Janning und Burmeister. Sie hatte kurz zuvor von der Million erfahren und war außer sich, dass ihr Vater die Wahrheit dem Geld geopfert hatte. Für sie spielte das Geld keine Rolle, und sie fühlte sich auch nicht an die Schweigevereinbarung gebunden, in die Dirk Stadler eingewilligt hatte. Sie drohte, an die Presse zu gehen, und zwar mit dieser Blutgruppen-Geschichte, von der sie durch Hartig und mich wusste.«

»Das hätte einen Riesenskandal gegeben«, warf Bodenstein ein.

»Zweifellos. Aber nicht nur das«, entgegnete Thomsen. »Es wäre eine Katastrophe für das Ansehen der Transplantationsmedizin gewesen, das ohnehin durch die Skandale der letzten Jahre erheblich gelitten hat.«

Er rieb mit Daumen und Zeigefinger sein Kinn.

»Die UKF-Mafia hatte Angst vor Helen, weil sie wussten, dass sie Kontakt zu Hartig hatte, und der wäre ein durchaus glaubwürdiger Zeuge vor Gericht. Von mir ahnten sie nichts. Ihnen blieb gar nichts anderes übrig, als die Bedrohung auszuschalten. Und das haben sie getan.«

Thomsen lachte. Ein bitteres Schnauben ohne Heiterkeit.

»Sie haben sie umgebracht, ganz klar.«

»Warum haben sie Herrn Hartig nicht bedroht?«, wollte Bodenstein wissen. »Der ist doch noch gefährlicher als Helen Stadler?«

»Hartig hatte kein Interesse daran, die Sache publik zu machen. Und da ist immer noch sein Vater, der in derselben Liga spielt wie Rudolf & Co. Das war sein Schutz.«

»Wieso sind Sie so sicher, dass Helen ermordet wurde?« Bodenstein war noch immer nicht restlos überzeugt.

»Würden Sie sich umbringen, wenn Sie haarscharf davor sind, das größte Problem Ihres ganzen Lebens zu lösen?«, antwortete Thomsen mit einer Gegenfrage. »Sie war euphorisch, überglücklich, so lebendig wie nie zuvor! Sie war dabei, sich von dem Schatten zu befreien, der ihr halbes Leben lang über ihr und ihrer Familie gehangen hatte. Sie hatte sogar den Mut gefasst, Jens-Uwe zu sagen, dass sie nicht heiraten wollte, bevor sie nicht ein Jahr in den USA gewesen sei. Sie hatte ein Studentenvisum beantragt und einen Gaststudienplatz bekommen!«

»Woher wissen Sie das alles?«, fragte Pia.

»Helen hatte so gut wie keine Geheimnisse vor mir«, erwiderte Thomsen.

»Aber die Pläne, die sie geschmiedet hat!« Pia schüttelte den Kopf. »Sie hat Leute ausspioniert, richtige Überwachungsprotokolle angefertigt! Wieso haben Sie das nicht verhindert?«

»Ich habe ihr anfänglich sogar geholfen«, gab Thomsen zu. »Ich habe über die Beteiligten Recherchen angestellt. Wir hatten niemals vor, jemandem Schaden zuzufügen – im Gegenteil! Aber dann hat Hartig etwas davon erfahren, und damit geriet alles außer Kontrolle. Er war ja geradezu besessen davon, seine früheren Kollegen unter Druck zu setzen.«

»Wieso?«

»Ich glaube, er hat es nie verwunden, wie man ihn damals behandelt hat«, sagte Thomsen. »Er hat sich in moralischer Hinsicht vollkommen richtig verhalten und wurde dafür bestraft.«

»Aber ich verstehe nicht, warum Hartig Helen erst alles erzählt, sie aber dann mit Tabletten vollgestopft und so sehr kontrolliert hat, dass sie Angst vor ihm bekam«, entgegnete Pia. »Das ergibt doch überhaupt keinen Sinn!«

Thomsen schwieg eine volle Minute, dann seufzte er und blickte auf.

»Er hat Helen nichts davon erzählt«, sagte er niedergeschlagen. »Das war ich. Und damit kam diese ganze unselige Sache überhaupt erst in Gang.«

Pia warf ihrem Chef einen kurzen Blick zu.

»Helen war bis zu dem Zeitpunkt der festen Überzeugung, sie allein hätte den Tod ihrer Mutter verhindern können«, fuhr Thomsen fort. »Es war für sie wie eine Erlösung, als sie begriff, dass nicht sie schuld war, sondern die Ärzte. Vielleicht hätte sie es darauf beruhen lassen, wenn Hartig und ich nicht gewesen wären. Jens-Uwe verliebte sich in sie, und sie zog ihm geschickt jedes Detail aus der Nase, angestachelt von ihrem Vater, ihrem Großvater und mir. Es gab für uns alle nur ein Thema und einen Gedanken – Rache! Jeder von uns hatte sein ganz persönliches Motiv, aber letztlich wollten wir alle dasselbe: Die Wahrheit sollte ans Licht kommen! Ja, wir sind schuld, dass nie Gras über die ganze Sache wachsen konnte.«

»Und Hartig? Was hat er getan?«

»Ihm wurde wohl erst nach und nach bewusst, was passieren würde, wenn Helen herausfand, welche Rolle er bei der Geschichte mit ihrer Mutter wirklich gespielt hat. Man muss ihm zugutehalten, dass er das bitter bereut hat. Aber er hat es getan.«

»Was hat er getan?«, fragte Bodenstein nach.

»Kirsten Stadlers Herz war das erste, das er entnehmen und verpflanzen durfte«, antwortete Thomsen. »Es war seine erste Organtransplantation in einer hoffnungsvollen Karriere als Transplantationschirurg. Er hat alles richtig gemacht, aber da wusste er auch noch nichts über die Umstände.«

»Woher wissen Sie das?«

»Weil er es mir einmal erzählt hat. Vor vielen Jahren, als er seinen ersten Vortrag bei HAMO gehalten hat. Da kannte er Helen noch nicht persönlich. Es war eine Verkettung unglücklicher Zufälle, die letztendlich dazu geführt hat, dass noch mehr Menschen sterben mussten.«

»Wer kam auf die Idee, die Angehörigen der Beteiligten zu töten?«, wollte Pia wissen. »Was hatten Sie damit zu tun?«

Wieder dachte Thomsen einen Moment lang nach, bevor er antwortete.

»Ich wollte die Sache mit Rudolfs Menschenversuchen ans Licht bringen«, sagte er. »Da kam mir Hartig als Informant gerade recht. Er und ich hätten das möglicherweise wirklich hingekriegt, wir hatten in zwei Fällen immerhin Namen und Beweise, es gab Zeugen, die ausgesagt hätten. Aber dann kam Helen dazu und ihre Familie, und plötzlich war alles hochemotional. In ihrem Fall hatte es bis zu dem Zeitpunkt keine Beweise und auch keinen glaubwürdigen Zeugen gegeben, aber nun hatte sie einen.«

»Hartig.«

»Genau. Und der konnte sie nicht mehr bremsen. Ich auch nicht, ich habe es versucht, aber sie machte, was sie wollte. Hartigs Mittel der Wahl waren Psychopharmaka, mein Mittel war kontrollierte Unterstützung ihrer Pläne. Ich dachte, ich hätte alles im Griff, aber da irrte ich mich wohl.«

»Helens Vater war bei der NVA«, bemerkte Bodenstein.

»Wie bitte?« Thomsen blickte ihn überrascht an.

»Wir vermuten, dass Dirk Stadler der Sniper ist«, sagte Bodenstein. »Trauen Sie ihm das zu?«

Thomsen runzelte nachdenklich die Stirn.

»An Dirk hätte ich überhaupt nicht gedacht, aber jetzt, wo Sie es sagen … Er hat sehr unter dem Verlust seiner Frau gelitten. Sein ganzes Leben war dahin. Vielleicht hat er deshalb so extrem an Helen geklammert. Er wollte sie nicht gehen lassen, weil er Angst davor hatte, allein zu sein.«

Thomsens Worte standen in krassem Gegensatz zu dem, was Stadler ihnen selbst gesagt hatte.

»War es nicht eigentlich andersherum, dass Helen an ihm klammerte?«, fragte Pia nach.

»Sie war zu schwach, um ihm zu sagen, dass sie ihr eigenes Leben führen wollte.« Er seufzte. »Sie hat ihr halbes Leben darauf gehofft, dass sich seine Persönlichkeit ändern oder er eine neue Frau finden würde. Dass er wieder zu einem normalen Leben in der Lage wäre, wenn die Vergangenheit aufgeklärt und die Schuldigen bestraft wären. Aber Dirk fühlte sich wohl, so, wie es war. Er und Helen, für immer zusammen. Er hatte sich gegen die Außenwelt abgeschottet, lebte nur im Gestern. Und hielt Helen so fest, wie er nur konnte. Deshalb hasste er mich auch so sehr. Er fürchtete, ich könne sie ihm wegnehmen.«

»Das hätte er doch eher bei Hartig fürchten müssen«, warf Bodenstein ein.

»Nein. Den hatte er ja auch im Griff, durch Hartigs Schuldkomplex. Hartig und Helen ließen sich von ihm immer wieder manipulieren und emotional erpressen.«

»Wusste Stadler denn, dass Hartig damals zum Team von Rudolf gehörte?«

»Ja, natürlich. Hartig musste ihm das ja sagen, als er ihn zusammen mit Winkler dazu überredet hat, den Prozess gegen die UKF zu führen. Alle wussten es, bis auf Helen.«

Mit einem Mal sahen sie alles, was sie bisher über Dirk Stadler wussten, in einem gänzlich anderen Licht. Sie hatten ihm so wenig Beachtung geschenkt, dass sie die düstere, zerrissene Seite seines Charakters nicht bemerkt hatten.

»Weshalb haben Winklers den Kontakt zu ihrem Schwiegersohn abgebrochen?«, fragte Pia.

»Joachim und Lydia hielten die Art und Weise, wie Dirk mit seiner Tochter zusammenlebte, für ungesund. Helen musste mit ihm in einem Bett schlafen, sie sahen Hand in Hand fern, unternahmen alles gemeinsam. Sie war ohnehin völlig vaterfixiert, aber er verhinderte, dass sie sich abnabelte. Nach außen hin tat Dirk immer so, als ob er sie beschützen wolle, aber in Wirklichkeit war es genau umgekehrt. Helens Tod hat Dirk dann endgültig den Boden unter den Füßen weggezogen, er dachte ja, sie hätte sich umgebracht, weil sie mit der Schuld am Tod ihrer Mutter nicht mehr leben konnte.«

Alles, was Thomsen gesagt hatte, klang plausibel und bestätigte nicht zuletzt die Vermutungen von Karoline Albrecht. Das Bild war komplett. Dennoch war Bodenstein wütend.

»Wieso sagen Sie uns das alles erst jetzt, Thomsen?«, fuhr er den Mann, der ihm fast sympathisch geworden war, schroff an. »Warum haben Sie nicht gleich mit offenen Karten gespielt? Sie hätten sich und uns eine Menge erspart – und vielleicht das Leben von Ralf Hesse und die Gesundheit von Dr. Burmeister retten können!«

Ein spöttisches Glitzern trat in Thomsens Augen.

»Burmeister retten – das wäre das Letzte, was ich gewollt hätte«, entgegnete er kalt. »Und so, wie ich von eurem Verein behandelt worden bin, wie sie mich damals abgelinkt und mir einen Tritt in den Hintern verpasst haben, hatte ich nicht die geringste Veranlassung, euch in irgendeiner Weise zu helfen.«

»Und woher kam jetzt plötzlich der Sinneswandel?«

»Ich will nicht, dass eins von diesen Schweinen ungeschoren davonkommt«, gab Thomsen zu. »Sie sollen die Strafe kriegen, die sie verdienen.«

Professor Dieter Paul Rudolf saß am Tisch im Vernehmungsraum wie ein gelangweilter Gast bei einem Kaffeekränzchen, die Hände in den Hosentaschen, die Beine übereinandergeschlagen. Er hatte den Film angesehen, ohne eine Miene zu verziehen, gänzlich unbeeindruckt vom grausamen Schicksal seines ehemaligen Kollegen.

»Wann komme ich hier raus?«, fragte er, nachdem er alle Fragen mit beharrlichem Schweigen beantwortet hatte.

»So, wie es aussieht, nie mehr«, erwiderte Pia. »Die Staatsanwaltschaft bereitet eine Anklage wegen Mordes in mindestens drei Fällen gegen Sie vor. Mit Golfspielen und Herzoperationen ist es vorbei, genauso wie mit Ihrem Traum vom Nobelpreis.«

Zum ersten Mal sah Rudolf sie an.

»Was soll der Unsinn?« Er nahm die Hände aus den Hosentaschen und richtete sich auf. »Wissen Sie überhaupt, mit wem Sie reden?«

»Allerdings.« Pia erwiderte seinen Blick. »Wir wissen mittlerweile eine ganze Menge über Sie. Sie haben uns angelogen, als Sie behaupteten, Sie könnten sich keinen Reim auf die Mail des Snipers machen und es habe nie ein Problem mit den Angehörigen eines Patienten gegeben. Wir wissen auch, dass Sie und Ihr damaliger Oberarzt Burmeister Kirsten Stadler sterben ließen, damit Sie ihr Herz dem Sohn von Fritz Gehrke einpflanzen konnten. Wir kennen Ihre Beweggründe und wissen, dass Gehrke damit drohte, Ihnen seine Geldmittel zu entziehen, weil der Erfolg Ihrer ehrgeizigen Forschungen ausblieb. Wir wissen, dass Sie das Medikament, das noch im Tierversuchsstadium war, an Menschen angewendet haben und diese Patienten starben.«

Rudolfs bleiche Wangen röteten sich vor Zorn.

»Ihre Eitelkeit ertrug das Scheitern nicht«, provozierte Pia ihn weiter. »Sie hatten sich in die Idee verrannt, der erste Arzt der Welt zu sein, der über die Blutgruppenschranken hinaus Herzen transplantieren kann. Den Nobelpreis hatten sie im Auge, Ruhm und Ehre und viel, viel Geld. Dafür sind Sie über Leichen gegangen! Kirsten Stadler mit ihrer Blutgruppe 0 war für Sie ein Geschenk des Himmels. Die Frau war Ihnen damals so gleichgültig wie jetzt Ihr alter Freund Burmeister oder der Tod Ihrer Frau …«

»Halten Sie den Mund!«, knurrte Rudolf wütend. Seine Hände begannen zu zittern.

»Für Sie waren die Organspender nur Material, Ihre Patienten nur Mittel zum Zweck, und Ihre Mitarbeiter haben Sie wie den letzten Dreck behandelt.« Pia ließ ihn nicht aus den Augen, lauerte auf jede Reaktion ihres Gegenübers. »Aber dann scheiterten Ihre ganzen großen Pläne an einem unbedeutenden kleinen Arzt, der Ihre Menschenverachtung und Ihren selbstherrlichen Größenwahn nicht länger mit ansehen konnte. Jens-Uwe Hartig hat Sie bei der Klinikleitung und der

Bundesärztekammer angezeigt. Deshalb mussten Sie die UKF verlassen.«

»Ich habe Tausenden von Menschen geholfen!«, stieß Rudolf hervor. »Ich habe bahnbrechende Entdeckungen auf dem Gebiet der Organtransplantation gemacht, und Sie … Sie bornierte kleine Polizistin, Sie ziehen das alles in den Dreck! Ihr habt doch alle keine Ahnung! Ich habe Visionen und den Mut, sie umzusetzen! Männer wie ich haben die Menschheit schon immer weitergebracht. Ohne uns würden die Menschen noch immer in Höhlen hocken! Dafür muss man eben Opfer bringen.«

»Männer wie Sie schädigen einen ganzen Berufsstand!«, konterte Pia scharf. »Sie haben Unschuldige geopfert, Unbeteiligte! Sie werden als gewissenloser, geldgieriger Verbrecher in die Geschichte der Transplantationsmedizin eingehen! Man wird sich für Sie schämen und Ihre Bücher in die Altpapiertonne werfen.«

Jedes ihrer Worte traf seine eitle Seele wie ein Schwerthieb, das konnte Pia an Rudolfs Miene erkennen. Er war intelligent genug, um zu begreifen, dass sie recht hatte.

»Ein Arzt, der so wenig Empathie für seine Patienten empfindet, der sollte besser Schreiner werden«, setzte sie unerbittlich nach. »Da ist es nicht so schlimm, wenn ein Versuch scheitert.«

»Ich bin nicht *gescheitert*!«, fauchte Rudolf. Eine Ader pochte an seiner Schläfe, Schweiß perlte von seiner Stirn.

»Doch, das sind Sie«, sagte Pia in einem mitleidigen Tonfall, der den Professor zur Weißglut brachte. »In jeder Hinsicht, beruflich und privat. Sie werden ein alter, verbitterter Greis sein, wenn Sie eines Tages aus dem Gefängnis entlassen werden.«

Dieter Rudolfs Gesicht zuckte unkontrolliert, er rieb die Handflächen an seinen Oberschenkeln.

»Wer hat Helen Stadler vor den Zug gestoßen?«, fragte Pia unvermittelt. »Wollten Sie damit Ihr Versagen vertuschen?«

Der Professor starrte sie hasserfüllt an.

»Ich wünschte, ich wäre es gewesen!«, zischte er heiser. »Ich wünschte, ich hätte diese kleine Schlampe, die mein ganzes Lebenswerk zerstören wollte, umgebracht, aber ich war es leider nicht!«

Speichel sprühte von seinen Lippen, seine Fingerknöchel traten weiß hervor.

»Wer war es?«, fragte Pia ungerührt. »Sagen Sie es uns. Ihre Kooperation könnte sich strafmildernd für Sie auswirken.«

»Sie können mich mal am Arsch lecken!«, explodierte der Professor. »Ich will auf der Stelle einen Anwalt anrufen.«

Pia und Bodenstein standen auf.

»Suchen Sie sich am besten einen Strafrechtsspezialisten«, riet Bodenstein ihm. »Sie werden sich nämlich vor Gericht wegen Mordes in mehreren Fällen verantworten müssen.«

»Sie können mir gar nichts nachweisen!«, schrie Rudolf außer sich vor Zorn. »Gar nichts!«

»Oh doch.« Bodenstein lächelte kühl. »Sie wurden Samstagnacht beim Verlassen des Hauses von Fritz Gehrke gesehen, nachdem Sie ihn mit Chloroform betäubt und mit einer Überdosis Insulin getötet haben.«

»Wie können Sie so etwas behaupten?« Der Professor ließ sich nicht einschüchtern. »Fritz war mein Freund!«

»Freundschaften können zerbrechen, wenn ein Freund den anderen belügt«, erwiderte Bodenstein. »In Ihrem Haus haben wir Kleidung von Ihnen gefunden, die stark nach Rauch riecht. In Ihrem Auto befanden sich Aktenordner, die aus dem Besitz von Herrn Gehrke stammen, und eine Glasflasche mit Chloroform. Und in Ihrem Tresor haben wir ein Handy gefunden, mit dem Sie in den letzten Tagen ausgesprochen viel telefoniert haben. Ihre Tochter war sehr kooperativ.«

Rudolf wurde leichenblass.

»Sie hat mir Beweise untergeschoben, weil sie mich hasst«, behauptete er. »Ich will einen Anwalt. Sofort.«

»Was für ein widerlicher Typ.« Pia schüttelte sich, als sie den Vernehmungsraum verlassen hatten. »Burmeister ist ihm völlig egal!«

»Ein Größenwahnsinniger, der jeden Bezug zur Realität verloren hat«, erwiderte Bodenstein. »Selbstverliebt und blind vor Ehrgeiz.«

»Wenn er uns nicht angelogen hätte, wären wir Stadler viel eher auf die Schliche gekommen. Das hat mich so wütend gemacht, dass ich ihn provozieren musste.«

Sie gingen den Flur zum Besprechungsraum entlang.

»Vor wem haben Riegelhoff und Furtwängler Angst? Das alles ist über zehn Jahre her!« Pia blieb vor der Feuerschutztür hinter dem Treppenhaus stehen.

»Bei Furtwängler oder dem Direktor der UKF verstehe ich die Angst«, erwiderte Bodenstein. »Ein solcher Skandal zerstört auch nach zehn Jahren noch das Renommee einer Klinik, besonders wenn herauskommt, dass er vertuscht wurde.«

»Dann ist es bei dem Anwalt dasselbe«, nickte Pia. »Er war an der Vertuschung aktiv beteiligt und muss fürchten, dass er seine Zulassung verliert oder gar vor Gericht landet. Möglicherweise sind Bestechungs- und Schweigegelder geflossen, wer weiß das schon.«

Bodenstein öffnete die Glastür, wenig später betraten sie den Besprechungsraum. Ein paar Kollegen schraken kurz aus ihrer Lethargie auf, andere dösten vor sich hin und reagierten gar nicht. Auf den Tischen standen schmutzige Teller, leere Gläser und Flaschen, dazwischen lagen Pizzaschachteln. Die Luft war stickig, es war so still wie in einer Kirche. Bodenstein hoffte beim Anblick seiner müden Truppe inständig, dass es bald vorbei war und sie ausruhen konnten.

An einem Tisch saßen der zuständige Staatsanwalt, Nicola Engel, Kim und Ostermann zusammen und redeten leise miteinander.

Bodenstein und Pia setzten sich dazu und berichteten von ihren Gesprächen mit Thomsen und Rudolf.

»Stadler wird Hartig töten, sobald sie mit Burmeister fertig sind«, sagte Bodenstein zum Schluss. »Und dann wird dieser ganze Skandal womöglich unaufgeklärt bleiben, weil die anderen schweigen werden, um sich nicht selbst zu belasten.«

»Aber warum sollte Stadler das tun?«, erkundigte sich Nicola Engel skeptisch. »So wie es aussieht, ist Hartig doch ein Mittäter.«

»Stadler sieht sich nicht als Mörder, sondern als Verfechter einer gerechten Sache«, antwortete Bodenstein. »Er hat Helens Recherchen genutzt, um sich an denjenigen, die ihr und ihm Leid zugefügt haben, zu rächen. Diesen Plan hat er verfolgt, konsequent und ohne Spuren zu hinterlassen. Aber dann hat sich etwas verändert.«

»Was?«, wollte der Staatsanwalt Rosenthal, ein großer glatzköpfiger Mittvierziger, der als scharfer Hund galt, wissen.

»Er hat sich Burmeister selbst gegriffen«, erwiderte Bodenstein. »Nicht die Tochter, die Freundin oder die Exfrau. Weshalb? Warum hat er seine Strategie, die bis dahin perfekt funktioniert hat, plötzlich geändert?«

»Vielleicht hat er etwas herausgefunden«, vermutete der Staatsanwalt.

»Davon gehe ich aus.« Bodenstein nickte. »Aber was? Und von wem?«

»Von Hartig?«, überlegte Pia.

»Nein, ich vermute, es war Vivien Stern, die Freundin von Helen«, sagte Bodenstein. »Eine Person von außerhalb, die ihm irgendeine neue

Perspektive eröffnet hat und ihn vielleicht sogar erst darauf gebracht hat, Hartig in seine Pläne einzubeziehen.«

»Cem und Kathrin sind noch bei ihr«, informierte Kai sie. »Sie weigert sich, herzukommen.«

»Wann haben wir mit Stadler über das Notizbuch seiner Tochter gesprochen?«, fragte Bodenstein.

»Gestern Abend«, antwortete Pia.

»Falls Vivien Stern Stadler erzählt hat, dass Hartig mit allen Mitteln verhindern wollte, dass Helen nach Amerika geht, dann musste Stadler annehmen, Hartig habe sich aus purer Berechnung an Helen herangemacht«, erörterte Bodenstein seine Theorie. »Hartig hatte die Stadlers mit dieser aussichtslosen Klage gegen die UKF vor seinen Karren gespannt. Aber als Helen plötzlich anfing, von Thomsen bestärkt in der alten Sache herumzustochern, musste er sie davon abhalten, denn sonst wäre herausgekommen, welche Rolle er selbst beim Tod von Kirsten Stadler gespielt hatte. Deshalb hat er sie unter Drogen gesetzt. Ich bin mir sicher, dass er sie über kurz oder lang in eine psychiatrische Anstalt gesteckt hätte, aus der sie niemals wieder herausgekommen wäre. Irgendjemand – wenn er es nicht sogar selbst war – hat das Problem dann für ihn gelöst, indem er Helen vor einen Zug gestoßen hat. Aber Hartig hat nicht geahnt, dass Helens Familie und Thomsen wussten, dass sie Angst vor ihm hatte.«

»Das Mädchen ist in die Hände von zwei Psychopathen geraten, die in ihren Leben mit allem gescheitert sind«, ergänzte Pia. »Der Einzige, der sie hätte retten können, war Mark Thomsen.«

»Und warum hat er es nicht getan?«, fragte Kai.

»Weil er vielleicht unterschätzt hat, was sich wirklich zwischen Stadler, Hartig und Helen abgespielt hat«, antwortete Bodenstein.

»Das sind doch alles nur Spekulationen«, mischte sich Staatsanwalt Rosenthal kopfschüttelnd ein.

»Vorläufig ja«, räumte Bodenstein ein. »Aber diesen Spekulationen liegt solide Polizeiarbeit zugrunde, wie vor hundert Jahren – ohne genetischen Fingerabdruck und solchen Firlefanz. Kai, ruf bitte Cem an. Er soll Frau Stern fragen, ob Stadler sich gestern bei ihr gemeldet hat.«

»Sie sind aber der Meinung, dass Stadler und Hartig bei Burmeister zusammengearbeitet haben, nicht wahr?«, fragte der Staatsanwalt nach.

»Ja, unbedingt«, bestätigte Bodenstein. »Hartig ist ein hervorragender Chirurg. Und Stadler hat das Ganze gefilmt.«

Kim hatte sich an dem Gespräch nicht beteiligt, sondern auf Kais Laptop den Film mit Burmeisters Handamputation noch ein paarmal angesehen.

»Dieser Linoleumfußboden, der auf dem Video zu sehen ist, irritiert mich«, sagte sie nun. »Solche Böden gibt es nicht in Küchen und Metzgereien. Viel zu rutschig, wenn da mit Wasser und Fett hantiert wird. Aber mir ist etwas anderes aufgefallen. Schaut mal!«

Sie drehte den Laptop um, auf dem sie den Film an einer bestimmten Stelle angehalten hatte. Alle blickten konzentriert hin.

»Hier!« Kim tippte auf eine Stelle im Hintergrund. »Das ist eine Holzbank, an der oben Kleiderhaken angebracht sind. Und dann passt auch der Fußboden! Sie sind im Umkleideraum einer Turnhalle!«

»Eine Schulturnhalle! Das könnte sein!«, stimmte Kai zu. »Momentan sind noch Ferien. Und Schulen werden nicht von einem Objektschutz bewacht wie Bürohäuser. Dafür haben die kein Geld.«

»Sehr gut!«, lobte Bodenstein. »Gebt den Kollegen draußen Bescheid, damit sie vorrangig Schulen mit eigenen Turnhallen im Westen von Frankfurt überprüfen. Stellt fest, wie viele Schulen es gibt, und denkt dran, dass Stadler mit seinem Rachefeldzug noch lange nicht am Ende ist.«

»Volltreffer, Chef!«, sagte Kai Ostermann und legte den Telefonhörer auf. »Stadler hat Vivien Stern tatsächlich gestern Abend angerufen, wohl kurz nachdem ihr weg wart. Er wollte wissen, was Helen ihr über Hartig erzählt hatte und was damals vorgefallen ist. Außerdem wollte er wissen, was am 16. September passiert ist, dem Tag, an dem Helen vor den Zug gesprungen ist. Das habe ich Frau Stern natürlich auch gefragt, und sie hat unter Tränen zugegeben, dass Helen sich an diesem Tag mit jemandem treffen wollte, der ihr die Wahrheit über den Tod ihrer Mutter sagen wollte. Frau Stern hatte ein ungutes Gefühl und wollte Helen begleiten, aber die lehnte ab. Sie habe das schon im Griff, hatte sie gesagt.«

»Und?«, drängte Nicola Engel. »Mit wem wollte sie sich treffen?«

»Mit einem Arzt von der UKF«, erwiderte Ostermann. »Mit welchem, hat sie ihrer Freundin leider nicht verraten.«

Jemand hatte ein Fenster geöffnet, um frische Luft hereinzulassen. Keiner döste mehr.

»Das bestätigt Thomsens Aussage«, sagte Pia. »Ein eiskalter Mord, um den Ruf der Klinik zu retten.«

»Der fast unentdeckt geblieben wäre«, ergänzte Nicola Engel.

»Wir haben einen genetischen Fingerabdruck von den Abstrichen an Helen Stadlers Leiche«, sagte Kröger. »Wenn wir Speichelproben von Hausmann, Janning, Rudolf und Burmeister bekommen, können wir einen DNA-Vergleich anstellen.«

»Also doch nicht nur solide Polizeiarbeit wie vor hundert Jahren.« Staatsanwalt Rosenthal grinste leicht. »Trotzdem, gute Arbeit.«

»Außerdem ist das Überwachungsband vom Flughafen gekommen«, fuhr Kröger fort. »Ich spiele es mal auf den großen Bildschirm.«

Wie gebannt blickten alle auf den Film. Der Bildausschnitt zeigte die Ausgangstür und die kurze Ladenzeile vor Gate C in der Ankunftshalle. Der Coffeeshop war gut zu sehen.

»Stopp!«, rief Pia.

Kröger hielt das Bild an und zoomte.

An einem Tisch saßen zwei Asiaten, neben ihnen ein Mann, der Zeitung las, und ganz hinten noch zwei Männer, die mit ihren Smartphones beschäftigt waren.

»Es muss der mit der Zeitung sein«, sagte Pia. »Er sitzt genau so, dass er die ganze Halle im Blickfeld hat.«

Kröger ließ den Film in Zeitlupe weiterlaufen. Für den flüchtigen Beobachter war der Mann einfach ein schnauzbärtiger Geschäftsmann mit einer Hornbrille, der Zeitung las und Kaffee trank, aber bei genauerem Hinsehen konnte man feststellen, dass er zwar hin und wieder eine Seite der Zeitung umblätterte, aber weder las noch den Kaffee trank. Das Geschehen in der Halle nahm seine Aufmerksamkeit völlig in Anspruch.

»Auf jeden Fall ist es derselbe Mann, der ein paar Minuten später hinten links in das Taxi eingestiegen ist«, sagte Kai. »Daran besteht kein Zweifel. Krawatte, Brille, Schnauzbart – passt alles!«

»Na, herzlichen Glückwunsch«, sagte der Staatsanwalt. »Jetzt müssen wir ihn nur noch fassen.«

Er hatte die Worte kaum ausgesprochen, als der KvD die Tür des Wachraumes öffnete und quer über den Flur brüllte: »Sie haben ihn!«

Alle sprangen wie elektrisiert auf, eine Welle der Erregung flutete durch den Raum, die selbst den faulen Ehrenberg erfasste.

»Die Kollegen aus Frankfurt haben sein Auto hinter der Turnhalle der Ludwig-Erhard-Schule in Unterliederbach gefunden!«

Endlich ging es los. Bodenstein verteilte die Aufgaben, und jeder wusste, was er zu tun hatte. Innerhalb von dreißig Minuten lief eine der größten

Polizeiaktionen aller Zeiten im Rhein-Main-Gebiet an. In und um Unterliederbach wurden sämtliche Straßen, Gassen und Feldwege gesperrt und Fahrzeugkontrollen durchgeführt, selbst die Auffahrt auf die A66 wurde gesperrt, genauso wie die Königsteiner Straße, die stadtauswärts auf die B8 und die Autobahn führte. Keine Maus konnte mehr ungesehen aus dem Frankfurter Stadtteil entkommen. Nicola Engel und Ostermann koordinierten den Einsatz, denn Bodenstein wollte vor Ort sein.

»Christian, du kommst mit uns, aber schick bitte zwei von deinen Leuten in die UKF«, fiel ihm noch ein, als er schon mit einem Fuß aus der Tür war. »Sie sollen aus den Büros von Hausmann, Janning und Burmeister irgendetwas holen, was für einen genetischen Fingerabdruck reicht. Der Staatsanwalt besorgt dir sicher schnell einen Beschluss.«

»Auf der Stelle«, bestätigte der und griff sofort zu seinem Handy. »Legt los! Viel Glück!«

Vier Streifenwagen warteten bereits mit eingeschaltetem Blaulicht und Martinshorn im Hof, um Bodenstein, Pia und das Team von der Spurensicherung nach Unterliederbach zu eskortieren. Während der Fahrt lief leise der Polizeifunk, und Pia führte vom Beifahrersitz aus ein Telefonat nach dem anderen. Bodenstein warf ihr einen raschen Seitenblick zu. Er erkannte die Anspannung in Pias Gesicht, genau wie er nahm sie diesen Fall mittlerweile persönlich. Vorhin auf der Treppe hatte sie geweint, was ihn tief berührt hatte, denn er konnte sich nicht erinnern, Pia schon einmal weinen gesehen zu haben. Nicht einmal bei dem Fall vor zwei Jahren, als Christophs Enkeltochter in die Gewalt des Kinderschänders geraten und Christoph selbst von ihm verletzt worden war. Seitdem war sie sensibler geworden. Plötzlich verspürte Bodenstein das Bedürfnis, Pia tröstend in die Arme zu nehmen und ihr zu versichern, dass sie in den letzten vierzehn Tagen Übermenschliches geleistet hatte. Aber das durfte er nicht tun, nicht einmal in einer emotionalen Ausnahmesituation wie dieser. Er war ihr Vorgesetzter und musste sich jederzeit korrekt verhalten.

Nachdem Pia mit Karoline Albrecht gesprochen und eine Streife zum Haus des Professors in Oberursel geschickt hatte, in dem sie sich aufhielt, telefonierte sie mit Hausmann und vergewisserte sich, dass er und seine Familie in Sicherheit waren. Auch Janning war eingeschüchtert, nachdem er das Foto von Burmeister gesehen hatte.

»Wir sind alle zu Hause und verlassen das Haus nicht, bevor Sie uns Entwarnung geben«, versicherte er.

Auf der Frequenz des Polizeifunks war der Teufel los.

»Was ist dieser Rudolf nur für ein Mensch?« Pia klemmte das Handy zwischen ihre Knie und hielt sich am Türgriff fest, weil Bodenstein so rasant um die Kurve fuhr. »Nur um seinen Geldgeber nicht zu verlieren, der seine wahnwitzigen Forschungen sponserte, hat er eine Frau sterben lassen, und wer weiß, was noch alles herauskommt! Und dann hat dieser Mann mit über sechzig Jahren nicht den Mumm, zu seinen Verfehlungen zu stehen! Nicht einmal der Tod seiner Frau hat ihn zum Nachdenken gebracht!«

»Ganz im Gegenteil. Aus Angst vor der Entdeckung hat er sogar noch seinen alten Weggefährten und Unterstützer getötet«, ergänzte Bodenstein. »Das ist unfassbar!«

Er folgte den beiden Streifenwagen, die mit Blaulicht und Martinshorn auf der Standspur rechts an den sich stauenden Autos vorbeidonnerten. An der Abfahrt Unterliederbach steckten sie einen Moment fest und hörten über Funk, dass die Schule bereits abgeriegelt war.

»Die Tür wurde tatsächlich aufgebrochen«, krächzte es aus dem Funkgerät. »Was sollen wir jetzt machen?«

»Wartet nicht auf uns, sondern geht gleich rein!«, entschied Bodenstein. »Wir hängen an der Autobahnausfahrt fest! Wenn der Verletzte wirklich da drin ist, dann braucht er schnell ärztliche Versorgung.«

»Alles klar. Verstanden!«

Bodensteins Finger trommelten ungeduldig auf das Lenkrad. Ihm wurde abwechselnd heiß und kalt. Plötzlich hatte er das ungute Gefühl, dass sie wieder einmal zu spät kommen würden.

Als sie am Schulgebäude eintrafen, war alles vorbei, und Bodensteins Gefühl wurde zur Gewissheit. Die Enttäuschung darüber, dass die Täter entkommen waren, stand allen Beamten ins Gesicht geschrieben. In einem der Umkleideräume der Turnhalle war Burmeister gefunden worden, der Notarzt war schon bei ihm.

»Ich kann da nicht reingehen.« Pia blieb stehen.

»Ich mach das«, erwiderte Bodenstein. »Kümmere du dich um das Auto.«

Sie nickte dankbar und verschwand in der Dunkelheit, während er mit Kröger die Turnhalle betrat. Der typische Schweißgeruch von Umkleideräumen wurde von süßlich-kupfrigem Blutgeruch überlagert. Notarzt und Sanitäter kümmerten sich um den Verletzten.

»Wie geht es ihm?«, erkundigte Bodenstein sich von der Tür aus. Er redete sich ein, dass er keine Spuren zerstören wollte, aber in Wirklichkeit fürchtete er sich davor, nun in der Realität das sehen zu müssen, was er vor ein paar Stunden im Film bereits gesehen hatte.

»Wir haben seinen Kreislauf stabilisiert und bringen ihn jetzt ins Krankenhaus nach Höchst«, antwortete der Notarzt. »Seine Hände wurden amputiert, und zwar ziemlich fachmännisch. Es ist aber zu spät, sie wieder anzunähen.«

»Warum?«

»Na, gucken Sie sich das doch mal an«, erwiderte der Notarzt. »Ich mach den Job jetzt seit fünfzehn Jahren und dachte, ich hätte schon alles gesehen und erlebt. Aber es geht immer noch schlimmer.«

Bodenstein nahm allen Mut zusammen und betrat den Umkleideraum. Der Linoleumboden war voll mit bereits getrockneten Blutlachen. Burmeister lag auf einer Bank, er war mit Nylongurten gefesselt, mit denen man normalerweise Koffer verschloss, und ohne Bewusstsein.

Bodenstein schluckte, ihm lief eine Gänsehaut über den Rücken, als er die Armstümpfe und die blutigen Verbände sah. Er hatte in den langen Jahren, in denen er bei der Mordkommission arbeitete, schon manch Schreckliches gesehen, und er war nicht leicht zu erschüttern, doch der Anblick der abgetrennten Hände, die auf dem Fußboden lagen wie ein achtlos weggeworfenes Paar schmutziger Socken, traf ihn ins Mark. Dieses Bild brutalster, abgrundtiefer Menschenverachtung brannte sich in seine Netzhaut ein, und bei der Vorstellung, was sich hier vor wenigen Stunden abgespielt hatte, zog sich sein Magen krampfhaft zusammen. Einer der Sanitäter durchtrennte die Nylongurte. Burmeister stöhnte und bewegte sich.

»Ah, er kommt zu sich«, sagte der Notarzt, und Bodenstein ergriff die Flucht.

Keine Spur von Stadler oder Hartig. Stadlers silberner Toyota stand abgeschlossen am Rande des Schulhofs, nur unweit von der Turnhallentür entfernt, die mit einem Brecheisen geöffnet worden war. Über dem Viertel kreiste der Hubschrauber, hinter den Absperrungen drängten sich wie üblich Neugierige und die ersten Vertreter von Presse und Fernsehen.

Bodenstein setzte sich auf den Rand eines Betonkübels und wischte sich den kalten Schweiß von der Stirn. Stadler war entkommen. Das Blut auf dem Boden in dem Umkleideraum war geronnen; die Amputation von Burmeisters linker Hand lag mehrere Stunden zurück. Stunden, in denen Stadler und Hartig längst das Weite gesucht hatten. Sie hatten das Auto mit Absicht zurückgelassen, eine erneute Verhöhnung, eine deutliche Nachricht, die an ihn gerichtet war: Du bist zu langsam, Bodenstein!

Der Abschleppdienst war gekommen und lud den silbernen Toyota auf. Pia kam langsam über den Schulhof auf ihn zu.

»Wer weiß, mit was für einem Auto er jetzt unterwegs ist«, sagte sie und blieb vor ihm stehen.

»Wahrscheinlich mit dem von Hartig.« Alle Energie war aus seinem Körper gewichen, es kam Bodenstein vor, als ob seine Füße in Betonblöcken steckten.

Burmeister wurde aus der Turnhalle zum wartenden Rettungswagen gefahren. Blitzlichter flammten auf, ein Scheinwerfer erhellte die Dunkelheit. Bodenstein versuchte den grässlichen Anblick der abgeschnittenen Hände aus seinem Kopf zu verdrängen.

Plötzlich dachte er an Karoline Albrecht. Sie war hoffentlich in Sicherheit vor Stadler. Gut, dass Pia eine Streife zu ihrer Bewachung geschickt hatte! Er wusste nicht, woran es lag, aber er fühlte sich auf irgendeine Weise zu dieser tapferen, starken Frau mit den ungewöhnlichen grünen Augen hingezogen.

»Irgendwo müssen sie hin«, sagte Pia in diesem Moment, mehr zu sich selbst als zu ihm. »Es ist kalt, sie können die Nacht nicht in einem Auto verbringen. Und wir überwachen alle ihre Schlupfwinkel.«

»Vielleicht gibt es noch welche, von denen wir nicht wissen.«

»Komm, lass uns hier verschwinden.« Pia steckte die Hände in die Taschen ihrer Jacke. »Wir können sowieso nichts tun, als darauf zu warten, dass Stadler irgendwo auftaucht oder bei einer Personenkontrolle ins Netz geht.«

»Ja, du hast recht.« Bodenstein stemmte die Zentnerlast der Enttäuschung hoch und stand auf. »Fahren wir.«

Die Absperrungen waren aufgehoben worden, der Verkehr floss wieder normal. Pia, die am Steuer saß, setzte den Blinker und wollte gerade von der Königsteiner Straße auf die Autobahn Richtung Wiesbaden abfahren, als Bodensteins Handy klingelte, das an die Freisprechanlage gekoppelt war.

»Zielobjekt ist gerade in die Siedlung eingebogen«, sagte der Einsatzleiter des SEK, mit dem Bodenstein verabredet hatte, nicht den Polizeifunk, sondern das Handy zu benutzen. »Sitzt alleine im Auto, einem dunklen Volvo, Kennzeichen MTK-JH 112.«

Pia reagierte blitzschnell, schnippte den Blinker zurück, gab Gas und fuhr geradeaus weiter am Main-Taunus-Zentrum vorbei. Sie kannte die Gegend gut genug und wusste, wie sie am schnellsten an ihr Ziel kamen.

»Er ist allein und fährt Hartigs Auto«, sagte Bodenstein zu Pia. »Das kann bedeuten, dass er Hartig schon getötet hat.«

Sie saß mit blassem Gesicht am Steuer und widersprach ihm nicht.

Bodenstein informierte Ostermann und schwieg dann auch, gleichermaßen erschöpft und elektrisiert. Das Wechselbad der Gefühle, das Auf und Ab zwischen Hoffnung und Enttäuschung war entsetzlich zermürbend, und er spürte, wie sein Herz gegen seine Rippen hämmerte. Ungesund, dieser Job, dachte er. Gut, dass er eine Alternative hatte. Er hatte es so satt, dieses Hinterherjagen! Er hatte die Nase voll von Blut und Tod und Verzweiflung, davon, angelogen und für dumm verkauft zu werden. Am meisten machte ihm jedoch zu schaffen, dass er sich auf Neff verlassen hatte, auf einen Fremden, einen, der überhaupt nicht zu seinem Team gehörte.

»Zielobjekt sitzt noch im Auto!«, dröhnte die Stimme des Einsatzleiters aus den Lautsprechern. »Motor ausgeschaltet. Vielleicht ahnt er etwas, aber er entkommt uns nicht mehr. Wir haben alles abgeriegelt, die Präzisionsschützen sind in Position.«

»Sitzt er wirklich allein im Auto?«, fragte Bodenstein, während Pia den Dienstwagen mit 180 Stundenkilometern die Bundesstraße hochprügelte, ungeachtet des immer dichter werdenden Nebels.

»Positiv. Zugriff?«

»Nein, noch nicht«, erwiderte Bodenstein. »Lasst ihn aussteigen und das Grundstück betreten! Sobald er auf das Haus zugeht, greift ihr zu. Und denkt dran, dass wir ihn lebend brauchen!«

Pia drosselte das Tempo, fuhr um die Linkskurve und bog an der Kreuzung in Hornau rechts in den Gagernring ein. Die Sichtweite betrug kaum mehr als fünfzehn Meter.

»Bieg hier ab!« Bodenstein wies nach links. »Wir nehmen den verbotenen Weg, das spart uns zehn Minuten.«

»Zielobjekt noch immer im Auto«, meldete der SEK-Chef. »Man sieht hier kaum die Hand vor Augen, so neblig ist es.«

»Dann greift zu, sobald es möglich ist«, befahl Bodenstein und hoffte, dass ihnen auf dem schmalen Weg nicht gerade jetzt ein Linienbus entgegenkam, der sie zum Rückwärtsfahren zwang.

Er stieg aus, schloss das Auto ab und ging zu dem rostigen Gartentor. Es quietschte in den Angeln, als er es öffnete. Er war müde. Unendlich müde. Zahllose Nächte ohne Schlaf lagen hinter ihm, er sehnte sich nach einer heißen Dusche und einem Bett. Kein Telefon, keine Menschen, keine Worte. Nicht mehr nachdenken müssen. Er ging über die Waschbetonplatten zur Veranda, bückte sich, um den Schlüssel unter der Fußmatte hervorzuholen. In derselben Sekunde wurde es taghell. Sein Herz setzte vor Schreck für ein paar Schläge aus. Er drehte sich um. Ein paar Sekunden lang war er vollkommen geblendet und schloss die Augen.

»Hände über den Kopf!«, brüllte jemand, und er gehorchte. »Auf den Boden! Auf den Boden!«

Plötzlich erwachte alles rings um ihn zum Leben. Aus dem Nebel tauchten Männer auf, schwarz gekleidet und vermummt. Stimmen, Schritte. Man packte ihn an den Armen, zerrte ihn hoch und tastete ihn ab. Dann wurde er auf den Boden gestoßen, seine Arme brutal nach hinten gerissen und seine Handgelenke gefesselt. Sein Herz raste, der Schweiß brach ihm aus. Obwohl er mit einer solchen Situation gerechnet hatte, war es doch beängstigend, das zu erleben. Aber er würde durchhalten. Er musste durchhalten. Bis morgen früh.

Die Nachricht, dass der Zugriff erfolgt war, erreichte Bodenstein und Pia, als sie durch Fischbach fuhren.

»Kein Widerstand«, gab der Einsatzleiter durch. »Zielobjekt ist unbewaffnet.«

»Sehr gut. Wir sind in fünf Minuten da.« Bodenstein lehnte sich erleichtert zurück und schloss kurz die Augen. Er wartete, bis sich sein Pulsschlag etwas beruhigt hatte, dann wählte er Ostermanns Nummer.

»Sie haben ihn«, sagte er knapp. »Er hat keinen Widerstand geleistet.«

»Endlich wieder schlafen.« Pia grinste dünn. »Gott sei Dank.«

Sie bog in die Wochenendsiedlung ein und ließ das Auto vorne am Eibenweg stehen. Durch den dichten Nebel gingen sie bis zum Ende der Sackgasse, das von Scheinwerferlicht hell erleuchtet war. Die schwarzen Fahrzeuge des SEK und mehrere Streifenwagen versperrten den Weg, überall liefen schwarzgekleidete Gestalten herum, auch uniformierte Polizisten. Der Volvo von Hartig stand dicht an der Hecke des Grundstücks. Bodenstein und Pia traten durch das Tor und gingen den Weg entlang. Stadler lag auf dem Boden vor den Stufen der Veranda, die Hände hinter dem Rücken gefesselt.

Bodenstein, der sich in den vergangenen Tagen oft ausgemalt hatte, was er empfinden würde, wenn er dem Sniper gegenüberstand, war überrascht, denn er fühlte einfach gar nichts. Höchstens Erleichterung, aber weder Zorn noch Hass. Das würde vielleicht später kommen, in den endlosen Vernehmungen, die ihnen bevorstanden. Jetzt war er einfach nur froh, dass der Alptraum vorbei war.

»Lasst ihn aufstehen«, sagte er.

Zwei SEK-Leute zogen den Mann auf die Beine, er blinzelte ins grelle Licht. Bodenstein hörte, wie Pia neben ihm scharf die Luft einsog. Er starrte den Mann an, der vor ihm stand, erkannte ihn, aber sein Gehirn weigerte sich für den Bruchteil einer Sekunde zu akzeptieren, was er sah. Vor ihnen stand nicht Dirk Stadler, sondern Jens-Uwe Hartig.

Donnerstag, 3. Januar 2013

4 Uhr morgens.

Seitdem er festgenommen worden war, hatte Jens-Uwe Hartig keinen einzigen Ton von sich gegeben. Bleich und stumm hatte er auf dem Plastikstuhl im Vernehmungsraum gesessen, beharrlich jeden Blickkontakt vermieden und aus rotgeränderten Augen auf die Tischplatte vor sich gestarrt. Er hatte weder auf Bitten noch auf Drohungen reagiert, und schließlich hatte Bodenstein um kurz nach Mitternacht das Verhör abgebrochen. Im Kofferraum des Volvo war das Gewehr sichergestellt worden, ein Steyr SSG 69 mit Zielfernrohr, Schalldämpfer und Infrarotentfernungsmesser, dazu die passende Munition. Für Janning, Hausmann und dessen Tochter hatte es keine Entwarnung gegeben, denn Stadler war noch immer auf freiem Fuß und auch ohne das Scharfschützengewehr eine Gefahr.

Kaum jemand war nach Hause gegangen. Bodenstein schlief auf dem Schreibtischstuhl, Kim lag in eine Decke gewickelt auf dem Teppichboden in Pias Büro. Pia hatte mit Christoph telefoniert und saß nun an ihrem Schreibtisch, der kleine Fernseher auf einem der Aktenschränke lief ohne Ton. Kai saß ihr gegenüber, die Beine auf der Schreibtischplatte und das Kinn auf der Brust, schnarchte er leise vor sich hin. Im Büro war es dunkel, bis auf das bläuliche Flimmern des Fernsehers und das Licht, das durch den Türspalt vom Flur hereinfiel.

Pia fand keinen Schlaf. Obwohl sie erschöpft und todmüde war und ihre Augen brannten, war ihr Geist wach und ließ sie nicht zur Ruhe kommen. Ziellos zappte sie von einem Kanal zum anderen. Bei N-TV wurden dauernd Wiederholungen von den Bildern der Polizeisperren, der Turnhalle in Unterliederbach und Archivbilder von Simon Burmeister gezeigt. Reporter in der nebligen Dunkelheit, die stumm in Mikros sprachen, ihre übertriebene Mimik wirkte ohne Ton lächerlich.

Sie hatten angenommen, Stadler würde Hartig töten – war es jetzt etwa andersherum geschehen? War Dirk Stadler am Ende doch gar nicht der Sniper?

Sie würde wohl nie wirklich verstehen, was Menschen dazu bewegte, andere zu betrügen, zu belügen, zu misshandeln und zu töten und dabei zu glauben, sie würden damit durchkommen.

Gähnend schaltete sie weiter durch die Kanäle. Sie hatte Lust auf eine Zigarette, war aber zu faul, aufzustehen und nach unten zu gehen, um in der Kälte eine zu rauchen. Auf einem Privatsender lief ein uralter Horrorschinken mit Zombies auf einem Friedhof. Sie wollte gerade weiterzappen, als ihr ein Gedanke durch den Kopf zuckte. Schlagartig war sie hellwach. Sie sprang auf, ging in Bodensteins Büro und rüttelte ihn an der Schulter. Er fuhr erschrocken hoch.

»Was ist los?«, flüsterte er benommen.

»Ich glaube, Dirk Stadler ist auf dem Friedhof«, sagte Pia leise.

Bodenstein gähnte und rieb sich die Augen.

»Auf welchem Friedhof?«, fragte er verwirrt.

»Am Grab seiner Tochter!«, entgegnete Pia aufgeregt. »Er hat seine Mission erfüllt, sonst hätte er nicht das Gewehr im Kofferraum gelassen. Komm, lass uns nachsehen!«

Bodenstein brauchte einen Moment, um zu sich zu kommen. Dann nickte er langsam.

»Vielleicht hast du recht«, sagte er schließlich. »Einen Versuch ist es wert.«

Sie fuhren schweigend durch die Dunkelheit und den dichten Nebel, der das Licht der Scheinwerfer reflektierte und alles andere verschluckte. Hin und wieder fegte der Scheibenwischer das Wasser zur Seite. Eine Viertelstunde später hatten sie den Kelkheimer Hauptfriedhof erreicht, und Pia hielt gleich auf dem ersten Parkplatz. Bodenstein nahm eine Taschenlampe aus dem Kofferraum. Sie betraten den Friedhof, gingen langsam die Gräberreihen entlang. Der dünne Schein der Taschenlampe tastete sich zitternd über den Boden. Plötzlich nahm Pia einen Luftzug wahr, und etwas streifte ihren Kopf. Sie duckte sich, ihr Herz klopfte heftig.

»Was war das denn?«

»Nur eine Eule«, sagte Bodenstein, der voranging. »Vorsicht, hier hängen die Äste ziemlich tief.«

Aus dem Nebel tauchten unversehens die kahlen Äste einer Trauerweide auf und klatschten Pia ins Gesicht. Als sie sich umsah, war Bodenstein im Nebel verschwunden. Ringsum nur Dunkelheit und düstere Büsche. Ihr Herz schlug rascher.

»Wo bist du?«, rief sie und ärgerte sich, weil ihre Stimme ängstlich klang. Schritte knirschten auf dem gefrorenen Sandboden.

»Hier.« Er blickte sie prüfend an. »Alles okay?«

Sie wollte »Ja, natürlich« sagen, aber das wäre gelogen gewesen. Sie fröstelte und berührte kurz ihre Waffe, die in ihrem Gürtelholster steckte. Bodenstein hielt ihr seinen Arm hin, und sie hakte sich dankbar bei ihm unter.

»Wir sind gleich da«, sagte er und bog in einen schmaleren Weg ab. »Da vorne ist es!«

Er hielt die Taschenlampe höher. Pias Mund wurde staubtrocken, sie umklammerte seinen Arm fester, dann ließ sie ihn los und zog ihre Waffe. Auf der Platte, halb an den Grabstein gelehnt, lag eine reglose Gestalt.

»Herr Stadler?« Bodenstein richtet den Schein der Taschenlampe auf das Gesicht des Mannes. Dirk Stadler lag auf dem Rücken, er war barfuß und nur mit einem T-Shirt und Jeans bekleidet. Seine Augen waren geschlossen, auf den Wimpern und Augenbrauen hatte sich eine Eisschicht gebildet.

Pia steckte ihre Waffe wieder weg.

Bodenstein ging in die Hocke und legte zwei Finger an die Halsschlagader des Mannes.

»Zu spät«, sagte er und blickte zu ihr auf. »Wieder einmal zu spät.«

Dirk Stadler war tot.

Der Morgen dämmerte. Die Schwärze der Nacht verwandelte sich in ein heller werdendes Grau. Bodenstein und Pia standen auf dem Weg und sahen schweigend zu, wie die Männer vom Bestattungsunternehmen Stadlers Leiche in einen Sarg legten und abtransportierten. Sie hatten noch den Notarzt gerufen, aber der hatte nur bestätigen können, was Bodenstein längst festgestellt hatte. Stadler war tot, der Tod durch Erfrieren war etwa zwischen ein und zwei Uhr morgens eingetreten. Er hatte Jacke und Pullover fein säuberlich zu einem Kopfkissen zusammengelegt und eine ganze Flasche Korn getrunken. Alkoholisierte Menschen erfroren schneller, das hatte er offenbar gewusst. Auch seinen Tod hatte Dirk Stadler perfekt geplant. Hartig hatte sich absichtlich verhaften lassen und ihm die nötige Zeit verschafft.

Der Bestatter kam auf Bodenstein zu und hielt ihm einen zusammengefalteten Briefumschlag hin.

»Der steckte in der Innentasche der Jacke«, sagte er. »Da steht Ihr Name drauf.«

»Danke.« Bodenstein nickte und betrachtete nachdenklich den an ihn adressierten Umschlag, bevor er ihn aufriss und den Brief herausnahm.

Sehr geehrter Herr von Bodenstein, stand da in akkurater Handschrift. *Wenn Sie diese Zeilen lesen, bin ich hoffentlich schon tot. Was ich getan habe, ist unverzeihlich, aber nicht unerklärlich. Die Entscheidung, unschuldige Menschen zu töten, um ihren Angehörigen denselben Schmerz zuzufügen, den meine Tochter Helen und ich erlitten haben, ist mir nicht leichtgefallen, war aber gründlich überlegt. Verursacher dieser Tragödie ist Professor Dieter P. Rudolf, dessen menschenverachtendes Streben nach Ruhm und Ehre ihn dazu veranlasst hat, über Leichen zu gehen. Auch über die Leiche meiner innig geliebten Frau, die diesem gewissenlosen Monster in die Hände fiel. Nicht weniger schuldig ist Dr. Simon Burmeister, der seine ihm anvertrauten Patienten nie als Menschen, sondern nur als Mittel zum Zweck betrachtet hat. Meiner Tochter, die dem unethischen Treiben dieser beiden Männer auf die Spur gekommen ist, hat der Wunsch nach Wahrheit und Aufklärung das Leben gekostet.*

Aber letztendlich habe ich in moralischer Hinsicht genauso versagt wie jene, die ich bestraft habe. Sie haben Gott gespielt, genau wie ich auch. Ich habe mich schuldig gemacht und muss mich nun der höchsten Instanz stellen, in der schwachen Hoffnung, Vergebung zu finden. Ich habe alle Taten alleine geplant und durchgeführt. Niemand außer mir hat sich schuldig gemacht oder gegen Gesetze verstoßen.

Da es nie mein Bestreben war, in der Öffentlichkeit zu stehen, und ich bedaure, dem Staat, der mich mit offenen Armen aufgenommen hat und immer gut zu mir war, solch hohe Kosten verursacht zu haben, habe ich – entgegen meinem ursprünglichen Vorhaben, mich der Justiz zu stellen – beschlossen, freiwillig aus dem Leben zu scheiden. In meinem Testament habe ich festgelegt, dass mein Vermögen dem Staat zufallen soll, um damit wenigstens einige der durch meine Taten verursachten Kosten zu decken. Ich sterbe in der Hoffnung, dass die Justiz all jene zur Rechenschaft ziehen wird, die sich schuldig gemacht haben.

Hochachtungsvoll, Dirk Stadler – 2. Januar 2013.

Bodenstein schüttelte den Kopf und reichte Pia stumm den Brief. Dann steckte er die Hände in die Manteltaschen und ging mit gesenktem Kopf durch den Nebel zurück zum Auto.

Epilog

Samstag, 8. Juni 2013

Weisse Zelte auf der grünen Wiese, fröhliche Menschen an Tischen und Bänken, über ihnen spannte sich ein herrlicher, wolkenloser Frühsommerhimmel. Der Geruch von Gegrilltem hing in der Luft, vermischt mit dem unbeschreiblich süßen Duft von frisch gemähtem Gras.

»Genau so habe ich mir unsere Hochzeit vorgestellt«, sagte Pia und lächelte Christoph an. »Ein richtig schönes Fest!«

»Das schönste Fest für die wunderbarste Frau der Welt.« Christoph schloss sie in die Arme und hielt sie fest an sich gedrückt.

Im Februar hatten sie ihre Heirat offiziell bekanntgegeben, doch schon lange vorher hatten sie entschieden, ihre Hochzeit mit einem zwanglosen Sommerfest auf dem Birkenhof zu feiern. Pia hatte keine Lust auf ein weißes Brautkleid, das fand sie in ihrem Alter und bei der zweiten Eheschließung albern. So feierten sie nun mit Familie und Freunden, es wurde seit dem Mittag gegrillt, getrunken und viel gelacht. Christophs Töchter waren da, Lilly und ihre Eltern waren extra aus Australien angereist. Henning und Miriam, die sich nach der Silvesterkrise wieder zusammengerauft hatten, waren da, viele Freunde und Kollegen von Pia und Christoph, sogar Pias Eltern, zu denen sie nach dem vermasselten Weihnachtsfest wieder ein wenig mehr Kontakt hatte. Christoph hatte bei seinem Antrittsbesuch ihre Mutter mit seinem Charme um den Finger gewickelt.

»Ich sorge mal für Nachschub auf dem Grill«, sagte er nun und gab Pia einen Kuss. »Kannst du mich für einen Moment entbehren?«

»Aber nur schweren Herzens«, grinste sie und ging zu dem Tisch, an dem ihre Kollegen saßen. Bodenstein war in Begleitung seiner Tochter Sophia gekommen, die mit Lilly irgendwo auf dem Hof herumtobte. Von Inka Hansen hatte er sich Anfang des Jahres getrennt.

Im September würde der Prozess gegen Professor Ulrich Hausmann wegen Mordes an Helen Stadler beginnen. Wieder einmal war es die Kriminaltechnik gewesen, die einen Mörder überführt hatte. Im Labor war festgestellt worden, dass die Hautpartikel, die unter Helen Stadlers Fingernägeln gefunden worden waren, zu Hausmann gehörten. Tatsächlich war der Porsche von Simon Burmeister in Kelsterbach geblitzt worden, doch auf dem Foto war eindeutig dessen Chef hinter dem Steuer zu erkennen gewesen. Bei der Festnahme hatte er gestanden, Helen Stadler am 16. September 2012 von einer Brücke aus vor einen fahrenden Zug gestoßen zu haben.

Professor Dieter P. Rudolf war wegen Mordes an Kirsten Stadler und Friedrich Gehrke und fahrlässiger Tötung in mindestens drei weiteren Fällen angeklagt worden, ihm drohte eine lebenslange Freiheitsstrafe, und auch Dr. Simon Burmeister konnte trotz seiner Behinderung nicht mit Straffreiheit rechnen. Er würde sich vor Gericht in mindestens drei Fällen von fahrlässiger Tötung verantworten müssen. Dr. Arthur Janning, der sein stillschweigendes Einverständnis beim Abschalten der lebenserhaltenden Maßnahmen von Kirsten Stadler gegeben hatte, war von der Staatsanwaltschaft wegen Beihilfe zum Mord angeklagt worden.

Mark Thomsen war noch am selben Tag, an dem Stadlers Leiche gefunden worden war, auf freien Fuß gesetzt worden. Er hatte ein Buch über den Tod seines Sohnes, den Fall Kirsten Stadler und die Aufdeckung der Machenschaften von Rudolf und Burmeister geschrieben, das ein Bestseller wurde.

Erik Stadler hatte seinen Vater in aller Stille im Grab seiner Schwester beisetzen lassen.

Jens-Uwe Hartig war wegen des Verdachts der schweren Körperverletzung an Dr. Simon Burmeister der Prozess gemacht worden, doch da ihm seine Beteiligung nicht nachgewiesen werden konnte, wurde er aus Mangel an Beweisen freigesprochen. Er hatte seine Goldschmiedewerkstatt verkauft und war aus der Gegend weggezogen.

Karoline Albrecht hatte den Kontakt zu ihrem Vater für immer abgebrochen, das hatte Pia eher beiläufig von Bodenstein erfahren, als er ihr von dem Angebot erzählt hatte, das seine Schwiegermutter ihm gemacht hatte. Angeblich holte er sich den einen oder anderen Ratschlag bei Frau Albrecht, aber Pia vermutete, dass noch mehr dahintersteckte.

»Wirst du dann etwa deinen Job aufgeben?«, hatte Pia Bodenstein erschrocken gefragt.

»Nur, wenn du ihn haben willst«, hatte er erwidert.

»Oh nein, bloß nicht«, hatte Pia gesagt. ›Ich bin ganz glücklich, so wie es ist.‹

»Dann bleibe ich auch, was ich bin.« Er hatte gegrinst. »Es sei denn, unser oberster Dienstherr akzeptiert meinen Nebenjob nicht.«

Ein Auto kam durch das geöffnete Tor.

»Wer kommt denn da noch?«, fragte Kai neugierig.

»Je später der Abend, desto schöner die Gäste.« Pia erhob sich von der Bank. »Das ist Kims Auto.«

»Ich dachte schon, sie kommt nicht«, sagte Christoph.

»Ach, schau mal einer an, wen sie mitbringt«, grinste Pia, als sie Dr. Nicola Engel aus Kims Auto steigen sah, ungewohnt leger in Jeans, Mokassins und einem weißen Hemd.

»Habt ihr unsere Chefin etwa auch eingeladen?«, fragte Bodenstein überrascht und stand ebenfalls auf.

»In der Einladung hieß es ›mit Begleitung‹, falls du dich erinnerst«, erwiderte Pia.

Kim und Nicola kamen auf sie zu.

»Entschuldigen Sie bitte die Verspätung, Frau Kirchh… äh … Frau Sander.« Nicola Engel zwinkerte Pia zu. »Daran muss ich mich wohl erst noch gewöhnen. Und Sie sind der glückliche Ehemann?«

»Der überglückliche«, verbesserte Christoph und reichte ihr die Hand. »Schön, dass ihr es noch geschafft habt.«

Er winkte einer der Kellnerinnen, die sie für die Feier engagiert hatten.

»Jeder neue Gast ist ein neuer Grund zum Trinken!«, lachte Christoph und legte Pia den Arm um die Schulter. Der Champagner wurde nachgefüllt, sie stießen miteinander an.

»Übrigens«, sagte Nicola Engel, bevor sie trank. »Der Grund unserer Verspätung ist ein äußerst erfreulicher. Ich habe einen Anruf aus Frankreich bekommen und musste dann noch die Staatsanwaltschaft informieren. Gestern Abend wurde in Paris jemand verhaftet, den wir für tot gehalten hatten. Er wurde von einer jungen Frau erkannt und zweifelsfrei identifiziert, und die französische Polizei hat ihn festgenommen, obwohl er einen Diplomatenpass und einen neuen Namen hatte!«

»Jetzt mach's nicht so spannend«, sagte Bodenstein.

»Dr. Marcus Maria Frey«, erwiderte die Kriminalrätin und grinste so entspannt und locker, wie Pia sie nie zuvor erlebt hatte. »Die Mühlen der Gerechtigkeit mahlen langsam – aber sie mahlen.«

»Darauf sollten wir anstoßen, bevor der Schampus warm wird«, schlug Bodenstein vor. »Zum Wohl!«

»He, wann küsst du endlich die Braut?«, rief Kai, und die anderen Gäste griffen fröhlich die Parole auf.

»Die Braut küssen! Die Braut küssen!«, skandierten sie.

»Halt mal bitte.« Christoph nahm Pia das Glas ab und reichte beide Gläser Bodenstein, dann nahm er Pia in die Arme.

»Ich liebe dich, Frau Sander«, flüsterte er und blickte Pia zärtlich in die Augen.

»Und ich liebe dich, Herr Sander«, entgegnete sie und lächelte.

Hinter den Bergen des Taunus versank feuerrot die Sonne, die Gäste applaudierten und pfiffen begeistert. Konnte es einen schöneren Augenblick für einen Kuss geben?

Danksagung

MEIN GROSSER DANK GILT meiner Lektorin Marion Wichmann, die mir bei der Entwicklung des Plots immer wieder mit hilfreichen Ratschlägen zur Seite stand. Sie hat dem Manuskript schließlich auch den letzten Schliff gegeben.

Ich danke Susanne Hecker für ihr kritisches Feedback in der Entstehungsphase, das mich wie so oft auf den richtigen Weg gebracht hat.

Ein Riesendankeschön auch an meine Probeleser, die mir in den Phasen des Zweifelns Unterstützung, Rat und konstruktive Kritik gaben: meine Mutter Carola Löwenberg und meine Schwestern Claudia Cohen und Camilla Altvater, meine Agentin Andrea Wildgruber und meine Freundinnen Simone Schreiber, Catrin Runge und Vanessa Müller-Raidt.

Ich danke Herrn Reinhard Sturm für die Möglichkeit einer exklusiven »Tatortbegehung« und Kriminaloberkommissarin Andrea Rupp für hilfreiche Anmerkungen zur Polizeiarbeit.

Ich danke allen meinen fachlichen Beratern für Tipps und Anmerkungen und bitte gleichzeitig um Nachsicht, da ich mir eben manchmal doch die schriftstellerische Freiheit genommen habe, Sachverhalte im Sinne der Geschichte zu modifizieren.

Danke an die Mitarbeiter des Ullstein-Verlages für die immer wieder wunderbare Zusammenarbeit!

Außerdem danke ich allen meinen Leserinnen und Lesern, die meine Bücher lieben, für ihre riesige Begeisterung, die mir ein Ansporn ist, mir immer wieder neue Geschichten auszudenken.

Und schließlich danke ich dem wichtigsten Menschen in meinem Leben: meinem Lebensgefährten Matthias Knöß, der mich in jeder Hinsicht aufmerksam und selbstlos unterstützt, mir immer mit Rat und Tat zur Seite steht und es mir so ermöglicht, mich völlig auf meine Arbeit zu konzentrieren. Danke, mein Schatz!!

Nele Neuhaus, im Juli 2014

Anmerkungen

Dieses Buch ist ein Roman. Ähnlichkeiten mit lebenden oder verstorbenen Personen oder Begebenheiten sind rein zufällig und von mir nicht beabsichtigt.

Dieser Roman soll kein Plädoyer für oder gegen Organspende sein. Aber jeder sollte zu Lebzeiten regeln, welche Behandlung er in einem solchen Fall für sich wünscht, um seinen Angehörigen die Verantwortung abzunehmen. Abschließend möchte ich anmerken, dass es sich bei diesem Buch um einen Unterhaltungsroman handelt. Ich erzähle eine Geschichte, die sich um unrühmliche Ausnahmen rankt, um die extreme Ausprägung eines Themas, da sonst keine Spannung erzeugt würde. In einem Sachbuch wäre das völlig anders.

Nele Neuhaus, im November 2014